Doris Lessing:
Martha Quest
Roman

Deutsch von Karin Kersten und Iris Wagner

Klett-Cotta
im
Deutschen
Taschenbuch
Verlag

Ungekürzte Ausgabe
1. Auflage August 1985
Deutscher Taschenbuch Verlag GmbH & Co. KG,
München

Titel der englischen Originalausgabe:
›Martha Quest‹ (MacGibbon & Kee Ltd.,
London 1965)

ISBN 3-608-95081-8
Umschlaggestaltung: Celestino Piatti
Umschlagbild: Gisela Breitling
Gesamtherstellung: C. H. Beck'sche Buchdruckerei,
Nördlingen
Printed in Germany · ISBN 3-423-10446-5
5 6 7 8 9 · 94 93 92 91 90 89

Teil eins

Ich bin dessen so überdrüssig
und der Zukunft ebenfalls,
noch ehe sie da ist.

Olive Schreiner

I

Zwei ältere Frauen saßen strickend auf dem Teil der Veranda, der durch eine rankende Goldrute gegen die Sonne abgeschirmt war; die zähen Stengel waren so voller Blüten, daß der gleißende Nachmittag sich in einer Lichtwoge daran zu stauen und in tropfenden, orangefarbenen Trauben greifbar zu werden schien. Hinter diesem farbigen Staudamm lag eine abgedunkelte Nische; rauhe Lehmwände (die Außenwände des Hauses) bildeten zwei Seiten, während die dritte aus einer Bank voller angemalter Benzinkanister bestand, in denen rosa und weiße Geranien wuchsen. Die Sonne spritzte reichliches Gold durch das Laub, über den roten Zementboden und über die Damen. Sie waren hier seit Mittag und würden bis Sonnenuntergang bleiben und reden, unaufhörlich reden, ihren Zungen gnädig freien Lauf lassen. Es waren Mrs. Quest und Mrs. Van Rensberg; und Martha Quest, ein fünfzehnjähriges Mädchen, saß auf den Stufen im grellen Sonnenschein und versuchte unbeholfen, durch alle möglichen Verrenkungen das blendende Licht mit ihrem eigenen Schatten vom Buch fernzuhalten.

Sie runzelte die Stirn und blickte von Zeit zu Zeit gereizt zu den Frauen hoch, um ihnen zu bedeuten, daß ihr Geschwätz ihr die Konzentration erschwerte. Aber schließlich hinderte sie nichts, woanders hinzugehen; und ihre Anfälle von Feindseligkeit, wenn sie etwas gefragt wurde, oder ihr Name in der Familienchronik auftauchte, waren folglich unsinnig. Die Damen wiederum ließen ihre Augen mit diesem glasigen Blick, der dritte ausschließt, auf dem jungen Mädchen ruhen, oder senkten gar die Stimme; und in solchen Augenblicken hob sie den Kopf und warf ihnen einen Blick tiefer Verachtung zu; denn sie würzten das fade Hauptthema ihres Lebens –

Dienstboten, Kinder, Küche – mit einer Niederkunft oder irgendeinem Skandal; und seit sie das Buch von Havelock Ellis über Sex las, sorgfältig darauf bedacht, daß sie dies auch zu Kenntnis nahmen, hatten die gedämpften Stimmen nichts Selbstverständliches mehr für sie. Das heißt, im Moment las sie es nicht; sie las ein Buch, das ihr die Cohen-Jungen aus dem Ort geliehen hatten, während der Ellis provozierend auf der obersten Stufe lag: Der Titel war nicht zu übersehen. Nun folgt die Unterhaltung von Matronen allerdings gewissen Riten, und Martha, die einen großen Teil ihres Lebens derartigen Unterhaltungen gelauscht hatte, hätte gelernt haben sollen, daß nichts Beleidigendes oder gar Anzügliches beabsichtigt war. Es wurde lediglich von ihr erwartet, daß sie als Kontrast zu ihren eigenen altvertrauten Rollen den Part des »jungen Mädchens« übernahm.

Am anderen Ende der Veranda saßen in zwei nebeneinander gestellten Liegestühlen Mr. Quest und Mr. Van Rensberg; sie schauten weithin über Busch und Maisfelder und sprachen über die Ernte und das Wetter und das Eingeborenenproblem. Ihre Rücken aber waren den Frauen mit einer Entschlossenheit zugekehrt, die besagte, wie willkommen dieses unpersönliche Gespräch Männern sein mußte, die wochenlang eingeschlossen in der aufgeheizten Atmosphäre der Familie lebten und deren einzige Zuflucht die Landwirtschaft war. Ihre Unterhaltung war Martha ebenso vertraut wie die Unterhaltung der Frauen; die beiden Ströme flossen schläfrig in ihrem Innern dahin, der Bewegung ihres eigenen Blutes gleichend, deren sie sich nicht bewußt war, es sei denn als einer schmerzhaften Reizung, wenn ihre verkrampfte Haltung sie zwang, die langen, nackten und sonnengebräunten Beine zu verlagern. Wenn sie das Genörgel der ewiggleichen Phrasen »die Regierung erwartet, daß die Farmer ...« und »die Kaffern verlieren allen Respekt, weil ...« hörte, setzte sie sich abrupt auf; und die Gereiztheit schwoll zu einer Flut der Abneigung gegen ihre Eltern an. Alles war wie immer; unerträglich, daß sie, solange sie sich erinnern konnte, immer dasselbe gesagt haben sollten; und sie schaute weg von ihnen über das Veld.

In der Literatur, die ihr überliefert war, ruft das Wort *Farm* das Bild von etwas Geordnetem, Festgefügtem, Kultiviertem hervor; ein hübsches Farmerhaus in einem Feldermuster. Martha blickte über eine gute Meile Busch hinweg zu einem Streifen rosafarbenen, gepflügten Bodens; und dann kletterte das Buschland, dunkelgrün und düster, einen Hügelrücken hinauf bis zu einem anderen Fleck nackter Erde, diesmal einem lehmiggelben; und dann, Rücken auf Rücken, Falte auf Falte, erstreckte sich der Busch bis zu einer Kette blauer Kopjes. Die Felder waren ein zaghaftes Eindringen in eine kaum vom Menschen gezeichnete Landschaft; und der Falke, der mit meilenweiten Schwüngen über ihrem Kopf kreiste, sah das Haus, auf seinem langgestreckten Hügel hingekauert, und die Ansammlung von Grashütten, die Eingeborenensiedlung, dichtgedrängt auf einer niedrigeren Erhebung, eine halbe Meile entfernt; vielleicht ein Dutzend Fleckchen nackten Bodens – und dann nichts, was jenes uralte, herabspähende Auge stören konnte, nichts, was nicht tausend Generationen seiner Falkenahnen schon gesehen hatten.

Das Haus auf seiner Anhöhe, hoch hinaufgebaut in die blauen kreisenden Luftströme, lag im Zentrum eines weiten Beckens, das von Bergen begrenzt wurde. Vor ihm lagen sieben Meilen bis zu den Dumfries Hügeln; westwärts sieben Meilen ansteigendes Gelände bis zur Oxford Kette; sieben Meilen ostwärts ein langgestreckter, sanft ansteigender Berg, der Jakobs Burg genannt wurde. Hinterm Haus gab es keine abschließende Kette von Kopjes, das Land rollte endlos dahin, unbegrenzt, und verlor sich in bläulichem Dunst wie jenes Hinterland der Phantasie, ohne das wir nicht leben können – die großartige Senke war nach Norden offen.

Über allem wölbte sich der wolkenlose afrikanische Himmel, doch Martha konnte nicht hinschauen, denn er pulsierte vor Licht; sie mußte die Augen auf das Buschland senken; und das war ihr so vertraut, daß die unermeßliche Landschaft bei ihr nur das prickelnde Gefühl der Klaustrophobie hervorrief.

Sie blickte auf ihr Buch. Sie wollte es nicht lesen; es war ein populärwissenschaftliches Buch, und schon der Titel bewirkte, daß sie sich in leisem, doch unmißverständlichem Widerwillen dagegen sträubte. Hätte sie ausdrükken können, was sie fühlte, hätte sie vielleicht gesagt, daß die ruhige, sachliche Art des Buchs allzu weit entfernt war von den unbehaglichen Empfindungen, die sie erfüllten; vielleicht war sie auch so feindselig gegen ihre Umgebung und ihre Eltern, daß diese Feindseligkeit sich über alles ergoß, was in ihre Nähe kam. Sie legte dieses Buch hin und holte sich Ellis. Nun kann einen ein Buch über Sex wohl kaum langweilen, wenn man fünfzehn ist, doch sie war unzufrieden, weil diese Zusammenstellung interessanter Fakten so wenig mit ihren eigenen Problemen zu tun zu haben schien. Sie hob die Augen und starrte nachdenklich auf Mrs. Van Rensberg, die elf Kinder geboren hatte.

Sie war eine dicke, gutmütige, alles in allem angenehme Frau in einem adretten geblümten Baumwollkleid, das ziemlich weit und lang war und ihr mit dem weißen, am Hals gerafften Tuch das Aussehen eines Gemäldes von einer ihrer eigenen Großmütter verlieh. Es war Mode, lange Röcke zu tragen und einen Schal lose am Hals zu binden, aber bei Mrs. Van Rensberg verwandelte sich das Modische hartnäckig in jene alte Vorlage. Martha hatte das erkannt und war entzückt davon; nun aber betrachtete sie die Beine der älteren Frau. Sie waren dick und unförmig, purpurn geädert unter der Tarnung der Sonnenbräune, und endeten in grünen Sandalen, in denen sie ihre schwieligen Füße ungeniert nach Bequemlichkeit ausstreckte. Martha dachte angewidert: Ihre Beine sind so, weil sie so viele Kinder bekommen hat.

Mrs. Van Rensberg war das, was man ungebildet nennt; und dafür entschuldigte sie sich bisweilen, ohne es jedoch im mindesten scheinbar oder wirklich zu bedauern, wenn ein gesellschaftlicher Anlaß es erforderte – zum Beispiel, wenn Mrs. Quest aggressiv verkündete, daß Martha klug sei und Karriere machen würde. Daß die Holländerin bei solchen Gelegenheiten gelassen bleiben konnte, war der Beweis beträchtlicher innerer Stärke, denn Mrs. Quest benutzte das Wort »Karriere« nicht im Hinblick auf etwas, was Martha tatsächlich werden konnte, wie zum Beispiel Ärztin oder Juristin, sondern als eine Art Zuchtrute, als wollte sie ihr einbläuen: Meine Tochter hat eine Zukunft vor sich, deine hingegen bloß eine Ehe. Mrs. Quest war ein hübsches und sportlich wirkendes englisches Mädchen gewesen, mit hellbraunem Haar und blauen Augen, so lauter wie der Frühlingssonnenschein; und nun war sie genauso, wie sie geworden wäre, wenn sie in England geblieben wäre: eine eher erschöpfte und enttäuschte Matrone, mit ehrgeizigen Plänen für ihre Kinder.

Beide Damen lebten schon seit vielen Jahren in diesem Pflanzgebiet, hundert Kilometer von der nächsten Stadt entfernt, die ihrerseits ein abgelegenes Provinznest war; aber kein Teil der Welt kann heutzutage als entlegen bezeichnet werden; zu Hause hatten sie das Radio, und Zeitungen kamen regelmäßig aus dem Land, das sie als ihre jeweilige Heimat ansahen – Tory-Zeitungen aus England für die Quests, nationalistische Zeitschriften aus der Südafrikanischen Union für die Van Rensbergs. Sie hatten vom Geist der Zeit genug eingesogen, um zu wissen, daß ihre Kinder womöglich ein Verhalten an den Tag legen würden, das sie instinktiv schockierend fanden, und was das Buch betraf, das Martha nun in der Hand hielt, so hatte sein Titel einen klinischen Ton, der völlig außerhalb ihrer eigenen Erfahrung lag. In der Tat hätte es Martha lediglich einen der üblichen gutmütigen Seufzer des Protests eingetragen, wäre nicht ihr Ausharren auf den Stufen an sich schon so etwas wie eine Herausforderung gewesen. So wie Mrs. Quest es notwendig fand, jede halbe Stunde zu versichern, daß Martha einen Sonnenstich bekommen würde, wenn sie nicht in den Schatten käme, bemerkte sie schließlich, vermutlich schade es Mädchen nicht, ein solches Buch zu lesen; und wieder warf Martha ihnen einen Blick abgrundtiefer Verachtung zu, der zugleich unglücklich und feindselig war, denn irgendwelche widersprüchlichen Regungen hatten sie dazu getrieben, dieses Buch als Mittel der Selbstbehauptung einzusetzen, und nun merkte sie, daß die Waffe in ihren Händen schwach und untauglich geworden war.

Vor drei Monaten hatte ihre Mutter ärgerlich gesagt, Epstein und Havelock Ellis seien abscheulich. »Wenn Leute die Überreste dieser Zivilisation in tausend Jahren ausgraben und Epsteins Statuen und diesen Ellis finden, dann denken sie, wir sind bloß Wilde gewesen.« Das war zu der Zeit, als die Bewohner der Kolonie, durch das Wechselspiel von Diplomatie und Finanzwelt wider Willen mit dem bekannt gemacht, was sie als »moderne Kunst« bezeichneten, sich aufführten, als wären sie einzeln und kollektiv beleidigt worden. Epsteins Statuen, so behaupteten sie, seien nicht dazu geeignet, sie abzubilden, und sei es auch nur indirekt. Mrs. Quest holte sich diese Bemerkung aus einem Leitartikel der ›Zambesia News‹; es war vermutlich das erste Mal seit zwanzig Jahren, daß sie sich über Kunst oder Literatur geäußert hatte. Martha hatte sich damals ein Buch über Epstein von den Cohen-Jungen aus dem Ort ausgeliehen. Nun ist es ja einer der Vorzüge, wenn man seinen Geschmack nicht in einer speziellen Schule ausgebildet hat, daß man das

Werk eines Epstein mit derselben erregten Anteilnahme betrachten kann wie einen Michelangelo. Und genau das tat Martha. Sie war verwirrt und brachte den Band mit Reproduktionen ihrer Mutter. Mrs. Quest war damals beschäftigt gewesen und hatte seither nie eine Gelegenheit gefunden, Martha zu sagen, was an diesen Kunstwerken so schockierend und abscheulich war. Und was an Havelock Ellis.

Jetzt kam sich Martha albern, ja reingelegt vor. Sie wußte auch, daß sie übellaunig und flegelhaft war. Tag für Tag nahm sie sich vor, von nun an ganz anders zu sein. Und doch bemächtigte sich ihrer jedesmal ein schlimmer Dämon, so daß sie bei der kleinsten Bemerkung ihrer Mutter gezwungen war, darauf einzugehen, sie hin- und herzuwenden und zu erwidern wie eine Herausforderung – und bis dahin war der Gegner nicht mehr da; Mrs. Quest hatte einfach kein Interesse.

»Ach«, sagte Mrs. Van Rensberg nach einer Pause, »es kommt nicht darauf an, was man liest, sondern wie man sich benimmt.« Und sie blickte in ihrer gutmütigen Art teilnahmsvoll auf Martha, die vom Zorn und von zuviel Sonne gerötet war. »Du wirst Kopfschmerzen bekommen, mein Mädchen«, fügte sie automatisch hinzu; und Martha konzentrierte sich krampfhaft auf ihr Buch, ohne sich zu rühren, und ihre Augen füllten sich mit Tränen.

Die beiden Frauen begannen, wie es naheliegend war, darüber zu reden, wie sie sich verhalten hatten, als sie jung waren, doch geschah das mit Einschränkungen, denn Mrs. Van Rensberg spürte, daß ihre eigene Erfahrung so manches einschloß, was die englische Dame womöglich schockieren würde; so waren das, was sie austauschten, nicht Erinnerungen daran, wie sie gewesen waren, sondern die Redensarten ihrer jeweiligen Tradition, die sehr ähnlich klangen – Mrs. Van Rensberg gehörte der holländischen reformierten Kirche an; die Quests der anglikanischen Kirche. So wie sie nie über

Politik sprachen, sprachen sie nie über – aber worüber sprachen sie denn überhaupt? Martha dachte oft, daß ihre jahrelange Freundschaft nur überlebt hatte, weil manches ausgespart worden war, nämlich alles, was von Bedeutung war; dieser Gedanke rief bei dem Mädchen die wachsende Abneigung gegen ihre Umgebung hervor, ihre vorherrschende Empfindung. Andererseits konnte diese Freundschaft, da die eine Dame konservativ britisch, die andere konservativ afrikaans war, als Triumph des Taktes und des guten Willens über nahezu unüberwindliche Hindernisse betrachtet werden, da sie durch eben diese Traditionen eigentlich dazu verpflichtet waren, einander nicht zu mögen. Dieser Aspekt hatte natürlich wenig Bedeutung für Martha, die so anspruchsvolle Vorstellungen von Freundschaft hatte, daß sie noch immer darauf wartete, daß dieser wahre, dieser ideale Freund sich präsentieren würde.

Der Freund, hatte sie in ihr Tagebuch geschrieben, *ist eine schöne schwimmende Palmeninsel, die sich dem Seemann im Pazifischen Ozean entzieht* ... Und so die ganze Seite, bis zum nächsten unterstrichenen Satz: *Es geht das Gerücht, daß die Erde bewohnt sei, aber der schiffbrüchige Seemann hat noch keine Fußspur an der Küste entdeckt.* Und der nächste: *Unsere jetzigen Freunde sind nur entfernte Verwandte jener, denen wir uns zu eigen gegeben haben.*

Und konnte Mrs. Van Rensberg auch nur als entfernte Verwandte betrachtet werden? Natürlich nicht. Das wäre Verrat gewesen am geheiligten Namen der Freundschaft.

Martha lauschte (nicht zum ersten Mal) Mrs. Van Rensbergs langer Schilderung, wie sie von Mr. Van Rensberg umworben worden war, erzählt mit humorvoller Mißbilligung all dessen, was man (nicht allerdings Martha, die instinktiv den Tabus der Zeit gehorchte) als Romanze beschreiben könnte. Dann gab Mrs. Quest einen ebenso humorvollen, wenn auch etwas trockneren Bericht, von ihrer Verlobung. Als diese beiden, wiewohl unbewußt, stark zensierten Geschichten zu Ende waren, schauten sie zu Martha und seufzten im selben Augenblick resigniert. Die Tradition verlangte von ihnen, daß sie eine mahnende Moral bereitstellten, die dem jungen Geschöpf, der Frucht ihres biederen und ehrbaren Lebens, helfen sollte; und der Blick auf Marthas Gesicht hemmte sie beide.

Mrs. Van Rensberg zögerte und sagte dann fest (die Festigkeit war gegen ihr eigenes Zögern gerichtet): »Ein Mädchen muß die Männer dazu bringen, sie zu respektieren.« Sie erschrak über den Haß und die Verachtung in Marthas jäh erhobenen Augen und blickte hilfesuchend zu Mrs. Quest.

»Das stimmt«, sagte Mrs. Quest ziemlich unsicher. »Ein Mann wird nie ein Mädchen heiraten, das er nicht respektiert.«

Martha setzte sich langsam auf, schloß ihr Buch, als sei es ihr nicht mehr von Nutzen, und starrte sie gelassen an. Sie war jetzt ganz weiß vor Anstrengung, diesen Haß unter Kontrolle zu bekommen. Sie stand auf und sagte mit leiser, gepreßter Stimme: »Ihr seid abscheulich, ihr schachert und kalkuliert und . . .« Sie war unfähig, fortzufahren. »Ihr seid *ekelhaft*«, schloß sie lahm, mit zitternden Lippen. Dann schritt sie den Garten hinunter und rannte in den Busch.

Die beiden Damen beobachteten sie schweigend. Mrs. Quest war bestürzt, weil sie nicht wußte, warum ihre Tochter sie ekelhaft fand, während Mrs. Van Rensberg nach einer mitfühlenden Bemerkung suchte, die ihre Freundin angemessen finden würde.

»Sie ist schwierig«, murmelte Mrs. Quest als Entschuldigung; und Mrs. Van Rensberg sagte: »Das ist das Alter, meine Marnie ist genauso schlimm.« Sie wußte nicht, daß es ihr nicht gelungen war, die richtige Bemerkung zu finden: Mrs. Quest sah ihre Tochter nicht auf einer Stufe mit Marnie, die sie total geschmacklos fand, weil sie Erwachsenenkleidung trug, sich mit fünfzehn die Lippen anmalte und über »Jungen« redete. Mrs. Van Rensberg hatte keine Ahnung von der Heftigkeit der Gefühle ihrer Freundin. Sie tat deren Strenge Martha gegenüber als eine dieser englischen Schwächen ab; und außerdem wußte sie, daß Marnie das Zeug hatte, eine vernünftige Frau, eine gute Ehefrau und Mutter zu werden. Sie fuhr fort, über Marnie zu reden, während Mrs. Quest ihr mit der Verlegenheit zuhörte, mit der man auf einen gesellschaftlichen Fauxpas reagiert, »Ja, richtig« oder »Genau« sagte und dabei dachte: Wenn meine Tochter schwierig ist, dann deshalb, weil sie nie mit den richtigen Kindern zusammen war, wobei sie gerade Marnie meinte. Aber der Holländerin war mit Snobismus nicht beizukommen, da ihr Nationalbewußtsein ebenso stark war wie der Snobismus der Engländerin, und ihr Gespräch glitt wieder zurück zu Dienstboten und Küche. An diesem Abend würde sich jede bei ihrem Mann beschweren – die eine, mit der englischen Verschwommenheit in Klassenfragen, daß Mrs. Van Rensberg »wirklich furchtbar anstrengend« sei, die andere, ganz offen, daß ihr diese *roineks* auf die Nerven gingen, sie seien alle gleich, dächten, die Erde, auf der sie wandelten, gehöre ihnen. Dann aus uneingestandenem Schuldgefühl, würden sie sich über das Bezirkstelephon anrufen und sich eine gute halbe Stunde lang über Küche und Dienstboten unterhalten. Alles würde in der Tat so weitergehen wie üblich.

Unterdessen lag Martha, gepeinigt von jugendlichem Leid, im hohen Gras unter einem Baum und sagte sich erneut, daß ihre Mutter hassenswert war, alle diese Frauen hassenswert, jede dieser Beziehungen mit ihren Lügen, Ausflüchten, Kompromissen absolut abscheulich. Denn sie litt an dem für die Jugend typischen Unglück, daß sie sich durch die bestehenden Verhältnisse um das intensive Leben betrogen fühlt, nach dem es sie instinktiv mit jeder Faser drängt.

Nach kurzer Zeit wurde sie ruhiger. Irgendein Nerv der Selbsterhaltung in ihrem Hirn hatte sich gestrafft und mit ihm ihre Glieder, und sogar ihre Gesichtsmuskeln wurden starr und verhärteten sich. Der Blick, mit dem sie einen sonnenbeschienenen Busch zu ihren Füssen anstarrte, war trostlos und wirr; denn nicht ihn sah sie, sie erblickte sich selbst, und zwar auf die einzige Art, die ihr zu Gebote stand – durch die Literatur. Denn wenn man Romane aus früherer Zeit liest, und wenn Romane, wie wir zuversichtlich hoffen, genau das Leben ihrer Zeit widerspiegeln, dann muß man daraus schließen, daß jung sein damals viel leichter war als heutzutage. Verfluchten X und Y und Z, jene heiteren Helden und Heldinnen, die Schule, verachteten sie ihre Eltern und Lehrer, die sie nie verstanden, verbrachten sie Jahre ihres Lebens mit dem Kampf, sich aus einer Umgebung zu befreien, die sie gänzlich unter ihrer Würde fanden? Nein, sie taten es nicht; während in hundert Jahren die Leute die Romane dieses Jahrhunderts lesen und zu dem Schluß kommen werden, daß alle (wirklich alle) an der Jugend litten wie an einer Krankheit, denn es wird ihnen kaum möglich sein, einen Roman in die Hand zu bekommen, der diesen Zustand nicht beschreibt. Also was? Martha stand Qualen aus, und es gab kein Entrinnen.

Vielleicht, dachte sie (wie immer in solchen Momenten suchte sie Zuflucht bei grimmigem Humor), sollte man einfach die Jahre von, sagen wir mal, vierzehn bis zwanzig, so nehmen, als hätte man sie gelesen, bis jene glücklicheren Zeiten anbrechen, in denen sich Jugendliche – und zwar mit völlig reinem Gewissen – wieder amüsieren können? Was für ein Glück, dachte sie, für diese zukünftigen Romançiers, die, heiter und ohne das Gefühl, einem Problem auszuweichen, imstande sein würden zu schreiben: »Martha ging wie üblich zur Schule, mochte ihre Lehrer, war liebenswürdig zu ihren Eltern und sah vertrauensvoll einem glücklichen und vollausgekosteten Leben entgegen!« Aber (und hier bekam sie einen quälenden Anfall von Haß gegen diese kalten Mentoren, die so beharrlich und in so zahlreichen Bänden ihren Zustand analysierten) worüber sollten sie denn dann schreiben?

Dieser defensive Anfall von Haß befreite sie, und beinahe zuversichtlich legte sie sich wieder hin und begann über sich nachzudenken. Denn war sie sich auch oftmals bitter bewußt, daß man von ihr erwartete, eine Last zu tragen, von der junge Leute in früheren Zeiten keine Ahnung hatten, so war sie sich doch nicht minder bewußt, daß ihr eine Waffe zuwuchs, die es ihr ermöglichte, diese Last zu tragen. Sie litt nicht nur, sie war auch fähig, einen leidenschaftslosen Blick auf dieses Leiden zu richten. Dieser unbeteiligte Beobachter, den sie, man könnte sagen, als lichten Raum hinter der Stirn empfand, war das Geschenk der Cohen-Jungen aus dem Ort, die ihr in den letzten zwei Jahren Bücher geliehen hatten. Joss Cohen hatte eine Schwäche für Volkswirtschaft und Soziologie, für Bücher, die sie las, ohne sich persönlich angesprochen zu fühlen. Solly Cohen war verliebt (man kann es nicht anders nennen) in die Psychologie; er verteidigte leidenschaftlich alles, was damit zu tun hatte, selbst wenn seine Helden einander widersprachen. Aus diesen Büchern hatte Martha ihr klares Bild von sich selbst gewonnen, von außen. Sie war in der Pubertät und daher zum Unglücklichsein verurteilt; britisch, und daher unsicher und voller Abwehr; im vierten Jahrzehnt des zwanzigsten Jahrhunderts und daher unentrinnbar von Rassen- und Klassenproblemen bedrängt; weiblich und daher gezwungen, die gehemmten Frauen der Vergangenheit abzulehnen. Sie wurde gemartert von Schuldgefühlen und Verantwortungsbewußtsein und Befangenheit; und sie bereute diese Martern nicht, obwohl es Momente gab, in denen sie ganz klar erkannte, daß die Cohen-Jungen ein boshaftes Vergnügen daran hatten, ihr in dieser Weise die Augen über sich selbst zu öffnen, was ja nur zu verständlich war. Es gab Augenblicke, in denen sie sie haßte.

Was sie aber vielleicht nicht vorhergesehen hatten, war, daß dies streng objektive Bild ihrer selbst sie nur zu dem zweifellos unvernünftigen Gedanken veranlaßte: Wenn das alles schon gesagt ist, warum muß ich es dann noch durchmachen? Wenn wir es *wissen*, warum müssen wir uns damit abquälen, es zu leben? Sie spürte, wenn auch vage, daß es jetzt an der Zeit war, zu etwas Neuem überzugehen, mit dem Benennen sollte es ein Ende haben.

Überdies schienen die Experten selbst im Zweifel darüber, wie sie sich sehen sollte. Da waren die, die behaupteten, daß ihr Leben bereits festgelegt war, als sie sich noch blind im Leib von Mrs. Quest zusammenkauerte. Sie durchlief Fisch- und Eidechsen- und Affenphasen, schaukelte in den Wassern uralter Meere, die Ohren eingelullt vom Rhythmus der Gezeiten. Doch diese Gezeiten, das pulsierende Blut von Mrs. Quest, sangen Martha keine ungewissen Botschaften, sondern Lieder von Haß, Liebe, Furcht oder Groll, die wie ein Verhängnis in das passive Hirn des Kindes sanken.

Dann gab es die, die behaupteten, die Geburt selbst sei es, die Martha auf einen vom Schicksal vorgezeichneten Weg gebracht habe. Es geschah während der langen Schreckensnacht, der Nacht der schwierigen Geburt, als der Leib von Mrs. Quest sich wand und mühte, seine Last durch die widerstrebenden Pforten der Knochen auszustoßen (denn Mrs. Quest war für eine Erstgebärende relativ alt), es geschah während dieser Geburt, aus der Martha geschockt und erschöpft auftauchte, das Gesicht fürs erste purpurrot verschrammt von der Zange, daß ihr Charakter und damit ihr Leben vorgezeichnet wurde.

Und wie stand es mit den zahlreichen Sekten der Psychologie, die nur in einem Punkt übereinstimmten: daß schon die ersten fünf Lebensjahre eine unabänderliche Grundlage für alles Folgende schufen? In diesen Jahren (obwohl sie sich nicht an sie erinnern konnte) waren Dinge geschehen, die sie auf fatale Weise für immer gezeichnet hatten. Denn das Gefühl von Schicksalshaftigkeit, von Verhängnis war die einzige Botschaft, die allen gemeinsam war. Martha, in wilder Auflehnung gegen ihre Eltern, wurde ständig darüber belehrt, daß deren Einfluß auf sie unabänderlich und daß es viel zu spät sei, sich selbst zu ändern. Sie hatte den Punkt erreicht, an dem sie nicht eines der Bücher lesen konnte, ohne sich so erschöpft zu fühlen, als hätte sie soeben eine dieser Debatten mit ihrer Mutter hinter sich gebracht. Wenn ein eingeborener Träger mit einem weiteren Bücherpaket von den Cohen-Jungen über das Veld heraneilte, machte sie deren bloßer Anblick schon wütend, und sie mußte Überdruß und Unlust bekämpfen, bevor sie sich dazu durchringen konnte, sie zu lesen. Augenblicklich lag ein halbes Dutzend Bücher ungelesen in ihrem Schlafzimmer, denn sie wußte genau, würde sie sie lesen, sie würde bloß noch mehr Informationen über sich erhalten, ohne den mindesten Hinweis, wie sie sie anwenden sollte.

Doch während das Lesen ihrer Bücher sie unglücklich machte, zählten die Gelegenheiten, bei denen sie die Jungen im Laden besuchen konnte, zu den glücklichsten ihres Lebens. Mit ihnen zu reden, heiterte sie auf, alles schien einfach. Sie ging hinüber zum Kaffernladen, wenn ihre Eltern die Fahrt zur Bahnstation machten; manchmal wurde sie auch von einem vorbeifahrenden Auto mitgenommen. Manchmal, wenn auch heimlich, da das verboten war, fuhr sie mit dem Fahrrad hin. Aber stets war ihr nicht ganz wohl bei dieser Freundschaft, und zwar Mrs. Quests wegen; erst letzte Woche hatte sie Martha provoziert. So wie sie nun einmal war, konnte sie nicht offen sagen: »Ich möchte nicht, daß du mit jüdischen Ladenbesitzern bekannt bist.« Sie ließ statt dessen eine Tirade vom Stapel, daß Juden und Griechen die Eingeborenen schlimmer ausbeuteten als andere, und schloß mit den Worten, daß sie nicht wisse, was sie mit Martha machen solle, die darauf erpicht schien, ihre Mutter durch ihr Benehmen so unglücklich wie möglich zu machen. Und Marthas Erinnerung nach war dies das erste Mal, daß sie weinte; und waren auch ihre Worte unaufrichtig, ihr Gefühl war es nicht. Martha war über diese Tränen tief verstört.

Gestern, Martha war im Begriff gewesen, ihr Fahrrad herauszuholen, um zur Bahnstation zu fahren, so stark war ihr Bedürfnis, die Cohen-Jungen zu sehen, da hielt der Gedanke an eine erneute Szene mit ihrer Mutter sie davon ab. Schuldbewußt ließ sie das Fahrrad da, wo es war. Und jetzt, obwohl sie sich nichts mehr wünschte, als ihnen von ihrem eigenen albernen und überspannten Gehabe vor Mrs. Van Rensberg zu erzählen, damit sie gutmütig darüber lachen und das Ganze ins richtige Verhältnis setzen konnten, brachte sie es nicht fertig, sich unter dem großen Baum zu erheben, geschweige denn das Fahrrad hervorzuholen und in der Hoffnung, sie würde nicht vermißt, heimlich zur Bahnstation zu fahren. Und so blieb sie unter dem Baum, dessen Wurzeln sie hart unter ihrem Rücken spürte wie ein zweites Rückgrat, und schaute durch die Blätter in den Himmel, der in bronzenem Lichtgetöse leuchtete. Sie zerfetzte die fleischigen Blätter zwischen den Fingern und dachte wieder an ihre Mutter und Mrs. Van Rensberg. Sie wollte *auf keinen Fall* wie Mrs. Van Rensberg eine fette und primitive Hausfrau werden; sie wollte *auf keinen Fall* verbittert, nörglerisch und unzufrieden werden wie ihre Mutter. Aber wie würde sie dann sein? Ihre Gedanken wandten sich den Heldinnen zu, die man ihr präsentiert hatte, und sie verwarf sie. Ein Abgrund schien sich aufzutun zwischen ihr und der Vergangenheit, und so schwammen ihre Gedanken ausweglos und nahrungssuchend durch den Kopf, und sie setzte sich auf, rieb den steifen Rücken und blickte zwischen den Reihen verkümmerter Bäume hindurch, über einen Tupfer von rosagefiedertem Gras bis hin zu den roten Schollen eines Feldes, das vom Haus aus nicht zu sehen war.

Dort hinten zog ein Ochsengespann seine Bahn, ein Pflug, ein eingeborener Treiber mit seiner langen Peitsche, und an der Spitze des Gespanns ein kleines schwarzes Kind, nackt bis auf einen Lendenschurz, das an den Zügeln zerrte, die durch die Nüstern der Ochsen gezogen waren. Den Treiber konnte sie nicht leiden – es war ein grober und gewalttätiger Mann, der diese Peitsche mit allzugroßer Lust schwang; das Mitleid, das sie sich selbst nicht gönnte, strömte heraus und umgab das schwarze Kind wie eine schützende Hülle. Und wieder schwamm und erzitterte ihr Bewußtsein wie Wasser, das sich klärt, und nun sah sie statt des einen schwarzen Kindes eine große Zahl solcher Kinder und glitt so mühelos in ihren gewohnten Tagtraum hinab. Sie blickte über den gepflügten Acker, über das Veld zu den Dumfries Hügeln hin und formte dieses ungenutzte Land ihrer Phantasie entsprechend um. Da erhob sich über dem rauhen Gestrüpp und den verkrüppelten Bäumen weißlich schimmernd eine prächtige Stadt, wuchtig und kolonnadengeschmückt zog sie sich an seinen abfallenden, blumengesäumten Terrassen entlang. Plätschernde Fontänen und Flötenklang; und ihre Bewohner gingen umher, ernst und schön, Schwarz und Weiß und Braun gemeinsam; und diese Gruppen von Greisen hielten inne und lächelten vor Vergnügen angesichts der Kinder – der blauäugigen, hellhäutigen Kinder des Nordens, die Hand in Hand mit den bronzehäutigen, dunkeläugigen Kindern des Südens spielten. Ja, sie lächelten und zeigten sich zufrieden mit diesen Kindern vieler Väter, die zwischen den Blumen und Terrassen, den weißen Säulen und hohen Bäumen jener märchenhaften und uralten Stadt umherliefen und spielten ...

Es war ungefähr ein Jahr später. Martha saß unter demselben Baum, in nahezu derselben Haltung, die Hände voller Blätter, die sie unbewußt zu einem grünen, klebrigen Brei zerrieb. Sie war erfüllt von derselben Vision, nur war diese jetzt detaillierter. Sie hätte einen Plan von dieser Stadt zeichnen können, vom zentral gelegenen Marktplatz bis zu den vier Toren. Vor einem der Tore standen ihre Eltern, die Van Rensbergs, eigentlich die meisten Leute aus dem Distrikt, für ewig ausgeschlossen aus der goldenen Stadt wegen ihrer kläglichen Phantasie und ihres mangelnden Verständnisses; sie standen trauernd da, voller Verlangen, einzutreten, doch ausgesperrt von einer strengen und erbarmungslosen Martha – denn unglücklicherweise bekommt man nichts, nicht einmal einen Traum, ohne schwer dafür zu zahlen, und in Marthas Version vom Goldenen Zeitalter mußte zumindest stets einer am Tor stehen, um die Unwürdigen auszuschließen. Sie hörte Schritte, und als sie den Kopf wandte, sah sie Marnie, auf ihren hohen Hacken über die Steine wackelnd, vorsichtig den Eingeborenenpfad herabkommen.

»He«, sagte Marnie aufgeregt, »das Neueste schon gehört?«

Martha blinzelte sich die Augen frei vom Traum und sagte ziemlich steif: »Oh, hallo.« Sie wurde sich augenblicklich des Unterschiedes zwischen sich und Marnie bewußt, deren Haar gewellt war, die Lippenstift und Nagellack trug und deren geziertes Lächeln einen Ausdruck von Reife anstrebte, der jedoch unter dem Druck ihres angeborenen Sinns fürs Praktische immer wieder dahinschwand. Jetzt, wo sie aufgeregt war, war sie wie ein robustes Schulmädchen, das sich nur zum Spaß herausgeputzt hat; angesichts der sich räkelnden, so gar nicht auf ihre Würde bedachten Martha, die mit dem Band, das ihr glattes, blondes Haar zusammenhielt, und dem geblümten Kleid mit Passe eher wie ein übergroßes elfjähriges Kind wirkte, fiel ihr jedoch ihr eigenes modisches Kleid ein, und sie setzte sich geziert aufs Gras, legte die schwarzen Hacken aneinander und blickte befriedigt an ihren seidenbestrumpften Beinen herab.

»Meine Schwester heiratet«, verkündete sie.

Es waren fünf Schwestern, zwei davon bereits verheiratet, und Martha fragte: »Welche? Marie?« Denn Marie war dem Alter nach die nächste.

»Nein, nicht Marie«, sagte Marnie ebenso ungeduldig wie geringschätzig. »Marie angelt sich nie einen Mann, sie hat nicht das Zeug dazu.«

Bei dem Ausdruck »sich einen Mann angeln« errötete Martha und schaute stirnrunzelnd beiseite. Marnie sah sie unsicher an und traf auf einen Blick solcher Verachtung, daß sie nun ihrerseits rot wurde, ohne allerdings zu wissen, warum.

»Du fragst ja nicht mal, welche denn dann«, sagte sie anklagend, wenn auch in furchtsamem Ton; dann brach es aus ihr heraus: »Mensch, man faßt es nicht, es ist Stephanie.«

Stephanie war siebzehn, aber Martha nickte bloß.

Nach diesem Dämpfer sagte Marnie: »Sie hat es toll getroffen, sag, was du willst. Er hat einen V-8 und eine größere Farm als Pop.«

Das »sie hat es toll getroffen« ließ Martha nur erneut innerlich erschaudern. Dann kam ihr blitzartig der Gedanke: Ich kritisiere meine Mutter, weil sie ein Snob ist, verachte aber reinen Gewissens die Van Rensbergs, weil mein Snobismus intellektuell ist. Sie konnte es sich nicht leisten, diesen Gedanken klar im Kopf zu behalten: der schwierige, schmerzhafte Prozeß der Selbsterziehung war alles, was sie aufrechterhielt. Immerhin schaffte sie es, wenn auch mit wahrer Mühe, nach einer Pause zu sagen: »Ich freu mich. Noch eine Hochzeit, das wird schön.« Es klang matt.

Marnie seufzte und blickte trostsuchend auf ihre hübschen Fingernägel. Sie hätte liebend gern ein intimes Gespräch mit einem Mädchen ihres Alters geführt. Oder vielmehr hätte sie, denn es gab ja in der Afrikaansgemeinde Mädchen ihres Alters, die in der Nähe der Farm ihres Vaters aufwuchsen, gern Freundschaft mit Martha geschlossen, die sie bewunderte. Sie hätte gern kichernd gesagt, daß sie selbst sechzehn sei und mit etwas Glück nächstes Jahr einen Mann kriegen könnte wie Stephanie. Konfrontiert mit Marthas drohendem Blick wünschte sie, sie hätte zur Veranda zurückkehren können, wo die beiden Mütter wahrscheinlich die faszinierenden Einzelheiten der Werbung und der Hochzeit erörterten. Doch es war Brauch, daß die Männer mit Männern und die Frauen mit Frauen redeten und daß die Kinder miteinander spielten. Marnie betrachtete sich nicht als Kind, obwohl Martha das anscheinend tat. Sie dachte, daß sie sich, wenn sie allein zur Veranda zurückkehrte, vielleicht dem Gespräch der Frauen anschließen könnte, während sie ausgeschlossen sein würden, käme Martha mit. Sie sagte: »Meine Mama erzählt es gerade deiner Mama.«

Martha erwiderte mit dem unberechenbaren Groll, der ihr bestens vertraut war: »Oh, es wird ihr Spaß machen, darüber zu klatschen.« Und bemüht, ihre Unfreundlichkeit wieder gutzumachen, fügte sie rasch hinzu: »Es wird sie schrecklich freuen.«

»Oh, ich weiß: Deine Mama will nicht, daß du jung heiratest, sie will, daß du Karriere machst«, sagte Marnie großmütig.

Aber wieder zuckte Martha zusammen und sagte ärgerlich: »Sie wäre begeistert, wenn ich jung heiraten würde.«

»Würdest du gerne, was?« unterstellte Marnie, die eine Atmosphäre zu schaffen versuchte, in der sie sich »gut unterhalten« konnten.

Martha lachte spöttisch und sagte: »Jung heiraten? Ich? Lieber würde ich sterben. Mich an Kinder und Haushalt ketten ...«

Marnie blickte sie erschreckt an und wurde verlegen. Sie bemerkte trotzig: »Mama sagt, du bist in Joss Cohen verknallt.« Als sie sah, was Martha für ein Gesicht machte, kicherte sie vor Angst. »Naja, er ist verknallt in dich, stimmt's?«

Martha biß die Zähne zusammen und zischte: *»Verknallt!«*

»Zum Teufel, dann eben: er mag dich.«

»Joss Cohen«, sagte Martha wütend.

»Er ist ein netter Junge, Juden können nett sein, und er ist gescheit, wie du.«

»Du machst mich krank«, sagte Martha und reagierte damit auf dieses Rassenvorurteil, so jedenfalls dachte sie.

Wieder verzog sich Marnies gutmütiges Gesicht in schmerzlicher Verwirrung, und sie warf Martha einen flehenden Blick zu. Sie stand auf, wollte fliehen.

Aber Martha rutschte ein Stück über das plattgedrückte lange Gras hinab und krabbelte auf die Füße. Sie rieb sich die Schenkel unter dem Baumwollkleid und sagte: »Oh, die ganze Haut ist ab.«

Ihre fast clowneske Art, über sich, über diese ungraziösen Bewegungen zu lachen, machte Marnie auf eine neue Weise verlegen. Sie fand es höchst eigenartig, daß Martha solche Kleider trug, sich mit sechzehn wie eine linkische Schülerin benahm und sich offenbar nichts daraus machte. Aber sie akzeptierte, was als Entschuldigung gemeint war, schaute sich den Titel des Buches an, das Martha in der Hand hielt – es war eine Biographie von Cecil Rhodes – und fragte, ob es interessant sei? Dann gingen die beiden Mädchen auf dem Eingeborenenpfad, der sich unter den niedrigen, struppigen Bäumen dahinwand, durch das gelbe Gras, das ihnen bis zu den Schultern reichte, zur Lichtung, wo das Haus stand.

Es war im einheimischen Stil erbaut, mit Lehmwänden und Strohdach, und hatte zwei Erntezeiten lang halten sollen, denn die Quests waren in die Kolonie gekommen, nachdem sie eine Ausstellung in London gesehen hatten, die Neusiedlern versprach, sie könnten mit Maisanbau beinahe von einem Jahr zum anderen reich werden. Das war nicht eingetreten, und das provisorische Haus wurde immer noch benutzt. Es war ein langes Oval, quer geteilt, damit man Zimmer gewann, und rundherum öffneten sich vorspringende Grasveranden nach draußen. Eine quadratische Küche mit Blechdach stand daneben. Diese Küche war jetzt ziemlich baufällig und das Dach fleckig und verrostet. Auch das Dach des Hauses hatte sich gesenkt, und die Wände waren so oft mit frischem Lehm ausgebessert worden, daß sie in sämtlichen Farben prangten, vom dunklen, kräftigen Rot über stumpf werdendes Gelb bis hin zu Elefantengrau. In dieser Gegend gab es viele verschiedene Arten von Häusern, aber das der Quests war einzigartig, weil ein Bauplan, der eigentlich für Ziegel und ein richtiges Dach geeignet gewesen wäre, in Gras, Lehm und gepreßtem Dung ausgeführt worden war.

Die Mädchen konnten ihre Mütter hinter der Wand aus Goldrute erkennen, und dort, wo sie die Verandastufen hätten hochsteigen müssen, sagte Martha hastig: »Geh du«, und lief ins Haus, während Marnie sich dankbar den Frauen anschloß.

Martha schlüpfte in den vorderen Raum wie ein Missetäter, denn die andern auf der Veranda konnten sie sehen, wenn sie nur den Kopf wendeten. Als das Haus gebaut worden war, hatte es noch keine Veranda gegeben. Mrs. Quest hatte die Vorstellung gehabt, daß die Front des Hauses »wie der Bug eines Schiffs« auf das Veld hinausragen sollte, wie sie selbst beschwingt erklärte. Ringsherum waren Fenster, so daß man einen Panoramablick auf Berge und Veld hatte, nur leicht unterteilt durch Mauerstreifen, wie eine Reihe gerahmter »Ansichten«. Jetzt neigte die Veranda sich darüber, und der Raum war ziemlich düster. Darin standen Stühle und Sessel, ein Klavier auf der einen und ein Eßtisch auf der anderen Seite. Vor Jahren, als die Teppiche und der Chintz noch neu gewesen waren, war dies ein hübscher Raum gewesen, mit cremefarben gestrichenen Wänden und glattem schwarzem Linoleum unter den Teppichen. Jetzt war er nicht bloß verblichen, sondern auch schmuddelig und überfüllt. Niemand spielte auf dem Klavier. Das silberne Teetablett, das Mrs. Quests Großvater anläßlich seiner Pensionierung von seiner Bank geschenkt bekommen hatte, stand zwischen Gesteinsbrocken, Muttern und Schrauben von Pflügen und Medizinflaschen auf der Anrichte.

Als Mrs. Quest damals ankam, wurde sie ausgelacht wegen des Klaviers und der teuren Teppiche, wegen ihrer Kleider und weil sie Visitenkarten bei ihren Nachbarn abgegeben hatte. Jetzt lachte sie selbst, ein wenig beschämt, wenn sie an ihre früheren Fehler dachte.

In der Mitte des Bodens stand ein Pfosten aus hartem Dornholz, der das Ende des Firstbalkens stützte. Er hatte zur Imprägnierung gegen Ameisen und Insekten wochenlang in einem Bad aus starken Chemikalien gelegen, doch nun war er von winzigen Löchern durchsiebt, und wenn man sein Ohr daran hielt, konnte man Myriaden winziger Kiefer bei der Arbeit hören, und aus den Löchern sickerte unaufhörlich ein Rinnsal aus feinem weißem Staub. Martha stand daneben, wartete auf den Moment, wo auf der Veranda mit Sicherheit alle wegschauen würden, und spürte, wie der Pfosten sich schaukelnd auf seinem Fundament unter dem Fußboden bewegte. Sie fand es typisch für ihre Eltern, daß sie einander jahrelang vorgehalten hatten, wie wichtig es sei, den Pfosten rechtzeitig zu ersetzen, und sich jetzt, da die im Verborgenen arbeitenden Insekten ihn so ausgehöhlt hatten, daß er wie eine Trommel klang, wenn man ihn antippte, mit der Bemerkung trösteten: »Ach, das macht nichts, der Firstbalken hat ja ohnehin nie richtig auf der Gabel aufgelegen.« Und schaute man zum Strohdach hoch, so konnte man tatsächlich ganze fünf Zentimeter Abstand zwischen dem tragenden Balken des Daches und seiner beabsichtigten Stütze erkennen. Das Dach schien von dem Gitter aus leichten Stangen, das unter dem Stroh lag, hinreichend gehalten zu werden. Das ganze Haus war so – unstabil und wackelig, aber vertrauenswürdig, denn immer noch hielt es sich aufrecht, wider alle Wahrscheinlichkeit. »Eines Tages fällt es uns auf den Kopf«, maulte Mrs. Quest, wenn ihr Mann, wie üblich, sagte, daß sie es sich nicht leisten könnten, das Dach zu erneuern. Aber es fiel nicht.

In einem geeigneten Moment schlüpfte Martha in den zweiten Raum. Es war das Schlafzimmer ihrer Eltern. Es war groß, quadratisch und ziemlich düster, da es nur zwei Fenster hatte. Die Möbel bestanden aus Benzin- und Paraffinkanistern, die zusammengenagelt, angestrichen und mit Kretonne kaschiert waren. Die Vorhänge, ursprünglich in London gekauft, waren zu gelblichem Grau verblichen. Auf dem dünnen Gewebe, das schlaff vor dem blendenden Licht hing, zeigten sich hartnäckig die dunklen Konturen einherstolzierender Pfauen. Zwei große Eisenbetten standen nebeneinander an der einen, ein Frisiertisch ihnen gegenüber an der anderen Wand. Die Vertrautheit hatte Martha nicht abgestumpft und blindgemacht für diese Gegenstände, für die schäbige Verkommenheit des Zimmers. Doch die Familie lebte hier, ohne *wirklich* hier zu leben. Das Haus war als Provisorium gebaut worden und war immer noch ein Provisorium. Nächstes Jahr würden sie zurück nach England fahren oder in die Stadt ziehen. Die Ernte konnte gut sein; sie würden einen Glückstreffer landen und im Toto gewinnen; sie würden eine Goldmine finden. Jahrelang hatten Mr. und Mrs. Quest derlei Dinge erörtert; und bei solchen Gesprächen hörte Martha nicht mehr zu, denn sie reizten sie bis zur Unerträglichkeit. Als sie elf oder zwölf war, hatte sie klar erkannt, daß ihre Eltern sich etwas vormachten; sie war sogar soweit gekommen, daß sie sagen konnte: Wenn sie wirklich wegziehen wollten, dann würden sie es tun. Aber dieser kalte, bittere Gedanke war nie zu Ende gedacht worden, und sie teilte immer noch die unbewußte Einstellung ihrer Eltern, daß dies nicht wirklich ihr Zuhause war, obwohl sie deren Tagträumerei und Torheit ablehnte. Sie wußte, daß dieses Haus Marnie, auch anderen ihrer Nachbarn, schandbar schäbig, ja schmutzig vorkam; aber warum sich für etwas schämen, was man nie, nicht einen Augenblick lang, als Zuhause angesehen hat?

Als Martha allein in diesem Zimmer stand und sich vergewissert hatte, daß die Türen geschlossen waren, ging sie vorsichtig zu dem kleinen eckigen Spiegel, der über dem Frisiertisch ans Fensterkreuz genagelt war. Sie schaute die Sachen auf dem Frisiertisch nicht an, weil sie sie nicht mochte. Viele Jahre lang hatte Mrs. Quest Frauen, die Kosmetika benutzten, als frivol bezeichnet; dann sah sie, daß alle das machten und kaufte sich auch Lippenstift und Nagellack. Sie hatte kein Gefühl dafür, und es waren die falschen Farben. Ihr Puder roch muffig, mehlig, wie ein süßer, altbackener Kuchen. Martha legte hastig den Deckel auf die Dose und ließ sie in eine Schublade gleiten, als wollte sie den Geruch beseitigen. Dann schaute sie sich prüfend im Spiegel an, wobei sie sich auf die Zehen stellte, denn er hing zu hoch; Mrs. Quest war eine große Frau. Sie hatte sich keineswegs mit dem Aussehen abgefunden, das ihre Mutter für passend hielt. Nachts beschäftigte sie sich lange damit, sich mit einem Handspiegel zu erforschen; manchmal lehnte sie den Spiegel an ihr Kissen und murmelte, während sie danebenlag, wie ein Liebhaber: »Schön bist du, so wunderschön.« Das geschah, wenn Mrs. Quest eine ihrer scherzhaften Bemerkungen über Marthas Plumpheit gemacht hatte, oder wenn Mr. Quest darüber klagte, daß die Mädchen in diesem Land so früh heranreiften.

Sie hatte ein breites, doch wohlgeformtes Gesicht mit einem spitzen Kinn, ernsten nußbraunen Augen, einem üppigen Mund, klar gezeichneten, geraden, dunklen Brauen. Manchmal nahm sie den Spiegel ins elterliche Schlafzimmer mit, hielt ihn in einem bestimmten Winkel zu dem andern am Fenster und betrachtete sich in dieser doppelten Distanzierung im Profil; denn aus diesem Blickwinkel war ihr Gesicht von einer Zartheit, die es von vorn gesehen nicht besaß. Das Kinn nach oben gereckt, die offenen blonden Haare zurückgeworfen, die Lippen halbgeöffnet in einem Ausdruck brennender Erwartung, besaß sie eine gewisse Schönheit. Aber es schien ihr, als wären ihr Gesicht, ihr Kopf etwas, das völlig losgelöst war von ihrem Körper; sie konnte immer nur bestimmte Partien von sich sehen, weil der Spiegel so klein war. Die Kleider, die ihre Mutter genäht hatte, sahen häßlich, ja obszön aus, da ihre Brüste gut entwickelt waren, und die Passe betonte sie noch, da sich die plattgedrückten Rundungen unter dem engen Stoffstreifen abzeichneten; und die gerade abfallende Linie des Rockes war verdorben durch ihre vollen Hüften. Ihre Mutter behauptete, daß die Mädchen in England frühestens mit sechzehn, besser noch mit achtzehn in die Gesellschaft eingeführt würden, und daß die Mädchen aus einer wohlangesehenen Familie Kleider in diesem Stil trügen, bis es soweit war. Daß sie selbst nicht »in die Gesellschaft eingeführt« worden war und daß ihre Familie bei weitem nicht den Grad an *Wohlangesehenheit* erreicht hatte, der nötig war, um in die Gesellschaft eingeführt zu werden, reichte nicht aus, um sie davon abzubringen. Denn auf solchen Erwägungen basiert das gesellschaftliche Leben in England, und sie hatte schließlich ganz recht, wenn sie dachte, daß es, hätte sie nur besser geheiratet, oder wäre ihre *Farm* bloß ein Erfolg gewesen, möglich gewesen wäre, mit dem wohlhabenden Zweig der Familie zu vereinbaren, daß Martha in die Gesellschaft eingeführt werden sollte. Daher hatte Marthas mürrische Kritik an ihrem Snobismus nicht die geringste Wirkung, und sie strich die kindlichen Kleider über Marthas Körper glatt, so daß das Mädchen sich krümmte vor innerer Wut, und sagte in gekünstelter Bestürzung: »Du liebe Güte, aus dir wird wohl eine Kropftaube?«

Einmal hatte Mrs. Van Rensberg, die diese Szene beobachtete, besänftigend bemerkt: »Aber Mrs. Quest, Martha hat doch eine hübsche kleine Figur, warum soll sie sie denn nicht zeigen?« Nach außen jedoch ging es um eine gesellschaftliche Konvention und nicht um Marthas Figur; und wenn Mrs. Van Rensberg auch zu ihrem Gatten sagte, Mrs. Quest sei auf dem besten Wege, aus Martha ein »schwieriges Mädchen« zu machen, so konnte sie das doch nicht zu Mrs. Quest direkt sagen.

Dieser Nachmittag war ein jäher Höhepunkt nach einer langen, schwelenden, mühsam unterdrückten Rebellion. Vor dem Spiegel stehend nahm sie eine Schere und trennte das Oberteil vom Rock ihres Kleides ab. Sie versuchte gerade, die Falten so zu legen wie bei Marnie, als die Tür sich plötzlich öffnete und ihr Vater hereinkam. Mit einem verlegenen Blick auf seine Tochter, die bis auf das winzige rosa Höschen nackt war, hielt er inne; aber diese Verlegenheit war nicht recht einzusehen, denn wenn Martha noch ein Kind war, dann konnte man sie auch nackt anschauen.

Er fragte barsch: »Was machst du da?« und ging zu einem langen Schrank neben seinem Bett, der aus sieben Benzinkanistern bestand, einer über dem andern, dunkelgrün gestrichen und verhüllt von einem ausgeblichenen gemusterten Vorhang.

Er war vollgestopft mit Medizinflaschen, die so aufeinandergestapelt waren, daß die geringste Berührung eine Lawine auslösen konnte. Er sagte niedergeschlagen: »Ich werde mal dieses neue Zeug ausprobieren, ich habe leichte Verdauungsstörungen«, und versuchte, die richtige Flasche zu finden. Als er sie eine nach der anderen gegen das Licht hielt, fiel sein Blick auf Martha, und er bemerkte: »Deine Mutter wird es nicht gern sehen, daß du ihre Kleider in Stücke schneidest.«

Sie sagte trotzig: »Warum soll ich Kleider tragen wie eine Zehnjährige, Daddy?«

Er erwiderte aufgebracht: »Du *bist* ein Kind. Mußt du die ganze Zeit mit deiner Mutter streiten?«

Wieder schwang die Tür auf, knallte gegen die Wand, und Mrs. Quest trat ein mit den Worten: »Warum bist du weggelaufen, Martha? Sie wollten dir von Stephanie erzählen, das ist wirklich unhöflich von dir ...« Sie hielt inne, riß die Augen auf und fragte: »Was in der Welt treibst du da?«

»Ich werde solche Kleider nicht mehr tragen«, sagte Martha und versuchte gelassen zu klingen, doch was herauskam, war wieder ihr übliches mürrisches Aufbegehren.

»Aber mein Liebes, du hast es ruiniert, dabei weißt du doch, wie schlecht wir dran sind«, sagte Mrs. Quest, alarmiert durch das reife Aussehen der Brüste und Hüften ihrer Tochter. Sie warf ihrem Mann einen Blick zu, durchquerte dann rasch das Zimmer und legte ihre Hände auf die Hüften des Mädchens, als wollte sie sie zurückpressen in die Mädchenzeit. Plötzlich tat Martha einen Schritt zurück und hob unwillkürlich die Hand; sie schauderte vor Ekel bei der Berührung ihrer eigenen Mutter und war nahe daran, ihr ins Gesicht zu schlagen. Sie ließ die Hand fallen, erstaunt über ihre eigene Heftigkeit, und Mrs. Quest errötete und sagte kraftlos: »Mein Liebes ...«

»Ich bin sechzehn«, stieß Martha mit erstickter Stimme zwischen den Zähnen hervor und blickte hilfesuchend zu ihrem Vater. Aber der wandte sich rasch ab und goß Medizin in ein Glas.

»Mein Liebes, anständige Mädchen tragen solche Kleider erst –«

»Ich bin aber kein anständiges Mädchen«, unterbrach Martha und lachte plötzlich.

Mrs. Quest fiel mit schallendem Lachen erleichtert ein

und sagte: »Wirklich, mein Liebes, du bist ungeheuer komisch.« Und dann in vertrauterem Ton: »Du hast dieses Kleid ruiniert, und das ist nicht fair gegenüber Daddy, du weißt doch, wie schwer es ist, Geld aufzutreiben ...« Sie hielt erneut inne und folgte Marthas Blick. Martha schaute zum Medizinschrank. Mrs. Quest fürchtete, Martha könnte, wie sie es schon einmal zu ihr gesagt hat, antworten, daß da bestimmt Medikamente im Wert von mehreren hundert Pfund im Schrank ständen und daß sie mehr Geld für die eingebildeten Krankheiten von Mr. Quest ausgegeben hätten als für ihre Erziehung.

Das war natürlich eine Übertreibung. Aber es war eigenartig, daß Mrs. Quest damals, als Martha diese Bemerkung gemacht hatte, über den Geldwert dieser Medikamente zu debattieren begann: »Unsinn, Liebes, du weißt genau, daß es nicht mehrere hundert Pfund sein können.« Sie sagte nicht: »Dein Vater ist schwerkrank.« Denn Mr. Quest war wirklich krank, er hatte seit drei oder vier Jahren Diabetes. Und damit war ein Vorfall verbunden, an den sich weder Martha noch Mrs. Quest gern erinnerten. Eines Tages war Martha in der Stadt aus ihrem Klassenzimmer gerufen worden und hatte Mrs. Quest wartend im Gang angetroffen. »Dein Vater ist krank«, rief sie und fügte dann, als sie sah, daß Marthas Ausdruck nur zu sagen schien: Das ist doch nichts Neues, oder?, hastig hinzu: »Doch, wirklich, er hat Diabetes, er muß ins Krankenhaus und Tests machen lassen.« Martha schwieg lange, schließlich murmelte sie wie eine Schlafwandlerin: »Ich hab's ja gewußt.« Kaum waren diese Worte heraus, errötete sie schuldbewußt, und gleich darauf stürzte sie zum Wagen, in dem ihr Vater saß, und beide Frauen machten sich fürsorglich über ihn her, während Mr. Quest, der große Angst hatte, ihren Beteuerungen lauschte.

Wenn Martha sich an diesen Satz erinnerte, der aus tiefster Tiefe gekommen war, als habe er auf diese Gelegenheit gewartet, war ihr nicht wohl, und sie fühlte sich schuldig. Ganz im Geheimen konnte sie nicht umhin zu denken: Er wollte krank sein, er ist gern krank, jetzt hat er ein Alibi dafür, daß er versagt hat. Schlimmer noch, im Innersten machte sie ihre Mutter dafür verantwortlich.

Durch die ganze Geschichte mit Mr. Quests Krankheit taten sich derartig peinliche emotionale Abgründe zwischen Mutter und Tochter auf, daß das Thema fast nie angesprochen wurde; und jetzt sagte Mrs. Quest hastig, indem sie zum Fenster ging: »Du regst deinen Vater auf, er macht sich Sorgen um dich.« Ihre Stimme war leise und quengelnd.

»Du willst sagen, *du* machst dir Sorgen um mich«, sagte Martha kalt und senkte, mit einem raschen Blick auf ihren Vater, unbewußt die Stimme. Halb flüsternd sagte sie: »Er merkt nicht mal, daß wir hier sind. Er hat uns seit Jahren nicht wirklich *gesehen* ...« Bestürzt stellte sie fest, daß ihre Stimme zitterte; sie war den Tränen nahe.

Mr. Quest verließ eilends das Zimmer; er redete sich ein, daß Frau und Tochter gar nicht stritten, und sofort sagte Mrs. Quest mit normaler Stimme: »Du machst uns Kummer. Du merkst das nicht. Die Art, wie du Geld verschwendest und –«

Martha schnitt ihr das Wort ab, indem sie das Zimmer verließ und in ihr eigenes ging. Die Tür war nicht verschließbar, ja, sie ging nicht einmal richtig zu, da sie schief war. Ein eingeborener Tischler hatte sie aus Planken gezimmert, und sie hatte sich in der Regenzeit verzogen, mit dem Ergebnis, daß man sie mühsam über einen schwieligen, gewölbten Türsturz schieben mußte. Doch wenn sie auch nicht abzuschließen war, so gab es doch Momente, in denen sie unsichtbar verschlossen war, und dies war einer dieser Momente. Martha wußte, daß ihre Mutter nicht hereinkommen würde. Sie saß auf der Bettkante und weinte vor Wut.

Dieser Raum war der angenehmste im Haus, ein großer

quadratischer Raum, frisch geweißt und sparsam möbliert. Die Wände reichten direkt bis unters Dach, das zu beiden Seiten des Firstbalkens in einem sanften Bogen aus matt glänzendem, mit den Jahren graugold verfärbtem Strohbelag schräg abfiel. Von einem breiten, niedrigen Fenster aus blickte man direkt über einen Abhang mit Bäumen auf ein riesengroßes rotes Feld und auf der anderen Seite auf einen Hügel mit frisch begrüntem, parkartigem Buschland – denn hier waren die Bäume nie als Brennmaterial für die Minenöfen abgeholzt worden wie fast überall auf der Farm –, und hinter diesem Hang erhob sich der große Berg, Jakobs Burg. Er war überflutet vom Abendlicht. Sonnenuntergang: Die Vögel besangen das Tagesende, und die Grillen bezirpten den Einbruch der Nacht. Martha war müde und legte sich auf das niedrige Eisenbett, dessen klumpige Matratze und Kissen sich ihrer Körperform angepaßt hatten. Sie blickte an den orangefarbenen Vorhängen vorbei in den Himmel, der in wilden Farben erglühte. Sie wußte: ihr stand ein langer Kampf bevor, und sie sah ihm mit gemischten Gefühlen entgegen. Sie sagte sich, ich gebe nicht nach, nein. Dabei wäre es ihr schwergefallen zu definieren, gegen was sie ankämpfte.

Und tatsächlich hatte die Kleiderschlacht begonnen. Sie wütete über Monate, bis der arme Mr. Quest stöhnte und das Zimmer verließ, wann immer das Thema zur Sprache kam. Und das war permanent der Fall, seit es zum Angelpunkt des stummen Kampfes zwischen den Frauen geworden war, der nichts mit Kleidern zu tun hatte oder gar mit »Anständigkeit«.

Mr. Quest hielt sich für einen friedliebenden Mann. Er war groß und hager und dunkel, sprach und bewegte sich langsam; er sah auch gut aus, und selbst heute erwärmten sich die Frauen noch für ihn und den heimlich verständnisvollen und komplizenhaften Blick in seinen schönen dunklen Augen. Denn sein Blick hatte eine Spur von Lasterhaftigkeit, und wenn er ein wenig mit Mrs. Van Rensberg flirtete, wurde er lebendig. Mrs. Quest war dann unruhig und Martha auf unerklärliche Weise traurig, ihren Vater so zu sehen, wie er gewesen sein mußte, als er jung war. Sein gutes Aussehen war konventionell, sogar langweilig, bis auf diese Momente, in denen er sich belebte. Und die waren selten, denn falls Mr. Quest ein Wüstling war, so wußte er es nicht.

Als Mrs. Quest neckend, doch mit einem nervösen Unterton sagte: »Mrs. Van Rensberg, die gute Seele, ist heute Nachmittag ganz plustrig geworden, als du so mit ihr geflirtet hast«, antwortete Mr. Quest ziemlich gereizt: »Was meinst du mit geflirtet? Ich habe doch nur aus Höflichkeit mit ihr geredet.« Und er glaubte das wirklich.

Was er am meisten liebte, war, stundenlang in einem Liegestuhl auf der Veranda zu sitzen, die Lichter und Schatten über die Hügel wandern, die Wolken über seinem Kopf aufmarschieren, des Nachts den Blitz zu sehen, dem Donner zu lauschen. Nach Stunden des Schweigens tauchte er dann auf und sagte: »Also, ich weiß nicht, ich glaube, das alles hat etwas zu bedeuten«; oder: »Das Leben ist eine komische Angelegenheit, sag, was du willst.« Er war ruhig, ja sogar heiter in seiner abwesenden Art, solange er nicht gestört wurde, was zu dieser Zeit bedeutete: solange er nicht angesprochen wurde. Wenn das geschah, packte ihn Gereiztheit; und nun flehten beide Frauen ihn ständig um seinen Beistand an, und er pflegte hilflos zu antworten: »Um Himmels willen, was gibt es denn zu streiten? Es gibt doch *überhaupt nichts*, worüber man sich streiten könnte.« Als seine Frau heimlich zu ihm kam und beharrlich auf ihn einredete, bis er sie hören mußte, brüllte er wütend: »Wenn das Kind sich lächerlich machen will, dann laß sie. Vergeude deine Zeit nicht mit Streitereien.« Und als Martha hilflos sagte: »Rede mit ihr, sag ihr, daß ich nicht mehr zehn bin«, sagte er: »Mein

Gott, laß mich in Frieden, und überhaupt hat sie ganz recht, du bist viel zu jung, schau Marnie an, da wird man ja schamrot, wenn die in Shorts und Stöckelschuhen auf der Farm herumwackelt.« Das erboste Martha natürlich, die sich im Geist keineswegs im Stile einer Marnie daherkommen sah. Aber die Frauen brachten es nicht fertig, ihn in Ruhe zu lassen, mehrmals am Tag kamen sie zu ihm gelaufen, gerötet, wütend, mit klagenden Stimmen, Aufmerksamkeit heischend. Sie ließen ihn nicht in Frieden über den Krieg nachdenken, in dem er seine Gesundheit und vielleicht noch etwas Wertvolleres als Gesundheit eingebüßt hatte; sie ließen ihn nicht ruhig von der Zukunft träumen, wo ein Wunder sie alle in die Stadt oder nach England verfrachten würde; sie keiften auf ihn ein wie ein paar verflixte Fischweiber, wie er bei sich sagte. Beide spürten, daß er sie im Stich ließ, und wurden gereizt gegen ihn, so daß es in solchen Momenten war, als kittete eben diese Gereiztheit sie zusammen, gegen ihn. Aber das ist nun mal das Los der Friedensstifter.

2

Als Martha gerade sechzehn war, erwartete man von ihr, daß sie die Zulassungsprüfung bestehen würde – selbstverständlich höchst brillant. Sie machte die Prüfung überhaupt nicht; und nicht zum ersten Mal hatte sie sich damit einer Situation durch Umstände entzogen, die anders denn als Pech zu bezeichnen keinem, schon gar nicht Martha selbst, in den Sinn gekommen wäre. Mit elf zum Beispiel hätte sie eine ebenso entscheidende Prüfung machen sollen, und sie war die Woche davor krank geworden. Sie galt als außerordentlich musikalisch, doch irgendein fataler Zufall hielt sie stets davon ab, dies durch die entsprechende Zensur unter Beweis zu stellen. Dreimal hatte sie sich für die Konfirmation vorbereitet, und am Ende hatte man ihr erlaubt, die ganze Sache fallen zu lassen, da sich in der Zwischenzeit herausgestellt hatte, daß sie Agnostikerin geworden war. Und jetzt diese wichtige Prüfung. Monatelang sprach Mrs. Quest über Universität und Stipendien, und Martha hörte zu, manchmal eifrig, doch öfter noch wand sie sich vor Verlegenheit. Eine Woche vor dem entscheidenden Datum bekam Martha eine Bindehautentzündung, die zufällig in der Schule grassierte. Kein sehr ernstes Leiden, doch in Marthas Fall hatte es den Anschein, als wären die Augen dadurch schwächer geworden.

Oktober war es, der Monat der Hitze und der Blumen, des Staubes und der Spannung. Oktober: Die kleine Stadt, in der Martha zur Schule ging, war mit Blumen behängt wie zu einem Fest. Überall wurden die Straßen überwölbt von den purpurblühenden Bäumen, die Jakarandas hielten ihre duftigen Blütenwolken über jeden Gehweg und Garten; unter ihnen ertönten, wie ein Diskant, die blaßrosa-weißen Bauhinien, im Hintergrund fuhr ab und an der tiefe Trompetenton des Magentarots dazwischen, wo eine Bougainvillea ihre Farblast an einer Mauer abwarf. Farbe und Licht: Die Stadt wurde bombardiert vom Licht, die Hitze schlug herab vom weißlichen Himmel, schlug von den grauen, gleißenden Straßen empor, hing über den Dächern in schimmernden Wellen. Das Grün des Laubs war tief und kräftig und leuchtend, doch staubüberzogen wie ein verwahrlostes Gewässer, in dem sich Unrat sammelt. Ging man an einem Baum vorbei, sprang das Licht funkelnd von Facette zu Facette des Geästs oder Blattwerks. Wie furchtbar ist der Oktober! Furchtbar, weil so schön, und diese Schönheit entspringt der aufgeladenen Hitze, dem Staub, der Spannung; denn jedermann beobachtet den Himmel und die schweren Bäume entlang den Alleen und die mürrischen Wolken, obgleich wochenlang nichts geschieht; der Wind wirbelt Staub auf an einer Straßenecke und flaut ab, erschöpft. Man kann sich nicht an den Duft der Blumen erinnern, ohne zugleich an den Geruch von Staub und Benzin zu denken; man kann sich nicht an jenes triumphierende Farborchester erinnern, ohne an den wütenden, weißglühenden Himmel zu denken. Man kann sich nicht ... Später erinnerte Martha sich, daß ihre Augen schrecklich wehgetan hatten, dann schlossen sie sich und eiterten, und sie lag im Halbdunkel und machte Witze über ihren Zustand, weil sie solche Angst hatte, blind zu werden. Noch mehr fürchtete sie sich vor dieser Angst, denn der Gedanke des Erblindens war insofern völlig absurd, als die Hälfte der Mädchen in der Schule dasselbe hatten. Es war nur eine Frage des Abwartens, bis ihre Augen besser wurden. Sie konnte es nicht ertragen, im Bett zu liegen und zu warten, deshalb quälte sie die Schwester so lange, bis sie, gegen die Straße hin abgeschirmt durch einen dichten Vorhang aus Goldrute, auf der Veranda sitzen durfte. Da konnte sie sich dann vergewissern, daß sie nicht blind war, indem sie durch ihre brennenden Augenlider in das Licht schaute, das vom Himmel kam. Dort saß sie den ganzen Tag und spürte, wie Wogen von Hitze und Duft in Sehnsuchtsschaudern über sie hereinbrachen. Doch Sehnsucht wonach? Sie saß da und sog gequält die schwere Luft ein, als versetzte die ihr Schläge wie ein unsichtbarer Feind. Außerdem mußte die Prüfung gemacht werden; sie verließ sich immer auf intensives Lernen in den letzten vierzehn Tagen vor einer Prüfung, denn sie gehörte zu den Leuten mit einem Gedächtnis, das nahezu fotografisch alles für etwa einen Monat behält; danach verschwand das Gelernte, als hätte sie es nie gewußt. Wenn sie die

Prüfung machte, würde sie sie infolgedessen vermutlich bestehen, aber nur mittelmäßig.

Mrs. Quest erfuhr, daß ihre Tochter eine Bindehautentzündung hatte. Dann bekam sie einen Brief von Martha, einen überaus hysterischen Brief, dann noch einen, diesmal war der Ton flach und lakonisch. Mrs. Quest fuhr in die Stadt und brachte ihre Tochter zu einem Augenarzt, der sie untersuchte und sagte, daß mit den Augen alles in Ordnung sei. Mrs. Quest war sehr aufgebracht und schleppte sie zu einem anderen Augenarzt; es war die gleiche Wut, wie sie sie auf alle Ärzte hatte, die sich nicht auf der Stelle ihrer Diagnose anschlossen, wenn es um den Zustand ihres Mannes ging. Der zweite Augenarzt war geduldig und ironisch und sagte zu allem, was Mrs. Quest meinte, ja.

Seltsam, daß Mrs. Quest, deren Wille jahrelang darauf gerichtet gewesen war, daß Martha sich auszeichnen sollte – seltsam, daß sie sich so leicht mit diesen geschädigten Augen zufrieden gab, ja sogar daran festhielt, daß sie auf Dauer in Mitleidenschaft gezogen seien, als Martha sich dessen nicht mehr so sicher war. Denn kaum war Mrs. Quest in der Stadt angekommen, kaum hatte sie die Situation in die Hand genommen, fühlte sich Martha in einer Weise überrannt, die sie nicht vorhergesehen hatte. Falls das Wort »sehen« in Verbindung mit etwas so Konfusem und Widersprüchlichem überhaupt angebracht ist. Das endete damit, daß Martha zurück auf die Farm fuhr – »um ihre Augen auszuruhen«, wie Mrs. Quest ihren Nachbarn mit einem in dieser Sache unerklärlichen Stolz erzählte, der Martha peinlich war.

Da war Martha nun zu Hause, »ruhte ihre Augen aus«, las aber so viel wie eh und je. Und wie seltsam waren die Debatten der beiden Frauen über dieses unlogische Verhalten. Denn Mrs. Quest sagte nicht: »Ich denke, deine Augen sind überanstrengt, warum liest du dann?« Sie machte Bemerkungen wie: »Du machst das absichtlich, um mich zu ärgern!«; oder: »Warum mußt du denn so ein Buch lesen?«; oder: »Du ruinierst dir dein ganzes Leben und willst nicht auf mich hören.« Martha verharrte in hartnäckigem, ironischem Schweigen und las weiter.

Da war Martha nun, sechzehn Jahre alt, untätig und gelangweilt, und fragte sich manches Mal insgeheim (wenn auch nur für einen Moment, der Gedanke entwischte ihr immer gleich), warum sie diese Prüfung nicht gemacht hatte, die sie mit solcher Leichtigkeit hätte bestehen können. Denn sie hatte die Schule als Klassenbeste durchlaufen, ohne sich im mindesten plagen zu müssen. Doch diesem Gedanken konnte sie sich nicht wirklich stellen, also verbannte sie ihn. Warum verdammte sie sich bloß selbst dazu, auf dieser Farm zu leben, die sie mehr als alles in der Welt zu verlassen wünschte? Das Zulassungsexamen war ein bequemer Passierschein für die Welt da draußen, während ohne ihn zu entfliehen, ihr so schwierig erschien, daß sie fürchterliche Alpträume hatte, in denen sie mit Händen und Füßen unter die Räder einer Lokomotive gebunden war oder sich, bis zu den Hüften im Treibsand steckend, vorwärtskämpfte oder unaufhörlich eine Treppe hinaufstieg, die unter ihr zurückwich. Sie hatte das Gefühl, als wäre eine Art Bann über sie verhängt worden.

Dann kam Mrs. Quest mit der Mitteilung, daß Marnie soeben das Examen bestanden hätte, und sie sagte es mit dem unangenehmen Unterton: Schau, wenn die es besteht, warum du nicht?

Martha hatte keine Lust, Marnie zu sehen, und es war leicht, dies zu vermeiden, da die Van Rensbergs und die Quests sich allmählich auseinanderlebten. Es war mehr als einer dieser unerklärlichen Stimmungsumschwünge zwischen Nachbarn; es gab einen guten Grund dafür. Mr. Van Rensberg war dabei, ein leidenschaftlicher Nationalist zu werden, und Mrs. Van Rensberg sah schuldbewußt drein, wenn sie Mrs. Quest im Ort traf. Und so kam es, daß die Quests, eine verständliche Reaktion, anfingen zu sagen: »Diese verdammten Afrikander«, obwohl die beiden Familien befreundet gewesen waren und die Frage der Nationalität so viele Jahre auf Eis gelegt hatten.

Martha wollte nicht an diese Dinge denken, sie war sich selbst zugewandt, in einem dumpfen, tranceähnlichen Zustand. Später sollte sie an diese Zeit als an die schlimmste Zeit ihres Lebens denken. Was so erschreckend war, war dieses Gefühl, geschleppt zu werden, diese Schwerfälligkeit. Sie begriff nicht, warum sie gegen ihren Willen, ihren Intellekt, gegen alles handelte, an das sie glaubte. Es war, als wären ihr Körper und ihr Gehirn betäubt.

Es gab nichts zu tun. Die Farm lag um sie herum wie ein geliebtes Land, das ihr die Staatsbürgerschaft verweigerte. Sie wiederholte die magischen Worte der Kindheit wie einen Zauber, der seine Kraft verloren hat. Die Zwanzig Morgen, das Große Tabakland, das Feld auf dem Berg, die Hundert Morgen, das Kaffernnest, der Busch am Zaun, die Kürbisstelle – diese Worte wurden Worte; und als sie allein über die Zwanzig Morgen ging, die auf drei Seiten von spärlichen Eukalyptusbäumen (ein Überbleibsel aus der Aufforstungsphase ihres Vaters) eingefaßt waren, ein Stück abfallendes Land, rosa und gelb, durchzogen von Quarzadern und übersät von losen weißen Kieseln, da sagte sie verächtlich zu sich: Warum Zwanzig Morgen? Es sind höchstens zwölf. Warum Hundert Morgen, wenn es bloß sechsundzwanzig sind? Warum hat unsere Familie gewöhnlichen oder sogar schäbigen Dingen immer so bombastische Namen gegeben? Denn alles war in ihren Augen geschrumpft. Das Haus sah aus, als wäre ein grausames Licht daraufgefallen. Es war nicht nur schäbig, es war dreckig. Alles verrottete und verfiel und neigte sich nach innen.

Und schlimmer, viel schlimmer noch, sie beobachtete ihren Vater mit Entsetzen, denn er bekam für sie die tödliche Lethargie einer traumverschlossenen Figur. Er hatte den Ausdruck von jemandem, der halb in den Fängen des Schlafes ist. Er war mittleren Alters, sagte sie sich, weder jung noch alt; er befand sich in der langen mittleren Lebensphase, in der die Leute sich nicht verändern, doch die Unveränderlichkeit wurde ihm aufgezwungen, nicht von einer widerstrebenden Kraft, sondern von – ja, wovon? Er stand morgens spät auf, träumte über seinem Frühstück, verschwand im Schlafzimmer, um sich auf seine wirkliche und die mannigfachen eingebildeten Krankheiten hin zu untersuchen; kehrte frühzeitig von der Farmarbeit zum Mittagessen zurück, schlief danach, und zwar täglich länger, saß dann unbeweglich in seinem Liegestuhl und wartete auf den Sonnenuntergang. Anschließend Abendessen – ein bewußt gesundes Essen – und dann früh zu Bett. Schlaf, Schlaf, das Haus war durchtränkt davon, und Mrs. Quests Stimme murmelte, wie eine Hexe ihre Zaubersprüche murmelt: »Du mußt müde sein, Liebling; übermüde dich nicht, Lieber.« Und waren diese Worte an Martha gerichtet, so fühlte sie sich selbst halb umfangen von dem Alptraum, als stünde sie neben ihrem Vater; bei dem Wort »müde« wurde sie tatsächlich müde und mußte sich wachrütteln.

»Ich *will* nicht müde sein«, fuhr sie ihre Mutter an. »Es hat keinen Sinn zu versuchen, mich müde zu machen« – ungewöhnliche Worte, und noch ungewöhnlicher war, daß sie unwidersprochen blieben. Ihr Gesicht legte sich in geduldige und kummervolle Falten, die ewige Mutter, Schlaf und Tod in ihren Zwillingshänden haltend wie eine süße, giftige Wolke des Vergessens – so sah Martha sie, eine unheilvolle Figur in dem Alptraum, in dem sie selbst gefangen war.

Manchmal aber waren ihre Auseinandersetzungen vernünftiger. »Du bist schrecklich unfair zu deinem Vater«, klagte Mrs. Quest. »Er ist krank, er ist wirklich krank.«

»Ich weiß, daß er krank ist«, sagte Martha unglücklich

und fühlte sich schuldig. Dann raffte sie sich zu der Bemerkung auf: »Schau dir doch Mr. Blank an, der hat das auch, aber er ist ganz anders.« Mr. Blank, der auf der anderen Seite des Bezirks wohnte, hatte dieselbe Krankheit, sogar viel schlimmer als Mr. Quest, und führte ein aktives Leben, als läge diese tägliche Injektion von zusätzlichen Drüsensäften auf der gleichen Ebene wie Zähneputzen oder der regelmäßige Verzehr von Obst zum Frühstück. Mr. Quest dagegen war vollkommen absorbiert von dem Ritual des Krankseins, er redete von nichts anderem – seine Krankheit und der Krieg, der Krieg und die Krankheit; es war, als liefe ein zweifacher Kanal durch sein Gehirn, und wenn seine Gedanken von dem einen Thema abkamen, dann mußten sie auf das andere überspringen, wie man doppelgleisig zum selben Ziel gelangt.

Es kam Martha sogar so vor, als sei ihr Vater froh darüber, daß die Van Rensbergs sie nicht mehr besuchten, denn mit Mr. Van Rensberg hatte er über die Farm geredet, wohingegen er mit Mr. McDougall, der seine Stelle einnahm, Erinnerungen an die Schützengräben austauschte.

Ging Martha die Veranda entlang – eine stumme und kritische Gestalt –, so erblickte sie am einen Ende ihren Vater, der sich wie ein nachdenklicher Philosoph in seinem Liegestuhl zurücklehnte, und hörte seine Stimme: »Wir waren draußen im Niemandsland, sechs von uns, da jagten die Leuchtgranaten hoch, und wir sahen, daß wir kaum drei Schritte von den Gräben der Boches entfernt waren und . . .«

Am anderen Ende der Veranda unterhielt sich Mrs. Quest mit Mrs. McDougall. »Das war damals, als die Verwundeten von Gallipoli zu uns gebracht wurden und . . .«

Martha, wider Willen gefesselt von dieser zweistimmigen Leidenslitanei, hörte zu, denn ihre ganze Kindheit hindurch, soweit sie zurückdenken konnte, hatte sie deren Murmeln gehört, und sie war verwoben mit ihrem innersten Wesen. Sie beobachtete angstvoll die Wirkung dieser Lyrik des Leidens auf sich; die Worte »Niemandsland«, »Leuchtgranaten«, »Boche« ließen in ihr Bilder entstehen wie die in Gedichten; Niemandsland, das war die schwarze, menschenleere Ödnis zwischen den lebendigen Mächten; Leuchtgranaten explodierten in farbigem Licht wie ein Feuerwerk in ihrem Kopf, erinnerungsgetränkt; Boche war furchterregend und gigantisch, nichts Menschliches, eine Nachtgestalt; das tänzelnde Wort »Gallipoli« glich einem heroischen Tanz. Sie war erschreckt über die Gewalt dieser Worte, die sie so stark berührten und die nichts mit dem zu tun hatten, wofür sie standen.

Als sie an einem dieser Nachmittage auf den Stufen stand und lauschte, rief ihr Vater ihr zu: »Matty, hab ich dir je erzählt von –« und sie sagte abweisend, doch zugleich voller Unbehagen: »Tausendmal schon, glaube ich.«

Er hob ruckartig den Kopf und starrte sie an, und auf sein Gesicht trat dieser Ausdruck verblüffter Verärgerung. »Du hast leicht reden«, sagte er. »Wir kamen aus den Schützengräben, und auf einmal war der Krieg tabu. Das Große Unaussprechliche, so habt ihr ihn genannt.«

»*Ich* habe ihn gar nichts genannt«, bemerkte sie schließlich; halb grantig, halb humorvoll.

Sie ging weg, aber er rief ihr nach: »Ach, die Pazifisten! Pazifisten hat's schon vor dem Krieg gegeben, aber als er anfing, da haben alle gekämpft. Ihr werdet auch noch kämpfen, wartet nur ab.«

Martha hatte sich nie für eine Pazifistin gehalten, doch offenbar war sie eine; sie übernahm ihrem Vater gegenüber diesen Part, genauso wie sie für ihn zu jener Gruppe von Leuten in den »Zwanziger Jahren« gehörte, die sich geweigert hatten, den Krieg hochzuhalten, obwohl die

»Zwanziger Jahre« in das erste Jahrzehnt ihres Lebens fielen und sie sich kaum an sie erinnern konnte. Sie erweckte sie jedoch für sich selbst durch Lesen zum Leben, und daher rief der bloße Klang des Wortes *jung*, das in jenem Jahrzehnt anscheinend eine Art Symbol oder Talisman gewesen war, in ihr ein Gefühl des Trotzes und der Verwegenheit hervor.

Ebenso widersprach Martha Mr. Quest in der vernünftigsten und logischsten Weise, wenn er sich über den internationalen Klüngel der Juden beklagte, der die Welt beherrsche (derartige Reden führte er seit neuestem, nachdem er ein Pamphlet gelesen hatte, das ihm mit der Post zugeschickt worden war). Wenn man so jung ist, weiß man noch nicht, daß Vernunft gegen einige Dinge machtlos ist. Und wenn Mr. Quest sagte, daß alle Kaffern schmutzig und faul und von Natur aus dumm seien, dann verteidigte Martha sie. Und wenn beide Eltern sagten, daß Hitler kein Herr sei, ein Emporkömmling ohne Prinzipien, dann hörte sich Martha selbst noch Hitler verteidigen. Dieser Punkt stimmte sie dann doch nachdenklich, sie fragte sich, ob sie wirklich zu recht das Gefühl hatte, nur als Vorwand herhalten zu müssen, und ob ihre Überzeugung berechtigt war, daß ihre Eltern, wenn sie laut wurden, ihr in einem klagenden, gereizten Ton widersprachen und darauf beharrten, daß es bald wieder Krieg mit Deutschland und Rußland geben würde (das war zu einer Zeit, wo jeder sagte, ein weiterer Krieg sei undenkbar, denn wem sollte er nützen?), diesen neuen Krieg in gewisser Weise benötigten, um sie, Martha, die über den letzten so abfällig sprach, zu bestrafen.

Jonathan Quest, der jüngere Bruder, kam wie ein Besucher aus einer glücklicheren Welt aus seiner teuren Schule nach Hause, um Ferien zu machen. Zum erstenmal war Martha ihm bewußt böse. Warum, fragte sie sich, durfte er, der nur halb so klug war, auf eine »gute Schule« gehen, warum sollte er unwiderruflich im Vorteil sein? Ihr war nicht ganz geheuer bei diesem Vorwurf, denn sie hatte ihrer Mutter gegenüber wild beteuert, daß nichts sie dazu bringen würde, auf eine snobistische Schule zu gehen, selbst wenn ihre Augen besser würden. Ihr wurde bewußt, daß es in ihrem Denken mehrere getrennte Stränge gab. Und das wurde durch Jonathan selbst auf die Spitze getrieben. Er war ein unkomplizierter, gutmütiger Junge, seinem Vater sehr ähnlich, der seine Ferien damit verbrachte, die benachbarten Farmer zu besuchen und zur Bahnstation zu reiten, um bei Sokrates, dem Griechen, und der Cohen-Familie in dem kleinen Kaffernladen vorbeizuschauen. Er stand bestens mit allen. Aber es kam Martha ungerecht vor, daß ihr Bruder, der die Afrikander verachtete (oder vielmehr die orthodoxe britische Haltung ihnen gegenüber einnahm, was auf dasselbe hinauslief), den Tag im Hause der Van Rensbergs verbrachte wie ein zweiter Sohn und bei den Cohen-Brüdern vorbeikommen und mit ihnen reden konnte, als wäre das das Natürlichste von der Welt.

Martha fragte ihn sarkastisch: »Wie bringst du den Gedanken, daß die Juden die Welt ruinieren, in Einklang mit einem Besuch bei Solly und Joss?«

Jonathan sah verlegen aus und sagte: »Aber wir kennen sie doch schon unser ganzes Leben lang.«

Als sie ihn betont spöttisch anblickte, sagte er: »Du fährst ja überhaupt nie hin und besuchst sie.«

»Nicht weil ich so denke wie du.«

Jonathan war verwirrt, weil er nicht hätte sagen können, daß er eher dies dachte als das; er plapperte bloß nach, was seine Eltern sagten und was er in der Schule gehört hatte. »Und wenn du Hitler in Ordnung findest, wie reimt sich das?«

»Ich hab doch nie behauptet, daß er in Ordnung ist, ich habe nichts weiter gesagt, als –« Sie hielt inne und errötete; und nun war es an ihm, sie spöttisch anzuschauen. Es stimmte, sie hatte nichts weiter über Hitler gesagt, als daß die Tatsache, daß er ein Emporkömmling war, nichts über seine Fähigkeiten aussagte, aber in dieser Familie war das so gut wie eine Verteidigung.

Sie begann mit einer langen rationalen Erklärung; aber er ließ sich nicht darauf ein, sondern neckte sie bloß. »Matty hat die Nerven verloren, Matty hat die Nerven verloren«, sang er wie ein Kind.

»Du bist halt nur ein Baby«, schloß sie voller Verachtung; so endeten ihre Debatten immer, und sie wandte sich ab. Nun bringt das Sichabwenden es mit sich, daß man sich etwas anderem zuwenden muß, und sie nahm aufs Geratewohl ein Buch aus dem Bücherschrank. Auch das war eine vertraute Geste. Wie viele Male hatte sie nicht einfach nach dem nächsten Buch gegriffen, als wollte sie damit sagen: »Ich kann belegen, was ich sage.«

Ihr ging auf, daß der Satz »Martha ist eine Leseratte«, von ihr ebenso benutzt wurde wie von ihrer Mutter und mit ebensowenig Grund. Denn was las sie schon? Sie las, wenn sie nicht gerade vor sich hinträumte, immer wieder dieselben Bücher in einer Trance des Wiedererkennens und immer an demselben Ort, unter dem großen Baum, der ihre Zuflucht war und durch den die Hitze herabströmte wie ein Narkotikum. Sie las Gedichte, nicht der Bedeutung der Worte, sondern der Melodien wegen, die den Rhythmus der schwingenden Gräser und der schaukelnden Blätter über ihrem Kopf intensivierten und das leuchtende Bild jener Ideallandschaft mit den weißen Städten und edlen Menschen vertieften, die wie eine goldene Fata Morgana über dem wirklichen Ausblick auf rauhes Grasland und verkrüppelte Bäume lag.

Sie ging durchs Haus und suchte nach etwas anderem. Es war voller Bücher. In ihrem eigenen Zimmer standen Borde, die überfüllt waren mit Märchenbüchern aus ihrer Kindheit und Gedichtbänden. In den Bücherschränken ihrer Eltern im Wohnzimmer standen die Klassiker, Dikkens, Scott, Thackeray und die übrige Erbschaft wohlhabender Viktorianischer Haushalte. Die hatte sie schon vor Jahren gelesen und las sie nun wie ausgehungert wieder. Man konnte das kleine schwarze Kind Oliver Twist gleichsetzen – doch was dann? Es lagen auch überall Bücher über »Politik« – oder das, was ihre Eltern unter dem Wort verstanden – herum, die Memoiren von Lloyd George zum Beispiel, oder Geschichten aus dem Großen Krieg. Keines davon schien irgendeinen Bezug zur Farm zu haben, zu den Scharen der eingeborenen Arbeiter, zu dem, was in den Zeitungen berichtet wurde, oder gar zu ›Mein Kampf‹, dem Buch, das diese geistige Unruhe hervorgerufen hatte.

Eines Tages jedoch fand sie hinter den Reihen staubiger Bücher einen Band H. G. Wells, und als sie ihn in der Hand hielt, stellte sich bei ihr ein dumpfes Gefühl des Widerstands, der Abneigung ein. Es war so stark, daß sie ihn beinahe weggelegt und wie üblich nach Shelley oder Whitman gegriffen hätte; dann wurde ihr bewußt, was sie vorhatte, und sie wunderte sich über sich selbst. Denn sie hatte dasselbe schon einmal empfunden. Sie schaute das Buch nochmals an. Es war die ›Geschichte unserer Welt‹, und auf dem Deckblatt stand der Name »Joshua Cohen«. Nun, sie hatte ihre kindliche Freundschaft mit den Cohen-Jungen in dem Moment aufgegeben, als Marnie sagte: »Joss Cohen ist verknallt in dich.« Sie vermißte sie. Und doch konnte sie ihnen nicht gegenübertreten. Anfangs, weil es sie ungeheuer erleichterte, daß sie sich nicht länger mit ihrer pausenlosen Kritik auseinanderzusetzen hatte: Es war nun völlig überflüssig geworden, ihre Bücher zu lesen, die eigenen Vorstellungen zu überprüfen. Neuerdings auch wegen der unerklärlichen und uneingestandenen Scham, die sie wegen ihrer überanstrengten Augen empfand. Sie nahm das Buch zum Baum ihrer Zuflucht mit, las es durch; und fragte sich, wieso sie überaus dunkle und komplizierte Lyrik mühelos lesen konnte, aber nicht das einfachste Buch über etwas, was sie »Fakten« nannte, ohne daß sie sich furchtbar anstrengen mußte, um sich zu konzentrieren. Sie rang sich die Entscheidung ab, zu versuchen, die Freundschaft mit den Cohens zu erneuern, denn es gab sonst niemanden, der ihr helfen konnte. Sie wollte, daß sie ihr sagten, was sie lesen sollte. Denn es gibt zwei Arten des Lesens: die eine vertieft und intensiviert, was man schon weiß; aus der anderen bezieht man neue Fakten, neue Ansichten, die man mit seinem Leben verwebt. Sie hatte genug von der ersten und brauchte die zweite. All diese Bücher, die sie vor zwei Jahren geliehen hatte – sie hatte sie gelesen, oh, ja; aber sie war noch nicht reif genug gewesen, sie zu verarbeiten.

Und was sollte sie jetzt tun? Denn sie hatte sich den Cohen-Jungen gegenüber ganz schlimm benommen. Sie traf sie manchmal im Ort. Nun ist es aber ein kleines Kunststück, Leute, die man jahrelang kennt, nicht *richtig* zu sehen, und Martha erreichte das durch den simplen Trick, daß sie sich sagte: *So was* würden sie nie von mir denken – wobei *So was* der Antisemitismus war –, und sie gezwungen anlächelte wie eine entfernte Bekannte. Sie nickten zurück und ließen sie in Ruhe, wie sie das zu wünschen schien.

In dem Dorf lebten etwa fünfzig Seelen, und es war wild um den ersten Laden herum gewachsen, der Sokrates gehörte, dem Griechen, den Farmern unter dem Namen Sock bekannt. Es gab eine Tankstelle, die von einem Waliser geführt wurde; einen Farmersaal; den Bahnhof neben den Geleisen, eine langgestreckte Bruchbude mit Holzpfeilern und Blechdach; eine Vorarbeiterhütte; und ein Hotel, gleichfalls im Besitz von Sokrates, in dem es eine Bar gab, die das eigentliche gesellschaftliche Zentrum des Bezirkes war. Diese Gebäude lagen über ein paar Morgen roten Staubs verstreut; und am Bahngeleise entlang erstreckte sich ein Tümpel mit bräunlichem Wasser, in dem Enten schwammen, bis Mrs. Sokrates herauskam und sich eine für das Hotelabendessen holte, und wo die ausgespannten Ochsen der Farmerwagen während des Auf- und Abladens knietief im grünen Schaum standen und ruhig die Augen hoben, wenn der Zug über ihren Köpfen hinwegdonnerte. Zweimal in der Woche kam ein Zug, und dreißig Kilometer weiter war das Ende der Bahnlinie, denn jenseits begann die lange Steigung zum großen Steilhang am Anfang des Zambesi Tales. Aber die Straße war sehr befahren, und den ganzen Tag standen Autos im Staub vor der Bar.

Jahre zuvor fuhren die Quests zweimal die Woche zur Bahnstation, denn Mrs. Quest war gesellig; doch Mr. Quest haßte das Gestörtwerden so sehr, daß sie jetzt nur einmal im Monat hinfuhren, und Mrs. Quest mußte schon mindestens eine Woche vorher den Kampf mit ihrem Gatten aufnehmen.

»Alfred«, pflegte sie dann aufsässig, doch wie beiläufig zu sagen, »denk dran, wir fahren morgen zur Bahnstation.«

Er hörte nicht. Oder vielmehr, er schaute leicht gereizt zu ihr auf, senkte dann den Blick wieder und versteifte die Schultern gegen ihre Stimme.

»Hör zu, Lieber, ich habe dir bereits gesagt, daß wir kein Mehl mehr haben, daß die Boys neue Schürzen brauchen und daß der Zucker praktisch alle ist.«

Sein Blick blieb gesenkt und seine Miene stur.

»Alfred!« schrie sie.

»Was *ist*?« fragte er und funkelte sie an.

Erschreckt von seinem wütenden Blick, den sie nichtsdestoweniger provoziert und dem sie jahrelang mit eiserner Zähigkeit standgehalten hatte, murmelte sie beschämt, aber entschlossen: »Wir müssen zur Bahnstation fahren.«

»Wir können das Fuhrwerk schicken«, sagte er hastig und stand auf, um zu entfliehen.

»Nein, Alfred, du weißt, daß du selbst immer behauptest, du könntest das Fuhrwerk nicht entbehren, und es wäre töricht, das Fuhrwerk wegen zwei Sack ...« Er war an der Tür, auf dem Weg nach draußen, aber sie schrie ihm nach: »Außerdem möchte ich mal schauen, ob es irgendwelche hübschen Stoffe gibt, ich hab wirklich nichts mehr anzuziehen.«

Da hielt er inne und warf ihr erneut einen wütenden Blick zu, der diesmal zugleich schuldbewußt und vorwurfsvoll war, denn sie machte von der Waffe Gebrauch, die er am meisten fürchtete; sie sagte nämlich: Das Allermindeste, was du tun kannst, ist, mich einmal im Monat eine kleine Fahrt machen zu lassen, wenn du mich schon gezwungen hast, auf dieser gräßlichen Farm zu leben und wir so arm sind und meine Kinder auf das Niveau der Van Rensbergs gezogen worden sind ...

»Schon gut, schon gut, mach was du willst«, sagte er und setzte sich, griff nach der Zeitung und versteckte sich dahinter.

»Morgen«, sagte sie. »Wir fahren nach dem Mittagessen, und Martha kann mir mit den Vorbereitungen helfen.«

Die trotzigen Augen ihres Mannes waren hinter der Zeitung verborgen, die gleichwohl durch ein leises Zittern seinen Protest verriet; Marthas Augen jedoch waren aufsässig fragend auf sie gerichtet: »Warum müssen wir denn für eine Halbstundenfahrt *Vorbereitungen treffen?*«

»Na ja, du weißt doch, da ist eine Unmenge ...«, Mrs. Quest verhedderte sich.

»Lieber Himmel«, sagte Martha gereizt, »wer uns reden hört, der denkt, wir fahren nach England oder sonstwohin.«

Das war ein wohlbekannter Scherz, der es Mrs. Quest erlaubte, ihr mädchenhaftes und recht bezauberndes Lachen von sich zu geben, obwohl niemand sonst lachte. »Na, bei *der* Familie, wo außer mir keiner einen Finger rührt ...« Das war kein Vorwurf, sondern ein Flehen, daß dieses reizbare, widerwillige Paar, doch bitte, bitte, um Himmels willen lachen und ihr die Sache erleichtern sollte. Sie seufzte, als Marthas Miene düster blieb und die Zeitung ihr weiter verbissen entgegengestreckt wurde.

Am nächsten Morgen sagte sie beim Frühstück: »Vergeßt nicht, daß wir zur Bahnstation fahren.«

Jetzt hatte er resigniert. »*Müssen* wir?«

»Ja, wir müssen. Außerdem weißt du, daß du es genießt, wenn wir erstmal dort sind.«

Das war ein Fehler. »Ich genieße es nicht. Ich hasse es. Außerdem haben wir kein Benzin.«

»Im Vorratsraum steht noch ein Kanister«, sagte Mrs. Quest entschieden. Jetzt war nichts mehr zu machen; Mr. Quest ächzte und ergab sich in sein Schicksal, und als er zur Garage ging, sah er sogar interessiert aus. Die Wolke der Introspektion hob sich, und seine Augen folgten gespannt den Verrichtungen seiner Hände. Es bekümmerte Martha stets, machte sie beklommen, wenn sie sah, wie diese brütenden Augen sich konzentrieren, sich nach draußen zwingen mußten, und seine Hände beobachteten, als wären es unbeholfene Geschöpfe, die von ihm losgelöst waren.

Die Garage bestand aus einem Blechdach auf zwei Wänden aus verputzten unbehauenen Stämmen und war vorn und hinten offen; er fuhr den Wagen langsam rückwärts hinaus in den Busch, so daß er über den holprigen Boden rumpelte und sprang, und dann vorwärts auf einen freien Platz. Dann stieg er aus und stellte sich stirnrunzelnd neben das Auto. Es war ein uralter Ford; die Farbe war abgesprungen, Seitenverkleidungen gab es nicht – die waren irgendwo abhanden gekommen, die eine Tür war mit einem Seil festgebunden, und ein Teil des Segeltuchverdecks, das mit der Zeit löchrig geworden war, war mit Stroh überdeckt. Er hatte es vor zehn Jahren für dreißig Pfund gekauft.

»Der Motor ist so gut wie eh und je«, murmelte er

stolz. Und er rief Martha herbei, um ihr zu sagen: »Es kommt nicht auf die Karosserie eines Wagens an. Bloß Dummköpfe zahlen viel Geld für Farbe und Lack. Was zählt, ist der Motor.« Er hatte Martha gern um sich, wenn er den Wagen wartete; er ging sogar soweit, sie vom Diener holen zu lassen. Nun, Martha war es egal, wie Autos aussahen; was sie ärgerte, war die unglaubliche Langsamkeit dieses Autos; so war ihr Gesicht ebenso abwesend und träumerisch wie seines, als er Wasser in einer Gießkanne holte, den Kühler damit füllte, das Seil von dem nutzlosen Griff losmachte und es dann wieder festband. Allmählich, da er keine Antwort auf seine Bemerkungen bekam, fing er an, sie mit wütenden Blicken zu traktieren. »Schön und gut«, begann er, »*du* hast leicht reden ...« Meist wurde der Satz nicht zu Ende gesprochen, denn ihr Gesicht nahm einen belustigten Ausdruck an, und ihre Blicke trafen sich.

»Oh, Daddy«, protestierte sie, »warum habe ich leicht reden, ich hab doch keinen Ton gesagt!« Hier verdrückte sie sich zuweilen, wobei sie sehnsuchtsvoll zum Haus hinübersah. Es war so heiß; Hitze und Licht flimmerten ihr von dem ramponierten alten Wagen in die Augen. »Wo gehst du hin?« fragte er, es klang verletzt; und sie kam zurück, setzte sich auf das Trittbrett und öffnete ein Buch, das sie in der Hand hatte. Nun war er besänftigt und klang heiter, als er das warme Stroh auf dem Dach streichelte und sagte: »Ich habe Strohdächer schon immer gemocht, das hat was für sich, so ein hübsches Strohdach. Ich erinnere mich noch an meinen Vetter George – er war ein Könner, machte Rieddächer, damals zu Hause. Der verstand natürlich sein Handwerk, der war nicht wie diese verdammten Nigger, die das irgendwie zusammenhauen. Wenn du nach England gehst, Matty, mußt du gleich nach Colchester fahren und schauen, ob Georges Söhne auch nur halb so gut sind wie ihr Vater – wenn ja, dann siehst du Rieddächer wie sonst nirgends auf der Welt.

Matty!« brüllte er ihren vorgebeugten und versunkenen Kopf an.

»*Was?«* fragte sie gereizt und hob die Augen vom Buch.

»Du hörst mir nicht zu.«

»Ich höre zu.«

»*Du* hast leicht reden«, brummte er.

Als er etwa eine Stunde an dem Auto herumgefummelt hatte, ging er, gefolgt von Martha, zurück zum Haus und bestellte Tee. An diesem Tag ging er nicht hinunter auf die Felder. Und dann, gegen zwölf, beunruhigte ihn der Gedanke, das Mittagessen könnte zu spät kommen und sie würden an diesem Nachmittag nicht mehr wegfahren.

»Aber Alfred«, sagte die arme Mrs. Quest, »erst willst du überhaupt nicht weg, und dann wirst du Stunden vorher nervös –«

»Ja, gut, du mußt ja auch nicht einen zwanzig Jahre alten Wagen über diese Straßen bugsieren.«

Martha knirschte mit den Zähnen vor Wut. Vom Hügel aus konnte man die Autos der anderen Farmer wie winzige schwarze Käfer, rote Staubfontänen hinter sich, durch die Bäume flitzen sehen. Andere Leute machten die Reise zur Bahnstation in ein paar Minuten.

Nach dem Mittagessen ging der besorgte Mr. Quest zum Wagen und überprüfte aufs neue den Kühler. Aller Wahrscheinlichkeit nach war er leer; dann pflegte er nach einem halben Dutzend Eiern zu rufen und sie eins nach dem andern in den Behälter zu schlagen. Die Eier bildeten eine klebrige Schicht über dem undichten Boden des Kühlers. Einmal hatte jemand Maismehl vorgeschlagen, was er mit dem ganzen behutsamen Enthusiasmus eines experimentierenden Wissenschaftlers auch prompt ausprobierte. »Da muß was dran sein«, murmelte er, als er mehrere Handvoll von dem weißen mehligen Zeugs in das Auto schüttete. Doch auf halbem Weg explodierte der Deckel, und Breiklumpen flogen überall auf die Windschutzscheibe, so daß der Wagen blind auf einen großen Baum zuschlitterte und dort zum Halten kam. »Das ist interessant«, sagte Mr. Quest nachdenklich. »Wenn man nun feineres Getreide nehmen würde, dann könnte ...«

Alles in allem waren die Eier berechenbarer; allerdings war es wichtig, daß man nicht zu schnell fuhr und oft hielt, damit der Motor auskühlen konnte, andernfalls kochte das Wasser die geronnenen Eier womöglich vom Boden des Kühlers los, und dann ...

Nach dem Essen rief Mr. Quest gebieterisch: »May! Matty! Kommt her, der Motor läuft, wir müssen fahren.« Und Mrs. Quest lief halb lachend, halb schimpfend zum Wagen und rückte ihren Hut zurecht, während Martha ohne Eile mit einem Ausdruck erschöpfter Resignation folgte.

Das Auto balancierte am äußersten Rand einer ebenen Stelle auf der Hügelkuppe. Mr. Quest setzte sich eilig etwas vor, umklammerte die Bremse mit der einen Hand und packte das Lenkrad mit der anderen.

»Jetzt!« schrie er und ließ die Bremse los. Nichts passierte. »Hol's der Teufel«, ächzte er, als gäbe ihm das den Rest. »Also dann wollen wir mal.« Und er und Mrs. Quest fingen an, in ihren Sitzen vor- und zurückzuschaukeln, so daß der Wagen Zentimeter für Zentimeter über die Kante zockelte und schwankend den ausgefahrenen Kiesweg bis zum Fuß des Hügels hinunterrutschte, wo ein großer Graben war. Dort schlitterte er hinein und hielt. »Hol's der Teufel«, sagte Mr. Quest abschließend wieder und drehte sich mit gekränkter Miene zu seinen Frauen um.

Er versuchte ohne viel Hoffnung zu starten. Es klappte sofort, das Auto flog mit einem kreischenden Satz über den Grabenrand und den Weg zwischen den Maisfeldern hinab. Der Mais hatte jetzt seine endgültige Färbung, ein totes, silberiges Gold, papiertrocken, und was da im Wind raschelte, waren Myriaden flatternder Blätter. Unter diesem Hundert-Morgen-Feld lag das Geleise, das alte Eisenbahngeleise, und nun hielt Mr. Quest den Wagen an, stieg aus, schraubte die Verschlußkappe vom Kühler und spähte hinein. Ein glucksendes, blubberndes Geräusch und ein leicht fauliger Geruch. »Alles soweit in Ordnung«, sagte er befriedigt, und weiter ging's.

Auf halbem Weg hielt er wieder an. »Bei dreieinhalb Meilen müßte der Benzinstand eigentlich ...«, murmelte Mr. Quest und blickte auf die Benzinuhr. Denn es waren sieben Meilen bis zum Ort. Genauer gesagt waren es fünfdreiviertel; aber so wie es sieben Meilen bis zu den Dumfries Hügeln waren (in Wirklichkeit sechs) und sieben bis zu Jakobs Burg (mindestens neun), so mußte die Entfernung bis zur Bahnstation sieben Meilen betragen, denn ein Haus genau im Mittelpunkt eines magischen Kreises zu besitzen, gewährt Befriedigung über alle Reichtümer, ja alle Macht hinaus. Aber poetische sieben Meilen sind eine Sache, und seine Benzinuhr danach zu kontrollieren, ist eine andere; und so runzelte Mr. Quest die Stirn und sagte: »Besser, ich bringe das Ding in die Werkstatt. Ich begreife sowas nicht – wenn diese Leute es fertigbringen, daß ein Motor ein Leben lang hält, warum ist dann alles andere so schundig?«

Im Ort stieg Mrs. Quest mit ihrer Einkaufsliste bei Sokrates aus, und Mr. Quest fuhr weiter zur Werkstatt. Martha blieb auf der Veranda, bis ihre Mutter sie über ihrem eifrigen Gespräch mit den anderen Frauen am Ladentisch vergessen hatte, und dann ging sie rasch zu der Baumgruppe, die den Kaffernladen verbarg. Es war ein großer, quadratischer Ziegelbau mit einer schlichten Säulenveranda. Martha drängte sich durch die übliche Schar von Eingeborenenfrauen mit Babys auf dem Rücken, schob den bunten Perlenvorhang an der Tür beiseite und befand sich im Innern des Geschäfts. Ein Ladentisch teilte ihn in der Mitte, und darauf befanden sich Gläser mit leuchtenden Bonbons und Ballen mit Baumwollstoff. An den Wänden entlang standen Getreide- und Zuckersäcke, Fahrräder, Behälter mit Paraffin und Erdnüssen. Über dem Ladentisch baumelten und schwangen wertlose Perlenschnüre, Biltongue-Streifen, Mundharmonikas und Glasreifen vereint hin und her. Es roch nach Schweiß, billigen Färbemitteln und Staub, und Martha sog diesen Duft begeistert ein.

Der alte Mr. Cohen nickte ihr mit einer gewissen Distanziertheit zu und wartete auf einen Auftrag, nachdem er sich höflich nach ihren Eltern erkundigt hatte, die ihm fünfzig Pfund schuldeten.

»Ist Solly da?« fragte sie etwas zu höflich.

Der alte Mann hob die Brauen, bevor er antwortete: »Er ist da für jeden, der ihn sehen will.«

»Ich möchte ihn gern sehen«, sagte sie fast stammelnd.

»Früher kanntest du den Weg«, antwortete er lakonisch und wies mit dem Kopf auf die geschlossene Klappe des Ladentisches, unter der sie sich als Kind durchgeduckt hatte. Sie hatte erwartet, daß er sie jetzt für sie heben würde; ungeschickt versuchte sie, sie hochzuklappen, während er sie beobachtete. Dann hob er sie an, wobei er sich Zeit ließ, und trat beiseite, um sie vorbeizulassen.

Sie sagte unwillkürlich: »Sie irren sich, ich wollte nicht ...«

Seine Augen funkelten sie zornig an, und er sagte sarkastisch: »Wolltest nicht was?« Brüsk wandte er sich ab, um einem Eingeborenenkind, das so rot vom Straßenstaub war, daß seine schwarze Haut rostig aussah, ein paar giftgrüne Bonbons zu verkaufen.

Martha ging ins Hinterzimmer und fand dort die Cohen-Jungen; sie lasen, jeder in einem der beiden großen Lehnstühle sitzend, die sie insgeheim geschmacklos fand wie den ganzen Raum, der sehr klein war und vollgestopft mit glänzenden Möbeln und Porzellannippes; es sah nach protziger Zurschaustellung aus, wie im Schaufenster eines Möbelgeschäfts. Und in diesem häßlichen und geschmacklosen Zimmer saßen Solly und Joss, die Intellektuellen, und lasen (wie sie erspähte) Plato und Balzac in teuren Ausgaben.

Nach einem überraschten Blick auf sie sahen sie einander an, und nach einer langen Pause bemerkte Solly: »Schau mal, wer da ist!« Joss machte: »Ei, ei!«, und beide warteten mit milde sarkastischer Miene darauf, daß sie sprechen würde. Sie sagte: »Ich bringe euch ein Buch zurück«, und hielt es ihnen hin.

Solly sagte: »Meinen untertänigsten Dank«, streckte eine Hand aus und nahm es.

Joss gab vor zu lesen, und das ärgerte sie; schließlich war er, wie Mrs. Van Rensberg angedeutet hatte, einmal ihr spezieller Freund gewesen. Zugleich war das eine Erleichterung, und sie sagte ziemlich kokett zu Solly: »Darf ich mich setzen?« und setzte sich auch gleich.

»Sie ist ein ganz schickes Mädchen geworden, was?« meinte Solly zu Joss, während sie sie offen und unverschämt musterten.

Ihre Auseinandersetzungen mit Mrs. Quest hatten zur Folge gehabt, daß sie nun ihre Kleider selbst nähte. Zudem hatte sie sich zu einer modischen Magerkeit heruntergehungert, die nicht jedermanns Geschmack war, da sie von Natur aus rundlich war. Das galt offenbar für die Cohen-Jungen, denn sie fuhren fort, als wäre sie gar nicht da:

»Gelb steht ihr, findest du nicht, Solly?«

»Ja, Joss, und der süße kleine Schlitz vorn am Kleid auch.«

»Aber viel zu mager, viel zu mager, Solly, das kommt davon, wenn man nicht mehr das schwere und ungesunde jüdische Essen ißt.«

»Aber besser dünn und rein, Joss, als fett und fies und vergiftet durch –«

»Oh, seid still«, sagte sie gequält, und sie hoben die Brauen und schüttelten den Kopf und seufzten. »Ich weiß, daß ihr denkt ...«, begann sie und fand es erneut schwierig fortzufahren.

»Was denkt?« fragten sie wie aus einem Munde und im selben scharfen, sarkastischen Ton wie ihr Vater.

»Das stimmt gar nicht«, stammelte sie aufrichtig und schaute sie flehend an; für einen Augenblick glaubte sie, ihr sei vergeben, denn Joss' Stimme war ganz sanft, als er begann: »Arme Matty, dann hat dir also deine Mami verboten, uns zu besuchen?«

Der Schock dieser Worte nach dem täuschend sanften Ton, der ihre Nerven noch vor dem Sinn erreichte, ließ ihr die Tränen in die Augen steigen. Sie sagte: »Nein, das hat sie natürlich nicht.«

»Mysteriös«, sagte Joss und begann das Spiel von vorn; er nickte Solly zu; der seufzte übertrieben und sagte: »Wir dürfen es nicht erfahren, na sowas!«

Plötzlich sagte Martha, ganz gegen ihre Absicht, halb verlegen, halb affektiert: »Mrs. Van Rensberg hat geklatscht.« Sie warf Joss einen Blick zu, dessen dunkles Gesicht sich allmählich verfärbte, und er schaute sie so haßerfüllt an, daß es ihr wehtat.

»So, Mrs. Van Rensberg hat also geklatscht«, sagte Solly zu Joss, und bevor das Geplänkel weitergehen konnte, unterbrach Martha: »Ja, es war sicher albern von mir, aber ich konnte es – nicht ertragen.« Bei diesem trotzigen Schluß verschlug es ihr den Atem; dieses Gespräch verlief nicht so, wie sie es sich vorgestellt hatte.

»Sie konnte es nicht ertragen«, seufzte Joss zu Solly hin.

»Sie konnte es nicht ertragen«, seufzte Solly zurück, und mit derselben Geste griffen beide nach ihren Büchern und fingen an zu lesen.

Sie blieb, wo sie war; ihre Augen flehten ihre abgewandten Gesichter an, und sie versuchte, die Röte einzudämmen, die sie bis in die Haarwurzeln prickeln fühlen konnte, und als Solly nach langem Schweigen gleichgültig bemerkte: »Sie konnte uns nicht ertragen, aber sie ist immer noch hier«, stand Martha auf und sagte ärgerlich: »Ich habe mich entschuldigt, ihr macht einen Fehler. Warum müßt ihr dermaßen empfindlich sein?« Sie ging zur Tür.

Hinter ihrem Rücken fingen sie an zu lachen, ein lautes, unangenehmes Gelächter. »Sie hat uns zwei Jahre total geschnitten, und jetzt sagt sie, wir sind empfindlich.«

»Ich *habe* euch nicht geschnitten – wieso müßt ihr über mich reden, als wäre ich gar nicht da?« sagte sie und stolperte hinaus, an Mr. Cohen vorbei. Sie fand die Klappe des Ladentischs geschlossen und mußte wortlos darauf warten, daß er sie hob, denn sie war den Tränen nahe.

Er musterte sie mit einem Ausdruck, der, wie sie glaubte, eine Spur von Freundlichkeit enthielt; doch er öffnete bloß die Klappe, nickte ruhig und sagte: »Guten Tag, Miss Quest.«

»Danke«, erwiderte sie, was wie eine Bitte wirkte, und ging den staubigen Weg zum Dorf zurück, während der Perlenvorhang hinter ihr schwang und klirrend zum Schweigen kam.

Sie ging über das Bahngeleise, das hell im heißen Sonnenlicht schimmerte, zur Werkstatt, wo Mr. Quest mit Mr. Parry ins Gespräch vertieft war. Er wiederholte eifrig: »Doch, es wird Krieg geben, ihr Leute habt gut reden ...«

Mr. Parry sagte »Ja, Captain Quest. Nein, Captain Quest.« Im Dorf wurde diese Anrede benutzt, obwohl Mr. Quest sie ablehnte und behauptete, das sei nicht fair gegenüber dem Berufssoldaten. Martha führte logische Argumente ins Feld wie: »Willst du damit sagen, daß nur der Soldat in Friedenszeiten diesen Titel verdient? Bist du der Meinung, wenn Zivilisten eingezogen und getötet werden, dann ist das etwas anderes als ...« und so weiter und so weiter – ach, diese vernünftigen Jugendlichen sind zum Verzweifeln! Denn Mr. Quest zuckte gereizt und widerwillig die Achseln und wiederholte: »Ich will nicht Captain sein, das ist nicht richtig, weil ich so lange nicht in der Armee war.« Was Martha insgeheim dachte, war: Wie komisch, daß ein Mann, der ausschließlich über den Krieg nachdenkt, so ungern Captain ist; dieser Punkt, der einzig wesentliche, wurde natürlich während dieser *vernünftigen* Diskussionen nie erwähnt.

Mr. Parry hörte Mr. Quest nervös zu, während seine Augen besorgt seinem eingeborenen Gehilfen folgten, der einen Schlauch durch den heißen Staub zerrte. Schließlich konnte er es nicht mehr ertragen und sagte: »Entschuldigen Sie mich, aber ...« Er stürzte davon und brüllte den Eingeborenen an: »Jetzt schau mal, Gideon, wie oft hab ich dir schon gesagt ...« Er riß dem Mann den Schlauch aus der Hand und brachte ihn zu einem Kübel Wasser. Gideon zuckte die Achseln und verschwand ins kühle Innere der Garage, wo er sich auf einen Berg Reifen setzte und mit einem Ästchen Muster in den Staub zu zeichnen begann. »Schau mal, Gideon ...«, brüllte Mr. Parry; aber Gideon runzelte die Brauen und tat, als höre er nicht. Mr. Parrys Walisisch hatte nichts von seinem Singsang und seinem Charme eingebüßt, aber die Wendungen waren ausgeleiert, sein »Schau mal« klang mehr wie »Schau ma«, und wenn er das walisische »Was immer« benutzte, geriet es ganz zufällig in seine Rede, und hatte einen überraschten, unsicheren Ton.

Um einen Zuhörer betrogen, kam Mr. Quest zum Wagen, kletterte hinein und sagte: »Die hören nicht zu. Ich erzählte ihm gerade, daß sich die Russen mit den Deutschen verbünden und uns angreifen werden. Das weiß ich. Direkt nach dem Krieg – *meinem* Krieg – traf ich einen Mann im Zug, der sagte, er hätte mit eigenen Augen gesehen, wie die Russen deutsche Wissenschaftler gekidnappt und sie gezwungen hätten, in ihren Fabriken zu arbeiten, damit sie lernen konnten, wie man Panzer macht, um das Britische Empire zu zerschmettern. Zu Parry sagte ich gerade ...«

Martha vernahm diese Worte irgendwo unterhalb der Schwelle ihrer Aufmerksamkeit, die ihren eigenen Problemen zugewandt war. Mr. Quest blickte sie über die Schulter an und sagte sarkastisch: »Aber laß dich nicht von mir mit dem Großen Unaussprechlichen langweilen. Eines Tages bist du dran, und dann kann ich sagen, ich habs dir ja gesagt.«

Martha wandte das Gesicht ab, ihre Lider brannten vor Tränen; sie hatte das Gefühl, das unerwünschteste und einsamste Geschöpf von der Welt zu sein. Es kam ihr in den Sinn, daß die Cohen-Jungen sich vielleicht auch so gefühlt haben mochten, als sie sie (jedenfalls dem Anschein nach) zurückgewiesen hatte; doch sie verwarf den Gedanken im Nu. Die, denen diese besondere Form von Arroganz eignet, mögen zwar wissen, daß sich dahinter Ängstlichkeit verbirgt; doch gelangen sie selten so weit zu bedenken, daß diese Ängstlichkeit wiederum auf der Befürchtung beruht, man sei für andere wichtig, denn das würde einen ja nötigen, das Gefühl zu erwidern. Sie sagte sich, daß die klugen, selbständigen Cohen-Brüder sich unmöglich auf irgendeine Weise für sie interessieren konnten. Aber wir waren doch unsere ganze Kindheit hindurch befreundet, sagte eine Stimme in ihrem Inneren; und diese andere Stimme antwortete kalt: Freunde sind die, die man dazu erwählt, nicht Menschen, die einem die Umstände aufgezwungen haben. Und doch war sie vor Elend und Demütigung und Verlassenheit den Tränen nahe, als sie da auf dem heißen Rücksitz des Wagens saß und Sonnenkörnchen durch das zerbrochene Dach tanzten und ihr Fleisch wie Nadeln stachen. Zum ersten Mal sagte sie sich, daß die Cohens in diesem Distrikt nahezu völlig isoliert waren. Die Farmer nickten ihnen zu, machten Bemerkungen über das Wetter, aber von Freundschaft wollten sie nichts wissen. Die Griechenfamilie unterhielt ein kompliziertes Freundschaftssystem mit den anderen Griechen aus den Läden entlang der Eisenbahnlinie. Die Cohens hatten Verwandte in der Stadt, aber keine in der Nähe.

Schließlich entdeckte Mr. Parry die Bläschen, die aus dem Schlauch durch das schmutzige Wasser emporzischten, und brüllte Gideon an: »Komm her jetzt, du schwarzer Faulpelz, was immer du da tust, tu's schnell und hör jetzt gut zu.«

Gideon erhob sich träge und machte sich daran, das Loch auszubessern, während Mr. Parry zum Wagen zurückkehrte, um das Gespräch mit Mr. Quest wieder aufzunehmen.

»Tut mir leid, Captain, aber wenn man gute Arbeit will, muß man sie selber machen, was immer, es hat keinen Sinn, auf die Schwarzen zu bauen, die haben keine Arbeitsmoral.«

»Wie ich schon sagte, ihr habt eure Köpfe in den Sand gesteckt. Jeder kann sehen, daß Krieg kommt. Wenn nicht dieses Jahr, dann nächstes, sobald sie stark genug sind.«

»Sie glauben, die Jerries* werden wieder auf uns schießen?« fragte Mr. Parry höflich, aber skeptisch und drehte sich so, daß er Gideon im Auge behalten konnte.

Ein anderer Eingeborener kam leichtfüßig über die Geleise geeilt und blieb neben dem Wagen stehen. »Baas Quest?« fragte er.

Mr. Quest, erneut unterbrochen, blickte ihn finster und gereizt an. Aber Martha erkannte ihn: Es war der Koch der Cohens; und sie griff nach dem Päckchen in seiner Hand.

»Für mich«, sagte sie und bat den Mann zu warten. Er ging zu Gideon und half ihm mit dem Schlauch.

Das Päckchen war ein Buch von Joss mit dem Titel

* die Deutschen (Anm. d. Ü.)

›Der soziale Aspekt der Judenfrage‹, und ein Zettel lag darin: »Liebe Matty Quest, dies wird deiner Seele guttun, aber lies es *wirklich*. Dein empfindlicher Joss.«

Sie war außer sich vor Freude. Das war Vergebung. Sie unterbrach ihren Vater noch einmal, um sich einen Stift zu borgen, und schrieb: »Danke für das Buch. Zufällig habe ich es mir vor drei Jahren von dir geliehen und fand es natürlich gut. Aber ich werde es nochmal lesen und es zurückgeben, wenn wir das nächste Mal in den Ort kommen.« Das sollte sehr bald sein, beschloß sie.

Am nächsten Posttag schlug sie vor, hinzufahren, aber ihr Vater lehnte es ab und machte ein Gesicht, als würde er ausgenutzt.

»Warum möchtest du denn hin?« fragte Mrs. Quest neugierig, und Martha sagte: »Ich möchte die Cohen-Jungen besuchen.«

»Du möchtest also mit ihnen Freundschaft schließen?« fragte Mrs. Quest zögernd.

»Ich dachte, wir wären schon immer mit ihnen befreundet gewesen«, sagte Martha höhnisch. Da die Erörterung damit auf dem heuchlerischen Niveau angekommen war, wo beteuert wurde, daß die Quests Juden oder gar Ladenbesitzer selbstverständlich nicht unter ihrer Würde fanden und der einzige Grund, warum sie sich nicht dauernd trafen, irgendeine Unbequemlichkeit war, konnte Mrs. Quest nicht so leicht etwas entgegnen.

Martha rief die McDougalls an, um zu fragen, ob sie zur Bahnstation führen. Sie fuhren nicht. Sie fragte die Van Rensbergs; Marnie sagte verlegen, daß Pop zur Zeit nicht so häufig in den Ort fahre. Schließlich telephonierte sie mit Mr. McFarline, dem alten Bergmann von der kleinen Grube in den Dumfries Hügeln; und der sagte ja, er fahre morgen in die Stadt. Sie erzählte ihrer Mutter, es würde sie jemand mit zurücknehmen (denn »Stadt« meinte hier die große Stadt, nicht wie das manchmal der Fall war, die Bahnstation), und ganz offensichtlich bewußt übertreibend, was die anderen immer so aufbrachte, fügte sie hinzu: »Wenn mich niemand mitnimmt, laufe ich.« Was natürlich absurd war, eines der Tabus verletzte – »junges weißes Mädchen, allein unterwegs« etc. – und darauf abzielte, einen Streit zu provozieren. Der Streit entstand auf der Stelle; und beide Frauen appellierten an Mr. Quest.

»Warum soll sie denn nicht laufen?« fragte Mr. Quest vage. »Als junger Mann in England lief ich fast dreißig Meilen an einem Nachmittag und dachte mir nichts dabei.«

»Hier ist nicht England«, sagte Mrs. Quest zitternd; sie war erfüllt von Schreckensvisionen, was Martha alles passieren konnte, wenn sie einem bösen Eingeborenen begegnete.

Martha gab schlagfertig zur Antwort: »Ich laufe Meilen auf der ganzen Farm herum, aber aus irgendeinem unerfindlichen Grund macht das nichts. Wie kannst du bloß so unlogisch sein?«

»Ich habe eben was dagegen, und du hast versprochen, dich nicht mehr als eine halbe Meile vom Haus zu entfernen.«

Martha lachte verärgert und wählte diesen Moment, um etwas zu sagen, was sie bisher sorgfältig im Dunkeln gelassen hatte: »Ich gehe oft bis zu den Dumfries Hügeln und sogar bis zu Jakobs Burg, ich mache das seit Jahren.«

»Oh, mein Liebes«, sagte Mrs. Quest hilflos. Sie hatte genau gewußt, daß Martha das tat, aber es jetzt zu hören, war etwas anderes. »Was würde passieren, wenn ein Eingeborener dich angreift?«

»Ich würde um Hilfe schreien«, sagte Martha schnippisch.

»Oh, mein Liebes ...«

»Ach, sei nicht albern«, sagte Martha böse. »Wenn ein Eingeborener mich vergewaltigen würde, dann würde er gehängt und ich zur Nationalheldin, also würde er's nicht machen, selbst wenn er wollte, außerdem, warum sollte er?«

»Mein Liebes, lies die Zeitungen, weiße Mädchen werden ständig verge – überfallen.«

Nun, Martha konnte sich an keinen Fall erinnern, daß das passiert war; das gehörte zu den Dingen, die die Leute nur behaupteten. Sie bemerkte: »Letzte Woche hat ein Weißer ein schwarzes Mädchen vergewaltigt und wurde zu einer Geldstrafe von fünf Pfund verurteilt.«

Mrs. Quest sagte hastig: »Darum geht es nicht; es geht darum, daß weiße Mädchen vergewaltigt werden.«

»Dann nehme ich an, daß sie das möchten«, sagte Martha mürrisch, und biß sich auf die Zunge, denn wenn sie auch durchaus glaubte, daß das stimmte, was sie gesagt hatte, die Miene ihrer Eltern erschreckte sie doch. Auf einmal waren die beiden einer Meinung, sie waren aufrichtig bewegt und fingen an, sie über die Konsequenzen ihrer Haltung zu belehren. Das endete mit: »Und so werden sie uns ins Meer treiben, und dann wird das Land zerstört werden, denn was würden diese unwissenden Schwarzen ohne uns machen!« Und der übliche inkonsequente Schluß: »Sie sind uns nicht im mindesten dankbar für das, was wir für sie tun.« Das war alles so oft gesagt worden, daß es für beide Seiten abgedroschen und falsch klang. Immerhin schwieg Martha auf eine Weise, die sie zum Trost als Zustimmung auffassen konnten.

Am nächsten Morgen wartete sie unten am Weg, beim Wegweiser im hohen Gras, auf Mr. McFarline; sie machten die Reise zur Bahnstation in kaum mehr als zehn Minuten.

Mr. McFarline war ein charmanter, schlitzohriger alter Schotte, der alleine bei seiner Mine lebte; er bearbeitete sie auf eine Weise, die lächerlich wenig Geld, aber recht viel an Menschenleben kostete. Dauernd passierten Unfälle in seiner Mine. Außerdem war seine Siedlung voll von Mischlingskindern, seinen eigenen. Er war außerordentlich reich und sehr populär. Er spendete großzügig für die Wohlfahrt und war im Begriff, in einem der städtischen Wahlbezirke für das Parlament zu kandidieren. Wegen der Arbeit, die mit seiner Kandidatur zusammenhing, fuhr er häufig in die Stadt.

Als der Wagen gefährlich schnell unter den Bäumen hindurch raste, drückte er probeweise Marthas Knie und versuchte, ihr unter den Rock zu fassen. Sie klemmte den Rock fest und rutschte kühl auf die andere Seite, als hätte sie nichts bemerkt. Da nahm er seine Hand weg und konzentrierte sich darauf, ihr zu zeigen, wie knapp man mit der größten Kaltblütigkeit an jeder Kurve dem Tod entrinnen konnte. Bei der letzten rasanten Kurve schrammte er die Farbe seines hinteren Kotflügels ab; in einer wogenden Staubwolke hielten sie vor Socks Laden. Marthas Herz schlug wild, und dies aus mehreren Gründen. Noch nie hatte jemand versucht, ihr unter den Rock zu fassen, und außerdem war sie versteinert vor Schreck wegen der wüsten Fahrt. Sie sah verstört und entsetzt aus; und der alte Schotte beschloß, in ihr das kleine Mädchen zu sehen, das er schon seit Jahren kannte. Er holte eine Zehnschillingnote aus seiner geschwollenen Brieftasche und gab sie ihr.

»Für die Zeit, wenn du wieder zur Schule gehst«, sagte er rauh.

Martha hätte sie beinahe zurückgegeben, war aber dazu nicht fähig, teils, weil zehn Schillinge für sie so viel Geld waren, teils, weil ein Gefühl sie hinderte, das sie sich so erklärte: Wenn ich es ablehne, denkt er, es ist, weil er versucht hat, mich zu berühren. Sie dankte ihm höflich fürs Mitnehmen, und er donnerte über die Bahngeleise auf der Straße zur Stadt davon und sang: »Du bist ein liebes Mädel ...«

Sie hatte das Buch über die Judenfrage (das sie nicht wiedergelesen hatte, weil sie fand, es sei nicht nötig, die bereits echte Münze ihrer Überzeugung noch zu vergolden) unter dem Arm. Sie ging hinüber zum Kaffernladen. Mr. Cohen begrüßte sie und hob die Ladentischklappe für sie. Er war ein kleiner, untersetzter Mann mit einer dichten, krausen schwarzen Haarkappe und bleicher, ungesunder Haut. Er sieht wie eine Kröte aus, dachte sie insgeheim, oder wie etwas Gefangenes und Lichtscheues; in der Tat kam er kaum je weg von seinem Ladentisch. Aber das geschäftsmäßige Aussehen des kleinen Ladenbesitzers wurde durch seinen Eifer und seine Würde gemildert, die er nicht allein aufgrund seiner alten Kultur besaß, sondern weil dieser bettelarme Einwanderer aus Zentraleuropa sich um seiner brillanten Söhne willen ein solches Exil, einen so öden Ort ausgesucht hatte. Er hatte schwarze, weise, pfiffige Augen, und es war unmöglich, ihn nicht zu mögen. Und doch fand Martha ihn abstoßend und hatte Schuldgefühle deswegen; merkwürdig, daß sie die ölige Fettleibigkeit des Griechen Sokrates ohne jedes Schuldgefühl abstoßend finden konnte; diese Sache mit dem Antisemitismus aber, dieses Zurückschaudern, hatte zur Folge, daß sie vor sich selbst auf der Hut war, was wiederum bewirkte, daß sie sich Mr. Cohen gegenüber stets verkrampfte.

Im Hinterzimmer fand Martha Solly allein vor und war erfreut, daß das brüderlich-solidarische Theater nicht wiederholt werden konnte. Zudem lag etwas Angestrengtes und Falsches darin, denn zwischen den beiden Brüdern gab es starke Spannungen, wesensbedingte Gegensätze, die sich politisch ausdrückten: Solly war Zionist, Joss Sozialist. Solly war ein magerer, großer Junge mit einem großen Kopf auf einem langen, dünnen Hals, und seine langen Arme endeten in großen, knochigen Händen; er war sehnig und völlig unproportioniert, und der geistesabwesende, brütende Ausdruck seiner riesigen, finsteren schwarzen Augen, wenn er über die Welt nachdachte, die ihn umgab, weckte in Martha ein Gefühl der Verwandtschaft. Doch war dies vielleicht eine nicht recht willkommene Verwandtschaft, denn sie erinnerte sie schließlich an ihren Vater. Wenn sie bei sich selbst schon gegen den krankhaften Zug ankämpfen mußte, der die Mitgift ihres Vaters war, wie konnte sie dann Solly von ganzem Herzen bewundern, wie sie es gern getan hätte? Im ganzen gesehen, war sie Joss gegenüber unbefangener; er war klein, kompakt und robust, hatte humorvolle, direkte Augen und einen sarkastischen Realitätssinn, als sagte er immer: »Was soll denn das Getue, ist doch alles ganz einfach!«

Solly nahm das Buch entgegen, ohne irgend etwas von der Feindseligkeit des letzten Treffens spüren zu lassen, und kaum hatte sie sich hingesetzt, kam Mrs. Cohen mit einem Tablett herein. Die alten Cohens waren streng koscher, die Söhne dagegen lax. Jahrelang hatte Mrs. Cohen penibel ihr irdenes Geschirr und das Besteck auseinandergehalten, es selbst abgewaschen, und den eingeborenen Dienern sogar verboten, es zu berühren; aber bei Tisch griffen Joss und Solly, meist in einen erbitterten Streit verwickelt, nach den falschen Messern und stapelten achtlos die Teller, während Mrs. Cohen schimpfte und flehte. Mittlerweile hatte sie gelernt zu sagen: »Ich bin zu alt, um mir was Neues anzueignen«, und wusch und trennte bekümmert und nachsichtig ihre Sachen wie früher, machte aber keine Bemerkung, wenn ihre Söhne sie falsch benutzten. Das war ein Kompromiß, der Martha völlig sinnlos erschien; hätten ihre eigenen Eltern sich eines *unsinnigen* Verhaltens schuldig gemacht, wie gereizt hätte sie mit ihnen gestritten! Bei Mrs. Cohen jedoch fand sie das nur reizend. Schon der bloße Anblick der rundlichen, alten jüdischen Frau mit ihren schönen dunklen traurigen Augen bewirkte, daß sie sich willkommen fühlte; und sie sagte auf der Stelle begeistert ja, als sie gefragt wurde: »Du bleibst doch zum Essen?« Nach kurzem sprachen sie miteinander, als hätte sie sich nicht zwei Jahre von der Familie ferngehalten.

Solly sollte demnächst wegziehen und in Kapstadt Medizin studieren, und Mrs. Cohen drängte ihn, dort bei ihrem Vetter zu wohnen. Aber Solly wollte unabhängig sein, sein eigenes Leben leben; und da dieser entscheidende Punkt nie erwähnt wurde, stritten sie sich endlos weiter über Busse, Beförderungsmittel und Unbequemlichkeiten; das gemahnte Martha an ihr eigenes Zuhause, wo diese Art von oberflächlichem Gezanke ebenso vergeblich war.

Joss kam herein, warf Martha einen vieldeutigen Blick zu und enthielt sich jeglichen Kommentars, so daß sich ihre Stimme zu sprühender Heiterkeit belebte. Er hatte vor, Jura zu studieren, wollte aber zu Hause bei seinen Eltern bleiben, bis sie in die Stadt ziehen konnten, was geplant war. Das Geschäft mußte verkauft werden. Diese Besorgnis um seinen Vater und seine Mutter kam Martha lediglich wie eine Art Verrat an der älteren Generation vor; sie fand sie nicht normal. Noch seltsamer fand sie, daß er gegen Sollys Wunsch, für sich selbst zu sorgen, die Partei seiner Eltern ergriff. Er hörte sich mehr wie ein Onkel an und nicht wie ein Bruder.

Sie setzten sich zu Tisch, und Mrs. Cohen fragte: »Und wann fängst du wieder mit deinem Studium an, Matty? Deine Mutter macht sich sicher Sorgen.«

Martha erwiderte verlegen: »Meine Augen sind immer noch nicht besser«, und senkte den Blick auf den Teller. Als sie ihn wieder hob, merkte sie, daß Joss sie kritisch musterte, genau, wie sie es befürchtet hatte.

»Was ist denn damit?« fragte er unverblümt. Sie machte eine abwehrende Bewegung mit den Schultern, als wollte sie sagen »Laß mich in Ruhe«. Aber in dieser Familie wurde über alles geredet; und Joss sagte zu Solly: »Ihre Augen sind überanstrengt, ei, ei!«

Solly lehnte es diesmal ab, gegen sie Front zu machen, und fragte: »Was geht denn dich das an?«

Joss hob die Brauen und sagte: »Mich? Gar nichts. Sie war früher so ein gescheites Mädchen. Schade.«

»Laß sie in Ruhe«, sagte Mr. Cohen unerwartet, »sie ist schon in Ordnung.« Martha durchströmte ein Gefühl der Zuneigung für ihn, das sie, wie üblich, nicht ausdrücken konnte; sie senkte den Blick und sah sogar mißmutig drein.

»Natürlich ist sie in Ordnung«, sagte Joss gleichgültig; und doch war da ein Unterton in seiner Stimme ...

Martha blickte ihn flüchtig an und deutete seine Zustimmung sogleich als Anspielung auf ihre äußere Erscheinung; halb nahm sie ihm das übel, halb begrüßte sie es. Seit ihrer Inkarnation zur einigermaßen gelungenen Imitation einer Illustriertenschönheit waren die Cohen-Jungen die ersten männlichen Wesen, an denen sie ihre Wirkung erprobte. Aber nie hatte sie sich eingestanden, daß ihr sorgfältiges Make-up und das neue grüne Leinenkleid dazu dienen sollten, sie zu beeindrucken, und empfand es folglich als unpassend, wenn einer von beiden ihr Aussehen erwähnte oder gar darauf reagierte – eine Gefühlsverwirrung, die sie verstummen ließ und eher mißmutig machte. Nach dem Essen ging Mr. Cohen in den Laden zurück und Mrs. Cohen samt ihrem mißhandelten Geschirr in die Küche; die drei jungen Leute waren einander überlassen. Die Unterhaltung lief mühsam, und Martha hatte bald das Gefühl, daß sie besser ginge. Doch sie zögerte. Schließlich war es Solly, der ging, und gleich wich die Befangenheit von ihr und Joss, wie es ihr auch mit Solly allein erging: Nur wenn sie zu dritt waren, kamen diese Spannungen auf.

Sofort fragte Joss: »Jetzt sag mal, was soll das denn, dieses Nicht-zur-Universität-Gehen?«

Diese direkte Frage, die sie sich nie gestellt hatte, verschlug ihr die Sprache; aber er insistierte: »Du kannst nicht in diesem Dorp rumhängen und nichts tun.«

Sie sagte: »Aber du bist doch auch zu Hause.«

Sein Blick sagte ihr, sie müsse einsehen, daß das nicht zu vergleichen war. Er bemühte sich, ohne Bitterkeit zu antworten: »Meine Eltern haben keine Freunde im Dorf. Das wird sich ändern, wenn sie in der Stadt sind.«

Wieder schwieg sie, hatte das Gefühl, sich und ihre Eltern rechtfertigen zu müssen. Sie stand auf und ging zum Bücherschrank, um zu sehen, was es Neues gab; aber was da stand, repräsentierte die Familie; die jüdischen Klassiker, Bücher über Palästina, Polen, Rußland; dies war die Quelle der Ströme Solly und Joss, die sich rasch geteilt hatten. Die neuen Bücher waren vermutlich in ihrem gemeinsamen Schlafzimmer. In das Zimmer konnte sie unmöglich gehen, da sie nun Miss Quest war, und der Blick, den sie auf Joss richtete, war bekümmert.

Er hatte sie beobachtet und nahm bei ihrem Blick einen dicken Stapel Bücher von dem Tisch an seiner Seite und reichte ihn ihr. Wieder empfand sie diese überströmende Freude, denn er mußte sie für sie zurechtgelegt haben. Er bemerkte gelassen: »Nimm die, sind gut für deine Seele.«

Sie betrachtete die Titel und war auf der Stelle empört wie ein Kind, dem der Lehrer einen Lehrstoff aufnötigen will, den es schon im letzten Jahr bewältigt hat.

»Was ist los?« fragte er höhnisch. »Liegt dir wohl nicht?«

Sie sagte: »Aber das kenn ich doch alles.« Sogleich wünschte sie, sie hätte das nicht gesagt, denn es klang überheblich. Was sie meinte, war: »Ich stimme mit allem überein, was diese Bücher vertreten.«

Er musterte sie, zog eine ungläubige Grimasse und bombardierte sie dann, unbeteiligt und gleichgültig wie ein Eingeweihter ein Geschöpf, das der höheren Weihen noch nicht teilhaftig war, mit folgenden Fragen:

»Du bist gegen die Rassenschranke?«

»Natürlich.«

»Natürlich«, höhnte er. Und dann: » Du lehnst Rassenvorurteile in jeder Form ab, Antisemitismus eingeschlossen?«

»Natürlich« – dies kam eine Spur ungeduldig.

»Du bist Atheistin?«
»Das weißt du ganz genau.«
»Du glaubst an den Sozialismus?«
»Selbstverständlich«, bestätigte sie glühend und fing, aus jenem Sinn fürs Absurde, der wohl ihren Niedergang als ernstzunehmende Person bedeutete, plötzlich zu lachen an. Und Joss runzelte bei ihrem Gelächter tatsächlich die Stirn und fand offenbar nichts Lächerliches daran, daß ein neunzehnjähriger jüdischer Junge aus einer orthodoxen jüdischen Familie und ein heranwachsendes britisches Mädchen, das womöglich noch konventioneller erzogen war, sich im Hinterzimmer eines Veldladens in einem Dorf voller Leute, für die jedes Wort dieses Gesprächs eine gefährliche Ketzerei bedeutet hätte, zu diesen einfachen Grundsätzen bekannten.

»Du hörst dich an, als fragtest du einen Katechismus ab«, erklärte sie und kicherte unbeherrscht.

Er runzelte abermals die Stirn, und gleich war sie empört darüber, daß er überrascht sein konnte, weil sie dieselbe intellektuelle Reise gemacht hatte wie er. »Was also willst du tun?« fragte er praktisch. Zugleich klang er aggressiv; sie fing an, sich kindisch und unmöglich vorzukommen, weil sie gelacht hatte; sie spürte, daß sie ihn verletzt hatte.

»Ich weiß es nicht«, sagte sie, und darin lag eine Bitte. Aufschauend begegnete sie seinem Blick und wartete. Der Ausdruck in seinem Gesicht machte ihr sofort bewußt, was sie für ein Bild abgab, wie sie da so vor ihm stand, ein junges Mädchen in einem grünen Leinenkleid, das jede Linie ihres Körpers betonte.

»Ich finde dich schon in Ordnung«, räumte er zögernd ein und betrachtete sie wohlgefällig, und sie spürte die Ungerechtigkeit, die darin lag. Dies war doch ein intellektuelles Gespräch, oder? Warum dann dieser Ton?

Ihr Blick war nun genauso aggressiv wie zuvor der seine. »Du hast leicht reden, du bist ein Mann«, sagte sie bitter und ganz ohne Koketterie, worauf er frech, ja anzüglich meinte: »Für dich wird alles auch noch ganz einfach!«

Er lachte in der Hoffnung, sie würde mit ihm lachen. Aber sie starrte ihn schwer gekränkt an, murmelte dann: »Ach, rutsch mir den Buckel runter«, verließ zum zweitenmal das Zimmer und ging hinaus ins grelle Sonnenlicht. Kaum war sie weg, begriff sie, daß sie genauso reizbar und mimosenhaft gewesen war, wie sie es ihm vorgeworfen hatte, und wäre beinahe umgekehrt. Ihr Stolz ließ das jedoch nicht zu, und so ging sie ins Dorf.

Es sah verlassen aus. Vier Uhr Nachmittag: Der Himmel war gewaltig und wolkenlos, die Sonne dräute aufgeschwollen durch rötlichen Dunst, und die Blechdächer reflektierten das stumpfe, düstere Licht. Wahrscheinlich würde es bald regnen; doch jetzt war der langgezogene, braune Teich zwischen den rissigen Krusten des Morasts zu einer spärlichen, schaumigen Pfütze geschrumpft. Vor der Bar stand ein halbes Dutzend dicke Autos, vor dem Bahnhof etwa zwanzig schäbigere, unter ihnen das der Van Rensbergs; sie waren vollgestopft mit Kindern jeden Alters.

Was die Engländer als »das Afrikaans-Element« bezeichneten, war gekommen, um die Post zu holen.

Nun ist es ja sehr leicht, die Absurditäten und Widersprüche im Gesellschaftssystem eines Landes von jenseits der Grenzen aus zu erkennen, ist man aber darin aufgewachsen, so ist das sehr schwer; und für Martha, die diesen Blick ein dutzendmal zuvor gesehen haben mußte, war es ein Augenblick der Erleuchtung, vielleicht weil sie sich durch Joss' Behandlung verletzt und zurückgewiesen fühlte. Am Verhalten und der Art jener Leute war etwas, das ihrem Empfinden verwandt war.

An den Posttagen standen da von protzig bis schäbig alle Wagen, angefangen von den riesigen amerikanischen Schlitten der Tabakpflanzer bis hinunter zu den ausgefallenen Kreationen wie der der Quests; aber die Besitzer dieser Wagen begegneten sich ohne jedes Standesbewußtsein. Engländer und Schotten, Waliser und Iren, reich und arm, alles voller Herzlichkeit und per Vornamen, die Atmosphäre einer glücklichen Familie, in der eine Spur von hysterischem Zwang lag, da die Posttage, Gymkhanas* und Tanzveranstaltungen künstliche Beweise der Gemeinschaftlichkeit waren – denn woraus besteht eine Gemeinschaft, wenn nicht aus Leuten mit gemeinsamen Erfahrungen? Die Wahrheit war, daß dieser Bezirk in mehrere getrennte Gemeinschaften zerfiel, die nichts miteinander verband als die Anrede mit Vornamen, als Weihnachtskarten und ein Parlamentsmitglied. Im östlichen Teil des Bezirks, entlang der Flanken und Hänge von Jakobs Burg, lebten die Tabakfamilien, und dort war der gemeinsame Nenner der Reichtum; sie wurden von den übrigen mit Nachsicht betrachtet, denn sie frönten Bottlepartys, Scheidungen und moderner Rastlosigkeit. Nördlich und westlich der Questschen Farm hatten sich schottische Familien angesiedelt, in der Mehrzahl miteinander verwandte, hart arbeitende, bescheidene, gesellige Leute, die sich häufig untereinander besuchten. Ein Halbdutzend Iren bewohnte die Hänge der Oxford Kette. Aber das war keine Gruppe; man kann sich die Iren nur als pittoreske Einzelgänger vorstellen. In ihrer Nähe befanden sich fünf Farmen, auf denen ein Häufchen englischer Exzentriker lebte, die erst in den Kolonien zu vollster Blüte gelangen. Colonel Castairs zum Beispiel, der allein in einem weiträumigen, steinernen Herrenhaus wohnte, schlief den ganzen Tag und las des Nachts. Er bereitete sich darauf vor, eines Tages die Geschichte der Melancholie im Verlauf der Jahrhunderte zu schreiben; er war mittlerweile über siebzig. Dann war da Lord Jamie, der nackt auf seiner Farm herumlief und nur Obst und

* Sportfeste (Anm. d. Ü.)

Nüsse aß; erbittert kämpfte er mit seiner Frau, weil sie ihren Kindern Kleider anzog, denn er war der Ansicht, daß selbst schon eine Windel an einem Baby eine Beleidigung Gottes darstellte, der Adam und Eva geschaffen hatte. Man erzählte sich, daß er eines Tages auf einem großen schwarzen Pferd ins Dorf gestürmt kam, splitternackt, mit seinem wilden roten Bart und seiner roten Haarmähne, die in der Sonne Funken sprühte, ein riesiger, ungeschlachter Mann, dessen brennend unschuldige Augen aus den wogenden Locken seines Haares hervorstarrten wie die Augen eines spähenden Wilden. Er stieg von seinem Pferd und betrat den Laden, um ein Pfund Tabak, eine Flasche Whisky und die Wochenzeitung zu kaufen, und anscheinend grüßten ihn in dem Geschäft alle so beiläufig, als wäre er so schicklich gekleidet wie sie. Dann fingen sie an, übers Wetter zu reden. Es war jedoch niemals wieder geschehen, und der Vorfall entschwand in die legendäre Vergangenheit der Kaffernkriege, der Pioniere und der Gewalt. Wie aufregend mußte das Leben damals gewesen sein, seufzten die Leute im Bezirk und erinnerten sich an ihre fernen Ursprünge – dabei gab es den Bezirk doch nicht viel länger als dreißig Jahre. Wie herrlich, wenn dieser wilde Mann auf dem schwarzen Pferd sich noch einmal in seiner skandalösen Glorie zeigen würde! Wie herrlich, wenn Hauptmann Day in den Laden träte (wie einst, im Goldenen Zeitalter), flankiert von seinen beiden halbzahmen Leoparden, seine drei eingeborenen Konkubinen hinter sich – aber ach, leider kam er nicht, kamen sie nicht, die Zeit der Legendenbildung war vorbei.

Viele Jahre hatte es zwischen dieser Hauptgruppe sanfter Wahnsinniger und der Questschen Farm hunderte von Morgen kahlen Geländes gegeben, das für den Akkerbau zu dürftig schien. Da, wo es anfing, an die Quests angrenzend, saßen die Van Rensbergs, wie die einsame Schwalbe, die eines Tages einen Sommer macht; fünf Jahre lang, dann kam eine andere Afrikaansfamilie, die in einem Planwagen den Pfad entlangschaukelte, einem Gefährt, das in diesem Bezirk nur literarische Assoziationen an den Großen Treck weckte. Bald darauf kam noch eine Familie, dann noch eine ... Und jetzt entstand innerhalb dieses Bezirks, wo der Lebensstil von dem der großen Farm bestimmt gewesen war, wozu zwei oder drei Kinder und eine Gouvernante gehörten oder vielleicht noch ein Gehilfe, eine enggeknüpfte, isolierte Gemeinde von Holländern, die fünfzig und hundert Morgen bestellten, während die Briten Tausende brauchten, und gute Erträge erzielten; sie zeugten gesunde Kinder, acht oder zehn pro Familie, bauten ihren eigenen Gemeindesaal und eine strohgedeckte Kirche, wo sie ihren zornigen Gott anbeteten. Und ihre Sprache hatte den kraftvollen Klang des lebendigen Glaubens...

Sie holten ihre Post an einem Tag, an dem das Dorf üblicherweise leer war. Ihre Wagen fuhren geschlossen vor Sokrates' Laden vor, fuhren geschlossen über das Bahngeleise zur Tankstelle; kehrten geschlossen zum Bahnhof zurück, einer nach dem anderen in einer Schlange, so langsam und bedächtig, daß man an einen Zug von Planwagen denken mußte.

So war es auch heute. Es waren elf Wagen, einer hinter dem anderen; und aus ihnen waren genug Leute gequollen, um ein kleines Dorf zu bevölkern, Männer, Frauen und Kinder, und sie unterhielten sich, lasen die Post, spielten in Gruppen.

Martha stand auf Sokrates' Veranda zwischen den Getreidesäcken und betrachtete sie, versuchte, herauszufinden, woran es lag, daß diese Leute aussahen, als gehörten sie zusammen. Körperlich waren sie stark und breit gebaut, mit den groben, offenen Zügen ihrer holländischen Vorfahren; aber erweckt das Wort »holländisch« nicht die Vorstellung von heller Haut und hellem Haar, blauen Augen und unbekümmerter Gesundheit? Diese Menschen dagegen waren eher dunkel, als hätte die Sonne ihre wehrlose helle Haut und das lichte Haar, das im Süden trocken und schlaff wird, mit einem Schuß Widerstandsfähigkeit gestärkt. Die älteren Frauen trugen Schwarz – hier die Farbe der Ehrbarkeit, wenn auch in anderen Kulturen, anderen Milieus manchmal die Farbe der Trauer oder der Weltläufigkeit. Die jüngeren Frauen trugen gemusterte Kleider, die eher hübsch waren als elegant; ein paar der Kinder trugen die traditionellen breitkrempigen Sonnenhüte; die Männer steckten in der männlichen Landestracht, Khakishorts und offenen Hemden. Nein, die Kleidung drückte hier nur eine gewisse Unruhe, Bewegung, ja Unsicherheit aus; denn wenn es auch stimmte, daß man die hübschen Sonnenhüte nirgendwo sonst hätte sehen können, so waren die Kleider der kleinen Mädchen wahrscheinlich nach dem Schnittmuster einer englischen Zeitschrift angefertigt; und wenn niemand außer bestimmten holländischen Frauen diese schwarzen spitzenbesetzten Hüte trug (so daß man sich, erblickte man eine von ihnen in hundert Meter Entfernung, das Gesicht darunter vorstellen konnte, das breit, humorvoll, erdhaft war und Sinn fürs Praktische verriet), dann war das schwarze Kleid, das sie dazu trug, doch vermutlich amerikanische Massenkonfektion.

Die Zusammengehörigkeit dieser Gruppe drückte sich in irgend etwas anderem aus, vielleicht in dem Ausdruck verbissener Unabhängigkeit, dem Ausdruck des eingefleischten Siedlers; in diesem Fall aber waren sie Siedler in einem Land, das sich jenseits der Kolonisierungsphase wähnte. Gar nicht so einfach, den Knochen einer geistigen Überzeugung Fleisch und Blut zu verleihen; Martha erinnerte sich beschämt, wie unüberlegt und leichthin sie Joss gesagt hatte, daß sie Rassenvorurteile ablehne; denn in Wahrheit konnte sie sich an keine Zeit erinnern, in der sie Menschen nicht zuerst im Sinne von Gruppierungen, Nationen oder Hautfarbe und erst dann als Menschen gesehen hatte. Sie stand auf der Veranda von Sokrates' Geschäft, blickte über den leeren, staubigen Platz zum Bahngeleise und dachte an die unterschiedlichen Menschen, die dort vorbeigingen: die Eingeborenen, namenlos, wimmelnd; die Afrikander, deren bloßer Name schon von der urwüchsigen, poetischen Eigenart ihrer tatkräftigen Vorfahren sprach; die Briten mit ihren zahllosen Untergruppen, zusammengehalten nur dadurch, daß sie sagen konnten: »Das ist ein britisches Land« – zusammengehalten durch das Bewußtsein ihres Besitzrechts. Und jede Gruppe, Gemeinde, Farbe, jeder Clan strebte weg, kämpfte sich frei von den anderen, in einer Sucht nach Auflösung; es war, als würde das Prinzip der Absonderung ausgebrütet von eben diesem Boden, diesem Himmel, dieser unerbittlich treibenden Sonne; als ob die ungestalte Weite des Universums, wie sie unablässig andrängte in den gewaltigen unverhüllten Himmeln, den riesigen bergumgürteten Horizonten, so daß man nie, nicht für einen Moment den unmenschlichen, unerbittlichen Kampf zwischen Boden und Wasser und Licht vergessen konnte, das Fieber der Selbstbehauptung in ihren Kindern ausbrütete, die wie eine verlorene Schar von Eroberern in einer Wüste rasend vor Furcht über die Wegrichtung stritten, wo doch nichts als nüchternes, gegenseitiges Vertrauen sie retten konnte. Martha spürte die kämpfenden Kräfte in ihrem eigenen Wesen; die Anstrengung der Phantasie, deren es bedurfte, um die Worte *schwarz, weiß, Nation, Rasse* zu zerstören, erschöpfte sie, ihr Kopf schmerzte, und das Fleisch lag schwer auf ihren Knochen. Sie blickte zum Wagen der Van Rensbergs hinüber und dachte, daß sie sie seit Jahren kannte und daß es ihr dennoch schwerfiel, auch nur durch den Staub zu gehen und sie zu begrüßen. Sie verließ die Veranda und ging, etwas unsicher lächelnd, auf den Wagen zu, denn als es zu spät war, um sich zurückzuziehen, ging ihr auf, daß es ihnen vielleicht nicht angenehm war, wenn ihre

Freundschaft mit den Quests so öffentlich demonstriert wurde.

Sie blieb neben der Wagentür stehen und sagte guten Tag zu Mr. Van Rensberg. Er nickte ihr zu und las seine Zeitung weiter, nachdem er mit der Schulter ein Zeichen nach hinten gemacht hatte, wo Marnie zwischen den zwei verheirateten Schwestern saß, die Säuglinge im Arm hielten. Neben Mr. Van Rensberg saß ein junger Mann, der Martha grüßte. Sie beeilte sich, ihn anzulächeln und dachte: Das muß ein Vetter sein, denn er hatte das typische Familiengesicht.

Marnie lächelte krampfhaft erfreut und schaute verlegen auf den Rücken ihres Vaters. Da wünschte Martha, sie wäre nicht hergekommen. Über seine Schulter konnte sie den Namen der fanatischsten nationalistischen Zeitung des Südens erkennen; zwar verstand sie die Sprache nicht, was auch kaum nötig war, da nationalistische Worte und Phrasen in jeder Sprache gleich sind, aber die Erkenntnis, daß das Hirn hinter dem kurzgeschorenen schwarzen Kopf neben ihr das guthieß, was eine wilde Klage über das pure Vorhandensein der Briten sein mußte, veranlaßte sie, die Stimme zu senken, wie jemand, der sich schuldig fühlt, als sie zu Marnie sagte: »Warum kommst du nicht mal rüber und besuchst mich?«

»Du, ich möchte schon. Ich möchte schon«, erwiderte Marnie genauso leise und mit einem erneuten Blick auf ihren Vater. »Dein Kleid ist phantastisch, Martha«, fügte sie hinzu. »Kann ich den Schnitt haben?«

»Natürlich«, sagte Martha und schaute unwillkürlich auf Marnies matronenhaften Leib. »Komm doch für den ganzen Tag ...« Sie hatte die Stimme fast bis zum Flüstern gedämpft; das war irgendwie absurd und machte sie wütend. Sie und Marnie sagten sich rasch Adieu und lächelten sich dabei zu wie Verschwörer; sie warf noch ein Lächeln in Richtung des höflichen jungen Mannes auf dem Vordersitz und zog sich eilig zum Laden zurück.

Sie hatte niemanden, der sie mit zurücknahm. Sie wäre gern gelaufen; sie nahm es sich vor, aber ... Sie malte sich aus, daß die Leute ihr verwundert mit den Augen folgen würden, wenn sie zu Fuß die Straße entlangginge, auf der an diesem Nachmittag erwartungsgemäß ein Dutzend Autos fahren würden. *Weiße Mädchen gehen nicht allein* ... Als sie zögernd auf der Veranda stand, sah sie Joss näherkommen und lächelte in einer Weise, die, ohne daß ihr das klar wurde, zärtlich amüsiertes Gefallen an der Figur ausdrückte, die er machte. Er trug einen anständigen dunklen Anzug, hatte Bücher unterm Arm, ging bedächtig und verkrampft, mit den Augen den Füßen folgend, die Schultern ein bißchen eingezogen. Er wirkte in der Tat schon jetzt wie der nüchterne Akademiker, der er werden wollte; er war vollkommen fehl am Platz unter diesen khakigekleideten Freiluftmenschen und wußte das zu schätzen. Denn diese Farmer, diese Männer der Scholle: kamen sie näher, sah man zunächst die nackten, kräftigen Glieder, den Körper; man bemerkte vielleicht den starken, muskulösen Unterarm, die bronzene, sehnige Säule des Schenkels, das Ausschreiten oder das Schwingen der Arme; sie gingen herrlich, mühelos, langsam, der Weite und Leere des Landes entsprechend – hier dachte man nicht an Glieder, die sich vorsichtig und zurückhaltend, eventuelle unerwünschte Berührung meidend, entwickelt hatten. Ja, hier stand man ziemlich weit entfernt von einem Mann, einer Frau und sah sie im ganzen. Zuerst den Gang, die Haltung des Körpers. Dann hebt man den Blick zum Gesicht, und der erste Eindruck bestätigt sich: was für schöne, offene, freimütige Gesichter, auf gesunde Weise gegerbt, unerschrocken, jedem Blick zugänglich. Und dann (aber zuletzt) die Augen, schau ihnen direkt in die Augen – die den deinen natürlich mit uneingeschränkter Offenheit begegnen. Hier gibt's nichts zu verbergen, sagen sie; alles ehrlich, mach, was du willst. Aber stets sitzt hinter den freundlichen braunen, den blauen Augen, die dich willkommen heißen, die Unsicherheit; etwas, das nicht leicht zu definieren ist, sich aber vielleicht am besten im Moment des Lachens ausdrückt. Der Mann lacht heraus, ein ansteckendes, aufrichtiges Lachen; aber in den Augen ist ein leichtes Flakkern nach der Seite, die Augen sind nicht wirklich da, sie haben etwas Abwesendes, Ausdrucksloses und Leeres. Nimm zum Beispiel diese Gruppe schöner, junger Siedler, die mit ihren englischen Vettern den *Strand* entlangmarschieren. Was für herrliche junge Männer, welch ein Körperbau; einen Kopf größer als die übrigen, bronzebraun, muskulös, stark wie Pferde. Dann schau in ihre Augen. Doch die Augen scheinen zu sagen: »Was willst du von uns? Sind unsere Körper nicht genug für dich?« Da ist ein fahler und verdrossener Blick; die sanfte und leuchtende Dunkelheit, die hinter der Iris liegen sollte, ist einfach nicht da. Etwas fehlt.

Wie es scheint, kann man nicht beides haben, man muß wählen; und Joss wählte ohne Zögern.

Martha, die ihn herankommen sah, wurde sich eines äußerst unangebrachten, doch eindeutigen Gefühls von Mitleid bewußt. Warum Mitleid? Sie beneidete ihn bis fast zur Bitterkeit, da er genau wußte, was er wollte und wie er es bekommen konnte. Sie sah, daß sich der kompakte, straffe Körper, unter dunkelgrauem Flanell verborgen, vorsichtig über den sonnenbeschienenen, schmutzigen Staub bewegte, als wäre jeder Nerv, jeder Muskel direkt mit seinem Willen verbunden; sie sah, daß seine Augen konzentriert waren, stetig und direkt, sein ganzes Sein stand dahinter, so daß man ihn nur sah, wenn man in seine Augen blickte; sie sah den großen Unterschied zwischen Joss und diesen Farmern, und halb beneidete, halb bemitleidete sie ihn. Mitleid? Weshalb? Man bemitleidet keinen Menschen, der genau weiß, wofür er sich entscheidet und warum.

Martha beobachtete ihn so, daß sie die Möglichkeit hatte, zumindest sich selbst weiszumachen, daß sie ihn nicht beobachtete; sie hatte Angst, er könnte, wieder einmal förmlich nickend, an ihr vorbeigehen. Er kam jedoch direkt auf sie zu, hielt ihr die Bücher hin und sagte brüsk: »Ich dachte, die würden dir gefallen.«

»Woher wußtest du, daß ich immer noch hier bin?« fragte sie mit weiblicher Scheinheiligkeit.

»Ich kann den Laden durch die Bäume sehen.«

Einen Moment lang war Martha unsinnigerweise wütend, als hätte man ihr nachspioniert; dann fragte er: »Wie kommst du nach Hause?«, und sie antwortete trotzig: »Ich laufe.« Joss schien jedoch keinen Grund zu sehen, warum sie nicht laufen sollte; nach kurzem Zögern sagte er nur: »Bis bald!« und ging zurück durch den Staub. Martha war enttäuscht – sie fand, er hätte sie wieder in sein Haus einladen können. Dann begriff sie, daß er darauf gewartet hatte, daß sie selbst darum bitten würde; das verwirrte sie. Sie tat den Gedanken an Joss, der sie immer glauben machte, es fehle ihr am nötigen Feingefühl, mit einem Achselzucken ab; mit dem Bücherpäckchen unterm Arm, das ihr Selbstvertrauen gab, verließ sie Sokrates' Veranda und machte sich auf den Heimweg.

Sie hatte diese Reise nie zu Fuß gemacht; immer mit dem Auto, oder als Kind hoch oben auf den heißen, haarigen Kornsäcken auf dem Fuhrwerk. Während der ersten Meile erinnerte sie sich an das quietschende Schwanken des alten Fuhrwerks, bei dem man immer das Gefühl hatte, es würde entzweigerissen von der schleppenden Last der Säcke und den vorwärtsziehenden Ochsen; vorne am Wagen gab es einen Punkt, wo sich die Spannung anscheinend konzentrierte, und an der Stelle hatte sie gern gesessen, schaudernd vor Erregung wegen der ächzenden Planken unter ihr, die stets kurz davor waren, auseinanderzufliegen, es aber nie taten, sondern ihre Last Meile um Meile langsam und mühselig weiterschleppten. Sie erinnerte sich, auf welch erschreckende Art sich die

Säcke unter ihr verschoben hatten; schwere Säcke waren das, und doch schlingerten und senkten sie sich leicht im Rhythmus des Wagens. Sie erinnerte sich an den angenehmen warmen Geruch der Kuhfladen, die plop, plop in den roten Staub fielen, und, herrlich, den Duft von frischem Gras verströmten, so daß sich, wenn auch die Wagenräder unaufhörlich rote Sandströme hochschleuderten und sie in einer wirbelnden rötlichen Staubsäule dahinfuhr, Meile für Meile, die süßen Düfte frisch wiedergekäuten Grases daruntermischten, als wären die viergeteilten Mägen der großen Ochsen nur mit konzentrierten Erinnerungen an die Stunden des Grasens entlang den wasserschweren Vleis gefüllt.

Später blieb sie zögernd vor der McDougall-Farm stehen; wenn sie hineinging, würde sie einen herrlichen schottischen Tee mit Bannocks und Pfannkuchen und Butter, frisch aus dem Butterfaß, bekommen. Aber sie ging nicht hinein, denn die McDougalls hatten noch nicht zur Kenntnis genommen, daß sie jetzt Miss Quest war; sie behandelten sie immer noch wie ein Kind, und das konnte sie nicht ertragen.

Sie lief jetzt langsamer, wollte nicht, daß die Reise ein Ende nahm; sie genoß die Freiheit: den Ort, wo mit Gewißheit alle sie bemerkt hatten, über sie redeten, weit hinter sich; das Haus noch nicht in Sicht, wo allein die pure Existenz ihrer Eltern sie mahnte, auf der Hut zu sein, bereit, sich zu wehren. Jetzt war keiner da, der sie beachtete, keine Seele weit und breit; und sie schlenderte den Weg entlang, hüpfte von Weide zu Weide und zupfte aus den zarten, grünen Schäften die langen, süßschmekkenden Grashalme, die auf einer staubigen Straße so angenehm zu kauen sind wie Zuckerrohr. Sie war glücklich, weil sie im Augenblick völlig frei war; sie war traurig, weil sie bald zu Hause sein würde; diese beiden Empfindungen vertieften sich, und plötzlich schoß ihr der Gedanke durch den Kopf, daß diese starke, freudige Melancholie ein Zustand war, den sie früher schon einmal erlebt hatte und – doch sie ließ den Gedanken auf der Stelle fallen; er glitt vorüber, leicht wie der Schatten einer Vogelschwinge, denn sie wußte, daß man das Erlebnis, das mit diesem Gefühl verbunden war, nicht heraufbeschwören durfte. Man lauerte ihm nicht auf; es war ein Besucher, der kam, ohne sich anzukündigen. Andererseits war allein die Tatsache, daß das herrliche, doch furchterregende Vorgefühl sie überhaupt befallen hatte, Grund genug, ihn abzuschrecken; dieser Besucher liebte die Dunkelheit, das wußte Martha, und sie beeilte sich, an etwas anderes zu denken. Gleichzeitig fiel ihr ein, daß das Erlebnis für sie mit etwas verknüpft gewesen war, das sie heute ziemlich verächtlich als ihre »religiöse Phase« bezeichnete; und zur Atheistin zu werden, was sie, so leicht, wie man einen Handschuh fallen läßt, von einem Tag zum anderen geworden war, war nur deshalb schmerzhaft gewesen, weil sie sich vorgestellt hatte, sie müßte den Preis für die intellektuelle Wahrhaftigkeit zahlen, indem sie dieser anderen Empfindung und diesem phantastischen Besucher Lebewohl sagte. Demnach schien also kein solcher Preis von ihr gefordert worden zu sein, es hatte den Anschein als – Martha unterbrach sich, schon verstimmt und gereizt: sie *durfte* nicht analysieren, nicht bewußt daran denken. Und was tat sie? Sie verfolgte das Hin und Her ihrer Gedanken, als beobachtete sie eine Maschine. Ihr fiel auch auf, daß sie sehr rasch ging, völlig blind für die Schönheit der Bäume, des Grases. Denn es war Abend und ungeheuer schön; tiefes, flutendes Gold leuchtete auf dem dunklen Grün des Laubes, dem Dunkelrot der Erde, dem blassen Blond des Grases, und trug zur feierlichen Intensität des Sonnenuntergangs bei. Sie sah einen einzelnen, weißstämmigen Baum mit seiner lichten Wolke schimmernder Blätter sich abrupt aus der festgepreßten, roten Erde eines Ameisenhügels erheben, ganz in magisches, himmelspiegelndes

Licht getaucht, und ihr Herz regte sich schmerzlich in heftiger Traurigkeit. Sie lief bewußt langsamer, genoß bewußt die Melancholie und fand sich plötzlich auf einem flachen Hügel wieder, wo die Bäume sich auf eine weite Landschaft öffneten; der Blick, der neu für sie war, ließ sie alles andere vergessen. Sie konnte ihr Haus sehen, hingekauert auf den grünverhüllten Hügel, und dazwischen ein durch nichts unterbrochenes Stück silbergoldenes Maisfeld; von da, wo sie stand, waren es etwa fünf Meilen bis zur Van Rensbergschen Grenze, einem dunklen Baumgürtel, hinter dem der feierlich blaue Himmel emporstieg wie eine Wand. Der Mais wogte und wisperte, und das Licht floß über ihn hin; ein Falke lag reglos auf einem Strom blauer Luft, und wieder ergriff sie der wirre, schmerzhafte Taumel und diesmal mit solcher Gewalt, daß sie nicht fürchten mußte, er würde vorübergehen. Rings um sie lag still das Buschland, ein kahler Hang mit sonnenuntergangsfarbenem Gras, das sich sanft mit leisem Rascheln bewegte; ein unsichtbarer Veilchenbaum verströmte Wolken von Duft wie eine Segnung, und sie stand ganz still, wartete auf den Moment, der unausweichlich war. In ihrem Augenwinkel bewegte sich etwas, sie drehte vorsichtig, um nicht zu stören, was da entlang ihren Sehnerven anschwoll, den Kopf und sah einen kleinen Rehbock, der aus den Bäumen getreten war und ein paar Schritte entfernt ruhig dastand und leicht mit dem Schwanz schlug. Sie wagte kaum zu blinzeln. Der Bock starrte sie an und wandte dann den Kopf, um mit vorgestülpten Ohren in den Busch zu spähen. Ein zweiter Bock trippelte unter den Bäumen hervor, und beide standen da und beäugten sie; dann liefen sie graziös weiter, ihre Hufe klickten hell auf den Steinen, und die Sonne wärmte ihr weiches braunes Fell. Sie senkten die Köpfe, um zu grasen, während ihre kleinen Schwänze weiß aufblitzend unruhig hin und her zuckten.

Marthas Empfindung steigerte sich jäh, und währenddessen wurde ihr klar, daß sie wie immer vergessen hatte, daß das, worauf sie wie auf eine Offenbarung gewartet hatte, Schmerz war, nicht Glück; woran sie sich statt dessen stets erinnerte, waren der Jubel und die Erfüllung, was sie vergaß, war dieser mühselige Durchbruch zu einem geistigen Zustand, den Worte wie *Ekstase, Erleuchtung* und so weiter nicht beschreiben konnten, da sie die Vorstellung von Freude erweckten. Da ihr Denken von poetischer Literatur (und wenig anderer) geprägt worden war, wußte sie natürlich, daß religiöse Menschen häufig dieses Erlebnis hatten. Tatsache war jedoch, daß der »Augenblick« sich so von dem unterschied, was sie nach den Beschreibungen der »Augenblicke« anderer für üblich hielt, daß ihr erst, als sie dahin gelangt war, das Erlebnis als ganz gewöhnlich und, wie sie sich bitter und ernsthaft aufgebracht ausdrückte, »zur Pubertät gehörend« einzustufen, der Gedanke kam: »Vielleicht ist es am Ende doch dasselbe?« Wenn ja, dann waren die anderen Lügner, Lügner samt und sonders; das konnte sie gut verstehen, denn war es ihr denn selbst nicht unmöglich, sich in der Zwischenzeit zu erinnern, welch eine fürchterliche Erleuchtung das war?

Mit Sicherheit gab es einen bestimmten Punkt, an dem das Ganze begann. Es war nicht da; dann war es auf einmal unausweichlich, und nichts hätte es verscheuchen können. Eine langsame Verschmelzung, in deren Verlauf sie, die kleinen Tiere, das wogende Gras, die sonnenwarmen Bäume, die Hänge mit dem zitternden, silbrigen Mais, der riesige blaue Lichtdom über ihr und die Steine der Erde unter ihren Füßen eins wurden, gemeinsam erschauderten in der Gelöstheit tanzender Atome. Sie spürte, wie die unterirdischen Flüsse schmerzhaft durch ihre Adern drängten, sie anschwellen ließen mit unerträglichem Druck; ihr Fleisch war die Erde und litt Wachstum wie eine Gärung; und ihre Augen starrten, unbeweglich wie das Auge der Sonne. Nicht eine Sekunde länger (wenn hier Zeitbegriffe überhaupt gelten) hätte sie es ertragen können; doch dann, mit einem plötzlichen Ruck vorwärts und hinaus, kam der ganze Prozeß zum Stillstand; *das* war der »Augenblick«, an den man sich später unmöglich erinnern konnte. Denn in diesem Zeitraum (der zeitlos war) wurde sie sich absolut unwiderruflich ihrer Kleinheit, der Bedeutungslosigkeit der Menschheit bewußt. In ihren Ohren war ein dumpfes Mahlen, die großen Räder der Bewegung, und es war unmenschlich wie das schlurfende Schwanken eines Ochsenkarrens; und Marthas Stimme hatte keinen Teil an diesem Getön. Dennoch war sie ein Teil davon, widerstrebend wurde ihr die Teilhabe gewährt, wenn auch unter Bedingungen – ja, welchen Bedingungen? Diesen Augenblick lang, während Raum und Zeit (doch das sind Worte, und wenn sie etwas begriff, dann, daß Worte hier waren wie Säuglingsgewimmer in einem Wirbelsturm) ihr Fleisch kneteten, wußte sie, was Nichtigkeit ist; das heißt, nichtig war ihre Vorstellung von sich selbst und ihrem Platz im Chaos der Materie. Was von ihr gefordert wurde, war, daß sie etwas völlig anderes aufnehmen sollte; es war, als ob etwas Neues darauf drang, von ihr empfangen zu werden, wobei ihr Fleisch der Wirt war, geradeso, als wäre es eine Notwendigkeit, der sie sich anbequemen mußte, indem sie gestattete, sich aufzulösen und sich von dieser Notwendigkeit formen zu lassen. Aber das währte nicht; die Gewalt ließ nach und ließ sie auf der Straße stehen, und schon war sie wieder bemüht, nach dem »Augenblick« zu haschen, um seine Botschaft aus dem vernichtenden und zeugenden Chaos der Dunkelheit zu bergen. Schon entglitt ihr die Sache, wurde zum Ganzen in ihrem Kopf statt zum Prozeß; die Erinnerung veränderte sich, so daß sie sich nun trauernd danach sehnte, »es erneut zu versuchen«.

Es war eine Aufforderung an sie ergangen, und sie hatte ihr nicht gehorcht. Aber diese Woge der Sehnsucht machte sie zornig: Sie wußte, daß das unaufrichtig war; denn es war eine Sehnsucht nach etwas, das nie existiert hatte, kurz, nach einer »Ekstase«. Dabei war es keine Ekstase gewesen, nur kompliziertes Wissen. Es war, als hätte ein Käfer gesungen. Für *Erleuchtung* müßte es ein neues Wort geben.

Sie merkte, daß sie im Gras neben dem Weg stand und die beiden kleinen Rehböcke anstarrte, die gleichgültig mit ihren Schwänzen schnippten und grasend im Busch verschwanden. Martha dachte daran, daß sie diese kleinen Lebewesen oft erschossen hatte und wollte das nie mehr tun, da sie an ihrem Erlebnis teilgehabt hatten. Doch selbst während sie sich dazu entschloß, war sie hoffnungslos gereizt, als habe sie sich bei einer sinnlosen Lüge ertappt. Sie war vor allem gereizt, nicht traurig, nur matt und ausgelaugt, und dies um so mehr, als »der Augenblick« sich in ihrer Vorstellung schon fünf Minuten später in selige Freude verwandelt hatte; es war offenbar notwendig, sich der Sache als eines unerhörten Glückszustands zu erinnern.

Sie ging langsam nach Hause, kürzte den Weg ab, indem sie am Zaun entlang durch die Maisfelder ging. Der Boden unter ihren Füßen war hart und fest, rissig vor Trockenheit, was wehtat, da ihre Sandalen zum Vorzeigen und nicht zum Benutzen gedacht waren. Sie erkletterte schleppend den Hügel und ging in ihr Zimmer, um sich zu fassen, bevor sie ihren Eltern entgegentrat, oder besser gesagt ihrer Mutter, denn ihrem Vater *entgegenzutreten* war eher, als versuchte man die Aufmerksamkeit eines gereizten Gespensts auf sich zu ziehen.

Ach, vorbei Visionen und Entscheidungen. In ihrem Schlafzimmer fühlte sie nur noch zornigen Unmut: gegen die Leute im Bezirk, gegen Mr. McFarline, gegen Marnie, die nun »vorbeischauen« und Schnittmuster ausleihen würde.

Ihre Mutter kam mit der Petroleumlampe, da es dämmrig war, und rief: »Ich hab mir solche Sorgen gemacht, Liebes, und du sagst mir nicht einmal, daß du zu Hause bist.«

»Ist ja nichts passiert, gesund und munter und immer noch Jungfrau.«

»Mein *Liebes* –«, Mrs. Quest hielt inne und hängte die Lampe an die Wand. Die Flamme zitterte bläulich, warf dann einen angenehmen gelben Schein auf den rauhen Verputz bis unters Strohdach, wo ein matter Silberstreif im Schatten glänzte. »Wie bist du denn zurückgekommen?« fragte Mrs. Quest vorsichtig.

»Bin gelaufen«, sagte Martha aggressiv und war sogar enttäuscht, als Mrs. Quest nicht protestierte.

»Komm schon, wir essen gleich.«

Martha folgte ihrer Mutter gehorsam und hörte sich plötzlich lebhaft und keß sagen: »Dieser fiese alte Kerl, Mr. McFarline, hat versucht, mich rumzukriegen.« Sie schaute zu ihrem Vater, doch der zerkrümelte sein Brot im Rhythmus seiner Gedanken.

Mrs. Quest erwiderte hastig: »Unsinn, das bildest du dir ein, das würde er nie tun.«

Die Unterstellung, daß sie zu jung für solche Annäherungsversuche war, veranlaßte Martha zu sagen: »Und dann kriegte er einen Anfall von schlechtem Gewissen und gab mir zehn Schilling.« Sie kicherte verlegen mit einem weiteren Blick auf ihren geistesabwesenden Vater, und Mrs. Quest sagte: »Der würde sowas nicht tun, dafür ist er viel zu anständig.«

»Anständig«, bemerkte Martha giftig, »mit einer Siedlung voll eigener Kinder.«

Mit einem Blick auf den Diener, der das Gemüse servierte, sagte Mrs. Quest rasch: »Du solltest nicht auf solches Geschwätz hören.«

»Alle wissen es, und außerdem habe ich gehört, wie du's zu Mrs. McDougall gesagt hast.«

»Ja, aber das heißt nicht – ich glaube nicht ...«

»Verdammte Heuchelei«, sagte Martha, »dieser ganze Rassenschrankenunsinn, außerdem kann Mr. McFarline schlafen, mit wem er will und –«

»Mein Liebes«, sagte Mrs. Quest und blickte verzweifelt zu dem teilnahmslosen Diener hinüber, »paß doch auf, was du sagst.«

»Ja, an was anderes denkst du nicht, Hauptsache, die ganzen Lügen und Scheußlichkeiten werden kaschiert.«

Mrs. Quest erhob wütend ihre Stimme, und die Schlacht hatte begonnen; Mutter und Tochter sagten Dinge, die sie beide schon so oft gesagt hatten, warteten nicht einmal, bis die andere einen Satz beendet hatte, bis das Geschrei Mr. Quest veranlaßte, sie anzufahren: »Haltet den Mund, ihr beiden.«

Prompt sahen sie ihn erleichtert an; man hätte meinen können, gerade darauf hätten sie es angelegt. Aber Mr. Quest sagte kein Wort mehr; er starrte sie verwirrt und empört an, senkte dann den Blick und aß weiter.

»Hast du gehört, was dein Vater sagt?« fragte Mrs. Quest stichelnd.

In Martha mischten sich Erschrecken und Schmerz bei diesem Bündnis gegen sie, und sie schrie laut: »Friede auf Erden, du und dein Christentum, und wenn man dann sieht, was du in Wirklichkeit tust ...« Doch fast im selben Moment begann sie sich zu schämen, weil das so kindisch war, was sie gesagt hatte. Meist aber bewegt sich das, was wir sagen, auf einem viel niedrigeren Niveau als das, was wir denken; es kam Martha so vor, als nähme sie ihren Eltern am meisten übel, daß sie in ihren Gesprächen mit ihnen auf ein Niveau heruntergedrückt wurde, über das sie längst hinausgewachsen war, besonders, was dieses Thema anging, das für ihre Eltern der erschreckend weit vorgeschobene Vorposten in ihrer Entwicklung war.

Immerhin hatte ihre Bemerkung so viel Kraft, die Abwehr ihres Vaters zu durchbrechen, denn er hob den Kopf und sagte verärgert: »Wenn wir so mies sind und du keine Zeit für uns hast, dann geh doch. Verschwinde«, brüllte er, von der Erregung, die seine Worte ausgelöst hatten, fortgetragen, »los, verschwinde, geh raus und laß uns in Ruh.«

Martha stockte der Atem vor Entsetzen; was ihr ins Bewußtsein drang, war der Gedanke, daß ihr eigener Vater sie aus dem Haus warf – sie, ein Mädchen von siebzehn. In einer tieferen Schicht jedoch deutete sie das richtig als emotionale Befreiung, die sie besser ignorierte. »Also gut«, sagte sie ärgerlich, »ich gehe.« Sie und ihr Vater sahen sich über die Breite des Tisches hinweg ins Gesicht – ihre Mutter saß wie üblich am Kopfende – und die beiden finsteren, wütenden Augenpaare starrten einander um die Wette an.

Schließlich senkte Mr. Quest den Kopf und murmelte fast schuldbewußt: »Ich kann das einfach nicht aushalten, dieses verdammte Streiten, Streiten, Streiten!« Und mißmutig warf er seine Serviette hin. Sofort bückte sich der Diener, hob sie auf, und überreichte sie seinem Herrn. »Danke«, sagte Mr. Quest automatisch und legte sie wieder auf den Schoß.

»Lieber«, sagte Mrs. Quest in leisem, flehendem Ton zu ihrem Gatten.

Er erwiderte mürrisch: »Streitet, wenn ihr wollt, aber um Himmels willen nicht, wenn ich dabei bin.«

Jetzt waren sie alle still; gleich nach dem Essen verschwand Martha in ihrem Schlafzimmer, sagte sich, sie würde auf der Stelle von zu Hause weglaufen, wobei sie sich verschiedene herrliche Arten der Befreiung ausmalte. Das Bücherpäckchen lag ungeöffnet auf ihrem Bett. Sie schnitt die Schnur durch und betrachtete die Titel, und ihr Gefühl, im Stich gelassen zu sein, wurde noch heftiger. Es waren alles Bücher über Volkswirtschaft. Sie hatte sich Bücher gewünscht, die ihr für diese heftige Gefühlsverwirrung, die in ihr herrschte, eine Erklärung geben konnten.

Am nächsten Tag stand sie früh auf, ging mit ihrem Gewehr hinaus und tötete einen Waldducker am Rande des Großen Tabaklandes (wo ihr Vater während der Phase, als er noch daran glaubte, Tabak angebaut hatte). Sie befahl einem vorbeigehenden Eingeborenen, das tote Tier nach Hause in die Küche zu bringen, wo zufälligerweise schon Fleisch in Mengen lag.

Doch so ausgedrückt, liegt darin allzu viel Zielstrebigkeit. Martha wachte frühmorgens auf und konnte nicht schlafen; sie entschloß sich, spazieren zu gehen, weil der Sonnenaufgang so herrlich über den Himmel gebreitet war; sie nahm das Gewehr, weil sie es aus Gewohnheit bei sich trug, auch wenn sie es kaum je benutzte; sie schoß auf den Waldducker eher unentschlossen, weil er sich zufällig zeigte; sie war überrascht, als er tot zu Boden fiel, und da er nun schon einmal tot war, wäre es jammerschade gewesen, das Fleisch nicht zu nehmen. Der Vorfall hatte nichts mit einer wirklichen Absicht zu tun, so meinte sie jedenfalls, und dachte halb schuldbewußt: Ist das nicht ohnehin egal?

Nach dem Frühstück schaute sie sich erneut Joss' Bücher an, überflog sie rasch. Sie waren von wirklich wohlmeinenden Leuten geschrieben, die die Armut verabscheuten. Sie dachte: Das weiß ich alles schon, was nicht allein bedeutete, daß sie ohnehin jeder Schlußfolgerung zustimmte, die bewies, daß ein System hoffnungslos ungerecht war, das sie, Martha Quest, dazu verdammte, auf der Farm zu leben statt in London mit Leuten, mit denen sie reden konnte. Dieser Scherz, der auf ihre Kosten ging, machte sie ziemlich gereizt, da sie wußte, daß etwas Wahres daran war. Was sie außerdem dachte, war: Ja, natürlich ist Armut unsinnig, warum es also noch mal sagen? Wie wollt ihr das alles ändern? »Das alles« bedeutete die Farm, die Horden von ausgebeuteten Eingeborenen, die sie bestellten, die Leute im Bezirk, die glaubten, sie hätten jedes Recht, so zu leben, wie sie lebten, und die

Eingeborenen auszunutzen, wie es ihnen gefiel. Das vernünftige Argumentieren dieser Bücher kam einem bloß absurd vor, wenn man daran dachte, was für wilde Leidenschaften sich dagegen mobilisieren ließen. Sie stellte sich den Autor solcher Bücher als sauberen, rundlichen, höflichen Herrn vor, eingeschlossen hinter zugezogenen Vorhängen in ein vom Feuerschein erleuchtetes Arbeitszimmer, wo er keinen Laut vernahm außer dem Rascheln seiner eigenen Gedanken.

Sie behielt die Bücher eine Woche lang und schickte sie dann an einem Posttag mit dem Postboy zurück. Sie legte eine kurze Mitteilung dazu, die lautete: »Es wäre schön, wenn Du mir ein paar Bücher über die Emanzipation der Frau zukommen lassen könntest.« Kaum war der Mann gegangen, kam ihr die Bitte naiv vor, wie eine hilflose Selbstentblößung; und sie konnte es kaum erwarten, das Päckchen zu öffnen, das ihr geschickt wurde. Die Nachricht, die darin lag, hatte sie erwartet: »Ich bin froh, daß Du in drei Tagen so viel volkswirtschaftliches Wissen verdaut hast. Was für ein kluges Mädchen Du bist. Anbei ein nützliches Handbuch über Sexualprobleme. Ich könnte Solly fragen, der eine beachtliche Sammlung psychologischer Literatur, etc. besitzt, aber der ist leider verschwunden, um ›sein eigenes Leben zu leben‹, und unsere Beziehung erlaubt nicht, daß ich seine Bücher nehme, ohne ihn zu fragen.« Das beigelegte Buch war Engels' *Vom Ursprung der Familie.* Martha las es und stimmte ihm in allen Punkten zu – oder vielmehr in allem, wofür sie Verwendung hatte, und das war die Bestätigung ihrer Überzeugung, daß die Ehen im Bezirk lächerlich, ja sogar gemein und vor allem überholt waren.

Sie saß unter ihrem Baum, umschlang ihre sonnenwarmen Arme, spürte mit Begeisterung das feste, weiche Fleisch, und der Anblick ihrer langen, wohlgeformten Beine ließ sie an die geschwollenen Leiber schwangerer Frauen denken, die sie voll schaudernder Wut gesehen hatte, als hätte sie einen für sie selbst bestimmten Käfig gesehen. Nie, nie, nie, schwor sie sich, dennoch kroch eine Vorahnung in ihr hoch, und sie dachte an Sollys Bücher, die nun verboten waren, weil er und Joss sich weiter so unvernünftig und hartnäckig befehdeten; und sie dachte an Joss, gegen den sie einen ganz unbegründeten Groll hegte. In einem Augenblick verachtete sie ihn, weil er es gewagt hatte, sie wie eine attraktive junge Frau zu behandeln; und im nächsten, weil er sie beim Wort genommen und ihr einfach Bücher gegeben hatte; und die Verwirrung verdichtete sich zu gereiztem Widerwillen: Nein, sie kam auch ohne Joss aus!

Sie schickte Engels mit einem so förmlichen Brief zurück, daß von Joss kein weiteres Wort kam, obwohl sie darauf wartete; und dann senkte sich Melancholie über sie, und sie wanderte auf der Farm umher wie ein Mädchen, das unter dem Bann des Schweigens steht.

Eines Morgens stieß sie auf ihren Vater, der auf einem Holzklotz am Rande eines Feldes saß und die Eingeborenen überwachte, die eine Rinne für den Gewitterregen aushoben. Mr. Quest hatte die Pfeife zwischen den Zähnen und rieb langsam Stücke schweren, dunklen Tabaks zwischen den Handflächen, während seine Augen gleichgültig auf seinen Arbeitern ruhten.

»Nun, mein Sohn?« fragte er, als Martha sich neben ihn setzte; denn es kam vor, daß er nicht nur sein männliches, sondern auch sein weibliches Kind »mein Sohn« nannte.

Martha legte das Gewehr über die Knie, zupfte einen Grashalm zum Kauen ab und verfiel in dasselbe Schweigen wie er; denn wenn die beiden weg waren von Mrs. Quest, verhielten sie sich ganz ungezwungen.

Doch sie konnte es nicht durchhalten; sie mußte ihm zusetzen, um seine Aufmerksamkeit zu gewinnen; und alsbald begann sie, über ihre Mutter zu klagen, während Mr. Quest beklommen zuhörte. »Ja, ich denke schon«, sagte er, und: »Ja, ich vermute, du hast recht«, und mit jeder Zustimmung drückte sein Gesicht bloß den Wunsch aus, sie möge doch diesen Druck von ihm nehmen und nicht nur ihre, sondern auch seine Lage in Betracht ziehen. Aber Martha ließ nicht ab; und am Ende schlich sich die übliche Gereiztheit in seinen Ton, und er sagte: »Deine Mutter ist eine gute Frau«, und warf ihr einen Blick zu, der besagte: »So, jetzt reicht's.«

»Gut?« meinte Martha und wollte ihn dazu bringen, das Wort zu definieren.

»Das hat schon seine Richtigkeit«, sagte er und wandte sich etwas ab.

»Was meinst du mit gut?« insistierte sie. »Du weißt ganz genau, daß sie – ich will sagen, wenn das Güte ist, daß man bloß tut, was man will, sich konventionell verhält, ohne nachzudenken, dann ist es leicht, gut zu sein!« Bei diesen Worten schleuderte sie gereizt einen Stein gegen einen Baumstamm.

»Ich weiß nicht, worauf du hinauswillst, wenn du so anfängst«, sagte Mr. Quest klagend. Denn dieses Gespräch fand keineswegs zum ersten Mal statt, und er fürchtete es. Sie erinnerten sich beide an das erste Mal, als er verärgert gefragt hatte: »Soll das heißen, daß du deine Mutter nicht liebst?« und Martha in schallendes, wütendes Gelächter ausgebrochen war und gesagt hatte: »Liebe? Was hat denn Liebe damit zu tun? Sie tut genau das, was sie will, und sagt: ›Schau, wie ich mich aufopfere‹. Sie versucht ständig, ihren Willen durchzusetzen, und da redest du von Liebe.«

Nach einem langen Schweigen, währenddessen Mr. Quest langsam in seine geheimen Gedanken entglitt, sagte Martha trotzig: »Ich begreife es nicht. Du benutzt einfach Worte – und das hat alles nichts mit dem zu tun, was wirklich vor sich geht ...« Sie hielt verwirrt inne, obwohl was sie dachte, klar genug war; nicht nur, daß die Motive der Leute andere waren, als sie dachten, man mußte sie auch dahinbekommen, daß sie die Wahrheit erkannten.

»Lieber Himmel, Matty«, sagte Mr. Quest, plötzlich von hilfloser Wut ergriffen. »Was verlangst du denn von mir? Das letzte Jahr war die Hölle auf Erden, du hörst nie auf mit dem Gezänk.«

»Du willst also, daß ich gehe?« fragte Martha pathetisch, und ihr Herz sang bei diesem Gedanken.

»Ich habe nie sowas gesagt«, meinte der arme Mr. Quest. »Du bist immer so radikal.« Dann, nach einer Pause, hoffnungsvoll: »Obwohl das gar keine so schlechte Idee wäre, oder? Du sagst ja immer, daß du deiner Mutter über den Kopf gewachsen bist, und ich würde sagen, das stimmt.«

Martha wartete, und zwar mit derselben hoffnungsvollen Neugier wie sonst bei Joss; sie wünschte sich jemanden, der die Verantwortung für sie übernahm; sie brauchte Hilfe. Mr. Quest hätte einen annehmbaren Vorschlag machen sollen, und er hätte, sehr zu seiner Überraschung, auf der Stelle eine zugängliche und dankbare Tochter gefunden. Statt dessen dehnte sich das Schweigen minutenlang. Er seufzte vor Behagen, als er über das sonnenhelle Feld, den stummen, hitzeträgen Busch schaute; dann blickte er hinunter zu seinen Füßen, wo sich ein paar Ameisen über ein altes Stück Holz hergemacht hatten.

Auf einmal sagte er mit träumerischer Stimme: »Macht einen nachdenklich, nicht wahr, wenn man diese Ameisen sieht? Ich frage mich, wie sie uns sehen, vielleicht ja wie Gott? Als letztes Jahr dieser Bodenspezialist hier war, sagte er, die Ameisen hätten eine Sprache und eine Polizeitruppe – oder so was Ähnliches.«

Keine Antwort von Martha. Schließlich schaute er sie beunruhigt von der Seite an und begegnete ihrem Blick, der halb ärgerlich, halb amüsiert, doch vorwurfsvoll war wie immer, was ihn dazu veranlaßte aufzustehen und zu sagen: »Sollen wir nicht zum Haus raufgehen und um ein Täßchen Tee bitten? Das Wetter macht durstig.«

Und schweigend kehrten Vater und Tochter zum Haus auf dem Hügel zurück.

3

Mrs. Quest beobachtete voll nervöser Ungeduld, wie ihre Tochter und ihr Mann von den Feldern heimkehrten. In der Nacht zuvor, im dunklen Schlafzimmer, hatte sie von ihm gefordert, er sollte mit Martha sprechen, die von ihrer eigenen Mutter nicht hören wollte, daß sie ihre Zukunft ruinierte. Mr. Quests Zigarette glühte grimmig, erleuchtete sein gesenktes und bekümmertes Gesicht. Beim Anblick dieses Gesichts beugte sich Mrs. Quest über die Bettkante zu ihm, und ihre Stimme schraubte sich empor zu zänkischer Beharrlichkeit; nur solange die Dunkelheit es ihr ermöglichte, die wahre Natur ihres Gatten zu vergessen, sprach sie voller Vertrauen. Was er denn dazu sagen sollte? fragte er. »Ja, ja, ich denke schon«, und: »Bestimmt hast du recht«, und: »Ja, aber May, mein Mädchen, ist das nicht ein bißchen hart ausgedrückt?«

Mrs. Quest hatte fast die ganze Nacht wachgelegen, im Geiste die zornigen Anklagen gegen ihn formuliert, die sie nicht laut sagen konnte. Da es ja seit eh und je als erwiesen galt, daß nur Pech und Kränklichkeit die Familie in solch unabänderliche, wenn auch malerische Armut gestürzt hatten, konnte sie jetzt schlecht sagen, was sie wirklich dachte: Um Himmels willen, reiß dich zusammen, leite die Farm richtig, dann können wir Martha auch auf eine gute Schule schicken, die den schlechten Einfluß der Van Rensbergs und der Cohen-Jungen wettmachen wird.

Sie überlegte, ob sie ihrem Bruder schreiben sollte; sie entschloß sich sogar dazu; dann trat das Bild einer Martha, die in einem wohlgeordneten Londoner Vorstadthaushalt lebte und eine Schule für wohlerzogene englische Mädchen besuchte, mit quälender Eindrücklichkeit vor ihr inneres Auge. Ihr fiel ein, daß Martha siebzehn war; und ihr Ärger richtete sich nun gegen das Mädchen selbst; es war zu spät, viel zu spät, und sie wußte es. Gedanken an Martha weckten in ihr stets so heftige, flehentliche und zornige Gefühle, daß sie sie nicht ertragen konnte; sie fing an, für Martha zu beten: Bitte, hilf mir, sie zu retten, bitte, laß sie ihre dummen Ideen vergessen, *bitte, laß sie sein wie ihr Bruder.* Mrs. Quest schlief ein, besänftigt durch die zärtlichen Gedanken an ihren Sohn.

Offensichtlich hatte das halbstündige erbitterte und heftige Flehen Alfred schließlich doch zur Tat angespornt. Auf den Gesichtern der beiden (sie waren verlegen und ziemlich gerötet) lag etwas, das sie hoffen ließ. Sie bestellte Tee und plazierte sich am Teetisch auf der Veranda, während Martha und Mr. Quest sich in Sessel fallen ließen und jeder nach einem Buch griffen.

»Nun, Lieber?« fragte Mrs. Quest schließlich und blickte beide an. Keiner reagierte. Martha blätterte eine Seite um; Mr. Quest stopfte seine Pfeife, während er stirnrunzelnd mit den Augen den Zeilen auf den Seiten folgte, die er gegen seine Knie gestützt hatte. Der Diener brachte Tee, und Mrs. Quest schenkte ein.

Sie reichte Mr. Quest eine Tasse und fragte wieder: »Nun, mein Lieber?«

»Sehr freundlich, vielen Dank«, sagte Mr. Quest, ohne aufzuschauen.

Sie kniff die Lippen zusammen, gab Martha eine Tasse und fragte eifersüchtig: »Angenehme Unterhaltung gehabt?«

»Sehr angenehm, danke«, meinte Martha vage.

Mrs. Quest beobachtete sie mit einer Miene, die Bitterkeit ausdrückte, aber auch die Bereitschaft, augenblicklich zu verzeihen. Ihr Gemahl war halb verborgen in einer trägen blauen Rauchwolke. Er war das Urbild eines schwerarbeitenden Farmers, der sich ausruht. Martha konnte man auf den ersten Blick für die heiratsfähige, gebildete Tochter halten, die sich Mrs. Quest doch offenbar ersehnte. In ihrem hellgelben Leinenkleid, das Gesicht sorgfältig geschminkt, wirkte sie wie zwanzig. Aber auf dem Kleid waren Grasflecken, es war zerknautscht, sie rauchte gierig, und ihre Finger waren bereits vom Nikotin verfärbt. Ihr Gewehr hatte sie achtlos quer über den Schoß gelegt, und es diente ihr als Stütze für ihr Buch, das, wie Mrs. Quest erkennen konnte, ›Der Verfall des Britischen Empire‹ hieß. Daß Martha dieses Buch las, dünkte ihre Mutter wie eine Kritik an sich selbst; sie dachte an das harte und enttäuschende Leben, das sie geführt hatte, seit sie in die Kolonie gekommen war. Sie lehnte sich im Sessel zurück, und auf ihrem breiten, eckigen, ziemlich männlichen Gesicht erschien der Ausdruck duldenden Bedauerns; ihre kleinen blauen Augen umwölkten sich, und sie seufzte tief.

Wie es schien, hatte der Seufzer die Kraft, dorthin vorzudringen, wo ihre Worte versagten. Martha und Mr. Quest schauten schuldbewußt auf, doch Mrs. Quest hatte sie vergessen; sie blickte durch sie hindurch auf ein Bild von sich selbst; sie hatte ihren zerzausten grauen Kopf gegen die Lehmwand des Hauses gelehnt, zwirbelte eine Locke dieses schlaffen, grauen Haars um einen Finger – eine Unart, die Mr. Quest immer einen Stich versetzte – und strich mit der anderen Hand über ihren Rock – eine matte, mühsame, nervöse Gebärde, die Martha wie ein unmittelbarer Vorwurf der Undankbarkeit berührte.

»Nun, mein Mädchen?« fragte Mr. Quest in schuldbewußter Zärtlichkeit.

Sie wandte die Augen von ihrem inneren Bild und ließ sie auf ihrem Gatten ruhen. »Nun?« erwiderte sie, doch mit veränderter Betonung – trocken, ironisch, geduldig.

Martha sah ihre Eltern einen Blick tauschen und stand vom Sessel auf, um zu fliehen. Es war ein Blick von solch zynischem Verstehen, daß sie ihn nicht ertragen konnte, denn er erfüllte sie mit einem wilden, übermäßigen Mitleid. Sie dachte auch: Wie *könnt* ihr nur so resigniert sein? und bekam Angst um ihre eigene Zukunft. Sie war fest entschlossen, nie eine Ehe einzugehen, deren einzige Grundlage dieses ironische gegenseitige Mitleid war. Nie, nie, schwor sie sich; und als sie ihr Gewehr nahm und auf die Treppe zuging, hörte sie, wie ein Auto näherkam.

»Besuch«, sagte sie warnend; und ihre Eltern seufzten wie aus einem Munde: *»Du lieber Himmel!«*

Es war jedoch nur Marnie, die neben einem der Ehemänner ihrer Schwestern saß.

»Du lieber Himmel«, sagte Mr. Quest wieder. »Wenn sie diese schrecklichen, unanständigen Shorts wieder anhat, dann ...« Er stand auf und machte sich eilends davon.

Das Auto kam nicht bis dicht ans Haus, sondern blieb wartend am Rande des kleinen ebenen Vorplatzes stehen. Marnie kam näher. Sie trug keine Shorts, sondern ein helles, geblümtes Kleid mit einem Blumensträußchen und Spitzenbesatz am Hals. Sie war jetzt sehr dick, beinahe so korpulent wie ihre Mutter, und ihre schweren gebräunten Arme und Beine ragten aus der enganliegenden, gefärbten Seide hervor wie die Glieder einer gefangenen Brünhilde. Ihr Haar war in kleinen Wellen rings um das gutmütige Hausfrauengesicht gelegt.

»Ich will nicht bleiben«, rief sie von fern und beschleunigte ihren Schritt. Martha wartete auf sie, wünschte, ihre Mutter würde auch noch gehen, doch Mrs. Quest blieb wachsam über den Teetassen sitzen. Da ging sie hinunter, um dort mit Marnie zu sprechen, wo beide außer Hörweite waren.

Marnie sagte hastig: »Hör zu, Matty, wir machen einen Tanzabend, bloß Freunde, und würden uns freuen, wenn du kämst. Am nächsten Samstag?« Sie schaute angstvoll an Marthas Schulter vorbei zu Mrs. Quest.

Martha zögerte und dachte sich unwillkürlich Ausreden aus; dann sagte sie ziemlich förmlich zu, so daß Marnie errötete, als hätte man sie gekränkt. Als Martha das sah, fügte sie, von plötzlichem Selbsthaß erfüllt, hinzu, wie sehr sie sich danach gesehnt habe zu tanzen, daß man in diesem Bezirk ja nichts unternehmen könne – ja selbst, daß sie einsam sei. Ihr Ton war zu ihrer eigenen Überraschung emotional, so daß auch sie errötete, als habe sie sich verraten.

Marnies gutes Herz reagierte sofort auf etwas, das eine Bitte, wenn nicht gar ein Vorwurf sein mußte, und sie sagte: »Aber Matty, ich wollte dich schon ewig fragen, wirklich, aber ich dachte, daß ...« Sie stolperte über die unsagbare Wahrheit, die halb eine Anklage gegen die snobistischen Engländer und halb eine Erklärung für die Haltung ihres Vaters war. Sie redete überstürzt weiter, fiel zurück in die leichte, anzügliche Hänselei: »Wenn du wüßtest, was mein Bruder Billy von dir hält, oh, Mensch! Er findet, du bist Klasse.« Sie kicherte, aber Marthas Gesichtsausdruck ließ sie verstummen.

Die beiden Mädchen standen rot wie Weihnachtssterne schweigend da, hin- und hergerissen zwischen Wohlwollen und Feindseligkeit, als Mrs. Quest den Weg herunterkam. Aus einer gewissen Entfernung konnte man den Eindruck haben, sie würden sich gleich schlagen oder in die Arme fallen; doch als sie bei ihnen ankam, drehte sich Martha um und rief lebhaft: »Ich gehe Samstagabend zu Marnie zum Tanzen!«

»Das ist schön, Liebes«, sagte sie nach einer Pause in skeptischem Ton.

»Wir sind nur unter uns, Mrs. Quest, nichts Großartiges«, und Marnie drückte Marthas Arm. »Also bis bald, wir kommen und holen dich gegen acht.« Sie rannte davon und rief zurück: »Meine Mama sagt, Matty kann über Nacht bleiben, wenn's recht ist.« Sie kletterte schwerfällig in den Wagen, wobei sie ihnen strahlend zulächelte und großspurig winkte; und im Nu war das Auto den Hügel hinab und zwischen den Bäumen verschwunden.

»Du freundest dich also mit den Van Rensbergs an«, sagte Mrs. Quest vorwurfsvoll, als bestärkte sie das in ihren schlimmsten Befürchtungen, und für beide waren es altvertraute Töne, als Martha kalt erwiderte: »Ich dachte, ihr und die Van Rensbergs seid schon seit Jahren *Freunde*?«

»Was ist denn mit Billy?« fragte Mrs. Quest und versuchte wie immer, Sex durch einen humorvoll neckenden Ton zu desinfizieren.

»Was mit ihm ist?« fragte Martha und fügte hinzu: »Er ist ein sehr netter Junge.« Sie ging in einem solchen Zustand der Verzückung zu ihrem Zimmer hinauf, daß eine Stimme in ihrem Innern schon fragte: Warum bist du so glücklich? Denn diesen Zustand konnte sie nur solange aufrechterhalten, wie sie Billy selbst vergaß. Sie hatte ihn zwei oder drei Jahre nicht gesehen, doch sie hielt es für möglich, daß er sie irgendwo einmal zu Gesicht bekommen hatte, denn er konnte doch wohl kaum zärtliche Erinnerungen an ihre letzte Begegnung haben? An einem dampfheißen Nachmittag war Martha zwei Stunden lang auf dem Bauch durchs Unterholz gekrochen, um die Stelle zu erreichen, wo sie einen großen Kudu schießen konnte, der in einer Ecke der Hundert Morgen graste. Gerade als sie das Gewehr aufstützte, um zu schießen, fiel ein Schuß, der Kudu stürzte zu Boden, und Billy Van Rensberg kam ein paar Schritte weiter unter den Bäumen hervor. Er stellte sich über den Kadaver wie ein Eroberer. »Das ist mein Kudu!« sagte Martha schrill. Sie war bedeckt mit rotem Schlamm, das Haar hing ihr schlaff auf die Schultern, aus den Augen tropften schmutzige Tränen. Billy war reuig, aber unnachgiebig und machte alles noch schlimmer, indem er ihr die Hälfte anbot; denn nicht das Fleisch war ihr wichtig. Er setzte sich rittlings auf das tote Tier und fing an, das Fell abzuziehen; ein brauner, strubbelhaariger Bursche, der ab und an verwirrte blaue Augen zu diesem Mädchen hob, das ihn umkreiste, vor Wut weinte und hartnäckig sagte: »Das ist nicht fair, das ist nicht fair!« Schließlich, als der heiße Blutgeruch ihr im Sonnenlicht entgegenschlug, sagte sie: »Du bist nicht besser als ein Schlachter!« Mit diesen Worten marschierte sie über die großen, roten Schollen des Feldes davon und versuchte, gleichgültig auszusehen. Martha war seit langem der Überzeugung, daß dieser Vorfall zu ihrer Kindheit gehörte und sie daher nicht mehr bekümmern mußte; und es war ihr unangenehm, daß sich Billy vielleicht noch daran erinnerte. Alles in allem erweckte der bloße Gedanke an Billy in ihr einen ganz ungewöhnlichen Groll; und sie zog es vor, nicht an ihn zu denken.

Dies war an einem Mittwoch. Während der nächsten ein, zwei Tage konnte sie kaum essen oder schlafen; sie befand sich in einem Zustand ruheloser Erwartung, der nahezu unerträglich war. Der Samstagabendtanz erschien ihr wie der Eintritt in ein anderes Leben, denn sie sah das Van Rensbergsche Haus größer und prächtiger und bevölkert von jungen Menschen, die weniger mit der Realität zu tun hatten als mit jener Vision legendärer Städte, die soviel Raum in ihrer Phantasie einnahm. Die Quests beobachteten angstvoll erstaunt eine Tochter, die nicht mehr stumm und vorwurfsvoll, sondern strahlend, redselig und nervös war: ganz wie es sich für ein Mädchen gehörte, das zu ihrem ersten Tanzabend geht.

Die Frage, was sie anziehen sollte, bereitete Martha Qualen, denn Marnie, die Erwachsenenkleider trug, seit sie etwa dreizehn war, würde natürlich Abendkleider besitzen. Mrs. Quest offerierte ihr erwartungsfroh ein gerüschtes rosa Etwas, das einmal einer zehnjährigen Cousine gehört hatte, und sagte, es käme von Harrods, was für den guten Geschmack garantiere. Martha lachte bloß, was Mrs. Quest auch verdient hatte, denn sie stellte sich Martha als Zwölfjährige vor, mit einem Band im Haar, ein Alice-im-Wunderland-Kind, da diese Vorstellung den

Gedanken an Billy weniger gefährlich machte. Es gab einen Streit: Martha fing an, sarkastisch zu erläutern, daß sie, selbst wenn sie zwölf gewesen wäre, dieses rosa gerüschte Georgettekleid nicht im Haus der Van Rensbergs hätte tragen können, da man nette kleine englische Mädchen nicht hierher exportieren konnte. Schließlich machte Mrs. Quest einen Rückzieher und sagte bitter, daß Martha nur versuche, schwierig zu sein, daß sie sich nicht einzubilden brauche, sie könnten es sich leisten, ihr ein neues zu kaufen. Sie hatte das rosa Kleid gebügelt und auf Marthas Bett gelegt; Martha versteckte es rasch, weil sie wirklich voller Entsetzen dachte, was die Van Rensbergs wohl sagen würden, wenn sie je dieses reizende, kokette, kindliche Kleid zu sehen bekämen.

Am Freitagmorgen telephonierte sie mit Mr. McFarline und wartete kurz vor neun Uhr morgens unten an der Abzweigung auf ihn.

Mr. McFarline fuhr langsamer als gewöhnlich in den Ort. Er war irritiert durch Martha, die wie ein Kind zehn Schilling von ihm angenommen hatte, ihn nun jedoch mit der ungerührten Skrupellosigkeit einer gutaussehenden jungen Dame ausnutzte, die es für selbstverständlich hält, daß Männer es genießen, wenn man sie ausnutzt. Sie schaute ihn nicht an, sondern aus dem Fenster aufs Veld; und schließlich fragte er: »Und was zieht dich so in den Ort?«

»Ich will mir Stoff für ein Kleid kaufen«, verkündete sie.

Nach dieser unpersönlichen Bemerkung fiel ihm kein Anknüpfungspunkt mehr ein, der es ihm ermöglicht hätte, mit ihr zu scherzen oder sie gar um einen Kuß zu bitten; und er dachte, daß das ernste junge Profil, das von ihm abgewandt war, als wäre er nicht da, nicht das Profil eines Mädchens war, das man küssen konnte. Mr. McFarline fühlte sich tatsächlich an sein Alter gemahnt, was bei ihm nicht oft vorkam. Vor zwei Jahren noch waren dieses Mädchen und ihr Bruder auf ihren Fahrrädern zu ihm in die Mine herübergekommen, hatten Schokoladenkekse gegessen, den Geschichten aus seinem abenteuerlichen Leben gelauscht und seine großzügigen Geldgeschenke mit entsprechender Verlegenheit entgegengenommen. Erst zwei Jahre war es her, daß er Martha einen Klaps auf den Hintern gegeben, sie am Haar gezogen und sein Mädel genannt hatte.

Er sagte gefühlsduselig: »Dein Vater hat kein Glück, aber er hat etwas, das mehr wert ist als Geld.«

»Und was ist das?« fragte Martha höflich.

Er fuhr auf einem Stück Straße, das nichts als Staub zwischen Fahrrinnen war, ein gefährlicher Abhang, und erst nach einigen Sekunden konnte er seinen Blick auf ihr Gesicht richten. Sie schaute ihn direkt an, mit einem allmählichen spöttischen Aufleuchten, das ihn erröten ließ. Ein ungeheuerlicher Gedanke kam ihm, aber er ließ ihn auf der Stelle fallen, nicht weil er fürchtete, daß seine Nachbarn über sein Leben Bescheid wußten, sondern weil Martha zu jung war, um zuzugeben, daß sie Bescheid wußte: Etwas in ihrem Gesicht ließ ihn an seine Kinder in der Siedlung denken, und mehr noch an ihre Mütter.

Martha lachte amüsiert auf und wandte sich wieder dem Fenster zu.

Er sagte rauh: »Schön ist das für deinen Vater, eine Tochter wie du. Wenn ich dich anschaue, Mädchen, wünschte ich, ich hätte geheiratet.«

Wieder blickte Martha ihn an, mit erhobenen Brauen, den Mund drollig verzogen. »Na ja«, sagte sie, »Sie konnten sie schließlich nicht alle heiraten, das kann man begreifen.«

Sie hatten den Ort erreicht, und er zog die Bremse an. Sein grobes, gutaussehendes Gesicht mit dem Netz aus winzigen roten Adern war jetzt über und über purpurrot. Martha öffnete die Tür, stieg aus und sagte sehr höflich: »Danke fürs Mitnehmen.« Sie wandte sich ab und warf ihm dann über die Schulter ein bezauberndes, amüsiertes Lächeln zu, das Mr. McFarline sofort wütend machte und ihn von seinem Schuldgefühl befreite. Er beobachtete, wie sie auf ihre ziemlich steife, linkische Art zu Sokrates' Geschäft ging, und fluchte: Verdammte kleine ... Dann lachte auch er und fuhr in bester Laune in die Stadt, obwohl er im Grunde sehr schockiert war, denn wenn er betrunken war, schwelgte er in der Vorstellung, ein Sünder zu sein, und in solchen Stimmungen bekamen die hiesigen Wohlfahrtsvereine dann so großzügige Schecks geschickt.

Martha betrat den griechischen Laden. Er war leer. Sokrates stand wie üblich hinter dem Ladentisch und las eine Mordgeschichte. Er begrüßte sie mit »Miß Quest« und zeigte ihr, was für Stoffe er hatte, wobei er sich entschuldigte, daß nichts dabei sei, was für so eine feine junge Dame gut genug sei. Er war ein kleiner, feister Mann mit Augen so schwarz wie Korinthen und fahler, glatter Haut, und er bediente auf eine Weise, die sich nach dem Kunden richtete. In diesem Falle spielte er darauf an, daß Mr. Quest ihm hundert Pfund schuldete; und Martha sagte kalt: »Nein, ich fürchte, Sie haben ganz recht, Sie haben nichts besonders Hübsches.« Sie ging widerstrebend hinaus, denn da lag ein Stück grüne, gemusterte Seide, das sie gerne gekauft hätte.

Auf der Veranda blieb sie zögernd stehen, bevor sie sich in die blendende Helle dieses staubigen Platzes stürzte, wo das Sonnenlicht von den Blechdächern und dem schrumpfenden Teich emporschlug. Eine düstere, schmierige Wolke hatte das Licht eingesogen wie ein riesiger Schwamm, denn die Sonne sandte weißliche Strahlen dahinter hervor, weißglühende Schwerter über den Himmel. Sie dachte besorgt: Ich hoffe, er wird nicht ärgerlich und schickt Daddy eine Rechnung. Sie dachte aber auch: Verdammter kleiner öliger Grieche, und unterbrach sich schuldbewußt, weil »öliger Grieche« eine Bezeichnung war, die sie sich verboten hatte.

Sie verengte ihre Augen zu einem Lichtschlitz und ging hinaus, auf den Laden der Cohens zu. Erleichtert, wenn auch blind, teilte sie den Perlenvorhang und erwartete, Mr. Cohen zu sehen, wenn ihr Blick wieder klar war. Aber es war Joss, der, die Handflächen auf dem Ladentisch, wie ein echter Geschäftsmann, dastand und darauf wartete, daß ein Eingeborener sich für eines der Banjos entscheiden würde. Als dieser Mann bemerkte, daß eine Weiße hereinkam, machte er ihr Platz, doch sie sah Joss' Augen auf sich und sagte in Küchenkaffeerisch: »Nein, erst wenn Sie fertig sind.« Das trug ihr ein flüchtiges beifälliges Nicken von Joss ein, und sie beobachtete, wie der Mann das Instrument befühlte, und dann ein anderes, bis er schließlich anfing, Sixpence- und Schillingmünzen aus einem dreckigen Lappen hervorzuzählen, der ihm am Hals hing. Das Banjo kostete dreißig Schilling, ein Zweimonatslohn für diesen Landarbeiter, und als er, das Instrument mit kindlicher Freude umklammernd, ging, tauschten sie und Joss Blicke, die alle Worte überflüssig machten. Sie fühlte sich sogar schuldig, weil sie gekommen war, um etwas so Frivoles wie ein Abendkleid zu kaufen, und diese Empfindung war von einer anderen, älteren begleitet: einer hilflosen Wut, daß ihres Vaters Schulden von hundert Pfund in Socks Laden mehr waren, als der Landarbeiter in seinem Leben verdiente.

Joss sagte: »Was kann ich für dich tun?«, und sie sah, wie er die schweren Stoffballen herauszog und auf dem Ladentisch stapelte.

»Warum bist du noch hier?« fragte sie, und gestand sich ein, daß sie hergekommen war, um etwas Neues von ihm zu erfahren.

»Der Verkauf zieht sich hin. Sock stellt sich auf die Hinterbeine. Er weiß, daß wir darauf erpicht sind, alles loszuwerden.«

»Und deshalb kannst du nicht auf die Universität gehen. Ich begreife nicht, warum du dich opferst«, sagte sie entrüstet.

»Meine Güte, hör dir bloß den Rebellen an, der selbst nie von zu Hause weggeht«, bemerkte er und hob die Augen zu der fliegenübersäten Decke empor, während er gekonnt meterweise rosa Baumwolle von Hand zu Hand gleiten ließ.

»Das ist nicht der Grund, warum ich nicht von zu Hause weggehe«, sagte Martha gezwungen, als habe er sie unangemessener Sentimentalität beschuldigt.

»Was du nicht sagst«, meinte er sarkastisch; dann sanfter, während sie ihre bekümmerten Blicke zu seinem Gesicht hob: »Warum bist du kein tapferes Mädchen, gehst in die Stadt und lernst ein paar nützliche Dinge?«

Sie zögerte, und ihr Blick war flehend; er sagte: »Ich weiß, daß du sehr jung bist, aber du könntest doch in ein Mädchenwohnheim ziehen oder eine Wohnung mit jemandem teilen, oder nicht?«

Der Vorschlag mit dem Mädchenwohnheim saß, bevor ihr aufging, daß Joss nur nett sein wollte, und ihre Augenbrauen hoben sich sofort spöttisch.

Er warf ihr einen Blick zu, der eindeutig sagte: »Was zum Teufel willst du denn dann?« und wurde unpersönlich. »Ich glaube nicht, daß wir etwas Passendes haben, du probierst es besser bei Sock, der hat eine Lieferung neuer Stoffe bekommen.«

»Ich war schon bei Sock«, sagte sie kläglich und fühlte sich verlassen.

»Wenn der nichts hat, haben wir mit Sicherheit nichts.« Er legte seine Handflächen wieder nach unten, in der Geschäftsmannspose, die sie ärgerte wie eine Affektiertheit. Doch sie wartete immer noch. Kurz darauf ließ er seine Hände vom Ladentisch fallen und blickte sie ernst an. Er ließ sich erweichen. »Ich such dir etwas raus«, sagte er schließlich und schaute die Regale entlang. Martha, die an das geschmacklose Hinterzimmer dachte, war einen Moment lang alarmiert und schämte sich dann wegen dieser Regung; doch er holte einen Ballen weißen Baumwollstoff herunter und sagte mit einer rauhen, unwilligen Zärtlichkeit, die sie tief berührte: »Weiß. Passend für ein junges Mädchen.«

Sie sah gleich, daß das ein hübsches Kleid geben würde, und sagte: »Ich brauche sechs Meter.« Und nun schien sein Blick zu sagen, daß sie zu schnell eingewilligt hatte, und sie befühlte den steifen Stoff, um ihn zu erfreuen, während sie im Geiste bereits vor sich sah, wie er verarbeitet aussehen würde. »Ich gehe zu den Van Rensbergs tanzen«, bemerkte sie in unklarer Absicht; nach einem raschen Blick wurde sein Gesicht starr, und er schnitt wortlos den Stoff ab.

»Warum kommst du nicht und tanzt mit mir?« fragte er, und es klang wie eine Herausforderung.

»Warum bittest du mich nicht?« erwiderte sie rasch. Aber es kam keine Antwort. Er faltete den Stoff, glättete ihn so, daß sie immer wieder auf seine Hände schauen mußte; schließlich verschnürte er ihn und reichte ihn ihr mit einer leicht zynischen Verbeugung. »Auf Rechnung?« fragte er.

»Nein, ich zahle.« Sie gab ihm das Geld und wartete, ob nicht wenigstens ein Blick von ihm kam, doch er sagte: »Bis bald!« und ging schnell in den hinteren Teil des Hauses, überließ das Geschäft einfach sich selbst. Da machte sie sich auf den heißen, ermüdenden Heimweg, wurde jedoch diesmal, kaum war sie ein paar hundert Meter gegangen, von den McDougalls eingeholt.

Sowie sie in ihrem Zimmer war und den Stoff auf dem Bett ausgebreitet hatte, trat Mrs. Quest herein und sagte betulich: »Oh, mein Liebes, wir haben uns ja solche Sorgen gemacht...« Dann sah sie den Stoff und wurde rot vor Ärger. »Wie kannst du es wagen, das Geld deines Vaters zum Fenster hinauszuwerfen, obwohl du doch weißt, daß wir's nicht haben und Sock so viel Geld schulden?«

»Ich habe ihn selbst bezahlt«, sagte Martha verdrossen.

»Wovon denn, wenn ich fragen darf?«

»Ich hatte noch das Geld von Weihnachten, außerdem die zehn Schilling, die Mr. McFarline mir geschenkt hat.«

Mrs. Quest zögerte, schlug dann einen anderen Kurs ein und sagte beharrlich: »Du hast das Geld nicht bekommen, damit du's zum Fenster hinauswirfst, so oder so ...«

»So oder so was?« fragte Martha kalt.

Wieder zögerte Mrs. Quest, und schließlich machte sie ihren Gefühlen Luft; ihre Stimme klang unsicher, so ungeheuerlich war das, was sie sagte: »Bevor du einundzwanzig bist, hast du kein Recht, Geld zu besitzen, und wenn wir die Sache vor Gericht bringen würden, würde der Richter ... Ich meine, ich will sagen ...« Martha war ganz weiß und unfähig zu sprechen; es war ihr Schweigen, das bitterböse Verdammungsurteil in ihrem Blick, die ihre Mutter veranlaßten, aus dem Zimmer zu gehen und unglücklich zu sagen: »Na ja, schließlich, ich meine, ich muß mit deinem Vater reden.«

Martha war erschöpft von der Gewalt dessen, was in ihr vorging, und nur der Gedanke, daß bereits Freitagmittag war und das Kleid morgen fertig sein mußte, gab ihr die Kraft, sich ans Nähen zu machen.

Am Abend war Mrs. Quest lebhaft und munter, und ihr ganzes Verhalten drückte ihre Bereitwilligkeit aus, sich zu entschuldigen. Martha hätte darauf eingehen können, doch sie sagte sich immer wieder, daß die Sache mit dem Geld etwas war, das sie nie, nie vergessen würde – das gehörte zu der Art von Vorfällen, die bereits fest in ihrer Erinnerung verbucht waren. Mr. Quest aß sein Essen in Frieden, redete sich dankbar ein, daß diese ungewöhnliche Stille unter seinem Weibervolk der Harmonie und dem guten Willen zu verdanken sei.

Unmittelbar nach dem Abendessen ging Martha auf ihr Zimmer, und es dauerte nicht lange, da hörten sie das

Sausen der Nähmaschine. Zerfressen von Neugier betrat Mrs. Quest gegen Mitternacht ängstlich das Zimmer ihrer Tochter und sagte: »Du mußt ins Bett, Matty, ich befehle es dir.«

Martha antwortete nicht. Sie saß auf dem Bett, umgeben von wogendem Weiß. Sie hob nicht einmal den Kopf. Mrs. Quest zerrte die Vorhänge vor das eindringende Mondlicht, das ein kälteres, grüneres Licht über den warmen, matten Lampenschein warf, und sagte: »Du wirst dir die Augen verderben.«

»Ich dachte, meine Augen wären bereits verdorben«, meinte Martha kalt, und aus irgendeinem Grund war Mrs. Quest unfähig, auf das, was eine Anklage schien, zu antworten. Sie verließ den Raum und sagte kraftlos: »Du mußt sofort ins Bett, hörst du mich?«

Die Maschine surrte bis gegen Morgen, ein seltsamer Hintergrund für das Zirpen der Grillen, den Ruf der Eule. Mrs. Quest weckte ihren Mann, um sich zu beschweren, daß Martha ihr nicht gehorche, doch der sagte: »Wenn sie sich lächerlich machen will, dann laß sie.« Er drehte sich im Bett herum, und die uralten Federn quietschten. Martha hörte diese beiden Stimmen, was sie auch sollte. Sie war zwar gerade dabei, ins Bett zu gehen, da der Himmel im Fensterviereck graute, und sie wirklich sehr müde war, doch arbeitete sie erst recht noch eine halbe Stunde weiter.

Sie erwachte spät aus einem Traum, in dem sie ihr weißes Kleid in einem Ballsaal getragen hatte, der behängt war mit glitzernden Kronleuchtern, die Wände reich drapiert mit sattem Karminrot; und als sie auf eine Gruppe von Leuten zuschritt, die in langen, plissierten Gewändern wie lebende Statuen ein bißchen erhöht dastanden, da bemerkte sie einen Schmutzfleck auf ihrem Rock und sah, an sich herunterblickend, daß ihr Kleid über und über mit Kot bedeckt war. Hilflos wollte sie fliehen, als Marnie und ihr Bruder auf sie zukamen; sie krümmten sich vor Lachen, hielten die Hände auf den Mund gepreßt, und gaben ihr durch Gebärden zu verstehen, daß sie fliehen mußte, bevor die anderen, diese schönen, legendären Wesen am Ende des langen Saals, sie erblickten.

Sie setzte sich im Bett auf und sah, daß der Raum erfüllt war, nicht von Sonnenlicht, sondern von einem unheilvollen, gedämpften Glanz; er kam von den Wolken, die stillen Bergen glichen. Es war fast Mittag, und wenn sie ihr Kleid fertig haben wollte, mußte sie sich beeilen. Doch der Gedanke daran war keine Freude mehr; das ganze Entzücken war geschwunden, während sie schlief. Sie beschloß ermattet, ein normales Kleid zu tragen; und nur, weil Mrs. Quest den Kopf durch die Tür streckte und sagte, das Mittagessen sei fertig, und Martha solle sofort kommen, antwortete sie, sie wolle nicht essen, sie müsse das Kleid fertignähen.

Die Arbeit brachte die verlorene Stimmung zurück, und als es zu regnen anfing, war ihre Glückseligkeit längst auf dem Höhepunkt angelangt. Dies waren die ersten Regenfälle des Jahres; sie saß auf dem Bett, ließ ihre Nadel durch den steifen Stoff klicken, und währenddessen knisterte über ihrem Kopf das alte Stroh, als die Nässe es durchtränkte, so als erinnerte es sich nach den vielen Jahren noch, wie es angeschwollen war und sich im Regen aufgerichtet hatte, als es noch verwurzelt und ungeschnitten dastand. Bald war es vollgesogen, und das Naß strömte vom Rand des Strohdachs in schimmernden Staktiten herab. Dahinter stand undurchdringlich der graue Regenvorhang, so dicht, daß die Bäume, die kaum zwanzig Schritte entfernt waren, glommen wie fahle, grüne Gespenster. Es war düster im Raum, deshalb zündete Martha eine Kerze an, die eine kleine gelbe Höhle unter der allesdurchtränkenden Schwärze schuf. Doch bald wuchs ein neues, farbiges Licht am Fenster, und Martha ging hin und sah den grauen Rücken des Sturmes bereits weichen. Die Bäume waren halb aufgetaucht aus den treibenden Nebeln und standen licht und voll und grün, mit nässetriefenden Blättern; gleich überm Kopf war der Himmel blau und sonnenhell, ein paar Schritte weiter jedoch war er immer noch schwarz und undurchdringlich. Martha blies die Kerze aus und nähte die letzten Stiche an ihrem Kleid. Es war erst vier Uhr nachmittags, und die Stunden bis zum Abgeholtwerden schienen unerträglich lang. Schließlich ging sie im Morgenrock zum Essen; Mrs. Quest sagte nichts, denn auf dem Gesicht ihrer Tochter lag ein träumerischer, exaltierter Ausdruck, der sie von ihren üblichen Vorwürfen abhielt.

Fünf Minuten vor acht kam Martha aus ihrem Zimmer, eine Kerze in jeder Hand, das weiße Kleid raschelnd um sie herum. Zu behaupten, sie wäre gelassen gewesen, wäre Lüge. Sie triumphierte; und dieser Triumph war gegen ihre Mutter gerichtet, als wollte sie sagen: Jetzt kannst du nichts mehr machen, stimmt's? Sie würdigte Mrs. Quest keines Blickes, sondern ging ruhig an ihr vorbei, die nackten braunen Schultern leicht angespannt. Und sie lockerte ihre Haltung nicht, stellte sich nicht natürlich hin, bis sie vor ihrem Vater stand, wo sie, die Augen starr auf ihn gerichtet, mit einem Ausdruck qualvoller Wißbegier wartete. Mr. Quest las gerade ein Buch, das von einer gewissen Gesellschaft herausgegeben worden war, die behauptete, Gott habe die britische Nation persönlich dazu erwählt, die Welt in Seinem Namen zu regieren, eine Theorie, die seinen Gerechtigkeitssinn befriedigte; er hob nicht sofort den Blick, sondern runzelte protestierend die Brauen, als der Schatten auf sein Buch fiel. Als er es dann doch tat, blickte er verwirrt drein und starrte, nach einem raschen, ausweichenden Blick in ihre fragenden, erwartungsvollen Augen, in langem Schweigen Marthas Schultern an.

»Nun?« fragte sie endlich atemlos.

»Es ist sehr hübsch«, bemerkte er schließlich flau.

»Sehe ich hübsch aus, Daddy?« fragte sie wieder.

Er krümmte die Schultern vor Unbehagen und Gereiztheit, als habe er etwas gegen das Drängen oder mißtraue sich selbst. »Sehr hübsch«, sagte er langsam. Und plötzlich schrie er aufgebracht: »Viel zu hübsch, verdammt noch mal, geh weg!«

Martha wartete immer noch. In ihr diese höchst vertraute Gespaltenheit: Triumph, da diese Gereiztheit ein Eingeständnis war, daß sie tatsächlich »hübsch« aussah, aber auch Furcht, da sie nun ihrer Mutter ausgeliefert war. Und blitzartig kam Mrs. Quest vorgeschossen und fing an: »Da hast du's, Matty, dein Vater weiß, was am Passendsten ist, du kannst dieses Kleid wirklich nicht tragen, und ...«

Das Geräusch eines Wagens in ihren Ohren wurde lauter; und Martha sagte: »So, ich gehe.« Mit einem letzten Blick auf ihre Eltern, in dem Verachtung und flehentliches Bitten lag, ging sie zur Tür, sorgsam ihre Röcke raffend. Sie hätte am liebsten geweint, ein Impuls, dem sie empört widerstand. Denn in dem Moment, als sie vor ihnen gestanden hatte, war sie in einer Rolle gewesen, die weit über sie, Martha Quest, hinausging: sie war zeitlos, und sie spürte, daß ihre Mutter wie auch ihr Vater (da sie ganz bestimmt an der Vorstellung einer Martha in Brautkleid und Schleier hingen) noch ein anderes Bild von einer erwartungsvollen Maid in hingebungsvollem Weiß vor Augen hatten; es hätte ein Augenblick der Lossprechung sein sollen, in dem sie geküßt und abgesegnet und freigegeben werden mußte. Nichts von dem hätte Martha in Worte kleiden können, oder sich gar zu fühlen erlaubt; um die Freiheit jener Martha wiederzugewinnen, die nicht in erster Linie von der Erkenntnis durchflutet wurde, daß sie unentrinnbar eine uralte Rolle durchlebte, mußte sie ihre Eltern verlassen, die sie zerstörten. Und so ging sie zur Tür hinaus, fühlte, wie der Schlamm um ihre leichten Schuhe quoll, und bewegte sich den Weg hinab auf einen Mann zu, der dunkel vor den Sternen stand, die vom Regen gewaschen und zum üppig glitzernden Hintergrund für ihre Stimmung geworden waren. Martha, die Billy Van Rensberg ihre ganze Kindheit hindurch gekannt, die während der letzten halben Stunde mit unterdrücktem Groll an ihn gedacht hatte wie an etwas, das sie vermeiden mußte, ein drohendes Hindernis, merkte nun, daß sie halb ohnmächtig vor Erregung auf ihn zuging. Denn sie sagte sich sofort, daß das nicht Billy war; dieser Mann, dessen Gesicht sie im hellen Mondschein klar erkennen konnte, mochte, der Familienähnlichkeit nach, irgendein Vetter sein.

Martha fand sich im Rücksitz des Wagens auf seinem Knie wieder, mit ihnen waren noch fünf andere, die so eng zusammengepfercht saßen, daß man kaum wußte, wem welche Glieder gehörten. Marnies halberstickte Stimme begrüßte sie vom Vordersitz. »Matty, darf ich dir – oh, George, hör auf, ich muß euch doch vorstellen, oh, laß das. Also Matty, du mußt eben selber herausfinden, wer wer ist.« Ihr Satz endete in unterdrücktem Gekicher.

Während der Wagen die abschüssige Straße hinunterschlitterte und dann mit angezogenen Bremsen durch die Maisfelder rutschte, lag Martha steif auf dem Knie des fremden Mannes und versuchte, ihr Herz, das direkt unter seiner Hand war, zu zwingen, das Schlagen einzustellen. Sein fester Griff schien sie von den anderen weg in eine herrliche Vertrautheit zu heben, die das natürliche Ende von Tagen des Wartens war. Die anderen begannen zu singen: »Pferdchen, halt deinen Schweif in die Höh, Schweif in die Höh, Schweif in die Höh«, und sie war gekränkt, daß er sofort mit einstimmte, als wäre diese enge Berührung, die für sie so süß war, für ihn selbstverständlich. Martha fing auch an zu singen, da sie das Gefühl hatte, man erwarte das von ihr, und hörte, wie ihre unsichere Stimme in eine falsche Tonart rutschte. Prompt sagte Marnie voller Genugtuung. »Matty ist schockiert!«

»Matty ist in Ordnung«, meinte der fremde Mann, verstärkte leicht den Druck seiner Hand und lachte. Doch es war ein vorsichtiges Lachen, und er hielt sie behutsam, mit genau bemessenem Druck; und Martha begriff allmählich, daß die Intimität der jungen Menschen in diesem Wagen, hätte sie Marnies Mutter oder zumindest ihre eigene auch schockiert, von einer Reihe starrer Regeln beherrscht wurde, deren eine darin bestand, daß die Mädchen kicherten und protestierten. Sie aber war davongetragen worden in einen Zustand, in dem Singen und Kichern banal schienen, und konnte nur still bleiben, die Wange des fremden Mannes an ihrer, und die weichen leuchtenden Bäume im Mondlicht vorbeihuschen sehen. Die anderen fuhren fort zu singen und zu rufen: »Georgie, was machst du da mit Marnie?« oder: »Maggie, laß dich von Dirk nicht unterkriegen«, und als diese Aufmerksamkeit sich auf Martha und ihren Partner richtete, wurde ihr klar, daß er für sie antwortete, als er wieder sagte: »Oh, Matty ist in Ordnung, laßt sie in Ruhe.« Sie hätte nicht sprechen können; es schien ihr, als schaukele der Wagen sie weg von allem Bekannten zu unvorstellbarem Erleben; und als die Lichter ihres eigenen Hauses hinter den Bäumen versanken, hielt sie Ausschau nach den Lichtern des Van Rensbergschen Hauses wie nach dem Leuchtfeuer an einer fremden Küste. Das Singen und Rufen war jetzt ein schriller Lärm unter dem niedrigen Wagendach; und in ihrer Höhle aus Schweigen murmelte der Mann in Marthas Ohr: »Warum hast du mich damals bloß nicht angeschaut, warum bloß nicht?« Bei jedem »warum« veränderte er seine Umklammerung in einer Weise, die, wie sie begriff, eine Abweichung von seinem eigenen Kodex sein mußte; denn sein Griff wurde drängend, und er atmete unregelmäßig. Für Martha wiederum bedeutete die Frage die wunderbare Erfüllung einer Erwartung, denn wenn er sie die ganze Zeit gesucht hatte, hatte sie dann nicht auch ihn gesucht? Blendendes Licht streifte das Innere des Wagens, der Mann ließ sie schnell los, und alle setzten sich auf. Das Van Rensbergsche Haus lag vor ihnen, verwandelt durch eine farbige Lichterkette quer über die Vorderseite der Veranda und in den mondbeschienenen Bäumen, die rundherum standen.

Sie stolperten aus dem Wagen, und neun Augenpaare tasteten Martha von oben bis unten ab. Sie sah, daß sie als einzige ein Abendkleid trug, doch sofort sagte Marnie in atemloser Begeisterung: »Du siehst großartig aus, Matty, kann ich den Schnitt haben?« Sie nahm Marthas Arm und führte sie weg von den anderen, ignorierte den Jungen, mit dem sie im Wagen gesessen hatte. Martha konnte nicht umhin zurückzuschauen, um zu sehen, wie er ertrug, was in ihren Augen Verrat war, denn sie war verwirrt und schockiert; aber George hatte seinen Arm bereits um ein anderes Mädchen gelegt und führte sie zur Veranda. Sie hielt Ausschau nach ihrem eigenen Partner, dachte, daß er gewiß kommen und sie von Marnie wegholen würde, aber der junge Mann, der ihr seltsam fremd erschien, hatte ihr den Rücken zugewandt, beugte sich in dem engen, unbequemen Anzug, dessen festen Stoff ihre Finger kannten, über den offenen Motor des Wagens und langte mit einem Schraubenschlüssel hinein.

Also ging sie mit Marnie weiter, zu der breiten Veranda, die zum Tanzen geräumt war. Dort warteten etwa ein Dutzend Leute. Sie kannte sie vage vom Sehen, da sie sie im Ort getroffen hatte, und sie lächelte wie jemand, der durch alle möglichen Hindernisse davon abgehalten wurde, Freundschaft zu schließen. Marnie führte sie durch die Veranda in das anschließende Zimmer, wo Mr. Van Rensberg in Hemdsärmeln saß und neben einer Petroleumlampe Zeitung las. Er nickte, hob dann erneut den Kopf und starrte sie unhöflich an; Martha begann, sich zu schämen, denn ihr Kleid war natürlich viel zu elegant für diese Gelegenheit; und allein Marnies Entzückens- und Bewunderungsrufe bewahrten ihre Laune vor dem völligen Zusammenbruch.

Martha beobachtete, wie ihre Freundin vor dem Spiegel Lippenstift auf die aufgeworfenen, lächelnden Lippen rieb und wartete daneben, da sie sich selbst nicht im Spiegel sehen wollte. Doch als sie zur Veranda zurückgingen, erblickte sie sich in einer Fensterscheibe. Sie erkannte dieses ferne, traumumfangene Mädchen nicht, das ihr unter der Tolle lockeren blonden Haars ein brütendes Gesicht zuwandte; so fremd kam es ihr vor, daß sie sogar hinter sich blickte, ob dort ein anderes Mädchen in genauso einem weißen Kleid stand, und dann sah sie ihren Begleiter, der vor der Tür zur Veranda stand.

»Du bist doch okay«, sagte er ungeduldig, als hätte man ihn warten lassen, und hinter einem Fenster fing ein altes Grammophon zu spielen an.

Sogleich füllte sich der Raum mit Paaren, und Martha, die zurückblieb, um zu beobachten, um sich anzupassen, war bestürzt über die grausame Diskrepanz zwischen dem, was sie sich vorgestellt hatte und dem, was stattfand. Tanzen kann ja für jeden etwas anderes bedeuten, aber, so dachte sie jedenfalls, doch bestimmt nicht das? Männchen und Weibchen, Bauch an Bauch, wie sie hüpften und sprangen in diesem knappen Raum zwischen Dach und Boden der Veranda, die sich hinausstreckte in die gewaltige Nacht, in gutmütiger, gedankenloser Hingabe an die Bewegung, einen Fuß nach dem andern, quer über den Boden, als gäbe es keine Verbindung zwischen ihrem Kopf und dem, was ihre Körper und Glieder taten, während die dünne, blecherne Musik aus dem schlichten schwarzen Kasten kam. Es war eine sehr gemischte Gruppe – das heißt, so mußte es einem Außenstehenden erscheinen, obwohl Martha das Gefühl hatte, als wären die Partner aufgrund gewisser unsichtbarer Verpflichtungen gewählt. Was fehlte, war echte Freude. Die verheirateten Paare schoben fidel umher; Partner mit auffälliger Familienähnlichkeit klebten zusammen, als bänden sie allein schon die Gesichtszüge aneinander; die einzigen Partygäste, die von diesen unsichtbaren Fesseln befreit schienen, waren ein paar kleine Mädchen zwischen neun oder zehn und fünfzehn, die miteinander tanzten und die Bewegungen höflich aufeinander abstimmten, während ihre Blicke die älteren Mitglieder der Gesellschaft mit ausdauerndem Neid verfolgten, als wollten sie vorwegnehmen, was ihnen als herrliche Freiheit erscheinen mußte. Die Frauen trugen gewöhnliche Kleider, die jungen Männer steife Anzüge, in denen sie häßlich aussahen, oder die leichten Khakisachen ihrer Farmkleidung, die sie in hübsche Landwirte verwandelte. Martha hatte wieder das Gefühl, sich mit ihrem Kleid blamiert zu haben, obwohl in den Blicken, die sie auffing, keine Kritik lag, sondern nur sachliche Neugier.

Instinktiv schaute sie hilfesuchend zu ihrem Partner, da sie das Gefühl hatte, seine Anerkennung würde sie stärken. Und dieses Mal blickte sie wirklich ihn an und nicht das innere Bild, das durch die Vorstellung des Tanzens, des »ersten Tanzabends« hervorgerufen worden war. Er war ein halberwachsener, magerer Junge mit hellem Haar, das feucht über der niedrigen Stirn klebte, und die kräftigen Muskeln an Schultern und Armen – viel zu kräftig für den noch knabenhaften Körperbau – verformten den korrekten Angestelltenanzug. Er betrachtete sie mit verlegenem Stolz, während er sie Schritt auf Schritt, mit pumpenden Armen, locker auf der Tanzfläche herumbugsierte, und an jeder Ecke Halt machte, damit sie die Richtung wechseln konnten. Die Wahrheit dämmerte ihr, und im selben Moment stammelte sie: »Ich weiß nicht, wie du heißt.« Zunächst dehnte er seinen Mund zu einem höflichen Lachen, wie bei einem Witz, dann hörte er abrupt auf, ließ die Arme fallen und starrte sie an, während sein offenes, ehrliches Gesicht blutrot wurde.

»Wie ich heiße?« fragte er, und dann, um sie beide zu retten: »Du hast einen komischen Humor.« Und wieder hielt er sie in Tanzhaltung, während seine Glieder sich durch die Bewegungen hindurchkämpften, die ihnen sein Kopf diktierte, und sie tanzten befangen auf der Veranda weiter.

»Ich habe dich ja so lange nicht gesehen«, entschuldigte sie sich, und wieder, noch während sie sprach, dämmerte es ihr, daß doch er es gewesen war, der am Bahnhof neben seinem Vater gesessen hatte; sie konnte nicht begreifen, wieso sie diesen jungen Mann nicht als Billy erkannt hatte.

»Schon gut, schon gut«, murmelte er und fing dann plötzlich auf afrikaans zu singen an, was heißen sollte: »Wir haben uns nichts zu sagen.«

Andere fielen ein; es war ein Volkslied; die dünne, jazzartige Musik verstummte, und jemand legte eine neue Platte auf. Im Nu hatten alle Leute auf der Veranda zwei lange Reihen gebildet, standen sich gegenüber und klatschten in die Hände. Martha, die die alten Tänze nie gesehen hatte, schüttelte den Kopf und schied aus; sobald der Tanz begann, spürte sie die spontane Freude an der Bewegung, die bei dem anderen Getanze gefehlt hatte. Alle genossen es, alle lächelten und sangen; während der paar Minuten, die die Musik dauerte, verloren alle auf der Veranda die Befangenheit und wurden Teil des größeren Ganzen, der Gruppe; ihre Gesichter waren entspannt, unbekümmert, freimütig tauschten sie Blicke mit den Männern und Frauen, die sie während des Tanzes treffen und grüßen mußten. Sie trugen nicht länger die Verantwortung; die Verantwortung, ein einzelner Mensch, allein zu sein, war von ihnen genommen. Bald war die Musik zu Ende, und die andere, neuere, das klägliche Gejaule, trat an ihre Stelle. Aber Martha war, um sich zu sammeln, in die Küche geflohen, wo Mrs. Van Rensberg das Abendessen zubereitete.

Marnie rannte hinter ihr her, nahm sie beiseite und sagte: »Es ist alles in Ordnung. Ich hab ihm gesagt, daß du's nicht so gemeint hast, daß du nicht hochnäsig bist, sondern bloß scheu.«

Martha nahm ihr übel, daß auf diese Weise über sie geredet wurde, fand sich aber vorwärtsgeschoben, in Billys Arme, während Marnie sie beide aufmunternd tätschelte und sagte: »So ist's recht, sei nicht beleidigt, Mensch, die Nacht ist noch jung.«

Billy hielt sie auf Armeslänge entfernt und warf ihr bekümmerte, flehende Blicke zu; und sie plauderte lebhaft in einem Ton, der, wie sie wußte, gekünstelt war. Doch sie war kalt und nervös. Sie wünschte bitter, sie wäre nicht gekommen, und dann, sie wäre anpassungsfähiger und der kleine, enge, kritische Knoten in ihr würde sich lösen und sie könnte eins werden mit diesen freundlichen, lärmenden Menschen. Sie zwang sich, nett zu Billy zu sein, und dafür war er halb dankbar, oder fand das zumindest besser als nichts. Die Nacht ging langsam vorüber, und sie machten des öfteren einen Besuch drinnen am Büfett, wo Bataillone von Flaschen mit Kapbrandy und Ingwerbier standen. Da bildete sich ein anderer trügerischer Dunst, der es ihr möglich machte, sich einzureden, daß Billy die Krönung der letzten paar Tage hilflosen Wartens war: ja sogar, daß sie das weiße Kleid für ihn genäht hatte.

Um Mitternacht war das Haus erfüllt von Gesang und Gelächter, und die dünne, eiernde Grammophonmusik war nur noch in Fetzen zu hören. Die Gesellschaft wirkte beengt; die Räume waren überfüllt, und dauernd verzogen sich Paare zur Verandatreppe, lachend und zögernd, weil draußen der Boden zu dickem, rotem Schlamm aufgewühlt war und der Mond auf die Pfützen schien, die das Unwetter hinterlassen hatte. Manche wagten einen Schritt nach unten, während die anderen ihnen ermunternd zuriefen; gaben sich dann geschlagen und suchten sich eine stille Ecke in einem der vollen Zimmer oder in der Küche, wo Mrs. Van Rensberg Stunde um Stunde stand, Brot schnitt und Schlagsahne und Obst auf die Kuchen türmte. Martha sah, daß Marnie auf dem Knie eines fremden Jungen saß, während beide mit Mrs. Van Rensberg sprachen; und sie wünschte sich neidvoll, ihre eigene Mutter wäre so tolerant und großzügig. Während sie Marnie beobachtete, um sich zu orientieren, wie sie sich verhalten sollte, wußte sie, daß es ihr unmöglich war, es genauso zu machen: Sie war weniger peinlich berührt als entsetzt über die Art, in der Marnie sich mit einem jungen Mann nach dem anderen zusammentat, als wären sie austauschbar. Sie begriff sehr wohl, daß nicht ihr feierliches Kleid, sondern die Tatsache, daß sie nur mit Billy tanzte, sie von den anderen absonderte. Doch hätte sie mit keinem sonst gehen können; das hätte geheißen, gegen den Gefühlsstrom zu schwimmen, der ihr sagte, daß Billy – oder vielmehr das, was er repräsentierte – sie für den Abend in Beschlag genommen hatte; denn der Alkohol hatte den Einfluß dieser äußeren Kraft verstärkt, die sich ihrer erstmals vor vier Tagen, in dem Moment, als sie eingewilligt hatte, zum Tanzabend zu kommen, bemächtigt hatte. Sie war nicht sie selbst, sie gehorchte dieser Kraft, die Billys Gestalt und Züge hatte; und den anderen schien es, als wäre sie ebenso unfähig, sich von ihm wegzubewegen, wie er nicht willens, sie gehen zu lassen. Dieses selbstversunkene Paar, das sich in einem geheimen Traum bewegte, wurde als Ärgernis empfunden; in welches Zimmer auch immer sie eintraten, sie störten; zuletzt brach Mr. Van Rensberg den Bann, indem er Martha, als sie an Billys Arm an ihm vorübertrudelte, dadurch anhielt, daß er mit dem Pfeifenstiel auf sie deutete und sagte: »He, Matty, komm doch mal eine Minute her.« Sie trat ihm entgegen, blinzelnd und sichtbar um Konzentration bemüht. Der weiche Ausdruck auf ihrem Gesicht verschwand, und sie wurde wachsam, starrte ihn direkt an.

Mr. Van Rensberg war ein kleiner, kräftiger, untersetzter Mann um die sechzig, wenn sein runder, borstiger schwarzer Kopf auch nicht eine Spur Grau zeigte und sein gegerbtes Gesicht kaum Falten hatte. Er trug ein dunkelrotes Tuch eng um seinen bulligen Hals geschlungen, obwohl es glühend heiß war; und die kleinen schwarzen, stechenden Augen darüber waren genauso wachsam wie ihre.

»Dein Vater erlaubt also, daß du uns besuchst, was?« fragte er. Martha verfärbte sich und hätte wegen dieser Darstellung ihres Vaters beinahe gelacht; nach kurzem Zögern sagte sie, bewußt gewinnend und ehrerbietig: »Vor nicht langer Zeit haben Sie uns oft besucht.« Sie hielt inne, mit einem raschen Blick auf die anderen – denn einige Leute hörten zu; sie fürchtete, er könnte ihr diesen Hinweis auf seine lange Freundschaft mit den Quests übelnehmen.

Aber er ging nicht darauf ein. Mit einer Art absichtlicher Brutalität deutete er erneut mit seinem Pfeifenstiel auf sie und fragte, ob sie zugäbe, daß die Engländer sich im Burenkrieg viehisch benommen hätten?

Daraufhin mußte sie lachen, das war so belanglos (für sie).

»Wir finden das nicht zum Lachen«, sagte er grob.

»Ich auch nicht«, meinte Martha und dann, schüchtern: »Das ist doch ziemlich lange her, oder?«

»Nein!« brüllte er. Dann beruhigte er sich und fuhr hartnäckig fort: »Nichts hat sich verändert. Die Engländer sind arrogant. Sie sind alle rüde und arrogant.«

»Ja, ich glaube, das stimmt«, sagte Martha, die wußte, daß das oft der Fall war, und konnte es dann nicht lassen, die fatal vernünftige Frage zu stellen: »Wenn Sie uns so verabscheuen, wieso kommen Sie dann in eine britische Kolonie?«

Ein Raunen kam von den zuhörenden Leuten. Es schienen sehr viel mehr Menschen im Raum zu sein als zuvor, sie waren hereingeströmt, und Martha dachte unwillkürlich, wie anders die Position dieses Mannes in seinem Haushalt doch war als die ihres Vaters: Man schwieg, weil er der Wortführer war, ein Patriarch in einer Kultur, in der der gefürchtete und dominierende Vater noch immer die Schlüsselfigur im Familienverband ist; und Martha befiel plötzlich Furcht, weil sie merkte, daß das nicht als persönliches Gespräch gemeint war, sondern daß sie als Repräsentantin befragt wurde. Und sie fühlte sich nicht als Repräsentantin.

Mr. Van Rensberg ließ dramatisch seine Pfeife sinken, nickte den anderen zu und sagte bedeutungsschwer: »So! So!«

Obwohl Martha wußte, daß er das als Beleidigung empfinden würde, konnte sie nicht aus ihrer Haut und sagte humorvoll abwehrend: »Ich wüßte nicht, warum Sie nicht zu uns kommen sollten, ja warum eigentlich nicht? Was mich betrifft, so sind Sie willkommen.«

Schweigen – er schien auf mehr zu warten; dann sagte er: »Es sollte gleiche Rechte geben, Rechte für beide Sprachen.«

Martha erinnerte sich voller Reue an dieses andere Gespräch mit Joss. Sie lächelte und sagte mit beachtlichem Mut, wenn man die Art ihrer Zuhörerschaft bedenkt, und mit fester Stimme, daß sie an gleiche Rechte für alle glaube, unabhängig von Rasse und –

Billy zerrte von hinten an ihr und sagte in drängendem Ton: »He, Matty, komm tanzen.«

Mr. Van Rensberg, dessen Argwohn in bezug auf Marthas Anwesenheit sich verflüchtigt hatte, kaum daß er aufgetaucht war, sagte ziemlich verblüfft: »Ist in Ordnung, ist schon in Ordnung.« Später pflegte er zu sagen, Martha sei eine Heuchlerin wie alle Engländer.

Auf der Veranda nannte Billy sie ganz offen so, ohne sich dessen bewußt zu sein. »Warum lernst du nicht Afrikaans?« fragte er, als folgte das selbstverständlich aus dem, was sie beteuert hatte.

Für Martha bedeutete das die Einengung eines Problems, das für sie grundsätzlicher Art war, und sie sagte fast schnippisch: »Wenn's darum ginge, Mehrheiten Gerechtigkeit widerfahren zu lassen, dann müßte man auch mindestens ein Dutzend Eingeborenensprachen lernen.«

Seine Hand verkrampfte sich auf ihrem Rücken. Für ihn war das, als hätte sie das Afrikaans mit den Sprachen der verachteten Kaffern auf eine Ebene gestellt. Einen Augenblick empfand er Haß; doch schließlich lachte er verlegen auf und beugte den Kopf neben den ihren, verschloß die Augen davor, wie sie wirklich war, weil er die illusorische Einheit gern wieder herstellen wollte. Es war spät, einige der Gäste waren bereits gegangen, und Martha tanzte steif und widerwillig in seinen Armen, voller Groll über den Vorfall, der sich gerade ereignet hatte. Er merkte, daß das Tanzen nicht mehr genügte – oder vielmehr, daß es zu spät war, um darauf zu warten, daß sich der Zauber wieder über sie senken würde. Er zog sie zu den Verandastufen. Der Mond stand nun auf der Höhe der Baumspitzen, der Schlamm auf der Lichtung glänzte im Licht. »Laß uns eine Minute hinuntergehen«, sagte er.

»Aber es ist doch ganz matschig.«

»Macht nichts«, erwiderte er hastig und zerrte sie hinunter.

Und wieder platschte die Nässe um ihre Schuhe, und sie stieg vorsichtig, an Billys Arm hängend, von einer trocknenden Schlammkruste zur anderen, während er mit ihr auf die Seite des Hauses steuerte, wo man sie nicht sehen konnte. Sie versuchte, ihren Rock nicht mit Schlamm zu beschmutzen, als er ihre Arme mit seinen eigenen nach unten preßte und sie küßte. Sein Mund war hart und zwang ihren Kopf nach hinten. Dieser eindringende, harte Mund war ihr zuwider, auch wenn von außen – immer von außen – der andere Druck kam, der forderte, er solle sie einfach hochheben und wie eine Beute davontragen – aber wohin? In den roten Matsch unter den Büschen? Sie schob diesen praktischen und entweihenden Gedanken beiseite und gab dem Kuß nach; dann spürte sie, wie eine unbeholfene, ungeübte Hand ihren Schenkel herabkroch, sprang beiseite und sagte in einem Ton, dessen empörte Kälte sie sogleich ärgerte: »Laß das!«

»Verzeih«, sagte er sofort und ließ sie los, so demütig, daß sie ihn haßte.

Sie ging voraus, überließ es ihm, ob er ihr folgen wollte, und stieg verwirrt die Stufen hoch, weil die wenigen Paare, die sie beobachteten, das mit höhnischem Lächeln taten und ohne das gemeinschaftliche Gehänsel, das die anderen Paare provoziert hatten. Martha sah, wie die Blicke sich auf ihren Rock senkten, schaute an sich herunter und sah, daß der Saum schwer von rotem Schlamm am Boden schleifte.

Marnie kam angestürzt und rief: »Aber Matty, dein schönes Kleid, du hast es ja ruiniert ...« Ein Weilchen machte sie sich gluckenhaft über Martha her, dann zog sie sie an der Hand durchs Haus und sagte: »Komm und wasch das weg, bevor es trocknet.«

Ohne dem unglückseligen Billy noch einen Blick zu gönnen, folgte Martha ihr, dankbar, daß Marnie sie auf diese Weise in die Gruppe zurückbrachte.

»Zieh das Kleid besser aus«, sagte Marnie. »Du bleibst ja die Nacht über hier, da ist es doch egal.«

»Ich habe meinen Koffer vergessen«, sagte Martha verlegen und gab sich damit völlig in Marnies Hände. Denn sie hatte vergessen, ihre Nachtsachen einzupacken; ihre Phantasie war über das Tanzen und die Vorfreude nicht hinausgelangt.

»Das macht nichts, ich leih dir meinen Schlafanzug.«

Mrs. Van Rensberg kam geschäftig hereingeeilt, liebenswert und mütterlich, und sagte, sie würde Mrs. Quest anrufen. Daß Martha ihr Kleid ruiniert hatte, während sie mit ihrem Sohn schmuste, schien die natürlichste Sache von der Welt zu sein. Sie küßte Martha und sagte, sie hoffe, daß sie gut schlafe, und sie solle sich nicht aufregen, alles sei in Ordnung. Bei den warmen und tröstlichen Worten hätte Martha am liebsten geweint, und sie umarmte Mrs. Van Rensberg wie ein Kind, und wie ein Kind ließ sie sich in ihr Zimmer führen, wo sie allein blieb.

Es war ein größerer Raum an der Rückseite des Hauses, erleuchtet von zwei hohen Kerzen, an jeder Seite des weiß bezogenen großen Doppelbetts eine. Die Fenster waren aufs Veld geöffnet, das in der Dämmerung schon graute, und der Mond sah bleich und erschöpft aus. Eine silberne, schräggeneigte Fläche am Ende des Zimmers zog Marthas Aufmerksamkeit auf sich, und sie blickte wieder hin und sah, daß es ein Spiegel war. Sie war noch nie mit einem großen Spiegel in einem Zimmer allein gewesen. Sie streifte die Kleider ab und stellte sich davor. Es war, als hätte sie eine Vision von jemandem, der nicht sie selbst war; oder vielmehr sie selbst, in solchem Maße verwandelt, daß die Zukunft sich mit brennender Eindringlichkeit ankündigte. Das weiße, nackte Mädchen mit den hohen, kleinen Brüsten, das sich ihr aus dem Spiegel entgegenneigte, war wie ein Mädchen aus einer Legende; sie streckte ihre Hände aus, um sie zu berühren, sah dann, als sie das kalte Glas trafen, wie die nackten Arme des Mädchens sich langsam hoben und abwehrend über den Brüsten kreuzten. Sie erkannte sich nicht. Sie verließ den Spiegel und stand eine Weile vor dem Fenster, machte sich bittere Vorwürfe, daß sie Billy, diesem Betrüger, erlaubt hatte, überhaupt von ihr Besitz zu ergreifen, und sei es für einen Abend und mit den Zügen eines anderen.

Am nächsten Tag frühstückte sie mit den Van Rensbergs, einem Clan von fünfzehn Leuten, Vettern, Onkeln, Tanten, alles bunt gemischt.

Das Kleid in einer braunen Papiertüte, ging sie heim durch den Busch und zog auf halbem Wege die Schuhe aus, weil das Gefühl, wie der Schlamm mit schmatzenden

Lauten ihre Füße modellierte, ihr Lust bereitete. Sie kam aufgelöst und gerötet und gesund an, und Mrs. Quest küßte sie ganz erleichtert und sagte, sie hoffe, sie habe sich amüsiert.

Einige Tage lang litt Martha unter einer Nachwirkung, die wie ein Taubwerden aller Nerven war. Sie muß doch müde sein, murmelte Mrs. Quest immer wieder, du mußt müde sein, du mußt schlafen, schlafen, schlafen. Und Martha schlief, hypnotisiert.

Dann kam sie zu sich und fing hungrig an zu lesen, um ihr Gleichgewicht wieder zu finden. Und mehr und mehr schien das, was sie las, weit weg; oder vielmehr, es schien, als schaffte sie durch das Lesen eine in sich geschlossene Welt, die nichts mit dem zu tun hatte, was um sie herum war; als wäre das, woran sie glaubte, durch eine unsichtbare Mauer von ihren Problemen getrennt; oder als würde sie von einem großen Irrlicht geführt – aber nein, *das* zu glauben konnte sie sich nicht leisten, auch nicht einen Augenblick. Doch nicht genug damit, daß sie ständig von Gefühlen überschwemmt wurde, die von außen kamen, wie es schien; ständig weigerten sich andere Menschen, die Rollen anzuerkennen, die sie ihr zunächst selbst angetragen hatten. Als Joss zum Beispiel oder Mr. Van Rensberg ihren Katechismus abfragten und Antworten erhielten, die sie, Martha, als ihrer jeweiligen Bruderschaft wert erwiesen, da hätte sich doch gewiß gleich eine Tür auftun müssen, damit sie eintreten konnte, sie, eine willkommene Tochter im Reich des edlen und offen erwiderten Gefühls, für das sie geboren war – und nicht allein sie, sondern jedes menschliche Wesen; denn das, woran sie glaubte, war ihr aus den Büchern zugewachsen, die sie las, und diese Bücher hatten Bürger dieses anderen Landes geschrieben. Denn wie sollte man sich aus einem Land vertrieben fühlen können, das nicht existiert?

Sie hatte das Gefühl, daß ein Abschnitt ihres Lebens zu Ende gegangen war und daß nun ein neuer begann; und es war etwa vierzehn Tage nach dem Van Rensbergschen Tanzabend, als ihr Joss schrieb: »Ich hörte, daß in der Anwaltskanzlei, in der meine beiden Onkel Partner sind, ein Job zu haben wäre. Ich habe ihnen von Dir erzählt. Laß Dich in die Stadt mitnehmen und wende Dich an Onkel Jasper. Beeil Dich. Du mußt raus aus diesem Milieu. Dein Joss.« Dies war flüchtig hingekritzelt, wie in Eile; es folgte ein sauberes und nüchternes Postskriptum: »Tut mir leid, wenn ich mich einmische.«

Sie schrieb zurück, daß sie sich auf der Stelle um den Job bewerben würde und dankte ihm überschwenglich. Sie schickte diesen Brief durch den Koch, so dringend schien es ihr, daß er gleich erfuhr, wie sie darüber dachte.

Joss' Brief in der Hand lief sie auf die Veranda und informierte ihre Eltern hastig, daß sie vorhabe, in der Stadt eine Stelle anzunehmen; kaum hörte sie ihre erschreckten Fragen. Alles schien jetzt so einfach. »Ihr könnt doch nicht von mir erwarten, daß ich den Rest meines Lebens hier bleibe!« sagte sie ungläubig, als hätte es, nachdem sie doch erst zwei Jahre »hier« gewesen war, den Anschein, daß sie auf ewig hier festsaß.

»Aber wieso denn Joss – ich meine, wenn du das möchtest, könnten wir doch unsere Freunde fragen ...«, protestierte die arme Mrs. Quest hilflos.

Sie dachte dabei an etwas Zukünftiges, etwas Unangenehmes, mit dem man demnächst konfrontiert würde, nächste Woche vielleicht; und als sie hörte, daß Martha vorhatte, schon am nächsten Morgen mit Mr. McFarline in die Stadt zu fahren, sagte sie, das verbiete sie. Martha antwortete nicht, woraufhin sie plötzlich verkündete, sie käme mit ihr in die Stadt.

»Nein, das wirst du nicht«, sagte Martha in diesem grausamen Ton unverkennbaren Hasses, der Mrs. Quest, die sich nie eingestanden hatte, daß Haß innerhalb einer Familie überhaupt möglich war, stets entwaffnete.

Martha war an diesem letzten Nachmittag nicht im

Haus, deshalb ging Mrs. Quest in ihr Schlafzimmer und suchte dort hilflos nach einem Schlüssel für die geistige Verfassung ihrer Tochter. Sie fand Joss' Briefchen, das sie unangenehm berührte; sie fand das befleckte weiße Kleid, das immer noch in der Papiertüte zusammengeknüllt war und schon grün wurde vom Schimmel; sie sah sich die Bücher auf dem Tisch neben dem Bett an und hatte das Gefühl, daß die für alles verantwortlich sein mußten, doch es handelte sich um Shelley, Byron, Tennyson und William Morris, und obwohl sie sie seit ihrer Mädchenzeit nicht mehr gelesen hatte, hielt sie die für viel zu ehrenwert, um in irgendeiner Weise gefährlich sein zu können.

Unterdessen nahm Martha bewußt Abschied von ihrer Kindheit. Sie besuchte den Ameisenhaufen, vor dem sie in ihrer »religiösen Phase« in ekstatischem Gebet gekniet hatte; sie ging durch den dichten Busch zur Quarzader, unter der eine Quelle klar und kalt hervorsprudelte, wo sie gelegen und an den Fluß gedacht hatte, der hunderte von Meilen entfernt ins Meer münden mußte; sie ging durch die Siedlung, wo sie heimlich, gegen die Vorschriften ihrer Mutter, mit den Eingeborenenkindern gespielt hatte. Sie besuchte den großen Baum ein letztes Mal. Es war alles vergebens; es schien, als habe sich ihre Kindheit bereits von ihr verabschiedet, nichts vermochte sie zu rühren.

Am nächsten Tag fuhr sie mit Mr. McFarline in die Stadt, der sie mit der Tatsache zu beeindrucken versuchte, daß er soeben für einen der städtischen Wahlbezirke zum Parlamentsmitglied gewählt worden war, für seine Mühen jedoch nur zerstreute Höflichkeit erntete. Sie sprach mit Mr. Cohen, dem Onkel, bekam die Stelle und suchte sich vor Anbruch der Nacht ein Zimmer. Ihre Eltern erwarteten sie unterdessen zu Hause. Sie schickte ihnen ein Telegramm, in dem stand, daß sie ihr doch bitte ihre Bücher und Kleider nachschicken sollten. »Macht Euch keine Sorgen, alles großartig.«

Und eine Tür hatte sich geschlossen, für immer; dahinter lagen die Farm und das Mädchen, das von ihr geprägt worden war. Das ging sie nichts mehr an. Aus. Sie konnte es vergessen.

Sie war ein neuer Mensch, und ein außergewöhnliches, grandioses, ein ganz und gar *neues* Leben begann.

Teil zwei

Das Schlimmste an einer Frau ist,
daß sie erwartet,
daß man sie liebt oder so tut,
als liebe man sie.

Baron Corvo

I

Die Büros von Robinson, Daniel und Cohen waren hineingezwängt in das oberste Stockwerk eines Gebäudes in der Founders' Street, einer Durchgangsstraße, die die Trennlinie bildete zwischen dem in den 90er Jahren erbauten Stadtteil und dem Zentrum, das modern war. Aus den Fenstern blickte man links über die niederen Blechdächer und barackenähnlichen Gebilde, die jetzt Kaffernläden waren, indische Läden und das Elendsviertel der Farbigen. Rechts erhoben sich schimmernd weiße Häuser mit Glasfronten, und am Ende der Straße lag das weitläufige, säulen- und balkongeschmückte braune Palais, bekannt als McGrath Hotel, dessen Errichtung, wie sich alte Einwohner erinnern, als Zeichen für den Triumph des Fortschritts galt: das erste moderne Hotel in der Kolonie. Die Founders' Street war eng und schäbig. Auch wenn ihr Name an jene Abenteurer gemahnen sollte, die übers Veld geritten waren und ungeachtet der Folgen für sich oder irgend jemanden sonst den Union Jack aufgepflanzt hatten, war sie heute, für die jetzigen Einwohner, gleichbedeutend mit dubiosen Pensionen und drittklassigen Geschäften. Dieses Gebäude war genauso dubios. Im Erdgeschoß befand sich ein weiträumiges Großhandelsgeschäft; stieg man die mittlere Eisentreppe hinauf, die sich emporwand wie ein übergroßer Korkenzieher, so blickte man hinunter auf ein Gehege verschachtelter, kleiner Büros, ein jedes bewohnt von einem Mann in Hemdsärmeln, halb unter Papieren begraben, oder von einem Mädchen mit Schreibmaschine; dahinter befand sich ein schmaler Ladentisch, auf dem die »Muster« gestapelt waren. Mit welcher Erleichterung fiel der romantische Blick auf diesen Ladentisch, vorbei an dem Bienenstock unpersönlicher Büros! Denn das halbe Dutzend bunter Decken, das Dutzend Stoffproben, die vom praktischen Standpunkt aus so gut wie nutzlos waren, schienen darauf zu deuten, daß der Besitzer, ein Bruder von Mr. Cohen oben, ein Vetter von Mr. Cohen aus dem Kaffernladen, ebenfalls das Bedürfnis hatte, sich selbst und anderen die materielle Existenz von Maschinen, Geweben und tausend anderen faszinierenden Dingen, die durch dies Büro mittels kleiner Papierstückchen verkauft wurden, ins Gedächtnis zu rufen. Vielleicht vermißte Mr. Cohen, der sein Vermögen in einem anderen kleinen Eingeborenenladen unten an der Straße gemacht hatte, die Tage, in denen er mit Perlen und Fahrrädern und Stoffen gehandelt hatte, und behielt diesen von Schreibtischen und Aktenschränken umstellten Ladentisch als wehmütiges Erinnerungsstück an den privaten Handel, Handel wie er sein sollte. Auf dem Ladentisch standen große kolorierte Photos von Schiffen, Lokomotiven, den Welthäfen. Niemand schien dorthin vorzudringen, außer dem alten Mr. Samuel Cohen selbst, der dann und wann (von einem, der die Eisentreppe hochstieg) beobachtet wurde, wie er mit den Decken hantierte und die Photos neu anordnete.

Der erste und der zweite Stock wurden zimmerweise vermietet, und je weniger man über sie sagt desto besser. Klienten, die zu den darüber liegenden nüchternen Anwaltskanzleien hinaufstiegen, erblickten bisweilen eine Frau im Morgenmantel, die (allerdings angriffslustig, da sie ja ihre Miete bezahlt und ein Recht darauf hatte) ins Bad eilte. Es war bekannt, daß die noch spät arbeitenden Partner nachts die Polizei riefen, die einen Streit schlichten oder eine anstößige Person hinauswerfen sollte. In der Tat, diese Schicht des Gebäudes war ganz und gar unwürdig und unpassend, aber da die Partner auf den Umbau warteten, durfte alles so bleiben. Martha kam die Atmosphäre gleich sehr vertraut vor, als sie Mr. Cohen zu einem Klienten sagen hörte: »Sie müssen entschuldigen, es geht alles ein bißchen drunter und drüber, aber wir sind dafür wirklich nicht verantwortlich.« Und das, obwohl er Besitzer und Verwalter des Gebäudes war; weil er einen Umbau plante, konnte man ihn nicht als *wirklich* anwesend betrachten.

Andererseits verlieh gerade das Alter dem Haus Würde. Bewohner älterer Länder finden es vielleicht seltsam, ein Haus von 1900 als alt zu bezeichnen; aber es war das erste gewesen, das sich mit seinen drei Stockwerken über die Flachbauten erhob, weswegen man seiner liebevoll gedachte, und man betrat es mit dem beruhigenden Gefühl des Altertümlichen – so wie man in Spanien von seinem Reiseführer hochschaut und ehrerbietig murmelt: »Wenn man sich vorstellt, daß dies im dritten Jahrhundert vor Christus erbaut wurde!«, und danach Armut und Elend nur noch pittoresk wirken.

Diese älteste Kanzlei in der Stadt hieß wegen des ersten Mr. Robinson, der jetzt tot war, die Robinsonsche; der junge Mr. Robinson hingegen ließ den beiden Mr. Cohen und Mr. Daniel den Vortritt, wenn er da war, was selten der Fall war, da er Parlamentsmitglied und aus diesem Grund sehr beschäftigt war. Doch all das wurde Martha erst nach und nach klar, denn sie war anfangs viel zu verwirrt, um mehr als ihre eigene Stellung zu begreifen, und selbst das war gar nicht so einfach.

Jeder der Partner hatte ein kleines Zimmer, zu dem man gelangte, indem man sich durch den Hauptraum zwängte, der mit Schreibmaschinen, Aktenschränken und Telephonen vollgestopft war; doch obwohl dieser Hauptraum auf den ersten Blick chaotisch wirkte, da immerhin fünfzehn Frauen verschiedenen Alters darin saßen, ließen sich bald gewisse Einteilungen erkennen. Die wichtigste war, daß die vier dienstältesten Sekretärinnen an einem Ende saßen und Telephone auf ihren Schreibtischen hatten; doch Martha hatte so wenig Ahnung von den Abläufen in einem Büro, daß sie das zunächst nicht bemerkte. Als sie am ersten Morgen dort eintraf, bebte sie vor Verlangen, unwahrscheinliche Leistungen zu zeigen: kam eine halbe Stunde früher als alle anderen und wartete darauf, daß man Anforderungen an sie stellen würde. Die anderen Mädchen dagegen schlenderten herein, unterhielten sich ein bißchen; und dann kamen die Partner, und immer noch wollte keiner etwas von ihr. Man ließ sie sitzen, bis eine dürre, spatzenartige Frau mit hellem Pony und runden blauen Augen an ihr vorbeiging und mahnend sagte, sie solle die Augen offenhalten und lernen, wie man's macht. Woraus Martha schloß, daß sie bereits ihre erste Aufgabe nicht erfüllt hatte, und den Blick wieder löste von ihrer Vision: wie sie Berge von unleserlichem Gekritzel bekam und dieses, wie durch Zauberei, in nüchterne und imposante Schriftsätze verwandelte, ähnlich denen, die Mrs. Buss auf ihrer Schreibmaschine fabrizierte. Sie zwang sich zu beobachten, was um sie herum vorging.

Mittags blieb sie an ihrem Schreibtisch, weil zwischen ihr und dem Monatsende bloß noch zehn Schilling standen, und sagte sich, daß das gut sei für die Figur. Sie ging von Schreibmaschine zu Schreibmaschine, um zu sehen, was für eine Art Arbeit man vor ihr verlangen würde, und war entsetzt trotz ihrer großen Vorsätze; denn diese juristischen Aktenstücke – nein, nein, es war, als würde sie, Martha, geknebelt und zurechtgestutzt von der künstlichen, moribunden Sprache der Gesetzlichkeit.

Kurz bevor die anderen zurück sein mußten, öffnete sich die Tür mit dem Schildchen »Mr. Jasper Cohen«, und er kam heraus und blieb verwundert stehen, als er sie sah. Er legte einige Unterlagen auf den Schreibtisch von Mrs. Buss und ging wieder. Gleich darauf ertönte ein Klingelton, und während sie verwirrt nach dem dazugehörigen Apparat suchte, öffnete sich die Tür abermals und er sagte: »Kümmern Sie sich gar nicht um das Telephon. Nehmen Sie es mir nicht übel, wenn ich Sie frage – haben Sie überhaupt Geld, Miß Quest?«

Aus irgendeinem Grund protestierte sie: »Oh, ja, eine ganze Menge« und errötete dann, weil das so kindisch klang.

Er sah sie zweifelnd an und meinte: »Kommen Sie doch einen Moment in mein Büro«, und sie folgte ihm. Es war sehr klein; er mußte sich an der Ecke des großen Schreibtisches vorbeizwängen, um zu dem Winkel zu gelangen, in dem er sich niederließ. Er forderte sie auf, sich zu setzen.

Mr. Jasper Cohen besaß ihr Herz bereits aufgrund einer Eigenschaft, von der man meinen sollte, daß sie dies gerade unmöglich machen würde: Er war abgrundhäßlich. Nein, nicht abgrundhäßlich: er war phantastisch häßlich, so häßlich, daß das Wort kaum zutraf. Er war klein, er war untersetzt, er war bleich; aber diese Worte könnte man ebensogut auf Joss, seinen Neffen, oder Max, seinen Bruder, anwenden. Sein Körper war noch breiter als vierschrötig; er sah wulstig, höckrig aus. Der Kopf riesengroß; die gewaltige, bleiche, gewölbte Stirn stieg an bis zum Gipfelpunkt, wo das Haar begann, das die weiße, feuchte Kopfhaut in dünnen, öligen Strähnen bedeckte und sich über den Ohren in schwarzen Flaum verwandelte, der Martha so rührend vorkam wie der zarte, schutzlose Flaum auf dem Kopf eines Säuglings. Sein Gesicht war über die Maßen breit, eine bleiche, klumpige Fläche mit einer platten, klobigen Nase, breitgezogenen, blaulila Lippen und Ohren, die sich links und rechts wie Schnecken herausstülpten. Seine Hände waren genauso ungewöhnlich: breite, große Handflächen blähten sich zu Wülsten aus dickem weißem Fleisch und endeten in kurzen, spatelförmigen Fingern, die fast so breit wie lang waren. Es waren die Hände einer grotesken Figur; und als sie sich unbeholfen in einer Schublade hin- und herbewegten, nach etwas suchten, beobachtete Martha sie voller Spannung und wünschte, sie könnte ihm anbieten, zu helfen.

Sie sehnte sich danach, etwas für ihn zu tun, denn dieser häßliche Mann hatte etwas ungeheuer Zartes und Liebes in seinem Gesicht, das einherging mit der eisernen Würde eines leidenden Menschen, der entschlossen ist, weder Abbitte zu tun noch Ansprüche zu erheben wegen etwas, das er nicht ändern kann, so daß sie sich fragte: Was ist Häßlichkeit? Sie fragte es empört, richtete den Protest gegen die Natur selbst; und vielleicht zum erstenmal in ihrem Leben fragte sie sich mit heimlicher Dankbarkeit, wie es wohl wäre, unansehnlich, häßlich zur Welt gekommen, statt zumindest in den Mittelstand, wenn nicht gar in die Aristokratie des guten Aussehens heineingeboren zu sein.

Endlich fand er, was er wollte. Es war eine Rolle Banknoten, und er nahm fünf davon, indem er sie mit einer unbeholfenen Bewegung einzeln voneinander löste und sagte: »Sie bekommen ja bloß ein kleines Gehalt, und deshalb ...« Als Martha zögerte, fuhr er hastig fort: »Es war meine Schuld, daß ich nicht daran gedacht habe. Sie müssen ja knapp bei Kasse sein, da Sie doch direkt von der Farm gekommen sind. Außerdem sind Sie eine alte Freundin meines Neffen.« Damit war die Sache für ihn geregelt, und Martha nahm das Geld und fühlte sich schuldig, weil sie Joss keine gute Freundin gewesen war. Sie dankte ihm bewegt, was ihm unangenehm zu sein schien, und er sagte rasch: »In ein oder zwei Tagen werden wir Ihnen etwas zu tun geben. Lernen Sie eben, soviel Sie können, es muß ungewohnt für Sie sein, wenn Sie noch nie in einem Büro waren.«

Die Unterredung war vorbei. Sie ging zur Tür, und als sie sie öffnete, hörte sie ihn sagen: »Ich wäre Ihnen dankbar, wenn Sie Mrs. Buss nichts davon sagen würden. Es gibt keinen Grund, weshalb sie es erfahren sollte.« Sie blickte ihn ungläubig an, denn er wirkte ängstlich; sie war sogar nahe daran zu lachen. Doch er sah sich irgendwelche Papiere an.

Sie ging hinaus und begegnete dem anderen Mr. Cohen, der zurückkam. Sie verabscheute ihn ebenso sehr wie sie seinen Bruder mochte. Er sah gewöhnlich aus, auf elegante Weise nichtssagend: ein gepflegter, bleicher, biederer jüdisch wirkender Mensch in gestreiftem Geschäftsanzug, und sein Benehmen war zackig, aber höflich, so als versuchte er, eine angeborene Übellaunigkeit durch ein entgegenkommendes Verhalten zu verbergen. Und da, wo sein Bruder in massigen Formen quoll und wucherte, schien er bemüht, den gegenteiligen Eindruck zu erwekken. Sein Haar legte sich an als glatte schwarze Kappe; seine Hände bewegten sich gewandt und waren an jedem kleinen Finger mit einem dicken Siegelring beschwert; seine Krawatte lag in sicherem Gewahrsam hinter einer schmalen Goldkette; eine goldene Uhrkette umschloß seinen strammen kleinen Bauch.

Martha kehrte zu ihrem Schreibtisch zurück, als die anderen Mädchen hereinkamen, und verbrachte den Nachmittag damit, sie zu beobachten. Unnötig, gesagt zu bekommen (wie Mrs. Buss ihr nachdrücklich mitteilte), daß dies ein Büro war, in dem es sich bequem arbeiten ließ. Es entstand kein Eindruck von Eile; und wenn sie ihre Tätigkeit unterbrachen, um ein Schwätzchen zu halten oder zu rauchen, dann schützten sie nichts anderes vor, falls gerade einer der Partner durchging. Als Mr. Max Cohen mit Unterlagen für seine Sekretärin hereinkam, fragte er höflich: »Wären Sie so nett, das für mich zu erledigen, wenn Sie Ihren Tee ausgetrunken haben?« Und seine Sekretärin trank ihren Tee aus, bevor sie überhaupt einen Blick darauf warf, um sich zu informieren, was er ihr da gebracht hatte. All das war verwunderlich für Martha, obwohl sie nicht gewußt hatte, womit sie rechnen mußte. Vielleicht dachte sie an das, was ihr Vater von seinen Tagen in einem Büro in England erzählt hatte, denn um diesem Büro zu entkommen, war er Farmer geworden: »Ich konnte es einfach nicht ertragen. Tagein, tagaus gräßliche Routine, und dann kam Gottseidank der Krieg, und dann, *danach,* wieder ins Büro zu gehen, an einem Schreibtisch zu sitzen wie eine Maus im Loch, das war das reine Fegefeuer.« So kann es sein, daß Martha unbewußt ein Fegefeuer erwartet und nun diesen angenehmen Arbeitsplatz vorgefunden hatte; allerdings hatten ihre Finger die Schreibmaschine noch nicht einmal berührt.

Zwei Vorfälle ereigneten sich an diesem ersten Nachmittag. An einem Tisch neben der Tür, durch die die Klienten eintraten, saß eine junge Frau, deren Aufgabe es war, den Schuldnern Geld abzunehmen. Sie kamen herein, einer nach dem anderen, Weiße, Schwarze und Farbige, um kleine Summen von dem abzuzahlen, was sie schuldeten. Die junge Frau war vollkommen unpersönlich; und das dämpfte Marthas erste Anwandlung von Mitleid. Doch gleich nach der Mittagspause kam eine zerlumpte Frau mit einem kleinen Kind an jeder Hand herein, fing an zu weinen und sagte, sie könne ihre Schulden nicht bezahlen. Ob ihr Gläubiger sie nicht diesen Monat davon entbinden könne? Die unpersönliche junge Frau stritt mit warnend leiser Stimme mit ihr, als wollte sie die Zerlumpte dazu bringen, ebenfalls die Stimme zu senken. Aber die Stenotypistinnen waren alle aufmerksam geworden, und Martha sah, wie sie Mrs. Buss anschauten.

Und wirklich, es dauerte nicht sehr lange, und die Schuldeneintreiberin ging zu Mrs. Buss und sagte: »Könnten Sie nicht mit Mr. Cohen reden? Sie wissen ja, sie hat's im Moment wirklich schwer, außerdem bekommt sie wieder ein Kind.«

Mrs. Buss sagte ausdruckslos: »Also, wessen Schuld ist das, wenn sie jedes Jahr ein Kind kriegt?«

»Aber –«

»Ich werde Mr. Cohen nicht bitten, er gibt bloß wieder nach, und überhaupt ist sie eine Schwindlerin – sie war gestern abend betrunken im McGrath, ich habe sie gesehen.«

Die zerlumpte Frau fing an zu weinen. »Lassen Sie es mich Mr. Cohen erklären, lassen Sie's mich bloß erklären«, flehte sie.

Mrs. Buss beugte ihren Kopf stur über die Schreibmaschine, und ihre Finger trommelten wütend, bis sich die Tür hinter ihr öffnete und Mr. Jasper Cohen heraustrat.

»Was ist hier los?« fragte er milde.

»Nichts«, sagte Mrs. Buss entrüstet. »Überhaupt nichts.«

Mr. Cohen blickte über die lauschenden Köpfe seiner Belegschaft zu der weinenden Frau.

»Mr. Cohen«, heulte sie. »Mr. Cohen, Sie haben doch ein gutes Herz, Sie wissen, ich tue mein Bestes, Sie können ein gutes Wort für mich einlegen.«

»Sie haben's versprochen, das wissen Sie«, sagte Mr. Cohen, und dann hastig: »Also schön, weinen Sie nicht, ich werde unseren Klienten schreiben. Machen Sie eine Aktennotiz, Mrs. Buss.« Und er entfloh eilends in sein Zimmer.

Die Frau rieb sich die Augen und verließ mit einem triumphierenden Blick auf Mrs. Buss das Büro. Mrs. Buss ließ wie eine Pianistin am Ende eines Stückes die Hände mit dramatischer Gebärde von der Maschine fallen und rief: »Da haben Sie's, was habe ich Ihnen gesagt?«

Die Schuldeneintreiberin sah zerknirscht drein unter diesem blauen, anklagenden, starren Blick und murmelte: »Er hat schließlich das Recht, zu entscheiden.«

»Jawohl«, sagte Mrs. Buss tragisch. »Jawohl, und so läuft es immer. Ich tue mein Bestes, ihn zu beschützen, aber ... Na ja, wenn wir erst mal in den neuen Büros sind, dann werden derlei Dinge nicht mehr vorkommen, das können sie mir *glauben*!« Und sie hob ihre Hände wieder zu den Tasten.

Der zweite Vorfall war ähnlich. Charlie, der Bürojunge, machte die Runde mit einem Teetablett und wandte sich dann an Mrs. Buss, die diese hingebungsvollen Hände auf den Tasten ruhen ließ wie jemand, der nicht darauf gefaßt ist, unterbrochen zu werden.

»Nein«, sagte sie laut. »Nein, Charlie, es hat keinen Sinn.« Und sie fing an zu tippen.

Charlie übertönte mit seiner Stimme den Lärm; sie tippte schneller, er brüllte: »Madam!«

Sie hörte plötzlich auf, schwieg dramatisch, warf ihm einen wütenden Blick zu, schrie: *»Nein!«* und ratterte gleich weiter.

Charlie zuckte heftig und gutmütig die Achseln und verschwand. Auf der Stelle ließ Mrs. Buss ihre Hände ruhen, blickte im Büro umher und fragte atemlos: »Findet ihr das nicht eine Unverschämtheit?« Die Mädchen lachten teilnahmsvoll und schienen keine Erklärung nötig zu haben, warum das eine Unverschämtheit war.

Martha, die da nicht durchblickte, sah sich Charlie genau an, als er zurückkam, um die leeren Tassen einzusammeln. Er war ein großer, hübscher junger Mann mit dunkler bronzefarbener Haut, einem schmalen Zahnbürstenschnurrbart und fröhlichen Augen. Ganz leise pfiff er eine Tanzmelodie.

Mrs. Buss beobachtete ihn über ihre hüpfenden Hände hinweg und protestierte dann scharf: »Charlie!«

»Ja, Madam?« antwortete er sofort und wandte sich ihr zu.

»Wir wissen, daß du ein Meister im Tanzen bist, du brauchst nicht so zu pfeifen«, sagte sie, ohne eine Antwort zu erwarten, denn sie zerrte ein Blatt Papier aus ihrer Maschine und spannte ein neues ein, ohne ihn anzublicken.

Charlie hörte auf mit dem tonlosen Pfeifen und schlängelte sich, die schwarzen, unerschrockenen Augen auf sie geheftet, an ihr vorbei auf Mr. Cohens Tür zu.

»Ist schon gut, ich hole seine Tasse«, sagte sie entschlossen und war rot vor Ärger. Sie starrte ihn wütend an; er erwiderte den Blick, und offenbar fand er Gefallen an dem Duell, denn seine Augen blitzten vor Vergnügen.

»Charlie«, schrie sie außer sich, »du wirst Mr. Cohen nicht um das Geld bitten!«

»Nein, Madam«, stimmte er zu und zuckte nachdrücklich und fatalistisch die Achseln. Mit einem belustigten Blick auf sie ging er hinaus und fing direkt hinter der Tür schrill zu pfeifen an.

»Habt ihr jemals so etwas erlebt?« fragte Mrs. Buss, blaß vor Entrüstung. »Er hätte es fertiggebracht, an *mir* vorbei in Mr. Cohens Büro zu gehen und um Vorschuß zu bitten!«

Martha fragte plötzlich: »Was verdient er denn?« und wußte auf der Stelle, daß sie nicht hätte fragen dürfen, oder zumindest nicht in diesem Ton.

Mrs. Buss sagte gereizt: »Er verdient fünf Pfund im Monat. Das ist mehr als ihm zusteht, nämlich ungefähr vier Pfund. Haben Sie je von einem Bürojungen gehört, der soviel verdient? Sogar der Chefkoch im McGrath verdient bloß sieben! Mr. Cohen ist so weichherzig ...« Vor Entrüstung verschlug es ihr die Sprache, und sie tippte weiter wie der Teufel.

Martha überlegte beklommen, daß sie zwölf Pfund zehn verdienen sollte, und ein gänzlich unvernünftiger Protest stieg in ihr auf; denn wenn sie für die vollkommene Gleichheit aller Rassen eintrat, dann mußte sie jeden kleinen Schritt, der in diese Richtung führte, begrüßen. Auf der anderen Seite war sie infolge ihrer Erziehung schockiert. Sie fragte die blonde junge Frau neben sich, was Charlie denn im Büro tat, und erfuhr, daß er Briefe austrug und zur Post brachte, Tee machte und Besorgungen für die Mädchen im Büro.

»Er ist wirklich ein Original, der Charlie«, fügte das Mädchen freundlich hinzu.

»Mr. Cohen erzählt gern folgenden Witz: Die beiden

bestgekleideten Männer in der Stadt sind mein Bruder – das ist Max, wie Sie wissen – und mein Bürojunge.« Sie sah Martha an, um sich zu vergewissern, daß sie lachte, und als Martha lachte, fuhr sie fort: »Ich mag Charlie. Er ist viel besser als die meisten Neger, und das will was heißen, nicht wahr?«

Martha bejahte das abwesend, während sie mit den Stimmen ihrer Erziehung stritt. Sie hatte nie von einem Eingeborenen gehört, der mehr als zwanzig Schilling im Monat bezahlt bekam. Der Hauptboy ihres Vaters verdiente zwanzig, nach zehn Jahren Dienst. Mit der einen Hälftc ihrer Gefühle pries sie Mr. Cohen für seine Großzügigkeit sowohl ihr selbst wie Charlie gegenüber, mit der andern kämpfte sie eine ganz neue Furcht nieder – neu für sie, das heißt: Es machte ihr einfach Angst, daß der Abstand zwischen ihr und Charlie sieben Pfund und zehn Schilling betrug, in barer Münze.

Um halb fünf passierte etwas, das nicht als Vorfall bezeichnet werden kann, denn sie begriff, daß das jeden Tag so war. Die Mädchen deckten gerade ihre Schreibmaschinen zu, als die Tür aufsprang und eine große, blonde Frau hereinkam, die Mrs. Buss bloß zunickte und dann wartend stehenblieb. Mrs. Buss hob ihren Telephonhörer.

»Unsere Schönheit«, murmelte das blonde Mädchen Martha zu. »Gegen ihre Kleider hätte ich nichts einzuwenden, und du? Diese Juden schenken ihren Frauen immer alles, was sie wollen.«

Ja, sicher, wie sollte man denn Mr. Cohens Frau nennen, wenn nicht »Schönheit«? Aber Martha war durch etwas anderes verstört – daß sie nicht das einzige weibliche Wesen war, das bereit war, über Mr. Cohens Äußeres hinwegzusehen. Es war ihr nie in den Sinn gekommen, daß es auch eine Mrs. Cohen geben könnte; aber unmittelbar darauf war das Gleichgewicht wieder hergestellt, und zwar durch eine neugewonnene Einsicht in eine Ungerechtigkeit. Mrs. Cohen war nicht im mindesten schön, entschied Martha; wohingegen Mr. Cohen es war – in allem, worauf es ankam. Im konventionellen Sinne konnte man sie groß, schlank und elegant nennen; Martha zog es vor, sie als knochig, knallblond und aufgedonnert zu bezeichnen. Sie trug ein hautenges weißes Nachmittagskleid aus Crêpe, eine weiße Kappe mit wippenden schwarzen Federn und einen Haufen Schmuck. Der Schmuck war echt, schillerte aber in allen Farben. Als Mr. Cohen auf den Anruf von Mrs. Buss hin herauskam, war es Martha immer noch möglich, Mitleid für ihn zu empfinden; aber sie wurde sogleich gezwungen, dieses Gefühl zu analysieren, als sie begriff, daß alle Frauen um sie herum das gleiche empfanden.

»Der arme Mann«, sagte Mrs. Buss ruhig, als sie ihre eigenen schmalen Hüften an den scharfkantigen Schreibtischen mal hier, mal da vorbeischob und schwarze Wildlederhandschuhe anzog. »Der arme Mann. Na ja, mich geht's nichts an.« Und sie ging hinaus, in diskretem Abstand zu ihrem Arbeitgeber und seiner Frau, während sie sie eifersüchtig beobachtete.

2

Als Martha in das Zimmer trat, das sie ihr Zuhause zu nennen bereit war, fand sie ihre Mutter und ihren Vater vor, und sie war wütend. Sie hatte mindestens für eine Woche nicht mit ihnen gerechnet; es kam ihr ungeheuer ungerecht vor, daß sie jahrelang mit diesen gräßlichen Vorbereitungen für die Siebzig-Meilen-Ausflüge gequält worden war, und daß es nun, wie es schien, keiner Vorbereitungen mehr bedurfte. Mr. und Mrs. Quest waren wie alle anderen »für einen Nachmittag« hergekommen. Mr. Quest sprach mit Mrs. Gunn, der Hauswirtin, über den Großen Krieg, sobald Mrs. Quest ihm die Gelegenheit gab, denn sie wollte Mrs. Gunn dazu bringen, zuzugeben, daß Mädchen eigensinnig und unbefriedigend waren. Martha konnte den weiteren Verlauf dieses Gesprächs, das auf der hinteren Veranda stattfand, durch das fächerförmige Fenster ihres Zimmers hören, das sich nach dorthin öffnete. Sie hatte sich mißmutig geweigert, sich ihnen anzuschließen, saß statt dessen auf dem Bett und wartete auf die Schlacht, die es ihrer Meinung nach geben würde.

Das Zimmer war groß und spärlich möbliert. Das Eisenbett war niedrig und weiß bezogen und erinnerte sie an ihr eigenes. Auf dem roten Zementboden lag eine schlichte braune Kokosmatte, und eine Glastür führte hinaus in einen kleinen Garten voller Blumen. Jenseits des Gartens lag eine Hauptstraße, und der Lärm war unangenehm für jemanden vom Land, der gelernt hatte, *nicht* nur das Grollen des Donners, den Gesang der Frösche, das Zirpen der Grillen zu hören. Als Martha abwartend auf dem Bett saß, merkte sie, daß irgend etwas sie anstrengte. Sie begriff, daß ihr Trommelfell wie ein selbständiges Lebewesen komplizierte und schmerzhafte Bewegungen machte, um sich gegen den Verkehrslärm zu wappnen. Im Innern ihrer Ohren herrschte zitternde Empfindsamkeit. Ein großer Lastwagen, der über den Asphalt donnerte, ritzte über zartes Fleisch, so fühlte es sich jedenfalls an; das *Klingling* einer Fahrradglocke tönte schrill, fast als wäre es im Raum. Sie saß da, lauschend und qualvoll angespannt, und achtete gleichzeitig auf die Entwicklung des Gesprächs nebenan. Ihr Vater gewann die Aufmerksamkeit von Mrs. Gunn; es wurde ein Monolog.

»Ja, das war zwei Wochen vor Passchendaele«, hörte

sie. »Und ich hatte eine Vorahnung, ob Sie's glauben oder nicht. Ich schrieb meiner Familie, daß ich damit rechnete, getötet zu werden. Ich hatte das Gefühl, als preßte sich eine schwarze Wolke auf mich herab, als befände ich mich im Innern einer schwarzen Samthaube. Ich war draußen und prüfte den Drahtverhau, und als ich wieder zu mir kam, lag ich im Lazarettschiff.«

Daß diese Worte sie immer noch verfolgten, machte Martha nicht nur gereizt, es ängstigte sie. Sie sah gegen ihren Willen, selbst während sie, in dem komplizierten Bemühen, ihn zu assimilieren, den Verkehrslärm in seine einzelnen Laute zerlegte, selbst während sie die rauhe, haarige Oberfläche der Kokosmatte betrachtete, zugleich auch die verwüstete Landschaft, geborstene Bäume, aufgewühlte und schlammige Erde, ein Gewirr aus Stacheldraht, an dem ein Stoffetzen flatterte, der einst zur Uniform eines Mannes gehört hatte. Sie merkte, daß das Aufheulen eines startenden Wagens draußen zum Geräusch einer herannahenden Granate geworden war, und versuchte, sich von diesem Zwang freizurütteln. Das schreckliche, ermüdende Gefühl, daß sich alles ewig hinschleppte wie ein Verhängnis, begann schwer auf ihr zu lasten. Es war alles so vertraut, so gräßlich vertraut, selbst die einzelnen Worte, die ihr Vater als nächstes sagen würde, der spezielle Tonfall seiner Stimme, die klagend war, zugleich aber auch erschreckend begeistert klang.

Als sich die Tür öffnete und ihre Eltern hereinkamen, erhob sich Martha und trat ihnen mit der Energie eines Menschen entgegen, der darauf vorbereitet ist, dem Äußersten an moralischer und physischer Überredungskraft standzuhalten; doch alles, was sie zu hören bekam, war ein Grollen in Mrs. Quests Stimme, als diese sagte: »Es war unhöflich von dir, nicht mit uns Tee zu trinken, als du darum gebeten wurdest.« Genauso hatte sie sich immer über Marthas ungezogenes Benehmen gegenüber Besuchern der Farm beschwert; und Martha war so überrascht, daß sie schwieg. »Liebes«, fuhr Mrs. Quest fort und ging lebhaft im Zimmer umher, als wäre es ihr eigenes, »ich habe deine Sachen ausgepackt und eingeräumt, ich weiß nicht, ob du's bemerkt hast, und ich habe das Bett verrückt, es hat da gezogen, wo es stand, und du mußt darauf achten, daß du viel schläfst.« Sie bemerkte den Ausdruck auf Marthas Gesicht und haspelte weiter. »Und nun müssen Daddy und ich zur Farm zurück, wir hatten eigentlich gar nicht die Zeit wegzufahren, aber du bist ja so ein hilfloses Geschöpf, du siehst müde aus, geh bald ins Bett.«

Wie schon so oft schob Martha das Gefühl eindringender Müdigkeit beiseite und machte sich klar, daß ihr plötzliches Schuldgefühl irrational war, da sie sie ja nicht gebeten hatte, die Farm zu verlassen und ihr hinterherzufahren. Sie beschloß, dieses Zimmer auf der Stelle aufzugeben und sich ein neues zu suchen, das frei war vom Dunst und Einfluß ihrer Mutter.

Mr. Quest stand vor der Glastür, mit dem Rücken zu den Frauen. »Mr. Gunn muß ein interessanter Bursche gewesen sein«, sagte er nachdenklich. »Er war an der Somme. Muß ihn um zwei Wochen verfehlt haben. Laß dir mal von Mrs. Gunn etwas über ihn erzählen, Matty, mein Junge. Ist am Gas vom Krieg gestorben, sagt sie. Ein Jammer, daß die Kerle vom Kriegsministerium nie begriffen haben, daß Leute wegen des Kriegs krank wurden und daß sich das bloß später gezeigt hat. Er hat keine Entschädigung bekommen, sagt sie. Verdammt unfair.« Er drehte sich um, und sein Gesicht hatte wieder den üblichen abwesenden, ergebenen Ausdruck. Er fischte eine Flasche aus einem der Schöße seines Buschhemds – er weigerte sich stets, die Farmkleidung abzulegen, wenn er in die Stadt fuhr – und hielt sie, hilflos um sich blickend, in der Hand. »Ein Glas?« fragte er. Mrs. Quest nahm sie ihm ab, goß ihm sein Quantum am Waschtisch ein, und er schluckte es hinunter. »Nun?« fragte er gereizt. »Es ist ein ziemlich langer Heimweg mit unserem alten Wagen, wie du weißt.«

»Komme«, sagte Mrs. Quest schuldbewußt. »Ich komme.« Sie ordnete Marthas Sachen auf dem Frisiertisch so an, wie es ihr gefiel, und veränderte die Stellung eines Stuhls. Dann ging sie auf Martha zu, die voll nervöser Feindseligkeit steif dastand, und begann mit vielen fahrigen kleinen Klapsen ihre Schultern, ihr Haar, ihre Arme zu tätscheln – wie ein schlechter Bildhauer, der vergeblich ein verpfuschtes Werk drückt und patscht. »Du siehst müde aus«, murmelte sie mit ersterbender Stimme. »Du siehst müde aus, du mußt schlafen, du mußt bald ins Bett.«

»May!« rief Mr. Quest erbost, und Mrs. Quest flog zu ihm. Martha beobachtete, wie sie wegfuhren, wie das strohgedeckte, ratternde, von Stricken zusammengehaltene Auto durch den modernen Verkehr zockelte. Die Leute drehten sich um und lächelten nachsichtig über dieses Mahnmal, das sie daran erinnerte, daß dies ein Land der Farmer war – selbst heute noch ein Land der Pioniere. Martha konnte sich kein Lächeln abringen. Sie stand verkrampft in der Mitte des Zimmers und beschloß, es auf der Stelle aufzugeben.

Mrs. Gunn klopfte. Das Klopfen, eine Höflichkeitsbezeigung, die sie nicht gewohnt war, besänftigte Martha, und sie sagte artig: »Herein.«

Mrs. Gunn war eine große, breitgebaute Frau mit überquellendem, welkem Fleisch. Sie hatte ausgeblichene rötliche Haare, blasse, hübsche blaue Augen und auf dem Gesicht einen Ausdruck erschöpfter Gutmütigkeit. »Es war nett, mit Ihrer Mutter zu plaudern«, sagte sie. »Ich hatte mich schon gewundert, ein junges Ding wie Sie ganz allein.«

Martha suchte nach einer geeigneten Formulierung, um höflich mitzuteilen, daß sie auszuziehen beabsichtige und daß Mrs. Gunn daran nicht schuld sei. Aber Mrs.

Gunn redete weiter, und sie merkte, daß sie nicht den Mut hatte, es zu sagen.

»... Ihre Mutter meint, Sie äßen nicht und ich sollte Sie dazu bringen. Ich sagte, Sie sorgten für sich selbst, aber ich würde tun, was ich kann.«

»Das ist doch nicht nötig, Mrs. Van Rens –«, Martha hielt verwirrt inne. »Ich meine, Mrs. Gunn. Ich esse wie ein Pferd.«

Mrs. Gunn nickte befriedigt. »Sie sehen aus, als hätten Sie Ihren eigenen Willen. Ich habe zu ihr gesagt: Die Mädchen haben Verstand heutzutage. Meine Rosie ging zwei Jahre lang aus, bevor sie heiratete, und nie mußte ich energisch werden. Wichtig ist, daß man die Männer in die Schranken weist, dann wissen sie von Anfang an, daß sie nichts umsonst bekommen.«

Martha wäre beinahe sarkastisch geworden bei dieser Bemerkung, aber Mrs. Gunn kam auf sie zu und küßte sie, und die Dankbarkeit, die sie durchströmte, verwandelte sich in gute Laune.

»Wenn Sie etwas brauchen, kommen Sie einfach zu mir. Ich weiß, ihr jungen Dinger mögt es nicht, wenn man euch nicht in Ruhe läßt, aber Sie können in mir ruhig eine Mutter sehen.«

»Danke, Mrs. Van R – Mrs. Gunn«, sagte Martha dankbar, und Mrs. Gunn ging hinaus.

Martha schaute sich so angeekelt im Zimmer um, als wäre es verseucht. Sie guckte in die Schubladen, und jede Falte und jeder Knick in ihrer Kleidung zeugte vom Willen ihrer Mutter. Sie hatte jedoch die Miete bis zum Monatsende bezahlt und konnte es sich nicht leisten umzuziehen. Sie schmiß alle Kleidungsstücke auf den Boden und ordnete sie dann neu nach ihrem Geschmack; ein Fremder hätte allerdings keinen Unterschied entdeckt; sie rückte das Bett wieder dorthin, wo es ihrer Meinung nach gestanden hatte, doch da sie auf solche Dinge nicht sonderlich achtete, wußte sie nicht genau, wo das gewesen war. Als sie fertig war, war sie sehr erschöpft; und obwohl es noch früh war, zog sie sich aus, stellte sich an die Tür und beobachtete, wie die Autos vorbeirasten, während die Lichter in goldenen Flecken und Streifen über sie hinwegtanzten und über die Blumen im Garten, die sie jäh in Farbe tauchten. Jenseits des Gartens und der Straße standen schwarze Baumsilhouetten vor dem fahlen Nachthimmel. Es war der Park. Und dahinter, die Stadt; sie malte sich deren Verlockungen mit Hilfe dessen aus, was sie über London und New York gelesen hatte. Sie träumte von dem Augenblick, in dem man sie einladen würde, an diesen Freuden teilzunehmen, während ihre Augen auf den Bäumen ruhten und sie deren Umrisse unwillkürlich mit denen am Horizont der Farm verglich; und gleich war ihr, als wäre die Farm wie ein langer Schattenarm durch die Nacht gewachsen, und an seinem Ende stand Martha in der Höhlung einer großen, bergenden Hand wie ein Pygmäe und betrachtete wohlbehütet ihr neues Leben. Und als sie morgens erwachte und das Sonnenlicht warm und gelb auf der Kokosmatte liegen sah, fragte sie sich schläfrig, ob die Bremsen des Wasserkarrens nachgegeben hatten, denn er machte solchen Lärm; und sie setzte sich auf, und das fremde Zimmer baute sich neu um sie auf; und kaum waren ihre Ohren vom Gehirn benachrichtigt worden, daß das nicht der Wasserkarren, sondern ein Lieferwagen war, fingen sie protestierend zu schmerzen an.

Im Büro ließ man sie an diesem Tag die Augen bis nach der Mittagspause »offenhalten«. Dann brachte Mr. Max Cohen ihr ein Aktenstück zum Abtippen. Sie war so nervös, daß sie dreimal von vorn anfangen mußte; und als er kam, um es zu holen, war alles, was sie zustandegebracht hatte, das Wort »Kaufvertrag«, unsauber quer über den Kopf des Blattes getippt. Sie zuckte zusammen bei seiner ungeduldigen Versicherung, daß das überhaupt nichts machte und daß sie sich Zeit lassen solle. Ihre Finger waren ungelenk und zitterten, und ihr Kopf war dumpf. Zwei Seiten dieser kleinen, gestochenen Handschrift so abzutippen, daß sie ordentlich und erfreulich anzusehen waren, schien ihr in diesem Augenblick eine schrecklich schwierige Aufgabe. Er ging nach Hause, ohne noch einmal an ihren Schreibtisch zu kommen; und sie warf ein Dutzend Blätter in den Papierkorb und nahm sich vor, am nächsten Morgen recht früh zu kommen und es fertigzumachen, bevor die anderen eintrafen.

Mrs. Buss fragte beim Hinausgehen: »Haben Sie irgendwelche Zertifikate?« Martha sagte nein, sie hätte zu Hause tippen gelernt. Mrs. Buss sagte nichts Tröstendes, sondern nickte bloß abwesend, da ihr Blick auf der eleganten Mrs. Jasper Cohen ruhte.

Martha verließ das Büro dermaßen gedemütigt, daß sie kaum sah, wo sie ging. Sie war erfüllt von heftigem Widerwillen gegen die Jurisprudenz und alles, was damit zusammenhing. Sie sagte sich: Ich habe keine Lust, den Rest meines Lebens damit zu verbringen, diesen Kauderwelsch abzutippen.

Sie stand an der Straßenecke, hatte Mr. Jasper Cohens Geld – oder vielmehr das, was davon übrig war – in der Tasche und beobachtete eine Gruppe unbeschwerter junger Leute, die ins McGrath Hotel gingen, und war krank vor Neid. Dann überquerte sie die Straße und betrat das Büro der ›Zambesia News‹. Sie wollte Mr. Spur, einen alten Journalisten, besuchen, den sie schon von klein auf kannte – das heißt, sie hatte zuletzt vor etwa vier Jahren bei ihm und seiner Frau einen Monat Ferien gemacht. Sie war ungefähr eine halbe Stunde in dem Gebäude, und als sie herauskam, brannte ihr Gesicht vor Scham. Es war so peinlich gewesen, daß sie es kaum ertragen konnte, sich an das Geschehene zu erinnern. Woran sie sich erinnern mußte, war, daß sie keine wie auch immer geartete Qualifikation besaß.

Endlich wurde ihr das Ausmaß der Güte von Mr. Cohen bewußt; und am nächsten Morgen saß sie in äußerst gedämpfter Verfassung an ihrem Schreibtisch. Sie hatte die Augen zweifellos offen, doch keine Zeit, sie zu benutzen, denn lange bevor dieses erste Aktenstück fertig war, landeten ein paar weitere auf ihrem Schreibtisch, und es war Mittag, ehe sie sich's versah. Sie war schrecklich unfähig. Sie versuchte, sich einzureden, daß die Blätter, die sie hineinbrachte – ordentlich abgeklammert und mit grünem Band zusammengebunden wie die fehlerlosen, herrlichen Aktenstücke, die Mrs. Buss so mühelos produzierte –, zufriedenstellend waren. Mr. Max Cohen nahm sie mit ausdruckslosem Blick nickend entgegen; und später sah Martha, wie Mrs. Buss sie nochmal tippte. Sie bekam keine mehr. Den ganzen Tag lang saß sie müßig an ihrem Schreibtisch, fühlte sich elend und nutzlos, wünschte, sie könnte weglaufen, fragte sich, was dann passieren würde.

Miss Maisie Gale, das blonde dralle Mädchen, das neben ihr saß, meinte tröstend: »Mach dir deshalb keine schlaflosen Nächte. Tu nur gerade so viel, daß du durchrutscht, das ist mein Wahlspruch.«

Martha war beleidigt und antwortete mit einem gezwungenen Lächeln. Später sagte man ihr, sie solle in das Büro von Mr. Jasper Cohen kommen, und sie ging mit schmerzhaft pochendem Herzen.

Der häßliche Mann wartete ruhig in seinem Sessel. Martha schien sein bleiches Gesicht bleicher denn je, und die platten, bräunlichlila Lippen bewegten sich ein paarmal, bevor ein Laut über sie kam. Dann riß er sich zusammen. Er lehnte sich mit seinem plumpen Körper energisch im Sessel zurück, hob einen Stift mit der fetten, schwellenden Hand empor und sagte sanft: »Miß Quest, ich glaube, es war falsch von uns, Sie schon so bald mit schwierigen Aufgaben zu betrauen. Ich meine, Sie hätten gesagt, Sie hätten Maschineschreiben gelernt.«

»Das dachte ich«, sagte Martha reuig, und es war ihr

bewußt, daß sie erneut die persönliche Beziehung ausnutzte, wenn sie diesen Ton anschlug.

»Schön, schön, das macht ja nichts; es war sicher nicht leicht, das allein zu lernen, und ich schlage Ihnen vor, den Kurs für Fortgeschrittene zu besuchen. Gehen Sie bitte ins Polytechnikum und nehmen Sie ein paar Monate lang Unterricht in Stenographie und Schreibmaschine, und in der Zwischenzeit können Sie mit Miß Gale arbeiten. Sie müssen ja auch lernen, Briefe abzulegen, und auf lange Sicht zahlt sich das dann doch aus.« Martha stimmte eifrig zu und konstatierte gleichzeitig, daß es unter ihrer Würde war, mit Miß Gale zu arbeiten. Sie war überrascht und geschmeichelt, denn all die Frauen im Büro schienen ihr an Selbstsicherheit und Können so unermeßlich überlegen, daß sie sie in strahlender Verklärung sah. Sie begriff auch, daß Mr. Cohen ihr, überaus freundlich und taktvoll, gleich eine Lehre erteilen würde, und daß sie genau aufpassen mußte.

»Sehen Sie, Miß Quest, Sie sind noch sehr jung – ich hoffe, Sie haben nichts dagegen, wenn ich das sage? Man sieht, daß Sie intelligent sind, und – wenn ich es mal so ausdrücken darf, Sie haben doch nicht vor, nächste Woche zu heiraten, oder?« Er lächelte in der erwartungsvollen, wenn auch unsicheren Art eines Menschen, dem es schwerfällt, amüsante Bemerkungen zu machen; und Martha lachte gleich, und er fiel dankbar ein. »Nein. Natürlich nicht. Mit achtzehn hat man noch viel Zeit. Sie sollten nicht zu früh heiraten. Ich glaube, in diesem Land neigt man dazu – wie auch immer, das geht mich nichts an. Die meisten Mädchen arbeiten bloß in einem Büro, um sich die Zeit bis zum Heiraten zu vertreiben – nichts dagegen zu sagen«, beeilte er sich zu versichern. »Mein Grundsatz – unser Grundsatz – ist, so glaube ich, ziemlich ungewöhnlich: Wir glauben nicht, daß verheiratete Frauen schlechte Arbeitskräfte sind. Einige Firmen entlassen die Frauen, sobald sie heiraten. Sie werden aber bemerkt haben, daß alle unsere älteren Damen verheiratet sind.«

Aufs neue gedemütigt, stellte Martha fest, daß man von ihr erwartet hatte, daß sie derlei Dinge wahrnehmen würde, und daß sie es nicht getan hatte.

»Mein Grundsatz – unser Grundsatz – ist, daß es nicht einzusehen ist, weshalb die Mädchen sich nicht amüsieren und obendrein gut arbeiten sollten, aber ich möchte Ihnen nahelegen, nicht ins Fahrwasser einiger Mädchen zu geraten, die bei uns sind – oh, sie sind sehr nützlich, und wir könnten nicht ohne sie auskommen, aber sie scheinen zu denken, weil sie eines Tages heiraten, sei das auch schon alles, was man logischerweise von ihnen erwarten kann.« An dieser Stelle warf ihm Martha einen raschen Blick zu; er klang verärgert, und das konnte nichts mit ihr zu tun haben. Wieder rückte Mr. Cohen seinen mächtigen Körper im Sessel zurecht, spielte mit dem Stift, schien etwas sagen zu wollen und äußerte dann abrupt: »Ich glaube, das ist alles. Verzeihen Sie, daß ich diese Bemerkungen gemacht habe. Ich glaube, wir glauben – kurz, Sie haben zweifellos Fähigkeiten, Miß Quest, und ich hoffe, Sie machen Gebrauch davon, denn tüchtige Sekretärinnen sind selten. Was seltsam ist, wenn man sich das überlegt, denn die meisten Frauen heutzutage scheinen doch Sekretärinnen werden zu wollen?« Bei dieser Frage hielt er inne, dachte nach und sagte dann: »Ich hoffe, Sie halten den Sekretärinnenberuf nicht für eine Karriere, die sich nicht lohnt?«

Martha versicherte ihm, sie wolle eine tüchtige Sekretärin werden, wenn sie auch ziemlich entrüstet war; sie fühlte sich zu weit mehr in der Lage. Sie dankte ihm, ging zurück an ihren Schreibtisch und saß wieder untätig herum. Sie wartete auf jemanden, der ihr sagte, was sie zu tun hatte; dann ging ihr auf, daß sie nun dafür selbst zuständig war, und sie ging zu Mrs. Buss und erkundigte sich nach dem Polytechnikum.

Mrs. Buss' Miene hellte sich auf und zeigte eine freudige Erleichterung, die Martha kränkend erschien; und sie nahm einen Zettel vom Schreibtisch, auf dem präzise Angaben über Unterricht und Zeiten standen. Dann gab sie – mit Zwischenpausen, um Zustimmung zu bekommen – folgende Bemerkungen von sich: »Ich bin froh, daß Sie so viel Grips haben ... Sie wollen nicht so werden wie diese Mädchen hier, die nur auf die Uhr schauen, bloß warten, bis ihre Freunde sie um halb fünf abholen, die ganze Nacht ausgehen und dann am nächsten Tag so müde sind, daß sie nur dahocken und gähnen ... Glauben Sie mir, es gibt hier eine Menge Arbeit für die, die sie machen wollen.« Und schließlich, die porzellanblauen Augen auf Marthas geheftet: »Wenn man einen so guten Chef hat wie Mr. Cohen, dann tut man doch sein Bestes?« Martha sagte ja; aber es war noch nicht alles. »Ich habe für meinen Lebensunterhalt gearbeitet, seit ich fünfzehn bin, und zwar in England bis noch vor zwei Jahren, und in England erwartet man von den Mädchen, daß sie was leisten, da ist es nicht so wie hier, wo sie einfach heiraten können, und ich habe nie jemanden kennengelernt wie Mr. Cohen.« Martha sagte ja; und Mrs. Buss bohrte fordernd weiter. »Er hat ein Herz so groß wie sein ganzer Körper«, und diesmal sagte Martha mit wahrer Emphase ja und war entlassen.

Und jetzt war Martha imstande – aber erst, seit sie darauf hingewiesen worden war –, die wirkliche Einteilung dieser dichtgedrängten Frauenschar zu erkennen. Als sich Miß Gale herüberlehnte und wie ein Schulmädchen wisperte: »Heil davongekommen?« erwiderte sie kalt: »Ich gehe aufs Polytechnikum«, und Miß Gale zuckte die Achseln und schaute gleichgültig in die Luft wie jemand, der nicht zeigen will, daß er glaubt, seine Sache sei verraten. Doch Martha blickte aus dieser Gruppe, in die man sie gesteckt hatte, voll Neid und Bewunderung hinüber zu den vier Sekretärinnen und den beiden

Buchhalterinnen, die Seite an Seite über ihren dicken Hauptbüchern saßen. Sie hatte tatsächlich vor, diesen Könnerinnen nachzueifern; und der Blick, mit dem sie die selbstzufriedene Miß Gale betrachtete, war voller Verachtung. Was diese Frauen miteinander verband, war nicht, daß sie jünger waren oder gar attraktiver als die anderen, sondern daß sie eine gewisse Duldsamkeit zur Schau trugen; damit zahlten sie einer Notwendigkeit Tribut, die sie überaus bedauerlich fanden.

Nach der Arbeit ging Martha die ungefähr hundert Meter zum Polytechnikum, das weiter unten in der Founders' Street stand. Es war ein niedriges braunes Gebäude, das aussah, als wäre es einst eine Pension gewesen, obwohl es dort jetzt wimmelte von Leben; und die Vorderseite war verbarrikadiert mit zahllosen Fahrrädern. Martha, die wie üblich nichts halb machte, trug sich für Kurse ein, die sämtliche Abende ihrer Woche in Anspruch nahmen, und ging heim durch den Park, wo die Wege schon blaß unter den dunkelnden Bäumen schimmerten, den Kopf voller Visionen, in denen sie sich an Mrs. Buss' Stelle sah; allerdings leuchteten diese Visionen in denselben kühnen Farben wie die früheren, in denen sie sich als Malerin, Ballettänzerin oder Opernsängerin gesehen hatte, denn wie die meisten Menschen ihres Alters und ihrer Generation hatte sie zumindest im Geiste bereits alle Berufe durchprobiert.

Vor ihrem Zimmer angekommen, hatte sie einen Moment lang das Gefühl, am falschen Ort zu sein, denn durch die lichten Vorhänge vor der Glastür sah sie eine Gestalt, die sie nicht kannte. Sie trat schließlich zögernd ein, und da stand ein junger Mann, der fragte: »Martha Quest? Meine Mutter hat einen Brief von Ihrer Mutter bekommen und –« Er schwieg und schaute Martha bewundernd an; denn bis dahin hatte er mit einer Höflichkeit gesprochen, die deutlich sagte: »Ich mach das nur, weil man es mir aufgetragen hat.«

Es war ein Junge um die zwanzig. Martha, die nur die robusten Freiluftmänner aus ihrem Bezirk kannte, und die Cohen-Jungen als einzige Vertreter des studentischen Typs und ihren Bruder, der nur Student war, weil das von ihm erwartet wurde, lernte in Donovan Anderson etwas ganz Neues kennen. Er war ein ziemlich großer, kräftiger, hübscher junger Mann, der einen schick geschnittenen hellen Sommeranzug und an der einen Hand einen schweren goldenen Siegelring trug. Sie war keine gute Beobachterin, doch der Eindruck breitschultriger Männlichkeit ließ sie instinktiv nach Ähnlichkeiten suchen, und ihr Blick blieb da hängen, wo seine Hemdbrust unter der fließenden blauen Krawatte zurücktrat; denn hätten Billy oder ihr Bruder diesen Anzug getragen, dann hätte sie sich vorgewölbt, und die Ärmel wären prall gewesen vor Muskeln. Als sie von der hohlen Brust hochschaute, gewann sie von diesem wohlproportionierten gesund gebräunten Gesicht – große Nase, eckiges Kinn, offene Stirn – einen Eindruck, der das Gegenteil von Schwäche war.

Er sagte galant: »Wir haben ein nettes Mädchen aus den unendlichen Weiten erwartet, wir haben gehört, daß Sie sehr sportlich sind und eine Großwildjägerin.«

Zunächst stutzte Martha bei dem »wir«; dann lachte sie und behauptete, jeglichen Sport zu hassen, als wäre das an sich schon ein Vorzug.

»Da bin ich aber erleichtert, ich bin so ein ungeheuer häuslicher Typ und hatte befürchtet, ich müßte Sie zu irgendeiner Kraftmeierei begleiten.« Martha fragte spitz, weshalb er denn tue, was man von ihm verlange; worauf er höflich zustimmend lachte und meinte: »Schön, dann nehme ich Sie statt dessen ins Kino mit. Sie müssen zu uns kommen und meine Mama kennenlernen. Das erwarten nämlich unsere beiden Mamas.«

Martha sagte, dazu sei sie gern bereit, und es wurde vereinbart, daß das alles am nächsten Abend stattfinden sollte – was freilich bedeutete, daß sie ihre erste Stenographiestunde verschieben mußte. Sie ließen einander wissen, daß sie darauf bestünden, Don und Matty genannt zu werden. Seine Mama, sagte Donovan, nenne ihn Donny, aber man wisse ja, wie Mamas seien. Er schüttelte ihr überaus elegant die Hand und forderte sie auf, morgen nicht zu spät zu kommen, denn, so verkündete er, wenn er etwas nicht ausstehen könne, dann Mädchen, die ihn warten ließen. Dann nahm er Abschied.

Martha wanderte in einem Zustand atemloser Erregung im Zimmer umher, stellte sich Donovan bereits als Liebhaber vor, doch in außerordentlich romantischem Licht, wenn man bedenkt, welche Art Bücher sie las. Die Zeit zwischen dem heutigen und dem morgigen Abend mußte durchgestanden werden; sie glaubte, diese Wartezeit nicht ertragen zu können, und gerade, als sie sich entschlossen hatte, schlafen zu gehen, um soviel wie möglich davon dem Vergessen anheimzugeben, klopfte Mrs. Gunn und fragte besorgt, ob sie etwas zu Abend essen wolle. Martha verneinte wegen des besorgten Tons, der automatisch ihren Widerstand schürte. Doch sie hatte kaum etwas gegessen, seit sie in die Stadt gekommen war; sie hatte viel zu wenig Geld, um es »fürs Essen rauszuschmeißen« – mit anderen Worten, sie hatte keineswegs die Phase ihres Lebens überwunden, in der sie ständig ans Essen dachte, nicht weil sie vorhatte zu essen, sondern weil sie es sich versagen wollte. Sie dachte an die nächste Mahlzeit, die sie normalerweise hätte einnehmen sollen, rechnete sie in Gewichtszunahme um und fuhr dann nervös mit den Händen über die Hüften, als wollte sie ihre Konturen schmaler streichen.

Bevor sie an diesem Abend zu Bett ging, bügelte sie das Kleid, das sie am folgenden Abend tragen wollte. Ein Instinkt, von dem sie gar nicht gewußt hatte, wählte es vom Standpunkt eines Donovan aus, und der gleiche Instinkt bewirkte, daß es sie mit Wohlgefallen und Zufriedenheit erfüllte, über Hüften und Schenkel zu streichen. Sie hatte in den vergangenen zwei Jahren so abgenommen, daß die Beckenknochen hervortraten, und das fand sie herrlich; sie ging zu Bett und schwor sich, nicht zuzunehmen.

Am nächsten Tag half sie im Büro Miß Gale beim Aktenablegen und stellte fest, daß sie sie doch mochte; aus irgendeinem Grunde gab es zwischen ihnen einen Strom der Sympathie, und mehr als einmal blickte Mrs. Buss scharf in ihre Richtung, worauf sie schuldbewußt die Stimmen senkten.

Halb fünf war es schnell, und Martha flog nach Hause, um sich umzuziehen, obwohl sie Donovan nicht vor sechs erwartete. Sie salbte und präparierte sich mit Hilfe von Spiegeln, großen wie kleinen, einem Badezimmer nebenan und ohne eine Mrs. Quest, die hereinzukommen drohte. Sie badete, lackierte sich die Fingernägel und – zum ersten Mal und mit dem herrlichen Gefühl der Sünde – die Zehennägel, puderte ihren Körper, zupfte die Augenbrauen, die das nicht nötig hatten, und frisierte ihr Haar, und all das unter der Gewalt jenes Zwangs, der von außen zu kommen schien, als diktierten ihr Donovans dunkle, gleichgültige Augen was sie zu tun hatte, sogar wie ihr Haar auf den Schultern liegen sollte. Zum ersten Mal erlebte sie die Lust, sich für einen Mann anzukleiden: Ihr Vater hatte nie bemerkt, was sie trug, es sei denn, man wies ihn darauf hin; ihr Bruder war nie über das Stadium spöttischer Abwehr hinausgekommen, jedenfalls nicht bei ihr; und ein Billy Van Rensberg würde wahrscheinlich alles herrlich finden, was sie trug.

Aber als Donovan kam und sie sich ihm präsentierte (immer noch unter dem Einfluß jenes äußeren Zwangs), benahm er sich, wie sie das nie bei einem Mann für möglich gehalten hätte. Er schaute sie an, kniff kritisch die Augen zu, und ging, den Kopf ein bißchen zur Seite geneigt, sogar nachdenklich um sie herum. Sie konnte ihm das nicht übelnehmen, da es völlig unpersönlich ablief. »Ja«, murmelte er, »ja, aber ...« Er hielt ihr das Haar aus dem Gesicht, studierte sie von neuem, ließ es dann zurückfallen und nickte. Für Martha war das ein ungewöhnliches Gefühl, so als erlebte er ihre Erscheinung nicht nur als Erschütterung, sondern wäre für den Augenblick sie selbst, würde umhüllt von ihren Kleidern und spürte die Form und den Fall ihres Kleides an seinem eigenen Körper. Es war ein Durchdrungenwerden von einer anderen Persönlichkeit; es war zerstörerisch und hinterließ bei ihr einen schwachen, doch deutlichen Abscheu.

Donovan tauchte wieder auf aus dieser endlosen Begutachtung und sagte grübelnd: »Weißt du, was diesem Kleid fehlt, meine Liebe? Was du brauchst, ist ...« Er ging zum Kleiderschrank, als benutze er ihn seit Jahren, riß ihn auf und wühlte nach etwas, das in seiner Vorstellung bereits existierte. »Du mußt dir morgen einen schwarzen Lackgürtel kaufen«, verkündete er entschlossen. »Knapp vier Zentimeter breit, mit einer kleinen, flachen Schnalle.« Und er hatte recht, Martha erkannte das auf der Stelle. »Was Kleider betrifft, mußt du meine Mama fragen«, fuhr er freundlich fort. »Da hat sie was los. Komm jetzt, sie hat es nicht gern, wenn man sie warten läßt.« Und er ging voraus zu seinem Wagen.

Es war ein kleiner offener Wagen, dunkelgrün, schäbig, aber auf Hochglanz poliert, und als er auf den Vordersitz kletterte und apathisch darauf wartete, daß sie zu ihm einstieg, wurden Mann und Auto mit einem Mal eins. »Gefällt's dir?« fragte er teilnahmslos. »Hab es letzten Monat für zwölf Pfund zehn gekriegt. Wir jungen Beamten müssen eben mit anderer Leute Abfällen vorliebnehmen.« Er war jedoch nur so gleichgültig, weil er wußte, daß er mit sich wie auch mit dem Wagen recht zufrieden sein konnte.

Sie fuhren ein kurzes Stück aus der Stadt heraus; das

heißt, als sie die großen Straßen mit den alten Häusern, die zwischen 1900 und 1920 gebaut worden waren, hinter sich gelassen hatten, mußten sie etwa eine halbe Meile einen baumgesäumten, staubigen Weg entlangfahren, bevor sie zu einer Tafel mit der Aufschrift »Wellington Housing Estate« kamen. Hier bogen sie in einen zweiten staubbedeckten Weg ein, der eines Tages eine Straße zwischen Häusern sein würde, denn schon waren die Grundrisse der Häuser mit Zement im rauhen Erdreich vorgezeichnet; und überall stapelten sich rote Ziegel.

»Wir waren früh da und kauften die erste Parzelle, als es noch spottbillig war; heute kostet sowas schon eine Menge, und das wird mal ein toll schickes Wohngebiet«, sagte Donovan; und sie merkte, daß er sie höflich auf die Dinge aufmerksam machte, die sie bewundern sollte, so wie er es bei dem Auto getan hatte. Genauso war es, als sie bei dem Haus ankamen, dem einzig fertigen Haus, das dort wie ein schmaler Ziegelkasten stand, getüpfelt von runden, bullaugenartigen Fenstern und mit sehr viel verschnörkeltem Schmiedeeisen verziert. »Meine Mama hat sich überlegt, daß sie gern ein spanisches Haus hätte«, sagte Donovan; er meinte offensichtlich das Schmiedeeisen, und wieder merkte Martha, daß sie belehrt wurde.

Drinnen, als sie auf Mrs. Anderson warteten, bekam Martha die unteren Räume gezeigt und fand sie elegant und teuer, genau wie Donovan sagte; und er war offenbar zufrieden mit ihrer Reaktion, denn ihre Höflichkeit konnte leicht als dieselbe Gelassenheit durchgehen, die er so bemüht zur Schau trug. Martha glich sich jetzt Donovan an und folgte damit dem äußeren Druck, der ihr sagte, daß sie das tun mußte. Doch diese Anpassungswilligkeit war nur möglich, weil ihr etwas mit leiser, aber deutlicher Stimme zu verstehen gab, daß das nichts mit ihr zu tun hatte; eigentlich muß man sagen, daß sie allein deshalb so locker und entspannt war, weil ihr das im Grunde alles gleichgültig war.

Als sie sich schließlich in dem großen Salon niedergelassen hatten, passierte etwas, das den endgültigen Ausschlag gab, soweit es Martha betraf. Sie holte sich ein Buch aus dem großen Bücherschrank, um zu sehen, was das für Leute waren, so wie sie es in einem unbekannten Haus immer tat, und hörte Donovan sagen: »Es hat keinen Sinn, die Bücher anzuschauen, meine Liebe. Wir haben nichts Neues da.«

Martha ließ ihre Hand auf dem Buch ruhen, während sie ihren strengen, spöttischen Blick auf Donovan richtete, als könnte sie unmöglich richtig gehört haben. »Was heißt das, nichts Neues?« fragte sie in einem Ton, den er von ihr noch nicht gehört hatte und auf den er nicht oder jedenfalls noch nicht gefaßt sein konnte.

»Meine Mama hat vergessen, sich die neuen Bücher aus England schicken zu lassen. Das sind alles die Bestseller vom letzten Jahr.«

Martha starrte ihn an, dann zuckte ein Lachen in ihrem Gesicht auf, erstarb aber sofort wieder; sie ließ die Hand vom Buch gleiten und sank im selben Atemzug in einen Sessel – eine Pose, die die uneingeschränkte Bereitschaft bekundete, alles zu sein, was er sich nur wünschte. Und so sah Mrs. Anderson sie, als sie in den Raum gefegt kam und die Hände ausstreckte, um Martha auf die Füße zu ziehen und ihr einen raschen, abschätzenden Blick zuzuwerfen, der alles registrierte, bevor sie, statt sie zu küssen, was womöglich ihr Make-up zerstört hätte, eine parfümierte Wange an die ihre legte. Dann erlaubte sie Martha in ihren Sessel zurückzufallen und wandte sich ihrem Sohn zu, damit der sie küssen konnte.

Sie war eine große, stattliche Dame, fest korsettiert, in schwarz-weiße Seide gekleidet, mit gewelltem blondem Haar und großen, weißen, festen Händen, deren Tatkraft im Widerspruch zur übrigen Erscheinung stand, die den Eindruck müßiger Eleganz erwecken sollte. Sie plazierte sich in einen niederen, purpurroten Satinsessel, und ihr

Sohn setzte sich direkt gegenüber in einen anderen, in einer Art, die erkennen ließ, daß das eine Gewohnheit der beiden war. Sie fingen einander launig zärtlich zu hänseln an, weil er an diesem Morgen zu spät zum Frühstück gekommen war, weil sie den ganzen Nachmittag beim Friseur vergeudet hatte, wegen ihres Kleides, welches offenbar neu und teuer war. Martha hörte zu, denn sie war ausgeschlossen, obwohl sie nicht unhöflich sein wollten. Sie erkannte, daß dieses Hänseln dazu diente, herauszufinden, was der andere gemacht hatte, ohne daß eine direkte Frage gestellt wurde; denn kaum hatte Mrs. Anderson erfahren, daß Donny nicht zu spät ins Büro gekommen war, mit welchem Mädchen er zu Mittag gegessen hatte und in welches Kino er mit Martha gehen wollte, kaum hatte Donovan ihr gesagt, daß sie früh zu Bett gehen solle – »weil alte Frauen ihre Nachtruhe brauchen« – und war für seine Unverschämtheit gescholten worden, da erhob sie sich und küßte Martha nochmals. Das heißt, sie machte alle Bewegungen, die einen Kuß einleiten, und legte schließlich ihre Wange matt an Marthas; und sie bat um Verzeihung, denn sie hatte vor, zum Essen auszugehen, und die jungen Leute sollten sich alleine amüsieren. Dann bat sie Donovan, dafür zu sorgen, daß sein Vater, der keine Lust hatte, richtig zu Abend zu essen, ein Tablett hinaufgebracht bekam.

Sie ging mit der geblähten Leichtigkeit eines Segelschiffs zur Tür, die Röcke wallten, ein scharlachrotes Chiffontaschentuch hing von ihrer Hand herab, da fragte Donovan in einem mürrischen, schmollenden Ton, den Martha noch nicht gehört hatte: »Mit wem gehst du denn zum Essen?«

Mrs. Anderson blieb mit dem Rücken zu ihnen stehen – einem erstarrten und wachsamen Rücken – und spielte mit ein paar dunkelgelben Mohnblumen, die auf einem niederen Tisch neben der Tür standen. »Niemand, den du kennst, Liebling«, erwiderte sie behutsam, doch mit einem unmißverständlich warnenden Unterton. Das Tuch verfing sich und zog eine Blume heraus, die dann in einer Wasserpfütze auf dem polierten Tisch lag. Martha, die das beobachtete, während Donovan es nicht sah, weil er sein Gesicht unwirsch abgewandt hatte, bemerkte, wie Mrs. Andersons glattes, hübsches Gesicht sich zornig verfinsterte. »Verdammt«, murmelte sie böse und blickte zu ihrem Sohn; dann wischte sie hastig das verschüttete Wasser mit dem Taschentuch weg, hielt den zusammengeknüllten Stoffball graziös zwischen Zeigefinger und Daumen, während ein Lächeln sich langsam auf ihrem Gesicht ausbreitete und sie Martha einen langen, amüsierten und zugleich durchtriebenen, schuldbewußten Blick zuwarf; und obwohl Martha nicht wußte, zu welcher Spitzbüberei sie da aufgefordert wurde, mußte sie unwillkürlich zurücklächeln.

Als Donovan Marthas Lächeln sah, drehte er sich mit anklagendem Blick zu seiner Mutter um. Mrs. Anderson ging geschmeidig auf ihn zu, Mohnblume in der Hand. Sie beugte sich über ihn und steckte sie ihm an den Rockaufschlag. »Für meinen kleinen Jungen«, murmelte sie und küßte ihn auf den Kopf. Dann zerwühlte sie das sorgfältig gelegte Haar mit der Spitze ihres langen, festen Fingers, so daß eine Locke hochstand, die Donovan ein lächerliches Aussehen gab. »Er sieht so wunderschön aus«, sagte sie. Und wieder verfing sich ihre Zunge zwischen den Zähnen, sie lächelte Martha durchtrieben zu, ließ ihren Blick zurückwandern zu den anklagenden Augen, die auf sie geheftet waren, und errötete plötzlich. »Ich bin spät dran«, sagte sie entschlossen und eilte hinaus, wobei ihre Röcke die Blumen ein zweites Mal durcheinander brachten, als sie an ihnen vorüberging.

Donovan lag steif in seinem Sessel, runzelte die Stirn, strich mit der manikürten Hand sein Haar glatt zurück. Martha war fassungslos, als er schließlich sprach, denn dieser selbstbeherrschte junge Mann hörte sich an wie ein verlassener kleiner Bub; mit schriller, klagender Stimme sagte er: »Sie geht jeden Abend aus, und Vater muß es ertragen. Gott weiß, was in ihm vorgeht, wenn er die ganze Zeit in seinem Zimmer liest –« Er unterbrach sich, sprang auf die Füße und sagte mit seiner normalen Stimme: »Laß uns mal nachsehen, was meine sündige Mama uns zu essen übriggelassen hat.«

Sie saßen jeweils an den Enden eines langen Eßtisches und wurden bedient von einem Eingeborenen in der herkömmlichen Livrée: roter Fez, weiße gestärkte Tunika, unbeteiligte Miene. Dieser Mann brachte ein Tablett herein, das Donovan prüfen sollte. Es war nichts darauf außer etwas Brot, einem gekochten Ei und einem Klumpen zitternden grünen Gelees.

»Mein Vater hat Magengeschwüre«, verkündete Donovan, als wäre das eine persönliche Beleidigung für ihn. »Trags weg«, sagte er und winkte dem Diener mit der Hand; dann: »Nein, warte.« Das Tablett wurde Donovan erneut zur genauen Prüfung gebracht, und mit einem breiten, durchtriebenen Lächeln, sehr ähnlich dem seiner Mutter, holte er die gelbe Mohnblume aus seinem Revers, steckte sie in den Serviettenring und winkte das Tablett ein zweites Mal hinweg. »Na«, sagte er kokett grollend, »da hast du nun einen Blick auf das häusliche Leben der Andersons geworfen.«

Er sah Martha herausfordernd an, und Martha konnte auf diese Herausforderung nicht gleich antworten. Donovan tat ihr leid, aber ältliche Damen (sie mußte mindestens fünfzig sein) mit dem launischen Charme von Mrs. Anderson waren ihr noch nie über den Weg gelaufen. Darüber hinaus hatte das Wort »Magengeschwüre« sie tiefer berührt, als ihr das lieb war. Schließlich seufzte sie und sagte: »Ja, es ist alles sehr schwierig, nicht?« Doch dieser Ton war zu direkt, und er begann, seine Mutter zu verteidigen und zu erklären, was für ein schreckliches Leben sie mit Mr. Anderson führte.

Als das Essen beendet war, sagte er: »Jetzt müssen wir uns aber beeilen. Ich nehme an, ich sollte dich meinem Vater vorstellen. Ach was, du willst ihn ja doch nicht kennenlernen, oder?«

Martha folgte ihm daher zum Wagen; und im Verlauf der Wochen, in denen sie dieses Haus aufsuchte, sah sie den alten Herrn nicht öfter als ein halbes dutzendmal. Er war ein einflußreicher Staatsbeamter gewesen – hatte irgend etwas mit Finanzen zu tun, erklärte Donovan obenhin. Kam er zum Essen herunter, saß er stumm da, wie Martha es von ihrem Vater gewohnt war, während Donovan und seine Mutter lebhaft Konversation machten. Im Salon ließ er sich überhaupt nie blicken; dort saßen Mutter und Sohn auf den niedrigen Satinsesseln, flirteten, schwätzten, neckten sich und das stets mit einem wachsamen Ausdruck in den Augen. Martha war genauso erleichtert wie die beiden, wenn er es vorzog, nicht aus seinem Zimmer herunterzukommen, denn ein Nerv, der angerührt wurde, lang bevor es an der Zeit war, zwang sie, voll Unbehagen Mr. Anderson, diesen griesgrämigen, stummen Herrn zu beobachten, der eher wie ein adretter, kleiner Affe aussah in seiner sorgfältigen Kleidung – aber ein alter, misanthropischer Affe; sie schaute von ihm zu dem reizenden jungen Mann, seinem Sohn hinüber und fragte sich, wie bald der schrille, klagende Zug in dessen Wesen sich verstärken würde, bis er auch so war wie sein Vater, ein schlechtgelaunter, wenn auch gelehrter Eremit zwischen seinen Büchern – doch nein, es war unmöglich, sich eine derartige Verwandlung vorzustellen. Und woher hatte Martha die Vorstellung, daß Mr. Anderson gelehrt sei? Einfach aus der Tatsache, daß er seine Zeit mit Lesen zubrachte. Sie hatte ein vollkommen romantisches Bild von ihm, und der Hintergrund dieses Bildes war eine Bibliothekswand, die durch dunkle ledergebundene Bände etwas Feierliches hatte.

Eines Nachmittags kam Martha ins Haus, fand es leer,

stieg, getragen von der Selbstsicherheit eines anziehenden jungen Mädchens, das es gewohnt ist, willkommen zu sein, die Stufen zu Mr. Andersons Zimmer hinauf, öffnete die Tür und trat ein – doch mit einem solchen Passierschein kam sie nicht in dieses Zimmer. Mr. Anderson saß lesend in einem großen Sessel am Fenster, das einen Ausschnitt des kreuz und quer von Telephondrähten durchzogenen Veldes einrahmte. Als er barsch fragte, was sie wolle, stellte sie instinktiv das charmante Gehabe ab, setzte sich hin und befragte ihn in dem Vertrauen, daß *das* der Schlüssel sei, über sein Buch. Aber nein, er legte das Buch dankbar beiseite. Sie sah, daß es ›Drei Tage bis zum Mond‹ hieß und daß das Bild auf dem Umschlag aussah wie eine Bombe mit einem Fenster drin, durch das ein Mann und ein Mädchen spähten, die beide halb nackt waren. Neben seinem Sessel stapelten sich Dutzende ähnlicher Bücher. Auf dem Tisch jedoch lagen Blaubücher, Berichte und Zeitungsausschnitte; und endlich begriff sie, woran sein Herz hing, als er nämlich über einen neuen Regierungsausschuß zur Untersuchung von Populationsproblemen zu sprechen begann und ebenso abrupt mit der bitteren Bemerkung verstummte: »Wie auch immer, mit sechzig bin ich offenbar zu alt, als daß man mir einen intelligenten Beitrag zutraut.«

Ziemlich nervös erwähnte sie Donovan, und Mr. Anderson schien sie beide verächtlich abzutun, als er schroff sagte: »Natürlich, ich nehme an, ihr findet solche Sachen langweilig. Aber in seinem Alter ... Heutzutage ist Sex offenbar genug.« Sie war peinlich berührt, aber nicht aus dem Grund, den er sich vorstellte.

Unten ertönten Stimmen und Gelächter, und sie stand auf und dankte ihm (unter dem unsichtbaren Einfluß von Mutter und Sohn, die sie gleich treffen würde, automatisch wieder »charmant«) für die Unterhaltung.

»Schon gut, schon gut«, sagte Mr. Anderson nachsichtig und griff wieder zu seinem Science-fiction-Roman. Sie verließ ihn, wegen dieses Fensters und der Aussicht auf das sonnengetränkte Gras von jähem Schmerz und der noch tiefer sitzenden Furcht erfüllt, daß ein Fenster, ein paar öde Berichte und schlechte Romane alles sein sollten, was man sich mit sechzig vernünftigerweise an Freuden erhoffen konnte.

An jenem ersten Abend jedoch konkretisierte sich ihre Vorstellung von Mr. Anderson anhand eines Krankentabletts, auf dem eine zerknickte gelbe Mohnblume in einem silbernen Serviettenring steckte.

Als Martha fragte, welchen Film sie sich ansehen würden, erwiderte Donovan in seiner üblichen Art, ihr etwas als nachahmenswert zu empfehlen, daß er immer ins Regal ging. Sie versuchte, diese Methode, sich sein Abendvergnügen auszusuchen, gut zu finden und schwieg noch, als sie dort ankamen. Das Regal war ein großes, schäbiges Gebäude im Stadtzentrum; bunte Lichter und Plakate von Filmstars putzten es zu falschem Glanz heraus. Als sie darauf zugingen, ergriff Donovan Marthas Arm, und sie blickte sich instinktiv um, um den Grund dafür herauszufinden, denn das war keine Geste, die man mit ihm verband. Sie bemerkte, daß sie sich langsam durch Gruppen von Leuten schoben, die Donovan grüßte, und als sie sie genau anschaute, fühlte sie, wie sich seine sichtbare Freude und Erregung auf sie übertrug: der Gehsteig war ein langweiliger Stadtgehsteig, die Plakate an den Wänden waren schreiend bunt, aber der Ort verwandelte sich in etwas, das einem ihrer geheimen Träume sehr nahekam. Alle waren jung, überall standen Scharen junger Männer und Mädchen, und sie alle kannten sich, so schien es jedenfalls; denn während sie und Donovan sich langsam hindurchschlängelten, wurde sie ständig Leuten vorgestellt, die ihr durch einen Nebel der Erregung zulächelten, sah sie sich Dutzende von Händen schütteln; und als sie das überfüllte Foyer verließen und die Treppe hinaufstiegen, hörte sie ihn sagen: »Du bist ein großer Erfolg, Matty, sie wollten alle das Mädchen sehen, das neu in die Stadt gekommen ist.«

Sie bekam einen Schreck und blickte zurück, um diese Menge im neuen Lichte des vereinenden »sie« zu sehen, und merkte, daß sie von, wie es schien, Dutzenden von Augenpaaren beobachtet wurde. Sie straffte sich und schleuderte ihr Haar zurück und stieg weiter hinauf, immer noch von Donovans Arm gestützt, der sich jedoch im selben Moment zurückzog, als sie die Menge hinter sich gelassen hatten.

Wieder sagte er in seinem selbstzufriedenen Ton: »So, jetzt hast du dein Debüt gegeben.«

Martha war verstimmt; oder vielmehr, an einem feinen, kritischen Nerv fühlte sie sich unangenehm berührt. Gleichzeitig durchströmte sie Erregung bei dem Gedanken, daß sie zur Schau gestellt wurde; und diese Gefühlsverwirrung dauerte an, als sie den Saal betraten und Donovan von neuem anfing, zahllosen Menschen zuzuwinken und zuzurufen. Sie war bereit, sich von dem Film fesseln zu lassen, denn dies war ihr erster Film, abgesehen von den wenigen, die in der Schule gezeigt worden waren; aber bald war klar, daß der Film der allerletzte Grund war, der Donovan ins Kino führte. Während der Vorstellung redete er mit ihr und den Leuten hinter ihm; eigentlich wurde unaufhörlich gemurmelt, und als jemand »Ruhe« brüllte, wurde es nur für einen Moment still.

In der Pause aß Martha im Foyer Eis mit einer Gruppe junger Leute, denen sie offenbar bereits vorgestellt worden war, denn sie nannten sie Matty und wußten nicht nur, wo sie arbeitete, sondern auch, wo sie wohnte; und ein Junge fragte, ob er sie am nächsten Abend bei Mrs. Gunn abholen dürfe, bloß um von Donovan barsch darüber belehrt zu werden, daß sie bereits vergeben sei. Martha war verärgert. Als sie zu ihren Sitzen zurückkehrten, sagte er: »Du möchtest doch sicher nicht mit diesen Typen vom Sportklub zu tun haben, meine Liebe, die sind nichts für unsereinen.«

Als der Film aus war, sah sich Martha, wie es schien, gemeinsam mit allen, die im Kino gewesen waren, ins McGrath gehen. Die Lounge des McGrath war ein sehr großer bräunlicher Raum mit einer beigefarbenen, überreich verzierten Stuckdecke, die gleich einer riesigen angeschimmelten Schokoladentafel in Vierecke unterteilt, dann mit Kringeln, Schnecken, Muscheln und Blumen bestückt und schließlich eimerweise mit Goldfarbe überzogen worden war. Die Wände waren ebenfalls stuckverziert und getäfelt und goldglitzernd. Der Raum war in der Mitte durch wuchtige, kannelierte und vergoldete Säulen geteilt. Doch der Boden dieses altmodischen Saales war vollgestellt mit schlanken schwarzen Glastischen und Chromstühlen, und diese wiederum waren voll besetzt mit jungen Leuten. Nach ein paar Minuten merkte Martha, daß eine Band spielte und erblickte auf einem Podest, das wie ein Altar mit Blumen und Statuen geschmückt war, ein halbes Dutzend schwarzgewandeter Männer, die die Bewegungen von Leuten ausführten, die Musik machen; und als sie die Ohren spitzte, hörte sie den Grundrhythmus eines Walzers. Die Musiker sprachen und lachten miteinander, während sie spielten, desgleichen mit den Leuten an den Tischen unterhalb des Podests; die Kellner, die vollbeladene Tabletts mit gläsernen Bierkrügen trugen, eilten durch die Menge und lächelten, wenn sie beim Vornamen gerufen wurden. Alles atmete die Atmosphäre eines Festes, und Martha fand sich auf einmal fortgetragen von freudiger Begeisterung, vergaß ihren Ärger und saß neben Donovan, trank Bier, aß Erdnüsse und unterhielt sich so animiert mit den Leuten um sie herum, daß sie Donovans Schweigen nicht gleich bemerkte. Als sie zu ihm hinblickte, wirkte er verdrossen, und kaum hatten sie ihr Bier ausgetrunken, weigerte er sich, bei einer neuen Runde mitzumachen, und sagte: »Matty und ich müssen gehen.« Die jungen Männer stöhnten theatralisch auf; und Martha war bestürzt und wütend, als sie hörte, wie sie dem würdevollen Donovan, als er mit ihr zur Tür ging, zubrüllten: »Hört, hört! Spielverderber! Muffel!«

Auf dem Gehsteig sagte er schroff: »Kümmer dich nicht drum.« Doch ihm war es zweifellos ein Vergnügen; und dieses Vergnügen kränkte sie; und sie konnte es nicht lassen, dorthin zurückzuschauen, wo sich das Licht aus der großen säulengeschmückten Tür ergoß, wo Musik war und der Klang von Gelächter und jugendlichen Stimmen. Sie sangen jetzt da drinnen, und unerklärlicherweise füllten ihre Augen sich mit Tränen. Es schien ihr, als würde sie weggerissen von ihrem Geburtsrecht, bevor sie überhaupt die Hände ausgestreckt hatte, um es sich zu nehmen.

Donovan schlenderte neben ihr zum Wagen und sagte: »Es ist noch ziemlich früh, was tun wir da? Natürlich das, was hier Brauch ist. Du warst noch nicht oben auf dem Kopje, oder? Da gehen wir alle hin, Jungen und Mädchen, und schauen die Lichter an und halten Händchen.« Er war jetzt wieder heiter und unbeschwert. Sie fanden den schäbigen, aber tadellosen kleinen Wagen und fuhren weg aus der Stadtmitte, durch die Slums und die Kaffernviertel, bis sich ein niedriger Hügel vor ihnen erhob. Langsam schraubten sie sich hinauf; und unterhalb der Kuppe befand sich ein flaches Gelände voll parkender Autos, ohne Licht und anscheinend verlassen. Donovan stieg sofort aus, führte sie an den Rand des Platzes. Einen Moment lang fühlte Martha sich hinweggetragen, denn heftig schwankend zwischen Angst und Entzücken, kämpfte sie beim Anblick des dunkelgewordenen Velds unter den Sternen mit dem Gefühl, wieder zu Hause zu sein. Doch nun tauchten in dem riesigen Loch vor ihr vereinzelt Lichter auf – es war, als habe eine große Hand dem Bogen der Milchstraße über ihrem Kopf Sterne entrissen und hinuntergeschleudert, um die Straßen und Häuser der kleinen Stadt kenntlich zu machen. Zu ihren Füßen raschelte das Veldgras, und der Duft des Veilchenbaums wehte über ihr Gesicht. Aber Donovan sagte: »Da wir nun mal hier sind, müssen wir die Lichter bewundern und romantische Gefühle haben.«

Sofort war sie ernüchtert und hörte zu, als er ihr den kompakten Lichtfleck zeigte, der das McGrath Hotel war; die unregelmäßige, dunkle Stelle, umgeben von Licht, die der Park war; und jenseits einer tiefen Finsternis, die durchflutet schien von einem inneren blauen Schein, das Funkeln, das sein eigenes Haus war dort, wo die elegante neue Vorstadt sich bald aus dem Grasland des Velds erheben würde. Was war das für eine kleine Stadt, so von oben gesehen! Und ihre Winzigkeit klärte in Marthas Vorstellung, was bis dahin ein wirres Labyrinth aus Straßen, Parks und Vorstädten gewesen war, ohne Grenze, ohne Richtung. Da waren sie alle, ihre Erfahrungen aus den letzten paar Tagen, geschrumpft zu einem einfachen Lichtgebilde. Sie waren entsetzlich geschrumpft, und prompt wollten sich ihre Gedanken gewaltsam losreißen, um auf und davon zu fliegen, weg von Donovan und der Stadt; aber immer wieder zog er sie herab, wies auf dieses und jenes Gebäude, wobei er einmal sogar ihre Aufmerksamkeit erregte, als er nämlich ihren Blick auf ein alleinstehendes Gebäude lenkte, so schimmernd hell, daß sie selbst von hier aus die winzigen schwarzen Striche erkennen konnte, die die Säulen der Veranda waren.

»Der Sportklub«, sagte er, und sie hörte Widerstreben in seiner Stimme. »Ich nehm dich dorthin mit, wenn es mal einen netten Tanzabend gibt.« Sie antwortete nicht, doch er fuhr fort: »Da wir schon dabei sind, ich möchte mich hiermit vormerken lassen für den Weihnachtstanzabend, den Neujahrstanzabend und den Bunten Abend.« Mit gespieltem Unmut fügte er hinzu: »Es ist gräßlich, sich ein Mädchen Monate im voraus zu sichern, aber was soll man machen? Man muß dafür büßen, daß man in den Kolonien lebt, wo die Frauen knapp sind.«

Sie lachte, und als sie über das nachdachte, was sie an diesem Abend erlebt hatte, kam ihr zu Bewußtsein, daß in diesen Gruppen viel mehr Männer als Mädchen gewesen waren; und sogleich hob sich ihr Herz auf einer Woge unbekümmerten Machtgefühls. Sie lachte wieder, und es klang skrupellos.

»Du wirst verdorben werden«, sagte Donovan düster. »Ihr alle werdet das. Trotzdem geht es einem gegen den Strich, sich sein Mädchen ein Jahr im voraus zu sichern.«

Auf diese Weise erfuhr Martha, daß sie Donovans Mädchen war, und instinktiv, in einem Augenblick schwellender Dankbarkeit und Wärme, wandte sie sich ihm zu; sie war bereit, ihn, kurz gesagt, als ihren Mann zu akzeptieren, da er sein Recht auf sie geltend gemacht hatte; aber Donovan stand da, die Hände in den Hosentaschen und starrte trübe hinunter auf die Lichter der Stadt. Der Augenblick ging vorüber, und sie fühlte sich leer, ziemlich lächerlich und auf unerklärliche Weise erschöpft.

»So«, sagte er, »jetzt haben wir getan, was man von uns erwartet. Komm.«

Sie stolperten zurück über den steinigen Boden, an einem Leuchtfeuer vorbei, einem hohen Mast in einem Haufen gekalkter Steine. Sie blieb stehen, um ihn anzuschauen, und er sagte kichernd: »Stell dir bloß mal vor, daß die Pioniere den ganzen Weg hier hochgeklettert sind, nur um die Fahne auf der Spitze eines Kopjes aufzupflanzen!«

Als sie hinuntergingen, verschob sich eine Rundung des Hügels, ein wenig nur, und sie erblickte unter sich wieder ein Stück spärlich erleuchtetes Land, doch diesmal war da kein säuberliches Muster von Straßen, nur ein scheinbar endloses Dunkel, das hie und da durch kleine gelbe Lichter markiert war. »Die Siedlung«, sagte Donovan gleichgültig. »Kaffernstadt.« Unwillkürlich blieb sie stehen. »Der Friedhof ist auf dieser Seite«, fügte er hinzu. »Komm, Matty, es wird spät.« Sie folgte ihm gehorsam und sah hinunter auf Kaffernstadt. Ihr soziales Gewissen machte ihr zu schaffen, sagte ihr, daß sie Donovan Vorhaltungen machen mußte; es sagte ihr auch, daß Donovan ein unwürdiger Nachfolger von Joss war – Billy hatte sie inzwischen ganz vergessen. Doch folgen mußte sie ihm, denn sie war berauscht.

Sie kamen nun an den stillen, dunklen Autos vorbei, und als erinnerten sie ihn an eine Pflicht, legte er den Arm achtlos um sie, und so gingen sie zum Wagen. Vor ihrer Zimmertüre gab er ihr einen leichten Kuß auf die Wange, den Martha als das Siegel empfing, das sie instinktiv erwartete.

»Und jetzt«, sagte er fest, »wollen wir was ausmachen.« Er holte ein kleines Buch aus der Tasche und drehte sich so, daß das Licht der Straßenlaterne darauffiel. »Morgen abend?« fragte er.

»Ich will Kurse im Polytechnikum besuchen«, erwiderte sie unschlüssig; ein Wort von ihm, und sie hätte alles aufgegeben.

Aber nein, er sagte anerkennend: »Das nenne ich ein braves Mädchen. Wir müssen alle tüchtig werden und viel Geld verdienen.« Er dachte einen Moment lang nach und sagte dann: »Du mußt es schaffen, jeden Abend bis sieben fertig zu sein, sonst wird das Leben für uns beide wahnsinnig langweilig. Ich muß selbst für irgend so ein Examen lernen. Wir können uns abstimmen.« Er steckte sein Buch weg, winkte heiter Adieu, ging zu seinem Wagen und überließ es Martha, zu Bett zu gehen oder nicht.

Aber sie konnte nicht. Sie lief in diesem vertrauten benommenen und verzückten Zustand stundenlang im Zimmer umher; erst als die Sterne blaß wurden, schleppte sie sich widerwillig ins Bett; und am nächsten Morgen kam sie zu spät ins Büro.

Maisie kam noch ein paar Minuten später; und wie immer ging sie gelassen zwischen ihren bereits eifrig tätigen Kolleginnen hindurch, nahm ihre weiße Baskenmütze ab und setzte ein vages, gutwilliges Lächeln auf. Sie ließ sich träge nieder, entfernte die Hülle ihrer Schreibmaschine und zündete sich eine Zigarette an, die sie zu Ende rauchte, bevor sie zu arbeiten anfing. Der Schrank mit den meisten Akten stand vor Marthas Schreibtisch, und als Maisie die Schubfächer herauszog und Aktenbündel zu ordnen begann, sagte sie freundlich zu Martha: »Na, hast du dich gut amüsiert, gestern abend?«

»Wieso – warst du da?« fragte Martha.

»Du hast mich nicht gesehen«, sagte Maisie und lachte vielsagend. »Und im McGrath hast du auch durch mich durchgeguckt.«

»Tut mir leid.«

»Ist schon gut.« Sie lachte wieder und sagte: »Da hat dich also unser Donnyboy geschnappt, wie?«

Das klang einigermaßen geringschätzig, und Martha erwiderte rasch: »Meine Mutter kennt seine Mutter.«

Maisie arbeitete ein Weilchen schweigend, wobei sie leise summte. Sie trug ein enges weißes Leinenkleid, und wenn sie die Arme hob, um die Schubfächer zu öffnen, zeichneten sich die weichen Rundungen ihres Fleisches über dem Unterrock und die Spitzen des Unterrocks selbst deutlich unter dem dünnen Weiß ab. Sie hatte auch große, nasse Flecke unter den Armen und die Ranken losen Haars im Nacken waren feucht. Von Zeit zu Zeit hielt sie inne, blickte mit einem sanftmütigen Ausdruck sinnend aus dem Fenster auf das Kopje, das sich über den schmutziggelben, nach Slums aussehenden Straßen erhob, während sie die Hand auf der Kante der Schublade ruhen ließ. Diese feuchten Flecke und die Staubspur auf dem weißen Rock wirkten unaggressiv, ja sogar anziehend an dieser heiteren Schlampe, die ihre Sicherheit, was das ganze Auftreten, die Redeweise und die unbekümmerten Bewegungen betraf, aus dem Leben bezog, das sie außerhalb des Büros führte. Und als Mrs. Buss mit dem Unterton der Empörtheit höflich nachfragte, ob das Ablegen beendet sei, antwortete sie: »Es geht großartig voran« und lachte lautlos. Bevor sie sich setzte, erkundigte sie sich: »Ein gutaussehender junger Mann, unser Donny, oder?« und wartete auf eine Antwort.

Martha bejahte, obwohl sie Donovan komischerweise nicht für gutaussehend gehalten hatte; und nun fragte sie sich, warum wohl nicht, da er es selbstverständlich war – jetzt, nachdem man sie darauf hingewiesen hatte, sah sie das auch. Konnte es sein, daß das etwas mit der Überzeugung zu tun hatte (die ihr von ihrer Mutter eingebläut worden war, ob ihr das gefiel oder nicht), daß man einen Mann nicht seines Aussehens wegen, sondern um dessentwillen liebte, was er wirklich war? Mrs. Quest, die das fest glaubte, hatte einen ungewöhnlich gutaussehenden Mann geheiratet – aber das war alles in allem ein verwirrender Gedankengang, und Marthas Verstand weigerte sich, ihm zu folgen; denn er trübte sich, und sie schüttelte den Kopf, um ihn wieder klar zu bekommen.

Maisie sagte tröstend: »Wir haben nur ein Leben, das sage ich, also genießen wir's.« Sie ging zurück zu ihrem Schreibtisch, wo sie sich eine weitere Zigarette anzündete.

Martha hingegen hatte sich entschlossen, im Büro nicht zu rauchen, und hielt das den halben Morgen durch; und obwohl sie an den Abend denken mußte, der vor ihr lag, arbeitete sie so gut sie konnte. Um halb fünf ging sie pflichtbewußt ins Polytechnikum und blieb da, bis Donovan sie um sieben abholte.

3

Am Ende des Monats stellte sie fest, daß sie eine Prüfung bestanden hatte, und zog im Polytechnikum in einen anderen Raum um, wo sie bei einem gewissen Mr. Skye Stenographie lernte; Mr. Skye war ein kleiner, ruheloser Mann, der seine Schülerinnen dadurch anspornte, daß es für ihn selbstverständlich war, daß sie alle sehr bald wie er zweihundert Wörter pro Minute schreiben würden. Das war zwar nett von ihm, aber nicht die beste Methode für jemanden wie Martha, die ohnehin dazu neigte, allzu sehr an das Ende zu denken, bevor sie den Anfang bewältigt hatte. Seine Rastlosigkeit speiste sich aus der Anfeuerung seiner Mädchen; denn jedesmal, wenn er einen langen Abschnitt vorgelesen hatte (den er schon tausendmal zuvor gelesen haben mußte), sagte er ungeduldig: »Großartig. Ihr habt das in zehn Minuten geschafft. Ihr habt's doch kapiert, oder? Jetzt noch schneller.« Gutmütiges Stöhnen, aber alle griffen nach ihrem stumpfgewordenen Bleistift und jagten seinen Worten hinterher. Am Ende machte er die Runde, blickte ihnen der Form halber rasch über die Schultern und sagte: »Schön, schön, ihr habt's kapiert.« Und so kam es, daß Martha, als Mrs. Buss sie fragte, wie sie vorankam, imstande war, zu sagen, ihr Tempo sei hundertzwanzig.

»Sie sind aber fix«, sagte Mrs. Buss ungläubig, und Martha lachte und sagte, ja, das sei sie. Mrs. Buss sprach mit Mr. Cohen, und Mr. Cohen bat Martha zum Diktat in sein Büro, und sie schaffte es besser, als er erwartet hatte, aber viel schlechter, als sie es erwartet hatte. Infolgedessen wurde sie befördert, nicht in den Rang der Könnerinnen, sondern irgendwo dazwischen; die Hälfte ihrer Zeit verbrachte sie damit, Maisie beim Aktenordnen und Abtippen zu helfen, während der übrigen Zeit schrieb sie leichte Briefe für Mr. Cohen und dann, wenn Mrs. Buss in Druck war, sogar ein paar der einfacheren Schriftsätze. Obwohl das letztlich unsinnig war, war sie erstaunt, daß das, was sie im Polytechnikum an Arbeit aufgewendet hatte, sie auf der Leiter zum Erfolg tatsächlich eine Stufe weiterbrachte, als könnte der mühsame Lernprozeß sich nur ohne ihr Zutun vollzogen haben. Doch sollte das ja erst ein Anfang sein; sie fühlte, daß das ein Anfang war – und doch ...

Die Wahrheit war, daß sie erschlaffte. Sie war wirklich erschöpft, und sie hatte allen Grund dazu. Seit sie in die Stadt gekommen war, hatte derselbe Impuls sie getrieben, der sie anfangs von der Farm fliehen ließ. Nie hatte sie innegehalten, um nachzudenken, wohin sie ging, dazu war sie viel zu beschäftigt. Sie erwachte früh und war entzückt, allein zu sein und frei von jedem Zwang, bis auf die Notwendigkeit, mehr oder minder rechtzeitig im Büro zu erscheinen. Sie zwang sich, dem trockenen juristischen Kram soviel Aufmerksamkeit zu schenken wie möglich und ließ sich nicht anmerken, daß er sie unerträglich langweilte. Mittags aß sie Sandwiches und las allein im Büro. Nach der Arbeit am Nachmittag ging sie an den meisten Tagen ins Polytechnikum, wurde von Donovan abgeholt und ging mit ihm zu einer Dämmerschoppenparty, wo sie soviel Erdnüsse und Häppchen aßen, wie sie nur konnten, da Donovan liebenswürdig, aber unumwunden betont hatte, daß sie sie umsonst bekämen. Sie war selten vor ein oder zwei Uhr morgens im Bett. Sie wachte sogar hungrig auf.

Diese Sache mit dem Essen: wie wenig selbstverständlich sie doch war! Eigentlich war es doch merkwürdig, daß Marthas Appetit bis dreizehn oder vierzehn so herzhaft gewesen war, daß es wirklich peinlich war; und jetzt war dieses hungrige und liebe Kind so vollkommen verschwunden, daß sie nicht essen konnte, ohne sich schuldig zu fühlen und zu geloben, durch das Weglassen der nächsten Mahlzeit alles wieder gutzumachen. Andererseits schwenkte sie, ohne zu ahnen, daß sie das überhaupt vorgehabt hatte, plötzlich in ein Geschäft ein und kaufte ein halbes Dutzend Schokoladentafeln, die sie heimlich aß, bis sie sich angeekelt und zutiefst beunruhigt sagte, daß sie aufpassen müsse, da sie garantiert ihre Figur verderben würde, wenn sie so weitermachte. Und als ihre Mutter ihr genau wie damals, als Martha in der Schule war, Päckchen mit Butter, frischem Farmkäse und Eiern schickte, gab Martha sie Mrs. Gunn und behauptete obenhin, der Geruch von Speisen im Zimmer sei ihr unangenehm. Doch trotz allem nahm sie zu; denn wenn sie auch nicht aß, so trank sie doch wie alle anderen. Vom ersten Dämmerschoppen an, den sie hastig hinunterstürzte, um nach der stundenlangen Arbeit wieder munter zu werden, trank sie den ganzen Abend hindurch, bis sie in den frühen Morgenstunden leicht beschwipst, wenn auch nicht betrunken, wieder in ihrem Zimmer ankam. Sie machte nur, was alle machten; und wenn jemand ihr vorgerechnet hätte: »Du lebst von Sandwiches, Häppchen und Alkohol, du schläfst nachts nur drei Stunden«, so hätte er für seine Bemühungen wahrscheinlich einen finsteren und verständnislosen Blick geerntet. Denn so empfand Martha ihr Leben nicht; es war ein Rausch herrlicher Erlebnisse, der allerdings gerade anfing, nachzulassen.

Etwa sechs Wochen, nachdem sie in die Stadt gezogen war, kam Joss ins Büro spaziert; er trug denselben dunklen Geschäftsanzug, den er im roten Staub der Bahnstation und hinter dem Ladentisch des Kaffernladens getragen hatte; und als er durchging, bat er sie mitzukommen und mit ihm Tee zu trinken. Er wollte an diesem Abend nach Kapstadt fahren, wo das Universitätssemester gerade begann. Er schlug Marthas ziemlich konfuse Einwände in den Wind, indem er sagte, der gute Onkel Jasper habe natürlich nichts dagegen. Er betrat das Büro seines Onkels.

Maisie sagte neidlos: »Du hast alle möglichen Eisen im

Feuer, was?« Sie lächelte Martha zu, während sie ihre Nägel feilte.

Aber Martha sagte entrüstet: »Ich kenne Joss seit Jahren.«

Maisie nickte. »Ich habe bereits erlebt, daß aus Sandkistenlieben Ehen wurden.« Sie hielt ihre weiße Hand hoch und betrachtete sie kritisch, schnippte ein Stückchen Nagelhaut von einem schimmernd roten Nagel und fügte hinzu: »Klar, eine Liebesgeschichte mit einem Juden ist eine Sache und heiraten eine andere, das sehe ich ein.« Sie schaute auf, und ihre aufrichtigen blauen Augen weiteten sich schreckerfüllt: Was hatte sie denn gesagt, um einen derart tödlichen, verachtungsvollen, starren Blick von Martha zu verdienen? »Natürlich geht's mich nichts an«, sagte sie hastig und wirkte verletzt.

Joss kam zurück und sagte: »Ist okay.« Martha nahm ihre Tasche und folgte ihm. Sie gingen in die Lounge vom McGrath, die morgens voller Frauen war, die in der Stadt Einkäufe machten. Die Band spielte, die Palmen erzitterten vom unaufhörlichen Schwingen der großen Türen; und Martha bestellte aus Gewohnheit Bier, als sie gefragt wurde, was sie haben wolle. Joss hätte eigentlich gern Tee gehabt, bestellte aber Bier und schaute sie dann direkt an und fragte: »Was ist los mit dir? Erzähl mir nicht, daß mein Onkel dich zu hart arbeiten läßt. Du siehst aus wie ausgespuckt.«

Das brauchte sie nicht übelzunehmen, denn er sah besorgt und lieb aus. Sie sagte lachend: »Dein Onkel ist ein Engel. Was Süßeres als ihn gibt's überhaupt nicht.«

Er trank sein Bier und beobachtete sie halb bewundernd, halb kritisch. Martha wußte, daß diese Kritik der neuen versierten Munterkeit galt, die zu ihrem Rüstzeug als Stadtmädchen gehörte; sie hatte sie nicht erlernt, sie hatte sich ihr angeboten, zusammen mit einem neuen Vokabular und der Fähigkeit, die ganze Nacht zu trinken, ohne daß es unangenehm auffiel.

»Du siehst aus, als könntest du etwas Schlaf gebrauchen«, bemerkte er.

»Könnte ich auch«, lachte sie. »Ich bin erschöpft. Du hast ja keine Ahnung, wie anstrengend das Leben ist.«

Sie plapperte weiter, und er hörte zu und nickte von Zeit zu Zeit; und als sie innehielt, weil sie dachte, nun wäre er an der Reihe, etwas von sich preiszugeben, antwortete er auf das, was sie eigentlich gesagt hatte: »Die Jungen stehen also jetzt alle bei dir Schlange, ja?«

Sie wurde rot, denn nun ging ihr auf, daß sie angegeben hatte, und er fuhr fort:

»Das ist alles schön und gut, Martha Quest, aber –« Er schwieg, sah verärgert aus und schloß: »Es geht mich nichts an.«

Sie wollte aber, daß es ihn etwas anging, und sagte: »Red weiter.«

»Wer ist der Freund?« fragte er unverblümt.

»Ich habe keinen«, sagte sie rasch; und das stimmte, denn wie konnte sie Donovan gehören, wenn sie bei Joss saß, dem nüchternen, verantwortungsbewußten, klugen und männlichen Joss?

»Gut«, sagte er einfach, ohne aufdringlich oder eigennützig zu klingen. »Paß lieber auf, Martha. Wenn du hättest heiraten wollen, hättest du schließlich auch auf der Farm bleiben können.«

»Aber ich habe nicht vor zu heiraten«, lachte sie; und er sagte ruhig: »So ist's richtig« und blickte auf die Uhr. »Ich muß packen. Meine Mutter richtet sich gerade in dem neuen Haus ein. Sie haben sich ein Grundstück in einer neuen Vorstadt, Wellington oder so ähnlich, gekauft, bis dahin haben sie aber etwas Provisorisches. Über unserem Laden steht jetzt Socks Kaffern-Handelszentrum«, schloß er und schaute sie dabei an, weil er wünschte, daß sie sein Bedauern und seine Amüsiertheit teilen würde, was sie auch tat.

»Ich fände es schön, wenn du nicht weggehen würdest«, sagte sie impulsiv und streckte die Hand aus; und er ergriff sie und drückte sie, bevor er sie sanft in ihren Schoß zurücklegte, als wollte er ihr vorwerfen, daß sie nicht behutsam genug damit umging. »Wann kommst du wieder? Hast du vor, bei deinen Onkeln zu arbeiten, wenn du mit der Universität fertig bist? Bleibst du lange weg?« plapperte sie in dem Bemühen, ihn zu halten.

»Meine Onkel wollen mich, aber ich möchte ins Ausland«, sagte er.

»Ah, *ja*«, seufzte sie so neiderfüllt, daß er sie rasch ansah und gutmütig sagte: »Mach dir nichts draus, du kommst auch noch dran.« Sie spürte, wie sich ihre Augen mit Tränen füllten; in diesem Moment schien ihr Joss der einzige Mensch, den sie kannte, der genau wußte, wie ihr zumute war, bei dem sie so sein konnte, wie sie wollte – *und nicht die Konsequenzen tragen mußte,* ergänzte eine kritische Stimme in ihr.

Er begleitete sie bis zur Tür des Büros. »Und wie findest du meinen Onkel Jasper?« fragte er.

»Er ist sehr nett«, sagte sie, doch er drängte ungeduldig: »Du hast doch sicher gesehen, daß er sehr krank ist?«

»Das habe ich nicht gemerkt.«

Er blickte sie ziemlich gereizt an. »Die Sache mit meinem Vetter macht es nicht gerade besser – obwohl Abe natürlich recht hatte wegzugehen.« Sie sah ihn hilflos an.

»Du weißt doch sicher Bescheid über meinen Vetter?«

»Niemand hat ihn je erwähnt«, entschuldigte sie sich.

»Mein Vetter Abraham ging letztes Jahr nach Spanien, und seit Monaten haben wir kein Wort von ihm gehört.«

»Der spanische Bürgerkrieg?« fragte sie unsicher.

Wieder dieser Blick. »Was ist los mit dir? Nicht mehr ganz auf dem laufenden, wie?« Sie nickte schuldbewußt. »Na, und meine Tante behandelt meinen Onkel Jasper, als wäre alles seine Schuld. Und das ist es auch – *ihr* Sohn hätte bestimmt weder den Schneid noch die

Intelligenz, um die eine Seite der spanischen Sache von der andern zu unterscheiden ...«

Hier blickte Martha errötend zu Boden. »Onkel Jasper mag ja ein schwerfälliger alter Mann sein, aber er ist in Ordnung. Und Abe ist auch in Ordnung«, schloß er, und es klang neidvoll und traurig. »Ich hätte auch gehen sollen. Wären meine Eltern nicht gewesen, wäre ich gegangen, hätte ich auf jeden Fall gehen müssen.« Hier schwieg er mit schuldbewußter Miene. »Selbst dieser romantische Narr, mein Bruder, hatte soviel Vernunft.«

»Du meinst, Solly ist in Spanien?« fragte sie ungläubig.

»Nein, weiter als bis England ist er nicht gekommen, dann hat er sich mit einem Mädchen eingelassen, und nun ist er auf dem Heimweg. Aber wenigstens ist er in die richtige Richtung aufgebrochen.«

»Bitte – grüße Solly von mir«, sagte sie ehrfurchtsvoll.

»Ich werde ihn herzlich von dir grüßen«, sagte er prompt; und sie war entzückt zu hören, daß es neidisch klang. »Er hatte immer eine Schwäche für dich. Gott weiß, warum«, fügte er lächelnd hinzu; und dieses scheue Lächeln verwandelte das sonst recht ernste und starre Gesicht vollkommen. »Viel Glück«, sagte er und entfernte sich. Er rief: »Ich habe ein paar meiner Freunde deinen Namen genannt.« Und er lief schnell die Eisentreppe hinab.

Zurück an ihrem Schreibtisch, wiederholte sie sich, daß Joss wegging; für sie fuhr er ins Ausland, in Kapstadt würde er nur Rast machen auf seiner Reise; sie stellte ihn sich als Bürger Europas vor, mit der Freiheit der großen Städte, und Melancholie und Neid strömten über in bittere Enttäuschung und Trauer. Doch als sie sich selbst als die attraktive und kluge Matty sah, die an den Schreibtisch einer Kanzlei gekettet war, hörte sie Maisie fragen: »Angenehme Träume?« und – noch während sie entrüstet fragte: »Was soll das heißen?« – ging ihr auf, daß sie gelächelt hatte. Maisie lachte nur gutmütig und gähnte.

Unter dem Bann von Joss verurteilte Martha Donovan in Bausch und Bogen; und dieser Widerwille ließ nicht nach, weder an diesem noch am nächsten Tag, als sie folgenden Brief erhielt:

Liebe Martha,
anbei eine Liste verschiedener Leute, die Du besuchen solltest. Es gibt da eine Diskussionsgruppe, Linker Buchklub, die reden nur, aber das ist besser als nichts. Meine Kusine Jasmine könnte sich für Dich lohnen, sie ist im Moment empfänglich für Kontakte, weil mein Vetter Abraham ihr das Herz gebrochen hat. Wer sonst noch? Ist leider ein unfruchtbarer Acker hier, aber selbst in der Provinz (!) gibt es was zu tun, und Du könntest vielleicht diesen Esel Robinson ein, zweimal mitnehmen, er will ins Parlament, es wäre also nicht schlecht, wenn er zumindest ein oder zwei Ideen im Kopf hätte. Was meinen Onkel Max angeht, so ist er ein geborener Faschist, verschwende also keine Zeit mit ihm.
Herzlich
Joss

Martha las diesen Brief mit Mühe – sagen wir, wie ein Engländer, der schottischen Dialekt liest. Joss nahm, so schloß sie aus dem Inhalt, selbstverständlich an, daß sie von denselben Voraussetzungen ausgingen; und das war schmeichelhaft, aber sie fühlte sich unwissend. Er machte kein Geheimnis aus der Tatsache, daß er sie für faul hielt, zugleich jedoch besaß sie scheinbar eine Eigenschaft, die sie befähigte, andere zu beeinflussen. Was für eine Eigenschaft war das wohl? Es war, als reiche er ihr eine Fackel. Als sie den Brief nochmals las, fiel ihr ein gewisser mißgünstiger und bissiger Unterton auf, und als sie zu dem Wort »Faschist« kam, wirkte das so übertrieben, daß sie plötzlich kichern mußte, und Mrs. Buss blickte forschend über die Schreibtische hinweg.

Sie las sich die Liste der Adressen – es waren sieben – durch und verspürte eine seltsame Abneigung, als vor ihrem inneren Auge die Bilder von sieben (mindestens sieben) neuen Leuten aufstiegen, an die sie sich wenden und die sie kennenlernen sollte. Martha Quest, die sich für so abenteuerlustig, so frei, so ungebunden hielt – Tatsache war, daß schon der Gedanke, zum Telephonhörer zu greifen und sich mit jemand Neuem bekannt zu machen, ihr unangenehm war: Sie machte Ausflüchte, sie konnte es nicht über sich bringen.

Das Problem löste sich jedoch von selbst, als das Telephon läutete und eine leise, präzise, langsame Stimme sich als Jasmine vorstellte und den Vorschlag machte, Martha solle doch am folgenden Nachmittag zu einer dieser Adressen kommen. Es sei zwar keine Versammlung, aber Martha würde es vielleicht doch interessant finden. Ein müder, ja geringschätziger Ton war in dieser Stimme, der Martha auffiel: Jasmine schien, wie Joss, mehr durch das beeindruckt, was dieser neuen Gruppe von Leuten fehlte, als durch das, was sie besaß; und diese Verachtung dehnte sich, so schien es jedenfalls, sogar auf Joss aus, denn als der Name fiel, verweilte die Stimme auf einem höheren Ton, als erwartete sie, daß Martha in ein gutmütiges Lachen einfallen würde. Martha lachte nicht, sie war Joss' wegen empört; doch sie sagte, sie würde morgen dort sein.

Sie sagte Donovan, als er sie anrief, um sich für die übliche Dämmerschoppenparty vormerken zu lassen, daß sie vergeben sei, und war sogar unvernünftig genug, verletzt zu sein, als er beleidigt erwiderte, daß er in diesem Falle jemand anderen mitnehmen würde.

Am folgenden Nachmittag verbrachte sie eine lange Zeit damit, sich anzuziehen; und dann, zehn Minuten, bevor sie abgeholt werden sollte, schleuderte sie die Kleider, die Donovan vorgeschlagen, ja eigentlich kreiert hatte – weiße Leinenhosen und kariertes Hemd –, zugunsten eines schlichten Kleides weg. In ihrer Vorstellung war der Mann, der sie holen würde, identisch mit Joss; sie traten für die gleiche Sache ein. Was für eine gesellschaftliche Strömung hatte da auf abwegigen Kanälen dies Zimmer erreicht, so daß Martha das Gefühl hatte, das saloppe, jungenhafte Aussehen, das Donovan liebte, sei falsch – ja, das Leinenkleid, so wie Donovan es drapiert hatte, sei viel zu exzentrisch? Sie band sich einen bunten Schal lokker um den Hals, hakte einen gestickten Gürtel in der Taille zu und ließ ihr Haar in wirren Locken fallen. Sie glich jetzt ein wenig einer Bäuerin und ging Mr. Pyecroft voller Selbstvertrauen entgegen. Augenblicks war sie enttäuscht, denn er kam ihr ältlich vor. Als sie stadtauswärts fuhren, plapperte sie in ihrer »reizvollen« Art, obwohl sie das dunkle Gefühl hatte, daß ihre Erscheinung nicht zu dem Auftreten paßte, das Donovan geschaffen hatte, ohne daß sie imstande gewesen wäre, es zu ändern.

Es war ein schöner Nachmittag; es hatte einen Sturm gegeben, und der Himmel war weit und klar; schimmernde Massen blankgewaschener Wolken rollten sacht im leuchtenden Sonnenlicht dahin. Die Bäume im Park glitzerten in sanftem, reinem Grün; die Pfützen auf den Gehsteigen spiegelten Laub und Himmel, und als der Wagen in den Hof der Schule einbog, deren Direktor Mr. Pyecroft war, wurde aus diesen Pfützen gekräuselte braune Seide, und über ihnen, den ganzen Fahrweg entlang, wuchsen dicht geballt Büsche, die vor Feuchtigkeit glänzten. Auf tiefgrünem Rasen standen ein paar Liegestühle. Aus ihnen erhoben sich zwei Männer, als Martha näherkam, und wieder dachte sie enttäuscht: Sind die aber alt.

Sie waren tatsächlich zwischen dreißig und vierzig; sie trugen Flanellhosen, offene Hemden, Sandalen; sie waren vom gleichen Typ: alles lange, dünne, knochige Männer mit Intellektuellengesichtern, Brillen, schütterem Haar. Es wäre unwahr zu behaupten, Martha hätte Beobachtungen dieser Art gemacht oder gar Vergleiche mit

Joss angestellt. Wenn sie Menschen traf, spürte sie eine blinde, unbestimmte Sympathie oder Abneigung. Jetzt war es Sympathie; sie sprach auf die mehr oder minder raunzige Herablassung an, die ältere Männer einem jungen Mädchen entgegenbringen. Sie beantwortete ihre Fragen lebhaft und war sich ihres guten Aussehens bewußt, weil sie es waren.

Mr. Pyecroft sagte, daß seine Frau bald kommen würde, daß sie den Kindern Tee machte; die anderen beiden Männer entschuldigten sich gleichfalls für die Abwesenheit ihrer Frauen, und Martha nahm diese gesellschaftlichen Floskeln nicht hin, wie es der gesellschaftlichen Konvention entsprach, sondern beantwortete sie mit einer Äußerung, die, wie sie glaubte, heiter und keck klang, in Wirklichkeit jedoch feindselig wirkte: »Kinder sind furchtbar lästig, nicht?«

Bald darauf kamen drei Frauen aus einer Veranda des großen Schulgebäudes und scheuchten ein halbes Dutzend Kinder und zwei Eingeborenenkindermädchen zu einer anderen Wiese, etwa hundert Meter entfernt und überschattet von einer großen glänzenden Tunazeder. Kaum tauchten die Frauen auf, kam in die Stimmen der Männer eine Spur von Herzlichkeit, die zuvor nicht da gewesen war, wurden sie lauter; und sie wandten sich diesen häuslichen Arrangements mit einer gezwungenen Entschlossenheit zu, die Martha sofort auffiel, da sie sie selber auch empfand. Sie beobachtete die schimpfenden, hektischen Frauen, als klebte ihr Blick in wildem Entsetzen an ihnen; sie sagte sich: Nie, nie, lieber sterbe ich, und lehnte sich mit zur Schau getragener Gleichgültigkeit, einer bewußt ungerührten Miene in ihrem Liegestuhl zurück.

Als Mrs. Pyecroft, Mrs. Perr und Mrs. Forester sich zu ihren Männern gesellten, baten sie zusammen und jede einzeln lachend um Verzeihung, solche Störenfriede zu sein, erklärten, wie anstrengend die Kinder gewesen seien, und schilderten detailliert (und so, daß man den Eindruck haben mußte, das sei eine Anklage gegen die Männer), was Jane für eine schlechte Esserin war und in welch schwieriger seelischer Entwicklungsphase sich Tommy befand. Von ihren Liegestühlen aus hörten die Männer höflich zu; aber es war ihnen nicht vergönnt, darin sitzen zu bleiben, denn es stellte sich heraus, daß die ganze Gruppe neu arrangiert werden mußte, ein Vorgang, der erhebliche Zeit in Anspruch nahm. Martha wurde immer feindseliger und kritischer – die Frauen kamen ihr unangenehm und absurd vor mit ihrem Getue und ihren Forderungen; sie war so voller Abwehr, als wäre deren bloße Gegenwart schon eine Bedrohung für sie.

Sie betrachtete ihre Kleider, so wie Donovan es sie gelehrt hatte, begriff aber sofort, daß das hier ein Niveau war, das einem Donovan die Anerkennung verweigerte. Ihrer Aufmachung war etwas gemeinsam, was schwer zu definieren war; Martha machte nicht den Versuch, es zu definieren, sie war bloß voller Hohn. Es waren keineswegs so schamlos hausfrauliche Frauen wie die aus dem Bezirk; noch waren sie modisch – es war klar, sie verachteten die Mode. Ihre Kleider waren eher schreiend bunt und zu lang für dieses Jahr; ihr Haar war gewunden oder geflochten oder zum Pony geschnitten, bewußt fraulich; sie trugen leuchtende Perlen und einen »Hauch« von Stickerei – Martha ertappte sich dabei, wie sie an ihrem gestickten Gürtel und ihrem Tuch herumnestelte, die ihr jetzt unangenehm waren. Sie hatte Erstickungsgefühle.

Ein eingeborener Diener rollte einen Wagen mit Teeutensilien über den Rasen, und dann fing das Getue mit dem Eingießen, Tassengeben und Kuchenreichen an. Martha scherzte, zündete sich eine Zigarette an und sagte, sie sei dabei abzunehmen. Die Frauen musterten sie scharf und meinten, das sei lächerlich in ihrem Alter; sie schauten beistandheischend zu den Männern, doch von denen kam nichts. Wenn da eine gewisse Schärfe in ihrem Ton lag, wenn sie zu ihr sprachen, so konnte man sie dafür schwerlich verurteilen, denn Marthas Blick drückte unverhohlenste Kritik, ja Verachtung aus; und sie schlug sich wiederum auf die Seite der Männer, als ob ihr deren Unterstützung zustünde.

Kaum waren die Damen da, wurde der Intellekt in seine Rechte eingesetzt; und Martha wurde belehrt über Versammlungszeiten, den Ursprung des Linken Buchklubs, den Mut und die Macht und die Voraussicht eines Mr. Gollancz und darüber, daß »wir« versuchten, Unterstützung für Spanien zu organisieren. Doch kaum hatte dieses Gespräch begonnen, fingen die Kinder an zu schreien und statt der beiden eingeborenen Kindermädchen, die eigentlich als ausreichend betrachtet werden konnten, um mit ihnen fertigzuwerden, stürzten alle drei Frauen wie auf Kommando zur Rettung davon. Und so ging es weiter: Die drei Frauen kamen zurück, entschuldigten sich hastig, nahmen entschlossen die Fäden ihrer jeweiligen Bemerkungen wieder auf, ein allgemeines Gespräch begann sich zu entwickeln, und dann kam entweder ein Kind über den Rasen gesaust und brüllte: »Mami, Mami!« oder eine oder alle Frauen fanden es nötig, zu den Kindern zu gehen.

Und Martha hörte diese wütende und leidenschaftliche Stimme in ihrem Inneren lauter und lauter sagen: Ich *will nicht* so sein; denn verglich man diese intelligenten Damen, die nichtsdestoweniger mit jedem Ton ihrer Stimmen, jeder Bewegung ihrer Körper Erbitterung (aber gegen was?) ausdrückten, mit den anspruchslosen Frauen des Bezirks, die ihre Männer allein reden ließen, während sie sich aus Kochen und Häuslichkeit ihre eigene Welt schufen – verglich man sie, so konnte es keinen Zweifel geben, welche liebenswerter waren. Und hatte man sich wie Martha entschlossen, weder wie die einen noch wie die anderen zu sein, was konnte man dann noch sein, wenn nicht wütend und unglücklich und wild entschlossen?

Sie wußte nicht, wann sie je einen unangenehmeren Nachmittag verbracht hatte. Erst als die Frauen gegangen waren, nachdem sie heiter und gereizt gesagt hatten: »So, ich glaube, jetzt müssen wir uns wieder unseren häuslichen Pflichten zuwenden«, und Martha bei den Männern zurückblieb, fühlte sie sich nicht mehr unbehaglich, aber inzwischen hatten die Männer in ihren Augen etwas Klägliches, Hündisches bekommen, und sie hatte keine Geduld mehr.

Sie erhob sich und sagte: »Ich muß mich leider verabschieden. Ich muß zu einem Dämmerschoppen.«

Ein leichtes Zögern, dann fragte Mr. Pyecroft in dem amüsierten, beiläufigen Ton, der der gängige Konversationston der Männer (wenn auch gewiß nicht der der Frauen) war: »Ich darf also annehmen, daß Sie mit uns übereinstimmen?«

Martha erwiderte: »Aber selbstverständlich« und war sogar ziemlich beleidigt, daß man so eine Frage stellen konnte.

»Und wir können Sie bei den Versammlungen erwarten?«

»Oh, ja«, sagte Martha leichthin; aber so billig sollte sie nicht davonkommen.

»Welche Zeitung lesen Sie denn?« fragte Mr. Perr plötzlich. Sie war zu dem Schluß gekommen, daß er der Vorsitzende des Linken Buchklubs, der Leiter der Gruppe war. Er unterschied sich, was die Länge seines Körpers und Gesichtes, sein knochiges Aussehen, seine humorvolle Art betraf, insofern von den anderen, daß alles extrem war. Er mußte weit über einen Meter achtzig groß sein, das Fleisch seines Gesichtes war unter den breiten Knochen ausgehöhlt wie von einem kühnen Bildhauer, und alles was er sagte, war eingebettet in sondierende Pausen, während derer er seinen breiten Mund zu einem verächtlichen Lächeln kräuselte. »Zeitungen sind alles«, bemerkte er humorvoll. »Man muß sich der absoluten Unparteilichkeit seiner Quellen sicher sein.« Und er sprach, als amüsierte er sich über die Idee, daß irgendeine Zeitung oder im Grunde überhaupt etwas ernst genommen wurde.

»Ich – ich lese den ›Observer‹«, bekannte Martha, die begriff, daß er nicht die Lokalzeitung meinte.

Sie tauschten unwillkürlich Blicke, und Mr. Pyecroft sagte vorwurfsvoll: »Aber Miß Quest, Sie müssen doch wissen ...«

Martha errötete und sagte rasch: »Aber man hat mir nie eine andere gegeben.«

Bei diesem Appell sahen die Männer erleichtert drein und waren imstande, gönnerhaft zu sagen, daß sich dem ja ohne weiteres abhelfen ließe. Mr. Pyecroft nahm eine Zeitschrift, die neben ihm im Gras lag, entschuldigte sich, daß sie feucht war, und reichte sie ihr.

»Ich glaube, Sie werden zu der Erkenntnis gelangen, daß Sie nie wieder eine andere lesen wollen«, gab er ihr zu verstehen.

Martha dankte ihm, sagte Aufwiedersehen und bot an, zu Fuß nach Hause zu gehen. Mr. Pyecroft wollte davon nichts hören, also sagte sie abermals Aufwiedersehen, und sie gingen zum Wagen.

Im Auto schaute sie auf die Zeitung und sah den Titel ›New Statesman and Nation‹. Er war ihr vertraut, weil die Lokalzeitung immer dann davon Gebrauch machte, wenn sie ihre Leser mit der Andeutung finsterer Gesetzlosigkeit schrecken wollte. Das waren schlimme Wörter wie »Fabier« oder »Kommunist«. Martha spürte die Wärme des Wiedererkennens, mit der man jemanden begrüßt, von dem einem Freunde erzählt haben.

Sie blätterte sie gerade neugierig durch, als Mr. Pyecroft sagte: »Da ist ja unsere Jasmine« und den Wagen unter einem Baum lenkte. Ihnen entgegen kam langsam ein kleines, dunkelhaariges Mädchen in orangefarbenen Hosen und einem violetten Pullover. Auf den ersten Blick konnte man sie für ein Kind halten, so ein winziges Figürchen war sie, und überdies hatte sie Ringellocken, die von einem Band zusammengehalten wurden. Doch der Gang war gelassen und erwachsen, ja sogar würdevoll; und Mr. Pyecroft sagte lachend: »Unsere Jasmine läßt sich immer Zeit.« Es war ein kritisches Lachen; und Martha wiederum war kritisch, weil jedes Mitglied dieser Gruppe die anderen scheinbar absurd oder höchstens erträglich fand.

Schließlich blieb Jasmine neben der Wagentür stehen und sagte: »Halli hallo.« Dieser bizarre Gruß wirkte noch seltsamer durch die bedächtige Art, mit der sie ihn vorbrachte, geradeso als sagte sie äußerst förmlich: »Guten Tag.« Zu Martha sagte sie mit lässig zur Schau getragener Würde: »Oh, hallo, da bist du ja endlich« und informierte sie über das nächste Treffen. Es stellte sich heraus, daß sie die Sekretärin war und nur in dieser Funktion aufzutreten beabsichtigte, denn nachdem sie Mr. Pyecroft erzählt hatte, daß sie Ärger mit der Presse habe – was er sofort verstand, denn er nickte beiläufig – und daß diese Reaktionäre ihr langsam zuviel würden, sagte sie: »Ich hab's schrecklich eilig«, nickte und ging mit zierlichen, langsamen, präzisen Schritten weiter.

»Unsere Jasmine ist im Moment eine interessante Figur, weil ihre große Liebe nach Spanien abgeschwirrt ist«, sagte Mr. Pyecroft, als er den Wagen startete; und er sagte das auf eine Weise, die man nur als höhnisch bezeichnen kann. Martha war vollkommen ratlos. Wenn man Abraham nicht gut finden sollte, wen denn dann? »Mögen Sie Abraham nicht?« fragte sie wie ein Kind.

Mr. Pyecroft blickte sie an und erwiderte prompt in sentimentalem Ton, Abe wäre ein feiner Kerl, ein ganz ungewöhnlich intelligenter Bursche; doch fügte er sofort in seiner üblichen wegwerfenden, verächtlichen Art hinzu, man brauche heute, um ein Held zu sein, bloß nach Spanien abzuhauen. Wieder blickte er Martha an, forderte sie auf, mit ihm zu lachen, und sah, daß sie von ihm abgerückt war und sich mit niedergeschlagenen Augen und bestürzter und finsterer Miene in ihr schalähnliches Tuch gehüllt hatte, das sie eng um den Hals gezogen hatte, als wäre es kalt.

Er war still, wartete auf das Wiedererscheinen der selbstbeherrschten jungen Frau, denn dieses bockige Kind war gar nicht nach seinem Geschmack.

Was Martha betraf, so hatte sie entdeckt, daß sie Mr. Pyecroft nicht leiden konnte. Sie dachte verschwommen: Diese alten Leute habe gut reden ... und träumte mitfühlend von Jasmine, die einen modernen Helden liebte.

Als sie vor ihrem Haus ankamen, öffnete sie die Wagentür und schickte sich an, ihm höflich zu danken und auszusteigen, da fragte er: »Vielleicht hätten Sie Lust, eines Abends mit mir essen zu gehen?«

Sie war betroffen von dem gierigen und zugleich verklemmten Ausdruck auf seinem Gesicht. Auf der Stelle wurde sie puterrot und sagte rasch: »Ich sehe Sie dann wohl bei den Versammlungen.« Sie rannte davon, wiederholte immer wieder die Worte: »Fieser Alter«, und drehte sich nicht um, bis der Wagen nach langer Stille knirschend in die Gänge kam. »Abscheulich, ekelhaft, gräßlich«, murmelte sie in ihrem Zimmer wütend vor sich hin, und der arme Mr. Pyecroft hatte in ihren Augen ganz und gar die Gestalt eines alten Lüstlings angenommen. Aber in der Hand hielt sie seinen ›New Statesman‹, und sie ging ans Telephon und hinterließ Mrs. Anderson die Nachricht, daß sie krank sei und nicht mit Donovan zum Dämmerschoppen gehen könne.

Dann legte sie sich aufs Bett und las die Zeitschrift; denn sie hatte schon beschlossen, den ›Observer‹ abzubestellen und statt dessen diese hier zu nehmen. Vielleicht ist es nicht richtig zu sagen, daß sie sie las, denn unglücklicherweise ist die Zahl der Leute, die Zeitschriften, Zeitungen, ja sogar Bücher richtig lesen in Wirklichkeit sehr klein. Als sie die Seiten umblätterte und die gedruckten Zeilen sanft durch ihre Augen zu ihrem Gehirn emporwanderten, ohne sie zu attackieren, teilte sich ihr ein Gefühl der Wärme, der Sicherheit mit; denn hier wurde von den Ideen, die sie jahrelang schuldbewußt verteidigt hatte, ein selbstverständlicher Gebrauch gemacht, es waren die reinsten Gemeinplätze. Sie fühlte sich zu Hause, sie gehörte einer Bruderschaft an. Als sie die Zeitschrift weglegte, hätte sie allerdings nicht im einzelnen sagen können, was sie gelesen hatte, welches die Fakten gewesen waren; sie stieß, ohne es zu merken, einen langen, bebenden Seufzer aus, legte sich zurück aufs Bett, aß Schokolade und träumte von einer großen Stadt (gleichgültig, welcher, denn sie glich London und New York und Paris, ja sogar dem Moskau der großen Romanciers), wo Menschen, die so gar nicht falsch und zynisch und verächtlich waren wie die Männer, die sie an diesem Nachmittag getroffen hatte, oder hektisch und aggressiv wie die Frauen – wo absolut großmütige und warmherzige Menschen edle Gefühle tauschten.

Und aus diesem Traum glitt sie hinüber in den älteren – soviel älter, als sie wissen konnte – von der goldenen Stadt, deren Standort unbestimmt, bis jetzt jedoch irgendwo zwischen dem Haus auf dem Kopje und den Dumfries Hügeln zu suchen gewesen war (ein Gebiet, das in Wirklichkeit von der Afrikaansgemeinde bewohnt wurde), der Stadt mit den weißen Säulen und den breiten Straßen, der baumgesäumten, viertorigen, erhabenen Stadt, wo Weiß und Schwarz und Braun gleichberechtigt lebten, und wo es weder Haß gab noch Gewalt.

Gegen morgen erwachte sie ziemlich kalt und steif und ging zu der Glastür, die zum Garten offen stand. Sie lehnte ihren Kopf an den Türrahmen und erschauderte angesichts des kalten, sternenhellen Himmels. Der Mond war nicht da. Durch die stillen Straßen erklang das Klapp-Klapp von Hufen. Ein kleiner weißer Esel kam schimmernd in Sicht und dahinter ein Milchkarren mit seinen rasselnden Kannen, und hinter ihm lief ein kleiner zerlumpter Negerjunge, ein Kind von etwa sieben Jahren, dessen Zähne so laut klapperten, daß sie sogar über den ganzen Garten hinweg wie fallende Kieselsteine zu hören waren. Sie war traurig und niedergeschlagen; die Ideen, mit denen sie eingeschlafen war, kamen ihr jetzt lächerlich vor; sie dachte trübe: Wenn die Welt sich veränderte, dann nicht dank solcher Leute, wie sie sie gestern Nachmittag getroffen hatte, und bei dieser Feststellung wurde sie noch trauriger. Sie schloß die Tür und fand, daß es Zeitvergeudung sei, weiter zu schlafen, da es bereits vier Uhr war und sie gegen acht im Büro sein mußte. Sie sah die Bücher durch, die sich auf dem Toilettentisch, dem Tisch und sogar auf dem Fußboden stapelten. Sie sehnte sich nach etwas, das dieses zerlumpte schwarze Kind und die heftige Empfindung ihres eigenen Unglücks (das sich, wie sie wußte, jeden Augenblick in ebenso heftige Freunde verkehren konnte) gleichermaßen umschloß – und sogar die reizlose, unredliche Gruppe von Leuten, die Joss sehr zu Recht verachtete. Sie wollte es alles erklärt haben. Die Titel ihrer Bücher schienen ihr farblos, was das Gedruckte sagte, hatte nichts mit ihrem Leben zu tun; und als die Sonne aufging, lag Martha voll angekleidet auf dem Fußboden und schrieb sich Buchtitel heraus, die im ›New Statesman‹ angezeigt waren und deren Empfehlung einzig darin bestand, daß ihre Titel teilhatten an dem Glanz dieses magischen Namens.

Sie hatte beschlossen, zum nächsten Treffen des Linken Buchklubs zu gehen, Mr. Pyecroft jedoch die kalte Schulter zu zeigen, wie er es verdiente, denn schon der Gedanke an ihn erfüllte sie mit dem allerheftigsten Abscheu.

Sie wollte eben mit Jasmine telephonieren, als ein Anruf

für sie kam; so simpel, wie sich das anhört, war das allerdings keineswegs. Erst läutete der Apparat auf Mrs. Buss' Schreibtisch schrill und anhaltend, so daß Martha, die gerade den Hörer abheben wollte, zurückfuhr und, bereits nervös und beunruhigt, zurück zu ihrem Schreibtisch ging. Sie sah, daß Mrs. Buss ihr einen zunächst interessierten und dann rührseligen Blick zuwarf, als sie zu Mr. Jasper Cohen durchstellte. Mrs. Buss fuhr fort zu tippen, während ihr lebhafter, doch nun geübt dezenter Blick Martha umlauerte. Dann machte der Apparat klick und Mrs. Buss lauschte wieder und stellte zu Mr. Max durch. Schließlich wurde Martha in das Büro von Mr. Jasper Cohen gerufen, wo ihr freundlich mitgeteilt wurde, daß ihr Vater krank sei und daß sie schnell zu ihrer Wirtin zurückkehren solle, wo ihre Mutter bereits auf sie warte. Allein die Sorge um ihren Vater dämpfte Marthas Ärger darüber, daß es ihrer Mutter mit ihrem Sinn fürs Dramatische gelungen war, zwei schwer beschäftigte Männer und im Grunde das ganze Büro einer Sache wegen zu stören, die nur sie etwas anging. Sie verließ das Büro, und all die neugierigen Blicke folgten ihr, während sie ihrem Gang instinktiv eine verachtungsvolle Würde verlieh. Mrs. Buss konnte es sich nicht verkneifen, darauf hinzuweisen, daß Martha es sich nun schon zum zweitenmal innerhalb einer Woche herausnahm, sich aufgrund »persönlicher Angelegenheiten« aus dem Büro abberufen zu lassen, und daß Mr. Cohen die Güte selbst war.

Martha legte, so rasch sie konnte, den kurzen Weg zu ihrem Haus zurück, und fand ihre Mutter dort allein vor; ruhelos vor Anspannung und Erregung wartete sie an der Tür.

»Da bist du ja«, rief sie vorwurfsvoll und verkündete, als sie die Wange ihrer Tochter küßte: »Dein Vater ist wirklich krank, er ist wirklich sehr krank, Matty.«

Martha fühlte sich schuldig wie immer und fragte forschend: »Was ist los?«

Sie erwartete, etwas von einer Krise zu hören, die mit der Diabetes zusammenhing; aber Mrs. Quest sagte: »Wir sind nicht ganz sicher, sie wollen es im Krankenhaus feststellen. Ich habe ihn den Tag über dagelassen.« Mrs. Quest zog sich die Handschuhe an; sie holte eine Liste aus der Handtasche, um zu sehen, was alles zu erledigen war.

»Warum hast du mich dann im Büro angerufen?« fragte Martha verdrossen.

»Ich fahre nicht gern in der Stadt, du kannst mich fahren«, sagte Mrs. Quest und Martha erwiderte ärgerlich: »Ich kann nicht einfach aus dem Büro weg, um den Chauffeur für dich zu spielen.«

»Aber dein Vater ist doch krank«, sagte Mrs. Quest kampflustig, und Martha rief: *»Mutter!«* Mrs. Quest wich dem anklagenden Blick aus und sagte rasch: »Ich muß Mrs. Anderson besuchen, sie hat mir geschrieben, und ich fände es nett, wenn du auch dabei wärst.«

»Mutter, was ist mit Daddy los?«

»Ich hab dir doch gesagt, sie wollen es erst feststellen. Er kriegt einen Bariumkontrastbrei«, verkündete Mrs. Quest, und die Wollust, mit der sie den Fachausdruck benutzte, gemahnte ihre Tochter daran, daß sie Krankenschwester gewesen war.

Um den widerlichen Einzelheiten zu entgehen, die sie ihr mit Sicherheit als nächstes beschreiben würde, sagte Martha: »Ich kann unmöglich den ganzen Tag mit Teetrinken und Tratschen zubringen. Du hast doch hoffentlich Mr. Cohen nicht erzählt, daß du mich als Chauffeur brauchst, oder?«

»Er war sehr nett«, sagte Mrs. Quest lächelnd. »Und jetzt laß uns schnell gehen, Matty, sonst wird's zu spät für den Morgentee.«

»Ich bringe dich nicht zum Tee zu Mrs. Anderson, was willst du denn von ihr –«

Sie verstummte; fast hätte sie gesagt: »Hinter meinem Rücken«. Wie immer, wenn ihr ihre Mutter, kaum hatte sie sich mit jemandem angefreundet, etwas Eigenes geschaffen, auf den Fersen folgte, den ersten Platz beanspruchte, war sie von ohnmächtigem Groll erfüllt. Sie sprach, als wäre sie seit Jahren eine intime Freundin von Mrs. Anderson, dabei hatten sie sich nicht mehr gesehen, seit sie sich damals, als die Quests in die Kolonie gekommen waren, auf dem Schiff kennengelernt hatten.

»Sei nicht so unvernünftig, Matty. Es ist doch nur natürlich, daß die beiden Mütter den Wunsch haben, über ihre Kinder zu reden.« Und sie schaute vielsagend und kokett drein.

»Was hast du dir jetzt bloß wieder in den Kopf gesetzt?« fragte Martha angewidert, doch Mrs. Quest sagte ungeduldig und keineswegs aufgebracht: »Ach komm, Matty, verlier keine Zeit.«

»Ich komme nicht mit«, sagte Martha voll kalter Wut.

Als sie ihre Miene sah, meinte Mrs. Quest hastig: »Du brauchst ja nicht zu bleiben, fahr mich bloß raus und setz mich ab. Du kannst zurücklaufen, es ist nicht weit.« Sie blickte in den Spiegel, brachte ihr Gesicht in Ordnung und richtete ihren Hut, einen strengen marineblauen Filz, der zu ihren regelmäßigen, herrischen Gesichtszügen paßte. Ihr Kostüm war aus marineblauem Leinen, eckig geschnitten, und sie war ganz die Frau, die etwas leistet, die Komiteefrau. Martha dachte an die parfümierte, schwellende Mrs. Anderson und hätte beinahe gelacht. Getragen von einer Woge der guten Laune, angeregt von dem Gedanken an das »nette Gespräch«, das die beiden Damen führen würden, wurde sie auf einmal zugänglich, ja herzlich und fuhr Mrs. Quest ohne weitere Proteste zum Haus der Andersons; sie setzte sie ab und ging gemächlich zurück ins Büro.

Und dort legte sie den Kopf in die Hände, vergaß die neugierigen Blicke der anderen Frauen, die es danach verlangte, ihr Mitgefühl zu zeigen, wenn sie ihnen nur endlich die Gelegenheit dazu geben würde, und dachte kläglich über ihren eigenen Mangel an Gefühl nach. Sie war erbittert, daß ihr Vater krank war (nur daß sie gar nicht glaubte, daß er so krank war, wie ihre Mutter behauptete); es wurmte sie, daß ihre Gefühllosigkeit jederzeit als Argument gegen sie verwendet werden konnte. Obwohl sie sich sagte, daß sie lieber an Jasmine denken und mit ihr etwas ausmachen sollte, um sie besser kennenzulernen, kam sie von dem Gedanken nicht los, daß ihre Mutter in diesem Augenblick mit Mrs. Anderson über sie sprach. Sie wußte, wie immer, wenn ihre Mutter sich einmischte, würde etwas Unangenehmes passieren. Warum hatte sie nicht erzählt, daß sie sich mit Donovan gestritten hatte? Das kam der Wahrheit immerhin nahe. Warum ... Doch bald hörte sie zu denken auf, sie wartete bloß, abgekapselt und reizbar in ihrem Unglück.

Später am Nachmittag rief Jasmine sie an und fragte sie, ob sie zum Tee kommen wolle. Sie hörte, wie Marthas entfernte, nervöse Stimme sagte, ja, sie würde es versuchen, es wäre allerdings schwierig, und vielleicht wäre es besser, wenn ...

Jasmine, die mit den Damen Forester, Pyecroft und Perr wegen des »Rapports« über Martha, wie sie das halb scherzhaft nannte, telephoniert hatte, hatte erfahren, daß sie eingebildet und affektiert war und daß der Grad ihrer politischen Aufgeklärtheit sich an der Tatsache ablesen ließ, daß sie den ›Observer‹ las. Letzteres war der Beitrag von Mrs. Pyecroft, die hinzufügte, Joss müsse wohl von Marthas Aussehen beeindruckt sein: Martha sei sehr attraktiv, wenn sie sich der Tatsache ihrer Attraktivität nicht so sehr bewußt wäre. Als Jasmine nun ihre lahmen Ausflüchte hörte, fiel es ihr daher nicht schwer, Martha als reine Zeitverschwendung aufzugeben.

Mittlerweile war Martha nahezu hysterisch, denn der

Bürojunge hatte ihr einen Brief von Donovan gebracht, in dem stand, sie müßten sich unbedingt sofort nach dem Büro im McGrath treffen, weil es sehr dringend sei.

Und während sie sich zwischen den dichtbesetzten Tischen hindurchschlängelte, die Leute, die sie grüßten, automatisch anlächelte wie eine königliche Hoheit, mit gespieltem Bedauern den Kopf schüttelte, wenn sie gebeten wurde, sich dazuzusetzen, sah sie, wie Donovan energisch den leeren Platz neben sich verteidigte, und wußte, daß er sehr aufgebracht war: Er sah genauso wie sein Vater aus, griesgrämig und schlecht gelaunt.

»Matty, *Schatz*«, sagte er schrill, als sie sich zu ihrem Platz vorkämpfte, »was soll das mit deiner Mama und meiner Mama? Meine Mama hat mich schon zum drittenmal angerufen, sie ist wirklich wütend.«

»Ich bin nicht verantwortlich für meine Mutter«, sagte Martha unlustig und fügte hinzu: »Um Himmels willen, beschaff mir was zu trinken.«

Er bestellte zwei riesige Glaskrüge mit dem starken hiesigen Bier und fuhr fort: »Was sollen wir tun, Matty? Ich habe meiner Mama erzählt, daß ich dich bald eine Woche nicht gesehen habe, daß du mich praktisch abserviert hast, aber sie wollte davon nichts wissen.«

Dies war eine Aufforderung, daß sie damit rausrücken sollte, was sie gemacht hatte, doch Martha sagte ungeduldig: »Ja, aber was ist denn passiert?«

»Warum hast du mich nicht sehen wollen? Ein Vöglein hat mir zugezwitschert, daß du dauernd mit unseren Roten zusammengesteckt hast, und das wird dir nicht guttun, Matty Schatz. Wußtest du, daß die Polizei ihre Versammlungen beobachtet? Sie werden demnächst alle ins Gefängnis gesteckt.«

Martha lachte böse und sagte: »Ach, sei doch nicht so kindisch.«

Einer der hastenden Kellner knallte ihnen das Bier hin, und Martha griff sich ihrs und trank es halb aus.

»Du wirst langsam zur munteren Zecherin, Matty Schatz«, sagte Donovan giftig.

»Irgendwas muß man ja tun«, sagte Martha abwehrend. Sie blickte unwillkürlich auf ihre Finger: An beiden Händen waren sie bis zum mittleren Gelenk von Nikotin verfärbt. Während sie den Entschluß faßte, das Rauchen aufzugeben, langte sie nach ihrer Tasche und zündete sich am Stummel der letzten eine neue an und dachte: Ich hör mit dem Rauchen auf, wenn die Sache mit meiner Mutter erledigt ist.

»Außerdem ist das ein Haufen Juden«, sagte Donovan liebenswürdig. »Durch die lange Bekanntschaft mit mir solltest du solche feinen Unterscheidungen gelernt haben.«

»Aber das sind keineswegs alles Juden –«, begann Martha und schwieg dann, wütend über sich selbst. »Ich dachte, du hättest mich hergebeten, damit wir über unsere verehrten Eltern reden?« fragte sie schließlich mit diesem kummervollen Lächeln, dem er, wie sie wußte, nichts entgegenzusetzen hatte.

»Du bist ein unartiges Mädchen«, sagte Donovan milder. »Meine Mama sagt, daß sie uns sehen möchte. Eine Krise, Matty, eine Krise.«

Eine Gruppe von Kerlen in schwarz-weißen Ringelhemden und weißen Shorts, die, so wirkte es jedenfalls, meterlange feste, rotbraune Schenkel sehen ließen, betrat die Lounge und ließ eine Reihe von Schreien und Jodlern ertönen, fing an, den ersten besten Männern auf die Schulter zu schlagen und sich mit schmachtenden, sentimentalen Gesichtern über die Mädchen zu beugen.

»Da sind die Kerle vom Sportklub«, sagte Donovan mürrisch. »Wenn du ihnen erlaubst, sich hierher zu setzen, ist das das Ende, das sage ich dir.«

Als die Burschen Martha erblickten, stießen sie ein Geheul aus, das qualvolle Entbehrung ausdrückte, und drängten sich zu ihr. »Matty, Matty«, stammelten sie stöhnend, »schöne Matty.« Sie paßten einen vorbeieilenden Kellner ab, und noch während sie der Schönheit Tribut zollten, griffen sie sich Bierkrüge und drehten dem Kellner den Rücken zu, als der protestierte: »Baas, Baas, dieses Bier hat doch jemand anders bezahlt.«

»Meine Schöne«, fuhr der Rädelsführer fort und ignorierte den Kellner, »warum bist du so toffee-nosed, warum –«

»Dieser Tisch ist besetzt«, sagte Donovan und bot ihnen die ersehnte Angriffsfläche.

»Immer mit der Ruhe«, sagte der Sportsmann, hob seinen Glaskrug, bog den Kopf zurück, wobei er einen langen, knorpeligen Hals entblößte, und begann zu trinken.

»Ex, ex, ex«, grölten die Leute an den Nebentischen. »Trink auf Donny, trink ex ...« Der Adamsapfel hüpfte stetig auf und ab, die goldene Flüssigkeit senkte sich in ihren Schaum, und alle begannen zu klatschen. Der junge Mann setzte seinen Krug ab, der fast einen Liter enthalten hatte, und sah sich stolz um, worauf der Applaus anschwoll. Dann beglückwünschte er sich selbst, indem er beide Hände über den Kopf hob und schüttelte, verdrehte, als sein Blick zufällig auf Martha fiel, die Augen und taumelte, die Hände in gespielter Verzweiflung gegen die Stirn gepreßt, davon. Alle lachten, Donovan dagegen saß düster schweigend da.

»Falls du dich von diesen faszinierenden Sportlern losreißen kannst, Matty Liebling, laß uns gehen und meiner Mama gefaßt entgegentreten.«

»Ich weiß immer noch nicht, was uns da erwartet«, sagte Martha und erhob sich.

Sie gingen hinaus, während Martha die Huldigungen verschiedener junger Männer, die eine verzweifelte Miene aufsetzten, wie die Konvention es von ihnen verlangte, mit abwesendem Lächeln entgegennahm.

»Es muß herrlich sein, so einzuschlagen«, sagte Donovan gehäßig, als die Drehtüre hinter ihnen kreiste, denn

Martha hatte einen selbstzufriedenen Ausdruck im Gesicht, obwohl sie sich sagte, daß das nur der Spielregel entsprach und nichts zu bedeuten hatte.

Sie fuhren schweigend zum Haus der Andersons, wo eine Nachricht von Mrs. Quest lag: »Habe leider keine Zeit, Dich noch mal zu sehen, muß los und Daddy vom Krankenhaus abholen, ein ganz reizender Vormittag mit Mrs. Anderson, gebe Dir Bescheid, was bei der Untersuchung herausgekommen ist.«

Mit diesem Stück Papier in der Hand folgte Martha Donovan in den Salon und fand dort Mrs. Anderson, die umgeben von Wolken maulbeerfarbenen Chiffons auf ihrem purpurroten Satinsessel schwebte. Sie lächelte zwar, sah aber verärgert aus.

»Ich möchte jetzt mal ganz offen mit euch jungen Leuten reden«, begann sie, und Donovan murmelte: »Verdammt«, schmiß sich auf ein kleines Sofa und griff nach der ›Vogue‹. »Nein, Donny, das geht auch dich an, und du mußt zuhören. Ihr beide müßt einsehen, daß ihr noch furchtbar jung seid und ...« Hier hielt sie inne, warf ihnen einen zweifelnden Blick zu und nahm sich eine Zigarette aus einem Schildpattkästchen. Sie zündete sie gemächlich an, und es hatte den Anschein, als wäre die Anwandlung von Wut, die sie bis hierher getragen hatte, bereits im Schwinden.

Martha saß am Ende des kleinen Sofas zu Donovans Füßen und versuchte zu lächeln. »Ich weiß nicht, was meine Mutter gesagt hat«, meinte sie, »aber ich glaube, Sie ziehen voreilige Schlüsse.«

»Ja, ja«, unterbrach Mrs. Anderson ungeduldig, doch es klang erleichtert. »Ich nehme an, ihr denkt, ich bin eine alte Dame, die sich einmischt –«, hier lachte sie und blickte Donovan, der sie kalt ansah, kokett an, »aber ich glaube, daß deine Mutter vielleicht – ich meine –« Sie machte eine Pause und seufzte. »Oh je«, sagte sie und legte ihre Hände in einer hilflosen Gebärde an die Stirn, »ich bin so erschöpft und überreizt und ...« Sie erhob sich impulsiv, ging auf Martha zu und küßte sie, aber Martha nahm die Umarmung steif entgegen. »Vielleicht habe ich mich geirrt«, murmelte sie und blickte die beiden flehend an.

»Ich glaube, das hast du in der Tat, Mama Schatz«, sagte Donovan eisig, schleuderte die ›Vogue‹ weg und setzte sich auf. »Du hast ja keine Ahnung, wie irre platonisch Matty und ich sind, und es ist nicht zu fassen, wie ihr beiden alten Mädchen mit eurer schmutzigen Phantasie euch aufführt.«

»Donny!« japste Mrs. Anderson, fing an zu weinen und preßte ein Stück elfenbeinfarbene Seide so an die Augen, daß weder die Seide noch ihr Make-up in Mitleidenschaft gezogen wurde. Donovan reichte ihr mit vollendeter Höflichkeit ein Taschentuch, und nun fing sie unter schweren, bebenden Schluchzern ernsthaft zu weinen an. »Tut mir das leid, Liebling«, heulte sie. »Du mußt mir verzeihen. Ich weiß nicht, warum, aber ich war so durcheinander, und Mrs. Quest war – ich meine –«

»Weine nicht, Mama«, sagte Donovan anmutig. »Aber ich finde wirklich, du solltest uns sagen, was das alles zu bedeuten hat. Du kannst doch nicht Matty und mich hierher zitieren und uns verrückt machen und dann plötzlich behaupten, daß es dir leid täte und die Sache einfach fallenlassen.«

Er stand da, das Gewicht auf die eine Hüfte verlagert, einen braunen Wildlederschuh elegant nach vorn gestreckt, und blickte ernst auf seine Mutter hinab, die sich beruhigte, lachte, als sie die schwarzen Streifen auf dem Taschentuch sah, ihre Augen nochmals betupfte und unsicher sagte: »Mrs. Quest hat sich so ausgedrückt, als würdet ihr heiraten. Ich sagte ihr, daß ihr beide viel zu jung seid und daß wir nicht genug Geld für eine Hochzeit von Donovan hätten –«

An diesem Punkt errötete Martha vor Ärger und rief: »Das ist wirklich die Höhe!«

»Ja, Matty, es tut mir leid – aber ... Oh, Liebes, es ist so schwierig. Weißt du, wir sind wirklich sehr arm und ...«

Matty lachte plötzlich, weil sie an die getarnte Halbarmut ihres Zuhauses und an dies teure Haus und das geheime Luxusleben von Mrs. Anderson denken mußte; außerdem stand da wie eine schwarze Wand, gegen die sich diese eher geringfügige Diskrepanz abhob, das Wissen, das sie aus ihren frühesten Jahren mitgebracht hatte: die Tatsache, daß die Armut der Questfamilie in den Augen der schwarzen Sklaven, die sie ernährten, einen unvorstellbaren und unerreichbaren Reichtum darstellte.

»Das ist kein Witz, Matty«, sagte Mrs. Anderson, die verärgert war, wenn sie auch auf die zerknirschte, charmante Weise lächelte, wie Martha selbst es tat, wenn sie unhaltbare Behauptungen aufstellte. »Schließlich ist Mr. Anderson im Ruhestand, und wir sind nicht reich. Ich besitze etwas Geld, aber nicht viel, und das Leben ist heutzutage so teuer, nicht?« Ganz wie der Millionär, der auf seine verschiedenen Häuser, seine Autos, seine Yacht hinweist und entrüstet sagt: »Doch es kostet ein Haufen Geld, das alles zu erhalten.«

»Nun, Mama«, sagte Donovan und schritt zur Urteilsverkündung, »ich finde, du bist ein unartiges altes Mädchen, und ich bin böse auf dich.«

Mrs. Andersons Miene hellte sich auf, und sie reckte sich, um ihn zu küssen. Er hielt großmütig seine Wange hin. »Ich bin leider zum Essen verabredet«, sagte sie in ihrem normalen huldvollen Ton und erhob sich. »Ihr beiden könnt für euch selbst sorgen. Vergeßt nicht Mr. Andersons Tablett – sag dem Boy, Rühreier, er hat die gekochten Eier satt, behauptet er.« Sie lächelte humorvoll. »Guten Abend, ihr Lieben, und vergebt einer törichten alten Frau.« Und sie fegte hinaus, indem sie ihr Haar behutsam mit der einen, ihre verschmierten und geschwärzten Augen mit der anderen berührte; sie runzelte die Stirn bei dem Gedanken, wieviel Zeit es sie jetzt kosten würde, ihr Gesicht herzurichten, denn sie war sehr spät dran.

Obwohl sie nun allein waren, blickten sich Martha und Donovan nicht gleich an. Sie waren beide gereizt. Ihnen wurde bewußt, daß diese Szene gewisse Probleme aufgeworfen hatte; und Martha ihrerseits wartete darauf, daß er diese Probleme in Worte kleiden würde – denn sollte ein Mann nicht die Initiative ergreifen?

Und das tat er, aber nicht in der erwarteten Weise. »Nun, Matty«, bemerkte er schließlich und zupfte an den schönen rosa- und kupferfarbenen Gladiolen, deren Arrangement Mrs. Anderson so viel Mühe gekostet haben mußte, »man scheint von uns zu erwarten, daß wir miteinander schlafen«, und blickte sie düster, ja grollend an.

Erstaunt und beleidigt prustete sie los. Sie verstummte und lachte dann wieder. Sie sah Donovan an, der sie verwirrt und ärgerlich betrachtete, und brach dann in ein schallendes Gelächter aus, das hysterisch wurde und in einem Hustenanfall endete. Danach Schweigen. Sie seufzte; sie war sehr erschöpft und niedergeschlagen.

»Ist ja schon gut«, sagte Donovan gereizt. »Ist ja schon gut.« Wieder dieser kritische, nahezu böse Blick; und nun lag Zorn in dem Blick, den sie auf ihn richtete; einige Augenblicke lang forderten ihre Blicke einander heraus, dann mieden sie sich; und wäre Mrs. Quest oder Mrs. Anderson da hereingekommen, sie wären sicher überrascht, ja enttäuscht gewesen, dieses Paar ein ganzes Stück Teppich breit voneinander getrennt und offenbar am Rande eines bösen Streits zu finden.

»Ich glaube, wir essen lieber«, sagte Donovan schließlich.

In dem Bewußtsein, daß der Moment der Krise aufgeschoben war, gingen sie erleichtert ins Speisezimmer, wo Donovan seine gute Laune wiederfand, als er die Rühreier für seinen Vater bestellte. Danach gingen sie wie üblich ins Kino; und dann wie üblich wieder ins McGrath, und Donovan hatte offenbar nichts dagegen einzuwenden, sich an einen großen Tisch mit etwa einem Dutzend anderer zu setzen.

»Unser Donnyboy ist heute abend gut in Form«, sagte Maisie, die zufällig in Marthas Nähe saß und von einem der Sportler begleitet wurde.

Und so war es – Donovan war heiter, maliziös und amüsant. Er schien erpicht darauf, die Sportler in den Schatten zu stellen; er machte sich über sie lustig, erzählte gehässige Geschichten auf ihre Kosten und nahm dem wiederum den Stachel, indem er Geschichten erzählte, die ihn selbst in ein schlechtes Licht rückten; um Mitternacht zog er sich mit Martha triumphierend zurück: »Und nun, Matty, brauchst du deinen Schönheitsschlaf, sonst verlierst du dein gutes Aussehen, und dann liebt dich keiner von uns mehr.«

Die Sportler versicherten galant, daß sie Matty und alle ihre Mädchen ewig lieben würden, doch ohne ihre übliche Selbstsicherheit, und das lag nicht nur an Donovans Triumph, sondern daran, daß sich in seiner Gegenwart stets ein Mißton einschlich.

Auf dem Gehsteig sagte er heiter und mit der verblüffenden Offenheit, die nur möglich war, weil er selbst nicht mitbekam, daß an seinen Worten irgend etwas nicht stimmte: »Du mußt doch zugeben, Matty, daß ich weit unterhaltsamer bin als diese Trottel, bei denen der ganze Grips in den Schenkeln sitzt?« Und als sie ihm beistimmte, fuhr er fort: »Weißt du, ich glaube wirklich, es ist besser, du bleibst bei mir. Das Mädchen, mit dem ich zuletzt immer ausging, hat mich ihretwegen sitzengelassen, und du hättest sie mal sehen sollen, mir wären fast die Tränen gekommen, so hat sie sich gemopst.«

»Und was ist aus ihr geworden?« fragte Martha neugierig.

»Sie hat geheiratet – einen Geschäftsmann aus Nairobi«, sagte er, als geschähe ihr das ganz recht, eine Regung, die Martha unwillkürlich teilte, obwohl sie gleich wieder davon Abstand nahm, als er fortfuhr: »Ihr Mädchen heiratet ja alle, ihr habt überhaupt keine Willensstärke. Und überhaupt finde ich, daß dieser ganze Sex maßlos überschätzt wird, meinst du nicht auch?«

»Ich weiß nicht«, sagte Martha belustigt, »ich hab's noch nicht probiert.«

Aber er konnte mit dieser Art Humor nichts anfangen. Er drückte heftig ihren Arm, schaute hinunter auf ihr Gesicht und beharrte: »Meinst du nicht? Ihr Mädchen wollt doch alle, daß man mit euch schläft, und in Wirklichkeit ...« Sein Gesicht wurde blaß vor Abscheu.

Obwohl Martha um des lieben Friedens willen fest entschlossen war, ihm beizupflichten, fing sie an zu lachen; und er wartete, bis dies recht überspannte Gelächter ein Ende nahm und murmelte dann verdrossen: »Frauen sind sexwütig, das ist meine Meinung.«

Sie fing an, im Konversationston über ein Buch zu plappern, das sie gerade gelesen hatte und das die Sexualbräuche der Bantu beschrieb, und sie fand es kleinlich von ihm, daß er nicht darauf einging, als sie sagte: Die Mädchen in primitiven Gesellschaften würden viel früher als sexuell reif betrachtet als in zivilisierten. Sie hatte gehofft, daß sie auf diese Weise von den persönlichen Anzüglichkeiten wegkämen.

Doch er blieb stumm, bis er sie an ihrer Tür absetzte, ihr den üblichen Gutenachtkuß auf die Wange hauchte und sagte: »Matty, ich habe mich entschlossen, dich am nächsten Samstag zu einem Tanzabend im Sportklub mitzunehmen und alles aufs Spiel zu setzen; ich sehe ja, daß du an der Leine zerrst.«

»Armer Donovan«, sagte Martha und lachte wieder, sie konnte nicht anders. Irgend etwas, das sie selbst sofort als böswillige Regung bezeichnete, denn sie schämte sich im selben Augenblick deswegen, verleitete sie zu sagen:

»Küß mich richtig, Don.« Sie hielt ihm das Gesicht einladend entgegen und schloß die Augen halb, dankbar, daß es dunkel war, denn sie spürte, wie heiße Röte ihr die Wangen hochkroch. Sie wartete, beobachtete seine wütenden Augen durch die Wimpern, bis er sie packte und heftig schüttelte.

»Hör jetzt auf, Matty«, sagte er bestimmt. »Ich will nicht auf den Arm genommen werden. Du mußt dich gut benehmen, sonst gehe ich nicht tanzen mit dir.«

So trennten sie sich. In ihrem Zimmer war Martha zunächst ärgerlich, sah sich dann, weil es sie instinktiv nach Anpassung drängte, mit Donovans Augen und war gedemütigt. Hinter dieser Gefühlsverwirrung steckte noch eine andere: Sie sagte sich beschwichtigend, daß man sich so sicher fühlte mit Donovan; sie war richtig froh, daß sie mit ihm in den Sportklub gehen würde; und für ein Mädchen, dessen erster Glaubensartikel darin bestand, daß eine jede ein Recht darauf hatte, ihre Jungfernschaft so romantisch und so bald wie möglich loszuwerden, waren das doch wirklich eigenartige Erwägungen. Tatsache war, daß die Vorstellung, mit Donovan zu schlafen, unversehens aus dem Bereich des Möglichen rückte, ja obszön wurde: Sie hatte ihn ein paar Mal Jonathan genannt, und dieser Versprecher war nicht mal aufgefallen.

Teil drei

Im Leben der meisten Frauen
wird am Ende alles,
sogar der größte Kummer,
zu einer Frage des »Anprobierens«.

Proust

1

Der Sportklub war vor etwa fünf Jahren gegründet worden, und zwar auf eine Weise, die für das Land charakteristisch war. Denn als zum erstenmal der Vorschlag auftauchte, es war bei einer Damenbridgepartie, hatte Mrs. Maynard gesagt: »Wie schade, daß es in dieser Stadt keinen Sportklub gibt«, und die andern hatten ihr beigepflichtet, ohne daß es jemand für nötig gehalten hätte, darauf hinzuweisen, daß es bereits mehrere gab; sie gehörten den Angestellten der Bahn, der Post, verschiedener Unternehmen. Von halb fünf bis Sonnenuntergang wimmelte es auf jedem freien Platz der Stadt von jungen Leuten, die sich mit Feuereifer sportlich betätigten.

Mrs. Maynard war stattlich, willensstark, schwarzbrauig und energisch, die Frau eines Friedensrichters; und sie war eine Dame. Das heißt, in England, wo sie Mr. Maynard heiratete, hatte sie von Geburt zur herrschenden Klasse gehört. Mrs. Lowe-Island war nur eine Dame, weil sie Mr. Lowe-Island geheiratet hatte, dessen Familie Verbindungen zur englischen Aristokratie hatte. Sie war eine ordinäre, gehässige Frau, die sich nicht damit brüstete, stets zu sagen, was sie dachte, weil es ihr noch nie in den Sinn gekommen war, daß es Gelegenheiten gab, bei denen man das besser unterließ. Sie sagte auf der Stelle: »Ich bin ganz Ihrer Meinung, Liebe. Wir brauchen einen Klub, der eine gewisse Klasse hat. Es müßte etwas für Staatsbeamte und Leute wie uns geben.« Mrs. Maynard, die aufgrund ihrer Erziehung vor allem die Kunst der Andeutung beherrschte, war natürlich peinlich berührt, als man ihren Gedanken so plump zum Ausdruck brachte; sie ließ Mrs. Lowe-Island jedoch nicht abblitzen, weil ihr mit Snobismus nicht beizukommen war und weil sie insgeheim fand, daß sich bei ihr die Mühe nicht recht lohnte. Die dritte Dame, Mrs. Talbot, war so verschieden von den andern beiden, daß ihre dauerhafte Freundschaft mit ihnen als Tribut an ihre gemeinsame Bridgeleidenschaft zu verstehen war. Sie war eine reizende, elegante Dame, deren Hauptinteresse ihre empfindsame und künstlerisch begabte Tochter war; und sie murmelte jetzt mit einer Art heiterer Nachsicht, die ein Appell an ihre Gefährtinnen war, daß es schön für die Kinder wäre, wenn sie einen Ort für ihre Spiele hätten, und es ist eine bemerkenswerte Tatsache, daß die Rechte der Jugend den anderen Frauen erst in den Sinn kamen, als sie erwähnt wurden. Mrs. Knowell, die vierte, rief sogleich in herrlichem, großmütigem Ton: »Oh, ja, wir müssen etwas für die jungen Leute tun, mein Douggie liebt Rugby, obwohl ich ihm immer wieder sage, daß er sich noch das Genick brechen wird.«

Schweigen; denn es war offensichtlich, daß hier verschiedene Absichten aufeinanderprallten. Aber Mrs. Knowell glühte vor Aufregung und fing bald wieder zu reden an, und im Nu war der Sportklub gebaut und möbliert und befand sich in den Geburtswehen eines Eröffnungsballs. Sie lachten über sie, zogen sie auf; besonders Mrs. Maynard und Mrs. Lowe-Island, denn die hatten sich den Sportklub als eine große schattige Veranda vorgestellt, mit eingeborenen Dienern, die wie willfährige Statuen an den Wänden standen, mit vielen Dämmerschoppen und dem Gelächter, das auf anzügliche Bemerkungen folgt, und an diese imaginäre Veranda sollte sich ein Bridgeraum für lauter ältere Damen anschließen.

An diesem Abend sprach Mrs. Maynard mit ihrem Gatten, der seine Zustimmung dadurch ausdrückte, daß er sagte, das sei ein lukratives Unternehmen; Mrs. Lowe-Island redete so lange, bis Mr. Lowe-Island meinte, er sei ja kein Snob, aber es gäbe eben Zeiten, da müsse man ... Mrs. Talbot erklärte ihrer Tochter zartfühlend, daß es nicht gesund sei, soviel Zeit über den Aquarellen zu verbringen, ein Tennisspiel hie und da würde helfen, die Migräne- und Ohnmachtsanfälle zu verhüten, zu denen sie neigte wie eine viktorianische Jungfrau. Und Mrs. Knowell rief ihren Sohn im Büro an, was er ihr verboten hatte, und fiel ihm solange auf die Nerven, bis er sagte: »Ja, aber um Himmels willen, Mater, erzähl mir das ein anderes Mal.«

Diese Damen waren sämtlich sehr geschickt im Organisieren von Geldern für eine gute Sache, und wie sich herausstellte, war es sogar noch leichter, eine große Summe für etwas aufzutreiben, das vermutlich ein lukratives Unternehmen sein würde; sehr schnell bildete sich ein großes Komitee von etwa dreißig Leuten, von denen keiner unter fünfundvierzig war. Sie alle hatten eine feste Vorstellung davon, wie viele Bridgeräume, Dämmerschoppen-Lounges und Bars das Haus haben mußte; und sie waren nahe dran, ein Grundstück zu erwerben, das groß genug für ein Klubhaus und vielleicht einen Tennisplatz war, als ein neuer Faktor ins Spiel kam – ein milder Ausdruck für das, was geschah, als Binkie Maynard auf den Architektenentwurf (»Sportklub« stand drauf) stieß und in lautes Gelächter ausbrach. »Was soll denn das sein, ein Heim für pensionierte Beamte?« fragte er.

Seine Mutter wies ihn zurecht; seinem Vater, der ihn kannte, schwante nichts Gutes; und Binkie betrachtete die Pläne mit wachsendem Interesse, bis er schließlich sagte: »Jungs, da ist was dran – das hat was, heh?« Er warf die Pläne in die Luft, stieß ein Geheul aus und stürzte auf der Suche nach einer verwandten Seele aus dem Haus.

Binkie hatte zum erstenmal seine zukünftige Bestimmung ahnen lassen, als er im Alter von vier Jahren, von himmelblauem Satin veredelt, bei der Hochzeit seiner Schwester zwischen die Blumen und Bänder auf dem Tisch der Braut kletterte und piepste: »Und nun will *ich* mal einen Toast auf dich ausbringen ...« Er wurde heruntergehoben, wobei er strampelte und brüllte. In der Schule war er Klassenletzter und bei Spielen nicht zu gebrauchen, aber er organisierte Klubs und alle möglichen Vereine. Als er von der Schule abging, steckte sein Vater ihn in den Staatsdienst, wo er zumindest keinen Schaden anrichten konnte, und dort gründete er bald Mittagspausensandwichklubs und Vereine zur Errichtung von Fonds für Präsente aus Anlaß des Eintritts ins Pensionsalter. Er war der Pfahl im Fleisch seines Vaters, der Stolz seiner Mutter, die Verzweiflung seines Chefs. Er war ein großer, plumper, rotgesichtiger, schwarzlockiger Junge von zwanzig Jahren, als diese Pläne in seine Hände fielen wie Manna vom Himmel und ihm das Betätigungsfeld schenkten, das sein Genius brauchte.

Am nächsten Tag sagte er zu seinem Vater: »Hör mal, das ist nicht fair, ihr braucht doch auch das jugendliche Element, meine ich.« Sein Vater konnte das schwerlich verneinen.

Bei der nächsten Komiteeversammlung ergriffen Binkie, Douglas Knowell und ein halbes Dutzend anderer junger Männer das Wort. Binkie war der Anführer, nicht weil er gewählt worden war, sondern kraft seiner entsetzlichen Zielstrebigkeit. Beim zweiten Treffen waren ein paar Mädchen in Shorts und Pullover dabei, die höflich zu den älteren Damen und kokett mit den alten Männern waren, sie aber behandelten, als hätten sie eigentlich kein Recht, überhaupt da zu sein.

Mrs. Lowe-Island stand auf (denn sie hatte wie die anderen ihre totale Schlappe noch nicht begriffen) und sagte, sie sei zwar kein Snob, aber der Klub müsse auf einen gewissen Kreis beschränkt werden, und noch bevor sie ausgesprochen hatte, rappelte Binkie sich hoch und sagte, die großen, schwarzen Augen entrüstet auf sie geheftet, er sei empört, ja, echt empört, daß jemand, und gar Mrs. Lowe-Island, die ein dreifaches Hoch verdiene für das, was sie bisher geleistet habe, imstande sei, Bemerkungen zu machen, die wirklich – und da werde ihm doch bestimmt keiner widersprechen – nicht dem Geiste des Landes entsprachen. Dies sei nicht England, wolle er damit sagen, dies sei ein neues Land; er sei nicht geübt im Redenhalten, aber wirklich, er schlage vor, daß der Klub allen zugänglich sein solle, die zwanzig Schilling im Jahr aufbringen konnten, für manche Leute eine Menge Geld, obwohl manche Leute (was nicht beleidigend gemeint sei) das vielleicht nicht glaubten, und das sei alles, was er habe sagen wollen, und das sei auch genug. Unüberhörbares Gemurmel begeisterter Zustimmung seitens der Blüte der Jugend, und nie wieder wurde auf Snobs und Aufnahmebeschränkungen angespielt.

Von da an, und das einige Monate lang, wimmelte es im Maynardschen Haus Tag und Nacht von jungen Männern und Mädchen. Komiteeversammlungen wurden abgehalten, aber nur der Form halber und um Vorkehrungen, die Binkie bereits getroffen hatte, gutzuheißen, zu unterstützen und zu bestärken.

Eines Nachmittags sah Binkie, wie seine Mutter in einer Ecke der Veranda mit drei anderen Damen Bridge spielte; alle beugten sich soweit wie möglich über den Tisch, um dem Gedrängel einer Traube brüllender und streitender Jugendlicher zu entgehen, und plötzlich mußten ihn Gewissensbisse geplagt haben, denn er sagte später zu seinem Vater: »Hör mal, ich hoffe, ihr findet nicht, wir haben uns hier hereingedrängt. Ich meine, es ist doch ein *Sport*klub, oder?«

Mr. Maynard, ein höflicher und kultivierter Mann, hob leicht die Brauen und lächelte; da er dieses Mienenspiel jedoch unzureichend fand, murmelte er: »Mein lieber Binkie, ich kann dir gar nicht sagen, was für eine Erleichterung es für mich ist, daß du, wie ich zu befürchten begann, doch nicht ohne Begabung bist. Du hast meinen Segen – für den Fall, daß du nicht ohne ihn auskommen solltest, was zu glauben mir leider schwerfällt.«

Binkie lächelte nach einer Weile unsicher und sagte herzlich: »Aha. Dann ist das in Ordnung, ja?«

»Ich nehme also an, du hast nichts dagegen, wenn ich aus dem Komitee austrete und mich der Aufgabe widme, mein Handikap beim Golf zu verringern – ich darf doch wohl davon ausgehen, daß du bei deinen Plänen für den Sportklub keine Vorkehrungen für einen Golfplatz getroffen hast?«

»Das ist ungerecht«, sagte Binkie in gekränktem Ton. »Wir haben das Vorkaufsrecht für das Gelände gleich hinter dem Bauplatz bekommen, und es wird in sechs Monaten frei, ich rechne also damit, daß wir innerhalb eines Jahres einen richtig großen Golfplatz haben werden.«

»Entschuldige«, sagte Mr. Maynard. »Ich ziehe die Frage zurück. Doch um zu meinem ersten Punkt zu kommen, ich meine, daß mir und deiner Mutter gestattet sein sollte, aus dem Komitee auszutreten. Nichts für ungut, aber jetzt, wo du genehmigt hast, daß es einen kleinen Nebenraum geben darf, in dem die Damen Bridge spielen, und wo mir mein Golfplatz sicher ist, habe ich das Gefühl, daß wir nicht weiter von Nutzen sein können.«

»Na hör mal!« sagte Binkie vorwurfsvoll. »Das ist nicht die richtige Einstellung, Dad.«

»Aber meinen Segen hast du, wie ich bereits sagte. Alles in allem sind wir doch eher ein Hemmnis als eine Hilfe.«

»Aber wer organisiert das Geld?« fragte Binkie. »Wir brauchen mindestens noch mal zehntausend, wenn wir vier Squashplätze und richtige Umkleideräume haben wollen, und der Golfplatz wird auch nicht umsonst angelegt.«

»Im Klartext heißt das«, sagte Mr. Maynard, »daß deine Mutter und ich im Komitee bleiben, um für euch das Geld aufzutreiben?«

»Du kannst austreten, wenn du willst«, sagte Binkie gnädig, »aber wir brauchen das Finanzierungskomitee,

Mutter und Mrs. Lowe-Island und die anderen, um das Geld zusammenzukriegen.«

Mr. Maynards Wangen blähten sich, während die schmale Kerbe des Mundes Kommentare absonderte und seine Augenbrauen hochstiegen wie schwarze Drachen; das war eine Miene, die er erfunden hatte, um sie bei Gericht einzusetzen, wo er Friedensrichter war, und eingeborene Übeltäter dadurch in den Zustand ehrfürchtiger Scheu zu versetzen; aber Binkie sah nur ungeduldig drein. Er ließ die Brauen fallen und blies die Luft aus den Wangen. »Gut, gut, gut«, murmelte er. Er nickte wieder langsam. »Sag mir, wie kommst du darauf, daß Zehntausend genug sind? Woher nimmst du die Zahlen?«

»Ich kann dir die Zahlen zeigen, wenn du willst. Es sind genau zehntausendsechshundertvierundfünfzig Pfund, zehn Schilling und vier Pence.«

»Hast du das ausgerechnet? Hast du das selbst ausgerechnet aufgrund von Kostenvoranschlägen, mit Papier und Bleistift?«

»Ich habe keinen Sinn für Zahlen«, sagte Binkie gutmütig. »Ich hab's Douggie machen lassen. Er kann toll mit Zahlen umgehen.«

»Schön, schön, schön, der geborene Organisator. Wer hätte das gedacht! Das zahlt sich aus. Ich hätte dich in die Industrie stecken sollen«, sagte Mr. Maynard.

»Hör mal«, sagte Binkie ärgerlich, »du fängst doch wohl jetzt nicht damit an, mir neue Jobs zu suchen? Ich hab keine Zeit. Ich hab mit dem Klub genug zu tun. Außerdem wollen sie mich Weihnachten befördern. Du mußt doch zugeben, daß sie einen im öffentlichen Dienst eins *rauf* fallen lassen müssen, ist nur gerecht.«

1935 bildete das Sportklubgelände die Grenze zwischen dem alten Wohnviertel mit seinen schattigen Alleen und den geräumigen Häusern mit ihren Veranden und dem nackten Veld. Die Einzäunung verlief längs der North Avenue; und lange Jahre hatten die Leute den Ausdruck

»North Avenue« als Adjektiv gebraucht. »Sie ist irre North Avenue«, sagte Donovan manchmal anerkennend. Hier lebten höhere Staatsbeamte, die Kabinettsminister, sogar der Premierminister. Aber heute blickten sie durch die hohen cremefarbenen Stämme einer doppelten Reihe Eukalyptusbäume über die Spielfelder jenseits der Straße bis zum Klubhaus. Es war ein vornehmes Gebäude im Kapkolonialstil aus glatten dunkelroten Ziegeln mit einem schwungvollen Giebeldach und einer tiefen Veranda, die von imposanten weißen Säulen getragen wurde. Die Spielfelder, einige Morgen groß, waren ebenmäßig smaragdgrün in der Regenzeit, doch schorfig braun in der Trockenzeit, trotz der unaufhörlich spritzenden Schläuche, die den ganzen Tag wie dicke schwarze, sich windende Schlangen von einem halben Dutzend Eingeborenen an immer neue Stellen geschleift wurden.

Drinnen war ein großer hoher Saal mit einem glänzenden, dunklen Holzboden, bequemen Sesseln und je einem Kamin an beiden Enden; dieser Saal wurde zwei-, dreimal die Woche für Tanzabende leergeräumt. Jenseits dieses Saales befand sich auf der einen Seite eine Reihe von Bars und Cocktail-Lounges; und auf der anderen, versteckt zwischen wechselnden Räumen, ein kleines Zimmer, das zum Bridgespielen verwendet werden konnte – obwohl die paar Damen, die kühn genug waren, es sich darin für einen Nachmittag gemütlich zu machen, damit rechnen konnten, daß Binkie seinen strubbeligen Kopf durch die Tür streckte und sich in striktem Ton vernehmen ließ: »Das Squashkomitee braucht dieses Zimmer in zehn Minuten, ich will euch fairerweise bloß warnen.« Denn etwa um vier Uhr nachmittags wogte der Klub, der bis dahin verhältnismäßig leer war, auf einmal von jungen Männern in weißen Flanellhosen und gestreiften Pullovern und Mädchen in Gymnastikkleidung, Shorts und bunten Baumwollhosen; und Kellner eilten hin und her, wankten unter der Last der Tabletts, auf denen sie die allgegenwärtigen Glaskrüge mit goldenem Bier heranschafften. Die Veranda war überfüllt; Dutzende von nackten, rotbraunen, haarigen Beinen, männlichen und weiblichen, baumelten über den Rand; aller Augen folgten hingebungsvoll, kundig und ernst dem Hockey- und Rugbyspiel, und von Zeit zu Zeit ertönte dünnes Beifallsklatschen über das weite Feld oder der Schrei: »So ist's richtig, Jolly, alter Junge« oder ein Stöhnen: »Betty, Betty, du bringst mich *um* mit diesem Pass«, und ein aufgeregter Junge, der sich hintenüberfallen ließ und zur Entspannung alle Viere von sich streckte, lag auf der Veranda und murmelte: »Diese kleine Betty bringt mich um, sie bringt mich um, sage ich!« Er lag da und wartete, bis jemand seinen Wink verstand und mit einem Bier heraneilte, woraufhin er sich langsam aufsetzte, die Augen gespannt über sein Publikum schweifen ließ, um die Wirkung seiner Darbietung zu prüfen und Vergebung heischend sagte: »Diese Gören, diese Mädchen! Ich kann's nicht aushalten, nein, sie bringen mich um.« Und unter verständnisvollem Gelächter, vielleicht sogar Beifall, trank er mit der bescheidenen Miene eines guten Schauspielers, der weiß, daß er in Höchstform war, nachdenklich sein Bier.

Und durch diese Gruppen schritt Binkie, der jetzt königliche Binkie, ein unterschiedslos großzügiger, schlampiger, bierbäuchiger junger Mann, dessen schwarze Augen unablässig nach einem Zeichen von Uneinigkeit oder Mißstimmung spähten. Es konnte vorkommen, daß er neben einem jungen Mann stehenblieb und murmelte: »Hast du mal einen Moment Zeit, es geht um die Sache mit der Dusche ...« Und der Junge ging prompt mit ihm mit, und die beiden standen ein wenig abseits von den anderen, und ihr Gehabe deutete an, daß sie sich ihrer Wichtigkeit durchaus bewußt waren, wenn sie auch übertrieben lässig taten. Und die beiden redeten darüber, wie's so zugeht im Leben. Oder er schlenderte die Veranda entlang, nickte hier und dort, der schwer beschäftigte Mann war auf einmal ganz Muße, während die Mädchen zärtlich lockten: »Hallo, Binks?« – »Hallo, Schwester«, erwiderte er freundlich und blieb schließlich vielleicht neben einer stehen und legte den Arm um sie, und dann nahm sein Gesicht diesen gemarterten, entbehrungsvollen Ausdruck an, der obligatorisch war, und sagte: »Du bringst mich um, Baby, du bringst mich um. Wer ist dein Freund, ich bring ihn deinetwegen um.« Sie blieb passiv, mit dem ebenso obligatorischen Ausdruck mütterlicher Nachsicht, während die anderen Mädchen lachten; sie waren geschmeichelt, denn dies war ein Zeichen der Aufmerksamkeit, das ihnen allen galt; sie war ihre Stellvertreterin. Doch selbst wenn Binkie stöhnte und Huldigungen darbrachte, schweiften seine Augen umher, hielten scharf nach der nächsten Sache Ausschau, die seiner Wachsamkeit bedurfte; und plötzlich straffte er sich, tätschelte das Mädchen leicht, als wollte er sagen: »Du hast genug«, und schon schlenderte er weiter, um der nächsten Gruppe mitzuteilen, daß sie austrinken sollten, daß sie schon eine halbe Stunde an derselben Runde saßen und daß der Klub pleite machen würde, wenn nicht ein jeder seinen Teil beitrug. »Ihr seid nicht kooperativ«, sagte er dann ernst. Und wie von selbst streckten sich die Hände nach den Krügen aus. »Kellner!« brüllte Binkie und winkte gebieterisch. »Kellner, hier gibt's leere Gläser!«

Doch der Klub florierte. Der Beitrag mochte zwar niedrig sein, dennoch gab es nur wenig Leute unter dreißig in der Stadt, die nicht Mitglied waren. Nicht anders verhielt es sich mit denen zwischen dreißig und sechzig, auch wenn ein gelegentlicher Besucher annehmen konnte, daß dies eine Stätte der Jugend war; er hatte einen so guten Ruf, daß die Leute sich zum Beitritt gedrängt fühlten. »Da gibt's den Neujahrstanz«, sagten sie. »Es lohnt sich allein schon deswegen. So eine angenehme Atmosphäre – nicht so laut wie im McGrath.«

Dabei war es schrecklich laut; was sie meinten, war, daß die Gesellschaftsschicht, von der sich die Bridgedamen anfangs gewünscht hatten, daß sie dort ausschließlich vertreten sein sollte, in der Tat zu den großen Bällen kam, wenn auch in geschlossenen Gruppen. Die einflußreichen Beamten, die großen Geschäftsmänner saßen mit ihren Frauen und Töchtern an großen Tischen, lächelten mit nicht allzu offenkundigem Wohlwollen und brachen meist unauffällig um Mitternacht auf, bevor es »chaotisch« wurde.

»Schluß jetzt mit dem Geklüngel da«, schrie Binkie, oder: »Los, jetzt geht's rund!« Und das bedeutete, daß von den Gruppen, den Paaren erwartet wurde, daß sie jeden Rest von Parteilichkeit fahren ließen und sich in die tanzende, johlende Menge stürzten, während Binkie dastand, schweißtriefend, mit zerknautschter Krawatte, seinen Bierkrug schwenkte und den Kellnern befahl, Freigetränke für die Band zu bringen, die spielte und lächelte, lächelte und spielte, bis ihre Kinnbacken und Arme schmerzen mußten; und wenn sie um zwei Uhr lächelten und die Köpfe schüttelten und anfingen, ihre Instrumente einzupacken, dann wurden sie auf der Stelle umringt von einem Haufen protestierender, vorwurfsvoller junger Männer, die versuchten, sich mit einem Drink noch einen, noch einen, immer noch einen zu erkaufen; wohingegen die Mädchen ein wenig befangen lächelnd dastanden, und, wenn die Band hart blieb, besänftigend, mütterlich sagten: »Los, Kinder, ihr wißt doch, es ist spät, und morgen müssen wir arbeiten.«

1935 waren wirklich alle Kinder, die ganze »Bande« war zwischen sechzehn und ein- oder zweiundzwanzig. Und 1938 nannten sie sich immer noch Kinder, obwohl diese Kinder tagsüber zwischen acht und vier oder halb fünf ehrgeizige junge Geschäftsmänner waren, aufsteigende Staatsbeamte, und die Mädchen ihre Sekretärinnen; und wenn jemand fragte: »Wo ist Bobby, wieso kriegen wir Bobby in der letzten Zeit nicht zu sehen?«, sagte das Mädchen, das sich für ihn verantwortlich fühlte, mit einem verträumten, hingebungsvollen Ausdruck in den Augen: »Er hat eine Prüfung«, und alle nickten verständnisvoll mit einem mitfühlenden Seufzer.

Bei den Mädchen setzte man voraus, daß sie verantwortlich für die Männer waren. Selbst das Kind von siebzehn, das die Schule vor einer Woche verlassen hatte und auf seinem ersten Ball war, den ersten Alkohol trank, setzte sofort eine Miene madonnenhaften, allerfahrenen Mitleids auf; es kicherte nicht, wenn dieser oder jener Wolf stöhnte und mit den Augen rollte und sagte: »Meine Schöne, warum habe ich dich nicht schon früher erblickt, ich ertrage es nicht, ich sterbe«, während er die Hände gegen die Stirn preßte und vor dem Anblick der schier unerträglichen Reize zurücktaumelte. Sie setzte ein kleines, weises Lächeln auf, und, womöglich noch ehe ihr erster Ausflug in die Welt der Erwachsenen vorüber war, hörte sie sich schon errötend, mit dem ernsten Ausdruck schwesterlicher Besorgnis mahnen: er solle »auf dem Teppich bleiben«. Denn sie blieben ja immer auf dem Teppich; ein Dutzend mitfühlende Augenpaare folgten dem Jungen bei seinem heldischen Vorsatz, wenn er mit einem Glas Orangensaft in der Hand die Veranda hinunterging, und sie fragten besorgt: »Wie läuft's, Frankie?« – »Du machst doch nicht schlapp, Jolly?«, und dann schüttelte er den Kopf und ächzte und litt mit einem geübten Blick auf sein Publikum – denn das hatte er wohl schon mindestens ein dutzendmal getan.

Das Publikum: alles war so öffentlich, alles war erlaubt, die Liebesgeschichten, die Flirts, die Streits, vorausgesetzt, alle hatten daran teil. Diese Bezeichnungen wurden jedoch nie benutzt, denn Worte sind gefährlich, und es gab ein instinktives, schamvolles Zurückschrecken vor Worten, die mit Gefühlen zu tun hatten, oder vielmehr vor den Worten, die zu jener älteren Kultur gehörten, denn das Ganze stellte einen Versuch dar, sie durch etwas anderes abzulösen.

Wurden zwei junge Männer bei einem heftigen Streit ertappt, dann gingen Binkie oder eines der älteren Mitglieder hastig zu ihnen und sagten teilnahmsvoll: »Hör auf, alter Junge, hört auf, Kinder«, und die Streitenden, die bedauernd lächelten, lächelten, als brächte es sie um, wurden zurück zur Herde geführt. Blieb ein Paar zu lange beisammen, traf es sich allzu oft, so gaben ein halbes Dutzend Hüter der öffentlichen Sicherheit auf sie acht und umzingelten sie zuletzt mit den Worten: »He, he, was soll das?« Ein junger Mann sagte dann: »Das kannst du mir doch nicht antun, Betty«, und in diesem Augenblick sprach er für alle jungen Männer; ein junges Mädchen sagte säuerlich mahnend (und bei diesem säuerlichen, persönlichen Ton schwang ein gefährlicherer Unterton mit): »Und mit wem warst du gestern abend zusammen?« und lächelte mit der Selbstsicherheit einer Stellvertreterin über den schuldigen Jungen, so daß er den Tadel als öffentlich hinnahm, wenn auch mit uneingestandenem Groll, weil er zugleich privat war.

Dieses System der allgemeinen Teilhabe an Gefühlsdingen diente wohl dazu, Ehen zu verhindern; wenn aber ein Paar es zufällig schaffte, Binkies Wachsamkeit und der Gruppeneifersucht zu entgehen und sich als verlobt vorstellte, dann wurde das mit einem Aufstöhnen des Protests quittiert. So etwas empfand man zutiefst als Verrat, und wenn die beiden dann nicht hören wollten und lächelnd den Kopf schüttelten, obwohl Binkie sie persönlich warnte: »Mensch, deine Arbeit wird drunter leiden«, und: »Du willst dich doch in deinem Alter nicht durch Kinder anbinden lassen, Baby«, dann quoll die Gruppe auf wie eines dieser gallertartigen Sporentierchen, die durch Absorption leben, umfloß das Paar und schluckte die Ehe als Ganzes. Sie durften heiraten, vorausgesetzt, es war jemand vom Sportklub, Binkie oder einer der älteren

Wölfe war Brautführer, und sie kehrten nach den kürzest möglichen Flitterwochen sofort in die Arme des Klubs zurück, bereit, ihre Freuden und Leiden mit den andern zu teilen. Aber diese Ehen neigten dazu, ziemlich schnell in die Brüche zu gehen. Es gab mehr als ein Paar, wo sie und er, inzwischen als Einzelwesen zur Herde zurückgekehrt, mit der üblichen rührseligen Kameradschaftlichkeit mit dem Ex-Gatten, der Ex-Frau tanzten, hinterher sogar intim wurden, wenn auch innerhalb der vorgeschriebenen Grenzen und am vorgeschriebenen Ort, einem geparkten Wagen; und wenn sich diese Grenzen nach der Freiheit der Ehe als unwiderstehlich reizvoll erwiesen, so daß das Paar geneigt schien, sich wieder zu verbinden, dann nahm Binkie die beiden einzeln garantiert beiseite und sagte: »Du hast's einmal probiert, und es hat nicht funktioniert, fall also nicht wieder drauf rein.« Wenn das nichts nützte, riet er verzweifelt: »Bums doch wenigstens mit jemand anderem. Mit Tom zum Beispiel« (oder Mabel, je nachdem, wie der Fall lag). »Tom ist ein guter Typ, warum bumst du nicht mit dem?«

Da gab es bereits ein halbes Dutzend Kinder, Klubkinder, die während der Dämmerschoppen und Bälle in ihren Wägelchen schlummerten und auf der Veranda zwischen Hockeyschlägern, Bierkrügen und nackten Beinen aufwuchsen wie ein Gestalt gewordenes Verhängnis.

Wenn ein Neuling den sentimentalen Refrain: »Schau, da ist Betty, ein reizendes Kindchen, die Betty« hörte, und sich umdrehte, sah er eine große junge Frau in knappen Shorts und Sandalen, das Gesicht braun und ausgedörrt von tausend Hockey- und Tennisnachmittagen, das Haar mit einem rosa oder blauen Band zusammengebunden, und stellte sich dann vor, daß das »Kindchen« das kleine Mädchen war, das sie an der Hand führte und das über dicken Beinen mit Grübchen todsicher Shorts in derselben Farbe trug, und ein Haarband, das in genau derselben Weise gebunden war wie das ihrer Mutter.

Und so ging alles weiter, 35, 36, 37, 38; während der Weihnachtszeit im Jahre 1938 war es, als hätte es den Klub schon immer gegeben, als würde es ihn immer geben; es war wie ein Märchen, alles war in sehnsüchtiges goldenes Licht getaucht, in dem alle jung sind, nichts sich je ändert. Die reglosen Blauen Gummibäume am Ende des Golfplatzes, die Hibiskushecken, das glänzende, dichte Grün mit den leuchtend scharlachroten Spritzern – sie bildeten einen magischen Kreis, und in seinem Innern konnte nichts passieren, gab es nichts Bedrohliches, denn ein unausgesprochenes Gesetz machte es unmöglich, hier über Politik zu sprechen, und Europa war weit weg. In der Tat könnte man sagen, daß dieser Klub allein aus Protest gegen alles, wofür Europa stand, gegründet worden war. Es gab keine Rangordnung, keine Schranken, oder zumindest keine, die in Worte gefaßt werden konnten; der kleinste Angestellte bei der Bahn, die jüngste Stenotypistin nannten ihren Chef beim Vornamen und mischten sich unbekümmert unter die Söhne der Kabinettsminister; das schimpflichste Attribut war »toffee-nosed«, was soviel bedeutete wie snobistisch oder unnahbar; und selbst die schwarzen Kellner, die sie bedienten, erlebten es häufig, daß ihnen ein berauschter Wolf gegen Ende des Tanzabends auf die Schulter klopfte und: »Guter alter Tickey« oder: »Bist'n braver Bursche, Shilling« sagte, und manchmal entspannten sich ihre verschlossenen, höhnischen Mienen sogar, wenn sie, überwältigt von dieser unwiderstehlichen Flut allgemeiner Freundlichkeit, unwillkürlich lächeln mußten.

2

An jenem Samstagmorgen war Martha in großer Verlegenheit, weil sie um zwölf statt um eins gehen wollte und Mr. Cohen nicht um diesen Gefallen bitten mochte. Sie litt nahezu Todesqualen, was in gar keinem Verhältnis zur Sache stand; zum Teil lag das daran, daß sie sich seit einer Woche nicht im Polytechnikum hatte blicken lassen. Einerseits nahm sie sich fest vor, »mindestens drei Monate lang« nur Stenographie und Maschine schreiben zu lernen; andererseits malte sie sich schuldbewußt aus, wie sie ins Büro von Mr. Cohen ging und ihm von dem Kleid erzählte, das sie sich kaufen wollte; denn sie hatte vor, sich des Charmes, der nahezu stammelnden Schüchternheit zu bedienen, die sie, wie sie wußte, hier bei der Arbeit eigentlich aus ihrem Wesen verbannen mußte.

Um zwölf, als sie sich endlich erhob und sich an den Schreibtisch klammerte, weil ihr die Knie zitterten, öffnete sich Mr. Robinsons Tür, und er rief heraus: »Kommen Sie doch einen Moment her, Miß Quest.« Ungeduldig fügte er hinzu: »Wenn es Ihnen recht ist«, womit er sich den von Mr. Cohen diktierten feinen Umgangsformen unterwarf.

Martha ging in sein Büro und sah, daß sie ein langes, kompliziertes Aktenstück bekommen sollte; beim näheren Hinsehen merkte sie, daß es eins war, das sie bereits an diesem Morgen getippt hatte.

»Miß Quest«, sagte Mr. Robinson mit recht gequältem Lächeln und verlegener Miene. »Sie müssen an etwas anderes gedacht haben, als Sie das abgetippt haben.«

Mr. Robinson war ein junger Mann von etwa fünfundzwanzig, und er machte hier seine Referendarzeit. Er hatte überhaupt nichts Jugendliches. Er war mager, mittelgroß, athletisch gebaut, obwohl er sich eher übereifrig gekrümmt hielt wie ein halbgespannter Bogen. Er sah ganz und gar grau und nach Paragraphen aus; sein schütteres Haar lag straff nach hinten, war mit Hilfe von Öl zu mausgrauer Angepaßtheit gestriegelt; sein Mund war dünnlippig, starr, unduldsam; und seine schönen grauen Augen, tiefliegend und klug, hatten noch nicht gelernt, aus Nachsicht sanft zu werden. Er besaß eine gute Kenntnis des Rechts, war aber noch kein guter Anwalt und tat sich schwer, einer zu werden. Er wurde leicht ungeduldig mit schwierigen Klienten, und mehr als einmal war er, reizbar und bitter dreinblickend, aus seinem Büro aufgetaucht, nachdem die Frauen minutenlang seine zornige Stimme gehört hatten, die gegen eine andere anbrüllte, und sagte: »Auf der Universität erzählen sie einem nichts davon, daß es bei der Juristerei hauptsächlich darum geht, Idioten ertragen zu lernen.« Mit den Frauen war er zunächst kurz angebunden und milderte dann seine Befehle und Tadel durch ein gezwungenes Lächeln. Es verstand sich von selbst, daß Martha, sollte sie sich wirklich als tüchtig erweisen, die Privatsekretärin von Mr. Robinson werden würde, aber keiner von beiden freute sich auf diese Verbindung. Er liebte Mrs. Buss, die er mit Arbeit überhäufte, obwohl sie ausschließlich für Mr. Cohen arbeiten sollte.

Jetzt gab er sich die größte Mühe, freundlich zu sein, doch es gelang ihm nicht, und Martha zog sich mit dem verpatzten Aktenstück zurück und sah genauso gereizt drein wie er.

Sie war erleichtert. Nun würde sie nicht vor Geschäftsschluß da sein können, um das Kleid zu kaufen. Sie war davor bewahrt worden, zwanzig Pfund für ein Modellkleid auszugeben, das sie in monatlichen Raten von zehn Schilling abzahlen wollte. Die Entscheidung war ihr abgenommen, ihr Kopf war frei, und sie tippte das Aktenstück fast genauso schnell und sauber ab wie Mrs. Buss und legte es lange vor ein Uhr auf Mr. Robinsons Schreibtisch zurück.

»Warten Sie eine Minute«, fuhr er sie an und fügte dann hastig hinzu: »Bitte.« Er nahm das Aktenstück, las es durch und blickte dann mit seinem verlegenen Lächeln zu ihr auf. »Wenn Sie das jetzt so können, warum konnten Sie es dann vorher nicht?« fragte er.

Martha zögerte und ertappte sich dann dabei, wie sie munter mit der Kleidergeschichte loslegte; sie wollte aufhören, denn sie hätte nie damit anfangen sollen; die fatale Obsession, ähnlich jener, die sie gezwungen hatte, Donovan aufzustacheln, sie zu küssen, hielt sie in ihren Klauen, und sie konnte weder aufhören noch natürlich sprechen. Er war peinlich berührt, denn Privates konnte er nie ertragen, und als sie schließlich stammelnd geendet hatte, waren sie beide rot und verlegen.

»Wenn Sie meinen Rat hören wollen, Miß Quest – obwohl es mich natürlich nichts angeht –, dann halten Sie sich fern von diesen Haien, die mit Erfolg versuchen, euch Mädchen zu schnappen. Ich kriege sie hier als Klientinnen, und sie weinen sich die Augen aus, wenn es zu spät ist. Ein Kleid für zwanzig Pfund – das ist doch lächerlich bei einem Kind in Ihrem Alter«, schloß er, als wäre er selbst ein alter Mann. Dann, mit einem raschen Blick auf ihr mißmutiges Gesicht: »Doch das ist allein Ihre Sache. Bitte, schicken Sie Mrs. Buss zu mir. Falls sie Zeit hat, natürlich.«

Martha ging hinaus und fand das große Büro halb leer. Sie nahm ihre Tasche, ging schnell allein weg, indem sie den andern auswich, und hastete die Hauptstraße entlang zu dem Schaufenster, in dem das Kleid ausgestellt war.

Kurz vor dem Krieg verlangte man von den Frauen, daß sie groß, breitschultrig, schmalhüftig und langbeinig waren. In Marthas Zimmer lagen zwar überall Bücher, aber auch eine Menge Zeitschriften herum, in denen all die Frauen sich diesem Vorbild figürlich anverwandelt hatten, und wenn sie ihr Spiegelbild sah, sich in diesem oder jenem Kleid vorstellte, dann streckte sie ihr inneres

Bild in die Länge, machte es dünner, ließ es posieren; wenn sie sich selbst in Idealgestalt im Kreuzfeuer bewundernder Blicke durch einen Raum schreiten sah, dann war es in Gestalt dieser anderen, aufgezwungenen Frau. Und Donovan wiederum sah sie bloß als Rohmaterial für seine eigenen Bedürfnisse. Dies Kleid hatte jedoch die Kraft, die falschen Bilder zu zerstören, und sie betrachtete es voll Liebe, ja fast mit körperlichem Schmerz, denn das Geschäft war geschlossen, und nun würde sie es niemals kaufen. Sie wußte, in dem Augenblick, in dem dieses Kleid ihren Körper umhüllte, würde sie sich selbst und anderen als etwas ganz Neues offenbaren, das doch zutiefst sie selbst war. Dieses Kleid war dazu bestimmt, die Person zu umhüllen, die sie eigentlich war. Es war schimmernd dunkelblau, aus einem feinen durchsichtigen, seidigen Stoff. Das Oberteil war eng und modelliert, zart bestickt mit winzigen Brillanten, der Rock war besetzt mit Schleifen und Bändern aus denselben Brillanten, die aus den Falten hervorblitzten. Mit seinen locker drapierten Schultern und dem weiten schwingenden Rock war es ein romantisches Kleid; doch als sie das Wort »romantisch« unter die Lupe nahm, mußte sie an Donovan denken und fühlte sich gleich unsicher, denn sie wußte, es war nicht das, was er für sie herausgesucht hätte.

Und als sie zweifelnd an Donovan dachte, hörte sie ein Auto hupen, drehte sich um und sah Donovan selbst, der sich im Strom des Samstagnachmittagverkehrs zu behaupten suchte. Die Straße war ein Fluß aus heißem, schimmerndem Metall, die Autos krochen, Stoßstange an Stoßstange, einher, und sie rannte am Bordstein entlang, bis sie eine Möglichkeit fand, sich neben ihn in das Auto zu hechten.

»Was träumst du da mit offenen Augen vor dem Schaufenster unseres schnöden Mr. Louise, Matty Schatz?« forschte er.

Sie erklärte es, drückte sich so aus, daß es sich frivol

anhörte, und verschleierte alles, was sie wirklich über dieses Kleid dachte, und er sagte: »Aber Matty, du weißt doch, daß du meine persönliche Kontrolle brauchst. Ich hab dieses Kleid heute morgen gesehen, und ich muß schon sagen, Matty, inzwischen solltest du besser Bescheid wissen. Es ist sehr hübsch und weiblich und alles, aber es ist nicht chic. Mach dir jetzt keine Sorgen. Ich komm mit zu dir, und du wirst sehen, ich mache dich zur Ballkönigin.«

Sie lachte, und kurz darauf unterwarf sie sich ihm und war dankbar; einen Moment lang jedoch hatte sie die Anfänge von etwas ganz anderem gespürt, einen starken Widerwillen gegen den Druck, den er auf sie ausübte.

In ihrem Schlafzimmer holte er die beiden Abendkleider hervor, die sie besaß, legte sie aufs Bett und wurde sofort ernst und nachdenklich. Er setzte sich daneben, befühlte den Stoff und runzelte die Stirn. Es gab eine körperliche Verbindung zwischen diesen Kleidern und ihm, von der sie ausgeschlossen war.

Es klopfte an der Tür, Mrs. Gunn trat ein und Martha wußte, daß sie das tat, weil sie die Stimme eines Mannes gehört hatte.

»Ach, Sie sind's, Mr. Anderson«, sagte sie, vage erleichtert.

Donovan, der sie kaum anblickte, sagte, er sei beschäftigt.

Auf eine Kopfbewegung von Mrs. Gunn hin folgte Martha ihr auf die rückwärtige Veranda. »Nehmen Sie mir es nicht übel«, sagte Mrs. Gunn, »aber meine Tochter hatte es sich zur Regel gemacht, niemals einen Mann in ihr Zimmer zu lassen. Nicht, daß ich etwas gegen Mr. Anderson hätte, aber ...«

Mrs. Gunns bleiches, fleischiges Gesicht glänzte vor Schweiß, ihr trockenes, rötliches Haar hatte dunkle Streifen, und ihr Kleid war durchnäßt von den Achselhöhlen bis zur Taille: Sie war nicht der Typ, der Hitze vertrug. Sie fuhr klagend fort: »Ich habe einen Brief von Ihrer Mutter bekommen, sie macht sich Sorgen um Sie, ich habe ihr geschrieben, daß ich mich um Sie kümmern würde, aber ...«

Martha sagte ärgerlich, sie könne sehr gut auf sich selbst achtgeben.

Mrs. Gunn war beleidigt und gab zurück, daß sie sich nicht einmischen wolle. Martha erwiderte, dann solle sie es doch bitte auch bleibenlassen.

Ihre Stimmen waren laut geworden, und sie hörten Donovan rufen: »Matty, komm her, ich brauche dich.«

Die beiden streitenden Frauen, die einander gern hatten und das auch wußten, lächelten sich reuevoll und belustigt an.

Mrs. Gunn sagte kläglich: »Die Hitze, Matty. Meine Laune ist immer gräßlich bei diesem Wetter.«

Martha hätte sie am liebsten geküßt, aber es war ihr unmöglich, Frauen zu küssen; sie sagte ziemlich trocken, daß sie es für völlig unnötig hielte, Mr. Andersons wegen beunruhigt zu sein.

Mrs. Gunns blasse, bekümmerte Augen leuchteten boshaft, als ginge ihr ein Licht auf. Sie begegneten denen Marthas, und plötzlich begannen beide Frauen zu lachen. »Sie sind schon richtig«, sagte Mrs. Gunn und lachte heiser, während ihr wuchtiger, gemarterter Körper eine hilflose Schüttelbewegung vollführte. Sie legte die Arme um Martha und küßte sie, und Martha versuchte, sich nicht gegen diese feuchte, stark riechende Umarmung zu wehren. »Sie sind schon richtig«, sagte Mrs. Gunn wieder, und Martha nickte und lachte und kehrte mit schuldbewußter Miene zu Donovan zurück.

»Seid ihr abscheulichen Mädchen endlich fertig«, sagte er leichthin, aber es klang schroff. »Du bist genauso schlimm wie meine Mutter, die kichert auch immer mit *Frauen*. Du verstehst nicht, Distanz zu halten, Matty. Ich hab dir das schon mal gesagt. Du machst dich immer mit den Leuten gemein.«

Martha zuckte ungeduldig die Achseln und ging zur Glastür. Der Mittagsverkehr hatte sich verlaufen bis auf ein Auto hie und da, das hektisch vorbeiraste. Die Asphaltstraße glänzte ölig, die Sonne strömte herab, es roch stark nach warmem Teer. Der Himmel war unheildrohend, zwischen schweren Gewitterwolken leuchteten Felder von starkem, stechendem Blau. Die Bäume im Park regten sich nicht, die Blumen im Garten hingen ermattet mit eingerollten Blättern nieder. Martha war nun gereizt und traurig zugleich. Sie hatte keine Lust, zu dem Tanzabend zu gehen, alles widerte sie an. Schlimmer noch, sie verstand diesen heftigen Stimmungswechsel nicht; es war, als wohnten ein halbes Dutzend völlig verschiedene Menschen in ihrem Körper und haßten einander wild, waren verbunden nur durch eins, eine starke, sehnsüchtige Regung, anonym, unpersönlich, formlos wie Wasser. Sie stand da, stumm an der offenen Tür, während Schwaden heißer, nach Teer riechender Luft von der Straße kamen. Allmählich versank sie in eine schwere Melancholie, in der sie sich wenigstens zu Hause fühlte, auch wenn sie ihr gründlich mißtraute. So hatte sie als Kind dagestanden, hatte die kaum merklichen Wandlungen des Velds beobachtet, wo sich die Wolkenschatten auflösten wie Vogelschwärme, hatte das Wandern des Regens entlang der Hügel beobachtet: In *diesem* Moment sah sie sich als lethargischen Menschen, dem Untergang geweiht, ohne jede Energie.

Sie wünschte, Donovan würde gehen, weil ihr klar war, daß sie sich bald aufraffen mußte, um seine Wünsche zu erfüllen; denn natürlich würde sie heute abend tanzen gehen, würde lange vorher schon ungeheuer erregt sein, als stünde sie unter Strom. Der Gedanke an diese andere Person, die sie in Kürze sein würde, lähmte sie von neuem, und sie sagte böse zu Donovan: »Mach doch nicht so ein Tamtam. Ist es nicht egal, wie ich aussehe?«

Er antwortete nicht, und sie blickte über die Schulter,

um einen Ausdruck auf seinem Gesicht zu erspähen, der besagte: »Die üblichen Weiberlaunen?« – aber nein, er sagte: »Koketterie!« Und die konnte er nicht ausstehen. »Also *wirklich*, Matty«, war alles, was er äußerte, und dann: »Und jetzt komm her, ich bin soweit, daß ich anfangen kann.«

Sie stellte sich apathisch neben ihn, doch er sagte: »Zieh jetzt dein Kleid aus, Matty – nein, laß dies mädchenhafte Gekicher, ich finde das wirklich öde.«

Sie zog langsam ihr Kleid aus und sagte sich dabei, daß dies das erste Mal war, daß ein Mann sie unbekleidet zu sehen bekam. Sie wünschte sich, es hätte weniger belanglos gewirkt. Als sie im Unterrock dastand, sah sie, daß Donovan ihre Schultern und Arme begutachtete, ja sogar die Hand ausstreckte und sie langsam herumdrehte, um ihren Rücken zu prüfen.

»Ein gutes Mädchen«, sagte er anerkennend und verdrehte die Augen mit Kennerblick.

Er führte sie zum Spiegel, hob ihre Arme und zog ihr das weiße Baumwollkleid, das sie für den Van Rensbergschen Tanzabend genäht hatte, vorsichtig über den Kopf. »Bei diesem hier gibt es verschiedene Möglichkeiten, Matty, aber du mußt dich mir überlassen. Es ist ganz hübsch so, aber hübsch kann ja jede aussehen.« Er kauerte sich zu ihren Füßen nieder und schüttelte den Rock aus, und Martha sah ein bleiches, erschöpft wirkendes Mädchen mit wirrem Haar, das ihr aus dem Spiegel entgegenblickte. »Jetzt schau mal«, sagte Donovan. »Siehst du?«

Sie sah, daß es in der Linie dem dunkelblauen Kleid glich, auf das sie so versessen war; es war, wenn man diesen Ausdruck für etwas, das so viele Formen kennt, überhaupt benutzen kann, der Grundtypus des Abendkleids: eng anliegendes Oberteil, weiter Rock; aber das blaue Kleid verdankte seine Schönheit dem zarten Stoff und dem feinen Gespinst aus funkelnden Perlen und der Ahnung halbverborgener Schultern. Hartnäckig, allem, was er sagte, zum Trotz, sehnte sie sich danach und ergab sich drein, in etwas verwandelt zu werden, das von dem Mädchen, das dieses sanftfließende Gewand tragen konnte, weit entfernt war.

Donovan kniete zu ihren Füßen und nestelte an dem weißen Kleid. Er war ganz versunken, und sie drehte sich widerstandslos wie eine Puppe in seinen Händen. Sie war nicht eine Spur befangen, als er hochlangte, um den Stoff über ihre Brüste zu ziehen, nicht einmal dann, als er sie mit den Händen nach oben, in die steifen, scharfen Falten preßte, mit denen er sie zur Geltung bringen wollte.

Mrs. Gunn klopfte wieder und kam mit einem großen Paket herein. Sie schnappte nach Luft, das Haar fiel ihr feucht übers Gesicht, und obwohl es sie wirklich Kraft kostete, dem versunkenen Mann vor dem Mädchen einen unbeteiligten Blick zuzuwerfen, bezog sich ihre Bemerkung: »Mein Gott, ist das nicht gräßlich?« auf die Hitze. »Würde mich nicht wundern, wenn es gleich regnet«, sagte sie beim Hinausgehen. Donner grollte sanft zwischen den aufgetürmten Wolken droben.

Martha blickte hinab auf Donovans dunklen Kopf, der normalerweise so glatt und streng aussah. Eine Strähne des ziemlich dicken Haares hatte sich gelöst und hing steif über seine Stirn, und aus irgendeinem Grund fand Martha diese steife Locke widerwärtig, ebenso wie die Stirnfläche, die rötlich, großporig und schweißnaß war. Flocken durchnäßter Schuppen lagen auf der Scheitellinie, die ein totes Weiß zeigte wie ein Fischbauch. Sie fing an, sich gereizt unter seinen nestelnden Händen zu bewegen und hielt sich nur mit Mühe zurück, als er sagte: »Wer schön sein will, muß leiden, Matty, also sei ein braves Mädchen.«

Sie redete sich ein, daß sie sich nur langweilte, blickte weg und entdeckte das Paket, das auf ihrem Bett lag. Bücher. Vorsichtig beugte sie die obere Hälfte ihres Körpers zur Seite und streckte einen Arm aus, um das Paket näher heranzuziehen, da sagte Donovan: »Alles zu seiner Zeit, Matty.«

Sie harrte wütend aus.

»Was für Bücher hast du bestellt?« fragte er.

»Ich weiß nicht, was gekommen ist«, erwiderte sie ausweichend, weil sie das Gefühl hatte, wenigstens dies sollte ganz ihr gehören.

»Warum stellst du deine Bücher nicht in einen hübschen Bücherschrank, damit die Leute sie sehen können, wenn sie kommen? Es hat doch keinen Sinn, die Bücher unterm Bett zu haben. Du bist wirklich ein schlaues Mädchen, Matty, aber du redest daher wie alle andern. Du könntest die Leute beeindrucken, wenn du wolltest.«

Zum Dank für seine Güte setzte Martha eine höhnische Miene auf, doch er blickte sie nicht an.

»Nimm doch mal Ruth Manners. Die ist mit ihrer Mama nach England gegangen, und als sie zurückkam, war sie irre gebildet; sie war im Theater und in den Galerien, und du ahnst es nicht, sie ist dermaßen North Avenue heute – dreh dich ein bißchen, Matty, heb deine Hüfte – so ist's gut. Du läßt dich hängen, weißt du, aber nicht richtig, es ist sehr sexy, sich hängen zu lassen, wenn man weiß, wie. Ja, Ruth hat sich rausgemacht. Du hast keine reiche Mama, die dir Kleider kauft, aber du hast wenigstens alles gelesen. Doch du weißt nicht, wie du das Beste aus dir machen kannst – nimm die Schultern ein bißchen vor – du mußt lernen beim Stehen den Hintern *ein*zuziehen, die Hüften nach vorn zu drücken und die Schultern leicht zu krümmen, aber so, daß deine Brüste hervortreten. Guck *so*, Matty.«

Er stellte sich vor sie hin und preßte mit der einen Hand ihren Hintern nach innen und mit der anderen ihre Schultern herunter, so daß ihre Brüste hervortraten, ihn fast berührten. Sein finsterer Blick begegnete ihrem feindseligen, und er ließ die Hände sinken, und sein hübsches Gesicht, das jetzt grob und fleischig war, glänzend vor Hitze und Anstrengung, wurde langsam zornrot. »Ich weiß, was du denkst«, sagte er und versuchte, Haltung zu bewahren. »Ich versprech dir, daß ich mit dir schlafen werde, Matty, ich werde es, wirklich, aber nicht jetzt.« Er sah auf die Uhr und wurde wieder er selbst. »Jetzt wirst du dich hinlegen und schlafen; du siehst wirklich schrecklich aus, weißt du. Ich komme um sechs und ziehe dich an. Du mußt um fünf ein Bad nehmen, aber mach nichts mit deinen Haaren, das mache ich.« Er winkte heiter Adieu, eilte von dannen, und Martha legte sich gehorsam hin, von Ekel und hysterischen Lachanfällen geschüttelt.

Sie schlief nicht. Sie erhob sich bald wieder, ließ sich ein Bad ein, lag darin, während das Wasser abkühlte, und horchte auf das Eisendach, das sich in der Hitze dehnte und streckte. Durch die offene Lünette konnte sie Mrs. Gunns Seufzer hören, die von der Veranda kamen. Der Donner grollte und knurrte wie ein Tier. Bald schon fing sie an zu prüfen, inwieweit ihr Körper dieser fremden Norm – »lang, mager, schmal« – entsprach, doch es fiel ihr schwer, eine solche Norm aufrechtzuerhalten, wenn sie sich selbst nackt sah, und sogleich verfiel sie mit wahrer Anbetung in ein Ritual der Eigenliebe. Ihre Glieder lagen glatt und leicht im Wasser, ihre Schenkel kamen ihr wie zwei pralle, schimmernde Fische vor, sie spritzte Wasser auf ihren weißen Bauch und beobachtete, wie die Tropfen wie ungeschliffene Edelsteine niederfielen, in ihren Nabel schlüpften und dort zu makellosen, zitternden Silberkügelchen wurden. Unterdes lag ihr Körper reglos und fern da und verfestigte sich unter den Augen dieser Liebenden zu vollendeter Form. Und Martha dachte an Mrs. Gunns ächzenden, schwitzenden Körper und war glühend dankbar für ihren eigenen; sie dachte an die häßliche Narbe quer über dem Bauch ihrer Mutter und schwor ihrem eigenen wie einem Schutzbefohlenen, daß er nie, nie so verstümmelt werden würde; sie dachte an Mrs. Van Rensbergs Beine, ließ ihre Hände zärtlich beruhigend über ihre eigenen glatten, braunen Beine gleiten und murmelte dabei: Ist ja gut, gut, es wird euch kein Leid geschehen.

Ein paar schwere Tropfen fielen wie Steine aufs Eisendach. Schwirren und Wirbeln von Regen und Wind und Staub; der Donner krachte hoch droben, und der Regen schlug nieder wie ein Kugelhagel. Ihre Lebensgeister stiegen hoch wie Drachen, bis sie schließlich inmitten des Getöses aus voller Kehle sang; und schwach, durch den Donner, den stürzenden Regen, das gurgelnde Badewasser hindurch konnte man hören, wie Mrs. Gunn ihre Erleichterung wie ein Dankgebet an den Regengott hinaussang. Martha, deren Melancholie mit dem Badewasser fortgeflossen war, verließ das Badezimmer und sah, daß Mrs. Gunn und ihre Tochter mit leuchtenden, sanftlächelnden Gesichtern am Tisch auf der rückwärtigen Veranda Tee tranken. Martha stellte sich in ihrem roten Morgenrock vor den Tisch und trank Tee mit ihnen, und sie unterhielten sich und beobachteten, wie der Regen hinter der verblichenen grünen Moskitogaze in schimmernden Speeren niederprasselte, und die gereizte Atmosphäre des frühen Nachmittags war so weit weg, daß es deshalb keiner Entschuldigung mehr bedurfte. Mrs. Gunn legte den Arm um Marthas Hüften und sagte, sie sei ihr liebes Mädchen, ihre Tochter, jetzt, nachdem ihre eigene sie verlassen hatte, und die junge Frau am anderen Ende des Tisches lachte, und sie lachten alle, und der Regen fiel unaufhörlich, alles brauste und gurgelte und schwamm, und sie lachten wieder, wenn der Donner gefährlich krachend übers Dach kam wie ganze Armeen, so laut, daß sie keinen Ton hören konnten, obwohl sie sich anschrien wie grinsende Irre. Durch eine Pantomime drückte Martha heiter ihr Bedauern darüber aus, daß sie gehen mußte, um sich anzukleiden, und daß es ihr leid tat, sie zu verlassen. Sie konnte nicht begreifen, warum sie Mrs. Gunn früher so wenig hatte leiden können; Mrs. Gunns Tochter, die gerade ein Baby bekommen hatte, und aus diesem Grund eigentlich Marthas Widerwillen hätte erregen müssen, schien ihr bezaubernd natürlich und fraulich, wie sie da neben ihrer Mutter saß und das sabbernde, nuckelnde Kind stillte.

Im Leben hatte sie sich nichts so sehr gewünscht, wie zu diesem Tanzabend zu gehen, sie war eins mit sich und der Welt und festlich gestimmt, und als Donovan hereinkam und wegen seines nassen Abendanzugs vor Lachen kreischte, fand er eine Martha mit glänzenden Augen, die gesprächig und zugänglich war und sich bereitwillig in ihr neues Kleid nähen ließ.

Doch das Ganze dauerte schrecklich lange. Donovan wischte ihr das Make-up ab und befahl ihr, die Augen zu schließen, während er ihr Gesicht neu anmalte. Wieder und wieder ordnete er ihr das Haar. Sie war willig, aber ungeduldig. Endlich führte er sie triumphierend zu dem langen Spiegel und sagte: »Also. Matty, jetzt ...«

Martha blickte hin und war nicht erfreut, sondern beklommen. Das war nicht sie selbst, dachte sie. Das schlichte weiße Kleid hatte jetzt einen Hauch von Extravaganz – nein, *das* war es nicht; während sie sich betrachtete, versuchte sie instinktiv, sich dieser jungen Frau im Spiegel anzupassen, die kühl, unnahbar und herausfordernd war. Doch aus dem kühlen, abweisenden Gesicht guckten ein Paar bekümmerte, bange Augen hervor.

Als sie diesen Blick sah – ihren eigenen offenbar –, trat Donovan schnell vor und sagte: »Jetzt hör mal zu, Matty, du siehst doch wohl ein, daß du dich für ein Kleid wie dieses verwandeln mußt? Siehst du das nicht?« Er beugte sich zu ihr, und seine Hände lauerten, bereit, sich auf alles zu stürzen, was nicht stimmte. »Schau«, sagte er schließlich, »deine Augen auch. Heb den Kopf.« Als sie sich nicht rührte, hob er mit der Handfläche ihren Kopf.

»Bei diesen Backenknochen«, sagte er, »müssen deine Augen *so* aussehen.« Mit einem gewissen Entsetzen sah Martha, wie er seine eigenen Augen schräg zur Seite zog, bis sie gleichgültig und kühl schimmerten. »*Kapierst* du?« fragte er triumphierend. Er machte es nochmal. Für den Bruchteil einer Sekunde war er auf erschreckende Weise sie selbst, und sie starrte ihn fasziniert und angeekelt an. Diesmal war ihr Lachen nervös, und er ließ die Hand fallen, blickte sie an und errötete.

»Du bist wirklich – sonderbar«, sagte sie schließlich langsam; und der Abscheu, den sie empfand, war deutlich aus ihrer Stimme zu hören. Das Schweigen war lang; es war ein entscheidender Augenblick zwischen ihnen. Martha, die ihn hilflos anblickte, erkannte, wenn auch ungerührt, daß sie jedenfalls nicht als einzige verwirrt und unglücklich war; er hatte etwas Verdrossenes, Kleinjungenhaftes an sich, das ihr Mitleid hätte wecken sollen, sie aber bloß reizte; und diese Barriere wurde überschwemmt von einem vagen Schuldgefühl, weil sie um keinen Preis etwas Tröstliches hätte sagen können; denn irgendwo war es entsetzlich, diesen selbstsicheren jungen Mann so gepeinigt und hilflos zu sehen.

Endlich setzte er sich hin, warf übellaunig ein Bein übers andere und bemerkte: »Ich hätte Modezeichner werden sollen. Ich wäre ein sehr guter geworden, Matty Schatz.« Dieses leichthin gesprochene »Matty Schatz« stärkte seinen Glauben an sich neu; er erholte sich bereits wieder. »Aber was soll man schon anderes tun, wenn man in den Kolonien aufwächst, als Statistiker werden und warten, bis der Chef in Pension geht!« Hier lachte er mit echter Bitterkeit, und Martha wurde klar, daß sie, wenn überhaupt etwas, dann die gemeinsame Überzeugung verband: Wenn wir in *andere Verhältnisse* hineingeboren worden wären, ja *dann* . . .

»Ach, laß uns nicht streiten«, sagte sie verlegen. »Du solltest es aufgeben mit mir, weißt du. Ich glaube nicht, daß ich zum Mannequin geschaffen bin!« Sie machte sich über ihn lustig und sehnte sich doch – wonach? Nach einer Geste, die das ausdrückte, was sie verband? Sie hatte das Gefühl, er hätte seine Arme in sanfter, brüderlicher Weise um sie legen sollen, dann wäre die ganze Sache für sie abgetan gewesen.

Statt dessen lachte er wieder ärgerlich und sagte: »Zum Teufel, Matty. Laß uns zu der Party gehen und alle in Staunen versetzen.«

An der Tür sah sie, daß es aufgehört hatte zu regnen. Ein düsterer Sonnenuntergang spiegelte sich in dem See, der zwischen ihnen und dem Gartentor lag.

»Ich nehme an, du erwartest, daß ich dich trage wie ein Supermann im Film«, sagte er. »Das werd ich aber nicht. Paß auf, daß der Schlamm nicht an deine Röcke kommt.«

Er kreischte in lustvollem Entsetzen, als sie begann, vorsichtig von der Treppe zu einem wackligen Stein zu balancieren und von dort zu einem Stückchen Ziegelstein, das schwärzlich aus den rosigen Fluten ragte. Und da stand sie schwankend, lachte über sich und ihn, denn er tanzte aufgeregt auf der Treppe herum und schrie: »Matty, Matty, paß auf.« An diesen schrillen und hilflosen Mahnrufen war etwas, das ihre heitere Laune in Trotz verwandelte. Sie blickte ruhig um sich: Zwischen ihr und dem Gartentor lagen zwei Meter schlammiges Wasser. »Zum Teufel damit«, sagte sie und fühlte sich auf der Stelle in ihrem Element. Sie raffte ihre frischen weißen Röcke in einem Bausch um die Taille, schritt, während das Wasser kühl um ihre Knöchel plätscherte, in ihren goldenen Schuhen gelassen zum Gehsteig und sagte: »Oooh, ist das herrlich, ist das herrlich, Don«, wie ein planschendes Kind.

In Sprüngen kam er angespritzt, um sie einzuholen. »Matty«, sagte er in schmerzlichem, ungläubigem Staunen, »Matty, du bist verrückt. Ich nehme an, du hast die Schuhe noch nicht mal bezahlt.«

»Natürlich nicht«, sagte sie unbekümmert, ließ ihre Röcke fallen und lachte ihn aus, verachtete ihn ganz unverhohlen aus tiefstem Herzen.

»Deine Füße sind ja naß«, klagte er.

»Meine Füße sind ja so naß«, ahmte sie ihn grausam nach. »Herrjeh, ich könnte ja einen *Schnupfen* kriegen.« Sie hielt inne, bereits unsicher geworden. Schließlich waren die Schuhe wirklich teuer; schließlich war das alles ziemlich kindisch. »Sei doch nicht so altweiberhaft«, sagte sie böse und stieg in den Wagen. »Die werden meine Füße gar nicht bemerken«, meinte sie endlich besänftigend. »Die schauen auf dein schönes Kleid.« Sie hob die Schuhe und untersuchte sie. Das goldene Leder war stumpf geworden und wellte sich; eine blasse, braune Gezeitenmarke lief um ihre Knöchel. Sie konnte nicht umhin, sie voller Genugtuung zu betrachten; das elegante, kühle weiße Kleid schien sehr weit weg von ihr, eine bloße Hülle für ihren Körper, der aus diesen verwegenen, starken Knöcheln kraftvoll nach oben wuchs.

Sie schüttelte den Kopf, um ihr Haar zu lockern, und lachte herzlos, als er sagte: »Du siehst aus wie ein nettes, naturverbundenes Mädel, falls es das ist, was du willst. Um Himmels willen, Matty, beweg dich vorsichtig, ich hab dich gerade so in das Kleid genäht, daß die Linie nicht verdorben wird, und wenn du herumhüpfst, fällt es runter. Ich nehme an, das würde dir gefallen.«

»Natürlich«, sagte sie schnippisch, doch sie malte sich aus, wie sie auf diese Weise plötzlich entblößt dastehen würde und lachte, schaudernd vor Erregung. »Natürlich«, sagte sie wieder und merkte, wie sich seine Miene vor Zorn und Gereiztheit verdüsterte.

Sie kamen im Klub an. Die Veranda war mit bunten Lichterketten illuminiert, und in großer Leuchtschrift stand da: »Noch drei Wochen bis Weihnachten – packen wir's an, Kinder.«

Der Saal war geräumt für den Tanzabend und noch

leer. Auf der großen Veranda tranken junge Männer und Frauen etwas, manche in Abendgarderobe, andere noch immer in Sportkleidung. Martha kannte die meisten vom Sehen und wurde von den Mädchen mit innig schwesterlichem Lächeln, von den Männern mit dem üblichen Gejohle und Gepfeife begrüßt. Ihr Widerwille dagegen war nicht schwächer geworden, bloß abgedrängt in jenen Teil ihrer selbst, den sie als den eigentlich wahren betrachtete. Was Donovan anging, so stellte sie fest, daß er mit der Frage empfangen wurde: »Was, Fremdling, du zurück?« – eine Äußerung, die bedeutete, daß er anders, als er behauptete, kein Unbekannter im Klub war. Sie erwartete, daß sie allein sitzen würden, falls sie überhaupt etwas erwartete – denn diese Eigenart von ihr, sich einer Person oder einem Ort mit ernster, kindlicher Ergebenheit zu unterwerfen, als stünde sie unter einem Bann, bedeutete, daß sie nicht bewußt etwas erwartete oder verlangte; sie mochte durchaus davon *träumen,* daß alles anders sein würde, aber das verpflichtet einen schließlich zu nichts.

Weit davon entfernt, Martha von den anderen wegzuführen, hielt Donovan ein Weilchen Hof und erwog lauthals, fröhlich, mit unverhohlener Frechheit, ob Binkies Tisch oder der eines anderen ihm am meisten zusagte. Zuletzt nahm er Martha bei der Hand, setzte sie an den Tisch, wo Binkie und seine Leutnants und ihre Mädchen etwas tranken und Erdnüsse aßen, und sagte: »So, Matty, da hast du die Muskelprotze endlich um dich.«

Er setzte sich dann selbst zwischen zwei Mädchen und ignorierte Martha völlig, was sie zunächst ärgerte und dann erleichterte, denn nun konnte sie sich benehmen, wie sie wollte.

Es war gegen sieben Uhr abends. Hinter den dunklen Stämmen der Blauen Gummibäume schwand der Sonnenuntergang in stiller, zarter Glut; die Spielfelder schimmerten grün unterm Wasser; das Klubhaus war umgeben von aufgewühlten roten Schlammfluten. Es war die klösterliche Stunde, die Stunde der Stille, gerade als ob der bloße Umstand, daß in den Bäumen und auf dem Veld, das kaum eine halbe Meile entfernt war, die kleinen Lebewesen und Vögel in den Schlaf sanken, in diesen Menschen, wenn auch nur kurz, die Erinnerung an jenen anderen Rhythmus weckte, der in ihrem Blut verebbt war. Die Lichter waren nicht an; sie saßen im rosig gefärbten Halbdunkel, und unwillkürlich senkten sich ihre Stimmen, obwohl sie einander nur aufzogen, weil sie sich die Kleider beschmutzt hatten und weil einige davor zurückscheuten, durch den Schlamm zu den Autos zu gehen, um sich umziehen zu können. Martha zeigte ihre Schuhe und machte eine amüsante Geschichte daraus, wie sie durchs Wasser gewatet war; mittendrin wurde sie unruhig, da sie merkte, daß sie Donovan in ein schlechtes Licht setzte, fuhr jedoch fort und vermied dabei seinen Blick, und der junge Mann neben ihr sagte, wäre er dagewesen, hätte er Martha auf seinen Armen durch die Flut getragen. Es war ein großer, hellhäutiger Junge; das blonde Haar, das einen rötlichen Schimmer hatte, kräuselte sich auf seinem Kopf, und in dem eckigen, sonnenverbrannten, entschlossenen Gesicht lagen blaue, klare Augen. Martha fand es bemerkenswert, daß dieser junge Mann, von dem sie wußte, daß er Manager bei einer großen Versicherungsgesellschaft war, gerne als blödelnder Schuljunge auftrat. Ziemlich unbeholfen fing sie an, mit ihm über ein Buch zu reden, das sie gerade gelesen hatte. Er antwortete zögernd. Als sie nicht aufhörte, stieß er einen deutlich vernehmbaren Seufzer aus, der die gespannten Blicke aller auf ihn zog, und sagte kummervoll: »Baby, Baby, du bist mein Untergang.« Dann zeigte er mit ausgestrecktem Daumen auf Martha und sagte: »Sie ist intelligent. Das Baby da hat Grips.« Und er lachte und verdrehte die Augen und schüttelte den Kopf, als wollte er sich schaudernd in sich selbst verkriechen. Martha errötete und fing an, »amüsant« zu plaudern, wie es von ihr erwartet wurde, sobald die Unterhaltung um sie herum wieder in Gang war. Die verstörten blauen Augen hefteten sich erleichtert auf sie; seine Miene hellte sich auf, und sie begriff, daß alles gut war. Bald darauf stand er auf, sagte, er müsse sich umziehen, aber Matty solle daran denken, daß er jederzeit für sie sterben würde, daß sie ihn umbringe, und er bestand auf dem ersten Tanz.

Die Veranda war bald halbleer, und nur einige Paare in Abendkleidung blieben zurück. Martha war etwas flau, da sie den ganzen Tag kaum etwas gegessen hatte, aber Donovan unterhielt sich mit den beiden Mädchen, die sich zu ihm beugten und mit schmeichlerischer Aufmerksamkeit lachten, und so gab sie jeden Gedanken an ein Abendessen auf, zog sich einen Teller mit Kartoffelchips heran und begann mit der wiederkäuenden Konzentration zu essen, die zeigt, daß jemand nicht zum Vergnügen ißt, sondern weil er es dringend braucht.

Sie hörte Gelächter, blickte auf und sah, daß die Leute um sie herum sich darüber amüsierten. »Ich sterbe vor Hunger«, sagte sie ungerührt und aß weiter.

Binkie stand aus seinem Sessel auf, kam auf sie zu und kauerte sich neben sie, den Arm leicht um ihre Taille gelegt. »Meine Schöne«, sagte er, »das können wir nicht zulassen, wir werden dir was zu essen geben.«

Sie blickte zögernd zu Donovan. Sie hatte sich nie eingestanden, daß er knausrig war, und es war ein neuer Schock für sie, feststellen zu müssen, daß er hier bekannt dafür war, denn die Blicke, die die anderen ihm zuwarfen, waren boshaft amüsiert. Sie war gekränkt um seinetwillen, und sagte munter nein, sie wolle nichts essen, Donovan habe ganz recht, sie mache eine Schlankheitskur und –

Donovan winkte ihr gleichgültig zu und sagte: »Matty Schatz, geh doch, wenn du willst.« Wieder gekränkt, diesmal um ihretwillen, stand sie auf, dankte Binkie und erklärte, sie würde gern mit ihm essen. Und so kam es, daß sie gleich zu Beginn des Abends von Donovan getrennt wurde; es sah fast so aus, als hätte er sie abgeschoben, denn als sie ging und ihn reuig anlächelte, schenkte er ihr nicht einmal einen Blick.

Martha begleitete Binkie mit der gleichen sanften, ergebenen Haltung, die bis vor fünf Minuten Donovans Privileg gewesen war, die bloße Tatsache, daß er sie gebeten hatte, mit ihm zu essen, wirkte sich aus, als hätte er ihre Gefühle aufgelesen und zusammengebunden. Und natürlich legte er den Arm um sie, als sie die Veranda entlanggingen, und sang schmalzig: »Mein Baby speist mit mir zu Abend«, doch der Blick, den er über ihren Kopf hinweg auf der Veranda kreisen ließ, war scharf und kritisch, und er rief seine Untertanen mit einem Nicken oder Winken seiner freien Hand herbei; denn Abendessen mit Binkie war Gemeinschaftssache.

Ein Dutzend Wölfe quetschten sich also mit ihren Mädchen in die Autos und fuhren zum Speisesaal im McGrath, den sie betraten wie die Könige, willkommen geheißen von zahllosen Kellnern. Denn Binkies »Bande« führte sich zwar auf wie die Berserker, hatte bekanntlich den Speisesaal zertrümmert, aber sie zahlte großzügig, gab phantastische Trinkgelder. Andererseits war das McGrath das beste Hotel in der Kolonie, und es kamen wichtige Gäste aus England und vom Kontinent dorthin; das McGrath mußte seinen Ruf wahren, und aus diesem Grunde war der Willkommensgruß der Kellner zugleich angstvoll.

Sie bekamen einen Mitteltisch in dem großen Saal, der schokoladenbraun und vergoldet war wie die Lounge. Er war bereits für Weihnachten dekoriert. Der Oberkellner und der Weinkellner, beides Weiße, begrüßten jeden Wolf mit Namen, wurden ihrerseits beim Vornamen angeredet und auf die Schulter geklopft. Sie nahmen die Bestellungen mit betont leiser Stimme entgegen, zugleich flehten die ehrerbietigen Blicke: Bitte, Mr. Maynard, bitte, benehmen Sie sich, und überreden Sie Ihre Bande auch dazu! Johnny Constoupolis, der Oberkellner, wies Binkie sogar darauf hin, daß Mr. Player, der Chef der großen Gesellschaft, die in Wirklichkeit die Kolonie beherrschte, mit seiner Frau in einer Ecke unter den Palmen vor der Band saß. Bei dieser Information sprang Binkie jedoch auf und röhrte so laut einen Gruß an Mr. Player heraus, daß alle im Saal sich nach ihm umdrehten.

Johnny war bedrückt, nicht allein angesichts der Gefahr, daß andere ehrbare Gäste verärgert sein könnten, sondern weil er dem bedeutenden Mr. Player treu ergeben war; der dunkle, höfliche, erschöpfte kleine Grieche bediente den großen Mann mit dem vollendeten Takt, der ihm diese Stellung eingebracht hatte, und von Mr. Players Tisch eilte er ständig herüber zu Binkies, dessen Vater, wie er wußte, ebenfalls ein wichtiger Mann, ein gebildeter Mann war; und innerlich bebte er vor Staunen und scheuer Furcht, wie im Angesicht des Wahnsinns. Diese jungen Leute waren alle wahnsinnig. Sie verschleuderten Geld wie Dreck; Binkie verpraßte bisweilen zwanzig Pfund bei einem dieser Abendessen. Er hatte überall Schulden, sogar bei Mr. Player; sie benahmen sich alle wie öffentlich zugelassene Irre, als gäbe es keine Zukunft, als hätten sie nicht vor, selber einflußreiche Männer mit Frauen und Kindern zu werden. Und ihre Vorstellung von sich selbst schien von jedermann akzeptiert zu werden. Johnny wußte: Wenn dies einer der Abende werden würde, an dem die Wölfe zu dem Schluß kamen, daß das Leben ihnen eine Zerstörungsorgie schuldete, und anfingen zu singen, die Dekoration herunterzureißen und auf den Tischen zu tanzen, dann würden die anderen Leute, Mr. Player eingeschlossen, sie mit der gequälten Nachsicht betrachten, wie sie gegenüber einer Rotte momentan übererregter Kinder angebracht war. Unerklärlich, ja, schrecklich für den kleinen Griechen, der sein geliebtes Land vor zwanzig Jahren mit seiner Familie verlassen hatte, um sie alle vor der Armut zu bewahren, die so abgrundtief war, daß ihn der Gedanke daran noch heute verfolgte. Niemals würde Johnny, der Grieche, seine Furcht vor der Armut verlieren; nie würde er vergessen, daß ein Mann von einer Minute zur andern seinen kostbaren Platz unter den satten, geachteten Lebenden verlieren und hinabgleiten konnte zu den namenlosen Schatten. Johnny erinnerte sich an den Hunger, diesen gemeinsamen Nenner; seine Mutter war an Tuberkulose gestorben; seine Schwester war im Großen Krieg an Auszehrung gestorben, ein gewichtloses Lumpenbündel. Stets war er an Johnnys Seite, dieser Schatten Furcht; und nun stand er, ein klein bißchen vornübergebeugt, im Speisesaal vom McGrath hinter Binkie Maynards Stuhl und nahm ihre Bestellungen für das Essen entgegen, während er aus Angst, sie könnten seine Gedanken verraten, die dunklen, kummervollen Augen zu verschleiern suchte.

Er wußte, daß es dauern würde, die Bestellungen entgegenzunehmen, während die Wölfe die Mädchen anschmachteten und darauf bestanden, daß ihnen jeder Wunsch erfüllt würde; doch kaum war dies Ritual beendet, war es gleichgültig, welches Gericht nun wirklich gebracht wurde, sie merkten es nicht. Essen interessierte sie nicht, nicht einmal der Wein. Wenn sie Wein bestellten, konnte es vorkommen, daß sie fünf Minuten lang über eine Bezeichnung auf der Karte diskutierten und vergaßen, was sie bestellt hatten, wenn die Flasche kam. Sie kannten sich nicht aus, sie wußten nichts, sie waren Barbaren, aber sie mußten ehrerbietig behandelt werden, denn eines Tages (auch wenn allein die Götter wußten, wie diese Verwandlung bewerkstelligt werden sollte) würden sie seriöse, verantwortungsbewußte Stadtväter sein und diese Mädchen ihre Frauen.

Martha aß das Hotelabendessen mit Appetit, wenn nicht mit Vergnügen. Die Karte war lang und auf Französisch, und dies war das teuerste Essen, das die Kolonie zu bieten hatte.

Sie aßen eine dicke weiße Suppe, die nach Mehl und Pfeffer schmeckte; rundes Käsegebäck, so groß wie Krikketbälle, das nach nichts Besonderem schmeckte; gekochten Fisch in klebriger weißer Soße; gebratenes Huhn, harte weiße Fleischfetzen mit gekochten grünen Bohnen und gekochten Kartoffeln; Pflaumenkompott mit Sahne und Sardinen auf Toast. Sie tranken alle Brandy gemischt mit Ingwerbier. Mittendrin fing Binkie an, sie zu drängen, »die Sache etwas zu beschleunigen, Kinder«, denn er fürchtete bereits, daß der Tanzabend ohne ihn beginnen könnte.

Am Schluß schmiß er Silbergeld auf den Boden, ganze Hände voll, und die Kellner lächelten und verbeugten sich vor ihm, obwohl ihre gierigen Blicke bereits taxierten, wieviel Silbergeld das war und wie es unter ihnen zu verteilen sei. Die Mädchen empörten sich, wie üblich mit mütterlichem Stolz darüber, daß Binkie so ein Kindskopf war. Sie kehrten geschlossen zum Sportklub zurück. Martha dachte voll schuldbewußter Zärtlichkeit an Donovan, konnte ihn aber nicht gleich finden. Perry, der große blonde Sportler, hatte sie schon in Beschlag genommen.

Der Klub war jetzt voller Leute in Abendkleidung, und die Band spielte. Sie sah Donovan bei einem Mädchen sitzen, von dem Martha wußte, daß es Ruth Manners war. Er winkte ihr zu wie einer Bekannten, während er Perry einen abschätzigen Blick zuwarf. Martha blickte hilfesuchend zu Binkie, der mit entwaffnender Offenheit sagte: »Bei uns hast du's besser, Baby, er füttert dich ja nicht mal richtig.« Aber ihr Blick war immer noch flehend, und sie stöhnten und seufzten und zuckten die Achsel und holten Stühle und rückten Tische zusammen, bis Donovan am einen Ende einer großen Runde von Leuten saß und Martha ihm gegenüber.

Ruth Manners war ein dünnes, zartes Mädchen mit schmalem weißem Gesicht, kurzem dunklem, drahtigem Haar und langen nervösen Händen. Ihre Züge waren unregelmäßig: Der schmale scharlachrote Mund verzog sich zur Seite, wenn sie lächelte, die schmale Nase war ein wenig gekrümmt, die Brauen standen wie Zirkumflexzeichen, scharf und schwarz über blassen, wachsamen Augen. Sie sprach gewählt, mit sauberen Vokalen, sie bewegte sich mit Bedacht; war sich ihrer Wirkung stets bewußt. Und diese Selbstkontrolle bewirkte im Verein mit dem zerbrechlichen Aussehen – ihre Augenlider waren leicht gerötet und schwer, die weißen Wangen zeigten eine fleckige, flüchtige Röte –, daß sie einen intellektuellen Eindruck machte. Dabei war sie sehr elegant, von einer Eleganz, an die keine der anderen Frauen, die da waren, heranreichte. Sie trug ein jadegrünes Kleid aus schwerer, dichter Seide, das von der Taille ab in weiten Falten fiel und um die schmale Mitte von einer geflammten Schärpe gehalten wurde. Das Oberteil war vorn und hinten tief ausgeschnitten, der Stoff lag leicht über kleinen, flachen Brüsten, die wie die eines Kindes waren. Ihre Schultern und ihr Hals waren dürr und knochig, von einer empfindlichen Weiße, die so aussah, als könnte sie sich wie ihre Wangen zu unschönem Rot verfärben. Doch obwohl sie nicht hübsch war und ihr Körper – so sagte sich Martha eifersüchtig – besser verhüllt blieb, besaß sie unleugbar die Ausstrahlung, die Donovan so sehr bewunderte. Ihre Selbstsicherheit schien zu sagen: Man muß nicht anziehend sein, man mag einen reizlosen Körper haben – ja, und? Ich habe ja dies andere. Und dieser Selbstsicherheit wegen verlor Martha ihre eigene. Sie fühlte sich unelegant und, trotz der Huldigung der Wölfe, ziemlich unvollkommen.

Ruth und Donovan bildeten ein Paar und wußten das. Seite an Seite am Kopfende des Tisches sitzend, plauderten sie auf eine leichte, flirtive, scherzende Weise locker miteinander, und das entsprach so *wenig* der im Klub üblichen Art, daß die übrigen etwas betreten waren und mit gequälter Aufmerksamkeit zuhörten.

Als Donovan merkte, daß er ein Publikum hatte, lehnte er sich in seiner anmutigen Art zurück, ergriff Ruths Hand und sagte: »Kinder, wir sollten alle nach England gehen. Begreift ihr nicht, wie wichtig das für uns ist? Schau dir bloß mal Ruths Kleid an, Matty Schatz – kapierst du das? Es hat was, was wir armen Kolonialmenschen nicht zustande bringen.«

Ruth lachte und sagte: »Armer Don, du warst doch selber letztes Jahr in England.«

Martha hatte nie erfahren, daß Donovan in England gewesen war, und sie fand das seltsam. Sie merkte, daß er verärgert war; denn er runzelte die Stirn und zögerte, bevor er sich entschloß, das Beste draus zu machen, und sagte: »Stimmt Ruthie, aber ich hatte keine Gelegenheit, mich zu verfeinern, ich stand unter der Kuratel meiner Mama, die viel zu beschäftigt war, Kleider bei Harrods und Darry und Toms zu kaufen, und ich mußte sie begleiten, weil sie ohne mich nichts kaufen kann, wie du weißt.«

Diese beiden Geschäfte, die Martha ihre ganze Kindheit hindurch als Synonyme für »anständige Kleidung« präsentiert worden waren, verloren nun ihren öden Beiklang, da sie auch eine Mrs. Anderson mit ihrer allerdings konventionellen Eleganz ausstaffieren konnten. Doch Ruth blickte belustigt und nachsichtig drein, als diese Namen fielen, und es war eine Portion Gehässigkeit in ihrer kunstvoll gedehnten Sprechweise, die deutlich sagte, daß sie Donovan lächerlich fand. »Ich kann mir nicht vorstellen, daß du drei Monate nichts anderes gemacht hast, als Kleider zu kaufen – und sei's auch bei Harrods.«

Donovan war verärgert, aber blieb bei seinem lockeren Ton. »Meine gute Ruthie, du hast das Glück, eine Mama zu haben, die ihr Bestes für dich tun möchte. Du solltest Mitleid haben mit uns minder begünstigten Geschöpfen.«

»Armer kleiner Donny«, sagte Ruth mit ihrem abrupten Lachen.

»Ja«, sagte Donovan, der um jeden Preis amüsant sein wollte, selbst wenn es auf seine Kosten ging. »Ja, es war für mich sehr desillusionierend, nach England zu kommen. Du weißt ja, was wir uns so vorstellen – aber wenn man schließlich da ist, gibt es gewisse Einschränkungen, an die man vorher nicht gedacht hat. Ich saß also im Cumberland – weil wir Kolonialengländer immer ins Cumberland gehen und nichts auf der Welt meine Mama dazu bringen wird, einzusehen, daß es nicht nötig ist, eine bereits allzu offenkundige Sache noch zu betonen – und aß mit meinem Vater den ganzen Tag himmlische Sahnetorten, und mein Vater grummelte ununterbrochen, weil er fand, England sei überzivilisiert, obwohl ich nicht einen Moment lang glaube, daß er wußte, was er damit meinte. Wir saßen da und warteten darauf, daß Mama, beladen mit immer neuen Paketen, von den verschiedenen kleinen Expeditionen zurückkehren würde, die sie auf eigene Faust gemacht hatte – denn bei meiner Mama kann man sich stets darauf verlassen, daß sie sich amüsiert, wo sie auch ist. Es war das einzige Mal, an das ich mich erinnern kann, wo Papa und mich etwas verband. Ich sagte: Lieber Papa, es mag ja sein, daß du die unendliche Weite liebst, und daß du dort willkommen bist, aber was mich betrifft, ich bin einfach fürs Dekadente geschaffen. Warum gibst du mir nicht etwas Geld, und ich gehe in die Lehre zu irgendeinem Modezeichner und finde da mein Plätzchen.«

»Armer kleiner Donny«, sagte Ruth, diesmal mit aufrichtiger Anteilnahme.

»Da sagte mein Papa, nichts würde ihm mehr Vergnügen bereiten, er verabscheue Leute, die so danebenliegen wie ich, aber da Mama das Geld, das für drei Monate gedacht war, in den ersten drei Wochen ausgegeben habe und er nach mehr habe telegraphieren müssen, sei unglücklicherweise für keinen von uns beiden etwas übrig.« Donovan schloß mit einem schrillen Gelächter, das so böse klang, daß nur Ruth imstande war einzustimmen. Die anderen saßen stumm beobachtend da, und Martha hörte Perry murmeln: »Zum aus der Haut fahren, zum aus der Haut fahren ist das, komm tanzen, ich kann's nicht mehr ertragen.« Er zog Martha ruppig auf die Füße, und sie gingen nach drinnen zum Tanzen; und wieder jammerte er: »Zum aus der Haut fahren«, als er sich beim Tanzen voll Abscheu an die Szene erinnerte.

Die ihm aufgezwungene Rolle verpflichtete Perry, alle naselang stehenzubleiben, seine Arme in die Luft zu werfen und zu schreien wie eine gequälte Seele, während die Leute sich umdrehten und lachten; oder er verrenkte sich plötzlich im Jitterbug, den Kopf nach hinten in den Nakken geworfen, die Augen geschlossen, und sang mit rauher, undeutlicher, jaulender Stimme, die den Gesang eines Negers imitierte, sentimental vor sich hin. Dazwischen schob er Martha ganz konventionell mit eckigen Bewegungen im Saal herum, und die direkten blauen Augen taxierten sie, während sein Gesicht den sentimentalen Ausdruck beibehielt.

Martha betrachtete seine Augen; sie wurde mehr und mehr beherrscht von dem Drang, die Augen dieser Leute anzuschauen und nicht ihre Körper; denn diese Augen blickten ernst, besorgt, ja flehend, während die Körper, die Gesichter die ganze Zeit posierten und grimassierten, wie es von ihnen verlangt wurde. Es war, als ob ihr Äußeres, ihre Glieder, ihre Stimmen besessen wären, es war eine äußerliche Besessenheit, die sie nicht berührte, ihnen die Freiheit ließ, zu urteilen und sich zu äußern. Martha war immer wieder schockiert; wenn sie in Perrys Augen und dann auf seine zuckende, bebende Imitation eines Negergesangs blickte, wurde ihr angst. Unterdessen tanzte sie, lächelte strahlend, antwortete ihm im Jargon. Gegen Ende des Tanzes, ermutigt durch den klugen Ernst der blauen Augen, rebellierte sie und sprach in ihrem normalen Ton über Donovan, über Ruth und spürte, wie seine Arme sich verkrampften, seine Augen sich umwölkten. Aber sie redete weiter; sie nahm ihm übel, daß er sie nicht als *sie selbst* akzeptieren wollte – was immer das bedeuten mochte; denn war sie der verschiedenen Ichs wegen, die darauf bestanden, Besitz von ihr zu ergreifen, nicht ständig im Unklaren? Sie wollte Kontakt mit ihm aufnehmen, ungekünstelt und warm, wollte, daß er sie als vernunftbegabtes Wesen erkannte. Als er die Augen rollte und so tat, als erschauderte er, und sagte: »Oh, Baby, wie redest du denn?« lächelte sie entschlossen, wartete bis er fertig war und fuhr dann fort mit dem, was sie sagen wollte. Und allmählich hatte sie Erfolg. Als die Musik aufhörte und sie zur Veranda zurückkehren mußten, fing er normal zu reden an, wenn auch in barschem, unwilligem Ton. Dort saßen Ruth und Donovan noch immer allein; jetzt wurden ihre Stimmen leise, und angesichts der Invasion zurückkehrender Tänzer blickten sie ungnädig um sich. Sie unterhielten sich weiter. Aber hatte schon ihr früheres weltläufiges Gespräch Binkie aufgeregt, weil es die Atmosphäre vergiftete, so war diese Exklusivität noch weit schlimmer. Als die Musik wieder einsetzte, ging Binkie mit Ruth tanzen. Er haßte Tanzen, aber es war seine Pflicht; er tanzte nie, außer da war ein Paar, das sich viel zu sehr mit sich selbst beschäftigte.

Es war noch ziemlich früh; immer noch kamen Leute und blieben, so wie sie sich niederließen, gruppen- oder paarweise beisammen, auch wenn diese Paare sich dann und wann anderen anschlossen oder ein Mädchen aus einer Gruppe zwanglos zu einer anderen wechselte. Es war alles so angenehm und freundlich und leger. Die Kellner kamen mit einem Bier- und Schnapstablett nach dem anderen. Martha, die Schnaps und Ingwerbier trank wie üblich, regulierte instinktiv die Flamme ihres Rausches; die Männer konnten sich betrinken, bis sie torkelten, die Mädchen dagegen sollten durch den Alkohol gelöst werden, nicht sich darin auflösen. Nachdem Binkie Ruth zu Donovan zurückgebracht hatte, machte er die Lichter im großen Tanzsaal aus und ließ an ihrer Stelle bunte Lichter kreisen, in langsamem, monotonem Rhythmus, der das Denken einschläferte und die Sinnlichkeit steigerte.

Martha tanzte abwechselnd mit Binkie, der der Meinung schien, mehr als ein Tanz mit Perry sei gefährlich, mit Perry, mit Donovan. Aber es war egal, mit wem sie tanzte; alles war unpersönlich: Man schwebte wie in Trance von einem Mann zum nächsten, man tanzte Wange an Wange, innig, Leib an Leib, und dann brach die Musik ab, man trank wieder etwas, plauderte ein bißchen und stürzte sich zurück in die glühende, bunte Dunkelheit des Tanzsaals, während die Musik hämmerte. Dreimal wurde Martha von dem einen oder anderen Wolf auf die Veranda geschleppt (nachher mußte sie sich darauf besinnen, wer sie gewesen waren) und geküßt; und immer auf dieselbe Weise. Abrupt, ohne jede Einleitung wurde sie starr an einen harten Körper gepreßt, dessen untere Hälfte sich aggressiv, zugleich aber auch demütig an den ihren drängte; und ihr Kopf wurde zurückgebeugt unter einem bohrenden, zähneentblößenden Kuß. Danach schnaufte er schwer wie ein Läufer und seufzte und sagte: »Ich bin schrecklich, he? Verzeih mir Baby, du mußt mir verzeihen.« Und der Geist des Hauses zwang Martha, gnädig zu erwidern: »Ist schon gut, Perry«, oder Douggie oder Binkie, »ist schon gut, mach dir nichts draus.« Sie hätte sagen sollen: »Mach dir nichts draus, Kind«; aber dieses Wort kam ihr nicht über die Zunge. Sie hätte beinahe gelacht; zugleich fand sie es widerlich, daß sie so demütig und reuevoll wurden, obwohl in diesen demütigen Augen ein so aggressives Leuchten war. Jeder Kuß war eine kleine Haßzeremonie, und beim vierten Mal, als irgendein anonymer Jüngling sie zwanghaft auf die Veranda zu schleppen begann, weigerte sie sich und sah seinen unheildrohenden Blick.

»Toffee-nosed, was?« fragte er. Und später, bei Tisch, zeigte er Martha den anderen und sagte: »Das Baby da ist toffee-nosed, sie ist ...« Und er tat so, als ob er zitterte, einen Mantel fest um sich zöge und mit den Zähnen klapperte.

Donovan rief plötzlich: »Matty Schatz, wie geht's dir denn?«, und erst als sie gesehen hatte, wie ein paar der jungen Männer Donovan Grimassen schnitten, begriff sie, daß Donovan sie den ganzen Abend beobachtet hatte, daß das Werben dieser jungen Männer um sie aus irgendeinem Grund eine Herausforderung für Donovan darstellte. Sie sah auch, daß er sich freute, weil sie nicht gut angekommen war. Sie saß still am Ende des Tisches, war verletzt und verwirrt; ihr Selbstbild war zerstört. Jene andere verschleierte Gestalt, die eingekerkert in jeder Frau darauf wartet, durch die Liebe erlöst zu werden, diese Person, von der sie (hartnäckig und wider alle Erfahrung) glaubt, daß sie das ist, was wahr und beständig an ihr ist, zitterte vor Unsicherheit. Sie haßte Donovan mit tiefer, kühler Verachtung, sie blickte die jungen Männer an und verachtete sie leidenschaftlich.

Als Perry zum zweiten Mal mit ihr zum großen Saal hinaus und durch die tanzenden Paare auf der Veranda zur Treppe tanzte, folgte sie ihm gefügig. »Es ist aber matschig«, sagte sie nervös lachend und schaute auf die Spielfelder, die getränkt waren von Wasser und Mondlicht.

»Macht nichts«, erwiderte Perry. »Macht nichts, Baby.« Er zerrte sie am Arm, und als sie ihm nicht folgte, hob er sie hoch und trug sie hinunter. Sie konnte seine Füße durch den dicken Schlamm platschen hören. Er trug sie um die Hausecke und küßte sie, ohne sie abzusetzen.

Im Leeren schwebend, getragen von starken Armen – das war doch etwas anderes. Perry, das Individuum, verschmolz mühelos mit jener Idealfigur, dem jungen starken Mann, der die Idealfrau in ihr (verschleiert, aber gewiß lieblich) umwarb, als sie plötzlich aufschrie: »Perry, mein *Kleid!*«

»Was ist los, Schatz?« fragte Perry verärgert, aber gottergeben. »Was habe ich denn gemacht?«

Sie spürte, wie Kälte ihren Schenkel hinabkroch und sagte, indem sie mit Mühe über seine pralle Armbeuge spähte: »Mein Kleid ist zerrissen.« Und so war es.

»Tut mir leid, Baby, ich bin ein gräßlicher Grobian«, sagte Perry übertrieben gefühlvoll; und er trug sie zurück auf die Veranda, platsch, platsch, durch die mondvergoldeten Pfützen. Da stand sie nun auf den Stufen und prüfte den Schaden.

Sie merkte, daß es still wurde, daß die Leute sie beobachteten. Ihre Laune stieg, sie wurde getragen von einer trotzigen Woge der Euphorie und kreischte vergnügt: »Don, du hast völlig recht gehabt, mein Kleid ist zerrissen.« Sie ging gelassen zum Tisch, hielt das Kleid über ihrem nackten Schenkel zusammen und stellte sich neben Donovan, während Perry folgte und murmelte: »Tut mir leid, Kindchen. Du bringst mich um. Du bist mein Untergang.«

Donovan war einen kritischen Moment lang still, dann kreischte er vor Lachen. Alle fielen ein. Es war ein erlöstes Lachen, ein wenig hysterisch. Donovan sagte: »Ohne Nadel und Faden kann ich nichts machen.«

Binkie befahl einem Kellner, diese Utensilien zu holen. Der Kellner protestierte mürrisch, er wisse nicht, wo er sowas finden könne, und wurde gebieterisch abgefertigt: »Los, Jim. Keine Widerrede. Wenn ich sage Nadel und Faden, dann hol sie.« Er scheuchte ihn mit einer Handbewegung fort, und der Kellner ging und kehrte nach ein paar Minuten mit den Sachen zurück.

Donovan, wieder Herr der Lage, lachte und nähte Marthas Kleid, während Ruth mit ihren kurzsichtigen Augen blinzelte und auf ihre gelassene, interessierte Art zusah; und Donovan sagte, Martha sei ein abscheuliches Mädchen, sie habe Dreck am Kleid. Aus irgendeinem Grund hatte dieser Vorfall alle so erleichtert, daß sie heiter und freundschaftlich wurden. Martha setzte sich neben Donovan, der ihre Hand hielt; Ruth hielt auf der anderen Seite die von Donovan; Perry räkelte sich neben Martha und beobachtete sie neugierig. Draußen zwischen den Verandasäulen ließ der Mond wildes, wechselvolles Licht über das sich kräuselnde dunkle Wasser strömen. Die Eukalyptusbäume schoben ihre unförmigen schwarzen Silhouetten vor die Sterne. Von drinnen kam das rhythmische Stampfen der Musik. Es war Mitternacht. Ein paar ältere Leute brachen auf und lächelten dabei auf eine Weise, die besagte, daß die Jugend zwar zu ihrem Recht kommen müsse, andererseits aber nicht zu viel verlangen dürfe. Binkie murmelte, eine Art Sturmwarnung: »Machen wir Schluß, Kinder, los, Schluß jetzt.«

Während des nächsten Tanzes machten sie drinnen Schluß. Heulend und schreiend, stampfend und wogend, jagten sie blind durch den Saal, während die Band spielte und spielte und spielte, ihren Instrumenten mit stetigen Fingern den Rhythmus entriß und im Bewußtsein ihrer Macht lächelte, als wären sie die menschlichen Wesen, die die Bewegungen der zuckenden, hampelnden Marionetten dort unten bestimmten. Über Perrys Arm hinweg erblickte Martha Donovan, der gelenkig tanzte wie eine Gliederpuppe, Arme und Beine um sich schleuderte, während seine schwarzen Haare in dichten Locken über das Gesicht fielen und er auf eine Weise lächelte, die unverhüllt sagte: »Das ist ganz idiotisch, ich mach das nur, weil es Mode ist.« Ruth zuckte, jetzt nicht mehr kühl und beherrscht, mit geduldiger Leidensmiene unbeachtet in den pumpenden Armen von Binkie. Und Martha merkte, daß der lächerliche, leidende Ausdruck der gleiche war wie der auf ihrem eigenen Gesicht; das paßte ihr nicht, sie konnte nicht zulassen, daß sie selber da hineingeriet. In dem Moment, in dem sie sich dieser kritischen, ungerührten Person in ihrem Innern bewußt wurde, schaute sie Perry an, und es durchzuckte sie der Gedanke: Egal, was er uns glauben machen möchte, ihm geht's genauso. Perry schien entrückt in seiner Raserei. Er ließ Schultern konvulsivisch zucken; seine Augen verdrehten sich zur Decke, schnellten mit einem Aufblitzen des weißen Augapfels seitwärts und hefteten sich glasig starrend auf den Boden. Sein ganzer Körper schauderte und schwankte und bebte, und die ganze Zeit über war er völlig ungerührt, denn wenn Martha diesen blauen Augen zufällig für einen Moment begegnete, während sie an ihr vorbeirollten, dann sah sie, daß sie bloß bei oberflächlicher Betrachtung besessen waren; wenn man genauer hinsah, waren sie kühl und beobachtend, gefangengenommen von der selbstgefälligen Steuerung seiner Raserei. »Schau, wie verrückt wir uns aufführen«, schien dieser Schimmer in der Tiefe zu sagen. Zugleich war es ihm unangenehm, wahrgenommen zu werden: In der Sekunde, in der sich Marthas und Perrys Blicke trafen, war es genauso, wie wenn zwei Leute sich, angeblich völlig vertieft in eine religiöse Handlung, plötzlich umdrehen, um einander heimlich zu beobachten, und wütend und verwirrt sind, wenn sie die Hinterlist des andern entdecken. Sie hätte beinahe gekichert; aber sie lachte nervös, und er preßte sie an sich, als wollte er sagen: »Sei still«, während er erklärte: »Baby, du bringst mich um.« Er stöhnte gequält auf, was sie wieder zum Lachen reizte.

Nein, sie konnte es ebensowenig genießen wie Ruth. Am Ende des ersten Tanzes – das heißt, des ersten hemmungslosen Tanzes – ging sie zurück zum Tisch auf der Veranda, überließ es Perry, sich jemand anderen zu suchen, und sah Donovan bereits wieder ruhig und gelassen, das schwarze Haar glatt wie eh und je, bei Ruth sitzen.

»Wirklich, Matty Schatz«, sagte Donovan säuerlich, »diese Orgien sind nicht gut für dich. Kämm dir lieber die Haare – nein, laß mich das machen.«

Aber sie tat es selbst, ziemlich mechanisch, während drinnen der Furor weitertobte, und sie lauschte, halb verächtlich, halb neidisch infolge dieser selbstgewählten Aussperrung, die es ihr erlaubte, kühl zu bleiben, Herrin ihrer selbst; sie lauschte, während Donovan mit Ruth sprach.

Bald darauf hörte sie, wie Donovan dankbar aufschrie, und sah, wie zwei Leute, auf diese Weise angehalten, stehenblieben, lachten und auf sie zukamen. Es waren ein kleines, auffallendes dunkeläugiges jüdisches Mädchen, in enganliegende, gestreifte Seide gekleidet und, in verblüffendem Kontrast zu ihrem glatten, eleganten Aussehen einer Dame von Welt, ein ziemlich großer, schwerfälliger Mann mit zerklüftetem schottischem Gesicht und blauen, schlauen schottischen Augen.

Dieses Paar schien Donovan nicht bloß zu »kennen«, sondern sehr befreundet mit ihm zu sein; sie setzten sich, bestellten Drinks, obwohl sie protestierend sagten, sie müßten gleich wieder gehen. Ihr Name war Stella, seiner Andrew; sie waren verheiratet und das mit Begeisterung – dies hatte Martha herausgefunden, bevor die Musik wieder abbrach und sie Perry neben sich fand. Er stöhnte automatisch, sie habe ihn verlassen, sie bringe ihn um; doch sie konnte nicht länger mitspielen. Sie lachte ihn aus und fing, die Augen fest auf seine gerichtet, in natürlichem Ton zu sprechen an – worüber? Das war unwichtig, auf den Ton kam es an; sie konnte nicht länger mütterliche Nachsicht mimen. Sie beobachtete, wie er unruhig wurde, sich mit einer Miene, als habe man ihn gefangen, sogar halb erhob, bevor er wieder niedersank; sie hatte gewonnen. Für sie war es ein schrankenloser Triumph, daß sie einen der Wölfe, Binkies Oberleutnant, dazu gebracht hatte, sie ernst zu nehmen! Und es sah ganz so aus, als wäre er selbst überrascht; denn als Donovan und Ruth, Stella und Andrew Mathews sich erhoben und verkündeten, daß sie in die Mathewssche Wohnung gingen, folgte Perry Martha durch den großen Tanzsaal und kniff sein Gesicht drollig zusammen, als er dem betrübten Binkie zuschrie: »Das Baby hier hat mich geschnappt, mit dem Lasso gefangen, ich bin erledigt!« Und sie fuhren los; Martha und Perry saßen hinten in Donovans Wagen, Ruth vorne bei ihm, wodurch sie den Partnerwechsel bestätigten.

Donovan und Ruth flirteten heiter; Perry dagegen machte nicht einmal den Versuch, Marthas Hand zu halten. Er ließ seinen mächtigen, blonden, athletischen Körper sanft im Rhythmus des Wagens schaukeln, als habe seine ganze Kraft ihn verlassen; und während sein Kopf hin- und herwackelte, wo er auf der Lehne des Sitzes aufruhte, blickte er Martha an und protestierte: »He, Baby, was machst du mit mir?« worauf sie ihn auslachte. Und als sie den großen Wohnblock erreichten, der seine Berühmtheit der Tatsache verdankte, sechs Stockwerke hoch zu sein, höher als irgendein anderes Gebäude der Stadt, folgte er ihr ergeben aus dem Wagen, ein gezähmter und verstörter Wolf; und so gingen sie alle paarweise zur Mathewsschen Wohnung hinauf.

Die Wohnung war hell, modern, praktisch. Das kleine Wohnzimmer hatte gestreifte Vorhänge, blasse Teppiche, lichte, moderne Möbel. Dort hereinzukommen, war eine Erleichterung; meist betritt man eine fremde Wohnung in dem Gefühl: An was muß ich mich da wohl anpassen? Doch hier war nichts Persönliches, das das Gemüt beanspruchte, war es nicht nötig, sich zu unterwerfen. Kommt man in diesem Land, in England oder in irgendeinem anderen Land, in so eine Wohnung, ist man sofort zu Hause, hat das Gefühl von Frieden. Gott sei Dank! Es gibt ohnehin schon genug Ansprüche, die uns hin- und herzerren, da können wir uns nicht noch Gedanken über

Innenausstattung und Möbel machen. Wer hat sie vorher benutzt? Was für Leute waren das? Was wollen sie von uns? Ah, gesegnet sei die Anonymität der modernen Wohnung, dieses Heims für Nomaden, die, nicht ahnend, wohin die Reise geht, mit leichtem Gepäck reisen müssen, stets aufbruchbereit.

Die Fenster standen offen. Die Lichter der Stadt breiteten sich unten glitzernd aus; es schien ihr sehr hoch zu sein – wie eine Plattform, gefährlich emporgehoben in der großen Dunkelheit, und nichts als eine dünne Betonschale zwischen dem erleuchteten Raum und den schwarzen, kreisenden Winden. Denn der Wind war wieder stark. Der Himmel, vom Regen reingewaschen am selben Nachmittag, war schon wieder aufgerissen von mondgemeißelten Wolken. Die Wolken droben rollten stetig, aber geschwind dahin, türmten sich in gewaltigen Haufen von Schwärze hoch auf unter dem schrägen Kreuz des Südens. Es war warm; obwohl Martha nackt war bis auf ihr Fähnchen von einem Abendkleid, fühlten sich die Windranken, die sich an ihre Schultern klammerten, so weich an wie Finger. Der Donner grummelte sanft wie etwas halb Schlafendes; eine dicke Wolke raste und schlingerte wie ein Schiff in der Gewalt eines wilden Windes, die Unterseite abgrundtief und düster, weiß und hell erleuchtet die Aufbauten. Der Mond trat heraus, und es roch nach dem frischen Regen, der durchs Dunkel herabströmte.

Martha wandte sich von den Fenstern ab und sah Andrew Drinks servieren. Wo immer man hinkam, kaum war man da, wurde, scheint's, der Alkohol rausgeholt. Was würde geschehen, fragte sie sich, wenn das aus irgendeinem schrecklichen, unvorhersehbaren Grund nicht eintrat? Aber dieser kritische Gedanke hielt sich gerade so lange wie der Einfluß der Nacht da draußen; bald war sie ganz gefangengenommen von diesem kleinen, erleuchteten Raum, dem Wohnzimmer der Mathews', streckte ihre Hand nach einem Schnaps aus und horchte auf das, was da vor sich ging.

Hier waren es nicht Donovan oder Ruth oder sie selbst, die die erste Geige spielten. Es war Stella. Sie saß auf der Sessellehne und parlierte lebhaft, während ihre dunklen Augen glühten und auf den Gesichtern ihrer Zuhörer ruhten, sie in ihren Bannkreis zu ziehen schienen. Sie erzählte, wie Andrews Vater ihm verboten hatte, eine Jüdin zu heiraten, wie sie heimlich geheiratet hatten und so dem Anschein nach ohne den Segen des Staates oder der Kirche zusammenlebten, bis der alte Mann gekommen war und sie angefleht hatte, zu heiraten, weil diese Schande mehr war, als seine ehrbare schottische Seele ertragen konnte. Da hatten sie ihm erzählt, daß sie die ganze Zeit verheiratet gewesen waren, hatten ihm einen Whisky eingeschenkt und ihn gebeten, zum Abendessen zu bleiben. Nicht die Geschichte selbst war es, der sie lauschten, über die sie lachten; denn Stella stellte sich gewissermaßen zur Schau, und ihr Mann gab die Folie dazu ab. Sie balancierte auf der Sessellehne in ihrem engen leuchtenden Seidenkleid, und ihr glatter, weicher, goldhäutiger Körper schien zu jedem von ihnen in einer besonderen Sprache zu sprechen. Sie war lebendig von den nackten, seidenumhüllten Zehen – sie hatte ihre Schuhe fortgeschleudert – bis zu dem glatten dunklen Haar, das so modisch wirkte, obwohl es so frisiert war, wie ihre Großmutter es hätte frisieren können, nämlich in der Mitte gescheitelt und hinten zu einem schlichten Knoten geschlungen. Ihr Gesicht leuchtete vor Lebendigkeit, ihre rundlichen lohfarbenen Arme breiteten sich aus und gestikulierten, bis sie sie zuletzt, als sie den Zusammenbruch ihres Schwiegervaters beschrieb, fallen ließ und ihre Stimme zu sanfter fraulicher Zurückhaltung dämpfte. »Und jetzt ist alles in Ordnung. Die Hölle ist vorüber. Es ist nicht gut, wenn der Sohn mit dem Vater streitet.«

Es entstand ein kurzes, verblüfftes Schweigen, währenddessen alle auf das glatte, gesenkte Gesicht in seiner Madonnenpose schauten, und Andrew sagte plump: »Dir ist es ja sowieso egal«, und stieß ein höhnisches Lachen aus.

Stella wußte jedoch genau, daß Andrew nur zum Schein so tat, als sei er nicht einverstanden mit ihr. Sie lachte, warf noch einen siegreichen Blick in die Runde und wartete dann, als wollte sie sagen: »Ich habe meine Rolle gespielt, die Rolle der Jungvermählten, seid ihr bereit, jetzt euern Part zu übernehmen?« Sie saß schweigend da und trank, wartete, daß jemand die Fackel der Konversation ergreifen würde. Aber keiner tat es. Also fuhr sie fort: Jetzt, nachdem sie offiziell verheiratet war, mußte sie ihren Job aufgeben – ihre Firma beschäftige keine verheirateten Frauen; sie waren sehr, sehr arm. (Sie sagte das mit dem entsprechenden Seufzer.) Selbst die Möbel hätten sie auf Raten kaufen müssen, wäre da nicht der gütige Vater von Andrew gewesen, der ihnen damit ein verspätetes Hochzeitsgeschenk gemacht hatte. Wirklich, so schlimm hatte es gestanden (an diesem Punkt warf sie einen langen dunklen, feuchten Seitenblick auf den Gatten mit dem zerklüfteten Gesicht und der direkten Art), daß es doch tatsächlich fast soweit gekommen wäre, daß sie auf dem Fußboden geschlafen hätten: Sie war bereit gewesen, auf dem Boden zu schlafen, um bei ihrem Auserwählten zu sein. Doch hier schnaubte Andrew wieder höhnisch, was sie einen Moment lang bremste; sie nippte lächelnd an ihrem Drink und blickte zutiefst befriedigt auf ihre ausgestreckten Zehen hinab – sie hatte wunderschöne kleine Füße. Dann beschwerte sie sich sanft, daß es schrecklich sei, in dieser Wohnung zu leben, weil die Nachbarn dauernd ihrer Partys wegen protestierten – aber man konnte doch wirklich eine Party nicht vor dem frühen Morgen beenden, oder? In diesem Land gingen alle so entsetzlich früh zu Bett und – hier zögerte sie einen ganz kurzen Moment, bevor sie ihrer Plauderei elegant eine etwas verwegenere Wendung gab – wirklich, aus diesen und jenen Gründen waren sie und Andy gezwungen, bloß nachmittags miteinander zu schlafen, und noch dazu samstags, weil die Nachbarn ...

Und nun lachten alle erleichtert, denn dieser Ton verband das, was sie tatsächlich sagte, mit jenem anderen Gespräch, das ihr Körper mit allen, sei es Mann oder Frau, für sich führte. Und Andrew sagte mürrisch, sie sei ein abscheuliches Flittchen, eine verdammte Lügnerin, er könne sich nicht vorstellen, daß sie bei einmal in der Woche völlig ausgehungert sei; und da lachte sie laut auf und sagte, er sei ein Heuchler.

Noch während Martha langsam hineingezogen wurde in diese neue Atmosphäre mit ihren Tabus und Freiheiten, die von dem jungen Paar ausging, begriff sie (wenn auch mit Mühe, da ihr das vorher nie begegnet war), daß die knurrige, pragmatische Haltung von Andrew, sein barscher, protestierender Ton bloß gespielt waren; und wenn nicht, dann kehrte er diese Seite seines Wesens jedenfalls bewußt hervor. Er war nicht nur darauf gefaßt, mitanzusehen, wie seine Frau sich so vor anderen in Szene setzte, er war ihr Komplize. Das stand so sehr im Widerspruch zu den Vorstellungen, die Martha sich instinktiv gemacht hatte, daß sie unentwegt verstohlen zu Stella schaute, um herauszufinden, ob es ihr nicht unangenehm war, so vorgeführt zu werden. Denn sie erinnerte sich daran, daß sie ständig mühsam ihren Widerwillen gegen Donovans Art, sie zu präsentieren, unterdrücken mußte.

Und währenddessen war Donovan für seine Verhältnisse erstaunlich still; er räkelte sich und beobachtete und lachte bewundernd über Stella; Ruth lächelte interessiert, zwinkerte mit ihren rotgeränderten, wachsamen Augen; Perry saß steif in einem flachen Sessel, der aussah, als ginge er unter dem Gewicht seines kräftigen Körpers in die Breite, hörte ernsthaft zu und warf von Zeit zu Zeit – immer dann, wenn Stella ihm ein Lachen abrang – den Kopf mit einer jähen, verzweifelten Bewegung in den Nacken und kippte ein halbes Glas Schnaps hinunter.

Bald darauf, als das Thema Beischlaf seine Pikanterie verloren hatte, setzte Stella eine frauliche, ernste Miene auf und begann sich mit Donovan zu unterhalten. Sie waren die dicksten Freunde von der Welt, schien es, sie wußten alles über einander, und doch hatten sie sich sechs Monate nicht gesehen, und die letzte Begegnung hatte auf einer anderen Party stattgefunden. Martha wurde von Andrew mit derselben schlichten, zärtlichen Innigkeit behandelt; sie fühlte sich ihm bald so nahe wie einem alten Freund. Und Perry erging es ebenso: Als er an der Reihe war und von Stella in den Freundschaftskreis hineingezaubert wurde, drehte er seinen mächtigen Körper in dem zerbrechlichen kleinen Sessel zur Seite und ließ sich von Stellas fröhlichem, warmem Blick so sehr umgarnen, daß er nahezu geschwätzig wurde. Ihm war nicht wohl dabei, er konnte es nicht ausstehen, aber er erlaubte Stella, seine Hand zu halten, und besprach gleichzeitig (als könnte es zwischen ihren nackten, schimmernden Schultern, dieser weißen kleinen Hand und den Wörtern, die sie benutzten, unmöglich eine Verbindung geben) langsam, ernsthaft die Finanzen des Sportklubs mit ihr und lauschte mit feierlicher Miene ihren Geschichten von Hongkong, wo sie aufgewachsen war.

Es wurde spät und kalt obendrein; denn draußen regnete es aus den nunmehr langsam treibenden, zerfransten, hin und wieder mondbeschienenen Wolkenmassen. Als Stella sich bei einem Gähnen ertappte, rief sie laut, es sei unmöglich, schon zu Bett zu gehen und sie sterbe vor Hunger. Sie schwebten daher in dem großen Lift durch die Eingeweide des Gebäudes wieder hinunter, rannten durch den Regen zu den Wagen, und ab ging's zu den Würstchenbuden. Die Stadt war tot, eingeschlafen unter dem schweren kalten Regen; doch die Würstchenbuden glichen einem kleinen Zigeunerlager, das in einer Seitenstraße aufgeschlagen worden war. Den ganzen Gehsteig entlang, Nacht für Nacht bis zum frühen Morgen, hockten diese kleinen hohen Zimmer, erleuchtet von schaukelnden Sturmlaternen, auf ihren Rädern und sorgten für Speisen nach dem Geschmack all derer, die kamen: große Mixed Grills, Brötchen, belegt mit Eiern, Schinken, Wurst, Tassen mit heißem, dünnem Kaffee oder sehr starkem Tee, und da gab es Regale, gefüllt mit Konserven, die auf Wunsch geöffnet wurden. Martha war mit Donovan oft nach dem Kino zum Essen hierher gekommen.

Stella hatte keine Lust, das Auto zu verlassen, um sich den Leuten vor den Buden anzuschließen. Sie war in sentimentaler Stimmung. Sie lehnte ihren anmutigen Kopf an die Schulter ihres Gatten und war offenbar nicht mehr hungrig, denn sie aß nichts. Keiner war besonders hungrig.

Trägheit hatte sie überkommen, sie konnten den Gedanken nicht ertragen, zu Bett zu gehen, und rings um die Buden standen Reihen von Autos voller Leute, die Ähnliches litten. Es war vier Uhr morgens, nicht Tag, nicht Nacht; die Lichter der Buden schimmerten schwach; die schwarzen Kellner standen gähnend hinter ihren Tabletts oder neben den Öfen, und die halbe Stadtjugend aß und trank, hielt am Himmel Ausschau nach diesem ersten roten Lichtspeer, der sie erlösen würde, so daß sie endlich zu Bett gehen und sagen konnten, sie seien die ganze Nacht aufgewesen. Aber der Himmel war finster. Klein und hart und hell erschien der Mond kurz in dem Getümmel feuchter dunkler Wolken und verschwand wieder, diesmal endgültig. Es regnete ununterbrochen, und ein leuchtender gelber Nebel bildete sich um die Lampen. Martha gähnte und wurde getadelt, weil sie das Seitenfenster heruntergelassen hatte; und sie bestellten noch mehr Brötchen, noch mehr Kaffee; und schließlich wuchs graues, feuchtes Licht in den Straßen, die Häuser schienen zu dunkeln, sich zu verhärten zu festen Formen, und ein schwaches, fahles Leuchten am Himmel verkündete die Morgendämmerung, die oberhalb der Wolken gewiß in wildes Rosa und Gold getaucht war, hier jedoch nicht mehr als einen Widerschein dieses prachtvollen Schauspiels bot. Jetzt konnten sie endlich nach Hause gehen.

Martha wurde von Donovans Auto am Straßenrand abgesetzt, doch es war Perry, der mit ihr zur Tür kam und sie küßte, woraus sie schloß, daß sie von nun an Perrys und nicht mehr Donovans Mädchen war. Sie war allein, es war fünf Uhr morgens, und es war zwecklos zu Bett zu gehen, wenn man in ein paar Stunden wieder auf sein mußte.

Sie öffnete ihr Bücherpaket, gähnte, bis ihr die Kiefer schmerzten und trank auf dem Boden sitzend Tee. Sie dachte darüber nach, daß Stella und Andrew – eine an sich schon hinreichend interessante Kombination – und Donovan und Ruth und sie und Perry, sechs Leute, die so schlecht zusammenpaßten, daß man meinen könnte, sie hätten einander nichts zu sagen, nicht nur einen angenehmen Abend miteinander verbracht hatten, sondern auch am nächsten zusammensein wollten. Denn unter dem Bann dieser Intimität hatten sie es als selbstverständlich betrachtet, daß sie zusammensein mußten; sie konnten es nicht ertragen, getrennt zu sein. Sie würden tanzen gehen, nachdem sie zunächst in der Mathewsschen Wohnung ihre Dämmerschoppen getrunken hatten; danach würden sie ...

Und hier rückte Martha fröstelnd weg von dem Platz, wo sie gesessen und sich gegen das Bett gelehnt hatte, und setzte sich in das längliche Viereck aus schwachem, feuchtem Sonnenlicht, das jetzt schon auf die Matte am Boden fiel, und erlag allmählich dem Ekel, der kalt in ihr aufstieg, während ihr Fleisch sich unter dem Sonnenlicht erwärmte. Sie dachte darüber nach, daß sie erst seit ein paar Wochen in der Stadt war und sich bereits langweilte und nach etwas anderem sehnte; zugleich zehrte eine so leidenschaftliche Unruhe an ihr, daß dieser Widerstreit sie schwach und elend machte. Wenn man sie gefragt hätte, überlegte sie, sie hätte zu jedem Zeitpunkt des vergangenen Abends geantwortet, sie langweile sich, und dennoch, wenn sie zurückblickte, reagierten ihre Nerven mit heftiger Erregung. Sie wußte, daß der kommende Abend genauso öde werden würde, trotzdem konnte sie nicht an ihn denken, ohne sich zu freuen.

Noch quälender als diese kalte Analyse war das Wissen, daß alles so banal war; ebenso wie der starre Blick aus jenem leidenschaftslosen, kühlen Auge, der sie für pubertär und daher zwangsläufig zerrissen und unzufrieden erklärt hatte, schwerer zu ertragen gewesen war, als der Zustand der Pubertät selbst. Sie litt im Grunde an der Art moralischer Erschöpfung, die daher rührt, daß man eine Menge Fakten sieht, ohne ihre Ursache zu erkennen, daß man sich selbst als isolierten Menschen sieht, als Menschen ohne Woher und Wohin. Doch da die eigentliche Bedingung für ihre Rebellion, da ihr wahres Sein dieser treibende Individualismus gewesen war, was konnte sie nun tun?

Langsam, nach einer langen Pause, begann sie, an Joss zu denken, der sich nie im Zweifel darüber befand, was das Richtige war. Joss würde sagen, daß ihr das alles ganz recht geschah, daß sie nichts anderes erwarten konnte; sie hatte doch Jasmine anrufen und sich dem Linken Buchklub anschließen sollen – und an dieser Stelle fing sie mit der nervösen Hilflosigkeit zu lachen an, die die Folge eines plötzlichen Stimmungsumschwungs ist. Denn so empfand sie es: daß die ganze enorme, treibende Kraft, die in ihr verkörpert war, viel zu mächtig war, um im Linken Buchklub an die Kandare genommen zu werden, und sie fing an, vorwurfsvoll und gekränkt an Joss zu denken, als wäre er lieblos und unsensibel gewesen, als hätte er sie falsch verstanden. Sie kritisierte ihn innerlich, ganz so, als wäre er verantwortlich für sie und als sollten all ihre Fehlschläge und Triumphe ihm gehören. Da auf diese Kritik keine Antwort erfolgte, blieb ihr inneres Bild von ihm auf hartnäckige, schmerzliche Weise stumm; sie flüchtete sich in einen euphorischen, verwirrten Zustand und malte sich in einem fiebrigen Tagtraum aus, daß irgendein reicher, unbekannter Verwandter mit hundert Pfund erscheinen und sagen würde: »Hier, Martha Quest, nimm, du hast es verdient, damit sollst du dich befreien.«

Denn ohne Zweifel war die Wurzel dieser ganzen Unzufriedenheit darin zu suchen, daß sie etwas verdiente, was das Leben ihr vorenthielt. Der Tagtraum blockierte nicht nur ihr Denken, sondern auch ihre Glieder; bald war sie verkrampft und steif und mußte aufstehen und im Zimmer herumlaufen, bis das Blut zurückströmte. Sie ging zur Tür, um sich vom Sonnenlicht überfluten zu lassen, das sie jetzt sanft und warm umfing. Es war, als hätte es die Nacht nie gegeben, denn das Licht war stark und üppig und gelb, am Himmel drängten sich Regenwolken wie gestern, und es herrschte immer noch die drückende Atmosphäre eines kommenden Unwetters. Da hörte sie das Hallen harter Stiefel auf dem Asphalt und das weiche Tappen bloßer Füße. Sie stand ganz still, während eine Menschenkolonne an ihr vorüberzog. Zunächst zwei Polizisten in Stiefeln, mit frischen, stramm gegürteten Khakiuniformen, glänzenden Knöpfen, kleinen Hüten, die an einer Seite hochgestülpt waren. Dann etwa zwanzig schwarze Männer und Frauen in unterschiedlicher Kleidung, barfuß und zerlumpt. Dann, als Abschluß, zwei weitere Polizisten. Die Gefangenen waren mit Handschellen aneinandergekettet, und es waren diese Hände, die Marthas Aufmerksamkeit fesselten: Arbeiterhände, von breitem, schimmerndem Stahl umklammert, vorsichtig, starr, gegen die natürliche Bewegung schwingender Arme, auf Taillenhöhe gehalten – das zarte dunkle Fleisch auf der Hut vor dem Biß des Metalls. Diese Leute wurden zum Friedensrichter gebracht, weil sie nachts nach der Sperrstunde aufgegriffen worden waren oder vergessen hatten, einen der vorschriftsmäßigen Pässe bei sich zu tragen, oder – doch es gab ein Dutzend Gründe, alle gleichermaßen fadenscheinig. Nun, Martha hatte das so oft gesehen, daß sie weniger abgestumpft als auf geduldige Weise zornig war. Sie marschierte im Geiste die Straße hinunter, als eine in der Kolonne, fühlte die Unterdrückung durch einen Polizeistaat, als laste er schwer auf ihr, und zugleich war sie sich derselben moralischen Erschöpfung bewußt, die sie schon vorher befallen hatte.

Sie dachte nach. Es ist alles so fürchterlich, nicht bloß weil es so ist, sondern weil es *heute* noch so ist. Sie dachte – denn da sie von der Literatur geprägt war, konnte sie nur so denken –, daß Dickens, Tolstoi, Hugo, Dostojewski und ein Dutzend anderer das alles schon beschrieben hatten. Diese ganze edle und großartige Empörung hatte nichts bewirkt, nichts erreicht, der Wutschrei des neunzehnten Jahrhunderts hätte genausogut stumm gewesen sein können – denn hier kam die Kolonne der Gefangenen, die zwei und zwei mit Handschellen aneinandergefesselt waren, und auf ihren Gesichtern lag der gleiche uralte Ausdruck duldenden, zynischen Verstehens. Die Mienen der Polizisten waren die Mienen derer, die taten, wofür sie bezahlt wurden.

Und was jetzt? fragte diese sarkastische Stimme in Martha; und sie antwortete sich selbst: Geh und tritt dem Verein für Gefangenenhilfe bei. Hier verfiel sie einer selbstironischen Lähmung und kehrte von ihrem Platz an der Tür ins Zimmer zurück. Eine Uhr schlug hektisch auf der rückwärtigen Veranda. Sieben Uhr, Zeit sich fürs Büro anzuziehen. Aber zunächst hob sie die Bücher vom Boden auf und blätterte sie durch, als suchte sie nach einer Art Befreiung. Eine Anzeige im ›New Statesman and Nation‹ hatte sie auf bestimmte Dichter aufmerksam gemacht, und sie öffnete hastig einige Bände und schaute sie durch.

Das Laub fällt rascher nun im Wald
Der Ammen Sträuße welken bald
Die Ammen sind hinweg von diesem Ort
Und Kinderwagen rollen fort und fort ...

Sie las es mit wachsendem Ärger, denn im Geiste marschierte sie immer noch mit der Kolonne der Gefangenen.

Ob das wohl unversehrt aus der Hand des Setzers hervorgegangen war? fragten die schwarzen Lettern stumm; und Martha bestätigte das mit leidenschaftlichem Nachdruck: Und ob, und ob! – und blätterte die Seite rasch um.

Da ist so gar nichts Tröstliches
An der Schönheit der gekrümmten Linie
Wie sie in unsern Diagrammen
Durch die Geschichte sich verfolgen läßt:
So ließ der Unterdrücker die Armen verhungern
So beutete er sie aus.

Dieses Gedicht las sie mehrere Male; und sie beobachtete, wie sie hinabglitt in den Schlund schwerer, genußvoller Melancholie, wo sie auf so gefährliche Weise zu Hause war, während eine sarkastische und selbstzerstörerische Stimme in ihr sagte: Sieh mal einer an, *das* gefällt dir also?

Die Uhr schlug einmal, ein klarer, schwindender Ton, und sie dachte: Ich muß mich beeilen, und griff rasch nach einem anderen Band. Da stand nichts zu lesen von der Götterdämmerung, sondern etwas von der konkreten

Dämmerung der fahlen, grauen Ziegel und von dem Kriegsgeschrei der Zeitungsjungen ...

Das Wort »Krieg« löste sich heraus, und sie dachte voller Gereiztheit an ihren Vater. Der würde einen Krieg auch begrüßen, dachte sie verärgert, und sie nahm ihre Sachen und ging ins Bad. Sie sagen nur, daß es Krieg gibt, weil sie Krieg wollen, dachte sie verwirrt, denn da sie sich gegen ihre Eltern zur Wehr setzen mußte, mußte sie sich auch gegen diese Stimme zur Wehr setzen.

Sie lag gähnend in der Wanne und hörte sich denken: Und was ist, wenn es Krieg gibt? Was geschieht dann hier? Sie erwog, sich in diesem Fall zur Schwester ausbilden zu lassen und sich freiwillig zum Dienst im Ausland zu melden – bei dieser Vorstellung beschleunigte sich ihr Blut –, und sie sah sich als Heldin in den Schützengräben; sie beugte sich über einen Verwundeten in dem Dreck und den Trümmern des Niemandslandes – bei dieser Wendung wurde sie jäh von poetischer Begeisterung gepackt; sie würde ... Doch plötzlich sprang sie voller Ekel über sich selbst aus der Wanne und sagte: »Und jetzt mache ich das auch schon mit.« Sie war nicht nur wütend, sie war verwirrt. Diese glühenden Phantasien von Heroismus und schicksalhaftem Tod waren so übermächtig, daß sie sie nur mit großer Mühe aus ihren Gedanken verbannen konnte. Doch weg damit – und taumelnd kam sie aus dem Badezimmer und sagte sich, sie habe ein Recht darauf, so müde zu sein, weil sie diese Nacht nicht geschlafen hatte.

Auf der Veranda traf sie Mrs. Gunn, die ein verblichenes rosa Nachthemd trug, das sich über ihren riesigen, schlaffen Brüsten spannte. Ihre stumpfen roten Haare waren ungekämmt und die Augen blutunterlaufen. »Nun, meine Liebe«, fragte sie, und die Neugier machte sie munter, »haben Sie sich gut amüsiert?«

Einen Moment lang fragte sich Martha, was sie wohl meinte; dann sagte sie strahlend: »Ja, herrlich, danke.«

Mrs. Gunn nickte neidisch. »So ist's richtig, Liebes, Sie müssen sich amüsieren, solange Sie jung sind.«

Martha reagierte prompt auf diese Aufforderung und lachte. »Ich gehe heute abend wieder aus«, sagte sie aufgekratzt, und es hörte sich an, als könnte sie es kaum erwarten, daß dieser Abend anbrach.

3

In dieser Stadt wurden die Feiertage gebührend gewürdigt. Jedes Jahr ab Dezember begann die Arbeit in den Büros sichtlich nachzulassen. Der junge Mr. Robinson zum Beispiel pflegte abgehetzt um vier Uhr nachmittags wiederzukommen, bloß um nach einem frühzeitigen festlichen Mittagessen seine Briefe zu unterschreiben. Mr. Cohen verkündete, daß die Mädchen dreimal morgens freinehmen könnten (abwechselnd natürlich), um Weihnachtseinkäufe zu machen. Charlie mußte dauernd mit Säcken voller Weihnachtskarten zwischen Büro und Post hin- und herhetzen. Und dieses Weihnachten 1938 hatte etwas Fieberhaftes, fast Verzweifeltes, von dem die ganze Stadt befallen schien. Jeden Abend fanden Bälle statt, oft drei oder vier gleichzeitig, im McGrath, im Sportklub; und der Kreuzbube, der einzige Nachtklub der Stadt, war allabendlich statt nur zweimal die Woche geöffnet.

Im Sportklub selbst herrschte ein neuer, gefährlicher Geist. Es ereignete sich etwas, das nur ein paar Wochen zuvor unglaublich erschienen wäre. Zwei Wölfe wurden überrascht, wie sie öffentlich um ein Mädchen kämpften, das neu in die Stadt gekommen war, Marnie Van Rensberg; ein schockierter und angstvoller Binkie flehte sie an, mahnte – und versagte zum erstenmal. Die jungen Leute des Klubs erlebten etwas ganz Neues: zwei Wölfe, die nicht nur nicht mehr miteinander sprachen, sondern einen Haufen Anhänger hatten, die nur allzugern über Recht oder Unrecht des Falls an der Bar stritten, und das selbst bei Zusammenkünften, die sich angeblich um Tennisplätze oder Hockeyfelder drehten. Und sie erlebten es passiv – das war das Ungewöhnliche; dieser neue Wind, der blies, diese zersetzende Kraft, war so stark, daß es sogar richtig und normal erschien, wenn drei Paare plötzlich heirateten, wenn die jungen Männer kämpften und zwar mit wahrer Leidenschaft: Binkie hatte von dem Versuch, sie zu trennen, einen blauen Fleck auf der Wange.

Unterdessen hingen im ganzen Klub große Spruchbänder: »Weihnachten 1938, amüsiert euch« und »Gebt dem Neuen Jahr einen Bombenstart« und »Haun wir auf den Putz!«

Der Ball, den Martha besucht hatte, war der letzte, bei dem Binkie das Signal »Aufbruch« geben mußte; es herrschte ohnehin Aufbruchstimmung. Der Klub war voll unsichtbarer Spannungen. Dieser kalte, orgiastische Geist, den er an einem Samstagabend vorsätzlich beschworen hatte, seit Jahren beschwor, war ein bleiches Gespenst neben der dumpfen Erregung, die erkennbar auf allen Gesichtern lag. Und obwohl das ungeschriebene Gesetz immer noch galt – wenn auch nicht mehr für lange –, daß es in diesem geheiligten Kreis keine Politik geben durfte, sagte eines Abends ein Mädchen in einem überraschenden, träumerischen Ton, als hätte sie nicht gewußt, daß sie überhaupt sprechen wollte, laut in die Stille hinein: »Das könnte ja das letzte Weihnachten sein ... Ich meine –« Dann errötete sie und blickte schuldbewußt um sich. Binkie ermahnte sie hastig, sich an die Regeln zu halten, das sei nicht der richtige Geist; doch sonst sprach keiner, und rasche, nachdenkliche Blicke begegneten einander und wandten sich, noch nachdenklicher geworden, wieder ab. Und auf diesen Gesichtern lag – wenn auch unbewußt – ein neuer Ausdruck: Es gab Momente, in denen sie ernst und andächtig waren, als lauschten sie einem fernen Horn. Es war ein Ausdruck, stark genug, um durchzudringen wie ein Warnsignal. Sobald Binkie diesen Ausdruck sah, pflegte er der Band, die vielleicht schon die Instrumente wegpackte, zuzuschreien: »Mensch, seid doch nicht so, spielt noch was für sie!« Meist tat ihm die Band den Gefallen. Während die Musiker – zwei Uhr war immer das Äußerste gewesen – sonst um zwei Uhr unerbittlich, wenn auch freundlich die Köpfe geschüttelt hatten und nach Hause gegangen waren, spielten sie jetzt bis halb drei, sogar bis drei Uhr morgens. Hinterher fuhren alle hinunter zum Kreuzbuben. Keiner schien zu schlafen. Nacht für Nacht waren sie auf, bis die Sonne aufging, dann gingen sie wie üblich zur Arbeit und trafen sich um fünf Uhr wieder. Denn über diesen zeitlosen Ort, wo Jahr für Jahr alles weiterging wie im Traum, hatte sich wie ein furchterregender Wind ein Gefühl der Notwendigkeit, ein äußerer Druck gelegt.

Und während dieser euphorischen, spannungsgeladenen Tage gingen Stella und Andrew, Donovan und Ruth, Martha und Perry überall gemeinsam hin, aus dem einzigen Grund, daß der Zufall sie zusammengeführt hatte und eine Art Lähmung es ihnen unmöglich machte, sich zu trennen. Sie waren Freunde, sie liebten einander, eine sanfte, zärtliche Wehmut machte jedes Treffen so intensiv wie einen Abschied. Sie trafen sich in der Mathewsschen Wohnung gleich nach der Arbeit und tranken und tanzten und redeten bis zum Morgen, wo die Müdigkeit sie endlich einholte, und sie wie Klötze in der Wohnung niederfielen und auf dem Boden, in den Sesseln, ja sogar zu dritt oder viert kreuz und quer in dem großen Doppelbett lagen und in keuscher Zärtlichkeit schliefen –

doch vielleicht entspräche es eher der Wahrheit zu sagen, daß sich während dieser Zeit die Gewalten des Sexus in einem so prekären Gleichgewicht befanden, daß kein Mitglied der Sechsergruppe daran zu rühren wagte. Im Verlauf dieser drei Wochen kam es vor, daß Martha in Donovans Arm geschmiegt zu einem Tanzabend fuhr und bei der Rückkehr von demselben sanften, schützenden Druck umschlossen war – nur daß er jetzt von Perry kam. Es kam vor, daß sie, in zärtliche Wehmut versunken, den halben Abend mit Andrew tanzte, und Stella am anderen Ende des Saals Wange an Wange mit Donovan sah; es kam vor, daß sie sich auf den Diwan warf, um eine Stunde zu schlafen, und beim Erwachen einen der drei Männer neben sich fand, der sich gutmütig erhob, sobald sie sich bewegte, und sich beeilte, für sie und sich einen Schnaps zu holen. Und so ging es weiter. Eine so traumhafte, zwingende Freundschaft, Gutmütigkeit, zärtliche Anerkennung hatte es doch gewiß nie gegeben! Sie hatten das Gefühl, als hätte irgendein Zauber sich auf sie herabgesenkt; und doch verschwand das alles, von einem Moment zum andern.

Es war auf dem Weihnachtsball im Sportklub. Die Band spielte bis drei; und als die Musik endgültig aufhörte, befand sich Stella mit Donovan vor dem Podest der Musiker. Das Paar sang: ›God Save the King‹, Hand in Hand, und dann, aus Panik, daß der Abend ein Ende haben könnte, beugte sich Stella zu einem der Musiker und sagte: »Komm doch mit uns, Dolly – und bring dein Mädchen mit, wenn du eins hast.« Er nickte dankbar lächelnd und deutete an, daß er kommen würde, sobald er seine Geige sicher verstaut hatte. Martha, die mit Andrew zusammen war, hakte sich bei Stella ein, und als Ruth und Perry sich zu Andrew gesellten, und die sechs dicht aneinandergepreßt langsam über die Tanzfläche zum Tisch zurück tanzten, hörte Martha erschreckt Donovan in dem leisen, grollenden Ton, den er so lange nicht angeschlagen hatte, sagen: »Warum hast du gesagt, daß dieser verdammte – ich meine, warum hast du ihn veranlaßt, mitzukommen?«

Und war Donovans Ton übellaunig, so war Stellas scharf: »Du wolltest doch ›verdammter kleiner Jude‹ sagen, oder etwa nicht?«

»Jude oder nicht, wen kümmert's«, sagte Donovan so unwillig, daß Stellas Augen hart wurden und sie ihm ihren Arm entzog. »Er ist abscheulich. Heißt Adolph *King* – und versucht einem weiszumachen, daß er kein Jude ist.«

»Heh, ihr beiden«, sagte Andrew freundlich, aber warnend. »Was ist los?« Er ließ Marthas Arm fallen, stellte sich zwischen seine Frau und Donovan und fing an, sie aus ihrer Wut herauszulachen. So erreichten sie ihren Tisch; ihre zärtliche Stimmung war so lange weder durch ein Wort noch durch eine peinliche Stille gestört worden, daß alle sechs bekümmert waren und ängstlich auf das Eintreffen von Adolph King warteten, der offensichtlich die Macht besaß, Unruhe zu stiften.

Bald kam er, ein kleiner gedrungener Mann mit einem bleichen Gesicht, das nach dem stundenlangen Musikmachen glänzte, ziemlich kleinen Augen von dieser rotbraunen, intensiven Farbe, die gut zu einem feurigen Wesen paßt, und kleinen, blassen, ziemlich schönen Händen; sein Lächeln war eifrig und dankbar, zeigte jedoch an, daß er beim kleinsten Wort beleidigt war.

Er stand unsicher lächelnd vor einem leeren Stuhl, den Stella ihm hinschob, wobei sie den anderen mit ihren ausdrucksvollen Augen einen warnenden Blick zuwarf. Allzu ausdrucksvoll: er sah diesen Blick, und sein Lächeln war wie das Zähnefletschen eines Hundes. Aber nur für einen Moment; die Dankbarkeit kehrte zurück, als er sich setzte. Diese Dankbarkeit hatte allerdings nichts mit seiner Stellung als Musiker zu tun, denn alle Mitglieder der Band gehörten gleichfalls zum Klub und standen an Abenden, an denen sie nicht selbst spielten, in der Menge und drängten ihre Kollegen noch einmal, nur einmal zu spielen, als würden nicht auch sie vielleicht schon am nächsten Abend mit der gleichen lächelnden Sturheit den Kopf schütteln. Daher war die verlegene Dankbarkeit überaus peinlich, und Martha spürte das, als sie beobachtete, wie er mit Stella redete. Sie beobachteten ihn alle, Donovan mit düsterer und feindseliger Miene, Andrew ruhig, seine Frau gelegentlich durch eine Bemerkung unterstützend, was Adolph veranlaßte, ihm dieses eilfertige Lächeln zuzuwerfen, wohingegen Perry, lässig in seinen Stuhl zurückgelehnt, abwechselnd zu Adolph und zu Donovan blickte. Er schien sich daran zu erinnern, wie wenig er Donovan leiden konnte.

Donovan machte mit leiser Stimme eine Bemerkung zu Ruth und stieß dann sein schrilles Gelächter aus; sie antwortete kurzangebunden, schien nicht seiner Meinung zu sein. Danach wandte Donovan sich an Martha und sagte: »Matty, was hältst du von Judenbengeln, die ihren Namen ändern?«

Sie erwiderte kalt, sie sehe nicht, warum sie das nicht tun sollten; obwohl sie in Wirklichkeit mit dem Gefühl kämpfte, daß das feige war – sie erinnerte sich an das, was Solly über Juden gesagt hatte, die ihren Namen änderten. Sie wandte sich Perry zu und fragte: »Kennst du ihn? Ist er nett?«

Perry erwiderte gleichgültig, Dolly sei ein netter Knabe, er sei auch gutmütig, spiele oft allein weiter, wenn der Rest der Band eingepackt hatte und nach Hause gegangen war. »Er ist ein guter Geiger«, fügte er anerkennend hinzu, als hätte er nicht bemerkt, was die Gemüter so erregte.

Donovan war wütend. Nach kurzem Schweigen sagte er laut zu Ruth: »Sollen wir gehen?« Ruth blickte sich langsam um, blinzelte mit ihren müden, schwerlidrigen Augen und nickte. Sie und Donovan erhoben sich, und wieder sprühten Stellas Augen Empörung und Vorwurf. Doch Donovan schlenderte zu ihr, küßte sie auf die Wange und sagte: »Wir kommen morgen vorbei, Stella Schatz.« Er wandte sich ab, wobei er Adolph überging.

Ruth sagte jedem einzeln adieu, lächelte besonders Adolph zu, worauf der errötete und instinktiv eine Bewegung machte, als wolle er sich von seinem Stuhl erheben. Ruth übersah diese Bewegung; ihr starres Gesellschaftslächeln lächelnd, folgte sie Donovan hinaus.

Martha und Perry am anderen Ende des langen Tisches waren nun allein.

»Eine kostbare Pflanze, unser Donnyboy«, urteilte Perry schließlich wohlüberlegt, und zwar aus sich, nicht aus dieser zwingenden Gruppenfreundschaft heraus, in der er mit den übrigen drei Wochen, die wie Monate schienen, geklebt hatte wie die Fliege im Sirup.

Martha sagte hastig: »Vergiß nicht seine – er hat es nicht gut zu Hause«, obwohl ihr erst, als sie das aussprach, bewußt wurde, daß sie fand, daß er es nicht gut hatte.

Perrys blaue Augen ruhten gedankenvoll auf ihr, während er mit schmelzender Stimme sagte: »Du hast ein gutes Herz, Baby, du stehst zu deinen Freunden.«

Unwillkürlich runzelte sie die Stirn und blickte weg; alles war aus dem Lot. Zum ersten Mal seit Wochen dachte sie: Was mache ich hier?

Da sagte Perry mit leiser Stimme: »Kommst du jetzt mit mir nach Hause, Baby?« Sie zögerte, blickte zur anderen Seite des Tisches, wo die drei jetzt miteinander lachten, wenn auch ein bißchen zu laut. »Komm, denen geht's gut«, sagte Perry drängend und stemmte seinen Körper auf die Füße; er sah immer so aus, als beunruhigte ihn seine eigene Länge, als müßte er sich in seinem Kopf, der so weit weg von seinen Füßen war, ganz fest einprägen, daß diese Füße viel zu groß waren und ihn in Schwierigkeiten bringen konnten.

Martha stand ebenfalls auf und sagte: »Ich glaube, ich werde nach Hause gehen und schlafen.«

Stella und Andrew riefen sofort entsetzt, es sei doch viel zu früh, sie müßten in den Boxing Day hineinfeiern, alle sollten kommen und in der Wohnung frühstücken. Martha schüttelte den Kopf, lächelte und spürte, wie ihr Arm fest von Perrys großer Tatze gepackt wurde.

»Ich komme morgen vorbei«, sagte sie wie Donovan und ging dann, aus Angst, daß ihr Gehen in der gleichen Weise interpretiert werden könnte wie seines, langsam am Tisch entlang, zu dem Mann, den sie Dolly nannten, streckte die Hand aus, schüttelte die seine und sagte, sie hoffe, sie würde ihn wiedersehen. Sie sah, wie Stella beifällig nickte und Andrew sie anlächelte. Was Dolly selbst betraf, so war sie peinlich berührt von seinem überschwenglichen, dankbaren Lächeln.

Sie ging mit Perry hinaus, war nervös und aufgeregt, denn sie fühlte, wie er sie mit Blicken bedrängte. Sie trug ein Kleid aus geblümter Seide, das sie in einer plötzlichen Anwandlung gekauft hatte und das weder dem entsprach, was sie liebte, noch dem, was Donovan liebte, denn als er es sah, sagte er bloß: »Aber Matty, *Schatz!*« Es würde sie das nächste Jahr zehn Schilling pro Monat kosten, und sie bedauerte, es gekauft zu haben. Doch der Druck von Perrys Arm um ihre Taille schien sie von ihrem schlechten Geschmack loszusprechen.

Sie fuhren schweigend zurück zu ihrem Haus, und er stieg wortlos aus dem Wagen und folgte ihr zur Tür. Sie suchte nach dem Schlüssel und hoffte, daß niemand, den sie kannten, gerade in diesem Moment die Straße entlangfuhr. Ein paar Autos vom Klub sausten, einen Gruß hupend, vorbei und sie murmelte gereizt: »Verdammt!«, als sie aufschloß, und ging hastig hinein. Wieder zögerte sie, da löste Perry das Problem, indem er sie einfach hochhob und zum Bett trug.

»Schhhh!« Sie konnte nicht umhin, ihn zu warnen,

denn Mrs. Gunn schlief auf der anderen Seite der dünnen Wand.

»Schon gut, Kindchen«, sagte Perry in innigem Ton und beugte sich bewundernd über sie. Er schaute sie so lange an, daß sie begann, sich mit seinen Augen zu sehen, die das gerötete Gesicht, die müden Augen, das gelöste Haar schön fanden. Er neigte sich zu ihr und küßte sie, und sie ließ dieses Bild von sich zerfließen und schloß die Augen, bereitete sich darauf vor, sich zu verlieren. Doch der Kuß nahm kein Ende, und seine Heftigkeit schien Widerstand zu fordern, sein Mund bohrte sich hinab in den ihren, daß es schmerzte, und als ihr Kopf sagte: Er taxiert, er testet mich, wurde sie hellwach und war sich wieder jedes einzelnen Teils ihrer selbst, so wie er ihn sah, bewußt. Sie war gepanzert mit wachsamem Widerstand. Er legte sich neben sie und begann, sie an sich zu pressen. Von der Literatur her war sie bewandert in poetischen Beschreibungen des Liebesaktes, und die wissenschaftlichen Beschreibungen waren ihr aus den Sexhandbüchern vertraut; nicht vorbereitet war sie auf das selbstversunkene Ritual, das er vollzog. Als er nach ihrer Hand griff und sie vorn an seinen Körper zerrte, erstarrte sie; er zerrte heftiger und stöhnte: »Hab dich nicht so, Kindchen, nun hab dich nicht so«, und gleichzeitig spielte er mit ihren Brüsten.

Sie setzte sich auf und fragte ärgerlich: »Was zum Teufel willst du von mir?« Eine völlig rhetorische Frage, die er ernst nahm, denn er setzte diese Miene hündischer, beschämter Ergebenheit auf, die sie so wütend machte, und während sie voller Feindseligkeit den feindseligen Ausdruck in seinen Augen prüfte, fuhr sie hastig fort: »Du bist absolut ekelhaft!« Als sie merkte, daß er sie mißverstand, erhob sie sich, schleuderte ihr Haar zurück und sagte kalt: »Es ist ja ganz schön, herumzufummeln wie die Kinder, aber richtig miteinander zu schlafen, das würde dich sicher schocken!« Sie war außer sich. Sie sah, wie er seinen großen Körper langsam zu einer sitzenden Haltung emporklappte und dachte: Wie lächerlich er aussieht. Er war so verblüfft, daß er noch nichtmal dazu kam, schockiert zu sein, also haspelte sie weiter: »Ich frage mich, wieviele Jahre du – mit Mädchen in Autos herumgefummelt hast. Nach den Tanzabenden gibt es nichts, was du nicht tust – bis auf die Sache selbst.« Seine Sprachlosigkeit, die letztlich verbaler Natur war und nichts mit seiner Art zu denken zu tun hatte, berührte sie, denn noch während ihr die genauen Ausdrücke, beglaubigt durch ihre Lektüre, in den Sinn kamen, konnte sie unter dem Druck einer nervösen Hemmung nicht umhin, sie sogleich wieder beiseite zu schieben; allmählich wurde sie wegen ihrer unbeholfenen, kindischen Art zu reden wütend auf sich selbst.

Inzwischen hatte er einen Schock weg und wußte das. Er stand auf, sein flächiges, scharf geschnittenes Gesicht war hart, und in seinem Blick malte sich Enttäuschung. Er sagte warnend und immer noch ein wenig sentimental: »Kindchen, du wirst dich in Schwierigkeiten bringen.«

Sie lachte, verächtlich und aufgebracht, und fragte: »Was für Schwierigkeiten?«

Er sagte: »Das hätte ich nicht von dir gedacht, Kindchen, das hätte ich nicht gedacht.« Dennoch waren die aggressiven blauen Augen starr und verstört. Sie starrten sie äußerst verblüfft an – hier geschah offenbar etwas, was ihm neu war, denn er sagte langsam: »Ich mag dich, Kindchen, ich mag dich, laß uns heiraten.«

Und jetzt starrte sie ihn ungläubig an und begann zu lachen. Sie wurde geschüttelt von hilflosem Gelächter, während er langsam rot wurde; seine Augen verengten sich, und sein Gesicht nahm einen äußerst unangenehmen Ausdruck an. Dann murmelte er etwas, stürzte aus dem Zimmer und knallte die Tür zu.

Kaum hatte sie den Knall gehört, fiel ihr Mrs. Gunn ein, die nebenan in ihrem ehrbaren Witwenbett lag, und sie hoffte, daß sie nicht aufgewacht war. Sie hörte das verstohlene Quietschen von Sprungfedern und dachte: Verfluchter Kerl! Und dann, geschüttelt von Wut, Verachtung und Unbehagen, besann sie sich (denn das schien nötig zu sein) darauf, daß sie im Recht war, wohingegen er auf geradezu empörende Weise im Unrecht war, und sie zog sich langsam und bedächtig aus, legte ihre Kleider auf einem Stuhl zusammen und ging zu Bett. Sie würde rund um die Uhr schlafen, sagte sie sich, und Wochen der Schlaflosigkeit aufholen.

Aber sie konnte nicht gleich einschlafen. Sie war erhitzt und ruhelos und wand sich vor Scham. Sie dachte an Joss und war beruhigt, denn sie war sicher, daß ihre Überzeugungen auch die seinen waren. Sie sagte sich, daß Perry und alle übrigen ein Haufen Kinder waren, die jahrelang mit jedem Mädchen im Klub herumgefummelt und gesagt hatten: »Verzeih mir Schatz« und: »Hab dich nicht so, Kindchen« – und dann wagte er es, sie so anzuschauen – und sie dann auch noch zu bitten, ihn zu heiraten, als ob – er war wahnsinnig, er war verrückt.

Schließlich setzte sie sich auf, um sich anzuzünden, was mindestens ihre fünfzigste Zigarette seit Sonnenuntergang des letzten Abends sein mußte. Die Tür ging auf, und das bleiche, ängstliche Gesicht von Mrs. Gunn erschien, gefolgt von ihrem Körper.

»Kommen Sie nur herein«, sagte Martha in barschem Ton.

»Ich dachte, ich bring Ihnen etwas Tee«, sagte Mrs. Gunn und kam mit einer randvollen Tasse näher. Sie blickte sich verstohlen im Zimmer um – suchte nach *Beweisen,* dachte Martha in verächtlichem Zorn. »Ich habe Stimmen gehört«, meinte Mrs. Gunn feinfühlig, »hatten Sie Gäste?«

»Ein junger Mann hat mich nach Hause gebracht«, erwiderte Martha, »und er ist gerade erst gegangen.« Mach daraus, was du willst, dachte sie und starrte Mrs. Gunn an, die seufzend ihrem Blick auswich und sagte, daß es wieder nach Regen aussähe, schauen Sie sich den Himmel an! Sie fügte hinzu, daß Martha in letzter Zeit nicht viel in ihrem Bett geschlafen habe, und ... Sie schaute Martha an, die ihrem Blick standhielt, ohne mit der Wimper zu zucken.

Martha trank den Tee aus, gab ihrer Wirtin dankend die Tasse zurück und sagte, während sie sich hinlegte und ihr den Rücken zudrehte, daß sie vorhabe, bis morgen früh zu schlafen. Mrs. Gunn sperrte die ersten Sonnenstrahlen aus, indem sie die Vorhänge zuzog, und murmelte, sie sehe wahrhaftig so aus, als könnte sie etwas Schlaf gebrauchen. Sie schlurfte in ihren ausgetretenen Hausschuhen im Zimmer umher, starrte Marthas Kleider an, die ordentlich über dem Stuhl lagen, und schien durch ihren Anblick beruhigt, denn sie sagte zögernd, sie nähme an, Martha könne für sich selbst sorgen, und zog sich mit der leeren Tasse zurück. Martha war bereits eingeschlafen.

Sie wachte davon auf, daß Stella sie rüttelte und fröhlich sagte, sie sei ein faules Mädchen, es sei sechs Uhr abends, Zeit für einen Drink, und nachher gingen sie ins Kino. Martha stieg grummelnd aus dem Bett und zog sich an. Sie fragte nicht, wer »sie« waren; sie dachte dabei noch automatisch an die üblichen sechs.

»Was war mit dir und Perry?« fragte Stella eifersüchtig, doch mit fröhlichem Lachen.

Martha lachte verlegen und sagte, sie hätten sich gestritten, worauf Stella ruhig erwiderte, Perry sei sowieso ein großer Holzkopf und viel zu dumm für Martha. So gestärkt, ging Martha schließlich hinaus zum Wagen, wo Andrew und Donovan schweigend warteten. Ruth mußte offenbar auf Wunsch ihrer Mama das Bett hüten. »Man weiß ja, wie diese Mamas sind«, sagte Donovan mechanisch und lachte sein schrilles Lachen, aber es half nichts. Sie waren lahm und erschöpft; alles ein einziger Niedergang. Sogar die sprühende Stella war entmutigt, und sie trennten sich früh, nach dem Kino, böse aufeinander und auf sich selbst.

Martha dachte, daß es so aussah, als hätte sie sich mit Donovan für immer verkracht, denn er war abweisend und sarkastisch zu ihr, und Perry würde sie natürlich in Zukunft meiden.

Sie ging zu Bett, fest entschlossen, den ersten Monat des neuen Jahres dem Polytechnikum zu widmen; sie besann sich darauf, daß sie in einem Monat wirklich harter Arbeit mehr erreicht hatte, als viele Mädchen in einem Jahr. Nur Entschlußkraft war also vonnöten. Entschlossen bleiben, das wollte sie daher jetzt; und am nächsten Morgen ging sie lustlos, aber gelassen ins Büro, schwor sich, die Neujahrsfestlichkeiten zu ignorieren. Sie wollte am Neujahrsabend arbeiten, sagte sie sich und war überzeugt, daß sie das auch so meinte.

Am selben Nachmittag wurde sie ans Telephon gerufen und hörte eine ihr unbekannte Stimme. Sie war zögernd und befangen, hatte etwas vom südafrikanischen Singsang, war übertrieben deutlich und förmlich, brachte es jedoch fertig, den Eindruck von etwas Unangenehmem hervorzurufen wie ein heimliches Kichern. Als Martha klar wurde, daß das Adolph war, war ihre erste Regung zu sagen nein, sie sei verabredet. Statt dessen erklärte sie sich einverstanden, an diesem Abend mit ihm auszugehen. Sie legte den Hörer auf und sagte sich, daß ihr neues Regime eben nach Neujahr beginnen würde.

Als er sie abholte, hatte er keine Pläne für den Abend, also schlug sie vor, sie könnten doch in die Mathewssche Wohnung gehen. Er stimmte zu, doch die Art und Weise, in der er es tat, ließ sie zweifelnd fragen: »Sie sind doch ein Freund von ihnen, oder?« Er zuckte die Achseln, so heftig wie fatalistisch, und seine Exaltiertheit zwang sie, ihn anzustarren.

»Warum haben Sie mich angerufen?« fragte sie in ihrer direkten Art, denn er sah alles andere als erfreut aus;

seine rötlichbraunen Augen flackerten ständig zu ihr hin, während seine Fahrweise zu sagen schien, daß er überrascht war, sie neben sich zu sehen. Sie war halb beleidigt; vielleicht war die übertriebene Schmeichelei der Männer aus dem Sportklub doch nicht ohne Wirkung auf sie geblieben.

»Warum sind Sie denn zu mir gekommen und haben mir die Hand gegeben?« konterte er und richtete einen aggressiven, saugenden Blick auf sie.

»Die Hand gegeben – wo?« stammelte sie; denn sie war seltsamerweise gekränkt, daß er den Vorfall überhaupt erwähnte.

»Als ich an diesen Tisch kam, dachtet ihr alle: Hier kommt ja dieser Jude«, sagte er giftig, doch sein flehender Blick sagte ihr, daß sie das bestreiten sollte.

Sie tat es auf der Stelle, und das um so feuriger, als etwas Wahres dran war.

Er lachte ungläubig und sagte: »Es war nett von Ihnen, mir die Hand zu geben.«

»Sie übertreiben immer so«, sagte sie unangenehm berührt. Dann, als er wieder lachte, sagte sie: »Sie reden so, als ob – ich meine, es gibt doch Juden im Sportklub, oder?« Denn sie hatte nicht darauf geachtet, ob dort welche waren oder nicht.

»Oh, sie dulden mich, ich spiele für sie, wenn der Rest der Band genug hat«, sagte er sarkastisch.

»Ich finde, Sie sind ungerecht«, sagte sie, aufrichtig beleidigt, da sie sich an Perrys Haltung erinnerte.

Sie waren vor dem Wohnblock angekommen, und Dolly hielt und zog die Handbremse an, ließ den Motor jedoch weiterlaufen. »Also, sollen wir raufgehen?« fragte er.

Wieder war sie verwirrt, weil er eine Herausforderung daraus machte, und fragte: »Sie sind doch wirklich ein Freund von ihnen?«

Er runzelte die Stirn, setzte den Wagen schnell zurück

und sagte: »Ich nehme Sie in den Kreuzbuben mit, Mrs. Spore ist eine Freundin von mir.«

»Aber es ist doch erst sechs«, protestierte sie.

»Für mich ist offen«, sagte er, und das war Aufschneiderei. Schweigend fuhren sie die fünf Meilen über baumgesäumten Asphalt bis zum Nachtklub, einem richtigen Schuppen – früher war das tatsächlich ein Tabaklager gewesen –, der an ein flaches Kopje herangebaut war. Ein schwarzes Schild mit der Aufschrift »Kreuzbube« war mit Zaundraht am Tor befestigt. Der Platz vor dem Gebäude war mit blühenden roten und gelben und orangefarbenen Cannas – diesen fleischigen, ordinären, eindeutigen Pflanzen – bepflanzt, deren klare leuchtende Farbflächen vor einem Gebäude oder in einem Park soviel bedeuten wie ein Schild mit der Aufschrift »Öffentlicher Zutritt«. Jakarandas, jetzt in schwerem grünem Laub, faßten den Garten ein. Drinnen hatte man die Ziegelwände kahl gelassen. Dünnes Sackleinen war über die Decke gezogen und mit Drähten befestigt, zwischen denen es bauschig herunterhing. Ein nackter Holzboden und in einer Ecke ein großes Grammophon mit Radio.

Martha setzte sich auf einen Holzstuhl vor einem nackten Holztisch, während Adolph zu einer Tür im Hintergrund ging, an der er klopfte. Es erschien ein ältlicher Frauenkopf mit blaßgrauer Haut, der von blaßgrauen Locken umrahmt war, und ein Paar große schwarze Augen betrachteten Martha prüfend. »Wir möchten ein bißchen tanzen«, sagte er, und die Frau rief: »Entschuldige, Herzchen, ich hab die Kerle nicht vor sechs Uhr morgens rausgekriegt, sie sind alle verrückt in diesem Jahr, und ich muß mich ausschlafen.« Der Kopf verschwand und Adolph kam mit seinem befangenen, starren Lächeln zurück.

»Lust zu tanzen?« fragte er.

Martha zögerte. Sie war sich etwas unsicher, was das Tanzen betraf; sie wußte nur, daß es Leute gab, mit denen sie tanzen konnte, und solche, bei denen sie zu linkischer Steifheit gefror, und das hing nicht davon ab, ob es gute Tänzer waren oder nicht. »Ich kann nicht tanzen«, sagte sie schließlich hoffnungsvoll, doch er erwiderte: »Ich habe Sie im Klub beobachtet. Sie müssen lernen, sich zu entspannen.«

Sie lachte nervös und zog sich auf die Entschuldigung zurück, daß man es ihr nie beigebracht habe.

»Ich bring's Ihnen bei«, versprach er lächelnd, während seine Augen sie so eingehend studierten, daß es sie mit Unbehagen erfüllte. Nie hatte ein Mann sie auf diese Weise angesehen, obwohl ihr die Erfahrung fehlte, um zumindest für sich selbst definieren zu können, was »diese Weise« war. Sie unterschied sich jedoch vom jungen Mädchen früherer Generationen darin, daß sie wußte: Alles war erlaubt. Nun wurde sie sich ihres Körpers bewußt und unterdrückte den Impuls, ihr Kleid oben zuzumachen, was ohnehin unmöglich war, da es so geschnitten war, daß es offen stand und den Hals zeigte. Sie zwang sich also, so zu tun, als bemerkte sie seine prüfenden Blicke nicht, und hoffte, daß die plötzliche Wärme, die sie verspürte, nicht daher rührte, daß ihr leuchtende Röte übers Gesicht kroch. Er lächelte; er hatte das Erröten bemerkt und war erfreut. Sofort machte sie eine ärgerliche Bewegung – so ärgerlich, daß sie über sich selbst erstaunt war, denn worüber sollte man da verärgert sein? Nahezu im selben Moment jedoch verzog sich seine Miene wieder zu diesem unsicheren Lächeln; er streckte unwillkürlich flehend die Hand aus, um ihre Bewegung aufzufangen. Sie blickten betreten voneinander weg.

Aus den hinteren Räumen kam ein Kellner, beugte sich über sie und sagte, daß Missus Spore ihm befohlen habe, sie zu fragen, was sie wünschten. Sein Benehmen ließ erkennen, daß es ihm gar nicht paßte, vor der üblichen Zeit herausgeschickt zu werden – vor zehn Uhr abends kam niemand hierher. Er trug keine weiße Uniform, nur ein weißes Baumwollunterhemd und ziemlich fleckige weiße Hosen. Doch Adolph sprach freundlich, fast intim mit ihm und fragte ihn nach seiner Familie, so daß der Mann schließlich zu lächeln begann. Er nahm das großzügige Trinkgeld, das Adolph ihm hinschob, und sagte, er könne ihnen eine Flasche Schnaps verkaufen, wenn sie wollten. Adolph sagte ja, er würde aber nicht mehr zahlen als im Geschäft, ein Scherz, den der Kellner auch als solchen auffaßte, denn er grinste bloß und bald darauf erschien die Flasche Schnaps samt Gläsern und Sandwiches.

Martha nippte an ihrem Schnaps in dem Gefühl, daß ihr Begleiter ihr keine weitere Unterhaltung bieten würde, bevor der nicht seine Wirkung getan hatte; das machte sie wie üblich gereizt, was sie wie üblich unterdrückte. Nach kurzem legte er einen Rumba auf und nötigte sie zum Tanzen. Es machte sie befangen, allein in diesem großen, kahlen häßlichen Raum zu tanzen, und zudem mit jemandem, der ein Könner war. Denn er erzählte, er sei Berufstänzer gewesen. Sie merkte gleich, das war ein Mann, mit dem sie nicht tanzen konnte; ihre Glieder waren unbeholfen und schwerfällig, und je mehr sie sich bemühte, sich zu lockern, desto mehr wurde sie sich jedes Gelenks und jedes Muskels ihres Körpers bewußt.

Ein Tango spielte, und er gab ihr Anweisungen. »Schauen Sie, Sie müssen die Knie so halten. Lassen Sie die Schultern so fallen.«

Er erinnerte sie an Donovan, und plötzlich blieb sie stehen, warf ihr Haar zurück, lachte und sagte: »Aus mir wird nie eine Tänzerin, finden Sie sich besser damit ab.« Aus irgendeinem Grunde triumphierend und selbstsicher, schritt sie einfach ohne ihn zum Tisch zurück. Sie mochte diesen Mann nicht, stellte sie fest, und sie wollte nach Hause.

Als sich dieser Gedanke auf ihrem Gesicht malte, sagte

er demütig: »Ich bin nicht der richtige Umgang für Sie, nicht?«

Wie er das sagte, halb flehend, halb grollend, das berührte sie aufs neue. Er tat ihr schrecklich leid, doch in dies Gefühl mischten sich Ungeduld und Verachtung.

»Wenn die Kerle vom Sportklub Sie mit mir sehen würden, wären sie sauer«, bemerkte er in der Hoffnung, sie würde ihm widersprechen.

»Was haben die Kerle vom Sportklub damit zu tun?«

»Und Ihr Freund Donovan Anderson?«

Das schien ihr vollkommen unwichtig; doch unwillkürlich erhob sie sich, um zu gehen, und er folgte ihr und nahm die Schnapsflasche mit.

Abermals fuhren sie schweigend. Es war dunkel, die Sterne flammten, die Hügel, über die die Stadt sich ausbreitete, waren gekennzeichnet durch ein tieferes, intensives Schwarz, und über ihnen erhob sich das leuchtende, samtige Schwarz des Himmels. Sie brütete finster vor sich hin, er blickte sie immer wieder verstohlen an.

Als er langsam am McGrath vorbeifuhr, sagte er: »Sie würden sich nie im Leben mit mir dort zeigen, oder?«

Sie erwiderte kalt, daß sie ihn nicht verstehe; und es stimmte, daß sie nicht auf den Gedanken gekommen wäre, sich seiner zu schämen, wenn er sie nicht darauf hingewiesen hätte. Dabei sollte diese Haltung sie im Grunde nur zu einer edelmütigen Geste verpflichten: Er hatte sich so vollkommen erniedrigt, daß sie sich wie eine Prinzessin fühlte, die gut zu einem Bauernjungen war. Trotzdem war sie sich dessen überhaupt nicht bewußt; sie spürte bloß, daß er ihr schrecklich leid tat.

»Sie sind offenbar gern ein Paria«, sagte sie ironisch; und da lachte er zwar anerkennend über ihre Ironie, fiel aber gleich in seine alte Haltung zurück und fügte aggressiv hinzu, daß er sich nicht schäme, Jude zu sein. »Keiner hat gesagt, daß Sie das müssen«, betonte sie, wieder kalt.

Alles in allem wurde sie zunehmend ärgerlicher und

beklommener, und sie betrat das McGrath in einer Haltung, die, ob sie es wußte oder nicht, herausfordernd lässig war. Sie winkte den Leuten zu, die sie kannte, und als sie Perry sah, lächelte sie ihm zu, als sei nichts gewesen, während sie dafür nur ein kurzes Nicken erhielt. Sie fragte sich, ob vielleicht nicht nur Perry, sondern auch alle anderen kälter, weniger herzlich waren; sie sah, wie ihre Blicke nicht ihr, sondern Adolph folgten, der hinter ihr ging; sie schmolz vor Mitleid, wandte sich fürsorglich um und wartete, damit sie plaudernd nebeneinander durch den Saal gehen konnten. Aber er hörte nicht, was sie sagte; auf seinem Gesicht lag ein kleines, befangenes Lächeln, und sie hätte ihm am liebsten den nötigen Stolz mit Gewalt eingetrichtert.

Als sie saßen, sagte er: »Ich habe mal in dieser Band gespielt.«

Als hätte sie eine Information erhalten, wollte sie gerade antworten: »Tatsächlich?« Dann kapierte sie und sagte mit einem trockenen Lächeln, das bereits nach den drei oder vier Stunden, die sie ihn kannte, wie ein nachsichtiger, ironischer Kommentar war: »Ja, und?«

Wieder malten sich Sarkasmus, Dankbarkeit und Erleichterung in seinen gequälten Zügen. Allmählich wurde ihre Ungeduld unerträglich, und sie schlug vor zu gehen. Der Saal war halb leer, alle tanzten im Klub. Absurderweise sehnte sie sich danach, dort zu sein. Er sagte rasch: »Sie würden gern mit den andern tanzen, stimmt's?«

»Ich hätte ja gehen können, wenn ich gewollt hätte«, sagte sie, stand auf und fügte hinzu, daß sie müde sei und zu Bett gehen wolle.

Sie ging nach Hause und brachte den Abend mit Lesen zu. Sie hoffte gereizt, daß er sie fade gefunden hatte und nicht erneut versuchen würde, Kontakt mit ihr aufzunehmen. Sie brachte sich sogar soweit, das auch zu glauben, so daß es ihr gelang, überrascht zu sein, als das Telephon am nächsten Tag läutete und er sie bat, den Abend mit ihm zu verbringen. Weil sie so überrascht war, sagte sie zu, jedoch hastig, konfus, worüber er sich gleich beschwerte, als er sie wieder zu Gesicht bekam.

»Warum waren Sie so kühl am Telephon?«

»War ich nicht – das wollte ich nicht«, entschuldigte sie sich.

Wieder gingen sie in den Nachtklub, als dieser noch leer war; und nachher ins Kino, womit sie den üblichen Ablauf auf den Kopf stellten; und wieder sagte sie, sie wolle früh zu Bett. Mittlerweile befand sie sich in einem Zustand verwirrter Apathie; ihre Gefühle waren in Aufruhr. Abwechselnd bemitleidete, haßte, beschützte, verachtete sie ihn, während ihre Phantasie ununterbrochen am Werk war, um ihn zu einer interessanten, verfolgten Figur zu machen. Sie redete sich ein, daß er intelligent sei, was bloß bedeutete, daß ihr Bild von ihm diese dubiose, phantastische Eigenschaft besaß. Sie hatte durch hartnäkkiges Fragen herausgebracht, daß er polnischer Jude war, daß seine Eltern zur Zeit des Goldrausches nach Südafrika emigriert waren, daß sein Vater Juwelier in Johannesburg gewesen war. Das alles hatte eine romantische Aura; sie war fasziniert und versuchte ihn zu bewegen, darüber zu sprechen, doch er antwortete steif und widerstrebend. Zuletzt löschte er die Feuer ihrer Einbildungskraft, indem er wie jeder andere konventionelle britische Koloniebewohner sagte, daß er bei der ersten Gelegenheit in dieses Land gekommen sei, weil es britisch war. Er war jetzt eingebürgert. Martha dachte an die Cohen-Jungen, sie wunderte sich über den Unterschied zwischen ihnen und diesem Mann; doch mittlerweile waren ihre Gefühle so stark beteiligt, daß sie es sich nicht leisten konnte, wirklich klar zu denken. Sie bemitleidete ihn viel zu sehr, um sich einzugestehen, daß er unangenehm und feige war; sie war bereit, um seinetwillen gegen die Welt anzutreten – oder zumindest ihre Welt.

Am dritten Abend ihrer Bekanntschaft saß sie mit ihm

im McGrath, als sie merkte, daß jemand sie anstarren mußte, weil sie ein so starkes Bedürfnis hatte, sich umzudrehen. Sie drehte sich also um und sah, wie Stella und Andrew und Donovan allein in einer Ecke saßen und sie betont anlächelten. Sie winkte und lächelte ebenfalls, aber Stella machte hartnäckig Zeichen, daß sie mit ihr sprechen wollte. Martha dachte, das sei eine Einladung für sie beide und blickte Adolph an, der sie jedoch mit starrem, unheilvollem Lächeln beobachtete.

»Gehen Sie«, sagte er. »Sie möchte mit Ihnen sprechen.«

Martha errötete bei diesem Ton, erhob sich abrupt und ging hinüber zum Tisch der anderen, wo sie abwartend neben Stella stehenblieb.

»Du bist ein unartiges Mädchen«, begann Donovan. »Du mußt einfach immer was Besonderes sein, stimmt's, Matty Schatz?«

»Was Besonderes in welcher Beziehung?« fragte sie kühl, wandte sich betont von ihm ab und schaute Stella an. »Was ist los?«

»Du solltest nicht mit Dolly hierherkommen«, sagte Stella mit ihrer diskreten, fraulichen Stimme, die um einige Töne tiefer war als ihre gewöhnliche.

Martha hob gekonnt die Augenbrauen und schaute zu Andrew. Der blickte jedoch weg; er war offensichtlich verlegen. »Warum nicht?« fragte sie frei heraus.

Stellas Gesichtsfarbe war lebhafter als gewöhnlich, und ihre Blicke waren ausweichend. Zugleich brachte sie es fertig, ebenso mitfühlend wie selbstgerecht auszusehen. Dieser Ausdruck war es auch, der Andrew verlegen machte, wie Martha sehen konnte.

»Das mußt du uns schon glauben«, sagte Stella sanft. »Wir sind älter als du.«

Martha mit so einem Argument zu kommen, war fatal; sie schaute Stella mit einem Blick ins Gesicht, der ihr zu verstehen geben sollte, daß sie einfach entsetzt war über diese offenkundige Verlogenheit. Stella wahrte die Würde der verantwortungsbewußten, reifen Frau, während ihre Augen vor Begeisterung über den Skandal blitzten. Martha sagte daraufhin barsch, daß sie jetzt schon ein großes Mädchen sei und selber auf sich aufpassen könne. Sie verabschiedete sich frostig und kehrte zu Adolph zurück. Es wurmte sie, daß sie keineswegs unempfänglich für die mißbilligenden Blicke der anderen war. Sie sagte sich, daß sie bereits angesteckt war von Adolphs Verfolgungswahn.

Sie setzte sich neben ihn, lächelte zärtlich für die Beobachter, doch dies Lächeln schwand, als er sagte: »Sie haben Sie davor gewarnt, sich mit so einem abscheulichen Juden in der Öffentlichkeit zu zeigen.«

»Sie scheinen zu vergessen, daß Stella selbst Jüdin ist.«

»Ja, aber sie stammt aus einer alten englischen Familie, sie ist kein Abschaum aus Osteuropa wie ich.«

Martha starrte ihn an, errötete und lachte dann verächtlich. »Also wirklich, Sie machen sich lächerlich«, sagte sie und erkannte nicht, daß diese kalte Verachtung nur möglich war, weil sie seine Kriterien von der hohen Warte ihrer britischen Selbstgefälligkeit beurteilte. Sie lachte, bremste sich aber auf der Stelle, denn er sah so ungeheuer verletzt aus, daß sie es nicht ertragen konnte. »Achten Sie gar nicht drauf«, sagte sie tröstend. »Kommen Sie, wir gehen hier weg.«

In seiner gehorsamen Art stand er sofort auf, und sie verließen das Hotel; und diesmal sagte sie nicht, daß sie früh zu Bett wollte. Statt dessen stimmte sie zu, als er vorschlug, sie sollten doch noch ein bißchen herumfahren, und hörte sich zu ihrer Überraschung Stella und Donovan (aus irgendeinem Grund ließ sie Andrew aus) herunterputzen, weil das Spießer waren, und den ganzen Sportklubklüngel, weil ... Hier stockte sie, bevor sie den schlüpfrigen Hang ihrer zwanghaften Geständnisse weiter hinuntersauste wie in einem Anfall von Wahnsinn, doch ihr fehlten die Worte für das, was sie empfand; sie dachte an Perry. Die Männer vom Sportklub waren widerlich, sie waren wie kleine Jungen, sie fummelten bloß herum ... Ihre Stimme stammelte unsicher und verstummte. Sie wurde schamrot und hoffte, daß man das nicht sehen konnte, weil es zu dunkel war. Adolph beobachtete sie gespannt und zeigte nach einem Moment, daß er sie nur allzu gut verstanden hatte, denn er sagte, das sei ja alles sehr richtig, aber sie sei doch noch ziemlich jung. Das war unerträglich; sie protestierte, sie sei nicht jung, lachte dann, weil sie daran denken mußte, daß sie ja schließlich erst achtzehn war. Doch das Wort »Jugend« bedeutete für sie etwas Herausforderndes, es signalisierte, daß sie das Recht hatte, zu tun, was sie wollte. Und wieder entwaffnete er sie durch sein Verständnis, denn er nickte und sagte: »Wenn Sie wissen, was Sie tun, ist es ja gut.« Das nahm ihr den Wind aus den Segeln, und sie antwortete nicht.

Er wendete den Wagen an einer Ecke und fuhr zurück in die Stadt. Sie fragte sich, warum sie sich stets in diese Momente zwanghaften Sprechens stürzen mußte; sie fühlte sich verloren, preisgegeben und blickte zu Adolph, halb in der Hoffnung, er würde sie nach Hause bringen, damit sie sich um eine Entscheidung drücken konnte. Dann wieder ließ ein anderes Gefühl, ein schrecklicher, würgender Zwang, zu ergreifen, was immer sich ihr bot, sie hoffen, er würde sie zu sich bringen. Es kam ihr nicht in den Sinn, ihn in ihr Zimmer zu bitten, der Gedanke wäre ihr absurd vorgekommen.

Bald darauf, vor einem großen Haus, das von Lichtern erstrahlte, die über einen weiten, schattigen Garten fielen, hielt er mit dieser charakteristischen Geste: Er zog die Handbremse an, während er den Motor ein bißchen lauter brummen ließ als üblich, so als würde er auf einen Wink von ihr kehrtmachen. »Na, was ist?« fragte er mit weicher, anzüglicher Stimme. Dieser Ton kränkte sie, und sie zögerte. Sofort sagte er: »Bitte kommen Sie mit herein«, und sie verstand das als Appell an ihren Großmut.

»Natürlich«, sagte sie heiter. Eine Woge der Euphorie hatte sie erfaßt, und sie ging den Weg zwischen den Blumenbeeten hinauf, redete etwas zu laut, während er schweigend folgte. Sie kamen an eine Seitenveranda, er schloß eine Tür auf, und sie traten in ein großes Zimmer, das über die ganze Front gewölbte Fenster hatte und auf den Garten blickte. Da durchzuckte Erinnerung sie schmerzlich, und sie blieb stehen, runzelte die Stirn, fragte sich, warum Sehnsucht an ihren Nerven zerrte, und schaute diese gewölbte Fensterfront an – »wie der Bug eines Schiffes« dachte sie verschwommen. Dann merkte sie, daß er sie beobachtete, und angesichts seiner Bewunderung trug sie instinktiv noch mehr träumerische Versunkenheit zur Schau.

Er sagte mit seinem unsicheren Lachen: »Schauen Sie doch nicht so teilnahmslos drein«, und verletzt drehte sie sich rasch um, lächelte und sah, daß sein Lächeln bereits von seinem Gesicht verschwunden war: Nie konnte er irgendeine Art von Kritik länger als einen Moment aufrechterhalten, er nahm sie aus Angst vor Zurückweisung sofort zurück, und bei diesem Gedanken schmolz sie wieder vor Mitleid.

Er saß auf der äußersten Kante seines Betts, dieser kleine dunkle Mann mit den wachsamen Augen und dem vorsichtig geneigten Kopf, dessen angespannte Glieder eine aufgestaute Kraft ahnen ließen. Sie wurde unruhig; wie üblich wartete er ab, was *sie* tun würde. Da sie nichts tat, sagte er sanft, indem er sich zu einem direkteren Ton zwang und die letzten Worte in stockendem Gemurmel verebben ließ: »Ich nehme an, Sie haben es sich anders überlegt.«

»Inwiefern?« fragte sie rasch und ganz aufrichtig, denn es ist wahr, auch wenn es unwahrscheinlich klingen mag, daß sie sich nie offen eingestanden hatte, warum sie hier war.

Er war nun imstande, sarkastisch zu sein, pfiff auf gute Manieren und sagte: »Ich wußte natürlich, daß Sie es nicht tun würden.«

Verwegen ging sie auf ihn zu, spürte, daß sie wie so oft schon einem Sog folgte, den sie nicht verstand, und stellte sich lachend neben ihn. Halb ungestüm, halb zaudernd zog er sie aufs Bett, legte sie sich zurecht, schaute sie an, küßte sie probeweise, schaute sie wieder an, zögerte, murmelte dann eine Entschuldigung und ging zum Toilettentisch; als er zurückkam, lockerte er mit der einen Hand seine Krawatte, während er mit der anderen ein Päckchen hielt, das er aus einer Schublade genommen hatte. Er setzte sich auf den Bettrand, zog die Schuhe aus, stellte sie ordentlich nebeneinander und begann, seine Kleidung aufzuknöpfen. Martha lag da, als wären ihre Gliedmaßen von einer Nervenlähmung befallen, und bekämpfte den Impuls, die Augen abzuwenden, was von ihr selbst, wenn nicht von ihm, als Prüderie hätte gedeutet werden können. Es war etwas Angsterregendes an diesen systematischen Vorbereitungen. Als bereitete er sich auf eine Operation vor, dachte sie unwillkürlich.

Als er sich überzeugt hatte, daß alles zu seiner Zufriedenheit arrangiert war, schwang Adolph die Beine hinauf, so daß er parallel zu ihr lag, und fing an sie zu lieben, wobei er sich der Techniken des einfühlsamen, erfahrenen Liebhabers bediente, was sie teils beruhigte, teils erstarren ließ, während sie die tatsächlichen Vorgänge so zurechtrückte, daß sie zu der imaginären Forderung paßten, die sie bereits innerlich formuliert hatte. Sie war auch nicht enttäuscht. Denn wenn der Akt hinter ihrer Forderung zurückblieb, so blieb das Ideal, die Sache an sich, dieses Trugbild, unangetastet, schwebte auf das Verlockendste vor ihren Augen. Martha, letzte Erbin der langen romantischen Liebestradition, verlangte nichts weniger, als daß die Quintessenz aller Erfahrung, aller Liebe, aller Schönheit jäh in einem alles durchtränkenden, sättigenden Moment der Erleuchtung explodieren sollte. Und da dies ihr Begehren war, schien der Mann selbst relativ unwichtig – das war der wahre Grund für ihre Haltung, auch wenn sie das nicht wußte. Deshalb fiel es ihr leicht, sich zu sagen, sie sei nicht enttäuscht, alles warte immer noch auf sie, und hinterher lag sie ergeben neben ihn gekuschelt wie eine liebende Frau, denn ihr Inneres hatte den Moment der Enttäuschung im ganzen geschluckt wie eine Pythonschlange, damit er, der Mann, und das Trugbild dereinst wieder verschmelzen konnten.

Nahezu sofort bemerkte er, daß ihre Freunde im Sportklub wütend wären, wenn sie das erführen.

»Das nehme ich auch an«, sagte Martha gleichgültig. Die Leute vom Sportklub und Stella und Donovan und Andrew schienen ihr unermeßlich weit weg. Der Liebesakt hatte sie ihnen entführt, und sie gehörte nun zu diesem Mann. Sie schwieg, blickte auf seinen glatten, dunkelhäutigen Körper; er war weder dick noch rundlich, sondern das Fleisch lag straff und ebenmäßig über den schmalen Knochen wie warmes, dunkel gewordenes Wachs, das dunkle Haargerank auf seiner Brust glänzte, und sie spielte nach anfänglichem Widerstreben damit – der Gedanke hatte sie durchzuckt, daß der Körper dieses Mannes nicht das Richtige für sie war, daß sie ihr erstes Liebeserlebnis mit einem Mann gehabt hatte, in den sie überhaupt nicht verliebt war. Sie unterdrückte den Gedanken auf der Stelle, und als sie sich erhoben und ankleideten, war sie weiterhin unkompliziert und zurückhaltend, als stünde sie ganz und gar zu seiner Verfügung, und ignorierte eine aufsteigende, hartnäckige Erbitterung, die jedes andere Gefühl fortzuschwemmen begann.

Sie fuhren zum Kreuzbuben. Martha fragte sich, warum er früher stets hastig aufgebrochen war, wenn die Horde hereinkam; jetzt blieb er, tanzte jeden Tanz, lächelte sein unsicheres Lächeln, in dem mehr als nur eine Andeutung seines Triumphes lag. Das ärgerte Martha. Jedesmal wenn sie den Kopf hob, und dieses kleine strahlende Lächeln sah, mußte sie ihren Ärger unterdrücken. Sie tanzte schlecht; sie konnte einfach nicht mit ihm tanzen, aber sie lag weich in seinen Armen, ihre Hand lag in korrekter Tanzhaltung hingebungsvoll auf seiner Schulter, wie es in Filmen oder Zeitschriften zu sehen war. Ihm jedoch schien es ziemlich gleichgültig zu sein, ob sie gut oder schlecht tanzte. Als sie bei dem Versuch, seinen gekonnten Schritten zu folgen, stolperte, fing er diesen Ausrutscher mühelos ab, sie tanzten sofort weiter, und über ihren Kopf hinweg streiften seine Blicke ziellos die Gesichter der anderen Leute.

Am Ende des vielleicht fünften oder sechsten Tanzes, als es immer noch früh war, so gegen Mitternacht, entzog sie sich ihm und sagte mißmutig, daß sie nach Hause gehen wolle. Ohne ein Wort des Protestes beeilte er sich, sie hinzubringen. Als sie zu Bett ging, redete sie sich ein, daß sie ihn liebe, daß er intelligent sei (diese beiden Aspekte waren nicht voneinander zu trennen) und daß er den Sportklubmännern in jeder Hinsicht überlegen sei. Sie ärgerte sich, weil ihr nach Weinen zumute war; empört schluckte sie die Tränen hinunter.

Allabendlich fuhren sie zum Kreuzbuben; denn in diesem verkommenen Etablissement, wo man sich fast bis zur Besinnungslosigkeit von Schnapsdunst und Gedudel einlullen ließ, schien sich Adolph so wohl zu fühlen wie überhaupt möglich. Mrs. Spore behandelte ihn mit zärtlicher Nachsicht; die Kellner, denen er so dicke Trinkgelder gab, beeilten sich, ihn zu begrüßen, ihm zu bringen, was er begehrte. Denn Adolph war sehr großzügig. Martha, die sich an Donovans unverhohlenen Geiz gewöhnt hatte, fühlte sich königlich behandelt, obwohl es nicht lange dauerte, bis sie Einwände machte, sagte, daß er nicht so viel Geld für sie ausgeben solle. Er war so etwas wie ein Bürovorsteher bei der Stadtverwaltung; sein Gehalt konnte also nicht besonders groß sein, und dennoch überhäufte er sie mit Konfektschachteln und Seidenstrümpfen und wurde ärgerlich, wenn sie bestürzt war.

Den Neujahrstag verbrachten sie auf dem Bett liegend und Schokolade essend in seinem Zimmer. Sie schwiegen, da sie sich am Abend zuvor gestritten hatten. Er hatte ihr geblümtes Ballkleid kritisiert, aber nicht auf eine Weise, über die sie sich bei ihm gefreut hätte. Sie wußte, daß es nicht elegant war; hätte er ihres Mißgriffs wegen über sie gelacht, hätte sie es leichter genommen. Als er sie mit nach Hause nahm, sagte er, sie solle es enger machen und zeigte ihr was er meinte, indem er Hände voll Stoff über den Hüften straffzog. »Du möchtest, daß ich wie eine Nutte aussehe«, sagte sie empört, woraufhin er sie prüde schimpfte. Sie fragte, wie er sich denn wünsche, daß sie aussähe, und er nannte Stella Mathews als Vorbild. Darauf sagte sie: »Da hast du's.« Ihr war nicht bewußt gewesen, daß sie Stella geschmacklos fand, jetzt jedoch wurde das zur unumstößlichen Gewißheit, so daß es deswegen zum Streit kam. Sie hatten sich getrennt, ohne miteinander zu schlafen.

An diesem Morgen wurde die Unterlassung nahezu sofort wiedergutgemacht; er war in besitzergreifender Tyrannenlaune, sie fühlte sich vage schuldig, obwohl sie nicht hätte sagen können, warum. Hinterher versuchte sie wieder, ihn dazu zu bringen, über seine Kindheit in der großen Stadt unten im Süden zu reden, aber er antwortete kurzangebunden. Langes Schweigen.

Plötzlich fragte er sie, ob sie mit Donovan geschlafen habe. Sie lachte und sagte, er habe doch wohl allen Grund, zu wissen, daß das nicht der Fall sei. Da sagte er giftig, er habe geglaubt, daß sie nicht mehr Jungfrau gewesen sei. Sie erwiderte vorwurfsvoll, daß er ihr beim ersten Mal schrecklich wehgetan habe. Darauf er, wieder brutal: Wie er denn das habe wissen sollen. Sie war inzwischen so entrüstet, daß sie mit abgewandtem Gesicht schwieg; und er begann sie in seiner halb brutalen, halb unterwürfigen Art zu hänseln, bis sie wieder guter Laune war. Er unterbrach sich, um zu fragen – als hätte man ihm die Frage herausgepreßt: »Sag mir's doch, ich nehm's dir nicht übel. *Hast* du mit Donovan geschlafen?« Trotz ihres Ärgers und der Überzeugung, daß ihr Unrecht geschah, schien ihr die Idee, mit Donovan zu schlafen, so absurd, daß sie aus vollem Herzen lachte. Er wurde wütend und sagte, daß Donovan ihr Typ sei, er, Adolph hingegen nicht. »Wenn du meinst«, entgegnete Martha kalt und weigerte sich, sich aus ihrer schlechten Laune herauslocken zu lassen.

Um fünf an diesem Abend, als er vorschlug, essen zu gehen, sagte sie, sie wolle nach Hause, sie habe es nötig, »zur Abwechslung« mal früh schlafen zu gehen. Dann fügte sie hastig hinzu, daß sie jetzt, nachdem die Neujahrszeit vorbei war, auf keinen Fall in der Lage sein würde, ihn so häufig zu treffen, da sie am Polytechnikum studieren müsse.

»So ist's recht«, sagte er und knirschte leise mit den Zähnen, als er sie wütend anschaute. »Ich wußte, du bist nichts auf Dauer.«

»Es geht bloß bis sieben, ich bin jeden Abend um sieben frei«, sagte sie erschreckt über die Wut, die in seinen Augen aufblitzte.

Jeden Abend um sieben wartete er also in seinem Wagen auf sie. Sie kam fröhlich heraus, dankbar, daß da ein Mann geduldig auf sie wartete, doch diese Dankbarkeit wurde im Nu von schlechter Laune abgelöst, wenn er sie über Mr. Skye auszuquetschen begann: War ihr Lehrer attraktiv, versuchte er, mit ihr zu schlafen?

Wenn sie dann mürrisch und verschlossen war, fragte er, was sie an diesem Abend gern unternehmen würde. Dies brachte sie immer in Verwirrung; sie dachte anerkennend an Donovan zurück, der sie einfach wissen ließ, was sie unternehmen würden. Sie antwortete dann, es sei ihr egal. Dann folgte stets ein langer Augenblick der Unentschiedenheit, der wie ein Kampf zwischen ihnen war, und sie versicherten einander, daß es ihnen völlig egal sei, was sie unternahmen. Zuletzt stimmte sie hastig zu, wenn er in herausforderndem Ton irgendeinen Vorschlag machte: Ob sie gern ins McGrath wollte und dort etwas trinken? Hatte sie Lust, in den Nachtklub zu gehen? Diese Eigenart von ihm, sich ihr zur Verfügung zu stellen, kränkte sie, als wäre es eine Beleidigung. Im Kino, wenn sie sich in den Film versenkt hatte, wandte sie sich ihm irgendwann in dem unangenehmen Gefühl zu, daß er sie beobachtete; und wirklich, er lehnte sich, die Schulter der Leinwand zugekehrt, seitlich in seinem Sitz zurück, während er sie lächelnd fixierte. »Warum schaust du dir nicht den Film an, gefällt er dir nicht?« fragte sie heiter; und er entgegnete: »Ich schau lieber dich an«, was ihr schmeichelte, sie aber auch hilflos machte und verwirrte; sie fühlte sich, als wäre sie jemand, dem man sich um jeden Preis anpassen mußte, während er sich selbst als völlig unwichtig betrachtete.

Tatsächlich fühlten sie sich immer weniger wohl miteinander, ausgenommen in jenen Momenten unmittelbar nach dem Beischlaf, wenn sie ruhig, hingebungsvoll und kindlich neben ihm lag. Sie erzählte ihm dann, daß sie ihn liebte. Zu ihrer Überraschung hörte sie sich Dinge sagen, die sie später fassungslos machten, wenn sie nur daran dachte. Denn wenn sie dicht an diesen warmen, glatten Körper geschmiegt lag, der doch offensichtlich große Macht über sie hatte, wurde sie ergriffen von Wogen des Gefühls und wünschte sich sehnlichst, sie würden sie über diese unerfreulichen Zeiten dazwischen hinübertragen.

Einmal murmelte sie, für sie selbst überraschend: »Ich hätte gern Kinder von dir.«

»So was mußt du nicht sagen«, meinte er sarkastisch,

und sie war verletzt, denn sie war aufrichtig gewesen in diesem Moment.

Er lachte häßlich und sagte, er wolle nie Kinder haben.

»Warum nicht?« fragte sie, jetzt tief beschämt, weil er das aufrichtige Gefühl zerstört hatte, das ihre Worte erfüllt hatte.

Er sagte barsch, die Frauen, die er mochte, würden niemals einen Mann wie ihn heiraten. Auf diese erschütternden Worte hin fing sie an, ihn zu trösten, ihn zu beruhigen, doch am nächsten Tag bemerkte er: »Ich frage mich, was aus dir mal werden wird. Ich frage mich, wo wir beide in zehn Jahren sein werden.« Das erfüllte sie jäh mit dem schrecklichen Gefühl von Verlassenheit und Vergänglichkeit. Diesmal war sein Ton liebenswürdig und zärtlich.

»Warum sollten wir denn nicht heiraten?« fragte sie und war bei dem bloßen Gedanken daran schon deprimiert.

Er lachte sie aus, strich ihr väterlich sanft das Haar zurück und sagte, sie sei verrückt. Doch mit einem wiederkehrenden Anflug von Grausamkeit schlang er ihr dann das Haar eng um die Kehle, so daß es sie leicht würgte, und sagte, sie würde einen braven Stadtvater heiraten und sehr ehrbar werden und fünf nette, guterzogene Kinder bekommen.

Sie schüttelte sich frei und sagte, lieber wolle sie sterben. Diese Unterstellung, die einer Beleidigung gleichkam, machte sie wütend. Später im Rückblick, bezeichnete sie diesen Moment als das eigentliche Ende ihres Verhältnisses. Damals empfand sie Erbitterung und hinter dieser Erbitterung die alte Angst, sie könne um etwas betrogen werden.

Dies geschah etwa zehn Tage, nachdem sie zum ersten Mal miteinander geschlafen hatten.

Zwei oder drei Tage später – es war ein Samstag – als er sie fragte, was sie gern unternehmen würde, sagte sie, daß nicht immer sie die Entscheidungen treffen wolle, daß sie zur Abwechslung gern etwas unternähme, was ihm Spaß mache.

»Sehr schön«, sagte er, und sie verbrachten den Nachmittag beim Rennen; Martha lernte da etwas ganz Neues kennen, einen Kreis von Leuten, die gänzlich anders waren als der übliche Sportklubklüngel.

Das große Oval des Rennplatzes, eingefaßt von Fransen und Quasten üppigen grünen Grases, überwölbt von dichtbelaubten Bäumen, lag ein wenig außerhalb der Stadt, und draußen vor dem Klubhaus schlenderten zahllose Menschen umher, die wie die in den Zeitschriften aus England gekleidet waren. Adolph wies sie immer wieder auf bedeutende Persönlichkeiten hin, deren nichtssagendes Aussehen Martha natürlich enttäuschte, da sie bis dahin angenommen hatte, Berühmtheiten reflektierten notwendigerweise alle Vorstellungen, die man sich von ihnen macht, statt sich beharrlich in ihren eigenen zu spiegeln. Der Mann, der Adolph in die größte Aufregung versetzte, war ein gewisser Mr. Player, dessen Name von den Leuten in der Kolonie mit dem mokanten, widerwillig bewundernden Ton genannt wurde, der der echten Macht Tribut zollt. Mr. Player, sagte Adolph, wußte mehr über Pferde als irgend jemand sonst hier.

Adolph drückte sich herum, wartete, bis er des großen Mannes Blick auf sich zog, und als ihm das gelang, schenkte er ihm ein überschwengliches Lächeln und empfing dafür ein gleichgültiges Nicken. Mr. Player war fett und rotgesichtig, und Martha fand ihn widerlich, aber Adolph sagte bewundernd, daß er ein Auge für Frauen habe, früher oder später würde er alle wirklich anziehenden Frauen in der Stadt bekommen; auf diese Mitteilung hin sah Martha ungläubig drein, denn obgleich sie theoretisch wußte, daß Frauen für Geld mit Männern schliefen, konnte sie sich nicht vorstellen, daß sie sowas tun würde, was bedeutete, daß sie es sich letztlich auch bei anderen nicht vorstellen konnte. Sie kam daher zu dem Schluß, daß Mr. Player gütig und großzügig und vielleicht intellektuell sein mußte, weil sich sein Ansehen anders ja nicht erklären ließ.

Als Mr. Player sich nicht mehr in ihrer Nähe befand, begann Adolph durch die Menge zu schlendern, die Augen eifrig auf der Suche, und sobald er das richtige Gesicht gefunden hatte, schien er zu erstarren und zu warten – immer mit diesem fast servilen Lächeln auf den Lippen –, bis er bekommen hatte, was er wollte: eine eilige, manchmal ärgerliche Bestätigung seiner Gegenwart, die er dankbar aufnahm. Das reizte Martha und war der Grund, weshalb sie sich nicht wohl in ihrer Haut fühlte. Doch als das erste Rennen begann, sah sie, daß Adolph sich verwandelte. Zum ersten Mal sah sie ihn die schreckliche Bürde der Befangenheit abwerfen. Er stand an der Brüstung, vergaß sie, vergaß alles, war gefesselt von den Pferden, die sich, im hellen Sonnenschein glänzend, an der Startlinie aufbäumten und tänzelten, und als sie davonjagten, beugte er sich vor, folgte ihnen mit dem Blick, umklammerte mit den Händen die Brüstung; und als alles vorüber war, verharrte er ein paar Sekunden reglos, atmete schwer, wandte sich dann mit einem Seufzer zu ihr und sagte: »Wenn ich genügend Geld hätte ...«

Er nahm sie mit zu den Ställen, wo er alle Stallburschen und Jockeys, den Namen eines jeden Pferdes kannte. Er stand fast eine halbe Stunde vor einem großen schwarzen kraftvollen Pferd, hatte die Hand beruhigend auf seinen Nacken gelegt und sprach zu ihm in einem Ton, den Martha nie gehört hatte. Das berührte sie tief, diese Leidenschaft war etwas, das sie würdigen konnte, sie empfand eine neue Zärtlichkeit für ihn, als sie über seine Bereitschaft nachdachte, seine üblichen Rennplatzbesuche aufzugeben, »bloß um bei mir zu sein«, wie sie sich mit echter Bescheidenheit sagte, denn sie begriff instinktiv: Was immer er für sie empfinden mochte, es war nichts gegen diese anhaltende Leidenschaft.

Doch als sie zur Menge zurückkehrten und er sein Spiel wiederaufnahm und sich an die Größen heranpirschte, um erkannt zu werden, war ihre Gereiztheit von neuem da. Gegen Ende des Nachmittags sagte er sarkastisch zu ihr, da habe sie sich aber schön gelangweilt, und sie war unaufrichtig, als sie protestierte und behauptete, sie habe es genossen. Das Rennen selbst hatte sie tatsächlich gelangweilt, sie war unfähig, sich dafür zu interessieren, welches Pferd als erstes im Ziel war. Die Leute fesselten sie, die Kleider der Frauen – aber am allermeisten und aus den falschen Gründen Adolphs Verhalten. Er wußte das instinktiv. Sie versicherte ihm aufs neue, daß sie jede Minute genossen habe; er erwiderte barsch, sie habe keinen Sinn fürs Rennen und sei eine Heuchlerin.

Als sie zusammen mit den anderen Wagen den Rennplatz verließen, fuhr er am McGrath vorbei. Die Nerven aufs äußerste gespannt, erwartete sie, ihn sagen zu hören, sie werde sich natürlich nie im Leben dort mit ihm zeigen, jetzt, da all die eleganten Leute vom Rennplatz da waren. Er sagte es tatsächlich, und sie erwiderte zu ihrer Überraschung gereizt, wenn er sich nicht wie ein Hund benehmen würde, der darauf wartete, getreten zu werden, würde ihn auch niemand wie einen solchen behandeln. Zum ersten Mal hatte sie zugegeben, daß er wirklich unbeliebt war; und kaum waren ihr die Worte über die Lippen gekommen, wurde sie von Schuldgefühlen überwältigt.

»Schau«, sagte sie sanft, »nimm doch mal Mr. Cohen. Wenn der in den Sportklub kommt, fällt doch keinem im Traum ein, zu denken: Sieh dir diesen Juden an!«

Er lachte verletzt, gezwungen, mied ihren Blick und sagte: »Welcher Mr. Cohen? Diese Anwälte vielleicht, aber der Cohen, der das Großhandelsgeschäft führt, würde es nicht wagen, sich dort blicken zu lassen.«

»Dann hat es aber mit dem Judentum nichts zu tun«, beharrte sie, vernünftig um jeden Preis, und er lachte bloß wieder und sagte, sie sei ein Baby und wisse nichts vom Leben, was sie natürlich an ihrer empfindlichsten Stelle traf. Sie wurde kalt und feindselig.

Sie betrat die Lounge vom McGrath vor ihm, grüßte die Leute, die sie kannte, wie üblich, merkte aber, daß ihr Lächeln, ihr Winken nicht mehr beifällig war; da gab es keinen Zweifel: Die Art, wie die Sportklubclique sie beobachtete, drückte aus, daß sie sich nur aus Höflichkeit jeglichen Kommentars enthielten.

Sie suchte einen Tisch aus und wartete, daß er sich zu ihr setzen würde, was er ängstlich lächelnd tat. Sie schwiegen und tranken um einiges schneller als gewöhnlich, und als er, kaum waren ihre Gläser leer, die Vermutung äußerte, daß sie jetzt bestimmt gehen wolle, erhob sie sich sofort und ging hinaus.

Er lief hinter ihr her und sagte: »Kommst du mit zu mir nach Hause?« Das war mehr als sein üblicher zögernder Vorschlag, und sie erwiderte rasch, daß sie nach Hause müsse, Briefe schreiben.

Sie hatte ihn nie so finster und störrisch gesehen wie jetzt, als er mit zusammengebissenen Zähnen forderte: »Jetzt – ich will, daß du jetzt mit mir nach Hause kommst.«

Er hatte nie darauf bestanden; die Entscheidung war immer ihr überlassen gewesen, und nun wurde sie stur und widersetzte sich. »Nein«, sagte sie kalt, »ich gehe nach Hause.«

Er packte sie am Handgelenk und sagte: »Du kommst nie, wenn ich es möchte, nur wenn du Lust hast.«

Nun, das kam ihr ungerecht vor; sie hielt sich für sanft und willfährig, weil sie die ganze Geschichte nur im Licht jener zärtlichen Momente nach der Liebe sah. Sie entwand ihm ihr Handgelenk, entfernte sich von der Seite seines Wagens, wo sie gestanden hatte, und sagte, sie wolle zu Fuß nach Hause gehen. Bereits nervös und reumütig jagte er hinter ihr her.

»Du willst bloß, daß ich jetzt mitkomme, weil – ja, weil du dir etwas beweisen willst!« konstatierte sie, und seine Miene verdüsterte sich, und mit einemmal verlangte es sie so heftig, der ganzen Situation zu entkommen, daß sie ihm einfach den Rücken zukehrte und sagte: »Laß mich in Ruhe.« Dann besann sie sich und rief ihm über die Schulter zu: »Ich seh dich morgen.«

So schritt sie ruhig die Hauptstraße hinunter, bis sie hörte, wie ein Auto hinter ihr anhielt, und sie beschleunigte ihre Schritte, weil sie dachte, daß er ihr gefolgt sei; aber Donovans fröhliche, kräftige Stimme rief: »Matty, wohin gehst du?«

Als sie stehenblieb und nur langsam begriff, daß es Donovan war, sagte er: »Ja, Matty Schatz, ich hab dich gesucht. Komm, spring rein.«

Sie stieg ein und fragte: »Was willst du von mir?«

»*Ich* will nichts von dir, *liebe* Matty. Stella möchte etwas mit dir besprechen. Ich sagte ihr, daß es mir nie gelingen würde, dich von deinem faszinierenden neuen Freund loszueisen, aber wie es der Zufall wollte, fuhren wir an dir vorbei, als du dich gerade mit deinem Liebhaber gezankt hast, und ich ergriff die Gelegenheit.«

»Aber *warum* will sie mich denn sehen?« Martha klang wie ein schmollendes Kind, und Donovan antwortete nicht, sondern fuhr ruhig weiter.

Ein Wagen fuhr an ihnen vorbei, und unwillkürlich schaute sie hin, um zu sehen, ob es Adolph war. Donovan sagte: »Wenn du deinen Liebhaber aufspüren willst, weißt du doch sicher, wo du ihn finden kannst.«

»Was meinst du damit?« fragte sie.

Sie befanden sich an einer Kreuzung; vielleicht zweihundert Meter weiter unten in der einen Richtung lag ihr

Haus und die Mathewssche Wohnung noch ein paar Blocks weiter. »Dein bezaubernder Anbeter wartet hier immer auf dich«, sagte Donovan und deutete auf einen freien, grasbewachsenen Platz an der Ecke. »Ja, Matty Schatz, wenn du in dein jungfräuliches Bett gestiegen bist, dann sitzt er hier in seinem Wagen und beobachtet dein Zimmer, um sich deines ausschließlichen Interesses an seiner Person zu vergewissern – die ganze Stadt lacht sich kaputt darüber«, fügte er grausam hinzu und blickte schnell zur Seite, um zu sehen, wie sie es aufnehmen würde.

Sie nahm es schlecht auf. Sie war wie gelähmt. Dann murmelte sie: »Ich kann es nicht glauben.«

Er lachte. »Schau dich doch um.«

Sie tat es. Ein paar Blocks hinter ihnen kam Adolphs Auto angekrochen. Der bloße Anblick brachte sie in Rage, und sie machte unwillkürlich eine gereizte Bewegung, als schüttele sie eine Last ab. Dennoch sagte sie kühl: »Das beweist gar nichts.«

Sie hatten den Wohnblock erreicht. Donovan hielt rasch an und sprang aus dem Wagen. Sie sah, wie er Adolph winkte; der Wagen scherte aus, schien in eine Seitenstraße einzubiegen, korrigierte dann die Richtung und fuhr geradeaus weiter. Donovan, sehr männlich und entschlossen wirkend, stolzierte ihm ein paar Schritte entgegen, hielt ihn mit gebieterisch gehobener Hand an, beugte sich ins Wageninnere und sprach mit Adolph; Martha bekam flüchtig Adolphs wehrloses Lächeln in den Blick.

Donovan kehrte zurück, und sie sagte: »Was ist los?«

»Mach dir nichts draus, Matty Schatz, komm und rede mit Stella, dann wirst du schon sehen.«

Sie vermieden es, einander anzuschauen, als sie im Lift hochfuhren. Martha haßte Donovan und dachte an Adolph: Sie redete sich ein, es sei unmöglich, daß er hinter ihr herspionierte, während eine innere Stimme erwiderte, daß das nur allzu wahrscheinlich war – es schien zu dem zu passen, was sie von ihm wußte. Gegen diese neue Gewißheit ankämpfend, betrat sie die Wohnung und traf dort Andrew, der sehr verlegen wirkte und das mit dem gespielten Gehabe des verantwortungsbewußten Menschen tarnte, und Stella, die wartend auf dem Diwan saß, als wäre der Akt des Wartens an sich schon eine Folter. Sie sprang auf und küßte Martha.

Martha ließ sich küssen und fragte: »Was ist los?«

Stella führte sie zum Diwan, wobei sie den Arm mit einem sanften Druck um ihre Schultern legte, der sagte: »Noch ein wenig Geduld.« Dann setzte sie sich mit vorgebeugtem Oberkörper ihr gegenüber. Sie trug ein schwarzes Cocktailkleid mit Pailletten, was Marthas Auge registrierte und als viel zu glitzrig abtat, während sie zugleich aufgeregt wartete, was Stella sagen würde. Ihr Haar war frisch frisiert, lag glatt und schimmernd an ihrem kleinen Kopf an, das ovale Gesicht war gleichmäßig aprikosenrot geschminkt, die Augen funkelten vor Erregung. Gleichzeitig versuchte sie, diese Erregung zu unterdrücken und bescheiden fraulich zu erscheinen.

Sie sagte mit leiser, würdevoller Stimme, über die sich Martha gleich ärgerte, weil sie Falschheit heraushörte: »Matty, Liebes, wir halten es wirklich für unsere Pflicht, dir zu sagen – nein, sei einen Moment still«, denn Marthas Brauen hatten sich bei dem Wort »Pflicht« unwillkürlich gehoben, »laß mich ausreden, Matty.«

Martha schaute zu Donovan, der sie gierig belauerte, zu Andrew, dessen Miene kundtat, daß er verpflichtet war, seiner Frau beizustimmen, selbst wenn ihn das, was sie sagte, immer wieder überraschte. Er vermied es, Marthas Blick zu begegnen, der ein Appell war.

»Matty«, fuhr Stella mit dieser überströmenden Güte, die wie ein Reizmittel war, zu sprechen fort, »du bist noch sehr jung, und du hast einen schrecklichen, schrecklichen Fehler gemacht. Du hättest auf uns hören sollen.

Dieser Mann hat einen schlechten Ruf, er ist unmoralisch und –«

Hier mußte Martha lachen, weil sie an die sexuelle Atmosphäre dachte, die Stella ausdünstete wie Parfüm.

Stella sagte hastig: »Nein, Martha, lach nicht. Das ist ein unangenehmer Mensch. Er hat in der Öffentlichkeit über dich getratscht, hat überall angegeben.«

Das war ein neuer Schock. Martha verschlug es die Sprache. Jene innere Stimme sagte fest: Nein, das *stimmt* nicht, aber sie war verwirrt. Wenn er hinter ihr herspionieren konnte, was sie durchaus glaubte, konnte er ebensogut auch herumprahlen. Sie saß stirnrunzelnd da und blickte voll Abscheu auf Stellas triumphierendes Gesicht.

Alle starrten sie an. Bestürzt und entsetzt über sich selbst, spürte sie, wie ihre Lippen anfingen zu zittern. Eine Weile wahrte sie jedoch noch die Fassung, bis Stella dann geübt die Schraube anzog: »Man redet in der *ganzen* Stadt über dich, Matty.« Martha brach in Tränen aus. Ihre stärkste Empfindung war Wut über sich selbst, weil sie weinte, denn nun war sie verloren. Durch die Tränen hindurch sah sie das grausame Glitzern in Stellas leuchtenden Augen; sie sah Donovan lächeln, wenn er auch sofort wieder eine ernste Miene aufsetzte. Ein Blick zu Andrew zeigte ihr, daß der sich äußerst unwohl fühlte. Er stand auf, kam zu ihr, schob Stella weg und legte den Arm um Martha.

»Wein doch nicht, ist ja alles gut«, sagte er freundlich und blickte ärgerlich zu seiner Frau, die lächelte und nachdenklich ihr Haar glättete, während sie Marthas Gesicht betrachtete.

Fast unmittelbar darauf – viel zu bald für Stella – riß sich Martha zusammen, versuchte zu lachen und bat heiter um ein Taschentuch.

»Du bist kein Mädchen, das sich erlauben kann zu weinen«, sagte Donovan und reichte ihr seins. »Stella sieht göttlich aus, wenn sie weint. Um Himmels willen, pudere deine Nase, Matty Schatz.«

»Genug jetzt«, sagte Andrew aufgebracht. »Machen wir Schluß, ja? Laßt uns alle was trinken.« Er schenkte ein.

Stella nahm die Sache wieder in die Hand. »Und jetzt möchten wir, daß du uns begleitest, wenn wir zu ihm gehen und mit ihm reden.«

»Wozu?« protestierte Martha mürrisch. Sie hatte geglaubt, es sei alles vorbei.

»Du willst doch nicht, daß er dich ruiniert? Wir müssen ihn zwingen, mit dem Gerede aufzuhören, die ganze Stadt klatscht schon«, schrie Stella entrüstet.

»Ich sehe keine Notwendigkeit, ihn aufzusuchen«, sagte Andrew steif.

Doch Stella und Donovan waren bereits auf den Beinen, warteten, und Andrew erhob sich widerwillig ebenfalls.

»Ich finde nicht, daß wir hingehen sollten«, sagte Martha matt. »Er wird ohnehin nicht da sein«, fügte sie hoffnungsvoll hinzu, und dieser Nachsatz war ihr Unglück; denn ihr wurde ganz plötzlich klar, daß Donovan mit ihm ausgemacht hatte, daß er zu Hause sein sollte, als er am Wagen mit ihm sprach. Das Gefühl von ausgeklügelten Vorbereitungen, von Debatten und Intrigen, die sie noch nicht zu durchschauen begonnen hatte, bewirkte, daß sie verstummte, während Stella sie ungeduldig vom Diwan hochzerrte und sagte: »Komm jetzt, Matty, er erwartet uns.«

Als sie die paar Blocks zu Adolphs Haus fuhren, hörte sie, tief in ihren Kummer versunken, undeutlich, wie Stella animiert darüber plauderte, daß ein junges Mädchen doch allzu leicht vom rechten Weg abkam; es klang wie eine Illustriertengeschichte. Sie schaute Stella ungläubig an, dachte, das sei gewiß nur Theater, doch Stella wurde mitgerissen von dem Drama, und als Martha Andrew anblickte, weil sie meinte, daß doch zumindest er belustigt sein müsse – nichts da! Er war stumm; die Selbstgerechtigkeit seiner Frau schien ihn angesteckt zu haben, denn er drückte sentimental Marthas Hand und sagte: »Das ist alles abscheulich, nicht?« Mit einem erleichterten Blick auf ihn sagte Stella prompt, ja, es müsse ein großer Schock für Martha gewesen sein. Martha begriff, daß sie Sex meinten, und ein verlegenes, wenn auch spöttisches Grinsen erschien auf ihrem Gesicht, und sie wandte sich ab, um es zu verbergen, denn sie fühlte sich schuldig, weil sie überhaupt lächeln konnte. Sie bereute inzwischen bitter, daß sie dabei war und hoffte, Adolph würde so vernünftig sein, dieser lächerlichen Szene aus dem Weg zu gehen.

Aber natürlich wartete er. Als die vier das große Zimmer mit der gewölbten Fensterfront betraten – zum ersten Mal schoß Martha der Gedanke durch den Kopf, daß sie sich so dazu hingezogen gefühlt hatte, weil sie sie an zu Hause erinnerte –, stand Adolph in der Mitte des Zimmers und fixierte sie, auf dem Gesicht ein kleines, scheußliches Lächeln. Er wirkte wie ein Gefangener; hilflos starrte er Stella an, nachdem er Martha, die zu ihrer eigenen Überraschung sogar mit den Augen signalisierte: Beachte sie überhaupt nicht, einen schnellen, bösen Blick zugeworfen hatte.

Doch er konnte die Augen nicht von Stella wenden, und sie war es, die die Befragung durchführte, während die beiden Männer abwartend im Hintergrund blieben.

Stella begann in dem üblichen fraulichen Ton: »Du weißt, warum wir gekommen sind.«

»Leider nein«, sagte Adolph mit seinem furchtsamen Lächeln.

Stella zog die Luft ein, schockiert über soviel Heuchelei. »Ich bin gekommen, um mit dir zu sprechen, weil ich das Gefühl habe, daß das meine Pflicht ist. Ich bin selbst Jüdin, und ich glaube –«

»Stella«, protestierten Andrew und Martha gemeinsam.

Stella bedeutete ihnen unwillig, daß sie still sein sollten, und redete weiter, wobei sie ihren schwarzen Seidenrock mit der Hand glättete, die im Kontrast zu dem sanften lächelnden Gesicht seltsam erregt wirkte. »Du weißt ganz genau, was die Leute reden, warum also lieferst du ihnen noch zusätzlich Munition, indem du ein unschuldiges englisches Mädchen verführst?«

»Stella«, sagte Martha wieder, doch mittlerweile schenkte ihr keiner mehr Beachtung.

Adolph verzog die Lippen zu dem üblichen angstvollen, schuldbewußten Lächeln, und Martha dachte: »Warum stellst du dich ihr nicht entgegen? Schau doch nicht so niedergeschlagen drein.« Sie war krank vor Wut über diese Szene und über ihre Rolle darin.

»Du hast einen Schotten geheiratet«, sagte Adolph schließlich schwächlich.

Stella richtete sich auf und sagte würdevoll: »Ich habe ihn geheiratet. Ich habe meine Nächsten nicht in den Dreck gezogen, so daß alle Welt über sie klatscht.«

Adolph stieß plötzlich ein nervöses Kichern aus; sein Gesicht war dunkel-purpurrot, seine Blicke schweiften zornig und flehend von einem zum andern. Und weil er nichts sagte, war Stella der Wind aus den Segeln genommen; ihr Körper war angespannt, weil er nach einer schönen ordinären Szene lechzte, aber es sollte offenbar keine Szene geben.

Sie senkte die Stimme und nahm ihn mit ihrer süßesten Stimme ins Gebet: »Du mußt doch einsehen, daß du dich abscheulich benommen hast.«

Schweigen. Dann sagte Andrew aufgebracht: »Komm, Stella, das reicht, das gehört alles nicht hierher.«

Und endlich geriet Adolph in Wut und knirschte: »Und darf ich fragen, was dich das angeht?«

»Ich bin Jüdin«, sagte Stella mit Würde. »Ich habe ein Recht, das zu sagen.«

Adolphs Ärger schien verpufft zu sein; und nach einer Pause erhob sich Stella ruhig und bemerkte: »Tja, mit deinem Gewissen mußt du allein fertig werden.«

Sie ging zur Tür und trieb ihre Herde vor sich her. Donovan, der übellaunig und gereizt wirkte, ging zuerst hinaus. Andrew folgte und sagte Adolph verlegen adieu. Keine Antwort. Als Martha, schuldbewußt und Verzeihung heischend, rasch über die Schulter zu Adolph schaute, blickten seine Augen so haßerfüllt, daß sie den Blick abwandte und hinaushastete.

Keiner sagte etwas. Im Geiste formulierte Martha Worte, die ausdrücken sollten, was sie fühlte; sie wollte sagen: Das war die verlogenste, gemeinste Szene, die man sich vorstellen kann, sie wollte sarkastisch fragen, warum Stella nichts von dem gesagt hatte, was sie angeblich hatte sagen wollen. Ein Blick auf Stellas zufriedene Miene ließ sie schweigen, und eine Art Erschöpfung befiel sie.

Sie gingen zum Wagen und fuhren wortlos stadtauswärts. An der Kreuzung sagte Martha: »Ich möchte gern aussteigen und nach Hause gehen.«

»Nein, Matty, Liebes«, sagte Stella mütterlich, »komm mit zu uns und iß schön mit uns zu Abend.«

»Laß sie nach Hause gehen«, sagte Donovan unerwartet. Sein Ton war mürrisch, seine dicken schwarzen Brauen hatten sich über den Augen zusammengezogen; er blickte finster drein.

Andrew hielt an, und Martha stieg aus. Stella beugte sich aus dem Auto und redete ihr gut zu: »Geh früh zu Bett, Matty, mach dir keine Sorgen, du brauchst Schlaf, es ist alles vorbei, und nichts Schlimmes ist passiert.«

Martha spürte: Stella erwartete, daß sie sich bei ihr bedankte; aber die Worte blieben ihr im Halse stecken. »Adieu«, war alles, was sie herausbrachte; und es klang kühl und vorwurfsvoll. Sie warf sich vor, daß sie ein Feigling war.

Stella beugte sich noch weiter heraus und sagte heiter,

Martha solle ihre Wohnung als ihr Zuhause betrachten, sie müsse sie unbedingt am nächsten Tag besuchen.

Martha nickte mit gezwungenem Lächeln und ging.

Und in ihrem Zimmer war sie dann so beschämt, daß sie ihre eigene Gesellschaft kaum ertragen konnte. Wild redete sie auf sich selbst ein, daß sie zu Adolph stürzen und ihm sagen müsse, daß es ihr leid tue, daß es nichts mit ihr zu tun gehabt, daß sie nicht gewußt habe, daß es so kommen würde. Aber dahinter verbarg sich eine tiefe Dankbarkeit, daß alles vorüber war. Sie war unbestreitbar erleichtert, ihn nicht mehr sehen zu müssen. Und so besänftigte sie nach einem Weilchen ihr Gewissen mit dem Gedanken, daß sie ihm schreiben, ihn um Verzeihung bitten würde. Aber nicht heute – morgen, später; sie würde schreiben, sobald ein Brief nicht mehr die Macht besaß, ihn zurückzuholen.

Teil vier

Doch tief in seinem Innern schrie etwas
sie möge beginnen, die gewaltige Tragödie
der zaudernde Gnadenstoß
er möge kommen und ihn schmerzhaft treffen
und Kummer sein Herz überwältigen.

Edwin Muir

1

Martha war allein in ihrem Zimmer. Sie fühlte sich blamiert und unfähig, andere Menschen zu ertragen. Sie wünschte, sie wäre krank und könnte dem Büro auf diese Weise zwei oder drei Wochen fernbleiben. Bald spürte sie einen vagen, dumpfen Schmerz, fast wie bei einer Krankheit. Ihre Mutter hatte ihr ein Thermometer geschickt, das ihr »helfen sollte, auf sich aufzupassen«. Sie maß ihre Temperatur. Sie war etwas erhöht. Sie beruhigte sich damit, daß die Temperatur morgens oft niedrig und nachmittags hoch war, und ließ Mrs. Gunn im Büro anrufen und ausrichten, daß es ihr nicht gut ging.

Als sie nachmittags mit dem Thermometer im Mund an der Tür stand, sah sie sich selbst von außen und dachte zugleich an ihren Vater, an die Medizinflaschen, die zu Hunderten an seinem Bett gestapelt waren – an diesen Vater, dessen Bild in ihrer Vorstellung stets zum Bild eines bekümmerten, nach innen gerichteten Mannes geriet, der düster am Fenster stand, doch draußen nichts sah, und das Handgelenk der einen Hand mit den Fingern der anderen hielt, um den Puls zu messen. Der Gedanke erschreckte sie; sie riß das Thermometer heraus, zögerte und dachte: Ich werde das Ding wegschmeißen. Sie schaute auf den silbernen Faden, denn warum sollte sie nicht erst einen Blick drauf werfen, und dann entschlüpfte es ihrer Hand und zerbrach. Bevor es zu Boden fiel, hatte sie gesehen, daß es 37,8 anzeigte. Sie hatte also erhöhte Temperatur, sie hatte recht. Gelassen fegte sie die Scherben zusammen und sagte sich zum Trost, daß sie nie ein neues Thermometer kaufen, kein Theater um ihre Gesundheit machen würde. Nichtsdestoweniger war es eine Erleichterung, ein bißchen krank zu sein, zu Bett gehen zu können.

Zu Bett ging sie nicht. Sie zog sich einen Morgenrock über, ordnete Bücher und bereitete sich auf ein paar Tage der Abgeschiedenheit von der Welt vor.

Ein paar Tage: als sie später auf diese Zeit ihres Lebens zurückblickte, empfand sie wehmütigen Neid auf das Wesen, das sie gewesen war; sie beneidete sich um ihre verlorene Fähigkeit, das meiste aus der Zeit zu machen – so drückte sie das aus, als wäre die Zeit eine Art gläserner Meßbecher, den man füllen konnte oder nicht.

Sie hatte die Farm vor ein paar Wochen verlassen, aber das so zu formulieren, war Unsinn. Diese wenigen Wochen schienen endlos, man konnte in diesem Zusammenhang nicht an Zeit denken, die eine Sache von Sekunden, Stunden, Tagen ist. Sie schien seit Jahren in der Stadt zu sein – nein, das war wieder eine Bezeichnung für die Einteilungen auf der Uhr. Was sie erlebt hatte seit diesem folgenschweren Brief von Joss, der sie aus ihrer Gefangenschaft erlöst hatte wie der Kuß des Prinzen im Märchen, war etwas ganz anderes als die dahinschleichenden, gleichförmigen Jahre, die sie auf der Farm verbracht hatte.

Sie dachte an die Zeiteinteilung auf der Farm, jenen strengen Maßstab, durch den das Leben genau geregelt wurde – denn da, wo Jahreszeiten das Maß angaben, ließ sich nicht groß über die Stränge schlagen. Auf der Farm war es Januar, sagte sie sich, man war mitten in der Regenzeit. Auf die Regenzeit folgte die Trockenzeit, und auf diese wiederum die Regenzeit. Aber als sie anfing, darüber nachzudenken, war es dann doch nicht so einfach. Was war mit der Zeit der Veldfeuer, die eine eigene Stimmung hatte: düstere, rauchige Horizonte, die gelbe Trübe der mittleren Luftschicht, die schwarze Öde des Veldes? Das war eine zusätzliche Jahreszeit, eingeschoben in das natürliche Jahr. Was war mit dem Oktober, diesem zwiespältigen Monat, dem Monat der Spannung, dem unerträglichen Monat? Abermals war das weder die trockene noch die feuchte Jahreszeit, denn wie kann ein Monat trocken genannt werden, in dem man Minute für schleppende Minute an den herannahenden, unausweichlichen Regen denkt, einen Himmel beobachtet, an dem sich Wolken auftürmen, die bersten, gleich bersten müssen? Der Oktober war eine weitere Jahreszeit, die geschenkt, gleichermaßen eine Zugabe war zur Abwandlung eines Klimas, das man sich nur als »Trockenzeit, Regenzeit« vorstellt. Und so bricht die Regenzeit endlich los, wenn nicht im Oktober, so im November, oder, wenn es ganz schlimm kommt, im Dezember. Das Wort »Oktober« eignet sich so gut wie jedes andere, die schreckliche, faszinierende Zeit der Spannung zu benennen, die jedes Jahr naht, unausweichlich naht; den Anbruch der Regenzeit bekommt man nicht ohne die Zeit der Vorbereitung und des qualvollen Wartens, der man den Namen »Oktober« gibt. Und für Martha (die in diesem Monat Geburtstag hatte), erstrahlte das Wort »Oktober« im fahlen, irrlichternden Glanz einer anderen Welt, dem scheinbar realen und doch illusionären Leuchten der Literatur: In fremden Ländern ging im Oktober mit einem letzten Auflodern kälteversengten Laubs das Jahr zu Ende, gefolgt vom rituellen Entfachen des Herdfeuers. Nein, es war gar nicht leicht, mit Hilfe der Wörter, die scheinbar nur eine Bedeutung hatten, einen sicheren Hafen zu finden, Namen wie Leuchttürme zu benutzen; diese trügerischen Felsen verschoben sich, als trieben auch sie nur auf dem Wasser.

Doch jetzt war Januar. Weihnachten war vorüber. Martha stand an ihrer Tür hinter dem ziemlich schmuddeligen Spitzenvorhang und blickte auf die Straße. Es war heiß und feucht. Die Pfützen im Garten hatten nie Zeit zu trocknen – in die Erde zu sickern oder sich in die Luft zu verflüchtigen. Der Himmel schwitzte Wasser; mehrmals am Tag trieben die Wolken zügellos über die Stadt dahin, alles wurde für ein paar Minuten dunkel in einem jähen grauen Regenguß, und dann trat die Sonne wieder hervor, der bebende Asphalt stieß seine Wellen feuchter Hitze ab, und die Bäume im Park flimmerten in Wogen aufsteigenden Dunsts. Januar, Januar in der Stadt.

Auf der Farm leuchtete alles in wildem Grün, die Erde war grellrot. Der Himmel war von Jakobs Burg bis zur Oxford Kette, von den Dumfries Hügeln bis weit hinaus in den unbegrenzten Norden ein einziger riesenhafter Saal in sanftem Blau, und Tag und Nacht rollten und schwärmten und marschierten die Wolken, schleuderten Hagel herab, schütteten Regen hernieder, wälzten und wiegten sich nach den Orchesterklängen des Donners, während der Blitz um die Gewitterwolken tanzte und über die Berge zuckte. Auf der Farm war das Buschland auf dem Hügel, wo das Haus stand, so durchtränkt und saftig, daß einem bei jedem Schritt roter Schlamm bis zu den Knöcheln quoll und wassertrunkene Zweige ihre funkelnde Last versprühten. Auf der Farm weidete das Vieh von hektischer Unruhe erfüllt auf dem kurzen, dikken Gras, das, wie es wußte, so bald schon zäh und dürr sein würde. Denn dies war die Jahreszeit, in der es unmöglich war, sich nicht an die Dürre der langen Trockenzeit erinnert zu fühlen. Das Veld glich jenen schwarz gewordenen, spröden Stöckchen, die man auf einem Kopje von einem Fels abbricht und die so aussehen, als wären sie abgestorben und würden bald verrotten, und die man ins Wasser stellt, um eine Stunde später festzustellen, daß dieser leblose Zweig plötzlich frische, leuchtende kleine Blätter treibt. Im Januar war das dürregeplagte, feuergequälte Veld so fruchtbar und dampfig und fiebernd wie ein Dschungel. In den faulenden Baumstrünken schlängelten sich die kleinen Moskitolarven wie winzige Drachen; man fand die energiegeladenen Lebewesen in der Wölbung eines großen Blatts oder dem Hufabdruck einer Kuh oder dem feuchten Gewirr eines niedrigwachsenden Grasbüschels.

Im letzten Januar waren Marthas Blicke (die wie üblich starr auf ein Bild ihrer selbst in städtischer Umgebung fixiert waren – Martha als Collegegirl in Kapstadt vielleicht?) von einer langsamen Kriechbewegung auf einem Zweig angezogen worden; gerade hatte sie ihn wie einen Schwamm auf ihren ohnehin schon nassen Kopf platschen lassen wollen, da sah sie, als hätte die tiefgrüne Materie des Blattwerks eine andere Gestalt angenommen, zwei riesige grüne Raupen, etwa achtzehn Zentimeter lang, von der Dicke eines Handgelenks; blaßgrün waren sie, von einem krankhaften, intensiven Grün, glatt wie Haut, und ihre Seidenpapieroberflächen waren zum Zerreißen gespannt, als wüchse die Glut dieses pulsierenden Monats in ihnen so schnell (Martha konnte die nahezu flüssige Masse im Innern der zarten, straffen Haut schwimmen sehen), daß sie durch den Druck ihres Wachstums womöglich auseinanderplatzten, bevor sie sich, wie es sich gehörte, in trockene Hülsen, die winzigen Ästchen glichen, und dann in Schmetterlinge oder Motten verwandeln konnten. Sie waren widerlich, ekelerregend; Martha wurde übel, als sie diese fetten, erregten Kreaturen sah, die sich schwerfällig auf dem leichten Blattwerk wälzten, blind, stumm, die Köpfe nur durch zwei kleine Fühler, bloße höckrige Auswüchse der grünlichen Haut, wie Pickel, gekennzeichnet – sie waren ekelhaft, aber sie war angeregt. Sie ging singend nach Hause.

Man könnte denken, ich hätte Heimweh, sagte sie sich trocken, denn sie konnte nicht wieder zur Farm zurückkehren, nicht um alles in der Welt. Und doch schien es, als könnte sie die Stadt augenblicklich ebensowenig ertragen, denn nun war sie hier, mit einer dubiosen Krankheit in ihr Zimmer eingeschlossen, die man aus Höflichkeit als Malaria hätte bezeichnen können. Warum auch nicht? Sie hatte als Kind Malaria gehabt, und alle wußten: »wenn es erst mal im Blut ist . . .« Sie hatte einen »Stich« weg – wie man von einem Sonnen»stich« spricht –, und sie hatte kein Heimweh. Alles war zu ihrer Zufriedenheit verlaufen, denn sie redete sich ein, daß ihre Erfahrung mit Adolph als solche gerechtfertigt war; man ist nicht Ehrenmitglied der Jugend der Zwanziger Jahre, ohne zu wissen, daß man, wenn schon auf sonst nichts, ein Recht auf Erfahrung hat. Und es stimmte, daß sie sich der Affäre mit Adolph nicht schämte; sie schämte sich – es war diese starke Scham, die einen, allein im Zimmer, mit brennendem Gesicht, in unartikulierte Laute des Abscheus ausbrechen läßt – jener Szene mit Stella. Sie schwor sich, daß sie sich nie wieder, unter keinen Umständen, der Mathewsschen Wohnung nähern würde.

Am dritten Tag ihrer Abgeschiedenheit bekam sie einen großen, teuren Blumenstrauß von Stella und Andrew; eine heitere Karte war dabei, auf der stand, daß sie im Büro angerufen und erfahren hatten, sie sei krank. Martha wurde es warm ums Herz angesichts dieser freundlichen Geste, doch kaum war sie sich des Aufwallens von Dankbarkeit in ihren Adern bewußt, als sie sich in alter Manier auch schon gereizt sagte: Unsinn, was ist schon dran an dieser freundlichen Geste? Sie tut bloß das, was am bequemsten ist, und daher ...

Sie schrieb in einem humorvollen Ton, den sie eigentlich nicht benutzen durfte, weil er an ein Sonderrecht appellierte, einen kurzen Brief an Mr. Jasper Cohen; denn sie brauchte ein ärztliches Attest, um noch länger zu Hause bleiben zu können.

Dann machte sie sich wieder auf jene Entdeckungsreise, die mit den Streifzügen einer ungebundenen jungen Frau in der Stadt abwechselte: Sie kehrte zu ihren Büchern zurück. Sie las sich durch, langsam und tastend von Buch zu Buch, und ließ sich dabei, mangels einer besseren Methode, von dem Hinweis eines Autors auf einen anderen oder einem Namen im Frühjahrskatalog eines Verlegers leiten. Sie war wie ein Vogel, der in einem riesigen Baum von einem dunkelnden Zweig zum anderen flattert; als hätte er keinen Stamm, wuchs der Baum aus dem Nebel hervor. Sie las, als wäre dies eine Methode, die sie selbst entdeckt hatte; als hätte sie nie einen Ratgeber gehabt. Sie las wie ein Vogel, der Zweige für ein Nest sammelt. Sie nahm jedes neue Buch, wobei sie den Namen des Autors als Sanktion benutzte, als wäre das Buch etwas Losgelöstes und in sich Geschlossenes, eine Welt für sich. Und während sie las, fragte sie sich: Was hat das mit mir zu tun? Das meiste lehnte sie ab; was sie bejahte, nahm sie instinktiv auf, weil es gemessen an einer Art innerer Stimmgabel, die den Ton angab, richtig klang; und der Maßstab war jene Erfahrung (in ihrer Vorstellung war es eine, obwohl es die Verschmelzung von vielen unterschiedlich starken Erfahrungen war), die das Geschenk ihrer einsamen Kindheit auf dem Veld war: jene Kenntnis von etwas Schmerzhaftem und Ekstatischem, etwas Zentralem und Unbeweglichem und dennoch Fließendem. Es war ein Gefühl von Bewegung, von getrennten Dingen, die aufeinander einwirken und schließlich eins werden, nur großartiger – dies war ihr Magnet, ja ihr Gewissen; wenn sie daher dieses Buch, jenen Autor weglegte, geschah das mit der Einfältigkeit der vollkommenen Gewißheit, wie die Unwissenheit im Brustton der Überzeugung sagt: Das ist nicht wahr. Und so wurden diese Autoren, diese Philosophen, die so zahlreiche frühere Generationen genährt und versorgt hatten (so sah sie es jedenfalls), mit der gleichen Unbekümmertheit ausrangiert, mit der sie die Religion abgelegt hatte: Sie genügten nicht, oder jedenfalls ihr nicht.

Unterdessen holte sie sich weiterhin ein Fragment hier und einen Satz dort und baute sie in ihr Denken ein, das inzwischen ein höchst seltsames Gebilde aus unzusammenhängenden Brocken von Lyrik, Prosa, Realität und Phantasie war; so daß sie, wenn sie gelegentlich behauptete, sie habe Schopenhauer oder Nietzsche gelesen, eigentlich meinte, sie sei in ihrer Überzeugung, daß es ein schöpferisches Verhängnis gab, noch bestärkt worden. In Wirklichkeit hatte sie keinen von beiden gelesen, noch irgendeinen anderen Autor, wenn Lesen bedeutet, bei einem Autor das zu verstehen, was er mitteilen will.

Diese »paar Tage« gehörten zu den wiederkehrenden Phasen ihres Lebens, in denen sie las wie eine Verhungernde, sich in der kürzest möglichen Zeit eine wirklich erstaunliche Menge nachempfundener Erfahrung einverleibte. Sie tauchte Sonntagabend wieder auf, rastlos vor Energie und in dem Bewußtsein, daß sie am folgenden Tag wieder zur Arbeit mußte. Es war fast Februar; schon ein Monat vom neuen Jahr war dahin. Sie mußte zurück und am Polytechnikum lernen, sie mußte all ihre guten Vorsätze erfüllen, damit sie sich am Ende des Jahres richtig ihrer Karriere widmen konnte und wußte, wie ihr Weg aussah.

Die beiden Autoren, die sie aus dieser Zeit des Lesens mitbrachte, waren Whitman und Thoreau – aber schließlich las sie sie schon seit Jahren, wie manche Leute die Bibel lesen. Sie klammerte sich an diese Dichter des Schlafs, des Todes und des Herzens – so jedenfalls sah sie sie; und es fiel ihr erst viel später ein, sich zu fragen, wie es kam, daß sie, zeitlich nicht mehr als ein paar Wochen, räumlich kaum von der Farm getrennt (denn so leicht war diese kleine Stadt in die Erdoberfläche eingeritzt, daß man das Veld sah, wenn man die Augen hob und die Straße bis zum Ende hinunterblickte, während das Veldgras schon lebhaft entlang der Gehsteige sproß) – wie es kam, daß sie diese Dichter las, als wären sie eine Bestätigung für irgendeine Art von Exil.

Als sie ins Büro zurückkehrte, stellte sie fest, daß Mr. Jasper Cohen unerwartet früh in Urlaub gegangen war. Sein Sohn war in Spanien umgekommen, er war vor mehr als einem Jahr bei Madrid erschossen worden; ein Freund von ihm, der heil nach England zurückgekehrt war, hatte geschrieben, um es seinem Vater mitzuteilen.

Das Büro war weniger über den Tod eines Helden als über das neue Regime betroffen; denn Mr. Max Cohen, der jetzt verantwortlich war, hatte drei Mädchen entlassen, von denen eine Maisie war. Mr. Max Cohen und der junge Mr. Richardson zeigten nun, wie wenig sie von Mr. Jaspers Methoden hielten. Martha wurde routinemäßig nach ihrer Gesundheit gefragt (dabei sah sie außerordentlich gut aus) und erfuhr, daß »wir« überaus erfreut waren, daß sie immer noch am Polytechnikum war, da das Büro sich unqualifizierte Mädchen nicht länger leisten konnte.

Maisie, die ihr Entlassungsurteil seelenruhig hinnahm, hatte bereits eine neue Stelle in einem Versicherungsbüro gefunden; sie erzählte Martha, daß sie sich auch vier Tage freigenommen habe, weil die Weihnachtszeit sie nahezu umgebracht habe – drei Tage habe sie ununterbrochen geschlafen. Sie manikürte ihre Nägel, widmete sich träumerisch dem Feilen und lächelte mit der liebenswürdigsten Gutmütigkeit Mr. Robinson und Mr. Max zu, die sich noch mehr ärgerten, weil sie ihre Entlassung nicht als Schande zu betrachten schien. Die beiden anderen Mädchen waren in einem Anfall verletzter Eitelkeit bereits gegangen und anderswo beschäftigt.

»Warte nur, bis *unser* Mr. Cohen zurückkommt«, sagte Maisie gelassen. »Die kriegen eins ab. Nichts als Leuteschinder.« Aber es war anzunehmen, daß Mr. Jasper erst in einigen Monaten zurück sein würde. Es war nicht nur der Schock über den Tod seines Sohnes; seine Frau – so ging jedenfalls das Gerücht – wollte sich von ihm scheiden lassen, weil sie das Gefühl hatte, es sei allein die Schuld ihres Gatten, daß Abraham getötet worden war, und das Büro schien ihrer Meinung zu sein.

Mrs. Buss sagte mit schmerzlicher Genugtuung, wenn man sich mit den Roten einließe, dann bekäme man, was man verdiente; sie konnte nicht begreifen, wie Mr. Cohen es hatte zulassen können, daß Abraham sich mit diesem Haufen einließ. Martha hatte ihren ersten politischen Streit im Büro; sie wies hitzig darauf hin, daß nicht die Republikaner die Aufrührer seien, sondern Franco. Sie war gut gerüstet mit Fakten aus dem ›New Statesman‹. Sie war noch besser gerüstet durch ihre Überzeugung, im Recht zu sein, aber was nützt es einem, im Recht zu sein, wenn man konfrontiert ist mit dem leeren, unwandelbaren Glotzen selbstzufriedener Ignoranz? Martha war so wenig vertraut mit dem Spiel, daß sie überrascht war, als Mrs. Buss gelassen bemerkte: »Es steht jedem frei, zu denken, was er will.« Sie sagte, es handele sich nicht um Anschauungen, sondern um Fakten. Mrs. Buss entgegnete scharf, daß jedenfalls alle wüßten, was Kommunisten seien. Martha sagte, die Regierung in Spanien sei nicht kommunistisch, sondern liberal. Mrs. Buss sah einen Moment lang verblüfft aus, sagte dann, das sei es ja, was sie die ganze Zeit behauptet habe, die Regierung sei liberal, warum also mußte Abraham hingehen und sie bekämpfen? Martha war verwirrt; dann begriff sie und erwiderte, Mrs. Buss mache einen Fehler, Franco sei nie gewählt worden, aber ... Mrs. Buss hörte zu und runzelte zweifelnd die Stirn, während ihre Hände auf den Tasten ruhten und ihr waches kleines Gesicht störrisch dreinblickte. Sie wiederholte mit einem Zurückwerfen des Kopfes, daß sie ein Recht auf ihre Überzeugungen habe, fügte hinzu, daß Politik sie ohnehin langweile und ratterte gleich weiter ihren Text herunter, um Martha vom Streiten abzuhalten. Martha war wütend, hauptsächlich, weil Mrs. Buss nicht nur inkonsequent war, sondern sich obendrein nichts daraus machte, inkonsequent zu sein.

Nach der Arbeit ging sie hinunter zum Polytechnikum, immer noch wütend und sehr besorgt um Mr. Cohen, diesen gütigen Herrn, dessen einziger Sohn tot war und dessen Frau ihn verlassen wollte. Sie beschloß sich von irgendwoher etwas Geld zu borgen und nach Kapstadt zu fahren: Könnte sie doch bloß mit Joss reden, der wüßte sofort, was sie tun mußte! Schließlich rüstete sie sich für ihre Stenographiestunde und versuchte sich zu konzentrieren, während Mr. Skye einen langen Abschnitt über die Preise von Putzwolle diktierte. Sie gab den Versuch ziemlich früh auf, verließ das Polytechnikum und traf auf Donovan, der in seinem kleinen Wagen auf sie wartete. Er sagte huldvoll, daß er sie zum Sportklub mitnehmen würde, wo heute Tanz war. Martha erklärte, daß ihr nicht nach Tanzen zumute sei, in der vagen Hoffnung, daß er das als Abfuhr betrachten würde. Aber nein, er schien erleichtert und sagte, daß sie in diesem Fall den andern beim Tanzen zuschauen würden, er ziehe das Zuschauen bei weitem vor, Tanzen sei doch ein überschätztes Vergnügen. Martha wurde klar, daß ihr vorläufig vergeben war. Sie war jedoch nicht in der Stimmung, Reue zu empfinden.

Auf der Fahrt durch die dunkelnden Straßen fragte er in gespielt beiläufigem Ton: »Und nun weißt du also alles übers Leben, du unartiges Mädchen, und ich nehme an, daß du mit dir zufrieden bist.«

Martha spürte, daß er über die Einzelheiten der Liebesaffäre reden wollte; sie war angewidert und sagte böse, daß Stella sich schändlich benommen habe und daß er, Donovan, ein Heuchler sei. Fast wäre er wütend geworden, doch dann überlegte er es sich anders; nach einem raschen Blick lachte er und meinte, sie habe eine so gute Freundin wie Stella gar nicht verdient. Worauf Martha in strengem, ablehnendem Schweigen verharrte und aus dem Fenster blickte. Sie hatte das Gefühl, sie hätte nicht einwilligen sollen, mit in den Sportklub zu fahren. Andererseits wäre es etwas kindisch gewesen, nein zu sagen.

Sie kamen vor dem Klub an, ohne ein weiteres Wort gewechselt zu haben. Der große Saal war zwar für den Tanzabend geräumt, doch alle waren entweder unten im McGrath beim Essen oder in der Bar. Donovan sagte, sie könnten sich ja auch mit den Cocktailhäppchen vollstopfen, später würde es Sandwiches geben, falls sie Hunger bekämen. Martha willigte gleichgültig ein. Sie saßen in bedrücktem Schweigen auf der Veranda und tranken Schnaps.

Bald kam eine Gruppe Männer aus der Bar; sie schlossen sich ihnen an und begrüßten Martha mit stereotypem Überschwang. Sie merkte, daß sie in Ungnade gefallen, aber nicht verstoßen war, nein, aus diesem Kreis konnte man schwerlich ausgestoßen werden; es lag an ihr, wieder in Gnaden aufgenommen zu werden, denn ihre bloße Gegenwart hier war soviel wie ein Zeichen von Reue. Sie hörte ihrer Unterhaltung zu und war erstaunt, daß sie über den Krieg sprachen. Nicht über den spanischen Krieg, nicht über den chinesischen Krieg, nicht über Mussolinis Abenteuer in Abessinien – diese Kriege existierten nicht in diesem Hause. Sie sagten andächtig, es sähe so aus, als würde es Ärger geben; sie erläuterten das nicht näher, denn es bedeutete für sie das gleiche, was es für Mr. Quest bedeutet hätte – man erwartete von ihnen, daß sie demnächst auf die eine oder andere Weise die Ehre Britanniens verteidigen würden. Es wäre in jedem Falle schwierig für sie gewesen, das näher zu erläutern; sie hatten nie etwas anderes als die Zeitungen gelesen, und die Zeitungen faßten Hitler immer noch mit Glacéhandschuhen an, während das Wort »Rußland« nicht so sehr der Name eines Feindes war, der sofort bekämpft werden mußte (obwohl das natürlich eines Tages der Fall sein würde), als vielmehr ein Synonym für das Böse.

Kurz darauf sagte jedoch einer von ihnen, daß es, falls es zum Krieg käme, Ärger mit den Negern geben würde. Seine Stimme hatte diesen heftigen, fanatischen Ton, der stets verrät, daß der Sprecher sich etwas wünscht, auch wenn er das Gegenteil behauptet. Martha hörte sich zu ihrer eigenen Überraschung angriffslustig sagen, daß sie nicht verstehe, warum es mit den Eingeborenen »Ärger« geben sollte; und die jungen Männer drehten sich ziemlich verdutzt um, denn sie hatten vergessen, daß ein Mädchen dabei war. Ihre Stimmen senkten sich, wurden sentimental, und sie versicherten ihr wie aus einem Munde, die Kaffern bekämen einen Denkzettel, wenn es Ärger gäbe, bei Gott, und es gäbe nichts, worüber *sie* beunruhigt sein müßte, das sei die Wahrheit.

Martha erwiderte kühl, es gebe sicher nichts, worüber sie, Martha, beunruhigt sein müßte, aber vielleicht etwas, worüber sie sich selbst Sorgen machen müßten, es sei denn – doch hier erhob sich Donovan, blickte auf die Uhr und sagte zu Martha, wenn sie einen guten Tisch wollten, sollten sie sich besser jetzt einen suchen, bevor alle besetzt waren.

Sie folgte ihm, sie ließen sich nieder, und dann bemerkte er: »Du bist ja äußerst unangenehmer Laune, Matty Schatz.«

Sie sagte ja, das sei sie, und ertappte sich dabei, wie sie ihm etwas über den Tod von Abraham Cohen erzählte. Warum nur? Erwartete sie, daß er sein Mitgefühl ausdrücken würde? Natürlich erwiderte er mürrisch, wenn jemand das Bedürfnis habe, sich mit den Roten einzulassen ... Martha, die bei Mrs. Buss offenbar alle Möglichkeiten der Empörung erschöpft hatte, zuckte die Achseln und sagte zuckersüß, er sei ja so gut informiert, daß einem nichts zu sagen übrigbleibe.

Donovan reagierte nicht darauf, weil er für Sarkasmus kein Ohr hatte. Er entgegnete: »Ich hab dir schon früher gesagt, Matty, daß du es wahrscheinlich nirgendwo besser hast als bei mir. Wenn du dich nicht wieder von einem bezaubernden Judenjungen verführen läßt, könnten wir es ganz gut haben.«

Dies verblüffte Martha so, daß sie schwieg; sie hatte bis dahin sein Angebot nicht begriffen, daß sie so weitermachen sollten wie bisher; sie war geschmeichelt und zugleich verachtete sie ihn. Also antwortete sie nicht. Sie standen im Halbdunkel der Veranda, von wo sie durch die offene Tür in den Ballsaal schauen konnten. Sie wurde von den Leuten, die sie kannte, gegrüßt, aber auf eine wortlose, vorsichtige Weise, die sie wieder daran gemahnte, daß sie vor Gericht stand. Ein paar Wölfe kamen, schmachteten sie an, verschwanden wieder; aber es war nicht dasselbe, dies war die Routinehuldigung; sie war nicht länger etwas Besonderes, sie wurde behandelt wie die anderen Mädchen, die seit Jahren im Klub von Hand zu Hand gingen. Sie wurde sich dessen voll bewußt, als Marnie Van Rensberg auf die Veranda kam, in einem hellen, geblümten Abendkleid, in dem das vorspringende Gesims ihres Busens und ihre herausragenden Hüften sich wölbten wie die schlaffen bauchigen Formen locker gefüllter Kornsäcke. Marnie lächelte ihr gutmütiges, halb verlegenes Lächeln zu einem Chor von Seufzern und Pfiffen. Sie war das neue Mädchen, sie war frisch angekommen, sie hatte Marthas Stelle eingenommen, und das hatte nichts mit ihrem Aussehen oder ihrem Wesen zu tun. Martha erkannte das, mit einer Mischung aus Scham und Erbitterung – Scham darüber, daß sie jemals auch nur ein bißchen anfällig für die Schmeichelei gewesen war, und Erbitterung, weil sie von Marnie Van Rensberg entthront werden konnte.

Dieses zweite Gefühl verwandelte sich in Schuldbewußtsein, als Marnie – hilflos kichernd, was zeigte, daß sie genauso wenig fähig war, sich der Atmosphäre des Klubs anzupassen wie Martha – zu ihr kam und losplatzte: »Mensch, Matty, da bist du also! Man hat mir schon gesagt, daß du manchmal hierherkommst, aber bis heute hab ich dich nicht gesehen.«

Martha sagte, sie sei froh, daß Marnie in der Stadt sei, und hoffe, daß sie sich amüsiere. Mrs. Quest hatte in einem Brief geschrieben, daß die Van Rensbergs wütend über ihre Tochter seien, weil sie plötzlich, ohne sie zu fragen, eine Stelle in der Stadt angenommen habe, was nur Marthas schlechtem Vorbild zuzuschreiben sei. Daher war Martha innerlich darauf vorbereitet, mit ihr gemeinsame Sache gegen die ältere Generation zu machen.

Doch Marnie erwiderte gleichgültig, sie amüsiere sich gut, und fügte hinzu: »Hast du das Neueste schon gehört? Ich bin verlobt!«

»Oh, das ist aber schön«, meinte Martha und setzte rasch hinzu: »Das freut mich aber sehr«, als sie sah, daß Marnie enttäuscht war über ihre mangelnde Wärme. »Und mit wem?« Sie blickte sich unwillkürlich im Klub um, versuchte, den Mann herauszufinden, der mutmaßlich von Marnies Reizen gefesselt war.

»Nein, Matty, ich heirate einen Jungen von daheim. Ich heirate nächste Woche in der Kirche.«

Martha stellte sie Donovan vor, der höflich aber kühl war. Daher drehte sie Donovan den Rücken zu, drückte Marnie auf einen Stuhl und fing an, mit ihr über den Distrikt zu reden. Die beiden Mädchen sagten: »Weißt du noch ...?« und das minutenlang, als läge der Distrikt Jahre hinter ihnen und nicht Wochen. Im Grunde aber war das Gespräch eine Fortführung ihres Kindheitsdialogs; Marnie erzählte stolz, daß sie sich einen Mann geangelt habe, um dann festzustellen, daß diese Errungenschaft durch Marthas höfliches Desinteresse an Glanz verlor. Aber sie hatten sich gern; während sie plauderten, drückten ihre Blicke Bedauern aus – doch worüber? Daß sie nicht Freundinnen sein konnten? Marnie sagte schließlich kichernd, daß Billy grüßen ließe, und dann hastig, daß sie zurück zu ihrem Tisch müsse. Sie faßten sich impulsiv bei den Händen, ließen sie dann wieder los, als wäre irgend etwas falsch an dieser Berührung, und Marnie ging über die Tanzfläche zurück und beantwortete das Werben der Wölfe damit, daß sie sich vor Verlegenheit scharlachrot verfärbte.

»Hast du schon gehört, Matty Schatz? Andy und Patrick haben sich auf dem Boden gewälzt und sich gebissen, alles aus Liebe zu Marnie, erst vor zwei Wochen«, sagte Donovan gehässig.

»Was?« rief Martha unwillkürlich und dachte an Marnies reizlosen Körper.

»Ja, es ist wirklich wahr. Es hat einen Riesenskandal gegeben! Was ihr Mädchen bloß für ein Aufsehen erregt, wenn ihr in die Stadt kommt. Und jetzt bist du ein alter Hut, Matty, und mußt der Jugend Platz machen.«

Martha mußte lachen, und für ein Weilchen mochten sie sich. Aber nicht für lange.

Um zwölf Uhr hörte die Band auf, da es kein besonderer Tanzabend war; Adolph nahm seine Geige und spielte etwa eine halbe Stunde lang, das kleine strahlende Lächeln haßerstarrt auf seinen Lippen, während seine Blicke suchend über die Tänzer glitten: Als sie auf Martha trafen, tat sie so, als sähe sie ihn nicht. Sie fühlte sich schuldig und beschloß, ihm diesen Rechtfertigungsbrief am nächsten Tag zu schreiben. Aber als er den Kopf zum letzten Mal geschüttelt hatte und vom Podest kletterte, war es aus mit der Musik. Da sahen Martha und Donovan, die erwogen hatten, mit der Clique hinunter zum Kreuzbuben zu fahren, wie sich Gruppen in einem großen Kreis um die Tanzfläche formierten. Gelächter.

»Komm, Matty«, sagte Donovan hastig. »Wir versäumen etwas.«

Sie zwängten sich in den großen Kreis hinein. Alle lachten und beobachteten Perry, der seine übliche Show abzog – er imitierte einen singenden amerikanischen Neger. Er klimperte auf einem imaginären Banjo, während er mit den Augen rollte und zuckte und die Knie spreizte. Er war amüsant, aber er hatte es schon oft gemacht, und es reichte noch nicht. Also stieß Perry nach ein paar Minuten einen hohen, zitternden Schrei aus, der auf der Stelle verstanden wurde: Er war jetzt kein amerikanischer Neger mehr, er war ein afrikanischer. Aber dafür durfte er nicht allein sein, mußte er in einer Gruppe sein, und die Banjos und das melancholische, traurige Gejaule von jenseits des Atlantik waren fehl am Platz. Und sofort stampfte, angeführt von Perry, Knie gebeugt, Arme angewinkelt und leicht auswärts gerichtet, eine Gruppe von Wölfen los und imitierte einen Eingeborenen-Kriegstanz. »Halt ihn *nieder,* den Zulu-Krieger, halt ihn *nieder,* den Zulu-Häuptling ...«, grunzten und sangen sie, während der weite Kreis von Menschen im Rhythmus der stapfenden Füße klatschte.

Außerhalb des Kreises weißhäutiger Menschen standen die schwarzen Kellner an die Türen oder an die Wände gelehnt, schauten zu, und ihre Gesichter waren völlig ausdruckslos. Und bald schon hatte dieses neue Vergnügen sich erschöpft, und das Singen und Stampfen erstarb erneut. Perry, der Unermüdliche, stand da und schlug, nachdenklich finster vor sich hinstarrend, gleichsam den Takt, indem er mit den Ellbogen leicht nach außen zuckte, die Hacken abwechselnd nach hinten hob und tonlos summte: »Halt ihn nieder ... boomalaka, boomalaka ...« Er hielt ein und brüllte einem Kellner zu: »He, Shilling!«

Der so bezeichnete Kellner straffte sich etwas, runzelte die Stirn mit einem schnellen Blick über die Schulter, als wollte er davonlaufen, und kam dann ziemlich langsam auf Perry zu.

»Komm her, tanzen«, sagte Perry. »Komm her, Mensch.«

Der Mann zögerte: Er lächelte verärgert und schüttelte dann den Kopf und sagte gutmütig: »Nein, Baas, muß an der Bar arbeiten.«

»Komm, komm schon«, feuerten ihn alle an und drängten herbei. Das war alles freundlich und anspornend; sie waren zusammengerückt bis auf einen kleinen freien Raum, in dem Perry und der Schwarze standen. Zu sechst hintereinandergepfercht, reckten sie die Hälse.

»Kriegstanz, Kriegstanz, los«, grunzte Perry, bog sich nach hinten auf die Hacken und benutzte dabei die Ellbogen als Hebel – alles ermunternd und väterlich. Dann hielt er inne, packte den Kellner beim Arm, schob ihn in die Mitte des freien Raumes und trat, in die Hände klatschend, zurück.

»Nein, Baas«, sagte der Kellner wieder. Er war jetzt wütend und wollte das auch zeigen.

»Los, Mensch, ich befehl es dir«, sagte Perry. »Ich verliere die Geduld, ich warne dich.«

Da begann der Kellner also, mechanisch und gehetzt mit den Armen zu zucken und teilnahmslos mit den Füßen zu stampfen, wobei er ein paar Grunzlaute ausstieß. Und nun wurde Perry wütend. Er schrie: »Komm schon, verdammt noch mal, mach doch keinen Blödsinn.« Er stellte sich mit seinem mächtigen Körper lässig in Positur und führte sie nochmals vor, diese intensive, gefühlsgeladene, selbstvergessene Tanzparodie, während der Kellner stumm zusah, und als Perry sich dann emporreckte und wartete, machte er dieselben Bewegungen. Es war keine Perry-Parodie, kein Nachäffen; er bemühte sich einfach, die Sache so schnell wie möglich hinter sich zu bringen, und seine Blicke flackerten gequält über die Köpfe der Weißen hinweg zu seinen zuschauenden Kameraden. Perry versuchte es nochmal; diesmal deutete der Kellner den Tanz bloß an und bewegte die Füße kaum noch. Ein Mädchen lachte schrill, unnatürlich.

»Los, verdammt nochmal«, sagte Perry finster. Er starrte den Kellner an, als begriffe er einfach nicht, während der Mann seinen Blick mied. Da wurde Perry blutrot und murmelte: »Du verflixter schwarzer ...« Die Nerven gingen ihm durch.

Der Kellner zuckte die Achseln – eine Geste gezügelter Verachtung – und ging auf die weiße Menschenmauer zu, die sich unwillkürlich teilte, um ihm Platz zu machen. Er schlenderte durch, und als er in Türnähe war, fing er plötzlich an zu rennen und verschwand; er hatte sich gefürchtet.

»Ruhig, mein Kleiner«, sagte eins der Mädchen mütterlich und hielt Perry am Arm fest. »Verlier die Nerven nicht, das lohnt sich nicht, Schatz.«

Perry atmete schwer und sah sogar ziemlich verwirrt aus. »Ich wollte nur, daß er tanzt, weiter nichts. Das ist ja zum Aus-der-Haut-Fahren«, zeterte er und blickte, Anerkennung und Unterstützung heischend, um sich. Tröstendes Gemurmel der Mädchen. »Weiter wollte ich ja gar nichts. Das ist so typisch für die verdammten Kaffern – ich bitte ihn zu tanzen, und er wird unverschämt.« Er schaute zur Tür, aber dort war kein Kellner zu sehen, sie hatten sich alle davongemacht.

Und die Weißen waren seltsam schlechtgelaunt und taten sich selbst ordentlich leid. Sie verkrümelten sich in Gruppen, Martha ging mit Donovan weg, der kein Wort gesagt hatte. Erst als sie bei seinem Wagen ankamen, sagte er kühl in dem üblichen wohlerzogenen, gleichgültigen Ton: »Ich nehme an, daß der Kaffer dir leid tut.«

Einen Moment lang war Martha stumm; was sie traf, war die Art, wie er das sagte, so als wollte er sie bewußt provozieren. Die Szene hatte sie sehr wütend gemacht und, was noch schlimmer war, geängstigt. Was daran schrecklich war, das spürte sie dunkel, war der sentimentale Groll von Perry und seinen Freunden: Sie fühlten sich schlecht behandelt und mißverstanden. Es war wie ein Wahn.

»Keineswegs«, sagte sie, weil sie keinen Streit wollte, konnte jedoch nicht umhin hinzuzufügen: »Um uns tut es mir leid, ich finde, es ist abscheulich.«

»Das dachte ich mir«, erwiderte Donovan kalt.

Wieder schwiegen sie eine Zeitlang; sie dachten beide über das nach, was sie sagen wollten.

»Ich nehme an, du fandest es eine reizende Idee, ihn zu bitten, ›Halt ihn *nieder*, den Zulu-Krieger zu singen‹«, sagte Martha erbost und befreite sich damit vom Druck des Schweigens; und sie ahmte nicht gerade gekonnt den pseudomännlichen Ton des »Halt ihn nieder« nach.

Sofort sagte er: »Wenn du nicht aufpaßt, Matty Schatz, wirst du noch eine richtige kleine Negerfreundin.«

Darüber lachte sie verblüfft: Das war dieser falsche Ton, in den er fatalerweise immer wieder verfiel. Jetzt hatte sie Oberwasser und fuhr fort: »Du *liebe* Zeit, wie *schrecklich,* nicht, was bin ich doch für ein unartiges, *unartiges* Mädchen, daß ich solche schlimmen, unpopulären Ansichten habe, und *denk* bloß, was die *Leute* sagen!«

Jetzt war er wütend, denn sie hatte den Satz affektiert gesprochen und seine Manierismen auf das gemeinste parodiert. Sie hatte ihn in seiner Eitelkeit verletzt, und es ging nicht mehr um ihre oder seine Überzeugung. Sie fuhren schweigend einen Block weiter, während sie auf den Donnerschlag wartete. Sie schaute ihn unruhig an, wunderte sich, daß er so still war und nur mit abgewandtem Gesicht finster vor sich hinstarrte.

Dann sagte er: »Tja, Matty, wir scheinen ja überhaupt nicht zusammenzupassen, nicht? Das mit deinen Juden und Niggern geht einfach über meinen Horizont.«

Jetzt war sie schrecklich aufgebracht. Sie sagte: »Du brauchst dir nicht einzubilden, daß du überhaupt sowas hast wie einen Horizont.« Das klang so kindisch, daß sie es am liebsten zurückgenommen und durch etwas Gelassenes, Würdevolles ersetzt hätte. Aber es war zu spät.

Kaum hielt der Wagen, sprang sie hinaus und ging in ihr Zimmer, ohne ihm noch einen Blick zu gönnen. Sie war wütend über sich selbst; ach, mit welcher Selbstbeherrschung tragen wir solch einen Streit in der Phantasie aus!

»Schön«, sagte sie schließlich in wildem Überschwang, »das ist vorbei, *damit* bin ich fertig.«

Sie meinte damit, daß sie fertig war mit dem Sportklub und allem, wofür er stand.

2

Martha war wieder ein paar Tage einsam. Sie sagte sich, daß es ja erst Februar sei, um ihre schreckliche Panik zu dämpfen. Sie war so ruhelos, daß sie es kaum ertragen konnte zu schlafen; nach einer Stunde des Dösens wachte sie auf und hatte das Gefühl, das Leben gehe an ihr vorbei, und sie müsse dringend etwas tun. Sie warf sich in die Arbeit im Büro, die ihr auf einmal leicht statt mühsam vorkam; sie lernte am Polytechnikum unter Aufbietung all ihrer Konzentration und wurde von Mr. Skye gelobt. Hinterher vermied sie es, mit irgend jemandem zu sprechen, und ging durch den Park nach Hause in ihr Zimmer. Es herrschte Dürre; die Sonne schien gleichbleibend den ganzen Tag, der Himmel war kraftvoll und blau, es roch nach Staub. (Auf der Farm waren die Gerüche und die feuchte Hitze des Dschungels verschwunden, und das Gras wurde gelb.) Sie versuchte zu lesen und konnte nicht. Während sich die Dunkelheit auf die Stadt senkte, stand sie lauschend an der Tür. Denn Nacht für Nacht ertönte Musik vom Park her, von der Straße unten, vom Hotel, das ein halbes Dutzend Blocks entfernt war: Die ganze Stadt tanzte. Die Tanzmusik entströmte der Stadt wie Wasser, das pulsierend aus dunklen Quellen bricht, und verschmolz zu einem Klang, der nicht Musik war, den man in den Nervenbahnen spürte wie das konvulsivische Schlagen eines riesigen Pulses. Und da stand Martha nun an ihrer Tür, verbarg sich hinter dem schmuddeligen Spitzenvorhang vor Blicken, sah die Autos vorbeifahren und hoffte, daß keines halten würde, denn sie fürchtete sich davor, wieder hineingerissen zu werden in den Sog des Vergnügens, sagte sich, daß sie lernen mußte – aber was? –, und fühlte sich wie ein Kind, das nicht mitspielen soll: Ihrem Leben fehlte irgendwie der Reiz.

Im Verlauf dieser paar Tage machte sie verschiedene erfolglose Fluchtversuche. Wochen zuvor, auf einer Dämmerschoppenparty, hatte sie eine junge Frau getroffen, die für eins der großen Warenhäuser Schaufenster dekorierte. Wie üblich von der Überzeugung durchdrungen, daß es nichts gab, das sie nicht konnte, wenn man ihr nur die Gelegenheit gab, machte Martha diese junge Frau ausfindig, sprach mit einem gewissen Mr. Baker, der das größte Kaufhaus der Stadt besaß, und empfahl sich als potentielle Schaufensterdekorateurin. Mr. Baker, durchaus kein Schwarzseher, schien einverstanden; und erst als man auf das unerfreuliche Thema Geld zu sprechen kam, wurde Martha klar, daß sie für ein monatliches Gehalt von fünf Pfund angestellt werden sollte, was, wie Mr. Baker ihr freundlich versicherte, das Anfangsgehalt aller seiner Mädchen war. Martha fragte naiv, wie es möglich sei, davon zu leben. Der Herr erwiderte, daß seine Arbeiterinnen zu Hause wohnten und daß er, falls das nicht möglich war, Sorge trage, daß sie in einem bestimmten angesehenen Wohnheim leben konnten. Nun, Martha wußte, daß dieses Wohnheim eine Wohlfahrtseinrichtung und Mr. Baker Stadtrat war, ein sehr einflußreicher Mann. Sie war jung genug, um überrascht und schockiert zu sein, daß er sich mit solchen Methoden billige Arbeitskräfte verschaffte. Mr. Baker, der sich eingebildet hatte, ein junges und attraktives Mädchen »aus gutem Stall« (das war sein spezieller Euphemismus für das unbequeme Wort »Mittelstand«) für fünf Pfund im Monat so gut wie sicher zu haben, war verblüfft, daß diese nämliche sanfte und zugängliche Person plötzlich halb sprachlos war vor Wut und ihm in kurzen, empörten, stoßweisen Äußerungen mitteilte, daß er sich schämen sollte. Mr. Baker begriff auf der Stelle, was los war, sagte sich, daß ein derartiges Temperament von Nutzen sein konnte, wenn man nur richtig damit umging; er sprach mit ihr in dem höflichen, vernünftigen Ton eines Mannes, der über beträchtliche Erfahrung im Umgang mit Arbeitskräften verfügt, und die spielte er nun aus. Er sagte, ihre Ansichten sprächen für sie, aber sie irre sich. Seine Verkäuferinnen seien zufrieden und glücklich – waren sie doch schon seit Jahren bei ihm! Wenn man sich ausbilden ließ, um Beamter zu werden, rechnete man schließlich auch damit, daß man für diese Ausbildung etwas zahlen mußte; wenn Martha zum Beispiel Ärztin werden wollte, müßte sie Tausende dafür ausgeben, wohingegen er ihr anbot, ihr etwas zu *zahlen* (wenn auch zugegebenermaßen nicht so viel, daß sie davon leben konnte), damit sie sich fachliches Können erwerben könne. Miß Quest sei doch gewiß vernünftig genug, um ... Martha war dieser Weltläufigkeit nicht gewachsen. Sie war überrannt, stimmte allerdings nicht zu, sondern schwieg hartnäckig und versuchte, überzeugende Worte für ihre Wut zu finden. Hatte doch Mr. Baker erst letzte Woche eine mitfühlende Rede gehalten, in der er um öffentliche Gelder zur Finanzierung des Wohnheims bat, »für diese unglücklichen Mädchen, die auf Gedeih und Verderb ...« Sie konnte nicht sprechen, sondern stürzte hinaus und knallte die Tür zu und bekam unmittelbar danach dann den sattsam bekannten Wutanfall über ihre eigene Unfähigkeit.

Sie machte einen zweiten Besuch bei der ›Zambesia News‹. Mr. Spur war entzückt, sie zu sehen. Sie war kühl wie eine entfernte Bekannte, obwohl sie sich eines Tages voll Dankbarkeit daran erinnern sollte, daß sie in seiner Bibliothek zum erstenmal die Worte gehört hatte: »Ja, mein Kind, du mußt lesen. Du mußt alles lesen, was dir in die Finger fällt. Es ist egal, was du zuerst liest, später wirst du lernen, zu unterscheiden. Schulen taugen nichts, Matty, in der Schule lernst du nichts. Wenn du was werden willst, dann mußt du dich selbst erziehen.« Aber diese Bemerkung war an ein Kind gerichtet gewesen, dessen einstige zärtliche Bewunderung sie nun gänzlich verleugnete. Dabei beunruhigte sie jedoch das vage Gefühl, Mr. Spur irgendwie verpflichtet zu sein.

Mr. Spur sagte, da sie jetzt einigermaßen gut Stenographie und schnell, wenn auch unsauber tippen könne, sei es sicher möglich, daß sie einen Job bei der Frauenseite bekäme. Doch zu ihrer Überraschung – wie es dazu kam, wußte sie nicht – hörte sie sich nahezu stammelnd vor Wut die kapitalistische Presse attackieren. Die ›Zambesia News‹ sei eine Schande, sagte sie: Warum druckte sie nicht die Wahrheit über das, was in Europa vorging? Mr. Spur meinte halb verärgert, daß die Wahrheit stets eine Frage der Anschauung sei; und dann nahm er sich zusammen und sagte mit der humorvollen Milde des Alters, daß sie ja mit der Frauenseite niemanden verderben würde.

»Die Frauenseite!« sagte Martha empört.

Erst später fiel ihr ein, daß er vielleicht hätte fragen können: »Wieso bitten Sie um einen Job, wenn Sie die Zeitung so tief verachten?« Aber es gab bloß eine Zeitung, wenn sie Journalistin werden wollte, dann mußte sie sich ihrer bedienen.

Sie ging wieder nach Hause und träumte von sich als Journalistin, als Schaufensterdekorateurin, bewarb sich um einen Job als Chauffeuse bei einer reichen alten Dame und war dankbar, als sie aufgrund ihrer Jugend abgelehnt wurde. Sie beschloß, eine feurige Stenographin zu werden wie Mr. Skye; und antwortete auf eine Annonce, in der Absicht, einer Mutter mit drei Kindern auf ihrer Seereise nach England behilflich zu sein. Diese Frau, eine ziemlich hochnäsige Mittelstandsfrau – Martha haßte sie instinktiv –, fragte sie, ob sie Kinder möge. Martha sagte offen nein, das nicht, aber sie wolle nach England. Die Frau lachte, und einen Moment lang war der Ausgang unentschieden, bis die Dame bemerkte, daß die Augen ihres Gatten allzu wohlgefällig auf Martha ruhten. Martha war naiv genug zu glauben, sie habe diese Chance aufgrund ihrer plumpen Antwort vertan, und faßte, als sie allein war, wieder einmal den guten Vorsatz, ihre Zunge im Zaum zu halten, sich vernünftig zu benehmen.

Sie arbeitete jedoch immer noch bei Robinson; sie war in der Tat weder Journalistin, noch Chauffeuse, noch Stenographin, noch auf dem Weg nach England.

Ein paar Tage träumte sie dann von sich als Schriftstellerin. Sie wollte einen freien Beruf. Auf dem Fußboden ihres Zimmers liegend, schrieb sie Gedichte, einen Artikel über die Monopolpresse und eine Kurzgeschichte über ein junges Mädchen, das ... Diese Geschichte hieß »Revolte«. Sie schickte die Sachen an die ›Zambesia News‹, den ›New Statesman‹ und den ›Observer‹ und war überzeugt, daß alle drei angenommen werden würden.

Sie erinnerte sich, daß sie als Kind Talent zum Zeichnen gehabt hatte. Sie machte auf der Stelle eine Skizze der Parkansicht von ihrer Tür aus; sie war wirklich gar nicht mal schlecht. Aber das Problematische am Beruf des Malers ist, daß man Handwerkszeug haben muß. Wieviele Tausende von hoffnungsvollen, jungen Schriftstellern gibt es nicht einzig aus dem Grund, daß ein Bleistift und ein Block weniger Raum einnehmen als eine Staffelei, Farben und Zeichenbretter, abgesehen davon, daß sie soviel billiger sind.

Martha wollte also Schriftstellerin werden: Es war wie eine Offenbarung für sie. Wenn andere, warum dann nicht auch sie? Wie hätte sie wissen sollen, daß man sich, ob man nun in London oder New York, einem Dorf in Yorkshire oder einem Dorp im hintersten Veld lebt, einbilden kann, man sei absolut einzigartig und ungewöhnlich (so mächtig schlägt dieser Puls dem Abenteuer entgegen), und sich doch unvermeidlich, unerbittlich, genau wie alle anderen verhält? Wie hätte sie ahnen können, daß mindestens hundert junge Leute in derselben kleinen Stadt mitten in Afrika Schreibtische voller Gedichte, Artikel und Geschichten hatten und überzeugt waren:

Wenn bloß ... dann könnten sie Schriftsteller sein, könnten sie in glorreiche Freiheit und uneingeschränkte Individualität entfliehen – und das alles aus keinem anderen Grund, als daß sie die Aussicht, ein ganzes Leben hinterm Schreibtisch bei Robinson, Daniel und Cohen zu verbringen, nicht ertragen können.

Nahezu postwendend kam der Artikel über die Monopolpresse von der ›Zambesia News‹ zurück, und der ablehnende Bescheid erschreckte Martha so sehr, daß sie die Idee, als freiberufliche Schriftstellerin zu leben, fallen ließ.

Und die ganze Zeit über, während sie mit grimmigem Hunger von Flucht träumte, davon träumte, etwas Wesentliches und Wichtiges zu tun, schlug jener andere geheime Puls. Da stand sie nun hinter dem Vorhang und lauschte dem langsamen rhythmischen Schlagen der Tanzmusik und hatte keinen anderen Wunsch, als zu tanzen, die ganze Nacht zu tanzen; nicht im Sportklub, sondern mit irgendeiner Gruppe junger Leute, die gesichtslos, fast körperlos waren, gedacht als subtile Verkörperung der Tanzmusik selbst.

Etwa zehn Tage nach ihrem Streit mit Donovan wurde sie im Büro von Perry angerufen, der fragen wollte, ob sie am folgenden Abend frei sei, denn da kam ein Team von Kricketspielern aus England zu Besuch; ob sie Lust habe, eins der Mädchen zu sein?

Martha lehnte ab. Sie hatte von ihrer eigenen Unbeständigkeit endgültig die Nase voll – sagte sie sich, als sie stolz den Hörer auflegte und eine Aufwallung von Sehnsucht und Bedauern unterdrücken mußte, weil sie absichtlich einen herrlich amüsanten Abend sausen ließ. Unsinn, redete sie sich ein, es würde nicht amüsant werden, sie würde sich langweilen. Der Gedanke ging ihr nicht mehr aus dem Kopf, daß man sie jetzt hin und wieder anrufen und sie bitten würde, einzuspringen – »eins der Mädchen« zu sein.

An diesem Abend war jedoch ein Brief von ihrer Mutter gekommen. Sie nahm ihn vorsichtig in die Hand. Gewöhnlich las sie den ersten Abschnitt eines Briefes von daheim und warf ihn dann zerknüllt in den Papierkorb.

Mein geliebtes Mädchen,
ich habe Sixpence heute nachmittag zur Post geschickt, in der Erwartung, daß ein Brief von Dir da wäre, aber da war keiner. Das ist wirklich nicht nett von Dir, ich habe seit einer Woche nichts mehr gehört, und Du weißt, wie besorgt Daddy deinetwegen wird, er kann nachts nicht mehr schlafen vor lauter Besorgnis, und außerdem können wir's uns nicht leisten, aufs Geratewohl Boys loszuschicken, und ich habe jetzt bloß noch drei; ich habe Daniel gefeuert, weil er gestohlen hat, ich habe meine Perlenbrosche vermißt, und ich weiß, daß er sie genommen hat, aber natürlich hat er geleugnet, trotzdem habe ich die Polizei gerufen, und die haben ihn ganz schön verdroschen und seine Hütte durchsucht; ich nehme an, er hat sie im Strohdach versteckt. Ich habe also eine Menge zu tun, mein neuer Koch kann nicht mal ein Ei kochen, wirklich ein ignoranter Haufen, und deshalb ist es nicht nett von Dir, daß Du mich den Boy umsonst hinschicken läßt.

Ich bekam einen Brief von Mrs. Anderson, in dem sie mir schrieb, daß sie Dich nicht gesehen hätte; ich hatte ihr geschrieben, um mich über Dich zu erkundigen, da Du nie etwas erzählst, und ich finde, falls Du Dich mit Donovan zerstritten hast, hättest Du's mir mitteilen können, denn es setzt mich bei seiner Mutter in ein falsches Licht. Sie schien anzunehmen, daß Ihr heiraten würdet, sie war erfreut darüber, obwohl Ihr natürlich zu jung seid, er ist ja so ein netter Junge, das sieht man, und natürlich ist da auch Geld ...

Martha warf den Brief weg; es waren zwölf Seiten, kreuzweise beschrieben wie die Briefe, von denen in viktorianischen Romanen die Rede ist – die Briefe der Muße. Doch als der zerknüllte Ball quer durch den Raum flog und kurz vor dem Papierkorb landete, zog ein Postskriptum, das mit dunklerer Tinte geschrieben war, ihre Blicke auf sich und, wider Willen neugierig geworden, hob sie ihn auf.

Ich habe meine Brosche heute morgen gefunden, sie war in einen Mehlsack im Vorratsraum gefallen. Aber er ist in jedem Falle ein Dieb, ich weiß, daß er meinen Silberlöffel genommen hat, obwohl er natürlich behauptet hat, er wär's nicht gewesen. Es sind alles Diebe, alle, und der Ärger mit Euch Fabiern ist, daß ihr bloß Theorien im Kopf und keine praktische Erfahrung habt. Man muß wissen, wie man mit Kaffern umgeht. In der ›Zambesia News‹ stand letzte Woche, daß die Fabier in England sich wieder im Parlament darüber beschwert haben, wie wir unsere *Nigger* behandeln!!! Ich hätte gern ein paar von ihnen hier, dann würden sie mal sehen, wie schlecht und dreckig und abstoßend sie alle sind, alles Diebe und Lügner, und nicht mal kochen können sie, dann würden die schon einen anderen Ton anschlagen!!!

Marthas Reaktion auf diesen Brief war recht unbegreiflich. Nachdem sie eine halbe Stunde lang heftig gewütet und das Gefühl gehabt hatte, in einen Käfig gesperrt und eingekerkert zu sein, ging sie ans Telefon, rief den Sportklub an, fragte nach Perry und sagte ihm, sie wolle mit dem größten Vergnügen dazu beitragen, die zu Besuch weilenden Kricketspieler morgen zu unterhalten.

3

In diesem Fall schienen die zu Besuch weilenden Sportler nicht gerade viel Wert auf die Mädchen zu legen, die man ihnen besorgt hatte.

Der Tanzabend wurde im McGrath gegeben. Im großen Speisesaal kam jetzt das kahle Dielenrechteck zum Vorschein, denn die Tische, auf deren fleckigen braunen Platten sich verblaßte Ringe von nassen Gläsern zeigten, waren an die Wand gerückt worden. Die Musiker standen auf dem Podest in ihrer Laube aus Farnen und eingetopften Sträuchern. Die Tische in diesem Raum waren zum größten Teil mit den Jungverheirateten besetzt, wohingegen die Kricketspieler zusammen mit den Männern des Sportklubs und den Mädchen um eine lange improvisierte Tafel in der Lounge saßen, die sich in dem riesigen Raum nahezu von Wand zu Wand erstreckte. Aber die Kricketspieler verkrümelten sich in die Bar und blieben dort, und die Mädchen, die schließlich durch keinerlei Druck seitens der Statistik in die Rolle freundlicher Mauerblümchen gezwängt waren, flüchteten sich bald in die Arme ortsansässiger Männer, die darauf gefaßt gewesen waren, den Abend frauenlos zu bleiben. Martha tanzte, als sie aufgefordert wurde, und kehrte ziemlich spät erst zu der Tafel zurück, um festzustellen, daß etwa ein halbes Dutzend der Kricketspieler jetzt allein am Tisch saßen, da die Mädchen anderswo eingespannt waren. Ihnen schien es egal zu sein, sie tranken und redeten und schauten auf die Uhr, aber dennoch erhob sich einer von ihnen und forderte Martha zum Tanzen auf. Sie versuchte ein Gespräch in Gang zu bringen, fand es aber schwierig und war – dünkelhaft, wie sie war – empört darüber, daß Leute, deren Namen Tag für Tag in der Zeitung standen, Idole Englands, die der Sportklubklüngel nur mit Ehrfurcht erwähnte, im Gespräch wie Schuljungen waren. Kurz, sie war überrascht, daß Sportler nicht intellektuell sind, denn irgendwo in ihrem Innern hielt sich immer noch die Vorstellung, daß berühmte Leute zwangsläufig in jeder Hinsicht brillant sein müssen. Außerdem hatte erst an diesem Morgen die ›Zambesia News‹ den Ansichten des Mannschaftsführers drei Spalten gewidmet: Die internationale Lage, sagte der, sei unsicher, aber wenn Sportler aller Länder ungehindert durch ihre Regierungen regelmäßig miteinander spielen könnten, dann wäre der Friede gesichert; den ganzen Tag hatten Geschäftsleute, Rotarier und Beamte diese Meinung anerkennend zitiert und gesagt: Ja, das muß ein feiner Kerl sein.

Martha tanzte später mit eben diesem Mann und war pikiert, daß er genauso gelangweilt war wie sie – das heißt, sein Verhalten war so anders als das der Männer aus der Kolonie, daß sie zunächst dachte, er langweile sich. Sie war es gewohnt, auf Artigkeiten zu warten, während dieser hier, so schien es, wollte, daß sie ihm schmeichelte. Als der Tanz vorüber war, setzte sie sich, schüttelte den Kopf bei der Aufforderung, nochmal zu tanzen, und dachte daran, daß »Millionen von Frauen« sie beneiden würden, war aber unfähig, sich an dieser Vorstellung zu weiden. Denn das McGrath war häßlich, die Band war miserabel, und obwohl sie dauernd trank wie üblich, war ihr Verstand wach und kritisch. Sie wünschte, sie wäre wieder im Bett. Gleichzeitig beobachtete sie sich dabei, wie sie munter daherplauderte, das Gesicht genau wie bei den paar Mädchen, die noch geblieben waren, zu einem Lächeln breitgezogen; und als eine freche, »amüsante« Bemerkung unerwartet in einem Gähnen endete, rüttelte sie sich selbst gereizt wach und polierte ihr Lächeln auf.

Maisie, die zufällig auch da war, sagte in ihrem lässigen Ton: »Oh, Matty schlägt sich wohl zu oft die Nacht um die Ohren.« Dies diente der allgemeinen Belustigung und wurde mit Gelächter quittiert, zugleich wurde Maisie ihrer eigenen Beliebtheit wegen aufgezogen. Sie lächelte schläfrig und sagte dann mit leiser Stimme zu Martha: »Zum Auswachsen ist das, diese englischen Jungen kotzen mich an, sie sind so aufgeblasen, daß man denken könnte, sie täten uns einen Gefallen.« Dann stand sie auf, um mit einem von ihnen zu tanzen, und bot sich ihm mit einer hingebungsvoll unterwürfigen Bewegung ihres Körpers dar, als sie in seine Arme glitt, während sie in erwartungsvollem Schweigen den Blick hob. Über seine Schulter winkte sie Martha, und ihre halb erboste, halb resignierte Miene leuchtete spöttisch auf. Sie tanzte davon, das Inbild einer willigen und anbetungsvollen Maid.

In diesem Augenblick wurde Martha zu ihrer Überraschung mit dem üblichen: »Hallo, meine Schöne, warum haben wir uns nicht schon früher getroffen?« angesprochen. Sie stand auf, um zu tanzen, und ihre Augen erstrahlten prompt in einem entgegenkommenden Lächeln. Sie sah, daß das ein junger Mann war, den sie gelegentlich schon im Klub gesehen hatte. Sein Name war Douglas Knowell, was unvermeidlich zu Know-all wurde. Er war ein heiterer, freundlich grinsender junger Mann, mittelgroß, eher rund als hager, mit einem runden, fleischigen Gesicht, hellblauen Augen, einer Nase, die man wohlgeformt hätte nennen können, wäre sie nicht durch einen Sportunfall abgeplattet gewesen, und farblosem Haar, das mit Hilfe von Wasser zu einem stumpfen, feuchten Filz zusammengeklatscht worden war. Er tanzte oder vielmehr hopste mit Martha im Saal herum und stieß von Zeit zu Zeit ein Triumphgeheul aus, während Martha ihn automatisch besänftigte und ermahnte, sich zivilisiert zu benehmen.

»Wer bist du?« fragte sie schließlich kokett, und er sagte: »Ah, eine gute Frage, aber ich weiß, wer du bist.«

»Dann bist du im Vorteil«, meinte sie; sie wollte, daß er ihr seinen Namen sagte, denn sie war vielleicht ein bißchen pikiert, daß er früher keinerlei Versuch gemacht hatte, sie kennenzulernen.

»Adam«, sagte er und blitzte sie aus seinen blauen Augen mit einem betont fröhlichen Blick an, und Martha schaute ihn verdutzt an, denn das war literarischer, als man es bei einem Wolf erwarten konnte, und sie wußte, daß er eins der ranghöheren Mitglieder des Rudels war: Er hatte Binkie geholfen, den Klub zu gründen, hatte man ihr gesagt.

»Wie schade, daß ich nicht Eva sein kann, da du ja meinen Namen kennst«, sagte sie und verzichtete instinktiv, ohne es zu wissen, auf den mütterlichen Ton in ihrer Stimme.

»Oh, du kannst doch Eva sein, du bist es«, schrie er und zog sie fester an sich bei seinem verwegenen hopsenden Tanz durch den Saal.

Als die Band zu spielen aufhörte, war Martha überrascht, daß es so spät war; sie hatte sich amüsiert. Douglas sagte ihr, daß es reine Glückssache gewesen sei, daß er überhaupt gekommen war, er sei in der letzten Zeit nicht viel ausgegangen. »Also habe ich Glück, denn du bist eine ziemlich – ziemlich Feine«, sagte er und bedrängte sie mit strahlenden Blicken.

»Ich bin was?« fragte sie verwirrt.

»Du bist wirklich eine Feine«, erwiderte er und benutzte das Adjektiv als Substantiv, eine Eigenheit von ihm, genauso wie seine Art, jedes Wort einzeln zu sprechen, als dächte er darüber nach, was zur Folge hatte, daß seine mit Slang durchsetzte Sprache seltsam pedantisch wirkte.

Sie fragte ihn, warum er nicht ausgehe, warum er so selten im Klub sei, und er erwiderte, ganz im Kode des Rudels, daß er für ein Examen lerne, und außerdem sei er jetzt absolut auf dem Teppich.

Aus Gewohnheit hätte ihm Martha beinahe beigepflichtet: »Das ist prima, Kleiner, so ist's richtig«, doch statt dessen fragte sie unverblümt: »Wieso, trinkst du zuviel?«

Er entgegnete ernst, er sei jetzt zu alt für Rugby, sei nicht mehr so fit wie früher, müsse auf sein Gewicht achten und außerdem habe der Arzt gesagt, daß er ein Geschwür bekomme. Nun, die meisten Männer im Klub hatten Magengeschwüre und sprachen alle in der gleichen Weise – einer fürsorglichen Weise – darüber; sie sagten: »Nein, das ist nichts für mich, das kann ich nicht essen«, oder: »Mein Magengeschwür erlaubt mir das nicht«, wie eine Mutter, die einem Baby leise vorsingt. Sie sprachen zu diesem Teil ihrer selbst, dem Geschwür, als gelobten sie, es zu beschützen und sich um es zu kümmern. Es hörte sich so an, als seien sie stolz darauf.

Sie sagte schnippisch: »Magengeschwüre zu haben ist wirklich die Berufskrankheit eines Wolfs.«

»Was ist das?« fragte er rasch, bereit, beleidigt zu sein; dann lachte er und wiederholte mit lächelndem Blick: »Ja, du – du bist wirklich – wirklich eine Feine.« Und nun fiel Martha dieses Stammeln auf, das kein Stammeln war, nichts Nervöses, sondern ein sprachlicher Manierismus.

Aber sie mochte ihn, er animierte sie; sie ging nach Hause und freute sich darauf, am nächsten Tag mit ihm Tee zu trinken. »Tee trinken« war auch aufregend. Man trank nicht »Tee« mit einem Wolf, das war eine Mahlzeit, die keinen gesellschaftlichen Platz in ihrem Leben hatte. Douglas war für sie bereits etwas Neues und Rares, er war so anders als diese Männer vom Sportklub!

Und so aßen sie Erdbeeren mit Schlagsahne im McGrath, und sie bestand darauf, für sich zu zahlen, denn er hatte beiläufig erwähnt, daß er sein Auto verkauft hatte, er konnte es sich nicht leisten. Wenn man sich kein Auto leisten konnte, war das wirklich ein Eingeständnis, daß man arm war; denn es war möglich, sich für fünfundzwanzig Pfund einen zuverlässigen Wagen aus zweiter

Hand zu kaufen, und für die meisten jüngeren Büroangestellten war es eine Selbstverständlichkeit, einen zu besitzen. Martha bemitleidete ihn wegen dieses heiteren Bekenntnisses und fragte sich, was das wohl für einen romantischen Grund haben mochte, da er in seiner Abteilung ziemlich weit oben stand; in seiner Stellung im öffentlichen Dienst war man nicht arm. Aber all das ging durcheinander in ihrem Kopf; sie hatte immer verschwommene Vorstellungen vom Geld. So empfand sie einfach nur mitleidige Bewunderung, und nach dem Tee, als er sie bat, ihn zum Büro zu begleiten, da er noch bis in den Abend arbeiten wolle, ging sie bereitwillig mit.

Als sie den großen Block mit Regierungsbüros erreicht hatten, ging sie wie selbstverständlich mit hinein. Sein Büro war ein geräumiges, luftiges Zimmer, das auf die baumgesäumte Hauptstraße blickte. Sie wanderte darin umher, versuchte, sich für die Rechenmaschinen und die anderen Utensilien des Finanzwesens zu interessieren. Sie empfand stets einen instinktiven Widerwillen, wenn sie mit solchen Dingen konfrontiert war, die für sie immer noch mit Rechenstunde zu tun hatten. In der Tat kühlte sie das so ab, daß sie sich überlegte, ob sie sich nicht höflich verabschieden konnte, als sie plötzlich eine Zeitschrift auf einem Schreibtisch liegen sah, hinstürzte, sie nahm und rief: »Du hast mir gar nicht erzählt, daß du den ›New Statesman‹ liest!« Sie hätte auch sagen können: »Wir gehören ja zur gleichen Bruderschaft!«

»Ja, ich lese ihn, es ist eine feine – feine Zeitung«, sagte er.

Sie betrachtete ihn mit weitaufgerissenen, begeisterten Augen; sie ging sogar unwillkürlich zu ihm hin und ergriff seine Hand. »Ach«, sagte sie sprachlos, »wie schön, ja dann ...« Plötzlich sah sie sich selbst, errötete, ließ seine Hand fallen und wich zurück: »Wie auch immer«, sagte sie gereizt, »es ist nett, jemanden zu treffen, der – im Klub sind alle so gut wie schwachsinnig!«

Er lachte vergnügt über diese unverhohlene Schmeichelei, und sie fingen an zu reden, prüften die Überzeugung des anderen. Oder vielmehr, Martha warf ihre Überzeugung hin wie einen Fehdehandschuh und wartete darauf, daß er ihn aufnehmen würde; und als sie aggressiv sagte, sie finde, die Eingeborenen seien fürchterlich unterbezahlt, und erwartete, daß er sagen würde: »Man darf die Kaffern nicht verderben, sie können mit Güte nichts anfangen«, und er statt dessen erwiderte: »Oh, ja, es wäre zu wünschen, daß sich an der politischen Linie was ändert«, stieß sie einen tiefen, dankbaren Seufzer aus und verfiel wieder in das Schweigen dessen, der endlich daheim ist. Aber es war ein erwartungsvolles Schweigen. Sie hatte den Eindruck, daß ihre Freundschaft nun eine ganz neue Ebene erreicht hatte; und als er sagte: »Ich müßte eigentlich etwas arbeiten«, rief sie, als beleidige er ihre Freundschaft: »Oh, nein, du mußt mit mir nach Hause kommen, ich habe gerade ein Bücherpaket aus England erhalten, ich habe sie telegraphisch bestellt.«

Und so ging er mit, weniger überrascht als verwirrt. Denn Martha hatte sich unversehens in etwas ganz anderes verwandelt. Sie wäre empört gewesen, wenn ihr jemand hätte erzählen wollen, daß die Wochen in der Sportklubatmosphäre ihr Verhalten verändert hatten. Martha Quest im McGrath oder bei einem Tanzabend im Klub, das war entweder eine gelangweilte, mürrische, kritische junge Frau mit einem gezwungenen Lächeln oder ein plapperndes Dummchen mit schrillem, affektiertem Lachen. Jetzt fiel ihr aufgesetztes Benehmen von ihr ab, und sie konnte natürlich sein. Sie war sie selbst.

»Sie selbst« – in ihrem Zimmer, Tee bereitend und dann mit den neuen Büchern um sie herum auf dem Fußboden sitzend, war sie vollkommen kindlich. Ihr Haar löste sich aus den kunstvoll lockeren Wellen und wurde hastig zurückgestrichen, ihre Augen strahlten und waren in entzücktem Erstaunen auf seine gerichtet; sie redete schnell, als wäre der Schreck, einen Gleichgesinnten zu finden, so groß, daß sie die nächste Bestätigung dieser Entdeckung nicht abwarten wollte. Sie war absolut gutgläubig und vertrauensvoll. Ihm nicht *alles* zu erzählen, wäre Verrat an ihrer Verbindung gewesen; sie hatte das Gefühl, ihn schon ewig zu kennen; die Welt war plötzlich schön und die Zukunft voller Verheißung.

Und es war die Zukunft, von der sie sprachen; denn sie stellte fest, daß er mit der Gegenwart genauso unzufrieden war wie sie selbst. Er wolle nach England gehen, sagte er; er hatte auch vor, in Südfrankreich zu leben und Weinbauer zu werden. Das würde das wahre Leben sein; man lebte billig und war frei, und sein Vater war Bauer gewesen: Er wollte wieder zur Scholle zurück.

Sie drängte ihn, diese Pläne genauer zu beschreiben, aber da sie immer noch verschwommen blieben, machte sie sie für ihn. Er sollte sich etwas Geld borgen, genug, um da hinzufahren – fünfzig Pfund würden reichen, das Leben war ja so billig in Frankreich, sagten alle, man mußte weiter nichts, als hinfahren, dann würde das Leben beginnen.

Es war Mitternacht, als er sagte, er müsse gehen; was er widerstrebend tat. Ein ernster, verantwortungsbewußter junger Mann schien er Martha, mit seinem warmen, zustimmenden blauen Blick und diesem leichten Zögern beim Sprechen, das alles, was er sagte, so bewußt, so überlegt machte.

Martha sagte sich begeistert, daß das wenigstens ein Mann war und nicht ein dummer kleiner Junge. Und noch dazu so intelligent! Sie schlief in dieser Nacht tief und traumlos, zum ersten Mal seit Wochen; sie schreckte nicht ein halbdutzendmal hoch in dem Gefühl, daß da etwas war, das sie tun mußte, wenn sie bloß gewußt hätte, was! Sie erwachte, getragen von einer herrlichen Woge der Vorfreude, der Tag winkte ihr wie ein Versprechen. Doch konnte keine Rede davon sein, daß sie verliebt war.

Denn selbstverständlich wollte sie ja Karriere machen. Außerdem, wenn sie sagte: »Das ist wenigstens ein Mann«, war das »wenigstens« keineswegs rhetorisch. Sie war immer noch imstande, kritisch zu sein. Ein paar Tage lang waren sie in ihrer ganzen freien Zeit zusammen, und sie schaute ihn verstohlen an mit einem Gefühl von Verrat, und die gewölbte, ziemlich niedrige Stirn berührte sie unangenehm – sie hatte etwas Gemeines, etwas Gewöhnliches; ihre flachen, trockenen Falten stießen sie ab. Was seine Hände betraf, so waren sie groß und plump, ziemlich rot, stark sommersprossig und mit Haaren bedeckt. Gleich wandte sie den Blick von seinen Händen, sie sah sie nicht, sah nicht seine Stirn mit diesen seltsam unangenehmen Falten wie Sorgenfalten in einem ältlichen Gesicht. Sie sah seine Augen, den anerkennenden Blick seiner warmen blauen Augen. Nie zuvor hatte sie bei irgend jemandem so eine ungezwungene, warmherzige Freundlichkeit erlebt: Sie konnte sagen, was sie wollte; sie fühlte sich in allem akzeptiert, und sie genoß das, blühte auf, und ihr Verhalten verlor seine fast ängstliche Aggressivität.

Und wie vernünftig er gleichzeitig war! Als sie eine komische Geschichte daraus machte, wie sie beinahe als Kindermädchen nach England gegangen wäre, hörte er ernsthaft zu und sagte, sie solle nicht nach England gehen, ohne genau zu wissen, weshalb; und daß es »unklug« sei, Chauffeuse zu werden, da der Job keine Zukunft habe, und auf ihre Bemerkung hin, sie denke daran, freiberufliche Schriftstellerin zu werden, machte er alle möglichen praktischen Einwände, worunter die Frage der Begabung noch der geringste war, denn offenbar hatte er einmal dieselbe Vorstellung gehabt, hatte die »Sache« doch tatsächlich »unter jedem Aspekt beleuchtet«. Er entdeckte eine Mappe, die vollgestopft war mit Skizzen, die sie von ihrer Garderobe, den Blumen im Garten gemacht hatte, und entwickelte einen höchst vernünftigen

Plan. Sie sollte einen Kurs für Gebrauchsgraphik am Polytechnikum belegen, dann hätte sie das Rüstzeug, um von Land zu Land zu reisen, wie es ihr beliebte. Und Martha griff voller Enthusiasmus danach, ein paar Abende lang war sie vollkommen besessen von der Idee. Dann fing sie an, sich wie üblich bittere Vorwürfe wegen ihrer Unentschlossenheit zu machen; ein schleichender Widerwille kam über sie bei dem bloßen Gedanken an zwei oder drei Jahre ernsthaften Studierens. Denn unwillkürlich dachte sie: Wozu? – und sie meinte den Krieg. »Zwei Jahre?« murmelte sie und blickte ihn ausweichend an. Das Wissen, daß die Zeit drängte, war in ihr, stärker denn je. Insgeheim war der kommende Krieg immer da, vor ihr wie ein dunkler Abgrund in ihrem Innern. Und als er sagte: »Zwei Jahre sind doch nicht lang«, lachte sie plötzlich, und in ihrer Stimme war wieder dieser mütterliche Ton, so daß sie sich beide unbehaglich fühlten. Es war ein Mißklang in ihrer Beziehung. Und sie unterhielten sich wie zwei Kinder im College weiter darüber, wie sie Wein in Frankreich anbauen oder nach Amerika gehen würden, planten begeistert ein halbes Dutzend verschiedene Karrieren auf einmal.

Und das dauerte eine lange Zeit, wie es schien, obwohl es nicht viel mehr als eine Woche war. Und dann, eines Abends, sie waren aus dem Kino gekommen und gingen unter den langen Baldachinen aus üppigem Laub langsam in Richtung seiner Wohnung, da erzählte sie ihm aus irgendeinem Grund von Perry und wie er »in rasender Wut« aus ihrem Zimmer gestürzt war, wie sie lachend erklärte. Douglas rief: »Du bist wirklich eine ziemlich – ziemlich Feine ...« und küßte sie. Das war kein romantischer Kuß, eher ein netter, kameradschaftlicher; sie umfaßten einander, und was ihr am stärksten bewußt war, war die Wärme seines Armes in ihrem Rücken. Und dann erschrak sie, weil er sich mit einem Seufzer losriß und stirnrunzelnd murmelte: »Das hätte ich nicht ...« Er ging ein paar Schritte weiter, und das jungenhafte Gesicht war bekümmert, die Blicke umwölkt.

»Himmel, warum denn nicht?« fragte sie lachend und rannte, um ihn einzuholen, denn jetzt spürte sie, daß er, weil er sie geküßt hatte, natürlich in irgendeiner Weise Anspruch auf sie erhoben hatte und daß sie miteinander schlafen würden.

Er sah betreten aus, und daher lachte sie gezwungen. Sie war gekränkt.

»Ich – also – ich ...« Er schaute weg, das Gesicht unschlüssig in Falten gelegt. Dann wandte er sich ihr wieder zu, küßte sie und murmelte: »Ach, rutscht mir doch alle den Buckel runter.« Sie hörte das kaum; sie war jetzt wildentschlossen, sich von niemandem ihr Recht streitig machen zu lassen. Er hatte sie geküßt, das reichte.

Engumschlungen, mit zögernden Schritten, betraten sie sein Zimmer, und er machte kein Licht. Er führte sie zum Bett, und sie legten sich darauf. Er fing an, sie zu küssen, liebkoste ihre Arme und Brüste mit harter, zitternder Hand. Sie war bereit, sich hinzugeben, doch er fuhr fort, sie zu küssen, murmelte, wie schön sie sei. Dann schob er ihren Rock sanft bis zum Knie hoch und streichelte ihre Beine, sagte in einem Ton, in den sich Verzweiflung zu mischen schien, wieder und wieder, daß ihre Beine so wunderschön seien, sie so wunderschön sei. Ihr ertrinkender Verstand gewann wieder Land, denn sie wurde ins Bewußtsein ihrer selbst zurückgezwungen. Sie sah sich dort halb entblößt auf dem Bett liegen, und halb widerstrebend, halb apathisch, wie er es von ihr forderte, nahm sie teil an dem schwelgerischen Genuß ihrer eigenen Schönheit. Ja, ihre Beine waren wunderschön, ja, sie spürte lustvoll (als ob ihre eigenen Hände sie modellierten), wie wunderschön ihre Arme waren. Ja, aber das ist ja gar nicht das, was ich mir wünsche, dachte sie verwirrt; ohne es zu wissen, verübelte sie ihm seine selbstversunkene Anbetung ihrer Person und die Art, wie er sie drängte:

Schau dich an, bist du nicht herrlich? Dann erhob er sich und zog die Vorhänge zurück. Sogleich stiegen die Bäume draußen auf der Straße im Mondlicht empor. Mondschein und gelbes Straßenlicht fielen auf das Bett in unwirklicher Zauberflut, und in diesem unheimlichen Licht glich sie mit ihren bronzefarbenen Beinen, ihrem zerknitterten Rock, ihren gelöst daliegenden Armen einer Statue. Er zerrte ihr Kleid herunter und stürzte sich in ekstatischer, demütiger Anbetung auf ihre Brüste, umschloß sie mit den Händen und erklärte, wie süß er sie finde. Während dieses Rituals blieb sie passiv, bot sich seiner Anbetung dar; sie war ganz ausgeschlossen; sie war sich jeder Linie und Wölbung ihres eigenen Körpers bewußt, als erforschte sie ihn mit seinen Augen. Und über Stunden, so schien es, küßte und betete er sie an, preßte seinen Körper demütig an den ihren und zog ihn zurück, und sie wartete, daß er seine Schaulust sättigen und ihr erlauben würde, die Schwere ihrer Glieder, ihres Körpers zu vergessen, den sie als etwas Lastendes, Weißes, Kaltes, von ihr selbst abgetrenntes empfand. Innerlich kalt und feindselig sagte sie zuletzt, sie müsse nach Hause, setzte sich abrupt auf und sprang vom Bett. Er kam zu ihr und half ihr, das Kleid zuzuknöpfen, immer noch vertieft in sein inbrünstiges Anbetungsritual.

»Wie traurig – traurig, sie wegzusperren«, sagte er und schloß den Stoff über ihren Brüsten, und sie hatte das Gefühl, als begrüben sie einen Leichnam. Sie dachte wütend: *Sie* – als hätten sie nichts mit mir zu tun! Doch als sie an einem Spiegel vorüberging, schaute sie aus Gewohnheit hinein und streckte sich, um die Linien ihres Körpers jenen anderen anzugleichen, die von der Vorstellung dessen, was begehrenswert ist, vorgezeichnet waren. Sie straffte die Schultern, damit die Brüste, damit *sie*, hervortraten, und mit einer ziemlich ungeduldigen Bewegung lief sie von Douglas weg, der ihr ergeben folgte. Doch als sie am Tor waren und eben auf die Straße hinaustraten, regte sich etwas wie Schuldbewußtsein, wie Mitgefühl in ihr, und sie glitt fügsam in seine Armbeuge.

Der Mond stand hoch und kalt über einer Sternenflut, die Bäume strahlten ein grünliches, funkelndes Licht aus, die Straße schimmerte wie weißer Sand. Auf einmal hörte sie ihn in einem veränderten, halb kichernden Ton, der ihr einen Schreck einjagte, sagen: »Ich – ich kann nicht – kann nicht laufen.« Er warf ihr einen schuldbewußten, aggressiven Blick zu und lachte. »Mach dir – mach dir nichts draus«, sagte er, immer noch vielsagend lachend. »Aber das – das war eine ziemliche – ziemliche Tortur.«

Sie verstand ihn nicht. Sie schaute ihn bestürzt an. Zugleich war sie angewidert und ungeduldig. Ihr eigener Körper schmerzte, selbst ihre Schultern schmerzten, und ihre Brüste fühlten sich hochmütig und erkaltet an. Doch sie mußte ihn lieben, das wurde von ihr verlangt. Sie nahm ihm das aber so schrecklich übel in diesem Moment, daß sie ihn nicht anschauen konnte. Sie erinnerte sich an Perry. Sie wünschte, die Männer wären nicht so. Sie wußte nicht genau, was sie wünschte; sie wußte nur, daß Körper und Geist schmerzten und daß sie ihn haßte. Sie ging schweigend die mondhelle Straße hinab und blickte geradeaus.

Er sagte unerwartet, ohne zu stammeln: »Ich hätte dir erzählen müssen, daß ich mit einem Mädchen in England verlobt bin.«

Martha starrte ihn an. Sie dachte abfällig: Wie konventionell, und verachtete ihn noch mehr. Sie zuckte die Achseln, als wollte sie sagen: Was ist schon dabei? Das Mädchen in England schien ihr fern, vollkommen unwichtig. Zugleich fühlte sie sich plötzlich arm und verloren und unglücklich, eine Flut von Unglück überschwemmte sie, so daß sie sich, da sie die Sache unterdessen gewissermaßen als Außenstehende betrachtete, über sich selbst verärgert, fragte: Was soll denn *das* bedeuten?

Zu ihm sagte sie sarkastisch: »Ich nehme an, du denkst,

jetzt ist alles in Ordnung, du kannst ihr ehrlichen Herzens sagen, daß du ihr treu geblieben bist.«

Er lachte betreten, preßte ihren Arm mit einem schnellen, nervösen Druck an seine Seite und sagte: »Nein – nein, ich hätte nicht geglaubt, ich habe die ganze Zeit auf dich gewartet ...«

»Gewartet?« fragte sie ratlos. Dann zuckte sie abermals die Achseln. Sie sagte sich: Ach, geh zum Teufel. Was sie meinte, war: Zum Teufel mit den Männern.

Als sie bei ihr ankamen, sagte sie nervös Gute Nacht und wandte sich ab, um hineinzugehen. Ihre Kälte beunruhigte ihn; er packte sie, hielt sie einen Moment lang unschlüssig fest. Dann sagte er wieder sein unbestimmtes: »Ach, rutscht mir den Buckel runter«, und ging mit ihr hinein.

Sie dachte verblüfft: Er will doch nicht etwa *jetzt* mit mir schlafen? Denn es kam ihr ganz ungeheuerlich, ja beleidigend vor, daß er das jetzt wollen könnte. Der richtige Augenblick war vorüber. Aber er wollte. Sie gestand sich ein, daß das hier ganz anders war, keineswegs so wie bei Adolph. Dann unterdrückte sie den treulosen Gedanken. Später sagte er mit stolzem, scheuem Lachen: »Du bist das erste Mädchen, mit dem ich geschlafen habe.«

»Was?« rief sie empört. Sie war wütend. Sie unterdrückte auch das.

»Es gab mal eine Prostituierte in Kapstadt, aber ich war betrunken und ...«

Die Prostituierte schien unwichtig. »Wie alt bist du?« fragte sie frei heraus.

»Dreißig.«

Sie verdaute diese Nachricht schweigend. Sie war schokkiert. Aber es war nicht so einfach, schockiert zu sein, denn sein Anspruch war so stark. Sie streichelte seinen Kopf, erkannte damit den Anspruch an, und dachte beklommen, daß er schon seit Jahren mit den Sportklubmädchen herumgefummelt hatte. Das war so unangenehm, daß sie die Sache gleich vergaß. Dann stieg wie ein obszöner und höhnischer Geist, der erschreckenderweise irgendwo in ihr hauste, der Gedanke auf: Bewahrt sich ritterlich für das *richtige* Mädchen auf! Wie rührend! Wie abscheulich! Sie versuchte die Augen vor diesem beunruhigenden Geist zu verschließen, und das gelang ihr auch, aber erst, als er mit frommer Stimme spöttisch gesagt hatte: Hält sich rein für seine Frau. Sie wandte sich ihm zu und streichelte seinen Kopf und sein Haar mit leidenschaftlicher Zärtlichkeit.

Nach einer Weile erzählte sie ihm von Adolph. Aber das war kein Geständnis, sondern ein Tatsachenbericht. Und was immer Douglas von sich aus gerne getan hätte, wie zum Beispiel ihr vergeben, wurde beiseitegeschoben, denn wenn man eine Beziehung mit einem Mädchen hat, die auf der Voraussetzung gründet, daß man in allen Dingen frei und unvoreingenommen ist, und sie, da sie es für selbstverständlich hält, daß das nichts mit einem zu tun hat, sagt, daß sie nicht mehr unberührt ist und das für sie ohnehin nicht von Bedeutung ist, dann kann ein Mann schwerlich etwas anderes tun, als sich zu fügen. Douglas nahm den Bericht genauso auf, wie er gemeint war. Prompt tröstete er sie; Martha setzte sich im Bett auf und sagte mit vor Qual entstellter Stimme: »Ich kann nicht verstehen, wie ich mich so schrecklich benehmen konnte; ich kann es nicht ertragen, daran zu denken.« Er begriff, daß sie nicht den Beischlaf mit Adolph meinte, daß sie sich aus einem anderen Grund schämte. Er tröstete sie, obwohl ihm nicht klar war, worum es sich handelte. Schließlich sagte er: »Ich kenne die gute alte Stella, sie ist ein prima Typ, ein Schatz, sie hat's nur gut gemeint.« Martha antwortete nicht, sie zog sich von ihm zurück in jene eisige Region, in der er kaum der Kritik wert schien. Da küßte er sie und ging nach Hause.

Am Morgen war Mrs. Gunn beißend korrekt, aber

Martha kümmerte sich nicht mehr um Mrs. Gunn. Sie war äußerst deprimiert.

An diesem Tag wartete Douglas nach der Arbeit auf sie und nahm sie gleich in sein Zimmer mit, sagte, es sei wichtig, daß sie eine gewisse Sache besprächen. Sie hatte das Zimmer noch nicht bei Tag gesehen. Es war ziemlich groß, ein durchschnittlich möblierter Raum, mit kretonnebezogenen Sesseln, einer kretonnebezogenen Schlafcouch, Kokosmatten auf dem roten Zementfußboden. An der einen Wand stand jedoch ein Schreibtisch, und der war überladen mit Hauptbüchern und Akten aus dem Büro. Sie bewunderte das, hatte auf der Stelle wieder Achtung vor ihm. Sie sah ihn erneut als nüchternen, verantwortungsvollen Mann, zu dem sie aufblicken konnte.

Er sagte nervös, daß er sich in einer teuflischen Klemme befinde. Er lief im Zimmer umher, blieb einen Moment am Fenster stehen, starrte hinaus, kehrte zum Schreibtisch zurück, fingerte an einem Hauptbuch herum, nahm ein Lineal. Martha beobachtete ihn dabei und dachte sich: Das dauert nicht mehr lange. Sie meinte damit, daß ihr Wille fest darauf gerichtet war, daß er sagen würde, er gäbe das Mädchen in England auf. Es war bemerkenswert, daß ihr nie eingefallen war, Schuldgefühle wegen des Mädchens in England zu haben; nein, Martha war im Recht, das andere Mädchen war der Eindringling. Wenn jemand sie gerade in dem Augenblick gefragt hätte, ob sie Douglas heiraten wolle, hätte sie entsetzt ausgerufen, daß sie lieber sterben würde. Aber sie saß dort, still, mit verstörter Miene und grüblerischem Blick, und zugleich drückte jede Linie ihres Körpers ruhige, eiserne Entschlossenheit aus.

Und Douglas, der sah ganz wie ein bekümmerter Junge aus. Er trug ein altes Paar Flanellhosen, ein weißes Hemd mit aufgerollten Ärmeln, das am Hals offen stand. Er strahlte Sauberkeit und Frische aus. Martha hatte bereits mütterliche Gefühle. Sie saß da und wartete.

Gedankenverloren, verstört fing er zu sprechen an. Er sprach zu sich selbst, versuchte sozusagen, sich das Problem darzustellen, vor Martha als passiver Zuhörerin. Er sagte, er habe das Mädchen in Kapstadt kennengelernt. Sie hatte dort bei ihrer Tante Ferien gemacht. »Hergekommen, um sich in den Kolonien einen Mann zu angeln«, dachte Martha verächtlich. Er war einige Male mit ihr ausgegangen. Dann war sein Urlaub zu Ende, und sie kehrte nach England zurück und er in seine Heimatstadt. Dann, später, hatte er nach England geschrieben und sie gebeten, ihn zu heiraten.

»Du willst sagen, du hast *geschrieben* – du hast dich *brieflich* verlobt?« fragte Martha in schockiertem Ton.

»Ja. Ja. Sie war eine wahnsinnig Feine. Sie war so eine Süße.« Er stammelte halb, sah genauso verwirrt aus wie sie. »Ich schrieb ihr«, fügte er hinzu und sprach plötzlich ganz fest und ohne im mindesten zu stocken, »wir könnten noch nicht heiraten, weil ich's mir nicht leisten kann, wir müßen noch zwei oder drei Jahre warten.«

Sie schwieg. Wieder wunderte sie sich, warum er so arm war. Sie fragte zögernd, wollte sich nicht »einmischen«: »Warum bist du – ich meine, warum konntest du nicht heiraten?«

»Der Rummel im Sportklub ist verdammt teuer. Man kann nicht sparen, wenn man viel im Klub ist.«

»Hast du Schulden?«

»Nein, ich habe – habe keine Schulden. Ich dachte, wenn ich heiraten wollte, dann müßte ich ihr ein richtiges Heim bieten.« Letzteres klang wie ein Zitat.

Sie zuckte die Achseln, ließ die Sache mit dem Geld fallen. Sie spürte, daß da irgendeine Diskrepanz war, aber sie konnte sich nicht damit aufhalten, darüber nachzudenken. Was bedeutet Geld schon? dachte sie verschwommen.

Er kam hilflos zu ihr, flehte: »Ich bin – bin ratlos, Matty.«

Sie tröstete ihn. Dann schliefen sie miteinander. Körperlich war es ein Fiasko, was sie nur noch zärtlicher machte. Gegen Ende des Abends stand fest, daß sie heiraten würden. Als sie nach Hause kam, ging sie in ruhiger, zorniger Verachtung auf die hintere Veranda, teilte einer stummen, vorwurfsvollen Mrs. Gunn mit, daß sie vorhabe zu heiraten, machte auf dem Absatz kehrt und verschwand, bevor eine Antwort kommen konnte. Dann setzte sie sich hin und schrieb ihren Eltern, daß sie einen Mann im »öffentlichen Dienst« heiraten würde, daß sie in zehn Tagen heiraten würden und daß sie ihn am kommenden Wochenende »zum Begutachten« mit auf die Farm bringen würde. »Selbstredend« würden sie auf dem Standesamt heiraten.

Am folgenden Morgen erwachte sie in Panikstimmung. Sie hielt sich vor, daß sie verrückt sei oder vielmehr gewesen sei, denn jetzt war sie wieder ganz normal. Sie wollte Douglas nicht heiraten, sie wollte überhaupt nicht heiraten. Mit kaltem, geringschätzigem Blick betrachtete sie das Bild von Douglas und schauderte. Sie nahm sich vor, ihn vom Büro aus anzurufen und ihm mitzuteilen, daß sie beide einen schrecklichen Fehler gemacht hatten. Ruhe senkte sich über sie, und sie ging ins Büro, innerlich von neuem frei. In dieser Stimmung betrat sie das Büro und wurde mit Glückwünschen empfangen.

»Aber woher wißt ihr das?« fragte sie verärgert, obwohl als Reaktion auf die spontane Freude auf allen Gesichtern bereits Wärme in ihr hochstieg.

Es stellte sich heraus, daß Maisie Mrs. Buss von dem Büro aus angerufen hatte, wo sie jetzt arbeitete.

»Aber woher weiß Maisie das?« fragte eine vollkommen verwirrte Martha forschend.

»Sie hat gesagt, Ihr – Ihr *fiancé* ist gestern abend im Klub gewesen, er hat ordentlich auf die Pauke gehauen.«

Martha nickte und nahm die Hülle ihrer Schreibmaschine ab, um Zeit zu gewinnen. Douglas hatte sie um

Mitternacht nach Hause gebracht. Und dann war er noch zum Klub gegangen? Sie konnte sich die Szene nur allzu lebhaft vorstellen; und Abscheu und Empörung, verstärkt durch eine krankhafte, unangenehme Erregung, begannen an ihren Nerven zu zerren.

Das Telephon klingelte für Martha. Es war Maisie, die ihr gelassen, amüsiert berichtete. Nachdem sie Martha dazu gratuliert hatte, daß sie sich »Douggie geangelt« hatte – »keiner hat je geglaubt, daß Douggie geangelt wird«, sagte sie noch, daß die Wölfe praktisch die Stadt zerstört, alles kurz und klein geschlagen hätten. Ein Nachttopf hatte die Statue von Cecil Rhodes an diesem Morgen gekrönt, und alle Laternenpfähle waren mit roter Farbe beschmiert gewesen. Perry, Binkie und Douglas hatten die Stunden zwischen vier und sieben nicht in einer Gefängniszelle verbracht, die Leuten ihres Standes wohl kaum angemessen war, sondern hatten mit dem diensthabenden Polizisten auf dem Revier Schnaps getrunken. Sie waren jeder zu einer Geldstrafe von zehn Shilling verurteilt worden und waren jetzt vermutlich wieder dabei, die Angelegenheiten der Nation zu verwalten.

»Douglas war *dabei*?« fragte Martha fassungslos.

»Und ob er mit dabei war, du hast noch nicht erlebt, wie es ist, wenn unser Douggie in Fahrt kommt.«

Martha legte den Hörer auf und sah, daß Mr. Robinson darauf wartete, ihr gratulieren zu können. Mr. Max Cohen schloß sich an. Beide schüttelten ihr die Hand, lächelten mit absolut ungewohnter Emphase, wie Leute, die ein neues Mitglied willkommen heißen (aber von was?). Sie begriff jedoch, daß sie das Richtige für sich getan hatte. Das las sie in jedem Lächeln, jeder Geste, jeder Modulation ihrer Stimmen. Mr. Robinson lächelte pausenlos das gleiche erwartungsvolle, interessierte, ziemlich schmachtende Lächeln, das Martha in den nächsten paar Wochen auf allen Gesichtern sehen sollte. Er sagte: »Ihr junger Mann hat mich soeben angerufen. Fort mit Ihnen, und amüsieren Sie sich gut. Man heiratet nur einmal – jedenfalls hoffe ich das«, fügte er mit einem Blick auf seine Mädchen hinzu, und sie lachten pflichtschuldig.

Martha trödelte in der Toilette herum, puderte sich das Gesicht, während sie herauszufinden versuchte, was damit gemeint war, daß sie das Richtige für sich tat. Es war ihr unverständlich. Und egal war es ja ohnehin. So ging sie denn hinunter und traf Douglas auf dem Gehsteig. Er war völlig verwandelt. Martha war auf den ersten Blick abgestoßen und unterdrückte diese Regung sofort. Er hatte rote Augen, seine rundlichen Wangen waren schwärzlich von Bartstoppeln, seine Sachen zerknittert.

»Komm«, schrie er, »wir hau'n auf die Pauke.« Er stieß dort auf dem Gehsteig einen Freudenschrei aus, so daß die Leute sich umdrehten und lächelten: Anscheinend wußten es alle in der Stadt. »Ich war noch gar nicht im Bett«, sagte er triumphierend, und sie lachte, auch wenn der selbstzufriedene Ausdruck auf seinem Gesicht sie mächtig wurmte.

Zu ihrer Überraschung wurde Martha in die Mathewssche Wohnung geführt. Sie sträubte sich, protestierte. Aber es stellte sich heraus, daß Stella Douggie seit Jahren kannte, sie waren die dicksten Freunde. Stella hatte Douggie an diesem Morgen um neun angerufen, um das glückliche Paar zum Mittagessen einzuladen.

In der Wohnung zog Stella Martha in eine herzliche Umarmung, zärtliche Gefühle, ja Tränen schimmerten in ihren Augen; sie murmelte: »Ich freu mich so, Matty, Liebes. Jetzt ist alles gut, nicht wahr?« Der leicht verstärkte Druck ihrer Umarmung war in diesem Moment die einzige Anspielung auf die Sache mit Adolph, wenngleich Stella an jedem Punkt der Unterhaltung, wo eventuell Anlaß für eine Erinnerung gegeben war, ein heimliches, warmes, verschwörerisches Lächeln zu Martha schickte. Martha erwiderte das Lächeln nicht. Das war der einzige Punkt, in dem sie sich treu blieb.

Sie tranken den ganzen Morgen. Lang vor Mittag war Martha beschwipst. Sie war gehobenster Stimmung. Sie nahmen ein langes, alkoholisiertes Mittagessen im McGrath ein, wo sie alle Augenblicke von Leuten unterbrochen wurden, die mit Glückwünschen kamen, und kaum war das Essen vorüber, gingen sie zum Sportklub, wo der ganze Klüngel eintraf, denn inzwischen war es vier Uhr. Im Klub wurden Martha und Douglas von Dutzenden von Leuten abgeküßt und umarmt und auf die Schulter geklopft; sie ertranken fast in Champagner, und der Refrain des Ganzen lautete: »Ich hätt' nie gedacht, daß eine unsern Douggie angeln würde.«

Binkie tanzte mehrmals konfus und stürmisch mit Martha und sagte wiederholt, sie sei eine nette Kleine; dann gab er es auf mit der Bemerkung, es liege was in der Luft, alle heirateten, er müsse sich aus Notwehr bald selber angeln lassen, obwohl das natürlich jetzt, nachdem Matty nicht mehr in Frage kam, ganz sinnlos sei. Und er stieß einen tiefen Seufzer aus, der echt war; er hatte die Kontrolle über seinen Klub verloren und wußte das.

Um vier Uhr morgens fuhr die ganze Gesellschaft hinunter zum Kreuzbuben und kehrte bei Sonnenaufgang in die Wohnung zurück, wo Martha und Douglas auf dem Diwan zusammenklappten und einschliefen. Als sie erwachten, wartete Stella, die reizvoll schlampig aussah in ihrem ziemlich schmutzigen purpurroten Seidenmorgenrock und die Flechten ihres dunkel schimmernden Haars wie ein verdorbenes Schulmädchen über die Schultern fallen ließ, mit Teetassen und anzüglichen Scherzen auf sie, denn das Liebespaar hatte Rücken an Rücken mit einigen Zentimetern Abstand geschlafen.

Douglas sagte zu Stella, sie habe eine schmutzige Phantasie – ein Echo Donovans, das Martha kalt und nachdenklich werden ließ. Douglas folgte Stella in die Küche, wo die beiden Frühstück bereiteten und flirteten, bis Andrew ärgerlich wurde. Wie durch ein Wunder verwandelte Stella sich in das Inbild einer stillen, treu ergebenen Ehefrau, die allen zu Diensten ist. Sie servierte das Frühstück, in ein weißes Leinenkleid gehüllt, das so schlicht war wie das einer Krankenschwester. Ihr Haar war jetzt demütig um das delikate Köpfchen gewunden. Sie war so reizvoll, daß weder ihr Mann noch Douglas die Augen von ihr wenden konnten. Martha nahm das nicht wahr, sie war in ihre Depressionen versunken. Doch gleich nach diesem späten Frühstück fingen sie wieder zu trinken an, und wieder war Martha euphorisiert.

Und so ging es die ganze Woche weiter. Im Büro wurde Martha behandelt wie eine Königin, sie hatte die Erlaubnis, zu spät zu kommen, drei Stunden zum Mittagessen wegzubleiben, ja, sogar überhaupt nicht zu kommen. Die vier verbrachten ihre Zeit zusammen, und Stellas selbstverständliche Annahme, sie sei irgendwie dafür bestimmt, das Paar auf blumenreichem Pfad in die Ehe zu führen, wurde von ihnen widerspruchslos akzeptiert. Und Martha war von allem, was vorging, absolut hingerissen. Dann und wann gab es kalte Momente, in denen sie dachte, selbst jetzt noch müsse sie irgendwie anhalten auf ihrem fatalen Rutsch in die Ehe; irgendwo im Hintergrund ihres Denkens war die Gewißheit, daß sie nie heiraten würde, daß noch Zeit sei, es sich später anders zu überlegen. Und dann erstarrte sie bei dem Gedanken, was wäre, wenn sie es wirklich täte. Die halbe Stadt schien zu feiern; sie hatte nicht mitbekommen, wie bekannt Douglas war. Der Sportklub brachte ihn mit Glanz und Gloria unter die Haube, mit einem Wohlwollen, in dem mehr als eine Spur Bosheit lag. Die Wölfe feierten ihn und ließen ihn hochleben; mehrmals am Abend stürzte eine Gruppe von ihnen auf ihn zu und schleuderte ihn unter Gelächter protestierend in die Luft, während Martha gezwungen lächelnd daneben stand und das Gefühl hatte, daß sie nicht normal sein konnte, weil sie nicht mochte, was alle so lustig und natürlich fanden. Sie war peinlich berührt, was Douglas selbst betraf. Der ruhige, verantwortungsbewußte, ernste junge Mann, den zu heiraten sie geglaubt hatte, war verschwunden, zur Zeit jedenfalls. Er riß Witze, er trug unablässig ein triumphierendes Lächeln zur Schau, das er krampfhaft auffrischte, wenn er mit Martha irgendeinen Raum betrat, und gegen Ende des Abends tauchte er meist in einem Haufen stampfender, schreiender junger Männer unter, die stammelnd, rasend vor aufgestauten Energien stöhnten: »Wir schlagen alles kurz und klein, wir hauen auf die Pauke.« Martha dachte insgeheim, daß das Ganze irgendwie doch sehr seltsam war, denn wenn es bei dieser öffentlichen Orgie um Sex ging – was sicherlich der Fall war, wenn man nach dem vielsagenden Lächeln, den Witzen und der Art gehen wollte, wie Douglas unablässig von jungen Männern beiseite genommen und aufgezogen wurde, bis er anfing, verlegene, stolze, schuldbewußte Blicke auf Martha zu werfen, die sich große Mühe gab, ihn deshalb nicht zu hassen – dann war der Sex, die Sache selbst, in dem allgemeinen Getrommel mysteriöserweise abhanden gekommen. Denn nach so einem Tanzabend fand das Paar sich, halbbetrunken, vollkommen erschöpft, in der Mathewsschen Wohnung wieder, und Douglas war ihr in dieser Stimmung, bei diesem triumphierenden Gewitzel so zuwider, daß sie nervös protestierte, sie sei zu müde, und er schlief sofort ein, als wäre die Sache ohne Bedeutung. Sie spürte in der Tat bereits einen wachsenden Widerwillen gegen ihn. Das würde sich aber alles geben, wenn sie verheiratet waren. Es war komisch, daß Martha, die die Hochzeitsfeier für eine unwesentliche Formalität hielt, die man aus gesellschaftlichen Gründen hinter sich bringen mußte, sich darunter zugleich ein Tor vorstellte, hinter dem Douglas und sie in romantischer Liebe geborgen sein würden; obwohl sie jede Nacht Leib an Leib mit

Douglas schlief, dachte sie tatsächlich auf widersprüchliche, verdrehte Weise etwa so an diese unwichtige Hochzeitszeremonie, wie ihre Mutter das getan haben mochte. Natürlich hätte sie einen derartigen Vergleich weit von sich gewiesen. Sie stellte sich die Hochzeit als ein Tor vor, das sich fest vor ihrem Leben in der Stadt schloß. Sie betrachtete dies Leben bereits mit einer Mischung aus Verwirrtheit und Abscheu. Sie sehnte sich nach dem Augenblick, in dem es nichts mehr mit ihr zu tun haben würde.

Am Freitag dieser Woche war Martha erschöpft und gereizt. Sie war zudem ständig deprimiert, was ihr bei ihrer lächelnden Miene niemand angesehen hätte. An diesem Abend reagierte sie unlustig, als Douglas vorschlug, gemeinsam Stella zu besuchen, und sagte, sie würde lieber zu Hause in ihrem Zimmer bleiben.

»Komm doch, man heiratet – heiratet nur – nur einmal«, sagte er schmeichelnd. So gingen sie denn in die Wohnung und tranken, aber als Stella anregte, daß man tanzen gehen sollte, sagte Martha, sie sei müde, und sie wolle zu Bett gehen.

»Ooooh, böse, böse Matty«, sang Stella und drohte dem Paar mit dem bemalten Zeigefinger, wobei ihre Augen vor Komplizenschaft und Neugier leuchteten.

Douglas lächelte und sagte stolz: »Gib – gib uns 'ne Chance, Stell.«

Sie gingen nach Hause. Dort holte Douglas ein Buch hervor und sagte: »Mit dem kann es nicht schiefgehen, oder?« Es war Van der Veldes Traktat über die Ehe. Man darf wohl sagen, daß nur wenige junge Mittelstandspaare es wagen, ohne dieses bewundernswerte Handbuch zu heiraten, und da Douglas es im Bücherschrank seiner jungverheirateten Freunde gesehen hatte, hatte er es gekauft.

Nun, der Anblick des wissenschaftlichen und modernen Buches hatte einen zweifachen Effekt auf Martha. (Sie hatte es natürlich gelesen.) Es gab ihr Sicherheit und das Gefühl, eine liebeserfahrene Frau zu sein, aber zugleich war sie unerklärlich gereizt, weil Douglas es gerade jetzt hervorholte – wie ein Kochbuch, sagte sie sich, bevor sie diese permanente, aufsässige Stimme durch eine Willensanstrengung zum Schweigen brachte. Einerseits reizte sie das Leuchten in Douglas' Augen, auszuprobieren, ob ..., aber da sagte diese lästige Stimme: Position C, Unterabschnitt (d) – und wurde abermals erstickt. Sie war dabei, sich willig Douglas' Stellung anzupassen (das gewählte Rezept in dem Buch war aufgeschlagen), als sie plötzlich von einer Woge der Gereiztheit überflutet wurde und wütend sagte, sie sei zu müde, sie sei erledigt, sie habe die ganze Sache satt; sie setzte sich mit einem Ruck auf und brach in Tränen aus.

Douglas war sprachlos. Aber der Gedanke, daß Frauen ... kam ihm zu Hilfe; er fragte sie freundlich, was los sei, sagte: »Wein doch nicht«, und tröstete sie wie ein Bruder. Martha weinte hemmungslos, liebte ihn seiner Güte wegen, und als die Zeit dafür gekommen war, schliefen sie miteinander und zum ersten Mal und ohne die Hilfe des Buches so, daß es ihnen beiden Freude machte.

Er ging bald nach Hause, sagte, sie brauche Schlaf. Er versprach, nicht in den Sportklub zu gehen, was ihr aus irgendeinem Grund wichtig schien, obwohl er sich nicht vorstellen konnte, warum. Als Martha erwachte, fühlte sie sich wie ein Gefangener vor der Exekution und sagte sich, daß sie ihn anrufen und ihm mitteilen würde, daß sie ihn wahrscheinlich nicht werde heiraten können.

Als sie aufstand, fand sie einen Brief von ihrer Mutter vor, zehn Seiten voll mit allen möglichen Schmähungen, bei denen die Ausdrücke »ihr jungen Leute«, »die jüngere Generation«, »Freigeister«, »Fabier-Sentimentalisten« und Worte wie »unmoralisch« in jedem Satz vorkamen. Martha las die erste Seite, raste ans Telephon und flehte Douglas an, sofort zu ihr zu kommen. Er kam innerhalb von fünfzehn Minuten und traf Martha in einem Zustand undurchdringlicher Hysterie an. Sie war gefährlich ruhig, sehr sarkastisch, schoß Epigramme über Tugend und Konventionalität wie Kugeln hervor. Danach brach sie wieder in Tränen aus und sagte, halb weinend, halb lachend: »Wie können sie es wagen? Wie können sie es wagen? Nicht, daß sie ... Wenn sie bloß – nicht, daß sie sich *wirklich* einen Dreck drum scheren, und ...«

Douglas beruhigte sie, schlief aber nicht mit ihr, weil er meinte, daß das wohl kaum der richtige Moment dafür sei, armes kleines Ding. Martha war bald wieder ruhig, und Douglas war verstört, weil sie jetzt gegen ihn so kalt schien wie gegen die restliche Welt. Er bediente sich jedoch der uralten Formel: Wenn wir erstmal verheiratet sind, wird sie schon wieder, und erinnerte sie daran, daß heute der Tag war, an dem sie auf die Farm fahren wollten.

Sie schien sich darüber zu ärgern, daß er es für nötig hielt, sie daran zu erinnern. Er holte Binkies Auto, das er sich geborgt hatte, und als sie ihre Sachen gepackt hatten, fuhren sie los: Martha ziemlich gedämpft und stumm, er zurückverwandelt in den ernsten und vernünftigen jungen Mann, den zu lieben so leicht war.

Auf sonnenflimmernden, marmorierten Asphaltwegen führte die Straße schnurgerade durchs Land, am Rand eines Vleis hinauf, das nächste hinab zwischen niedrigen Mauern aus gilbendem Gras, dessen Wurzeln noch überwuchert, überlagert waren von Gewirr des absinkenden Grüns vom letzten Jahr – das heißt, außer da, wo die Veldfeuer dahingefegt waren und geschwärzte Erde (verkohlt und rissig selbst nach den alles durchtränkenden Regen) hinterlassen hatten, so daß junge Halme schimmernd wuchsen, so rein wie Riedgras aus dem Wasser. Der Himmel war so tief und blau und frisch wie ein Streifen Meer, und die weißen Wolken wogten unaufhörlich über ihn hin. Das Veld – so dicht bedeckt von Gras, unterbrochen von kleinen, taumeligen Kopjes, die von heißen Granitblöcken flirrten – hob sich diesem Himmel unerschrocken entgegen. Diese nackte Umarmung von Himmel und Erde, die Sonne droben, die unerbittlich und kraftvoll die Feuchtigkeit aus den Blättern, aus dem Boden saugt, so daß das flimmernde Gleißen der Hitze wie eine sichtbar gewordene Liebkosung ist, diese Transparenz der Luft, in der meilenweit alles zu sehen ist, so daß der kreisende Falke (mit sonnensprühenden Schwingen) zwischen Sonne und Fels zu balancieren scheint – diese unverhüllte Umarmung zwischen der aufwärts strebenden Brust des Landes und der tiefen blauen Wärme des Himmels, ist das, wovon die aus Afrika Verbannten träumen; es ist das, woran sie erkranken, wie sehr sie auch versuchen, ihre Gedanken gegen die Erinnerung zu verschließen. Und was ist, wenn man daran erkrankt, wenn man noch in Afrika lebt und sich entschließt, in der Stadt zu bleiben? In der Stadt hatte Martha diesen unendlichen Austausch zwischen Erde und Himmel vergessen. Sie begegnete ihm wieder, als wäre sie aus dem Norden zurückgekehrt, wo Nebelschleier und Dunst und Abgase über dem Land hängen, wo ein trüber und lautloser Sonnenuntergang in einem anderen Universum stattzufinden scheint, der Himmel verschlossen ist, in sich gekehrt hinter seinen Schleiern brütet, die Sonne scheint, der Regen fällt, doch abwesend, träumerisch, und die Menschen auf der Erde kaum einen Blick auf ihren kalten Partner werfen und hinnehmen, was kommt. Martha kam wie ein erstaunter Fremder aus der Stadt ins Veld; zwischen den Schalen und Flächen aus Ziegel und Beton war sie ein paar Wochen ausgesperrt gewesen. Sie hätte in einem anderen Land gewesen sein können.

Sie schoß dahin auf dieser geraden Straße, und es schien, als gäbe es die Karosserie des Wagens kaum, die Bewegung selbst trug sie dahin, über ihr direkt die Sonne, nackt und gewaltig, Lenden und Brust aus Licht, und die Erdhitze stieg ihr mit einem scharfen, anschwellenden

Geruch von Wachstum und Feuchtigkeit entgegen. Der Wagen schien sie durch die Luft zu schleudern, und andere vorbeifliegende Autos signalisierten durch Sonnenblinkzeichen von heißem Metall das Wiedererkennen von Reisenden im All. Weiter, immer weiter; die Stadt weit zurück, die Farm noch nicht erreicht, und zwischen diesen beiden Magneten diese freie, unbeschwerte Reise durch erwärmte blaue Luft. Wie schrecklich, daß es immer die Stadt oder die Farm sein mußte: wie schrecklich, diese ständige Entscheidung für das eine oder das andere, und der herrliche Flug dazwischen so kurz, so entsetzlich begrenzt ... Lange, bevor sie die Bahnstation erreichten, waren die Flügel der Verzückung herabgesunken und gefaltet. Martha wappnete sich für die Begegnung mit ihren Eltern. Sie wollte kämpfen und siegen. Sie rasten durch den Ort. Sie nahm flüchtig wahr, daß nicht nur über dem Cohenladen »Sokrates« stand; auch der Waliser war weg – das war jetzt »Sock's Imperial Garage«. Der Tümpel an der Eisenbahnlinie war randvoll. Der Himmel schimmerte bläulich darin, und durch diese Meeresillusion schwammen ein paar fette weiße Enten, die jede eine gekräuselte braune Wasserspur hinterließen.

Der Wagen bog mit einem Sprung in den Farmweg ein. In der trockenen Jahreszeit war das dichter, brauner Staub. In der feuchten ein Pfad mit schwerem, sirupartigem rotem Schlamm. Jetzt, während der kurzen Dürre, hatte der Schlamm sich da, wo die Fuhrwerke entlanggefahren waren, zu tiefen, löchrigen Rinnen verhärtet. Binkies Stadtauto fing an zu ächzen und zu rattern.

»Du kannst auf diesem Weg nicht schnell fahren«, sagte Martha, und das war ihre erste Bemerkung seit einer halben Stunde. Sie fügte nervös hinzu: »Weißt du, ich glaube, ich müßte dir etwas ...« Sie hielt inne, hatte das Gefühl, ihre Eltern zu verraten. Blitzartig fiel ihr ein, daß Douglas vielleicht entsetzt sein könnte über ihre Armut; aber da sie jetzt mit ihm verlobt war und es selbst verachtet haben würde, über irgend jemandes Armut entsetzt zu sein, war dies eine neue und verwirrende Art von Verrat. Sie beschloß, daß dies Problem sich von allein lösen mußte, und vollendete, was sie eigentlich hatte sagen wollen: »... über meinen Vater erzählen. Er war nicht wirklich verwundet oder sowas, jedenfalls nicht schwer, bloß eine Fleischwunde, aber – der Krieg scheint ihn gepackt zu haben. Er denkt an nichts anderes mehr als an Krieg und Kranksein«, schloß sie in trotzigem Ton.

Als anständiger junger Mann, der er war, sagte Douglas freundlich: »Ich heirate doch dich, Matty, und nicht deinen Vater.«

Sie griff nach seiner Hand. Sie umklammerte sie und ließ sich trösten, gewann dadurch ihre Sicherheit wieder. Plötzlich waren sie an der Stelle, wo der Weg in das große Feld mündete. »Hör mal, das ist – ist ja toll«, sagte Douglas anerkennend und fuhr langsamer. Der Mais war kräftig und grün, ein warmes grünes Meer, das goldenes Licht verströmte, und auf den verschwindenden Pfaden zeigte sich einen Augenblick lang die dunkelrote Erde, als der Wagen vorüberkroch. Aber Martha blickte ängstlich zum Haus. Die Bäume waren jetzt dicht belaubt, das Haus lag tief hingekauert zwischen ihnen, nichts als eine Schräge aus mattem Stroh. Sie redete sich zu: Los, laß dich nicht tyrannisieren, gib nicht nach. Und mit einer so aufsässigen Martha erreichten sie den heimischen Herd.

Mr. und Mrs. Quest standen wartend vor dem Haus. Mr. Quest lächelte vage. Mrs. Quests Lächeln hieß sie nervös willkommen, und als sie das sah, wurde es Martha mulmig. Ihre ganze Kindheit hindurch, in der Schule oder wenn sie bei Freunden zu Besuch war, waren diese Briefe hinter ihr hergejagt, so schreckliche Briefe, daß Martha beim Lesen gekreischt hatte: Sie ist wahnsinnig, sie muß wahnsinnig sein! Sie war damals in dem festen Entschluß zurückgekehrt, der Irren, die diese Briefe geschrieben hatte, Widerstand zu leisten, und fand ihre Mutter unsicher lächelnd vor, eine erschöpft wirkende Engländerin mit unglücklichen blauen Augen. Und so war es auch heute: Bevor Martha überhaupt aus dem Auto gestiegen war, spürte sie ein nur allzu vertrautes Gefühl der Hilflosigkeit. Douglas schaute sie an, als wollte er sagen: Du hast übertrieben, und Martha zuckte die Achseln und blickte von ihm weg.

Douglas schüttelte Mr. Quest die Hand und nannte ihn »Sir«; als er nach Mrs. Quests Hand griff, beugte sie sich vor und küßte seine Wange. Sie lächelte jetzt zaghaft zur Begrüßung.

»Da seid ihr verrückten jungen Leute also – ich freue mich«, sagte sie lustig.

Martha, gelähmt wie üblich, wurde von ihrer Mutter geküßt und von ihrem Vater mit einem freundlichen: »Nun, mein Sohn?« empfangen. Dann sagte er: »Wenn es euch nichts ausmacht, es ist Zeit für die Nachrichten, ich muß schnell mal hinein.«

»Lieber Himmel«, sagte Mrs. Quest, »das stimmt. Das dürfen wir nicht versäumen.«

Sie gingen nach drinnen in das vordere Zimmer und machten das Radio an. Mr. und Mrs. Quest beugten sich in ihren Stühlen vor und lauschten gespannt, während ein Sprecher Hitlers Beteuerungen wiederholte, daß er keine weiteren Eroberungsfeldzüge in Europa plane. Als der Sprecher über Kricket zu reden begann, schaltete Mrs. Quest das Radio aus und sagte voller Genugtuung, daß es jetzt nicht mehr lang dauern würde, bis es Krieg gäbe. Mr. Quest meinte, wenn Chamberlain nicht auf Churchill hören würde, dann wäre England wieder unvorbereitet, aber das sei ja egal, da England am Schluß immer gewinnen würde.

Martha öffnete gerade den Mund, um sich in einen erbitterten Streit einzulassen, als sie bemerkte, daß Douglas ihren Eltern höflich zustimmte. Sie ließ daher die Luft ab, lehnte sich zurück und hörte zu, wie Mr. Quest Douglas erklärte, der Prophezeiung zufolge stehe Harmageddon unmittelbar bevor, sieben Millionen Tote würden vor Jerusalem liegen, der Ölberg würde entzweigeschlagen werden (wahrscheinlich von einer Bombe), und Gott würde erscheinen und die Gläubigen von den Ungläubigen scheiden. Hier veränderte sich sein Ton, und er sagte mit einem gereizten Blick auf Martha, daß Douglas es vielleicht nicht wisse, aber Martha sei nicht bloß Sozialistin, was unwichtig sei, da das nur eine für ihr Alter typische Krankheit sei, sondern auch Atheistin.

Martha erwartete, Douglas würde sagen, er sei ebenfalls Atheist, doch der erwiderte nur, er finde das, was Mr. Quest sage, sehr interessant und ob er sich vielleicht irgendwann ein paar Broschüren leihen könne.

Martha versank daher in tröstliche Abhängigkeit von Douglas, obwohl irgendwo in ihrem Innern eine protestierende Stimme sagte, daß er ihren Vater wirklich nicht wie ein Kind zu behandeln brauchte. Dann sagte sie sich, daß er tatsächlich ein Kind *war* und Douglas ganz recht hatte. Bei dem Gedanken wurde sie traurig und blickte ihren Vater unglücklich an, denn er schien sogar noch verwirrter als früher. Er wirkte dünner, und sein Haar ergraute schnell. Die schönen dunklen Augen spähten mit fernem, zornigem Leuchten unter einer widerborstigen weißen Haartolle hervor. Er kann sich doch, verwunderte sich Martha, in ein paar Wochen nicht so sehr verändert haben? Hatte sie etwa, weil sie so nahe bei ihm lebte, nicht wahrgenommen, daß er ein alter Mann wurde? Bei dem Gedanken, daß ihr Vater alt war, zog sich ihr Herz schmerzlich zusammen, und sie redete sich ein: Unsinn, die meisten seiner Krankheiten sind eingebildet, und überhaupt, man kann jahrelang mit Diabetes leben. Weil *sie* den Gedanken, daß ihr Vater vielleicht sterben würde, nicht ertragen konnte, beteuerte sie sich, daß er eigentlich kaum krank war. Wie dem auch sei, sie sehnte sich danach, ihn zu trösten, aber das war unmöglich, denn halb war sie immer noch in Alarmbereitschaft, wartete auf die Szene, die sicher jeden Moment losgehen würde. Sie beobachtete unruhig ihre Mutter, doch gleich darauf sagte Mrs. Quest, sie müsse gehen und Anordnungen wegen des Mittagessens treffen, der neue Boy sei so dumm, daß er nicht mal den Tisch decken könne, alles müsse sie selber machen.

Nachdem Mr. Quest lang und breit erklärt hatte, daß Rußland der Antichrist war und der Krieg daher nicht beginnen konnte, bevor die Seiten sich in irgendeiner Weise neu formiert hatten, bemerkte er: »Da war noch was, was ich sagen wollte.« Er spähte ängstlich über die Schulter in die Richtung, in die seine Frau verschwunden war, und sagte: »Ich wollte nichts vor deiner Mutter sagen, sie ist nicht – na ja, sie versteht sowas nicht.« Er machte eine Pause, starrte ein Weilchen auf den Boden und fuhr dann fort, als hätte es keine Unterbrechung gegeben: »Ich nehme an, ihr beiden heiratet nicht, weil ihr müßt? Matty ist doch nicht in irgendwelchen Schwierigkeiten?« Er blickte verlegen auf das schweigende Paar, und seine zarte weiße Gesichtshaut rötete sich. Er sieht wirklich alt aus, dachte Martha traurig, versuchte, dies neue Bild von ihm mutig anzuschauen. Denn trotz allem hatte sie seiner stets als eines jungen Mannes gedacht.

Douglas sagte: »Nein, Sir, nichts dergleichen.«

Mr. Quest starrte ihn ungläubig an.

»Warum dann so überstürzt heiraten, die Leute werden reden.«

»Die Leute«, sagte Martha verächtlich.

»Allerdings«, erwiderte ihr Vater wütend. »Mir ist es ja egal, es ist eure Sache, aber was die Leute reden, bringt mehr Ärger, als ihr zu glauben scheint.« Er machte wieder eine Pause und meinte flehend: »Matty, mir wäre nicht wohl bei dem Gedanken, daß du heiratest, obwohl du es nicht wirklich willst – natürlich ist das nicht persönlich gemeint, Douglas.« Douglas nickte beruhigend. »Denn wenn du in anderen Umständen bist, dann werden wir was dagegen unternehmen, vorausgesetzt, deine Mutter weiß nichts davon«, sagte er aggressiv, mit einem weiteren Blick über die Schulter.

Die Worte »in anderen Umständen«, lösten bei Martha heftigen Unmut aus, und mit einem Blick in ihr Gesicht, sagte ihr Vater: »Sehr schön, wenn alles in Ordnung ist, freut mich, das zu hören.« Er fing dann an, Douglas von seinem Krieg zu erzählen, während Martha, am Rande ihrer Nerven, darauf wartete, daß er sagen würde: »Aber das war das Große Unaussprechliche, und ihr wollt natürlich nichts darüber hören, ihr seid alle viel zu sehr damit beschäftigt, euch zu amüsieren.«

Douglas antwortete höflich, daß er sich sehr für alles interessiere, was Mr. Quest sagte, und Mr. Quests Miene hellte sich auf, und dann seufzte er und sagte: »Ja, es geht wieder los, und ich bin draußen, mich würden die nicht wollen. Ich bin zu alt.«

Martha konnte das nicht ertragen. Sie stand abrupt auf und ging hinaus.

Ihre Mutter kam aus der Küche zurück. Martha stärkte sich für den Angriff, der kommen mußte, aber Mrs. Quest hastete vorbei und sagte: »Ich muß ihm seine Spritze holen und sein neues Stärkungsmittel, du liebe Zeit, wo hab ich das bloß hingetan?« Aber sie hielt inne, kam zurück und sagte schnell, mit einem Blick nach unten auf Marthas Bauch: »Du bist doch nicht – ich meine, du hast nicht ...?« Ihre Augen leuchteten vor verstohlener Neugier.

Martha antwortete gereizt und kühl, mit ebensoviel Abscheu, wie Mrs. Quest diesem möglichen Ereignis gegenüber für angemessen gehalten hätte: »Nein, ich bin nicht schwanger.«

Mrs. Quest sah verblüfft und enttäuscht aus und sagte: »Also, wenn du's doch bist – nun ja, aber dein Vater sollte nichts davon erfahren, es würde ihn umbringen.« Sie eilte davon.

Beim Mittagessen erkundigte sich Mrs. Quest, ob sie in der Bezirkskirche heiraten wollten, worauf Martha hitzig entgegnete, sie seien beide Atheisten, und es wäre deshalb nichts als Heuchelei, wenn sie in der Kirche heiraten würden. Sie erwartete einen Streit, doch Mrs. Quest blickte Douglas an, stöhnte, senkte den Kopf und murmelte schließlich: »Oh, Liebes, das finde ich gar nicht schön.«

Als Martha an diesem Abend in ihr Schlafzimmer ging, setzte sie sich auf die Kante des Bettes und machte sich klar, daß ihre Eltern nicht nur mit der Heirat einverstanden waren, sondern daß sie auch damit rechnen mußte, daß ihre Mutter sich der Sache total bemächtigte. Tatsächlich hatte sie bereits das Gefühl, als beträfe das Ganze ihre Mutter mehr als sie selbst. Die Tür ging auf, Mrs. Quest trat ein und sagte, sie wolle am Montag mit Martha in die Stadt fahren, um die Aussteuer für sie zu kaufen. Martha erwiderte fest, daß sie keine Aussteuer wolle. Sie zankten sich ein paar Minuten, dann sagte Mrs. Quest: »Du müßtest aber wenigstens ein Nachthemd haben.« Sie errötete heftig, als Martha fragte: »Wozu im Himmel brauche ich ein Nachthemd?«

»Mein liebes Kind«, sagte ihre Mutter, »das muß man haben. Außerdem kennst du ihn kaum.« Sie errötete dabei wieder, und Martha fing an zu lachen. Plötzlich gutmütig, küßte sie ihre Mutter und sagte, sie wäre begeistert über ein Nachthemd, und es sei sehr lieb von ihr, diesen Vorschlag zu machen.

Aber Mrs. Quest zögerte und fragte dann: »Was für einen Verlobungsring kauft er dir denn?«

Nun, weder Martha noch Douglas hatten an einen Verlobungsring gedacht, und Martha sagte: »Ein Verlobungsring ist völlig überflüssig. Er kann ihn sich ohnehin nicht leisten.«

Mrs. Quest zog einen Diamantring vom Finger, und es klang nervös und schuldbewußt, als sie sagte: »Sei doch vernünftig, bedenke, was die Leute sagen werden, trag ihn mir zuliebe, dann denken die Leute nicht – ich meine, Marnie hatte so einen schönen Ring und –«

In Martha stieg die übliche Wut hoch, die von einer Art Apathie gefolgt wurde. Sie nahm den Ring und steckte ihn an den »Verlobungsringfinger«. Es war ein wertvoller Ring, ein konventionelles Ding mit fünf Steinen, aber er war nicht schön, es war ein Ring, der sagte: Hier sind fünf teure Diamanten, zur Schau gestellt in einer Reihe. Martha fand ihn widerlich; außerdem grub sich das kalte Metall in ihr Fleisch wie eine Fessel. Sie nahm ihn hastig ab, gab ihn kraftlos lachend zurück und sagte: »Ach nein, ich möchte keinen Ring.«

»Bitte, Matty«, flehte Mrs. Quest, den Tränen nahe.

Martha blickte ihre Mutter fassungslos an. Sie zuckte die Achseln und steckte den Ring wieder an, während Mrs. Quest sie umarmte, wieder mit diesem schuldbewußten Ausdruck auf dem Gesicht.

Als ihre Mutter gegangen war, zog Martha den Ring wieder ab und legte ihn auf den Toilettentisch. Sie fühlte sich jetzt verlassen und war voller Angst. Lebhaft war sie sich der Nacht da draußen bewußt, der unendlichen, lebensstrotzenden Nacht, die so stark war und durch die niedrige Haube des Strohdachs, die zerbrechlichen, dünnen Lehmwände ins Zimmer hereinzubrechen schien. Es war, als wäre das Haus, erbaut aus dem Stoff, der Materie des Velds, zum Feind geworden. Im Innern des Strohdachs, das wußte sie, befanden sich Myriaden kleiner Lebewesen, Spinnen, Arbeitsameisen, Käfer; einmal war eine Schlange getötet worden – sie hatte sich oben zwischen dem Stroh und der Wand zusammengeringelt. Unter dem dünnen und rissigen Linoleum, das auf dem gestampften Lehmboden lag, kämpften sich, krankhaft weiß, auf der Suche nach Licht, die Schößlinge der vor zwei Jahrzehnten gefällten Bäume nach oben. Manchmal schoben sie das Linoleum beiseite und mußten abgeschnitten werden. Martha, die das Zimmer haßte, ging zum Fenster. Das Licht der Sterne war intensiv und weiß, ein Laken aus weißem, dunstigem Licht lag über den Maisfeldern. Sie fürchtete sich noch mehr. Sie blickte zur Tür, die ins Zimmer ihrer Eltern führte. Sie war offen. Solange sie sich erinnern konnte, hatte sie die ganze Nacht offengestanden. Sie dachte jetzt mit einem fast höhnischen Grinsen daran, wie oft ihr Vater geklagt hatte: »Können wir jetzt nicht die Tür zumachen, May? Die Kinder sind alt genug, sie werden schon nicht im Schlaf ersticken.« Doch Mrs. Quest konnte sich nie aufraffen, die Tür zu behandeln wie eine, die man schließen kann. Die zweite Tür, die ins hintere Zimmer führte, hatte auch immer offengestanden. Sie konnte tatsächlich nicht geschlossen werden, denn die Schwelle war zu einem Bukkel angeschwollen. Jetzt aber war diese Tür geschlossen und mit einem der schweren Vorhängeschlösser gesichert, die benutzt wurden, um den Vorratsraum vor den eingeborenen Dienern zu schützen. Martha untersuchte schweigend diese Tür und stellte fest, daß die Schwelle flachgehobelt worden war und verblüffend weiß aussah, wie neues Holz.

Sie schlüpfte aus der Tür, die in den Garten führte, bekam einen Guß funkelndes Sternenlicht ab, der schwach mit Geranie parfümiert war. Sie schaute über die Landschaft ihrer Kindheit, die dunkel und geheimnisvoll dalag, bis hin zu der gewaltigen Masse von Jakobs Burg, und versuchte aus ihr einen Funken des Wiedererkennens herauszuschlagen. Sie war ihr versperrt, sie empfand nichts. Da war eine Barriere, und diese Barriere (das spürte sie) war Douglas. Während sie an ihn dachte, drehte sie sich abrupt auf ein Geräusch hin um, und er kam ihr grinsend aus dem hinteren Schlafzimmer entgegen.

Er ließ seinen Arm um sie gleiten und sagte: »Du mußt

nicht so stachelig mit deinen Eltern sein. Schließlich haben wir sie regelrecht überfallen, und sie waren sehr nett.«

Sie pflichtete ihm bei, und doch rief dieser milde Protest in ihr bereits das Gefühl hervor, daß er sie an ihre Eltern verraten hatte.

»Du wirst schon sehen«, sagte Douglas tröstend, »es wird eine wahnsinnig – wahnsinnig schöne Hochzeit, und sie wird dir gefallen.«

Wieder stimmte sie zu. Es war vereinbart worden, daß sie von Mr. Maynard, Binkies Vater, getraut werden sollten. Er würde sie, aus Gefälligkeit, in ihrer eigenen Wohnung trauen – der Wohnung, die Douglas für sie durch »einen Spezi« gefunden hatte. Danach wollten sie mit Stella und Andrew bei den Wasserfällen Flitterwochen machen. Sie hörte diesen Regelungen kaum zu, weil diese ganzen Formalitäten ja so unwichtig waren.

Er sagte: »Ich muß gestehen, hier sieht alles höllisch wild aus, kriege richtig eine Gänsehaut.« Sie sagte ja, ziemlich verloren, denn es sah wirklich wild und einsam aus; und sie hatte sich früher nie einsam im Veld gefühlt. Der Druck seines Armes auf ihrer Schulter gab ihr zu verstehen, daß sie an seiner Seite mit ihm zurück in sein Schlafzimmer kommen sollte, und sie ging mit, froh, von der Wärme seines Armes geleitet.

Sie sagte leidenschaftlich: »Ich wünschte, es wäre alles vorüber.« Sie wiederholte es verzweifelt, als spräche sie über eine unangenehme, wenn nicht gefährliche Operation.

Doch im letzten Zimmer, das das Zimmer ihres Bruders gewesen war, fing sie an, über sich zu lachen. Man konnte sich diesen Raum beinahe losgelöst vom übrigen Haus vorstellen. Er war klein und still, mit weißgetünchten Wänden, und das glänzende Strohdach neigte sich tief über ein kleines Fenster. Das leise Zischen der Öllampe war beruhigend, und sie seufzte behaglich, als sie eine Eule aus den Bäumen schreien hörte.

Douglas war eine Mauer der Stärke; und ihrem Sichanklammern und seinem ruhigen Zuspruch entströmte ihre Vereinigung und erstarb im Schlaf. Der »Liebesakt« – dieser fatal enthüllende Ausdruck – war in dieser Nacht keineswegs ein Akt, wenn man es an dem zu messen bereit ist, was dieses Wort an Leistungswillen ausdrückt. Denn diese beiden Menschen waren – ob sie es wollten oder nicht – Erben der englischen puritanischen Tradition, in der Sex etwas ist, dem man sich unterziehen muß (wie sich den Stimmen unzähliger erstarrter Frauen entnehmen ließ, die ihren Töchtern ihre Botschaften vom Erdulden zuwisperten), oder etwas, das tabu ist, oder etwas, dem man sich stellen und womit man fertig werden muß. Mindestens zwei Generationen von Rebellen sind, bewaffnet mit Sexbüchern, die ihnen die Sicherheit geben sollten, die sie nicht besaßen, in den Kampf gezogen; sowohl für Martha wie für Douglas war das Miteinanderschlafen, wann und wie es ihnen Spaß machte, an sich schon ein Banner der Unabhängigkeit, ein rotes, trotzig wehendes Banner, der älteren Generation zum Hohn.

Morgens wachte Martha als erste auf und merkte, daß sie sich auf höchst angenehme Weise an Douglas' trägen und schweren Körper geschmiegt hatte. Sie trieb unbeschwert dahin, weit weg von der ungeheuren Anspannung des letzten Tages. Sie dachte gutgelaunt an ihre Mutter, die sich auf die Hochzeitsvorbereitungen stürzte, und belustigt an ihren Vater, der vermutlich die Hochzeitsfeier überhaupt nicht zur Kenntnis nehmen würde, falls man ihn nicht daran erinnerte. Sie lag entspannt da, spürte, wie das warme Fleisch sich langsam hob und senkte, horchte auf das Holzhacken des Dieners draußen und beobachtete, wie sich das Licht vom Fenster auf der weißen Wand zu einem gelben Widerschein der wärmer werdenden Erde vertiefte. Dann fing der gelbe Fleck zu flackern und zu zittern an – die Sonne war bis zur Höhe der Bäume draußen gestiegen; und allmählich zeichnete sich ein Blättermuster dunkel vor dem klaren, leuchtenden Orange ab und zitterte, als wehte sogar im Zimmer eine Brise.

Douglas regte sich und begrüßte sie mit einem zärtlichen: »Nun, Matty.« Dann drehte er sich herum, und ihr Körper begann sich erwartungsvoll zu spannen. »Laß es uns so versuchen«, sagte er entschlossen, und sie sah flüchtig in sein Gesicht, das starr war vor Konzentration, bevor sie die Augen schloß und gespannt dalag, bereit mitzumachen, was er zu tun begehrte. Was sie dachte – und zwar mit einem ungewöhnlich heftigen Groll – war: Warum muß er denn das, was gestern abend war, zerstören? Ihre Aufmerksamkeit war so angestrengt darauf gerichtet, sich keine ungewohnte Bewegung von ihm entgehen zu lassen, weil sie Angst hatte, er könnte sie unzulänglich finden, daß das Ende unerwartet für sie kam, und sie schließlich wie üblich beteuerte, daß alles gut sei. Sie war sehr zärtlich und tröstlich und streichelte sein Haar, während sie dachte: Aber gestern nacht war es jedenfalls schön. Gestern nacht hatte sie kaum etwas wirklich bewußt erlebt, und nun ordnete sie doch tatsächlich die geheimnisvollen Unterwasserbewegungen von gestern nacht zu einem idealen Bewegungsablauf, um den Fehlschlag dieses Morgens daran zu messen. Sie dachte auch bekümmert über ihre Mutter nach. Es schien ihr nicht mehr belanglos oder komisch, daß ihre Eltern so waren, wie sie waren. Ihr war angst. Wieder in ihrem eigenen Zimmer, betrachtete sie die offene Zimmertür ihrer Eltern, die jetzt wie ein bewußter Vorwurf wirkte, und wartete, bis Douglas soweit war, sie an den Frühstückstisch zu begleiten, damit sie ihren Eltern nicht ohne Unterstützung entgegentreten mußte.

Daß ihre Mutter nachts in ihrem Zimmer gewesen war, konnte Martha an ihrem Ausdruck gespannter Neugier ablesen. Und doch, was konnte man schon anderes erwarten von einer konventionellen Mittelstandsmatrone, die darauf bedacht ist, daß ihre Tochter als Jungfrau vor den Altar oder vielmehr vor den Tisch im Standesamt tritt? Dieses eckige, robuste, starre Gesicht, die kleinen blauen Augen, unter besorgten Brauen stets zusammengekniffen, waren jetzt hartnäckig auf Douglas gerichtet. Mrs. Quest konnte ihre Augen nicht von dem jungen Mann ihrer Tochter wenden. Sie sprach mit ihm wie ein vorwurfsvolles, doch eifriges Mädchen, und ein kokettes und recht charmantes Lächeln lag auf ihrem Gesicht, während der Blick hartnäckig und ein wenig schuldbewußt war. Sie sah aus, als hätte man sie um etwas gebracht, sagte sich Martha gereizt; und sie wußte, daß ihre Mutter unmittelbar nach dem Frühstück zu ihr kommen würde, unter dem einen oder anderen Vorwand, in Wirklichkeit aber, um dem dringenden Bedürfnis nachzukommen, über das zu reden, was geschehen war. Martha war erschöpft, eine lähmende Müdigkeit befiel sie bei dem Gedanken, und sobald sie sich vom Tisch erhoben hatten, heftete sie sich an ihren Vater; und schließlich verschwand Mrs. Quest mit Douglas, da Martha anscheinend taub war für jeden Wink, daß es schön wäre, über die Hochzeit zu reden.

Mr. Quest trug seinen Liegestuhl neben das Haus, lehnte sich rauchend darin zurück und blickte über das abfallende Veld hinüber zu Jakobs Burg. Die große blaue Bergwoge hob sich an diesem Morgen hoch in den blauen Himmel empor, und Wolkenfetzen und -gespenster lösten sich rings um sie auf. Martha sank mit dem angenehmen Gefühl, etwas wieder zu tun, was sie schon tausendmal getan hatte, neben ihm nieder. Das Sonnenlicht drang langsam in ihr Fleisch, sie spürte, wie sich das Haar um ihr Gesicht erwärmte, seufzte vor Vergnügen und richtete sich darauf ein, den Morgen vorübergleiten zu lassen, während ihre Gedanken wegtrieben – nicht zur Hochzeit, diesem lästigen Ereignis, das man irgendwie hinnehmen mußte, sondern zu der Zeit danach. Sie wollten nach England gehen oder nach Südfrankreich; Martha träumte vom Mittelmeer, während ihr Vater an – was war es wohl an diesem Morgen? – dachte. Nach einer Weile, nach dem einführenden: »Na, mein Sohn!«, fing er an zu reden, und sie hörte mit halbem Ohr zu, wobei sie sich gleichsam an den Grenzsteinen seines Denkens orientierte. Er dachte an ihren Bruder (den Glückspilz), der die Chance hatte, in diesem neuen Krieg zu kämpfen. Von da glitt er wieder zurück in seine Geschichten von den Schützengräben, von den Wochen vor Paschendaele, wovor ihn zum Glück diese Fleischwunde bewahrt hatte; keiner von seiner Kompanie war durchgekommen, alle waren gefallen. Von da ging er über zur internationalen Lage.

Martha zündete sich noch eine Zigarette an, zog ihren Rock hoch, damit die Sonne das Braun ihrer Beine noch brauner machen konnte, und fragte unvermittelt: »Magst du Douglas?« Sie hätte ebensogut über einen Bekannten reden können. Als sie den Ton ihrer Stimme hörte, bekam sie Schuldgefühle wegen dieses unerwünschten, tiefen Einverständnisses mit ihrem Vater, das unter »all diesem Unfug über die britischen Israeliten und den Krieg« lag – es war ein Einverständnis, das Douglas als Fremden hinstellte, über den sie ruhig reden konnte, ohne daß es treulos gewesen wäre.

»Was?« fragte er, verärgert, weil er unterbrochen worden war. Dann sammelte er sich und sagte gleichgültig: »Oh, ja, er ist ganz in Ordnung, scheint mir.« Nach einer Pause meinte er: »Also, wie ich schon sagte ...«

Ein paar Minuten später bohrte Martha weiter: »Freust du dich, daß ich heirate?«

»Was soll das?« Er blickte sie finster an, sagte dann, als er sah, wie sie höhnisch die Brauen hob, schuldbewußt: »Ja – nein. Dir ist ja ohnehin egal, was ich meine.« Das hatte die Gereiztheit, mit der er grundsätzlich über die jüngere Generation sprach, und sie kicherte. Langsam begann er zu lächeln.

»Ich glaube nicht, daß du überhaupt kapiert hast, daß ich in fünf Tagen heirate«, sagte sie vorwurfsvoll.

»Was erwartet man denn bloß von mir? Eins wollte ich noch sagen. Was war das bloß? Ach ja. Du solltest keine Kinder bekommen – ich meine, so sehe ich das, es geht mich ja nichts an, aber du hast noch viel Zeit.«

»Natürlich nicht«, sagte Martha vage. Das verstand sich von selbst.

»Was meinst du mit natürlich nicht?« fragte er gereizt. »Ihr mögt vielleicht denken, ihr seid bessere Menschen als eure Eltern, aber wir wollten euch nicht haben, der Arzt sagte, keiner von uns beiden sei dem gesundheitlich gewachsen, und dann bist du auf den Tag neun Monate später passiert. Aber wir haben uns nicht auf die Trauung gefreut. Wir hatten beide schwere Nervenzusammenbrüche wegen des Großen Unaussprechlichen« – er fauchte sie an bei diesem Ausdruck, aber so ohne jedes wirkliche Gefühl, daß sie geduldig lächelte –, »daher trafen wir alle notwendigen Vorsichtsmaßnahmen, vielmehr deine Mutter traf sie, sie ist ja Krankenschwester, sowas schlägt daher in ihr Fach. Ich dachte mir also, es könnte nichts schaden, dich darauf hinzuweisen, daß für gewöhnlich Kinder aus einer Ehe hervorgehen.«

Seit ihren frühesten Jahren hatte man Martha wissen lassen, daß sie zunächst unerwünscht gewesen war und daß sie einen zweifachen Nervenzusammenbruch zum Paten hatte; daher war der Nerv, den das traf, jetzt ziemlich abgestumpft; und sie wiederholte bloß beiläufig, daß sie noch eine Ewigkeit keine Kinder bekommen wolle.

Mr. Quest sagte erleichtert, das sei also in Ordnung, und – seine Pflicht als Vater hatte er getan – fing an, darüber zu reden, was sie tun würden, wenn sie die Farm verlassen hatten. Wenn Martha zugehört hätte,

hätte sie bemerkt, daß diese Pläne weit vernünftiger und konkreter waren als je zuvor, aber sie hörte nicht zu.

Bald wurde die Sonne zu warm, und sie zogen ihre Stühle unter die schützende Goldrute und blickten nun nach draußen auf die Dumfries Hügel. Sie waren heute niedrig und klar; die Felsen und Bäume wirkten über die sieben Meilen Entfernung so, als ob die Spitzen dieser Hügelkette sich dort, wo sie am höchsten war, in einer Dimension befänden, in der die normalen Gesetze des Raumes nicht galten. Martha hatte das Gefühl, als könnte sie sich über die niedrigeren Hänge des Landes dazwischen (wo die Afrikaansgemeinde lebte) beugen und die bläulichen Konturen dieses brütenden, sonnenhellen Hügels streicheln.

Der Diener brachte den Morgentee mit der Botschaft, daß die kleine Missus und der große Baas ihn alleine trinken müßten, da die große Missus und der neue Baas in den Gemüsegarten gegangen seien.

»Er ist schrecklich taktvoll, nicht wahr?« bemerkte Mr. Quest sarkastisch. »Er ist so wohlerzogen. Ja, ja, so kommt man voran in dieser Welt.« Nie war er einem Kommentar oder einer Kritik so nah gewesen; und Martha forderte ihn mit einem Blick und einem empfänglichen Schweigen auf, fortzufahren. Er sagte: »Sex ist wichtig in der Ehe. Ich hoffe, das klappt. Deine Mutter natürlich ... Na ja ...« Er hielt inne und warf ihr einen schuldbewußten Blick zu, und Martha triumphierte, obwohl sie nicht hätte sagen können, warum. »Eure ganze Generation« (die übliche Gereiztheit trat jetzt unmittelbar in der Wahl seiner Worte in Erscheinung) »schafft das spielend, so sehe ich das jedenfalls.« Der Blick, den er ihr zuwarf, war eine unwillige Frage. Wie gern hätte sie da mit ihm gesprochen! Sie hatte sich sogar schon vorgebeugt, den Mund geöffnet, um anzufangen, obwohl sie nicht wußte, was sie sagen würde, da sagte er hastig: »Das ist also in Ordnung, ja?« Er reichte ihr seine Tasse und bat um noch etwas Tee. Es entstand ein Schweigen, das sich jedoch ungebrochen in die Länge zog. Martha war jetzt gehemmt, durch das wiederholte »junge Leute«, »deine Generation«; sie war es ihren Altersgenossen schuldig, das ganze Thema mit Nonchalance zu behandeln. Und bald darauf fing er an, über ein Mädchen zu sprechen, in das er verliebt gewesen war, bevor er Mrs. Quest kennengelernt hatte. »Gott, war ich verliebt«, sagte er sehnsüchtig und bemühte sich, belustigt zu klingen. »Du lieber Himmel, aber ich habe mich gut amüsiert – das war, bevor ich geheiratet habe, vor dem Krieg, es kann dich also nicht interessieren.« Er schwieg und lächelte, die weiß werdenden Brauen zu einem skurrilen, begeisterten Kommentar gehoben, gedankenvoll zu den Dumfries Hügeln hinüber, während er Martha gelegentlich anblickte und gleich darauf die Augen wieder abwandte, als wären diese Blicke das Resultat von Gedanken, die er sich lieber nicht eingestand.

Was Martha betrifft, so war sie nun unglücklich und ruhelos und wünschte, Douglas würde vom Gemüsegarten zurückkommen.

Gleich nach dem Mittagessen war es Zeit für sie, wieder in die Stadt zu fahren. Während der Fahrt sagte Martha sich, daß die letzte Hürde genommen war, daß sie »die Erlaubnis ihrer Eltern erhalten« hatte. Sie benutzte diesen Ausdruck halb belustigt, halb grimmig, denn sie hatte – reichlich widersprüchlich für ein Mädchen, das Formalitäten mit solcher Vehemenz ablehnte – das Gefühl, daß doch irgend etwas an diesem Wochenende zu Hause schiefgelaufen war. Eigentlich hätte sie doch kämpfen (so fühlte sie jedenfalls verschwommen), auf richtigen Widerstand stoßen müssen, um am Ende als Siegerin hervorzugehen, bekränzt vom tränenreichen Segen ihres Vaters und ihrer Mutter? Es hätte doch wohl einen wirklichen Moment der Krise, einen Augenblick der Entscheidung geben müssen? Schade um die romantische Neigung, immer auf diese »Momente«, diese herrlichen Wendepunkte zu warten, in denen alles klar ist, die Vergangenheit abgetan, abgeschlossen hinter einem im Schatten liegt, die Zukunft hingegen deutlich und sonnenhell vor einem! Denn als sie auf das Wochenende zurückblickte, empfand Martha nichts, als daß sie betrogen worden war; die Haltung ihrer Mutter wie die ihres Vaters schienen ihr gleichermaßen falsch und unnatürlich.

So zuckte sie denn wie üblich ungeduldig die Achseln und ließ die ganze Sache fallen; bald würde sich dieses Tor hinter ihrer Vergangenheit schließen. All die Irrtümer und Nöte ihrer Zeit in der Stadt würden für immer hinter ihr liegen. Sie mußte bloß noch die fünf Tage bis zur Hochzeit durchstehen. Sie fragte Douglas, was ihre Mutter mit ihm vereinbart habe, in der Absicht, ihn durch den sarkastischen Unterton ihrer Stimme zu provozieren, aber er hörte ihn nicht. Er erwiderte enthusiastisch, daß alles herrlich, alles zufriedenstellend sein würde. Er fuhr fort, über verschiedene Einzelheiten zu reden, und Martha begriff voll Erstaunen, daß sie nicht unter der Ägide des Klubs heiraten würden; sie hatte die vage Vorstellung gehabt, daß sie, Wölfe wie Jungfrauen, garantiert allesamt da sein würden. Denn als wäre er nicht selber ein langjähriges Mitglied, bemerkte Douglas beiläufig, daß sie es geheimhalten müßten, »wir wollen doch nicht, daß diese verrückte Bande uns die Sache verdirbt«. Halb stolz, halb beschämt fügte er hinzu, wenn Binkie die genaue Zeit und den Ort wüßte, würde er eine wahre – wahre Saalschlacht daraus machen. Mr. Maynard hatte offenbar versprochen, alles geheimzuhalten, selbst vor seinem Sohn.

Als sie in die Stadt kamen, ziemlich spät abends – denn sie hatten unterwegs haltgemacht, um einen mit Douglas befreundeten Tabakfarmer zu besuchen –, schaute Martha zufällig zum Klub hinunter und sah, daß sich eine Menschenmenge unter den illuminierten Bäumen drängte. »Laß uns doch vorbeifahren«, schlug sie vor, und das taten sie auch. »Was in aller Welt ist da los?« Da standen drei Kisten hochkant auf dem Gehsteig, und darauf standen drei Männer. »Eine Versammlung im Freien?« mutmaßte sie; und Douglas sagte kritisch: »Bande von Spinnern.« Sie fragte kalt, warum man denn nicht eine Versammlung im Freien abhalten könne, aber er runzelte die Stirn und sah verstört aus.

Er hielt den Wagen in einer gewissen Entfernung an, und sie beugten sich heraus; der Mond verströmte Licht, und man konnte gut sehen. In der Menge waren nur Weiße, bis auf ein halbes Dutzend herumlungernder Eingeborener am Rande, die bereit waren, abzuhauen, wenn es verlangt wurde. Polizisten standen wartend da – weiße Polizisten –, und der Ausdruck schockierter Neugier, der auf ihren Gesichtern lag, zeigte sich auch bei den meisten der Zuhörer. Der Redner auf der Tonne war ein kleiner, kräftig gebauter Mann mit struppigem kupferfarbenem Haar; irische Sprachfetzen wehten über die Köpfe der Menge heran: »Humanität«, »auf den Krieg zutreiben«, »Faschismus«, hörte Martha und blickte zu Douglas, um ihre Erregung mit ihm zu teilen. Aber er machte eine Miene wie ein Beamter, der mit etwas Neuem konfrontiert wird. Es war nicht üblich, Versammlungen im Freien abzuhalten, das hatte etwas Ungesetzliches, und deshalb war er dagegen. So einfach war das. Martha fühlte sich ernüchtert, als sie seine mißbilligende, ziemlich wichtigtuerische Miene sah. Dann schaute sie von neuem zu. Es war eigentlich schön. Die Bäume strahlten in intensivem Grün wie Bäume, die man durch Wasser sieht, und sie schwankten im leichten Wind. Droben zogen mondbeleuchtete Wolken ruhig dahin. Das Licht schien auf das struppige Kupferhaar des Redners, und seine Augen funkelten. Martha konnte kaum hören, was er sagte. Er sprach über die Notwendigkeit, einen Pakt mit Rußland zu schließen, um Hitler zu besiegen; auf den Gesichtern der Zuhörer lag der passive, vorsichtige Ausdruck der öffentlichen Meinung, die konfrontiert ist mit etwas, das sie zuläßt, aber nicht billigt. Dann entdeckte Martha, die in das Dunkel hinter den drei Männern auf den Kisten spähte, Joss und Solly und Jasmine Cohen; sie waren mit den Leuten zusammen, die Martha bei der Teeveranstaltung in der Schule kennengelernt hatte – außerdem war da noch eine ziemlich dünne, große junge Frau, die ihr blondes Haar in Zöpfen um den Kopf gewunden hatte wie eine Lehrerin; und Martha wurde plötzlich von einer heftigen Eifersucht auf dieses Mädchen ergriffen. Sie sehnte sich danach, den Wagen zu verlassen und zu den Cohens zu gehen und bei ihnen zu bleiben. Der Impuls, das zu tun, wallte in ihr auf und erstarb dann bei dem Gedanken, all die getroffenen Vereinbarungen rückgängig machen zu müssen, in einem müden Achselzucken. Aus Angst, von ihnen entdeckt zu werden, wandte sie sich rasch ab. Sie fürchtete die Art und Weise, in der sie Douglas kritisieren würden; es war ihr nur allzu leicht möglich, ihn mit ihrem scharfen Blick zu sehen.

Sie merkte, daß Douglas sie mit kalter Feindseligkeit betrachtete. »Fertig?« fragte er, als hätte er nur zugehört, um ihr einen Gefallen zu tun. Er ließ den Motor an.

»Wie konventionell du bist«, sagte sie beißend, als sie die Straße hinunterfuhren.

»Versuchen, die Aufmerksamkeit auf sich zu ziehen«, bemerkte er; aus irgendeinem Grund war er rot vor Wut, und die Augen traten ihm aus dem Kopf. Sie hatte ihn noch nie so gesehen.

Sie sagte mit ruhiger Verachtung, daß es das Wesen einer öffentlichen Versammlung sei, Aufmerksamkeit auf sich zu ziehen.

Er gab dem Motor so rasch Benzin, daß er abgewürgt wurde, stotterte, absoff. Sie rollten schweigend die Straße hinunter, während er versuchte, den Wagen wieder zu starten. Als er ansprang, wandte er sich ihr zu und forderte wie ein wütendes Kind: »Wenn du dich eines anderen besonnen hast, Matty, jetzt ist noch Zeit, es zu sagen«, und sie fragte: »In welcher Beziehung?«, obwohl sie es genau wußte. Sein Gesicht wurde noch röter und schien sich aufzublähen; seine Augen flammten. Sie wunderte sich jetzt aufrichtig, daß er so ungeheuer wütend war. Sie fragte vernünftig, ob er finde, daß es irgendeine Notwendigkeit gebe, einer Versammlung wegen, mit der er nicht einverstanden war, in Wut zu geraten. Er schwieg, atmete schwer. Sie staunte mehr und mehr; zugleich war sie angewidert; sie fand, er sah ordinär und häßlich aus, aufgebläht und rot vor Ärger, der Hals quoll über den Kragen. Sie sagte sich, daß sie sich jetzt frei machen könnte, ihn nicht zu heiraten brauchte, doch gleichzeitig war ihr sehr wohl bewußt, daß sie ihn heiraten würde. Sie konnte nicht anders; es zog sie dahin, ob sie wollte oder nicht. Sie hörte auch eine Stimme in ihrem Innern ruhig sagen, daß sie nicht mit ihm verheiratet bleiben würde, aber diese Stimme hatte keine Zeit, sich Gehör zu verschaffen, denn schon wandte er sich ihr zu und fragte, diesmal ruhig und freundlich, da sich seine Wut gelegt hatte, erneut, ob sie es sich anders überlegen wolle. Sie antwortete, das wolle sie nicht.

Sie fuhren direkt zur Mathewsschen Wohnung, wo sie mit Essen und vor allem mit Getränken empfangen wurden.

Am nächsten Tag zogen Martha und Douglas in ihre neue Wohnung, damit Binkie und seine Leutnants sie nicht finden konnten, und lebten dort wie Menschen während einer Belagerung; und die Mathews versorgten sie mit Essen. Alle vier verbrachten diese Zeit in einem Zustand wilder Aufregung, wie bei einem Picknick ohne Ende. Außerdem mußten Vorhänge aufgehängt und Möbel an den richtigen Platz gestellt werden, was Stella selbstverständlich als ihr Vorrecht betrachtete. Martha war ziemlich verblüfft über die Art, in der Douglas unbekümmert kaufte, was immer ihm oder ihr gefiel; die Lieferwagen rollten mehrmals am Tag mit Teppichen und Schränken und Stoffballen heran, und als sie beunruhigt sagte: »Schau mal, Liebling, wenn du pleite bist, brauchst du doch dies ganze Zeug nicht zu kaufen, oder?« rief er mit einem Juchzer, daß man nur einmal heirate. »Aber du hast doch gesagt, daß du knapp bei Kasse bist«, meinte sie, immer noch beunruhigt, da sie das Gefühl nicht loswerden konnte, daß es eine unverzeihliche Einmischung wäre, wenn sie sich genauer über seine Finanzen erkundigte. Außerdem, bezahlte er die vierzig Pfund Schulden, die sie gemacht hatte, weil sie nicht imstande gewesen war, von ihrem Gehalt zu leben, und sie hatte Schuldgefühle deswegen. Douglas sagte, er habe etwas Geld gespart, etwa hundert Pfund, und er sei hoch versichert und könne deshalb einen Kredit aufnehmen. Eigentlich stand das, was er jetzt sagte, in Widerspruch zu dem, was er früher gesagt hatte, aber Martha zuckte wie üblich die Achseln. Denn die Questsche Haltung dem Geld gegenüber konnte man schwerlich als praktisch bezeichnen.

Folgender Brief von Mr. Quest traf am Tage vor der Hochzeit ein:

Lieber Douglas,
meine Frau bittet mich, Erkundigungen betreffs Deiner finanziellen Lage einzuziehen, was ich zu tun vergaß; sie scheint jedoch recht genaue Informationen zu besitzen, ich nehme also an, daß alles als zufriedenstellend betrachtet werden darf. [An dieser Stelle schlug diese nagende Gereiztheit, die Mr. Quest stets in sich trug wie einen vergifteten Brunnen, sogar durch die Worte des Briefes durch.] Jedenfalls frage ich hiermit auf Anweisung ganz formell, ob Du imstande bist, meine Tochter richtig zu unterhalten und zu ernähren, was Du mir mit vollem Recht verübeln kannst, da ich selbst nie in der Lage war, richtig für sie zu sorgen. Ich nehme an, meine Frau wird

die ganze Sache zu gegebener Zeit mit Dir besprechen. Man hat mich wissen lassen, daß wir die Wäsche und die Decken kaufen, aber da der Termin für die Rückzahlung meiner Schulden bei der Landesbank gekommen ist, baue ich darauf, daß Du meine Frau von jeder unnötigen Großzügigkeit abhalten wirst.
Dein ergebener
Alfred Quest

P. S. – Ich hoffe, mit den Vorbereitungen klappt alles. Ich versuche, meine Frau zu überreden, erst am Tag selbst in die Stadt zu fahren. Ich schätze, das wird Euren Wünschen entgegenkommen.

Diesen Brief las Douglas mit amüsiertem Grinsen; und Martha hoffte beunruhigt, daß die Überredungskraft ihres Vaters ihre Mutter tatsächlich von der Stadt fernhalten würde, obwohl sie daran zweifelte. Dann stieß er einen Juchzer aus, vollführte im ganzen Zimmer zwischen Flaschen, Schinkenbrötchen und Eiern einen Kriegstanz und sagte: »Bei *uns* ist alles okay, nicht?«

Denn er war hochzufrieden mit allem. Mit der Hochzeit ging es gut voran, denn die Vorbereitungen geschahen keineswegs so nebenbei, wie es scheinen mochte.

Die Leute, die eingeladen werden sollten, waren alles »alte Freunde« von ihm, von denen sie erst in diesem Moment erfuhr. Mr. Maynard zum Beispiel, dieser geachtete Friedensrichter – Douglas' Stimme klang nach Genugtuung, als er ihn erwähnte. Dann war da auch eine Mrs. Talbot; Martha kannte sie als eine sehr reiche und geachtete Dame, die Douglas offenbar von Kindheit an kannte. Sie gab ihnen einen großzügigen Scheck. Ebenfalls anwesend sollte ein gewisses Parlamentsmitglied sein, ein Oberst Brodeshaw, der ein Freund von Douglas' Vater gewesen war. Der Abteilungsleiter und seine Frau sollten später auf ein Gläschen Champagner vorbeikommen; denn am gleichen Nachmittag sollte ein Gartenfest im Haus der Regierung stattfinden, das sie sich, wie man vernünftigerweise annehmen mußte, nicht entgehen lassen würden, nicht einmal für eine Hochzeit.

Man gab Martha zu verstehen, daß die Wölfe, obwohl Douglas sich nicht als solchen zu betrachten schien, zugleich die aufstrebenden jungen Männer der Stadt waren, die an ihre Zukunft denken mußten. Das beunruhigte sie, bis sie sich mit dem Gedanken tröstete: Wir verlassen ja sowieso die Stadt, wir gehen nach Europa.

Als Douglas sie fragte, wen sie einladen wolle, schaute sie ihn erstaunt an und erwiderte, das sei ihr egal. Denn sie blieb hartnäckig bei ihrer Ansicht, daß das alles völlig unwichtig war, daß es für sie allein darum ging, die scheußliche Geschichte so schnell wie möglich hinter sich zu bringen. Und da sie bis zum Schluß bei dieser Ansicht blieb, gibt es sehr wenig über die Hochzeit selbst zu berichten. Mrs. Quest war natürlich viel zu aufgeregt, um ihre Empfindungen zu beschreiben, als sie um zehn Uhr morgens eintraf, um »die Braut anzukleiden«, und feststellte, daß die meisten Hochzeitsgäste bereits im Schlafzimmer herumsaßen – wo Martha sich bemühte zu packen – und auf dem Bett, auf dem Toilettentisch, sogar auf dem Fußboden hockten.

Martha war »ganz außer sich vor Glück«. Das war es jedenfalls, was Stella und Mrs. Quest einander mitteilten, als sie mit tödlicher Höflichkeit darum kämpften, wer das Büfett aufbauen sollte. Die beiden Frauen haßten sich auf den ersten Blick und waren infolge dieser Leidenschaft den ganzen Tag unzertrennlich. Martha und Douglas lachten und rissen Witze auf eigene und auf Kosten dieser unorthodoxen Hochzeit, versuchten inmitten von Konfettiwolken zu Ende zu packen und tranken Champagner aus Wassergläsern. Zur Mittagszeit tummelten sich etwa zwanzig bereits leicht beschwipste Leute in der winzigen Wohnung, aßen Sandwiches und tranken, während Mr. Quest resigniert, aber leicht gereizt in einer Ecke saß und mit Stella flirtete, sobald sie in seine Nähe kam, was nicht oft geschah, da sie Mrs. Quest im Auge behalten mußte.

Man könnte also sagen, daß die Hochzeit etwa um zehn Uhr morgens begann; es gab keinen *einzigen* Moment, in dem die arme Mrs. Quest gefühlvoll von Martha Abschied nehmen konnte. Kurz nach dem Mittagessen erschien Mr. Maynard, der weltmännisch aussah. Er schüttelte Douglas die Hand, nannte ihn »mein Junge«, war nett zu Martha und wies dann darauf hin, daß er, da er an diesem Nachmittag vier weitere hoffnungsvolle Paare zu trauen habe, dankbar wäre, wenn sie es hinter sich brächten, andernfalls er mit der Geschichte niemals fertig würde. Mrs. Quest drängte ihren Mann hastig in eine Position, in der er Martha dem Bräutigam übergeben konnte, da sie nicht begriffen hatte, daß das bei dieser Art Trauung unnötig war.

Es entstand eine lange Pause der mühsam unterdrückten Emotionen, in der Martha etwa neun verschiedene Urkunden unterzeichnete – »Auch noch in dreifacher Ausfertigung!« rief sie laut, empört, und ihre Mutter sagte: »Still, Liebes«, und Douglas meinte besänftigend: »Ist ja gut, Matty, ich dachte, wir könnten gleich alles auf einmal erledigen.« Was das für Urkunden waren, ahnte sie nicht.

Als Mr. Quest erkannte, daß seine Gegenwart nicht vonnöten war, schlich er sich weg und stellte sich neben Stella, die sich jetzt darauf konzentrieren konnte, ihn zu betören und das mit durchschlagendem Erfolg. An diesem Nachmittag war sie hinreißend schön. Sie trug elegantes Schwarz und einen Hut, auf dem leuchtende grüne Federn wehten, und verlieh der nachlässig gekleideten kolonialen Versammlung kosmopolitischen Chic. Martha war gräßlich gekleidet und wußte das auch, hatte aber entschieden, daß das unwichtig war.

Mrs. Quest lauerte begierig gleich hinter Marthas linker Schulter, und im entscheidenden Moment, als der Ring angesteckt werden mußte, grapschte sie nach Marthas Ellbogen und stieß ihren Arm nach vorn, so daß jeder sehen konnte, wie Martha sich umdrehte und laut und wütend zischte: »Wer heiratet hier, ich oder du?«

Die Gruppe löste sich dann in Tränen, Küssen, Glückwünschen und Alkohol auf. Auf diese Weise also wurde Martha Quest an einem warmen Donnerstagnachmittag im Monat März des Jahres 1939, in der Hauptstadt einer britischen Kolonie im Herzen des großen afrikanischen Kontinents verheiratet. Später konnte sie sich nur sehr schwach an dieses Ereignis erinnern. Sie erinnerte sich an eine heftige Euphorie, hinter der sich, wie eine Fessel, eine anhaltende Verzweiflung hinschleppte. Sie erinnerte sich (als die Zeit das Wichtige vom Unwichtigen geschieden hatte), wie jemand gesagt hatte, Hitler habe Böhmen und Mähren erobert, und wie alle gerufen hatten, das sei unmöglich. Sie hatte die Nachricht mit dem Gefühl gehört, daß sie sich beeilen mußte, daß die Zeit schrecklich drängte.

Sie erinnerte sich auch daran, wie sie und Douglas, Stella und Andrew im Begriff waren, zu ihrer gemeinsamen Hochzeitsreise aufzubrechen (denn Stella hatte, wie sie allen erklärte, nie richtige Flitterwochen gehabt), und wie Mrs. Quest, die Züge belebt von dem ängstlichen, charmanten Lächeln, das in so seltsamem Kontrast zu ihrem schrecklich männlichen Gesicht stand, Mr. Maynard die Hand schüttelte, während Mr. Maynard lächelnd seinen üblichen toleranten Spruch über Leben und Leute losließ.

»Mr. Maynard, Sie müssen doch zugeben, daß es eine Erleichterung ist, wenn man seine Tochter anständig verheiratet hat!«

Und Mr. Maynard erwiderte: »Unglücklicherweise habe ich keine Tochter, aber wenn ich eine hätte, wäre es für mich das Allerwichtigste.« Als er zur Uhr schaute, runzelte er unwillkürlich die Stirn und fügte hinzu: »Ich muß Sie bitten, mich zu entschuldigen, ich bin schon spät kletterten sie in die unbeschädigten Wagen, um die Jagd nach dem Mathewsschen Auto wieder aufzunehmen.

Mr. Maynard ging weiter – sehr erschüttert, sehr unglücklich. Kein Gefühl für Verantwortung, vollkommen verhärtet, denken, sie können alles machen, wenn sie sich hinterher loskaufen können ... Seine Gedanken wandten sich dem zu, was in Europa geschah. Seine Ansichten waren liberal, in dem alten, anständigen Sinne; er hoffte, es würde keinen Krieg geben, er wußte, es würde einen geben. Er ertappte sich plötzlich bei dem Gedanken: Arme Kinder, sollen sie sich doch amüsieren, solange sie können – er schüttelte sich wütend: Dies war ein erster Anfall jener brutalen Sentimentalität, die uns alle in Kriegszeiten vergiftet. Er erkannte sie wieder, wehrte sie ab und ging langsamer weiter. Noch vier Hochzeiten durchzustehen. Na, dachte er zynisch, zu gegebener Zeit würde das vier Scheidungen für ihn ergeben. Fünf, die eine mitgezählt, die er gerade hinter sich hatte. Schnell gefreit, lang bereut: Er glaubte fest daran, obwohl er selbst mit seiner Frau über ein Jahr lang verlobt gewesen war und ihm klar war, daß er sie die letzten fünfzehn Jahre trotzdem nicht hatte leiden können.

Er dachte: Douggie hat geheiratet, das ist ein Schritt in die richtige Richtung, mehr als ich bei Binkie erhoffen kann. Er dachte mit der Wehmut eines einsamen alternden Mannes an mögliche Enkelkinder; für einen Mann wie Mr. Maynard ist ein Sohn wie Binkie so gut wie überhaupt kein Sohn.